›Ein Weg in der Welt‹ setzt autobiographisch im Trinidad der 40er Jahre ein. Da ist Naipaul siebzehn Jahre alt und kann es kaum erwarten, nach England zu kommen, um dort zu studieren. Die Hauptstadt Trinidads, Port of Spain, weist noch zahlreiche Eigenheiten ihrer spanischen kolonialen Vergangenheit auf, die im Laufe der Zeit nach und nach verschwinden sollten. Naipaul, begierig darauf, seinen Weg in der Welt zu finden, weiß, dass für ihn die Formlosigkeit des kolonialen Daseins allein im Vorgang des Schreibens aufgehoben werden kann. Was wie eine Autobiographie anhebt, weitet sich zu einer halb fiktiven, halb dokumentarischen Reise in die Vergangenheit. Aus Geschichte und Leben entsteht ein facettenreiches Bild, in dem sich persönliche Erfahrung mit weltgeschichtlichen Ereignissen verbindet. Ob Naipaul versucht, sich den ersten Blick des Kolumbus vom Meer auf die Steilküste seiner Heimatinsel Trinidad vorzustellen, ob er Gestalten aus der kolonialen Geschichte lebendig werden lässt, wie Sir Walter Raleigh auf seiner letzten schändlichen Expedition, oder ob er eine Reise flussaufwärts in die Urwälder des Orinoko auf den Spuren der indianischen Ureinwohner unternimmt – Naipauls Suche nach den erzählbaren Splittern einer diskontinuierlichen Geschichte erweist sich als großes Leseabenteuer.

V. S. Naipaul wurde 1932 in Trinidad geboren und ging 1950 mit einem Stipendium nach England. Er studierte in Oxford und begann kurz darauf mit dem Schreiben. Mehr als zwanzig Romane und Sachbücher sind inzwischen veröffentlicht. Der Romancier, Reiseschriftsteller und Journalist gilt international als der bedeutendste Vertreter englischsprachiger Autoren des frühen Empire. 2001 erhielt Naipaul den Nobelpreis für Literatur. Im Fischer Taschenbuch Verlag: ›An der Biegung des großen Flusses‹ (Bd. 19016), ›Ein Haus für Mr. Biswas‹ (Bd. 19014) und ›In einem freien Land‹ (Bd. 19015). Zuletzt erschien: ›Afrikanisches Maskenspiel‹, Frankfurt am Main 2011.

V. S. Naipaul

Ein Weg in der Welt

Roman

Aus dem Englischen von
Dirk van Gunsteren

FISCHER Taschenbuch

Erschienen bei FISCHER Taschenbuch

Frankfurt am Main, Juli 2013

Die Originalausgabe erschien
unter dem Titel ›A Way in the World‹
bei William Heinemann, London

Die deutsche Übersetzung von Dirk van Gunsteren
erschien unter dem Titel ›Ein Weg in der Welt‹
im Hoffmann und Campe Verlag, Hamburg

Druck und Bindung: Druckerei C. H. Beck, Nördlingen
Printed in Germany
ISBN 978-3-596-19624-1

And year by year our memory fades
From all the circles of the hills.

Till from the garden and the wild
A fresh association blow,
And year by year the landscape grow
Familiar to the stranger's child

Inhalt

1. Auftakt

Ein Vermächtnis

Vor über vierzig Jahren verließ ich meine Heimat. Ich war achtzehn. Als ich sechs Jahre später zurückkehrte – ich tat es langsam: die Reise mit dem Dampfer dauerte zwei Wochen –, war mir alles fremd und doch nicht fremd: die Plötzlichkeit, mit der die Nacht hereinbrach, die sehr großen Blätter mancher Bäume, die geschrumpften Straßen, die Wellblechdächer. Man konnte eine Straße entlanggehen und die Melodien der amerikanischen Werbespots hören, die aus den Rundfunkempfängern in den kleinen offenen Häusern kamen. Sechs Jahre zuvor hatte ich die Werbemelodien gekannt, die im Radio gespielt wurden, doch diese hier waren mir völlig neu und klangen für mich wie Folksongs von Fremden.

Alle Leute auf der Straße waren dunkler, als ich sie in Erinnerung hatte: Afrikaner, Inder, Weiße, Portugiesen, chinesische Mischlinge. In ihren Häusern wirkten sie nicht so dunkel. Ich nehme an, das lag daran, daß ich auf der Straße eher ein Betrachter war, ein halber Tourist, während ich, wenn ich in ein Haus trat, Menschen besuchte, die ich vor Jahren gekannt hatte. Darum fiel es mir leichter, sie zu sehen.

So spielte ich bei meiner Heimkehr mit Eindrücken, wie ich mit meiner ersten Brille gespielt hatte – mal sah die Welt klein, scharf konturiert und nicht ganz wirklich aus, und dann wieder war sie normal groß und wirklich, aber verschwommen; wie ich mit meiner ersten Sonnenbrille gespielt hatte, mit der ich zwischen Kühle und gleißender Helligkeit wechselte, oder wie ich, bei dieser ersten Rückkehr, die mich mit Klimaanlagen bekannt machte, gern von der Kühle eines klimatisierten Raumes in die draußen herrschende Hitze wechselte, und wieder zurück. Im Lauf der Zeit und nachdem ich oftmals zurückgekehrt war, gewöhnte ich mich an all das Neue, doch diese Verschiebungen der Wirklichkeit hörten eigentlich nie auf. Ich konnte sie heraufbeschwören, wann immer ich wollte. Bis vor etwa zwanzig Jahren konnte ich mir bei jeder Rückkehr von Zeit zu Zeit einreden, daß ich halb träumte, etwas wußte und doch nicht wußte. Es war ein angenehmes Gefühl; es erinnerte mich an die Empfindungen, die ich als Kind kennengelernt hatte, wenn ich, einmal in jeder Regenzeit, »Fieber« hatte.

Es war in einer solchen Zeit, einer Zeit des »Fiebers«, bei einer Rückkehr, daß ich von Leonard Side hörte, einem Mann, der Kuchen verzierte und Blumen arrangierte. Eine Lehrerin erzählte mir von ihm.

Die Schule, in der sie unterrichtete, war neu und lag außerhalb der Vororte der Stadt, in einer Gegend, in der es bis zum Ende des Krieges nur Plantagen und plattes Land gegeben hatte. Das Schulgebäude sah noch immer aus wie ein Stück gerodete Zuckerrohr- oder Kokosnußplantage. Es gab dort nicht einmal einen Baum. Das schlichte, zweistöckige Gebäude – grünes Dach, cremefarbene Mauern – stand für sich allein in der offenen Landschaft, im gleißenden Licht.

Die Lehrerin sagte: »Damals, als wir anfingen, war unsere Arbeit ein bißchen wie Sozialarbeit. Wir hatten Mädchen aus Arbeiterfamilien. Einige von ihnen hatten Brüder oder Väter oder andere Verwandte, die im Gefängnis saßen, und sie sprachen darüber, als wäre das die natürlichste Sache der Welt. Eines Tages – es war glutheiß in der Schule, und ringsum war nichts als greller Sonnenschein – hatten wir eine Lehrerkonferenz, und eine der älteren Lehrerinnen, eine indische Presbyterianerin, schlug vor, am ersten Mai eine Feier zu veranstalten, um die Mädchen mit dieser Tradition bekannt zu machen. Alle waren einverstanden, und es wurde beschlossen, die Mädchen zu bitten, Blumengestecke anzufertigen, und einen Preis für das schönste Gesteck auszusetzen.

Wenn man einen Preis vergab, mußte man auch einen Preisrichter haben. Ohne einen guten Richter würde das Ganze nicht funktionieren. Aber wer sollte der Preisrichter sein? Die Mädchen, die wir unterrichteten, waren sehr zynisch. Das kam von ihren Familien. Oh, sie waren sehr höflich und so, aber sie waren auch überzeugt, daß alle immer nur auf Betrug aus sind, und im Grunde ihres Herzens sahen sie auf die Leute, die über ihnen standen, herab. Darum konnten wir niemanden vom Ministerium oder von der Schulbehörde bitten, unser Preisrichter zu sein, und auch niemanden, der allzu berühmt war. Damit war die Auswahl sehr eingeschränkt.

Da sagte eine der jüngeren Lehrerinnen – sie war sehr jung, war selbst auf dem Land aufgewachsen und kam frisch vom Lehrerseminar –, daß Leonard Side der ideale Preisrichter wäre.

Aber wer war Leonard Side?

Die junge Lehrerin mußte nachdenken. Dann sagte sie: ›Er hat sein Leben lang was mit Blumen gemacht.‹

Tja. Aber dann fiel einer anderen Lehrerin noch etwas ein. Sie sagte, daß Leonard Side Kurse bei der WAA, der Women's Auxiliary Association, veranstalte und bei den Leuten dort beliebt sei. Da könne man ihn also finden.

Die Women's Auxiliary Association war im Krieg nach dem Vorbild des britischen Women's Voluntary Service gegründet worden. Ihre Räumlichkeiten befanden sich in der Innenstadt, in Parry's Corner. In Parry's Corner gab es alles mögliche: eine Garage für Busse, eine Garage für Taxis, ein Bestattungsinstitut, zwei Cafés, einen Laden für Stoffe und Kurzwaren und ein paar kleine Büro- und Wohnhäuser; und alles gehörte der bekannten Familie Parry.

Ich hatte es nicht weit nach Parry's Corner, und darum bot ich an, hinzugehen und mit Leonard Side zu sprechen. Die WAA befand sich in einem kleinen Gebäude aus der Zeit der Spanier. Die glatte Vorderfront – es war eine dicke, verputzte und getünchte Mauer aus Feldsteinen, mit roh behauenen Quadern an beiden Enden – stand direkt an der Straße, so daß man vom schmalen Bürgersteig gleich ins Vorzimmer trat. Die Eingangstür lag genau in der Mitte der vorderen Hauswand, und rechts und links davon waren zwei kleine Fenster mit Gardinen. Die Tür und die Fenster hatten gelb-braune Jalousien aus waagerechten, miteinander verbundenen Holzleisten, die man hochschieben und mit einem eisernen Haken wieder herunterziehen konnte.

Eine dunkelhäutige Frau saß an einem Tisch, und an der staubigen Wand – der Staub hatte sich auf den Unebenheiten der verputzten Feldsteine festgesetzt – hingen englische Fremdenverkehrsplakate: der Tower, englische Landschaften.

Ich sagte: ›Man hat mir gesagt, ich könnte Mr. Side hier finden.‹

›Er ist drüben, auf der anderen Straßenseite‹, sagte die Frau an dem Tisch.

Ich ging über die Straße. Wie immer um diese Tageszeit war der Asphalt weich und schwarz, so schwarz wie der ölverschmierte Betonboden in Parry's großer Busgarage. Das Gebäude, das ich betrat, war modern, aus grau getünchten, verzierten Betonblöcken, die so aussehen sollten wie behauener Stein. Drinnen war es sehr schlicht und sauber, wie in einer Arztpraxis.

›Mr. Side?‹ sagte ich zu der jungen Frau am Empfangstisch.

Sie sagte: ›Gehen Sie einfach rein.‹

Ich ging in den nächsten Raum und konnte kaum glauben, was ich sah: Ein dunkelhäutiger Inder machte sich mit den Fingern an einem Leichnam zu schaffen, der auf einem Tisch oder Sockel lag. Ich war in ›Parry's Funeral Parlour‹. Das war ein bekanntes Bestattungsinstitut, sie machten jeden Tag Werbung im Radio, mit Orgelmusik. Ich nehme an, Leonard Side richtete den Leichnam her. ›Herrichten‹ – ich kannte wohl das Wort, hatte aber keine Ahnung, was es bedeutete. Ich war zu verängstigt und entsetzt, um etwas zu sagen. Ich rannte hinaus, durch den Empfangsraum, auf die Straße. Der Mann lief mir nach und rief mit weicher Stimme: ›Miss, Miss.‹

Und tatsächlich war er ein ziemlich gutaussehender Mann, trotz der behaarten Finger, die ich den Leichnam auf dem Tisch hatte herrichten sehen. Er war sehr erfreut, daß man ihn darum bat, der Preisrichter beim Blumenwettbewerb der Mädchen zu sein. Er sagte, er wolle den Preis auch gerne überreichen, und wenn wir nichts dagegen hätten, würde er ein besonderes Gesteck anfertigen. Und das tat er dann auch: Es war ein kleines Gesteck aus rosafarbenen Rosenknospen. Unsere Maifeier war ein großer Erfolg.

Ein Jahr verging. Wieder näherten wir uns der Maifeier, und ich mußte mich auf den Weg zu Leonard Side machen. Diesmal wollte ich daran denken: Diesmal wollte ich nicht in das Bestattungsinstitut gehen. Der einzige Ort, an dem ich Leonard Side aufsuchen wollte, war die WAA. Eines Nachmittags nach der Schule, gegen fünf Uhr, ging ich hin. Das kleine Haus im spanischen Stil war voller Frauen, und im hinteren Raum machte sich Leonard Side mit Teig zu schaffen. Benutzte diese behaarten Finger, um Teig mit ihnen zu kneten. Arbeitete mit diesen Fingern ein bißchen mehr Milch unter, dann ein bißchen mehr Butter.

Er zeigte den Frauen, wie man Brot und Kuchen backte. Als er fertig war mit dem Teig, zeigte er ihnen, wie man einen Kuchen dekorierte: Er preßte mit diesen behaarten Fingern eine farbige Masse aus den speziellen Spritztüten und Formen, die er mitgebracht hatte. Er preßte sie mit seinen behaarten Fingern in die Formen, und heraus kam eine rosafarbene oder grüne Knospe, die er mit seinen mit Spritzmasse verschmierten Fingern auf den weichen, glasierten Kuchen drückte. Die Frauen riefen ›Ooh‹ und ›Aah‹, und er war sehr zufrieden mit seiner Arbeit und seinem Publikum und machte weiter, wie ein Zauberer.

Aber mir gefiel es nicht zu sehen, wie diese Finger diese Art von Arbeit machten, und noch weniger gefiel mir, daß er den Frauen zum Schluß mit denselben Fingern kleine Häppchen, die er verziert hatte, anbot, damit sie die gleich dort, an Ort und Stelle, aßen. Er reichte sie ihnen wie Hostien, und die Frauen konzentrierten sich und nahmen sie entgegen und kosteten sie mit einer ähnlichen Ehrfurcht wie in der Kirche.

Dann kam das dritte Jahr. Diesmal wollte ich nicht nach Parry's Corner gehen, um mit Leonard Side zu sprechen. Statt dessen wollte ich ihn zu Hause besuchen. Ich hatte mich erkundigt, wo er wohnte. Er wohnte in St. James, ganz in meiner Nähe. Es überraschte mich, daß er in derselben Gegend wie ich dieses Leben lebte und ich es nicht gewußt hatte.

Ich fuhr nach der Schule hin. Ich trug einen eng geschnittenen schwarzen Rock und eine weiße Hemdbluse, und ich hatte eine Tasche mit Schulbüchern dabei. Als ich vor dem Haus hielt, hupte ich. Eine Frau trat hinaus auf die vordere Veranda, die im hellen Licht der Nachmittagssonne lag, und rief: ›Kommen Sie rein.‹ Einfach so, als würde sie mich kennen.

Als ich die Stufen zur Veranda hinaufging, sagte sie: ›Kommen Sie rein, Doktor. Der arme Lenny. So krank, Doktor.‹

Doktor – das war wegen dem Wagen und dem Hupen und wegen der Tasche und den Sachen, die ich anhatte. Ich wollte das Mißverständnis später aufklären und folgte ihr durch das kleine St. James'sche Holzhaus ins hintere Zimmer. Und dort sah ich Leonard Side, sehr krank und zitternd, aber für den Hausbesuch des Arztes hergerichtet. Er lag in einem Himmelbett aus glänzendem Messing, unter einem Betthimmel mit Blumenmuster, und trug einen grünen Seidenpyjama. Seine kleinen behaarten Finger ruhten auf der Decke aus Seide oder Satin, die er als Tagesdecke benutzte. Er hatte sich mit großer Sorgfalt hergerichtet, und die Decke war ordentlich umgeschlagen.

Auf einem Beistelltisch oder Vasenständer mit dünnen Beinen stand eine Messingvase mit Kreppapierblumen, und auf zwei einfachen Bugholzstühlen mit geflochtener Sitzfläche lagen Satinkissen mit großen Schleifen. Ich wußte sofort, daß ein großer Teil dieser Satin- und Seidenstoffe aus dem Bestattungsinstitut stammte, wo man sie zum Auskleiden der Särge und für die Aufbahrung der Toten verwendete.

Jeder wußte, daß er Moslem war. Aber er ging so sehr in seiner Arbeit auf – bei der er ja die Leichname von Christen herrichtete, auch wenn niemand das wirklich so sah –, daß er in seinem Schlafzimmer ein gerahmtes Bild von Christus als König hatte, der von einem goldenen Strahlenkranz umgeben war und segnend einen Finger hob.

Das Bild hing mitten über der Tür und war so weit nach vorn

geneigt, daß der segnende Finger auf den Mann im Bett zu zeigen schien. Ich wußte, daß das Bild nicht nur aus religiösen Gründen dort hing, sondern auch wegen der Schönheit, den Farben, dem Gold, dem langen, gewellten Haar von Christus. Und ich glaube, ich war schockierter als damals, als ich ihn den Toten hatte herrichten sehen, oder später, als er mit denselben Fingern Teig geknetet und dann diese schrecklichen kleinen Zuckergußklümpchen herausgedrückt hatte.

Es war später Nachmittag und noch warm, und durch das offene Fenster kam der Gestank der Senkgruben von St. James, der Senkgruben in den Höfen aus gestampftem Lehm hinter den freistehenden kleinen Holzhäusern, immer zwei oder drei auf einer Parzelle, mit den Rinnsalen, die grün und schimmernd aus den Latrinen flossen und dann in der Erde versickerten, mit den verfärbten Steinen, auf denen die Bewohner ihre Wäsche zum Bleichen auslegten, mit Unebenheiten, wo Erde, Sand und Kies aufgehäuft waren und Obstbäume und kleine Büsche standen und man den Eindruck hatte, dies seien nicht Gärten, sondern kleine Flecken Wildnis, in der alles völlig planlos wuchs.

Während ich diese behaarten Finger auf der Tagesdecke betrachtete und mir Gedanken über das Haus und die Frau machte, die mich hereingerufen hatte – es war seine Mutter –, dachte ich auch über sein Leben nach. Er tat mir leid, und ich machte mir Sorgen um ihn. Er war krank und brauchte Hilfe. Ich brachte es nicht übers Herz, mit ihm über die Schülerinnen und die Maifeier zu sprechen. Ich ging hinaus und habe ihn nie wieder gesehen.

Ich glaube, es war seine Vorstellung von Schönheit, die mich so verstört hat. Sie hatte ihn dazu gebracht, im Bestattungsinstitut zu arbeiten und sein Schlafzimmer so extravagant einzurichten. Seine Vorstellung von Schönheit – in der sich Rosen, Blumen und hübsche Sachen zum Essen mit der Vorstellung vermischten, daß auch ein Leichnam schön aussehen sollte – stand im Widerspruch zu meiner eigenen Vorstellung. Die Vermischung verstörte mich. Ihn verstörte sie nicht. Etwas Ähnliches hatte ich schon bei meiner allerersten Begegnung mit ihm gedacht, als er seinen Toten allein gelassen hatte und mir nachgelaufen war und ›Miss, Miss‹ gerufen hatte, als könnte er nicht verstehen, warum ich hinausgerannt war.

Er war wie so viele der Inder, die man auf den Straßen in St. James sieht: schlanke Burschen mit eng taillierten Hosen und weißen Hemden, deren Kragen offen stehen. Er war nichts Besonderes, obwohl er gut aussah. Aber er hatte diese besondere Vorstellung von Schönheit.

Diese Vorstellung von Schönheit war zwar überraschend, aber kein Geheimnis. Viele müssen davon gewußt haben – wie zum Beispiel die junge Lehrerin, die in der Konferenz seinen Namen genannt und dann nicht gewußt hatte, wie sie Leonard Side beschreiben sollte. Er war sicher daran gewöhnt, daß die Leute ihn auf besondere Art behandelten: Die Frauen in seinem Kurs klatschten ihm Beifall, während andere sich über ihn lustig machten oder ihn verachteten, und Leute wie ich rannten vor ihm davon, weil er uns angst machte. Mir machte er angst, weil mir sein Gefühl für Schönheit wie eine Krankheit erschien. Es war, als hätte seine schlichte Mutter ihm ohne ihr Wissen und Zutun ein fremdartiges, verunstaltendes Virus mitgegeben und als sei das etwas, das sie beide selbst jetzt – er war Mitte dreißig – nicht einmal annähernd begreifen konnten.«

Das war die Geschichte, welche die Lehrerin mir erzählte, und sie konnte mir nicht sagen, was aus Leonard Side geworden war; sie war nie auf den Gedanken gekommen, sich danach zu erkundigen. Vielleicht hatte er sich der großen Auswanderungsbewegung nach England oder in die USA angeschlossen. Ich fragte mich, ob Leonard Side in dieser neuen Heimat zu einem gewissen Verständnis seines Wesens gefunden hatte oder ob das, was die Lehrerin erschreckt hatte, schließlich, nachdem ihm die Erkenntnis gekommen war, auch Leonard Side erschreckte.

Er wußte, daß er Moslem war, trotz des Christusbildes in seinem Schlafzimmer, aber wahrscheinlich hatte er so gut wie keine Ahnung, woher er oder seine Vorfahren stammten. Wahrscheinlich wußte er nicht, daß der Name Side möglicherweise eine Verballhornung von Sayed war und daß sein Großvater oder Urgroßvater ein indischer Schiit gewesen sein mochte. Vielleicht aus Lucknow – es gab in St. James sogar eine Straße, die Lucknow Street hieß. Vermutlich wußte Leonard Side von sich und seinen Vorfahren nicht mehr als das, was er im Haus seiner Mutter in St. James erfahren hatte. In dieser Hinsicht war er nicht anders als wir alle.

Aufgrund meiner Forschungen nun kann ich Ihnen mehr oder weniger genau sagen, wie wir in jene Gegend gelangt waren. Ich kann Ihnen sagen, daß der indianische Name für die Gegend von St. James vermutlich Cumucurapo lautete, woraus die ersten Reisenden aus Europa Conquerabo oder Conquerabia machten. Ich kann die Pflanzenwelt betrachten und Ihnen sagen, was hier wuchs, als Kolumbus kam, und was später eingeführt wurde. Ich kann rekonstruieren, welche Plantagen in der Gegend von St. James angelegt wurden. Die dokumentierte Geschichte dieses Ortes ist kurz: auf drei Jahrhunderte der Entvölkerung folgten zwei Jahrhunderte der Neubesiedlung. Die Dokumente, die diese Neubesiedlung belegen, können in der Registratur eingesehen werden. Solange diese Dokumente existieren, können wir die Geschichte eines jeden Stückes besiedelten Landes verfolgen.

Ich kann Ihnen diese Geschichte aus der Vogelperspektive zeigen. Aber ich kann das Geheimnis von Leonard Sides Erbe nicht wirklich erklären. Die meisten von uns kennen die Eltern und Großeltern, von denen sie abstammen. Aber die Linie unserer Vorfahren reicht weiter zurück, bis ins Unendliche; bei jedem von uns reicht sie zurück bis zum allerersten Anfang; in unserem Blut, unseren Knochen, unseren Köpfen ruht die Erinnerung an Tausende lebender Wesen. Ich könnte sagen, daß unter Leonard Sides Vorfahren Mitglieder der Tanzgruppen von Lucknow waren, jener obszönen Männer, die sich die Gesichter anmalten und versuchten, wie Frauen zu leben. Aber das wäre nur ein Teil seines Erbes, ein Teil der Wahrheit. Wir können nicht alle ererbten Eigenschaften begreifen. Manchmal können wir uns selbst fremd sein.

2. Geschichte

Ein Geruch nach Fischleim

An meinem siebzehnten Geburtstag wurde ich angestellter Hilfsschreiber in der Registratur des Obersten Urkundsbeamten. Mit dieser Tätigkeit füllte ich die Lücke zwischen meinem Schulabschluß und meiner Reise nach England, zur Universität, und es war eine der hoffnungsvollsten Zeiten meines Lebens. Das Registraturamt befand sich im Roten Haus in der St. Vincent Street. Das war eine der ersten Straßen, die ich in Port of Spain kennengelernt hatte.

Ich war ein Junge vom Land, und bin es im Grunde meines Herzens bis heute geblieben. Nur ein Junge vom Land konnte die Stadt so lieben, wie ich sie liebte, als ich dort ankam. Das war 1938 oder 1939. Ich liebte alles an der Stadt, was nicht so war wie das Land. Mir gefielen die gepflasterten, gewundenen Straßen und selbst die offenen Abflußrinnen; jeden Morgen öffneten die Straßenkehrer, nachdem sie gefegt und den Unrat aufgesammelt hatten, die Hydranten und spülten die Rinnen mit frischem, klarem Wasser aus. Mir gefielen die Bürgersteige. Vor vielen Häusern standen hübsche, in einem eigentümlichen Stil gearbeitete Zäune, an deren einem Ende sich ein Kutsch- oder Wagentor befand, meist aus Wellblech, während in der Mitte ein elegantes kleines Tor zur Eingangstür führte. Der Rahmen dieser Tore bestand aus Rohren, zwischen denen ein Geflecht aus dickem, gewelltem Draht gespannt war, gekrönt von einer Verzierung aus Metall. Manchmal war an ihnen eine Glocke angebracht. Mir gefiel die Art, wie der Bürgersteig vor den großen Toren abgeschrägt war (damit Pferdewagen oder Automobile in den

Hof fahren konnten, obgleich nur sehr wenige ein Automobil besaßen). Mir gefielen die Straßenlaternen, die Plätze mit ihren Bäumen, gepflasterten Wegen und Bänken, der tägliche Gang der Dinge in der Stadt: die Besen der Straßenkehrer am frühen Morgen, die Zeitungen, die auf die Vordertreppen geworfen wurden, der Pferdewagen des Eismanns, der am späteren Vormittag durch die Straßen fuhr. Port of Spain war eigentlich klein und hatte weniger als hunderttausend Einwohner. Aber für mich war es eine große Stadt, mit so ziemlich allem, was dazugehörte.

In den allerersten Tagen war es mein Vater, der mich herumführte. Eines Sonntagnachmittags nahm er mich mit ins Stadtzentrum und ging mit mir durch zwei oder drei Hauptstraßen. Sonntags war es so ruhig in der Stadt, daß man, wenn man etwas Ungewöhnliches tun wollte, den Bürgersteig verlassen und auf der Fahrbahn gehen konnte. Die Frederick Street war die Straße mit den großen Geschäften. Ich fand die St. Vincent Street interessanter. An ihrem unteren Ende, in der Nähe des Hafens, war sie die Straße der Zeitungen, denn dort befanden sich in gegenüberliegenden Gebäuden der *Trinidad Guardian* und die *Port of Spain Gazette*. Mein Vater arbeitete für den *Guardian*. Das war die bedeutendere und modernere der beiden Zeitungen. Vom Bürgersteig aus konnte man die neuen Maschinen sehen, die gewaltigen Druckwalzen und die großen, sich abspulenden Streifen bedruckten Papiers, und man konnte den warmen Geruch der Maschinen und des Papiers und der Druckerschwärze riechen. So wurde mir, kaum daß ich in die Stadt gekommen war, eine ungekannte Erregung zuteil: Papier und Druckerschwärze und dringende Druckgeschäfte.

Später lernte ich die höheren oder gehobeneren Teile der Straße kennen. Der Schneider, der meine Hosen anfertigte, hatte seinen Laden in der St. Vincent Street. Mein Vater ging eines Tages mit mir dorthin. Der Schneider hieß Nazaralli Baksh. Das Schaufenster ging nach Westen und wurde von einer weißen Segeltuchmarkise, die senkrecht über dem Bürgersteig hing, vor der Nachmittagssonne geschützt. Auf dieser Markise stand sein

Name. Er war ein kleiner, schmächtiger Inder, der, vielleicht wegen der Sonne, ein Stück weiter hinten im Laden stand. Er hatte ein spitzes Gesicht mit dunklen, glänzenden Augen, die in noch dunkleren Höhlen lagen, und sein dünnes Haar hatte er nach hinten gekämmt: ein ernster Mann, freundlich zu meinem Vater, mir gegenüber jedoch sachlicher, als ich es von Erwachsenen erwartete. Von Erwachsenen, die mir korrekt vorgestellt worden waren, erwartete ich, daß sie von mir und meiner »Gescheitheit« ein wenig beeindruckt waren. Es war, als mache das schmale Maßband, das um Nazaralli Bakshs Hals baumelte, einen Teil der Ernstheit seiner Erscheinung aus.

Ich weiß nicht, wie gut er arbeitete, aber diese erste Begegnung machte ihn zu dem Mann, der für mich »der Schneider« war. Es gab keinen anderen, der genau so Schneider war wie er; alle anderen Schneider in Port of Spain erschienen mir unecht. Irgendwann ging mir auf, daß er Moslem war. Das machte ihn mir zunächst nicht fremder, doch als Indien seine Unabhängigkeit erlangte und der Subkontinent nach Religionszugehörigkeiten unterteilt wurde, verknüpfte ich mit Nazaralli Baksh eine Vorstellung von Andersartigkeit, auch wenn ich meine Kleider weiterhin von ihm schneidern ließ. Es war Nazaralli Baksh, der die Kleider anfertigte, mit denen ich nach England fuhr.

Später hörte ich, daß er viel für die örtliche Polizei arbeitete; er schneiderte ihre Uniformen. Für uns, die wir Inder waren wie er, muß das wohl zu Nazaralli Bakshs Legende und Erfolg gehört haben. Das Polizeipräsidium lag seinem Laden genau gegenüber. Es war eines der bedeutenden Gebäude von Port of Spain. Es war markant und hatte zur Straße hin eine hohe graue Mauer aus Ziegeln und Feldsteinen. Später lernte ich, daß es ein britisches Kolonialgebäude im Stil der viktorianischen Gotik war. Damals aber schienen diese rauhe graue Vorderfront und die rötlichen Spitzbögen der offenen Galerien an der Rückseite genau das zu sein, was man von einem Polizeipräsidium erwartete.

Eine kleine Stadt, eine kleine Straße; doch es brauchte Zeit, um sich dessen bewußt zu werden. Ich interessierte mich beispielsweise nicht für das Gerichtswesen oder Rechtsanwälte und schenkte viele Jahre lang jenem Teil der Straße keine Beachtung, in dem sich, gegenüber dem Gerichtsgebäude, die Büros der Anwälte befanden. Aber dann betrat ich eines Tages die Kanzlei – was für ein altmodisches Wort – eines berühmten schwarzen Rechtsanwalts.

Das geschah recht spät, nämlich kurz nachdem ich die Schule abgeschlossen hatte. Ich war ein guter Schüler gewesen; man wußte – für solche Dinge interessierte man sich –, daß ich ein Stipendium bekommen hatte und bald ins Ausland gehen würde. Der Sohn des Rechtsanwalts hatte zusammen mit mir die Schule besucht, und eines Tages sagte er, er wolle mich seinem Vater vorstellen. Wir gingen zur Kanzlei seines Vaters. Sie befand sich in der St. Vincent Street und nahm ein ganzes sehr kleines Haus ein, ein echtes Port-of-Spain-Miniaturhaus aus den Zeiten der Spanier. Es muß eines der ersten Wohnhäuser gewesen sein, gebaut vielleicht in den achtziger Jahren des achtzehnten Jahrhunderts, kurz nach der Gründung der Stadt. Ich nehme an, viele dieser ersten Häuser waren so klein und geduckt, weil damals erst kurze Straßenstücke fertiggestellt waren; der Busch und die Plantagen müssen recht nah gewesen sein.

Das kleine Wartezimmer der Kanzlei war voller Schwarzer. Es waren gewöhnliche Leute, die dichtgedrängt auf zwei Bänken saßen. Die Bänke standen einander gegenüber, dazwischen waren nackte Dielen. Die Lamellen der Jalousie an dem kleinen Fenster zur Straße waren mit Staub bedeckt; an den verfärbten Wänden konnte man sehen, wo die Leute auf den Bänken jahrelang Kopf und Schultern angelehnt hatten. Die Leute, die ich dort sah, waren so still und geduldig wie Leute, die im Gesundheitsamt auf eine kostenlose Behandlung warteten. Glänzende Augen, glänzende Gesichter, ehrfürchtige Mienen: Schwarze, die zu einem der Ihren kamen, denen die Unbequemlichkeit und die Stille und das Warten nichts ausmachten und die nicht ärgerlich wurden, als der Junge, kaum daß er eingetreten war, einfach in das hintere Zimmer ging, in dem der große Mann empfing. Die Atmosphäre in dem kleinen, engen Wartezimmer war neu für mich.

In dem größeren, kühleren Raum auf der Rückseite des Hauses saß der Rechtsanwalt in Hemdsärmeln. Sein Talar hing auf einem Kleiderbügel. Die Gesetzbücher und die alten Aktenmappen mit alten Papieren, die allgemeine Schmuddeligkeit der Kanzlei, das wurmzerfressene Holz der Trennwand ließen den Rechtsanwaltberuf sehr glanzlos erscheinen: Es war schwer vorstellbar, daß irgend etwas, das in diesem Raum geschah, wirkliches Geld einbringen konnte.

Nach den Höflichkeitsfloskeln, die sich eine Weile hinzogen, wußte ich nicht, was ich zu dem Rechtsanwalt sagen sollte. Und er schien ebenso ratlos; er schien damit zufrieden zu sein, mich einfach nur anzusehen. Ich verspürte den Wunsch, einen Blick unter den Tisch, auf seine Schuhe, zu werfen. Vor Jahren, als wir in der vierten oder fünften Klasse der Volksschule gewesen waren, hatte sein Sohn mir erzählt, man könne einen Gentleman immer am Zustand seiner Schuhe erkennen.

Mein Freund war uns bei unserer Unterhaltung nicht behilflich. Sein Verhalten hatte sich in diesem Kanzleizimmer verändert. Er war deutlich zum Sohn geworden, zum Schatz der Familie, zu einem Menschen, der sich nicht zu bemühen brauchte. Er schien jetzt mehr daran interessiert, etwas Kühles zum Trinken zu finden. Er benahm sich sehr lässig in Gegenwart des großen Rechtsanwalts.

Der Rechtsanwalt war berühmt wegen seines Vornamens. Er hieß Evander. Und alles, was mir in diesem Augenblick der Gekünsteltheit einfiel, war, ihn zu fragen, wie er dazu gekommen sei.

Er sagte: »Mein Vater bewunderte Bildung. Es war seine Art, mich mit Ehrgeiz zu versehen. Er selbst war kein gebildeter Mann. Aber er war 1867 oder 1870 geboren. Für uns ist das lange her. Wenn du nachschlägst, wirst du den Namen bei Homer finden. Im vierten oder fünften Buch.«

Ich war überrascht, daß dieser berühmte Mann sich nicht eingehender mit seinem ungewöhnlichen Namen beschäftigt hatte. Er wußte nicht, daß der Name lateinisch war und bei Vergil vorkam, und hatte einfach versucht, mich zu bluffen. Er hatte es aus eigener Kraft nach oben geschafft. Er war nicht gebildet im landläufigen Sinne; all seine Energie hatte er darauf verwendet, beruflich voranzukommen. Doch dieser beiläufig offenbarte Makel seines Wesens war irritierend. Während ich noch damit beschäftigt war, mich an dieses neue Bild von ihm zu gewöhnen, lenkte er das Gespräch – ich kann nicht mehr rekonstruieren, wie er es tat – auf etwas anderes.

Es kam der Augenblick, da er sich in seinen Lehnstuhl zurücklehnte, den großen Arm mit dem weißen Hemdsärmel in einer kraftvollen Geste über den Tisch reckte und lächelnd und wie in einer Art von Gelöbnis sagte: »Die Rasse! Die Rasse, Mann!«

Die schwarze Rasse, die afrikanische Rasse, die farbigen Rassen – ich glaube, das war es, was der Rechtsanwalt meinte, und das war der Grund gewesen, warum ich in seine Kanzlei gebracht worden war.

Ich sah seinen Sohn an. Sein Gesicht war ausdruckslos, als hätte er nicht gehört, was sein Vater gesagt hatte, als hätte er seine Geste nicht bemerkt.

Ich glaubte ihm das nicht. Ich glaubte diesem ausdruckslosen Gesicht nicht. Am unteren Ende der St. Vincent Street hatte ich vor Jahren Papier, Druckerschwärze und warme Druckmaschinen gerochen, und dabei hatten sich gewisse Phantasien eingestellt. In diesem hinteren Zimmer der Kanzlei mit dem von der Jalousie gesiebten Licht gab es andere Phantasien, unterschwellige Gefühle, die vor dem Licht der St. Vincent Street, vor der kolonialen Wirklichkeit dieser Straße verborgen werden mußten.

Das war in den späten vierziger Jahren. Damals gab es nur wenige Schwarze, die einen Weg nach vorn zu sehen vermochten. Wie seltsam also, auf einen alten Mann zu stoßen, einen Mann, der im letzten Jahrhundert geboren war, einen Mann, für den dieser Weg klar und sogar etwas war, auf das er einen Trinkspruch ausbringen konnte, mit einer instinktiven Geste über den Schreibtisch, die zwanzig Jahre später als ein Black-

Power-Gruß hätte interpretiert werden können. Noch seltsamer war, daß das öffentliche Bild von Evander, dem Vater meines Freundes, vollkommen anders aussah. In den Klatschgeschichten war Evander ein Schwarzer, der es aus eigener Kraft zu etwas gebracht hatte, der nur weiß sein wollte, nichts mit Schwarzen zu tun haben wollte und alles, was er tat, nur für sich selbst tat.

Dieser andere Traum aber war wie ein Familiengeheimnis, das Vater und Sohn mir nun offenbarten. Ich war gerührt und gleichzeitig peinlich berührt. Ich verstand ihre Gefühle und teilte sie bis zu einem gewissen Grade, doch selbst mit diesem Verständnis wollte ich nur mir selbst gehören. Ich hielt nichts von dem Gedanken, Teil einer Gruppe zu sein. Ich hätte mich eingeengt gefühlt, und ich hielt Evanders Idee einer großen Bewegung, welche die Farbigen voranbringen würde, für zu sentimental.

In der Verwaltung wurde niemand unter siebzehn eingestellt, und im nächsten Jahr begann ich an meinem siebzehnten Geburtstag mit meiner Arbeit im Registraturamt und lernte die St. Vincent Street auf eine ganz andere Art kennen.

Das Registraturamt befand sich im Erdgeschoß des Roten Hauses. Das Rote Haus war das Hauptgebäude der Verwaltung. Es war eines der größten Gebäude der Insel, und wir fanden es schön. Ich weiß nicht genau, ob das stumpfe Rot von einem Anstrich rührte oder von etwas, das man in den Putz gemischt hatte. Das Rote Haus war eines der Gebäude, die Port of Spain zu Port of Spain machten. Man konnte es vom Hafen, von den Hügeln und von der Savanne sehen.

Man sagte uns, es sei in italienischem Stil gebaut. Es hatte zwei Stockwerke mit offenen Galerien und eine Kuppel. Es war so groß wie ein Häuserblock, und es gab eine Passage, die unter der roten Kuppel hindurch von der St. Vincent Street zum Woodford Square auf der anderen Seite führte. Diese Passage vermittelte einem ein ganz besonderes Großstadtgefühl. Man stieg ein paar Stufen hinauf und ging durch die hallende Weite an einem Brunnen vorbei und auf der anderen Seite wieder ein paar

Stufen hinunter. Der Brunnen war stillgelegt – eine der Unterbrechungen, die wir mit dem Krieg in Verbindung brachten –, aber der Marmor war, obwohl er Rostflecken hatte und vom Zahn der Zeit angenagt war, immer noch schön, und die Idee des Brunnens war irgendwie immer noch da.

Zu beiden Seiten des leeren Brunnens waren vor den offenen Türen der Amtsstuben freistehende, mannshohe Anschlagtafeln aus Holz aufgestellt worden. Diese Anschlagtafeln dienten auch als Sichtblende und schirmten die Beamten, Sekretärinnen und anderen Verwaltungsangestellten von den Blicken der Passanten ab. Hinter den Anschlagtafeln befanden sich Fahrradständer, an denen die Angestellten ihre Fahrräder festketteten. Die Anschlagtafeln und die Fahrradständer nahmen der Passage unter der hohen, spitzen Kuppel etwas von ihrer Weite. Damals also schon hatte man das Gefühl, daß die ganze Schönheit dieses herrlichen Gebäudes nicht wirklich wahrgenommen wurde und daß man dabei war, es zu vernachlässigen.

An den Anschlagtafeln hingen keine Bekanntmachungen der Regierung. Auf den festgehefteten Plakaten ging es um Dinge wie Gesundheitsvorsorge und die Bedeutung von Schutzimpfungen. Viele davon stammten aus London und paßten nicht immer ganz auf die örtlichen Lebensbedingungen, aber das waren wir gewöhnt. Für die Anschlagtafeln und Plakate war das Informationsbüro zuständig, eine Abteilung, die im Krieg eingerichtet worden war – in einem Holzhaus auf der Grünfläche vor dem Roten Haus –, um Bilder und Broschüren über den Krieg und das Leben in England auszugeben. Die Plakate und Bekanntmachungen zu den Themen Gesundheit, Bluttests, Röntgenuntersuchungen und sauberes Trinkwasser waren die Fortsetzung dieser Arbeit in Friedenszeiten. Man sah diese Plakate nur im Roten Haus, nirgendwo sonst. Ich hatte nie den Eindruck, daß sie etwas zu bedeuten hatten; aber sie gaben mir die Vorstellung, eine Regierung sei eine menschenfreundliche Einrichtung, die sich um das Wohlergehen des Volkes kümmerte.

Diese Vorstellung von Regieren hätte mir nach dem, was ich in der Schule gelernt hatte, eigentlich nicht neu sein sollen. In praktischer, konkreter Hinsicht war sie jedoch tatsächlich neu. Ich muß wohl in meinem Blut und Gehirn sehr alte indische Vorstellungen von der Gleichgültigkeit und Willkür der Herrschenden und Regierenden mit mir herumgetragen haben. Beide waren einfach da; man erwartete nichts von ihnen. Es könnte auch sein, daß ich – ohne daß dies ausdrücklich gesagt worden wäre – mit dem Gedanken aufgewachsen war, irgendwo im Hintergrund lauere immer Grausamkeit. Es gab eine uralte oder vielleicht auch gar nicht so uralte Grausamkeit in der Sprache der Straße: beiläufige Drohungen, die ein Mann gegen einen anderen und Eltern gegen ihre Kinder ausstießen und in denen es um Strafen oder Demütigungen ging, die einen in die Zeit der Sklaverei zurückversetzten. Es gab die Grausamkeit des Lebens in Großfamilien, die Grausamkeit der Volksschule mit den schlimmen Prügeln der Lehrer und den blutigen Kämpfen der Jungen am Ende des Schuljahrs, die Grausamkeit des indischen Landes und der afrikanischen Stadt. Auch die simpelsten Dinge in unserer Umgebung enthielten Nachklänge von Grausamkeit.

Wenn man das Rote Haus von der St. Vincent Street aus betrat, lag das Registraturamt rechts vom Brunnen. Ging man geradeaus weiter, so landete man auf dem Woodford Square. Das war der schönste Platz von ganz Port of Spain, und er war nach dem sehr jungen englischen Gouverneur benannt, der im zweiten Jahrzehnt des neunzehnten Jahrhunderts die Anarchie, die nach der Eroberung durch die Engländer herrschte, beendet und für Recht und Ordnung gesorgt hatte. Die Spanier hatten Port of Spain, kaum daß sie die Stadt geplant hatten, schon wieder verloren. Der Woodford Square war zu jener Zeit wohl noch gar nichts gewesen, einfach unbebauter Grund. Die Engländer hatten ihn verschönert, und für uns war er untrennbar mit der Majestät des Roten Hauses verbunden. Es gab auf ihm einen Musikpavillon, einen Brunnen wie den im Roten Haus, Bänke, verzierte eiserne Geländer, gepflasterte Wege und viele, inzwischen alte, schattenspendende Bäume.

Er war immer schön, immer ein Schmuckstück der Stadt, und doch war dieser Platz selbst damals, als ich ihn zum erstenmal sah, an jenem Sonntag vor dem Krieg, an dem mein Vater mit mir einen Spaziergang durch die Stadtmitte machte, einer der Orte in Port of Spain, wo Obdachlose lebten. Die meisten von ihnen waren Inder. Viele waren als Schuldsklaven hierhergebracht worden, hatten ihre Schulden auf den Plantagen abgearbeitet und dann festgestellt, daß sie, warum auch immer, keinen Ort zum Leben hatten – vielleicht waren sie Trinker geworden, vielleicht hatte man ihnen die versprochene Passage zurück nach Indien nicht bezahlt, vielleicht hatten sie sich mit ihren Familien zerstritten. Diese Leute hatten kein Geld und keine Arbeit, hatten keinerlei Familie und konnten kein Englisch; und sie hatten niemanden, der für sie eintrat. Sie waren vollkommen mittellos. Sie waren Menschen, die, wie in einem Märchen, aus indischen Bauernfamilien herausgehoben und nach einer wochenlangen Schiffsfahrt Tausende von Meilen entfernt in Trinidad abgesetzt worden waren. Im kolonialen Trinidad, wo Bürgerrechte nur begrenzt galten, hätte man alles mit ihnen machen können; und so wurden sie denn auch von den Bewohnern der Stadt schikaniert.

Wir alle lebten mühelos mit dieser Art Grausamkeit. Wir sahen sie, aber wir dachten nur selten über sie nach. Schließlich starben diese Leute aus Indien aus; gegen Ende der vierziger Jahre waren wohl fast alle tot. Anfang der vierziger Jahre hatte mein Vater mit einigen von ihnen gesprochen und für eine örtliche indische Zeitschrift einen Artikel über sie geschrieben. Als ich meine Arbeit im Roten Haus begann, waren sie nicht mehr auf dem Woodford Square. Ich kann mich nur an die schwarzen Verrückten erinnern, zwei oder drei von ihnen, und einer hatte ein Gewirr langer Zöpfe oder Schwänze aus verfilztem Haar, das graubraun war von Schmutz und Staub und Fett, und er trug eine Art Robinson-Crusoe-Kleidung, ein Konglomerat, eine Improvisation nicht aus Fellen, sondern aus Lumpen, die ihre ursprüngliche Farbe verloren hatten und schwarz und speckig geworden waren. Vielleicht war er harmlos, aber er hatte das selbstsichere Auftreten eines Verrückten, und die Leute, die den Platz überquerten, gingen ihm aus dem Weg und versuchten dem Blick seiner glänzenden, nach innen gerichteten Augen auszuweichen.

Dorthin ging ich also jeden Tag zur Arbeit: in das Registraturamt zwischen der St. Vincent Street und dem Woodford Square.

Meine Aufgabe als angestellter Hilfsschreiber war es, Kopien von Geburts-, Heirats- und Sterbeurkunden auszufertigen. Leute, die eine solche Urkunde brauchten, gingen ins Rote Haus und wandten sich an einen der freiberuflichen Nachforscher, die in der Nähe des Eingangs, bei den Anschlagtafeln, herumlungerten und auf Kunden warteten. Nachdem diese Nachforscher sich die ungefähren Daten hatten geben lassen, forderten sie auf gestempelten Formularen verschiedene Urkundenbände an; die Büroboten holten die dicken, schwer eingebundenen Bände, die breiter als hoch waren, aus dem Kellergewölbe, und die Nachforscher saßen im vorderen Büro an einem langen, blanken braunen Tisch und durchforschten die Bände. In diesem Raum – von dem man durch die hohen Fenster die Grünfläche vor dem Roten Haus und die Bäume und die eisernen Geländer auf dem Woodford Square sehen konnte – herrschte überraschenderweise eine Atmosphäre wie in einem Schulzimmer: Erwachsene und manchmal alte Männer saßen nebeneinander an dem langen Tisch und blätterten die breiten Seiten sehr großer Bücher um, manchmal den ganzen Morgen lang, wie unter einem Zauber, der in der Schule über sie gesprochen worden war. In einem abgetrennten Bereich des vorderen Büros forschten Rechtsanwaltsgehilfen nach Übereignungsurkunden. Diese Männer saßen an Einzeltischen, und einige von ihnen trugen Krawatten. Sie waren eindeutig etwas Besseres als die Geburts- und Sterbeurkunden-Nachforscher, die allein aus dem Grund Arbeit – und ein karges, unregelmäßiges Einkommen – hatten, weil sie im Gegensatz zu vielen Leuten, die Urkunden brauchten, lesen und schreiben konnten.

Wenn ein Nachforscher das Gesuchte gefunden hatte, reichte er einen Antrag auf eine Kopie ein, und ein Bote brachte den

Antrag und den entsprechenden Urkundenband an meinen Tisch. Es war eher ein Tisch als ein Schreibtisch: Ich war nur angestellter Hilfsschreiber, ein Lückenfüller, und ich saß an einem schmalen Tisch in der Nähe des Eingangs zum Kellergewölbe und sah auf eine mit grüner Leimfarbe gestrichene Wand. Die ganze Zeit gingen Boten auf dem Weg zum oder vom Kellergewölbe hinter mir vorbei. Die Bände, aus denen ich Urkunden kopieren sollte, lagen auf einem Stapel zu meiner Rechten; wenn ich mit ihnen fertig war, legte ich sie auf einen Stapel zu meiner Linken. Die Stapel waren hoch: Jeder Band war acht bis zehn Zentimeter dick und etwa achtunddreißig Zentimeter breit.

Die Bände rochen nach Fischleim. Damit waren sie gebunden worden, und ich nehme an, daß der Leim aus einem eingekochten Sud aus Gräten, Haut und Abfall bestand. Er war honigfarben; er brauchte sehr lange, um zu trocknen, und jeder unachtsam verschüttete goldene Tropfen war so klar wie Glas; doch er verlor nie den Geruch nach Fisch und Fäulnis.

Man hatte mir gesagt, alles, was auf der Insel gedruckt worden sei, befinde sich im Kellergewölbe. Alle Aufzeichnungen der Kolonie waren hier, alle Geburten und Tode, alle Verträge und Übereignungen von Besitz und Sklaven, das ganze Leben der Insel über eineinhalb Jahrhunderte Kolonialzeit. Ich hätte mir gern alte Dinge, alte Zeitungen, alte Bücher angesehen. Doch im Kellergewölbe war der Geruch nach Fischleim sehr stark, und das, zusammen mit dem Geruch nach altem Staub und altem Papier, der Stickigkeit, die um so schlimmer wurde, je weiter man vordrang, dem trüben Licht und der schieren Masse alten Papiers, war zuviel für mich.

Morgens und nachmittags wurden die Kopien, die ich ausgefertigt hatte, von einem höheren Angestellten, der sich wie ein Lehrer in der Vorschule an meinen Tisch setzte, geprüft und gegengezeichnet. Dann wurden sie zur Unterschrift zum Schreibtisch des wichtigsten Mannes in unserer Abteilung gebracht: des Stellvertretenden Obersten Urkundsbeamten oder manchmal des Vertreters des Stellvertretenden Obersten Urkundsbeamten, in dessen vollem Namen ich die Kopien auszufertigen hatte. Anschließend wurden Gebührenmarken daraufgeklebt und mit den erhabenen Buchstaben des eisernen Prägestempels der Behörde entwertet; und dann waren die Kopien fertig und konnten ausgehändigt werden.

All dieses Forschen, Schreiben, Prüfen, Unterzeichnen, diese Beschäftigung so vieler Leute – für eine Arbeit, die heute vermutlich von einem Menschen und einem Computer erledigt werden kann. All dieses Holen und Tragen durch die Büroboten: Sie waren den größten Teil des Tages auf den Beinen und schlurften zwischen dem Kellergewölbe und dem vorderen Büro hin und her, in den Armen die schweren, unhandlichen Urkundenbände. Genaugenommen taten sie eine Büroarbeit, aber diese Arbeit erforderte Kraft und Ausdauer, und die Männer hatten gut entwickelte Muskeln.

Manchmal versuchte ich mir vorzustellen, daß ich den Rest meines Lebens in diesem Amt verbringen würde. Ein Arbeitsleben, das daraus bestünde, zu prüfen und geprüft zu werden und im Namen meiner Vorgesetzten Urkunden auszustellen: Ich glaubte zu erkennen, daß einem diese Arbeit, trotz der ersehnten Sicherheit einer Stellung im Staatsdienst, ziemlich zusetzen konnte und man schließlich von Haß erfüllt wäre, und zwar nicht nur auf die Menschen, deren vollen Namen man ausschreiben mußte, als zählte der eigene nicht.

Es gab im Amt zwei Angestellte – einen dunkelhäutigen Mann und eine Chinesin –, die schon viele Jahre dort arbeiteten und nun an ihren Ruhestand dachten. Sie waren wahrscheinlich während des Ersten Weltkriegs in den Staatsdienst eingetreten. Es fiel mir schwer, so weit zurückzudenken und mir diese Anhäufung von Wochen und Monaten und Jahren vorzustellen; ich fand es schon schwer genug, in Gedanken auch nur zehn Jahre zurückzugehen, zurück in die Zeit, als ich die Stadt entdeckt hatte und mit meinem Vater zum erstenmal die St. Vincent Street hinuntergegangen war. Doch diese beiden hatten ihre Jahre nun hinter sich. Sie hatten ihre Arbeit erledigt, und die Arbeit hatte sie erledigt. Ihr Alter und ihre Ausdauer aber waren jetzt gleichsam ein Glück, das sie über die anderen, über die

Rivalität und den Ehrgeiz ihrer Kollegen hinaushob. Sie machten kleine, gemächliche Bewegungen, als hätten die Jahre und die Arbeit sie Geduld gelehrt.

Die Frau – ihr Schreibtisch stand gleich hinter der Theke, und sie war es auch, die die fertigen Urkunden ausgab – war allen gegenüber sanft und mütterlich, als hätte die Arbeit all ihre weiblichen Instinkte zur Entfaltung gebracht. Die Sanftheit des Mannes dagegen rührte vom Trinken. Er war dafür bekannt; montags kam er ins Büro wie jemand, der ausgeruht und erfrischt war, ein wenig durcheinander nur vom Trinken am Wochenende.

Manchmal, wenn der Zahltag nicht weit war, wurde nach den Bürostunden in der Amtsstube getrunken. Das schien allgemein üblich zu sein. Die Trinkenden – manche hatten sich ein Handtuch um die Schultern gelegt, als sichtbares Zeichen, daß der Arbeitstag vorbei war –, die Trinkenden saßen auf den Schreibtischen oder ließen die Beine über die Armlehnen der Stühle hängen und gaben sich etwa eine halbe Stunde lang ernsthaftem Trinken hin. Ich trank nichts, aber ich erinnere mich an die ernste Atmosphäre, die bei diesen Gelegenheiten herrschte. Es gab keine Scherze, keine Freundschaft. Es war, als liefe der Rum geradewegs in die Seele und die privatesten Gefühle eines jeden einzelnen.

Im Amt gab es einen schwarzen Jungen aus St. James. Ein paar Jahre lang waren wir uns immer wieder auf der Straße begegnet, mehr nicht. Ich wußte, daß er in meiner Nähe wohnte, wußte aber nicht genau, wo, und hatte das Gefühl, daß er es dabei belassen wollte. Manchmal erzählte er von seiner Mutter, und ich stellte mir vor, daß er allein mit ihr lebte, in einer dieser baufälligen alten Baracken von St. James, mit einem engen Hinterhof. Der Unterschied zwischen uns hatte jedoch weniger mit Geld als vielmehr mit unseren Aussichten zu tun. Ich war ein Collegeschüler mit hochgesteckten Zielen, er dagegen hatte die Volksschule besucht und akzeptierte die Grenzen, die ihm gesetzt waren. Das war die Grundlage unserer flüchtigen Bekanntschaft, und für mich war dieser Junge, der groß und dünn war, sich scheinbar unkoordiniert bewegte und ein Damenfahrrad fuhr, immer ein Clown, ein Großmaul aus den Hinterhöfen gewesen. Erst jetzt, als ich sah, wie ernst er beim Trinken blieb, wie der Rum ihn veränderte, wie seine Augen rot wurden und er jeden Witz verlor, hatte ich das Gefühl, daß es ihm auf eine ganz unvermutete Weise ernst war mit sich selbst und seiner Arbeit, mit seinen Pflichten als Staatsbediensteter und seinem Ehrgeiz. Er war keineswegs zufrieden. Seine Clown-Persönlichkeit, die Persönlichkeit eines Menschen, der nicht viel erwartet und keine hochgesteckten Ziele hat, war eine Tarnung; viele seiner Scherze waren eigentlich nicht witzig gemeint.

Belbenoit – ein höherer Angestellter, der manchmal meine Urkunden prüfte – hatte diese Tarnung nicht. Er war ein »Farbiger« in mittleren Jahren. Sowohl auf der väterlichen als auch auf der mütterlichen Seite seiner Familie mußte es seit Generationen Mischlinge gegeben haben, denn seine Haut war hell. Er besaß keine besonderen Qualifikationen, und doch glaubte er, es nicht weit genug gebracht zu haben. Obgleich sein eigenes verdrossenes Gesicht alle möglichen rassistischen Vorurteile widerspiegelte, hatte er das Gefühl, daß man ihn aus rassistischen Gründen daran gehindert hatte, sich höhere Ziele zu stecken: Zur Zeit seines Eintritts in den Staatsdienst waren die besten Posten für Leute aus England reserviert gewesen. Das war nun anders geworden, doch für Belbenoit war diese Veränderung zu spät gekommen. Im Büro war er bekannt dafür, daß er unzufrieden war, und die Leute behandelten seine Unzufriedenheit wie eine Krankheit, obwohl es kein Geheimnis war, daß Belbenoit (mit all seinen alten Vorurteilen) eben auch glaubte, er habe nicht die Behandlung erfahren, die ihm gemäß seiner hellen Hautfarbe zustand, und seine Position in der Hierarchie des Amtes sei im Kern eine unehrenhafte.

Sein unvermuteter Verbündeter – sowohl in der Personalpolitik als auch im Personalrat – war Blair. Blair war ein schwarzer Hüne mit glatter Haut, aufrechter Haltung und mächtigen Schultern. Seine Manieren waren makellos; er konnte sehr ernst sein und lachte auch gern, war dabei jedoch immer beherrscht.

Er besaß ein immenses Selbstvertrauen. Er stammte aus einem rein schwarzen Dorf irgendwo im Nordosten der Insel. Das machte ihn ungewöhnlich: Er war nicht so aggressiv und angespannt wie die Schwarzen, die in gemischten Gegenden aufgewachsen waren. Aufgrund der Isolation war Blair auch erst spät in die Schule gegangen. Doch das hatte er wettgemacht. Er war bereits Bürovorsteher, und jeder wußte, daß er im Augenblick per Fernstudium irgendein Diplom machte, um sich die Qualifikationen anzueignen, die Belbenoit nie gehabt hatte. Manchmal prüfte Blair meine Urkunden. Dieser riesengroße Mann zeichnete mit sehr ordentlichen, winzig kleinen Initialen ab; sie verrieten mir, wie stark und ehrgeizig er war.

Blair war überaus höflich zu mir, aber obwohl wir uns in dieser Behörde ungezwungen begegnen konnten, hatte ich das Gefühl, daß es in seinem Hintergrund vieles gab, was ich nie erfahren würde. Die Menschen in jenem ausschließlich von Afrikanern bewohnten Dorf im Nordosten, seit Generationen isoliert, ohne Inder oder Weiße, hatten gewiß ihre eigenen untergründigen Emotionen, ihre eigenen Glaubenssätze und Phantasien. Zweifellos empfand Blair mir gegenüber ebenso; die indische und orthodox hinduistische Sphäre, der ich entstammte, mag ihm noch unzugänglicher vorgekommen sein. Doch auf dem neutralen Boden des Registraturamtes brauchten wir uns über diese privaten Dinge keine Gedanken zu machen; soweit wir miteinander auskommen mußten, kamen wir miteinander aus. In behördlicher Hinsicht war Blair perfekt – und so beunruhigend, wie solche perfekten Menschen es meistens sind. Da ich die Schule erst vor ein paar Monaten verlassen hatte und keine anderen Erfahrungen besaß, nach denen ich Fremde hätte beurteilen können, sah ich ihn (trotz Belbenoits offensichtlicher Allianz mit ihm) als eine Art Klassenführer: als einen, der zu den Jungs gehörte und trotzdem die Obrigkeit vertrat.

Er führte aus, was ich damals über ihn dachte. Sieben Jahre später schied er aus dem Staatsdienst aus, gab diese glänzende Laufbahn und die Zurückhaltung, die er in der Behörde an den Tag gelegt hatte, auf und ging in die Kommunalpolitik. Er hatte den Zeitpunkt gut gewählt. Seine Karriere war steil, und im Zuge der Entkolonialisierung stieg er immer weiter auf. Schließlich bewegte er sich auf internationalem Parkett. Zwanzig Jahre später traf ich ihn in einem unabhängigen ostafrikanischen Land. Er arbeitete kurzfristig für die dortige Regierung. Wahrscheinlich freute er sich besonders über diesen Einsatz im unabhängigen Afrika, doch sollte er dort, nicht lange nach unserem Wiedersehen, sterben, ermordet von Killern, die irgendwelche Barbaren in der Regierung, die sich von ihm bedroht fühlten, auf ihn angesetzt hatten. Zwei Tage lang lag Blairs großer, verstümmelter Leichnam unentdeckt in einer Bananenplantage, zum Teil unter dürren Bananenblättern verborgen. Eine Laufbahn ist eine Laufbahn, und der Tod ist unausweichlich. Ich weiß nicht, ob die Ironie seines Todes eine Verhöhnung seiner Laufbahn war oder seine Verdienste auslöschte. Doch dieses Thema soll in diesem Buch an anderer Stelle behandelt werden.

Erinnern Sie sich an ihn im Büro im Roten Haus, an diesem Punkt seiner Laufbahn, an dem er, ein Mann mit außerordentlicher Begabung, den einen oder den anderen Weg hätte einschlagen können. Erinnern Sie sich an ihn, wie er (gleich mir) all die Stränge seiner komplizierten Vergangenheit hinter sich herzieht, angetrieben von dieser Vergangenheit, erfüllt von dem Gefühl (wie der Rechtsanwalt Evander), vom Strom der Geschichte getragen zu werden, und wenn er nach Feierabend lernt, erfüllt davon (wieder wie ich), daß dies die hoffnungsvollste Zeit seines Lebens ist.

Blair lernte, ich dagegen schrieb in meiner Freizeit – täglich meist ein oder zwei Stunden. Doch ich hatte nichts, über das ich hätte schreiben können: Ich bereitete mich nur darauf vor, ein Schriftsteller zu sein. Ich hatte ein Notizbuch, und darin schrieb ich mit türkiser Tinte Bemerkungen über Bücher, die ich gelesen hatte, und Gedanken über das Leben. Was ich schrieb, war prätentiös und falsch; das fand ich schon, während ich es niederschrieb, und es wäre mir unangenehm gewesen, wenn ein anderer es gelesen hätte, und doch hatte ich irgendwo im Hinterkopf die

Hoffnung, tiefgründig zu sein. Manchmal schrieb ich Landschaftsbeschreibungen: der Wald von Petit Valley, einer verwilderten ehemaligen Kakaoplantage in den Hügeln nordwestlich der Stadt, nach einem Nachmittagsregen. Manchmal beschrieb ich Szenerien in Port of Spain: die Western Main Road in St. James bei Nacht, nach einem Regen (noch mehr Regen), die blinkende rote Coca-Cola-Neonreklame über dem Rialto Kino, der schimmernde, unebene Asphalt, der die Lichter der Wagen und der geöffneten Läden reflektierte, die nackten Glühbirnen in den Salons, die Fliegen, die auf den von ihrem Kot rauhen, in der Luft hängenden elektrischen Leitungen schliefen, die Glatze des chinesischen Salonbesitzers, die verschmierte Vitrine mit altbakkenen, bemehlten Kuchen und weichem Kokosgebäck. Solche Szenen beschrieb ich gern. Noch lieber überarbeitete ich sie, weil eine korrigierte Seite besser aussah. Das war zwar gekünstelt, aber alles, was ich auf diese Art verarbeitete, blieb mir erhalten, und Jahre später erschlossen mir einige dieser Beschreibungen Szenen oder Stimmungen, die ich jenseits der Erinnerung geglaubt hatte.

Eines Samstags oder Sonntags ging ich zu einem Schönheitswettbewerb für Schwarze im Rialto. Ich wollte Material sammeln; ich war noch nie bei einem Schönheitswettbewerb gewesen. Es war eine schäbige Veranstaltung, und zwar für alle, ausgenommen vielleicht ein oder zwei der beteiligten Mädchen. Es war nicht wirklich komisch – jedenfalls fand ich das nicht –, aber ich versuchte, es komisch klingen zu lassen. Es geschah nichts Überraschendes, und doch versuchte ich es so darzustellen: Ich ließ die Gewinnerin über das Johlen des Publikums in Tränen ausbrechen. Um das zu schreiben, brauchte ich zwei oder drei Wochen, zu lange für die simplen oder platten Dinge, die ich zu sagen hatte. Ich schrieb mit der Hand und später auf einer Büroschreibmaschine, korrigierte immer wieder und zog die Zeit, die ich damit verbrachte, bewußt in die Länge. Das Korrigieren nützte nichts; es machte den Essay immer mehr zu einem Schülerzeitungsbeitrag, bei dem der Humor mehr in den Worten als in genauer Beobachtung oder tatsächlichen Gefühlen lag.

Ich konzentrierte mich beim Schreiben auf den Conferencier: auf seine formelle Kleidung, sein falsches Englisch, seine Eitelkeit. Den fertigen Artikel zeigte ich einer schwarzen Sekretärin im Büro, die ich kennengelernt hatte. Sie lehnte die Seiten gegen ihre hohe Schreibmaschine und las sie durch. Ich glaubte, sie ein- oder zweimal lächeln zu sehen, doch als sie zu Ende gelesen hatte, sagte sie: »Wenn es ein Inder gewesen wäre, hätten Sie das anders geschrieben.«

Das war das letzte, was ich erwartet hatte. Ich hatte ihr einen Artikel zu lesen gegeben und eine Kritik auf höherem Niveau erwartet. Und obwohl das, was sie sagte, nicht der Wahrheit entsprach, wuchs in den nächsten Wochen mein Gefühl, daß mit dem Artikel etwas nicht stimmte. Worauf gründete sich die Einstellung des Autors? Was kannte er von der Welt, und welche anderen Erfahrungen bestimmten seine Perspektive? Wie konnte ein Autor über diese Welt schreiben, wenn es die einzige war, die er kannte? Ich formulierte diese Fragen zwar nicht so; aber die Zweifel waren da.

Es dauerte einige Zeit, nämlich sechs Jahre, bis ich mich eingehender mit diesen Zweifeln befaßte. Ich lebte in England, und das erste echte Buch, das ich geschrieben hatte, war eines, zu dem mich meine Entdeckung von Port of Spain vor dem Krieg, meine Begeisterung für diese Stadt inspiriert hatte. Für mich war das wie eine Rückkehr zu den Anfängen, dem Sonntagsspaziergang mit meinem Vater auf der St. Vincent Street und dem Besuch in Nazaralli Bakshs Schneiderladen: Es war eine Rückkehr zu Dingen, an die ich mich kaum noch erinnern konnte und die nur durch den Akt des Schreibens freigesetzt wurden.

Als das Buch fertig war, kehrte ich für einige Wochen nach Trinidad zurück. Ich fuhr mit dem Schiff. Jeden zweiten Tag wurde die Uhr zurückgestellt; das Wetter veränderte sich langsam. Als ich eines Abends auf Deck war, kam eine Brise auf. Ich machte mich auf Kühle gefaßt, doch der Wind, der um meinen Kopf und mein Gesicht spielte, war warm. Als ich angekommen war und Besuche machte und feststellte, daß die Leute eine weniger dunkle Hautfarbe hatten, als es auf der Straße den Anschein hatte, überkam mich das Gefühl, daß mich ein ganzes Zeitalter – eine verschwundene Jugend, eine erzwungene Reife, England, ein Buch – von den Leuten im Registraturamt trennte. Dennoch waren für sie nur sechs Jahre vergangen. Schmuddeligere Wände, beengtere Amtsstuben, mehr Schreibtische. Blair arbeitete nicht mehr im Registraturamt, aber viele andere waren noch da: Belbenoit, der schlaksige Junge (oder Mann) aus St. James mit dem Damenfahrrad, die Sekretärin, der mein Artikel nicht gefallen hatte. Sie waren freundlich. Aber es lag etwas Neues in der Luft.

Auf dem Schiff hatte ich gehört, daß in Trinidad eine neue Politik Einzug gehalten hatte. Es gab regelmäßig Veranstaltungen auf dem Woodford Square gegenüber dem Roten Haus, den die Spanier in den achtziger Jahren des achtzehnten Jahrhunderts als zentralen Platz der Stadt angelegt hatten und der dann von den Briten verschönert worden war; wo die mittellosen Inder, die von den Plantagen geflohen waren, geschlafen hatten, bis sie ausstarben, und wo sich später die verrückten Schwarzen niederließen. Auf diesem Platz wurden nun Vorträge über die Sklaverei und die Geschichte der Insel gehalten. Die Menschen erfuhren etwas über sich selbst, und das Bewußtsein der Schwarzen wurde geweckt. Das war die Art von Politik, für die Blair sich engagierte.

Eines Abends ging ich zu einer solchen Veranstaltung. Der Platz, dessen Größe mir ohnehin anders erschien, war jetzt noch einmal verändert durch die elektrische Beleuchtung, die Lautsprecher und Mikrophone auf der Bühne des alten Musikpavillons (den ich bei seinem ersten Anblick so schön gefunden hatte, der sich jetzt jedoch in nichts von irgendeinem viktorianischen oder edwardianischen Musikpavillon in einem englischen Stadtpark unterschied) und durch die dunkle, verstreut dastehende, unergründliche Menge. Die großen Bäume warfen verzerrte Schatten und wirkten größer als im Tageslicht. Einige Zuhörer standen ganz am Rand des Platzes, an den eisernen Geländern; unter ihnen waren ein paar Weiße und Inder.

Die Männer auf der Bühne sprachen über vergangene Leiden und die aktuelle politische Situation auf der Insel. Sie sprachen wie Männer, die dabei sind, eine Verschwörung aufzudecken. Sie waren eins mit dem Publikum. Sie streuten Witze in ihre Reden, und jedesmal ging ein Lachen oder eine Art beifälliges Summen durch das Publikum. Die Redner waren nicht immer Schwarze oder Afrikaner, aber die Veranstaltung war für Schwarze gedacht; daran konnte kein Zweifel bestehen. (Blair sah ich nicht auf der Bühne. Er war nie ein Redner oder Kämpfer in vorderster Front; er hatte nicht das erforderliche Auftreten.)

Ich kannte nur wenige der Männer; ich verstand die Anspielungen und Witze nicht. Es war, als hätte ich einen Kinosaal betreten, lange nachdem der Film angefangen hatte, aber ich spürte, daß es keine Rolle spielte, was gesagt wurde. Wichtig war die Veranstaltung selbst: die Zusammenkunft, die Dramatik, die Stimmung; viele der Schwarzen auf dem Platz, ob sie nun gebildet oder ungebildet waren, entdeckten (und verherrlichten) ein gemeinsames Gefühl. Vor langer Zeit, bevor ich weggegangen war, hatte ich viele Aspekte dieses Gefühls in Andeutungen kennengelernt.

In Andeutungen: Die Leute hatten mit diesem Gefühl gelebt, als wäre es etwas Privates, das man nicht leichthin offenbart. Jeder – die Sekretärin im Registraturamt, der schwarze Junge oder Mann aus St. James, Blair, sogar der Conferencier des »Miss Fine Brown Frame«-Wettbewerbs, die Zuschauer dort, die sich über die Teilnehmerinnen, und einige der Teilnehmerinnen, die sich über sich selbst lustig gemacht hatten –, sie alle hatten je nach Charakter und intellektuellem Vermögen damit gelebt. In jedem, den man auf der Straße sah, war ein Stück von diesem Gefühl eingeschlossen. Das war kein Geheimnis. Es gehörte zu der uneingestandenen Grausamkeit unserer Situation, dieser Umstände, die wir nicht näher erforschen wollten; und jetzt sammelten sich all diese privaten Gefühle in einem gemeinsamen Bekken, wo jedem ein Segen zuteil wurde. Jeder, ob er nun hoch oder niedrig gestellt war, konnte seine privaten Gefühle, denen er manchmal nicht traute, gegen das Sakrament einer größeren Wahrheit eintauschen.

Auf dem Platz, der mit seinen Lichtern und Schatten romantisch wirkte, sprachen sie über die Geschichte und die neue Verfassung und die neuen Rechte; doch was entstanden war, glich mehr einer Religion. Man konnte es nicht auf dem Platz zurücklassen; man konnte es nicht von den anderen Bereichen des Lebens trennen. Und ich begriff die Begeisterung und auch die Distanziertheit der Leute, die ich beim Besuch meines alten Arbeitsplatzes im Roten Haus gespürt hatte.

In meiner Erinnerung hatten die Rechtsanwaltsgehilfen wie Schüler an ihren schrägen Pulten im vorderen Büro des Registraturamtes gesessen und in großen, gebundenen Bänden nach Dokumenten geforscht. Es waren bescheidene Männer, die aber viel auf sich hielten; manche trugen weiße Hemden und Krawatten. Sie hatten, wie jedermann, eine Art Ehrgeiz. Manchmal taten sie, als wären sie ehrgeiziger, als sie waren, aber viele von ihnen wußten, daß sie es nicht viel weiter bringen würden, und damit hatten sie sich abgefunden, wie man von Zeit zu Zeit sehen konnte, wenn ein älterer Mann – aus einer Generation ohne Aufstiegsmöglichkeiten, einer Generation, die inzwischen mehr oder weniger verschwunden ist – kam und nach etwas suchte und sie alle in eine Art von sinnlosem Friseursalon-Gespräch verwickelte, das wie der Klatsch im Dienstbotenzimmer war, voller Schläue und voller verschwörerischer Andeutungen, aber letztlich doch nur aus leeren Worten bestand.

(Dieses Friseursalon-Geschwätz hatte ich noch vor meiner Arbeit im Roten Haus kennengelernt. Nachdem ich mich um meine kleine, befristete Stellung beworben hatte, erhielt ich durch einen Cousin Nachricht von jemandem, der in diesen Dingen angeblich Bescheid wußte und tief in der Maschinerie des Roten Hauses saß: »Pereira ist der Mann, an den du dich wenden mußt. Alle Bewerbungen gehen über seinen Tisch.« Pereira war Schreiber in irgendeiner Abteilung. Eines Mittags zeigte man mir einen Mann, der auf einem Fahrrad die Western Main Road hinunterfuhr: »Da – Pereira.« Der große Mann, einfach so, auf der Western Main Road, mit allen anderen! Er war nicht alt, ein Mischling, der eher indisch als portugiesisch aussah, und ich nehme an, daß er zum Mittagessen vom Roten Haus nach Hause radelte. Er trug keinen Hut, trotz der prallen Mittagshitze, ließ sich Zeit und saß aufrecht auf seinem schweren englischen Vorkriegsfahrrad, Füller und Drehbleistift in die Tasche seines Hemdes geklemmt und die Socken über die Hosenbeine gezogen, die ordentlich über die Schienbeine nach hinten gefaltet waren. In einer anderen Erinnerung saß Pereira hoch auf dem schmalen, gewölbten Sattel eines zierlichen Rennrads, beugte sich tief über den Rennlenker und trat in die Pedale. Diese zweite Erinnerung ist wahrscheinlich boshaft und satirisch. Ich weiß es nicht. Ich habe Pereira nie wieder gesehen; ich weiß nicht einmal, ob der Mann, den man mir zeigte, wirklich Pereira war. Ich bekam die Stellung durch die Empfehlung meines ehemaligen Schuldirektors, und von Pereira war nie mehr die Rede.)

Manche der Rechtsanwaltsgehilfen arbeiteten noch immer im Registraturamt. Sie waren freundlich und gern bereit, ein Schwätzchen zu halten. Aber sie hatten nicht mehr diese Friseursalon-Lässigkeit. Ich glaubte, eine neue Intensität zu spüren, eine neue Steifheit, und hatte das Gefühl, daß diese Intensität – verborgen und verdrängt – schon immer dagewesen war, selbst in dem älteren Mann.

Das gleiche Gefühl hatte ich auch, wenn ich mit einfacheren Leuten sprach. Zum Beispiel mit dem dicklichen Büroboten, der sich freute, denselben Witz machen zu können wie vor sechs Jahren (»Immer fragen Sie mich. Warum fragen Sie mich immer so?«). Oder mit dem älteren, säuerlich dreinblickenden Nachforscher, der jeden Tag vor der Tür zum Registraturamt darauf wartete, daß Analphabeten kamen und ihm Arbeit gaben; er hatte damals, als ich ihn kennenlernte, ein sehr karges Einkommen gehabt und hin und wieder eine Einladung auf einen Drink gebraucht, und nun war er noch weiter heruntergekommen, weil seine Dienste weniger und weniger in Anspruch genommen wurden. Oder mit dem alten Steinmetz aus Barbados, der einige Arbeiten für meine Familie erledigt hatte. Ich hatte ihm immer dabei zugesehen; seine Lieder hatten mir gefallen und daß die Haare, die in seinen Nasenlöchern wuchsen, mit Zement gepudert waren wie Bienenbeine mit Pollen. Jetzt besuchte er mich. Er stand auf dem Bürgersteig und stützte die Arme auf das Gartentor. Er wollte nicht eintreten, weil er mit der Bitte um Geld kam. Die Zeiten seien hart, sagte er. Die hellere Farbe seiner Nasenhaare stammte nicht mehr vom Zement, sondern war das Grau grauer Haare. Selbst bei diesen Leuten spürte ich das neue Sakrament des Platzes, eine Spur neuer Herrlichkeit.

Ein großer Teil dieses Gefühls mochte in Wirklichkeit nur in mir sein – ich war während dieser Rückkehr aus vielerlei Gründen übersensibel –, aber ich bin davon überzeugt, daß ich auch etwas aufnahm und verstärkte, das tatsächlich da war. Die Geschichte des Ortes war bekannt; wir wurden auf Schritt und Tritt daran erinnert; ein Kratzer, und wir alle bluteten. Das Verwunderliche war nur, daß es so lange gedauert hatte, bis die Schwarzen zu diesem Gefühl gefunden hatten. In unserem kolonialen Gefüge waren Weiße oder Mischlinge wie Belbenoit die Vorbilder der Schwarzen gewesen. Wegen ihres Mißtrauens gegen sich selbst hatten die Schwarzen sie als ihre Führer angesehen. Für Schwarze hatte das politische Leben spät begonnen; sie hatten ihr Selbstvertrauen spät entdeckt; zu viele Generationen hatten ihre Gefühle hinter Frisiersalon-Geschwätz verbergen und sich über sie lustig machen müssen. 1937 hatte es auf den Ölfeldern einen großen Streik gegeben, aber der Anführer, ein Mann von einer der kleineren Inseln, war eher ein Dorfprediger gewesen, ein ungebildeter und ein wenig verrückter Mann, der nach seinem anfänglichen politischen Höhenflug rasch erlahmte und seinen Anhängern nur eine Art religiöser Ekstase bot. Darüber ging dieses neue Sakrament des Platzes weit hinaus.

Alles, was ich von früher kannte, jede Straße, jedes Gebäude, schrumpfte bei dieser Rückkehr zusammen, sobald mein Blick darauf fiel. Während ich umherfuhr, spielte ich gern mit diesem Perspektivwechsel und verglich das, was in meiner Erinnerung an Kindheit und Jugend lag, mit dem, was jetzt, wie mit einemmal, vor meinen Augen existierte. Auf ähnliche Weise veränderte sich auch jeder schwarze oder afrikanische Mensch aus meiner Vergangenheit. Und ich fühlte mich doppelt so weit von dem entfernt, was ich gekannt hatte.

Bei der Versammlung auf dem Platz hatte ich eine weiße Familie gesehen, die zwischen zwei Reden den Platz verließ. Es war eine alte Kaufmannsfamilie. Ich hatte einmal flüchtig mit ihnen zu tun gehabt. Bevor ich meine Stelle im Roten Haus antrat, war ich einige Wochen Nachhilfelehrer eines ihrer Kinder gewesen. Ich hatte das Gefühl, daß sie mich durch einen Trick dazu gebracht hatten, mich mit einem sehr niedrigen Honorar zufriedenzugeben. Sie überließen es mir, mein Honorar festzusetzen, und ich war damals noch keine siebzehn und wußte nicht, was ich fordern sollte. So nannte ich, durch eine absurde Vorstellung von Ehrenhaftigkeit verleitet, eine sehr niedrige Summe. Sie dagegen bemühten sich nicht, dieser Vorstellung von Ehrenhaftigkeit zu entsprechen; sie gaben mir das sehr niedrige Honorar, das ich verlangte, und keinen Penny mehr. Alte Scham und Wut (ein Aspekt der Stimmung, die auf dem Platz herrschte) ergriffen mich, als ich sie jetzt sah.

Sie hatten am Rand des Platzes gestanden – gut sichtbar, selbstbewußt, voller Respekt gegenüber der Versammlung. Vielleicht waren sie des Spektakels wegen gekommen. Aber dann mochten sie sich, wie ich, ausgeschlossen gefühlt haben; vielleicht spürten sie, wie die Erde unter ihnen bebte. Es gab allerdings nur sehr wenige Weiße in der Kolonie, und die waren nicht wirklich bedroht. Ein großer Teil der feindseligen Gefühle, die durch das Sakrament auf dem Platz freigesetzt wurden, war wahrscheinlich gegen die Inder gerichtet, die die andere Hälfte der Bevölkerung ausmachten.

Die Stadt war wichtig für mich gewesen, sie zu erforschen, eine der Freuden meiner Kindheit: schöne Gebäude, Plätze, Brunnen, Gärten zu entdecken, schöne Dinge, die nur dazu da waren, die Menschen zu erfreuen. Dennoch hatte ich diese Kolonialstadt nur zehn Jahre lang gekannt. Für mich war sie immer ein fremder Ort gewesen, ein Ort, an den ich von irgendwoher gekommen war und mit dem ich mich noch immer erst vertraut machte. Bei dieser Rückkehr hatte ich das Gefühl, daß er in andere Hände übergegangen war.

Einige Wochen später fuhr ich wieder fort. Es dauerte vier Jahre, bis ich zurückkehrte. Und danach kam und ging ich in unregelmäßigen Abständen: Manchmal verbrachte ich nur ein paar Tage auf der Insel, und einmal blieb ich mehr als fünf Jahre lang fort. Mit diesen Unterbrechungen und aus der Entfernung sah ich diesen Ort, den ich kannte und doch nicht kannte und der weiterhin rebellierte. Menschen kündigten, setzten sich zur Ruhe, starben, gingen ins Ausland. Es kam die Zeit, da gab es keine Amtsstuben, keine Menschen mehr, die ich besuchen konnte. Wie bei den Vorkriegsheften mit Fotos, die einen Crikketspieler in Aktion zeigten – zwanzig oder dreißig Fotos waren zusammengeheftet, und wenn man sie mit dem Daumen durchblätterte, konnte man sehen, wie Constantine zuckend warf oder wie Bradman den Schläger ganz oben am Griff faßte und einen *cover drive* schlug –, begann mein Bild von diesem Ort zu rasen.

Die Unabhängigkeit kam in einem wahren Taumel schwarzer Begeisterung – es war fast ein Aufstand – und mit der inzwischen genau definierten Trennung der Rassen: Das Land war indisch, die Stadt afrikanisch. Und bald begann die Stadt, die ich gekannt hatte, sich zu verändern.

Schwarze von den kleineren Inseln im Norden ließen sich nieder. Diesen Drang hatten sie schon immer gehabt; im Krieg waren recht viele gekommen, um auf den amerikanischen Stützpunkten zu arbeiten, und da hatten sie sich in dem übelriechenden Sumpfgebiet im Osten eine spektakuläre grauschwarze Hüttenstadt aus altem Holz und Kisten und rostigem Wellblech gebaut. Die Zuwanderung war nie legal gewesen, aber jetzt nahm sie zu. Die Einwanderer wurden von der Stimmung angesteckt und steuerten etwas von der Leidenschaft ihrer kleinen Heimatinseln, ihrer kleinen, abgeschlossenen afrikanischen Gemeinschaften dazu bei.

Die Hüttenstadt der Einwanderer breitete sich über den zugeschütteten Sumpf und die Hügel daneben aus. Gleichzeitig wuchsen im Westen der Stadt, an der Küste (wo bis dahin Badeplätze gewesen waren) und in den Tälern der Northern Range, wo es bis zur Weltwirtschaftskrise Kakao- und Zitrusplantagen gegeben hatte, neue Wohn- und Geschäftsviertel für die Mittelklasse.

Die kleine, von den Spaniern im achtzehnten Jahrhundert angelegte Stadt hatte viele Plätze oder offene Räume zwischen den Wohnhäusern gehabt, und ringsum hatte es nichts als Land und Plantagen gegeben. Jetzt gab es kein Land mehr, und die Stadt begann, sich beengt zu fühlen. Schon während des Krieges hatten die Amerikaner große, zweistöckige Gebäude auf einigen zentralen Plätzen in der Nähe des Hafens errichtet. Etwa zur selben Zeit hatte die örtliche Regierung auf einer der Rasenflächen am Roten Haus das Informationsbüro errichtet, und einige der hölzernen Anschlagtafeln dieses Büros waren an dem stillgelegten Brunnen aufgestellt worden, unter der spitzen Kuppel der Passage durch das Rote Haus. Jetzt befanden sich dort, wo früher die Anschlagtafeln gestanden hatten, roh gezimmerte, häßliche hölzerne Anbauten, in denen Regierungsbehörden untergebracht waren. Die Anbauten sahen aus wie große Kisten. Die Volksschule, auf die ich gegangen war, war immer wieder erweitert worden; der Hof, auf dem wir gespielt hatten, war verschwunden.

Schließlich gab es keinen Unterschied mehr zwischen Stadt und Land. Das war ein Verlust: Als Kind hatte ich die unterschiedlichen Vorstellungen von Stadt und Land geliebt. In meiner Erinnerung hatte ich eine Reise vom Land in die Stadt gemacht, und dann von der Stadt aus gelegentliche Ferienausflüge aufs Land. Wenn man in den Osten wollte, mußte man sich in die Schlange an der Busstation in der George Street einreihen. Sobald man die Slums an dem breiten Kanal aus Beton, der East Dry River genannt wurde, hinter sich gelassen hatte, sah man große Bäume und stellenweise Busch, und dann tauchten im Süden die Zuckerrohrebenen auf. Im Westen war das Ende der Stadt sogar noch dramatischer: Man fuhr plötzlich durch eine Kokosplantage und sah kein einziges Haus mehr.

Jetzt war im Osten wie im Westen der Stadt alles bebaut, ohne offene Räume, ohne Grünflächen. Es gab nur Häuser und Häuser; manchmal waren die Parzellen sehr klein. Und es gab immer Lärm, pausenlos Lärm. Man hatte den Eindruck, die Menschen seien eingesperrt und infolge ihrer Beengtheit ständig erregt. Dennoch wurden immer noch mehr Straßen gebaut, mehr Hügel terrassiert, und die Hügellandschaft, die ich gekannt hatte (und in meiner freien Zeit im Roten Haus beschrieben hatte), war so verändert, so sehr zu einem Ort geworden, an dem ich mich nicht mehr orientieren konnte, daß ich es vorzog, mich viele Jahre von dort fernzuhalten.

Im schwarzen Wasser des Mangrovensumpfes am Ostrand der Stadt wurde eine neue Müllkippe angelegt, jenseits der Schnellstraße, die durch die Hüttenstadt führte. Diese war nun offiziell anerkannt und wurde gelegentlich offiziell erweitert, aber sie war immer noch eine Hüttenstadt, und sie wuchs stetig und breitete sich über die Hügel aus. Die Feuer auf der Müllkippe brannten Tag und Nacht. Der Rauch war schwarz mit einem Stich ins Bräunliche. Oft lag er über der Schnellstraße. Er roch stechend; man mußte die Wagenfenster schließen. Die Menschen in der Hüttenstadt – Männer, Frauen und Kinder – arbeiteten in diesem Rauch. Es waren emblematische Silhouetten, die im Müll nach Dingen stocherten, welche sich bergen und verkaufen ließen. Schwarze, schwere, geduckte Krähenvögel hüpften auf den Abfallhügeln herum; die Kinder aus der Hüttenstadt rannten zwischen den Autos über die müllübersäte Schnellstraße hinüber zur Müllkippe.

Es war, als würde zusammen mit der kolonialen Vergangenheit die ganze koloniale Landschaft planiert und zerstört, als wäre zusammen mit dieser Vergangenheit der Begriff »Vorschrift« verworfen worden, als hätte sich die Energie der Revolte nach dem gemeinsamen Sakrament des Platzes in etwas Eigenständiges verwandelt, das das Land auffraß.

Anfangs, vor all den Jahren, im Glanz der Lichter des Platzes – wo die Schönheit der gepflasterten Wege und des Brunnens wohl ein Aspekt des Reichtums der Welt war, den man nun bald erben würde – hatten die Redner auf der Bühne des viktorianischen Musikpavillons von Geschichte und Leiden und der großen Verschwörung der Herrschenden gesprochen und den Menschen eingeredet, der Augenblick der Befreiung sei endlich gekommen.

Für viele kam er tatsächlich. Doch das Versprechen der Befreiung war so groß gewesen, daß sich einige durch das, was folgte, betrogen fühlen mußten. Diese Leute fanden es auch weiterhin richtig, in ihrer Ablehnungshaltung zu verharren, und im Lauf der Jahre pfropften sie ihrer Haltung die Leidenschaften einer extremeren, spektakuläreren und mehr an Randgruppen orientierten schwarzen Politik auf, wie sie in anderen Ländern verfochten wurde. So wuchs eine Unzufriedenheit, die sich von der Vorstellung einer unmöglichen, vollkommenen Gleichberechtigung der Rassen nährte; und immer drohte eine Rebellion innerhalb der Rebellion.

In einem Jahr gab es eine ernsthafte Revolte. Die Regierung überstand sie, und anschließend verschwand auch der letzte große Platz der spanischen Altstadt aus dem achtzehnten Jahrhundert. Was die Calle Marina, die Straße der Marine, gewesen war – ein breiter Platz, der sich entlang der ehemaligen Uferpromenade erstreckt hatte –, wurde den aufbegehrenden Rastafaris aus den Hügeln und der Hüttenstadt im Osten als Marktplatz überlassen. Um ihnen die Konkurrenz mit den eingesessenen Händlern der Stadt zu ermöglichen, stellte man auf dem großen Platz kleine Bretterbuden auf, und dort verkauften die Menschen aus der Hüttenstadt die einfachen Metall- und Lederwaren, die sie herstellten.

Die Folge war eine weitere Isolation der Stadtmitte, jenes Teils der Stadt, den wir »die Stadt« genannt hatten (und in dem ich, als ich gerade dort angekommen war, an einem ruhigen Sonntagnachmittag einen Spaziergang mit meinem Vater gemacht hatte; so ruhig war dieser Nachmittag gewesen, daß wir auf der Straße gehen und ungestört unsere Spiegelbilder in den Schaufenstern hatten betrachten können). In den Neubaugebieten westlich und östlich von Port of Spain entstanden Einkaufszentren. Man brauchte nicht mehr in die Stadtmitte zu fahren, und wenn ich nun für ein paar Tage nach Trinidad zurückkehrte, kam auch ich manchmal überhaupt nicht dorthin.

Die Menschen lebten weiterhin in einem Zustand der Gereiztheit. Daran änderte sich auch nichts, als der Ölboom begann und es schien, als wäre das Wohlfahrtsgeld, das jeder bekam, der es haben wollte, eine Belohnung für ihre Begeisterung, für ihren treuen Glauben an das Sakrament. Als die Wirtschaftskrise kam und man sich nicht erinnern konnte, jemals so harte Zeiten erlebt zu haben, bot sich als Balsam wieder einmal die Haltung der Ablehnung und der Selbstgerechtigkeit an. Doch nun hatte sie einen neuen Aspekt, den sich die damaligen Redner auf dem Platz nicht hätten träumen lassen.

In Port of Spain und den kleineren Städten auf dem Land sah man Männer und Frauen, die wie Araber gekleidet waren: Die Männer trugen lange weiße Gewänder und weiße Käppchen, die Frauen schwarze Schleier, und Männer und Frauen fielen auf der Straße auf, und es schien ihnen bewußt zu sein, wie tugendhaft und anders sie waren.

Diese Leute waren eine neue Art von Moslems. Sie hatten ihren Glauben nicht geerbt wie einige der Inder auf der Insel, Leute wie Leonard Side von »Parry's Funeral Parlour« und Nazaralli Baksh, der vor fünfzig Jahren einen Schneiderladen auf der St. Vincent Street gehabt hatte. Sie waren auch nicht wie die Black Muslims in den USA. Sie vermittelten den Eindruck, als stünden sie in direkter Verbindung mit der arabischen Welt. Im Stadtzentrum, und zwar in einer Gegend, die zu Kolonialzeiten ein vornehmes Viertel gewesen war, hatten diese arabisch wirkenden Moslems hier und da wertvolle Grundstücke und Häuser gekauft. Die Fenster und Veranden dieser Gebäude wurden verhängt, und es wurden grüne und weiße Schilder mit arabischen Buchstaben angebracht.

Sie hatten ein Stück öffentliches Land in Mucurapo besetzt,

nahe bei St. James, und eine kleine Siedlung und eine Moschee gebaut. Das war nicht weit vom Friedhof von Mucurapo mit seinen sehr alten und hohen Königspalmen, und auch nicht weit von dem kleinen Haus auf der halben Parzelle, in dem Leonard Side bis vor ungefähr zwanzig Jahren mit seiner Mutter gelebt hatte. Während des Krieges hatten die Amerikaner das Land mit Beschlag belegt. Sie hatten aus Ziegelsteinen gewaltige Lagerhäuser gebaut, die aussahen wie Hangars. Eines dieser Gebäude war das Gebäude der United Service Organizations geworden, das Vergnügungszentrum der Amerikaner, und von der anderen Seite des bewachten Zauns hatte es für uns verlockend strahlend und großartig ausgesehen. Das Land war vor dem Krieg den Untiefen des Golfs von Paria abgewonnen worden: Land, aufgeschüttet auf steinlosem, sehr weichem und bei Ebbe freiliegendem schwarzen Schlamm. Ich weiß noch, wie die Landgewinnung begann und der ausgebaggerte schwarze Schlamm des Golfs in rissigen grauen Fladen trocknete. (Und davor war das ganze Gebiet – St. James, Mucurapo, Conquerabia, Conquerabo – jahrhundertelang Cumucurapo gewesen, ein Ort der eingeborenen Indianer.)

Diese Siedlung machte die Leute nervös. Sie schien stetig zu wachsen, über Geld zu verfügen und ihren eigenen Gesetzen zu gehorchen. Es gab eine Schule in der Siedlung. Die Gruppe legte Wert auf schulische Bildung; wenn man ihre Mitglieder in bestimmten ländlichen Gebieten am späten Vormittag auf dem Markt einkaufen sah, wirkten sie – erwachsene Männer und Frauen mit Büchern und Heften unter den Armen – wie Kinder nach Schulschluß. Doch die Bücher waren in arabisch geschrieben, und ihre Schulen waren angeblich Koranschulen. Diese Art von Schulbildung war vielen Einheimischen zuwider; und neben der arabischen Kleidung war dies ein weiteres Element, das diese Menschen abgrenzte. Die Moschee, die sie gebaut hatten, sah nicht aus wie die gewohnten indischen Moscheen: rechteckige Gebäude aus Beton, mit Kuppeln und grün und weiß gestrichen. Diese war höher, eckiger und greller angemalt. Die Einheimischen wußten nicht, woher der Baustil stammte. Ich hielt es für möglich, daß er nordafrikanischen Ursprungs war, aber ich war mir nicht sicher.

Nachdem sie in der Moschee gebetet hatten – ich gebe all dies so wieder, wie es später berichtet wurde –, marschierten eines späten Nachmittags etwa hundert Männer der Sekte, bewaffnet mit Sprengstoff und Feuerwaffen, zur St. Vincent Street. Sie griffen das Polizeipräsidium an, und in der Nähe des Zeughauses gab es eine große Explosion. Bei diesem ersten Angriff kamen einige Polizeibeamte ums Leben. Später oder gleichzeitig unternahm man einen Angriff auf das Rote Haus schräg gegenüber. Dort tagte gerade das Parlament. Schüsse wurden abgefeuert; Menschen wurden getroffen. Und dann schienen die Rebellen, wie schon so oft bei Sklavenaufständen auf diesen Inseln, nicht zu wissen, wie es weitergehen sollte: Alle Energie und Begeisterung hatte sich in der Dramatik des Angriffs, in der Überrumpelung, im ersten Blutvergießen und der Demütigung derer, welche die Macht besaßen, konzentriert und erschöpft. Sechs Tage lang belagerten die Rebellen das Rote Haus und machten die Minister und alle, die sich in dem Gebäude befanden, praktisch zu Gefangenen.

Das Rote Haus und die St. Vincent Street rochen nach Tod. Bei dem Angriff am späten Nachmittag waren, wie es hieß, etwa fünfzehn Menschen umgekommen, und bei einigen Leichen hatte der Verwesungsprozeß begonnen. Man erzählte sich, daß ein paar von den Toten in das Kellergewölbe des Roten Hauses gebracht worden waren, und zwar in die Nähe des Eingangs, an dem ich einige Wochen lang meinen Schreibtisch gehabt und Geburts- und Sterbeurkunden kopiert hatte. Wieviel an diesen Geschichten stimmte, weiß ich nicht. Doch als die Rebellen sich ergeben hatten und die Belagerung beendet war und die örtlichen Zeitungen Fotos brachten, die aus großer Entfernung gemacht worden waren und auf denen sich die Leute, die aus dem Roten Haus kamen, Taschentücher vor die Nase hielten, erinnerte ich mich an den Geruch nach Fischleim, in dem ich gearbeitet hatte, und dachte an das trüb erleuchtete, stickige, eigenartig stille Kellergewölbe voller Papier, in dem, wie man mir gesagt hatte, alle Urkunden der britischen Kolonie – beziehungsweise alle Urkunden seit 1797 – aufbewahrt wurden: alle Aufzeichnungen über Landvermessungen und Eigentumsübertragungen und dann, später erst, die Geburts- und Sterbeurkunden sowie jeweils ein Exemplar von allem, was je in der Kolonie gedruckt worden war.

Man sagte mir, der Geruch des Todes habe noch tagelang über dem Viertel gehangen, in dem etwa fünfunddreißig Jahre zuvor die Väter und Großväter der Rebellen (von denen viele sehr jung waren, Burschen von nicht einmal zwanzig) das Sakrament des Woodford Squares empfangen haben mochten.

Ich hatte nie gedacht, daß die St. Vincent Street – die in meiner ersten Erinnerung so still und friedlich war – einmal ein Ort sein könnte, an dem so verbissen gekämpft wurde. Dennoch sind alle Ansammlungen menschlicher Behausungen mit dieser Art von Gewalt in Berührung gekommen. Fast jede Stadt ist schon einmal belagert und umkämpft worden und kennt diese Art von Blutvergießen. Sobald ich zurückdachte, und sei es nur an meine eigene Anspannung nach meiner ersten Rückkehr aus England, sah ich eine gewaltige Verkettung von Umständen. Man konnte mit dem Sakrament des Platzes beginnen und sich von dort aus in die Vergangenheit arbeiten: zu den verrückten Schwarzen auf den Bänken, den indischen Obdachlosen, den Plantagen, der Wildnis, den Siedlungen der Eingeborenen, der Entdeckung. Und man konnte sich von jener Begeisterung und Ablehnungshaltung zum Nihilismus der Gegenwart vorarbeiten.

Sobald die Belagerung begann, gab es keine funktionierende Regierung mehr. Es dauerte eine Weile, bis man das begriff, doch dann war die Wirkung auf die schwarzen Gemeinden – die alteingesessenen wie die zugewanderten, in der Hauptstadt wie in den benachbarten Siedlungen am Fuß der Northern Range, nördlich des hauptsächlich von Indern bewohnten Landes, das ruhig und unberührt vom wilden Treiben im Norden blieb –, die Wirkung auf diese Gemeinden war ganz außerordentlich. Die Schwarzen waren wie Menschen, denen ein Augenblick uneingeschränkter Freiheit vergönnt ist. Sie bildeten Banden, die plündernd umherzogen. Davon – von den entbrannten, nicht wiederzuerkennenden Gesichtern und den glänzenden Augen – sprach man, als ich zurückkehrte, ebensoviel wie von der Belagerung des Roten Hauses. Etwa sechs Tage lang hatten ganze Dörfer in der Vorstellung gelebt, daß das Ende der Dinge gekommen sei, die Welt keiner Logik mehr gehorche, und das hatte sie aus ihrer Existenz herausgehoben. Mindestens neunundzwanzig Menschen starben bei den Plünderungen.

Seit vielen Jahren hatte ich mich mit dem Gedanken abgefunden, daß die Stadt, die ich als Kind gekannt hatte, nicht mehr existierte und das, was jetzt dort war, anderen gehörte. Nazaralli Baksh, der die Kleider gemacht hatte, in denen ich die Insel verließ, war auf der St. Vincent Street schon seit einiger Zeit kein bekannter Name mehr. Doch wenn man die Zerstörung des Viertels sah, in dem er seinen Laden gehabt hatte, fühlte man sich mehr denn je an ihn erinnert. Eine Wand des im Stil viktorianischer Gotik erbauten Polizeipräsidiums – er hatte die Uniformen für die Polizisten geschneidert – war aufgesprengt worden. Die Reste der grauen Außenmauer, die noch standen, waren geschwärzt; Rauch war aus den Spitzbögen gequollen. Es war beunruhigend zu sehen, daß das, was einst Stadt gewesen war – gesetzlich geregelt, gepflegt, beschützt, voller Wunder und möglicher Abenteuer –, sich in Leere, in unbebauten Grund verwandelte. Die Häuser in den Geschäftsstraßen des Zentrums waren abgerissen worden. Man konnte sehen, was vermeintlich für immer begraben gewesen war: die dicken Fundamente einiger spanischer Gebäude aus dem achtzehnten Jahrhundert. Man konnte an den höheren Mauern die Spuren der niedrigen Giebel alter, kleiner Gebäude sehen. Man konnte, tatsächlich, auf noch mehr hinabsehen als auf spanische Grundmauern: Man konnte auf die rote Erde der Indianer hinabsehen.

Schon früher hatte es hier Blutvergießen gegeben. Wo die Hügel nun mit den Hütten der Einwanderer überzogen waren, hatten einst Ureinwohner gelebt. Die spanische Stadt war im achtzehnten Jahrhundert in einer Wildnis angelegt worden, welche die Spanier zwei Jahrhunderte zuvor, nach der Übernahme der indianischen Siedlung Cumucurapo, selbst geschaffen hatten. Stets legalistisch, hatten die Spanier fast immer einen Notar dabei, der über das, was er sah, »Zeugnis ablegte«. »*Doy fe*«, schrieb er dann: »Ich bezeuge«, »Ich lege Zeugnis ab.« Und es hatte einen Notar gegeben, der die Namen der indianischen Häuptlinge von Cumucurapo aufzeichnete, die ihr Land den Spaniern übergeben hatten; der Notar hatte geschrieben, sie hätten das freiwillig getan, und die Menschen hätten »gejubelt«. Die Namen dieser Häuptlinge wurden durch ein außergewöhnliches Ereignis bestätigt. Wenig später machte nämlich ein englisches Freibeuterschiff einen Überfall. Die Spanier, die vor so kurzer Zeit erst die »legitimen Besitzer« des Landes geworden waren, mußten fliehen; und im Gefängnis der neuen spanischen Siedlung jenseits der Hügel fand man fünf der beraubten Häuptlinge, deren Namen der Notar getreulich verzeichnet hatte: die letzten indianischen Herrscher über dieses Land – aneinandergekettet, mit heißem Bratfett verbrannt und durch andere Foltern gebrochen.

3. Neue Kleider

Eine ungeschriebene Geschichte

Manche Ideen für Geschichten erkalten, wenn man versucht, sie zu Papier zu bringen. Mit anderen spielt man nur in Gedanken, ohne weiter etwas damit anzufangen, vielleicht, weil man weiß, daß man mit ihnen nicht sehr weit käme. Die meisten dieser nicht umgesetzten Ideen verblassen, doch kann die eine oder andere auch bestehenbleiben. Dies ist eine Beschreibung einer Idee, die bestehengeblieben ist.

Der erste Impuls kam mir in der ersten oder zweiten Woche des Jahres 1961, als ich mich im Hochland von Guayana befand, in einem indianischen Niemandsland im Grenzgebiet von Venezuela, Brasilien und dem, was heute Guayana heißt.

Ich war noch nie in Südamerika gewesen oder in der Wildnis gereist. Ich war eigentlich noch nie ernsthaft gereist; und der Wunsch zu schreiben entsprang weniger einer Idee für eine Geschichte als einer Erregung darüber, wo ich mich befand.

Einmal saß ich fast den ganzen Tag in einem kleinen Boot und fuhr einen Hochlandfluß hinauf, der durch hohen, kühlen Wald floß. Der Fluß war nur ein kleiner Nebenfluß eines Nebenflusses. Er war seicht, verbreiterte sich bisweilen in einem holprigen, steinigen Bett mit gelegentlichen tiefen Stellen, in denen sich gestürzte Bäume oder Äste, zusammen mit großen, rissigen Felsen, perfekt spiegelten. Diese grauen, blankgescheuerten Felsen waren manchmal so glatt gespalten – als wären sie riesengroße versteinerte Früchte –, daß sie eine eigenständige Schönheit besaßen. Das Wasser war rötlich (von faulenden Blättern und Baumrinden), im Sonnenlicht durchsichtig und sauber genug zum Trinken.

Grellbunte Vögel folgten unserem Boot. Wir hatten einen Mann mit einem Gewehr dabei, einen Indianer. Er schoß auf die Vögel, zum Spaß. Nach jedem Schuß sah er auf das Boot hinab, sah aber niemanden an und lachte nervös. Die Vögel hatten keine Angst; sie blieben in unserer Nähe; man konnte ihren stetigen Flügelschlag hören.

An diesem Tag hielten wir ein- oder zweimal bei einem Indianerdorf an. In Dorfnähe war das Flußufer höher, und ein Steg oder Serpentinenpfad führte ans Wasser, wo die Einbäume des Dorfes angebunden waren. Die Menschen waren blaß und hatten schwarzes Haar. Sie unterhielten sich angeregt miteinander, tauschten Waren, Nahrungsmittel und Neuigkeiten, und konnten doch im nächsten Augenblick uns anderen gegenüber zurückhaltend sein: Sie standen merkwürdig reglos auf ihrem baumbeschatteten Ufer und sahen unverwandt auf das Boot hinab.

Das war die Situation. Ich hätte gerne etwas daraus gemacht, aber jeder Einfall schien das, was ich als Reisender empfunden hatte, zu verfälschen.

Sechs oder sieben Jahre später, als ich eine andere Art Buch schrieb, befaßte ich mich eingehend mit der Literatur über diese Region. Ich ging zurück bis zu den ersten Beschreibungen und konzentrierte mich auf die Zeit zwischen 1590 und 1620. Unter den spanischen Dokumenten fanden sich Urkunden über die formelle Gründung spanischer Städte in der indianischen Wildnis, Berichte über Expeditionen (die meist in Tod oder Verzweiflung endeten), Petitionen der Kolonisten an den König (die er oder irgendein Hofbeamter vielleicht erst ein ganzes Jahr später zu lesen bekamen): Sie waren eigenartig frisch und informell, diese alten spanischen Rufe vom anderen Ende der Welt, diese Beschwerden und Irrungen hungriger, streitlustiger, selbstgerechter, stoischer Menschen.

Ich las auch die Berichte ausländischer Forschungsreisender. Ausländern – das heißt anderen Europäern – war der Zugang zum spanischen Weltreich per Gesetz verwehrt. Wer in ihm gefangen wurde, riskierte den Tod oder die Inquisition. Doch dies war ein vernachlässigter Winkel des spanischen Reiches, und die Eindringlinge, wie man sie nannte, kamen auch weiterhin, aus Frankreich, Holland und England. Die meisten kamen, um Handel zu treiben (sie brachten afrikanische Sklaven und kauften Salz und Tabak); doch einige planten die Gründung eigener Kolonien oder Königreiche und suchten unter den Indianern nach Verbündeten und Untertanen.

Ich wunderte mich über die innere Kraft dieser Menschen. Ich erinnerte mich an den ersten Blick, den ich in der letzten Woche des Jahres 1960 aus einem tieffliegenden Flugzeug auf ein sehr kleines Stück dieses Kontinents geworfen hatte: kilometerlange wilde, schlammige Strände mit großen umgestürzten Bäumen, Strände, auf die wohl kein Reisender je seinen Fuß gesetzt hatte und auf die kein Tourist je seinen Fuß setzen würde; dichter Wald; das riesige halb überschwemmte Durcheinander sich windender Flüsse. Es wäre schon eine Leistung gewesen, nur dorthin zu gelangen und lebend zurückzukehren. Diese Leute, deren Aufzeichnungen ich las, waren dort gewesen, um Intrigen zu spinnen, nach Gold zu suchen, zu kämpfen.

Im Lauf einiger Jahre nahm in meinem Kopf eine Geschichte Gestalt an. Doch sie kleidete sich nie in Details, in jene »Dinge«, die eine Geschichte braucht, auch wenn sie in ihrem Verlauf verfliegen – wie Öl oder Alkohol, diese Trägersubstanzen, die verfliegen und einen langlebigeren Duft zurücklassen.

Meine Idee blieb eine Idee, und ich schreibe sie (teilweise zum erstenmal ausgearbeitet) hier nieder.

Der Erzähler fährt einen Fluß in der Gebirgsregion eines ungenannten südamerikanischen Landes hinauf. Wer ist der Erzähler? Zu was kann man ihn machen? Das ist ein Punkt, durch den eine Geschichte leicht eine falsche Richtung nehmen kann.

Den Erzähler zu einem Schriftsteller oder Reisenden zu machen würde den Tatsachen entsprechen, aber dann wären die fiktionalen Hinzufügungen zu durchsichtig. Kann der Erzähler ein Mann sein, der sich verkleidet hat, ein Mann auf der Flucht? Das würde zu der Region passen. 1971 floh Michael X, der Black-Power-Führer von Trinidad, der dort zwei Menschen getötet hatte, nach Guayana (das physikalisch dem Land in der Geschichte entspricht) und ging ins Landesinnere, um sich dort zu verstecken. Und viele Jahre vorher landete einer der letzten Männer von Frank James' Bande auf der Suche nach einem Zufluchtsort außerhalb der Vereinigten Staaten im Savannenland von Guayana, unterhalb des Waldes. (Jedenfalls hörte ich das, als ich im Verlauf meiner eigenen Reise dorthin kam. Die Einheimischen waren stolz auf diese Verbindung, und auch ich fand sie romantisch, denn schließlich hatte ich als Kind die Filme mit Tyrone Power und Henry Fonda als Frank und Jesse James gesehen.)

Ein Mann auf der Flucht hätte zu diesem Land gepaßt. Doch eine Geschichte gehorcht ihren eigenen strengen Gesetzen. Sie verlangt Bezüge, und hätte man aus dem Erzähler einen solchen Menschen gemacht, so hätte man etwas Unnötiges eingeführt, eine Ablenkung, etwas ohne Bezug zu dem, was ihn am Ende seiner Reise erwartete.

Es ist besser, den Erzähler nicht einen Flüchtling, sondern einen Unruhestifter sein zu lassen. Zum Beispiel einen Revolutionär der siebziger Jahre. Einen Mann, der die Hilfe der Indianer im Hinterland sucht, um die schwarze Regierung an der Küste zu stürzen. Ein solches Szenario entspräche den tatsächlichen Ereignissen in mehr als einem Land dieser Region. Es enthielte auch gewisse ironische Verweise auf die Geschichte.

Im späten achtzehnten und frühen neunzehnten Jahrhundert, als die Holländer und Briten – die nun nicht mehr Eindringlinge auf spanischem Land, sondern souveräne Mächte waren – an der Küste mit Sklaven bewirtschaftete Plantagen unterhielten, jagten die Indianer Sklaven, die ins Hinterland geflohen waren, um Kopfgeld zu kassieren. Jetzt, zum Zeitpunkt dieser Geschichte, haben die Schwarzen an der Küste, die Nachkommen jener Sklaven, die Macht von den alten Kolonialregierungen übernommen. Sie verfügen über eine breite, gebildete Mittelschicht. Sie sind jetzt die Herrscher, und die Indianer sind, kulturell betrachtet, nichts anderes als das, was sie vor zweihundert Jahren waren.

Darum hat für den Erzähler – der mehr ist als ein Reisender auf der Suche nach neuen Eindrücken – alles, was er auf dem Fluß sieht, viele Bedeutungen.

Im Heck des Bootes steht ein Mann mit einer Schrotflinte: Von Zeit zu Zeit schießt er auf die Vögel, die dem Boot folgen, und nach jedem Schuß lacht er. Vielleicht besaßen seine Vorfahren den gleichen Sportgeist, als sie die geflohenen Afrikaner jagten. Damals taten sie das nicht mit Gewehren, sondern mit Pfeilen – zarten Stäbchen mit einer winzigkleinen Metallspitze, die rein gar nicht gefährlich, sondern eher wie Spielzeuge aussahen. Sie werden noch immer hergestellt: Die Pfeile und Köcher in den Läden für Kunstgewerbe an der Küste sehen genauso aus wie die sechzig oder siebzig Jahre alten Originale, die in der Hauptstadt besichtigt werden können, wo sie, von einer Staubschicht überzogen, in einem baufälligen kleinen Museum ausgestellt sind, an dem seit der Kolonialzeit kaum etwas verändert worden ist.

Und dieser alte Instinkt, diese überkommene Haltung gegenüber den Afrikanern kann – vielleicht, vielleicht, denkt der Erzähler – wieder zum Leben erweckt werden und einer höheren Sache dienen. Doch als das Boot bei den Dörfern hält und der Erzähler die ausdruckslosen Gesichter betrachtet und die Reglosigkeit der (nach der ersten Erregung) stumm starrenden Menschen bemerkt, kommen ihm Zweifel, und er vergleicht diese zurückgezogenen, passiven Menschen am Fluß mit den afrikanischen Küstenbewohnern und mit der Lebhaftigkeit aufrührerischer Stämme auf anderen Kontinenten.

Das Boot, das einmal pro Woche kommt, sorgt in den Dörfern am Fluß für Aufregung. In einem schattigen Dorf kommt eine Frau mit einem Korb voller Lebensmittel für den Mann mit dem Gewehr den Serpentinenpfad hinunter: Es sind verschiedene Dinge in Büchsen und hölzernen Schalen, die sie einzeln in Stoff eingewickelt hat. Der Mann sagt ein paar Worte zu der Frau, sieht sie aber nicht an; später kommt sie noch einmal und bringt etwas Maniokbrot: zwei Hälften einer großen, weißlichen, etwa ein Zentimeter dicken Scheibe aus einem Material, das aussieht wie Styropor.

Der Mann bricht diese beiden Hälften in kleinere Stücke und stopft sie zwischen Schüsseln und Büchsen und Korbwand. Er tut das grob, als wäre das Einschlagen von Lebensmitteln in Stoff etwas, das nur Frauen tun. Später, als sie wieder auf dem glatten Fluß fahren und es Zeit ist zu essen, wickelt der Mann die Speisen aus, bricht – mit einemmal ganz ernst – kleine Stücke Brot ab und taucht sie ein. Bei jedem Bissen ist ein Stück Maniokbrot dabei. Es ist das Grundnahrungsmittel; durch dieses Brot ist die Mahlzeit sättigend.

Der Erzähler möchte ein Stück probieren. Der Mann lacht; er freut sich, daß man sich für ihn interessiert. Hinter der überraschenden Säuerlichkeit ist das Brot fast ohne Geschmack.

Das Licht verändert sich; die Stimmung des Tages verändert sich. Die Sonne steht nunmehr senkrecht und scheint zwischen die Wände aus Bäumen, und der Fluß wird zu einer gleißenden Fläche. Der Fluß verändert sich. Der Mann mit dem Gewehr hat seine Mahlzeit beendet, die Schüsseln im Fluß ausgespült und wieder in den Korb gelegt, und nun sitzt er im Bug und hält nach Baumstümpfen unter der Wasseroberfläche Ausschau. Er sitzt da und hält Ausschau und rührt sich nicht.

Der Erzähler spürt noch den säuerlichen Nachgeschmack und die Körnigkeit des Maniokbrotes im Mund und denkt an die anderen Grundnahrungsmittel der Welt. Reis und Weizen und andere Körner sind Samen von Gräsern. Maniok – ein Verwandter des rotblättrigen Weihnachtssterns – ist wundersamer. Er ist eine Wurzelknolle, und er enthält ein Gift. Es müssen Jahrhunderte vergangen sein, bevor die entfernten Vorfahren dieser Waldbewohner, nachdem ihre Vorfahren aus Asien eingewandert waren, sich über den Kontinent bis zu diesen Flüssen und Wäldern vorgearbeitet hatten. Wie viele Jahrhunderte mögen dann noch vergangen sein, bevor sie Maniok entdeckten? Und wie viele Jahrhunderte danach noch, bevor diese Menschen die einfachen Werkzeuge erfanden, mit denen sie das Gift unschädlich machen konnten?

So, indem er all die Erfindungen und Entdeckungen dieser abgeschieden lebenden Menschen bedenkt, beginnt der Erzähler über das Alter des Waldes nachzudenken. Nichts ist neu, nichts ist jungfräulich. Diese Dörfer am Fluß sind wie die Städte des klassischen Altertums: Sie entstehen seit Jahrtausenden immer wieder auf den Trümmern ihrer Vorgänger.

Dann, unvermittelt, verändert sich abermals das Licht, Farben erscheinen im Gleißen, und die Fahrt auf dem Fluß ist zu Ende. Es ist etwa vier Uhr, zwei Stunden vor Sonnenuntergang. Im Wald ist eine neue Lichtung mit einem Stück geschundenem, schmutziggelbem flachen Ufer – anders als das hohe Ufer bei den Indianerdörfern. Es gibt keinen gut angelegten Weg, nur ein paar bröckelnde Steilpfade. Nach zwei Tagen Fluß und Sonne und Wald und indianischen Gesichtern ist der Erzähler überrascht, zwei fast nackte weiße Jungen zu sehen, die sich, bewaffnet mit Bogen und den kleinen indianischen Pfeilen, hinter Gras und Felsen am Ufer verbergen. Das sind nicht die Pfeile, die man in den Kunstgewerbeläden an der Küste findet, sondern die echten aus dem Wald. Ein, zwei Augenblicke lang ist es, als wäre man wieder am Anfang der Zeit. Bevor weiße Haut eine andere Farbe bekam und gelbes Haar schwarz wurde.

Es steckt kein Geheimnis dahinter: Die Jungen gehören zu der neuen Siedlung auf der Lichtung. Sie spielen Indianer. Der Erzähler wird erwartet.

Der Erzähler wird einige Tage hier bleiben. Die Siedlung ist nicht sein eigentliches Ziel. Er wird sich ausruhen, Führer finden und seine Reise fortsetzen. Er wird zu Fuß gehen müssen. Von hier an ist der Fluß nicht mehr schiffbar. Stromaufwärts gibt es Felsen und seichte Stromschnellen.

Zu der Siedlung gehört eine Missionsstation. Es ist eine eher neue Religion auf christlicher Basis. Sie hat in diesem Land Fuß gefaßt, sowohl an der Küste, wo ihre Anhänger Afrikaner sind, als auch im Landesinneren, wo Indianer konvertieren.

Unter den Afrikanern an der Küste ist diese Religion sogar

weit verbreitet, denn sie vertritt die Ansicht, daß freiwillige Hilfe in zwei Richtungen funktionieren sollte, als eine Form von internationalem Austausch. Das heißt, daß das Land sich nicht damit begnügt, freiwillige Hilfskräfte aus dem Ausland aufzunehmen. Bevorzugte Einheimische, die diese Religion zu der ihren gemacht haben, können als freiwillige Helfer ins Ausland geschickt werden, nach Europa, in die Vereinigten Staaten, nach Kanada, ja sogar nach Westafrika. Da nur wenige Küstenbewohner genug Geld besitzen, um reisen zu können (und die meisten Schwarzen in nördliche Länder auswandern wollen), gibt es sehr viele, darunter auch Freunde und Verwandte der örtlichen Politiker, die sich freiwillig melden und ins Ausland geschickt werden wollen.

So hat die Kirche eine gewisse Macht, und die ausländischen freiwilligen Helfer haben in diesem Land, dessen offizielle Politik sich gegen die Weißen richtet, einen bemerkenswerten Spielraum. Diese Helfer sind die Leute, die von den Revolutionären unterwandert worden sind. Die Tarnung ist fast perfekt. Beide Gruppen haben sich einer Aufgabe verschrieben; beide sprechen von der Bruderschaft der Rassen; beide sprechen von der Verschwendung der Reichen und der Ausbeutung der Armen; beide predigen denselben strengen Glauben: Gerechtigkeit und Vergeltung sind nah.

Der Erzähler ist einer dieser Untergrundaktivisten. Wer die Genossen in dieser Missionsstation sind, weiß er nicht. Sie werden sich ihm zu gegebener Zeit zu erkennen geben. Jetzt, bei seiner Ankunft, da er seinen Rucksack schultert und sich von den Jungen mit den Bogen und den tödlichen kleinen Indianerpfeilen wie ein Gefangener abführen läßt, denkt er nur daran, sich wie ein kirchlicher Entwicklungshelfer zu benehmen.

Er wird zu einer Hütte in der Mitte der Lichtung geführt. Es ist eine rohe Holzhütte, doch sie ist auf etwa einen Meter fünfzig hohen, aus Ästen gefertigten Pfählen errichtet und überragt die anderen Hütten, die direkt auf dem unebenen Boden stehen. Die Lichtung ist noch übersät mit den kleineren Überresten gefällter Bäume. Man sieht die Spuren der Rodungsfeuer, riecht ihren salzigen Geruch. Die Wand, die der Wald an drei Seiten bildet – mit vielen hohen, dünnen, weißstämmigen Bäumen –, sieht aus, als sei sie erst kürzlich freigelegt worden.

Nach seiner langen Reise hat der Erzähler ein Willkommen erwartet. Doch der schwergewichtige Weiße in Jeans und verwaschenem T-Shirt, der aus der Küchenhütte hinter der Haupthütte tritt, sagt zu den Jungen nur: »Führt den Mann zu seinem Haus.« Es ist eine fremdartige Stimme mit mittel- oder osteuropäischem Akzent und einer amerikanischen oder kanadischen Intonation, und der Erzähler weiß nicht, ob die Schroffheit von einem Mangel an Sprachkenntnissen herrührt oder ein Zeichen von Aggression ist. Als der Erzähler sich zum Gehen wendet, ruft der Mann ihm nach: »Essen hier, um halb sechs. Das ist eine unserer Regeln.«

Das gibt dem Erzähler gut eine Stunde Zeit. Die Hütte, zu der man ihn führt, ist klein und hat einen unebenen Boden. Vier Indianer sitzen oder hocken zwischen ihren Bündeln auf dem Boden. Einer flickt ein Kleidungsstück, einer bastelt ein Spielzeug (einen indianischen Rucksack), und die anderen beiden warten einfach – irgendwo in der Station wird gerade ihr Essen gekocht – und sind so passiv und uninteressiert wie die Indianer am Fluß. Die Hütte riecht nach Baumrinde und frischem Holz und Staub und Öl und faulenden Blättern; und wie die Farben in einem Farbkasten, wenn man sie zusammenmischt, ein stumpfes Braun ergeben, so verbinden sich all diese Gerüche mit dem salzigen Geruch der erloschenen Rodungsfeuer draußen zu einem sehr intensiven Geruch nach altem Tabak.

Nachdem der Erzähler sich im Fluß gewaschen hat – das Wasser ist kühl: die Sonne geht schnell unter –, ist es an der Zeit, sich zur großen Hütte zu begeben. Es sind acht Leute da, die sich allesamt als freiwillige Helfer ausgeben, allesamt Fremde aus verschiedenen Ländern, keine Indianer. Darum herrscht in der großen Hütte, trotz der Jeans und der Bärte und der lässigen Kleidung, eine koloniale Atmosphäre.

Es gibt ein Sprachproblem. Der schwergewichtige Mann mit der schroffen Art, der Leiter der Station, stammt aus der Tschechoslowakei. Er sagt es nicht direkt, aber man kann es aus dem schließen, was die anderen sagen; man unterhält sich eine Weile über die Stadt Pilsen. Seine Frau oder Freundin, die einzige Frau am Tisch und zweifellos die Mutter der Jungen, spricht kein Wort Englisch.

Sie ist eine große Frau mit sehr blondem Haar. Sie ist nicht gerade eine Schönheit, und sie sagt nichts; aber sie ist die einzige Frau am Tisch und hat etwas an sich, das die Aufmerksamkeit auf sich zieht: eine große Frau mit hohen, glänzenden Backenknochen, einem groben, schiefen, fettverschmierten Mund, großen, glatten Händen und großen, häßlichen roten Füßen.

In dieser eigenartigen kolonialen Umgebung, wo sie, wie der Erzähler annimmt, keine Konkurrenz hat, verströmt die Frau eine Sinnlichkeit, die sie zu Hause nicht hätte. Und da ist noch etwas. In dieser Umgebung, deren Sprache sie nicht spricht, ist diese Frau nichts als ihre Sinnlichkeit: Wenn man sie und ihr dünnes Baumwollkleid ansieht, tritt alles andere dahinter zurück.

Der Erzähler merkt, daß der Abscheu, den er empfindet, ein Versuch ist, gegen seine Faszination anzukämpfen. Gegen welche Faszination? Gegen die Faszination der Gelüste: Diese Frau, die ihr Heimatland mit all seiner Enge und seinen Vorschriften erst kürzlich verlassen hat, besteht nur aus Gelüsten. Das gleiche, denkt er, gilt auch für ihren Mann, und als er aufsieht, bemerkt er dessen taxierenden Blick.

Solange es noch hell ist, unterhält sich die Tischrunde angeregt. Danach, im gelben Licht der Sturmlaterne, die riesige Schatten auf die roh gezimmerten Holzwände wirft, wirken alle gedämpfter, und der Erzähler fühlt sich von den anderen isoliert.

Das Essen ist zu Ende. Tritt man aus dem Haus und dem Licht der Sturmlaterne, so tritt man in eine Schwärze, die ein, zwei Augenblicke lang wie ein Schlag ist. In den Hütten ringsum kleine gelbe Lichter. Der Wald singt; das Geräusch ist wie etwas, das man sich einbildet, etwas, das nur im Kopf existiert. Es ist erst halb sieben. Zehn oder elf Stunden Finsternis, bevor es wieder hell wird. Vorsichtig und mit Hilfe seiner Taschenlampe geht der

Erzähler zu seiner Hütte und verspürt beim Eintreten den Geruch nach altem Tabak. Das war der Geruch des Essens; es war der Geruch des Flußwassers; es ist der Geruch des Waldes; jetzt ist es sein eigener Geruch. Er fragt sich, ob er sich je an das Leben im Wald gewöhnen wird. Doch dann denkt er an die große, schweigsame Frau, und erregt über diese Vorstellung von Gelüsten, schläft er ein.

Im Lauf der nächsten beiden Tage geben sich zwei der Untergrundaktivisten zu erkennen. Es muß noch einen dritten geben, den Kommandanten dieser Region. Der gibt sich dem Erzähler nicht zu erkennen, aber der Erzähler glaubt zu wissen, wer es ist.

Der Erzähler erhält endlich seine Anweisungen. Man sagt ihm, wohin er zu gehen hat. Für ihn ist es nur ein Name. Indianische Führer werden kommen und ihn hinbringen.

Nach und nach wird es ein Dutzend Agenten wie den Erzähler geben, ein Dutzend Stützpunkte im Wald. An einem bestimmten Tag wird es ein Dutzend Zwischenfälle geben; die Flüsse werden an strategischen Punkten beobachtet, die wenigen Landepisten für Flugzeuge im Handstreich genommen werden; das Waldgebiet, der größte Teil des Landes, wird von der Küste, wo die afrikanischen Herrscher sitzen, abgeschnitten sein. Das Land verfügt nicht über die militärischen Mittel, den Wald zurückzuerobern; Sympathisanten unter den ausländischen Journalisten werden dafür sorgen, daß die Weltöffentlichkeit Sympathie für die Sache der Indianer empfindet, was die Wahrscheinlichkeit einer Intervention von außen verringern wird.

Der Erzähler ist erleichtert, weiterziehen zu können. Er findet die Missionsstation bedrückend, wegen des tschechischen Ehepaars und wegen der Niedergedrücktheit der Indianer. Er gibt den Tschechen die Schuld daran. Den Tschechen ist jede Lebensfreude fremd. Daß sie Befehlsgewalt besitzen und ihre gewohnte Umgebung verlassen haben, hat in ihnen lediglich Gelüste geweckt. Durch deren Eigenart haben sie sich dem Erzähler verraten.

Täglich werden Gottesdienste für die Indianer abgehalten; die Arbeitszeiten sind genau festgelegt. An manchen Abenden werden auf dem freien Platz vor der großen Hütte – wo der Qualm eines großen Feuers aus Abfallholz (es soll die Insekten fernhalten) sich mit dem Geruch nach altem Tabak vermischt – Videofilme gezeigt. Amerikanische Thriller mit schwarzem Einschlag. Nicht so harmlos, wie sie erscheinen: Sie sind Teil der antiafrikanischen Indoktrinierung der Indianer. Die Indianer erschrecken über die Revolver und die Schießereien und die rasenden Autos; sie seufzen und stoßen laute Rufe aus. Manchmal richtet jemand den Strahl einer Taschenlampe auf ein schwarzes Gesicht, um die Anspannung zu durchbrechen; Gelächter; dann folgen viele Taschenlampen den Gesichtern auf dem Bildschirm, und der Film ist harmlos geworden, wird wieder zum Film, und ihre Lebendigkeit läßt die Indianer wieder wie Menschen mit Möglichkeiten erscheinen.

Die Führer treffen endlich ein. Es sind zwei Indianerjungen, Lucas und Mateo. Eines Morgens bricht der Erzähler mit ihnen auf. Ein Junge geht vor dem Erzähler, der andere hinter ihm.

Bald stoßen sie auf einen breiten Waldpfad, und dort sind sie nie absolut allein. Im Halbdunkel des Waldes scheint in der Entfernung immer jemand zu sein: Immer wieder tauchen andere Menschen aus der Tarnung durch Blätter und Schatten auf. Manche tragen schwere Lasten in ihren Rucksäcken oder Tragegestellen, den Vorbildern für das Spielzeug, das die Indianer in der Hütte des Erzählers gebaut haben: Sie haben einen flachen Holzrahmen mit biegsamen, geflochtenen Matten am Boden und an den Seiten, die mit aus Pflanzen hergestellten Seilen über die Last gebunden werden. Ein weiteres Seil führt von beiden Seiten des Tragegestells zu einem Band um die Stirn des Trägers. Kopf und Rücken tragen also das Hauptgewicht der Last. Die Träger krümmen den Rücken, und zugleich beugen sie sich gegen den Zug des Stirnbands nach vorn. Das wirkt beschwerlich; die Träger erscheinen unter ihrer Last wie Zwerge; doch es ist eine Haltung, in der ein Gleichgewicht der Kräfte herrscht – eine zweckdienliche Haltung, die sich im Lauf der Jahrhunderte herausgebildet haben muß –, und sie ermöglicht es dem Träger, stundenlang zu gehen.

Dieser Waldpfad ist sehr alt, denkt der Erzähler. Wie weit mag seine Geschichte zurückreichen? Bis zur Besiedlung des Waldes durch die Vorfahren dieser Männer? Oder hat es seitdem eine klimatische Veränderung gegeben?

Wenn ihnen Träger begegnen (die vielleicht ihre eigene Habe tragen), grüßen sie Lucas und Mateo mit einem Grunzen, und manchmal sehen sie unter den straff gespannten Stirnbändern hervor zum Erzähler auf. Ihre Gesichter sind die Gesichter alter Männer. Der Erzähler denkt an die Bauern und Lastenträger auf japanischen Holzschnitten; die Ähnlichkeit ist bemerkenswert. Und wie auf den Farbholzschnitten mit ländlichen Szenen von Hokusai alles, was man sieht, zur Landschaft gehört – Stroh und Dächer, Bäume und die Holzbalken einer Brücke – und nichts importiert ist, so gehört auch in der Szenerie, durch die er sich bewegt, fast alles dazu – außer dem Erzähler selbst, den Kleidern und Leinenschuhen von Lucas und Mateo und den Dosen und manchmal den bedruckten Pappkartons in den Lasten der Träger. Vor hundert Jahren, denkt der Erzähler, hätte noch alles zu dieser Landschaft gehört; und hundert Jahre davor ebenfalls.

Sie halten an, um sich auszuruhen und etwas zu essen und zu trinken. Lucas und Mateo nehmen ihre Macheten und hauen dem Erzähler einen Fleck frei, wo er sich hinsetzen kann. Als sie weitergehen, überläßt sich der Erzähler den Gedanken über das Alter des Waldes und des Pfades. Er beginnt sich zu fragen, was für eine Vorstellung von Zeit die Menschen in dieser Umgebung haben müssen.

Wenn Menschen ihre Welt sehr gut kennen; wenn sie jeden Baum und jede Blume kennen; alles Eßbare und alle Gifte und alle Tiere; wenn sie alle ihre Werkzeuge perfektioniert haben; wenn alles im Gleichgewicht ist und von außen nichts kommt, mit dem sie diese Existenz vergleichen könnten, welche Vorstellung können diese Menschen dann vom Verstreichen der Zeit haben? Die Dinge, die wir hinter uns lassen, vermitteln uns ein Gefühl von Geschwindigkeit. Wenn es keinen Vergleich gibt, lebt der Mensch nur im Licht seiner selbst und der Menschen in seiner Umgebung – der Erzähler denkt an die trüben Lichter in der Schwärze der Missionsstation, er denkt an die spielerisch flackernden Strahlen seiner eigenen Taschenlampe und der Lampen der anderen, die vorsichtig zurück zu ihren Hütten gehen. Außerhalb dieser Lichtkegel, in der Vergangenheit wie in der Zukunft, kann nichts sein.

Der Erzähler kämpft mit diesem schwierigen, im hellen Tageslicht sehr seltsamen Gedanken. Die Sonne steht noch hoch am Himmel, als sie ihren Marsch beenden. Das ist die Regel. Zwei Stunden vor Sonnenuntergang. Sie schlagen ihr Lager neben einem Fluß auf. Die Sonne scheint durch das flache rötliche Wasser; Zentimeter unter der Oberfläche tanzt ein Geflecht aus Licht auf den geborstenen grauen und roten Steinen des Flußbetts. Ein schöner Platz, doch erst Lucas und Mateo haben ihn sicher gemacht. Lucas und Mateo sind wie Menschen, deren Zuhause der Wald ist. Mit ihren Macheten schneiden sie jetzt sehr rasch schlanke Äste ab, spitzen die Enden an, stecken sie in die Erde und errichten eine flache Hütte, die sie mit den Blättern wilder Bananen decken.

Sie entzünden ein kleines Feuer. Lucas und Mateo bereiten sich eine eigene Mahlzeit, mit Wasser aus dem Fluß. Die Sonne geht unter; sie fällt sehr schnell vom Himmel. Die abendliche Melancholie und die langen Stunden bis zum Tagesanbruch werfen einen bedrückenden Schatten auf den Erzähler.

Mateo schnitzt an einem Paddel für ein Spielzeugkanu.

Der Erzähler fragt Mateo: »Was macht dein Vater?«

Im Wald ist das eine dumme Frage; der Erzähler merkt es, sobald er sie ausgesprochen hat.

»Mein Vater tot.«

»Wie ist er gestorben?«

Mateo legt das Paddel beiseite, wirft einen Zweig auf das kleine Feuer und sagt: »Kanaima hat ihn getötet.« Mateo spricht wie ein Philosoph, wie ein Mann, der sich gegen Schmerz nicht mehr wehrt.

Der Kanaima ist der Totengeist der Wälder. Er wohnt im Körper eines Lebenden. Irgendwo im Wald ist der Mörder, der wie ein Mensch aussieht, der wie Mateo und Lucas und all die anderen aussieht, und tötet alle Menschen. In einer Welt ohne

Zeit, wo die Menschen nur in der Gegenwart leben, in ihrem eigenen Licht sozusagen, ist das gesamte Leben des Menschen von Furcht erfüllt. Ohne den Kanaima könnte er wirklich glücklich sein, könnte er für immer leben.

Unmöglich, einen Zugang zu dieser Art der Wahrnehmung zu finden. Das kleine Feuer aus Zweigen brennt wieder, vor ihnen liegt die Nacht, und der Erzähler fragt: »Bist du verheiratet, Mateo?«

Der andere Junge antwortet: »Wie kann verheiratet sein?«

Und Mateo sagt: »Indianermädchen sind dumm. Wissen nichts.«

Der Erzähler ist von Scham und Trauer um die Menschen des Waldes erfüllt. Sie sind sehr weit entrückt, diese Menschen, die alles im Wald sehen können, die so viele Talente besitzen und in ihrer Isolation so vieles perfektioniert haben. Sie sind außer Reichweite. Sie sind weiter entrückt als irgendeine Gruppe, die der Erzähler kennt; vielleicht wird selbst die Revolution sie nicht erreichen können. Überall sonst, in Asien, im Norden und Süden Europas, in Afrika sind seit Anbeginn der Zeit Stämme und Völker aufeinandergeprallt. Dieses Volk ist nach der Einwanderung seiner Vorfahren aus Asien zu einem Volk geworden, das allein aus sich heraus existiert, ohne Widerstandskraft oder die Fähigkeit, sich anzupassen. Als man von außen in diese Welt einbrach, war ihre Unversehrtheit dahin.

Das kleine Feuer brennt wieder. Lucas und Mateo legen sich ein Stück von der Hütte entfernt hin. Der Wald singt; von Zeit zu Zeit bricht das Singen aus irgendeinem Grund für den Bruchteil einer Sekunde ab, und dann hört man das Geräusch des Flusses. Der Erzähler versucht sich vorzustellen, ein paar Jahre in dieser Umgebung zu leben, für den Rest seines Lebens, fünfhundert Jahre lang. Er spürt ansatzweise eine künstliche Last auf sich ruhen. Er nimmt einen Schluck Whisky aus seiner Flasche.

Einer der Jungen setzt sich auf und sagt: »Du trinkst Rum, Sir?«

»Nein, keinen Rum.«

»Gib uns Rum, Sir.«

»Kein Rum.«

Der Junge legt sich wieder hin und seufzt wie ein Mann.

Der Erzähler erwacht vom Geräusch des Regens, der laut auf das Dach aus Blättern wilder Bananen prasselt. Er spürt dabei wieder die Last, sein Gefühl der Entwurzelung.

Einer der Jungen steht draußen im Dunkeln. Er sagt: »Können Lucas und ich reinkommen, Sir?«

Sie kommen herein, und der Erzähler wird eingehüllt vom Geruch nach altem Tabak, eingehüllt in die Vorstellung von Gelüsten. Gelüste: das Mittel gegen die Schwere der Last.

Er läßt seine Hand auf den Körper neben sich sinken, ohne zu wissen, wem er gehört. Der Junge ist passiv. Im Erzähler werden die Gelüste stärker; und selbst als seine Hand sich auf dem straffen Körper öffnet, der das feiner geformte Gegenstück zu seinem eigenen und daher mehr als nur halb vertraut ist, denkt der Erzähler an die Derbheit der großen blonden Frau in der Missionsstation, die jetzt einen Tagesmarsch entfernt liegt. Gelüste, Gelüste. Die Passivität des Jungen verstärkt sie.

Als er morgens aufsteht, ist der Erzähler allein in der flachen Hütte aus Zweigen und Blättern. Einen Augenblick lang erschrickt er. Doch die Jungen sind nur ein Stück den Fluß hinaufgegangen und machen sich bereit für den Tag. Der Erzähler weiß noch immer nicht, wer es war, der neben ihm gelegen hat.

Es ist Zeit aufzubrechen. Mit ihren Macheten zerstören Lucas und Mateo die kleine Hütte – vielleicht befolgen sie damit eine Regel des Waldes. Die Hütte war in der Nacht ein so guter Schutz, obwohl eigentlich so leicht gebaut.

Der Marsch beginnt. Der Erzähler ist nicht mehr gelassen, nicht mehr der Mann, der er einmal war. Der Pfad führt vom Hochlandfluß weg in den Wald. Es gibt soviel Schönheit hier, doch etwas von dem Gefühl der Sicherheit und Unversehrtheit, das er gestern noch empfunden hat, ist dem Erzähler abhanden gekommen. Etwas nagt an ihm; er muß nie lange suchen, um den Grund zu finden. Sooft er es auch abwehrt, sooft er auch mit seiner Vernunft dagegen angeht, das Unbehagen bleibt und schiebt sich zwischen ihn und den Augenblick, und hinter all dem steht jetzt der Gedanke an die Sache, an den Ausgangspunkt seiner Reise, und verstärkt seine Erregung.

Er fühlt sich hin und her geworfen; im Lauf des Tages wächst in ihm ein vertrautes Gefühl der Übelkeit, und er hört auf, seine Umgebung zu betrachten. Er marschiert mechanisch zwischen den beiden Jungen und hält den Blick auf die (in schmutzigen Leinenschuhen steckenden) Fersen des Jungen vor ihm gerichtet.

Die Jungen dagegen sind heute munterer. Sie schlagen mit ihren Macheten Zweige ab, fegen Blätter und kleine Insekten vom Pfad und schneiden manchmal sehr rasch und säuberlich kleine Wegzeichen in die Bäume, wobei sie sich, gleichsam über seinen Kopf hinweg, laut in ihrer Sprache unterhalten, als sei es wichtig, im Wald menschliche Geräusche zu machen. Ihre Schritte haben einen anderen Rhythmus; es ist, als wären sie allein. Aus der Entfernung richten sie Zurufe an die Leute, die sie auf dem Pfad sehen; und manchmal verlassen sie den Pfad, als gehorchten sie einer plötzlichen inneren Stimme, bleiben an einer bestimmten Stelle ganz still stehen, als wollten sie nicht einmal die Luft dort bewegen, und betrachten oder suchen etwas.

Gegen Mitte des Nachmittags halten sie an. Heute machen die Jungen jedoch keine Anstalten, eine Hütte zu bauen. Statt dessen lassen sie den Erzähler im Lager zurück und verschwinden – sie bleiben immer zusammen – und kehren zurück und verschwinden wieder. Gestern hatte der Erzähler keine Hütte erwartet; heute erwartet er eine. Er fühlt sich übergangen; das verdirbt ihm den Augenblick, die Aussicht, das immer gelblicher werdende Licht.

Zum erstenmal an diesem Tag fordert er etwas; als die Jungen zurückkehren, sagt er: »Lucas, bau die Hütte.«

Und es ist wirklich ganz einfach. Die Jungen gehorchen, ohne daß die Stimmung sich irgendwie verändert: Vielleicht haben sie auf seinen Befehl gewartet. Sie unterhalten sich auf ihre neue, laute Art in ihrer Sprache, als sei es wichtig, Lärm zu machen, und schneiden und entblättern dabei Zweige. Die scharfen Klingen singen, als sie durch das feuchte Holz schneiden, und im Nu sind die Stützpfosten fertig. Die oberen Enden sind gegabelt, die unteren Enden zugespitzt, damit man sie in den weichen Waldboden stecken kann. Und dann sammeln die Jungen schnell und fast ohne zu suchen – als hätten sie bei ihren Ausflügen eine Bestandsaufnahme gemacht und wüßten nun genau, wohin sie zu gehen haben – die Blätter wilder Bananen und die großen, herzförmigen Blätter mit den hohlen Blattrippen, die sie am Dachgestell befestigen.

Als sie fertig sind, tragen sie den Rucksack des Erzählers in die Hütte. Es ist wie eine zarte Aufmerksamkeit; doch dann sieht der Erzähler, daß sie ihre eigenen Rucksäcke holen und neben seinen legen; die drei Rucksäcke liegen – ganz formell – nebeneinander, eine Wiederholung des Arrangements der vorausgegangenen Nacht: als wäre das im Befehl des Erzählers enthalten gewesen.

Sie machen Feuer. Im Nachmittagslicht ist die Flamme kaum zu erkennen. Getrennt bereiten sie ihre Mahlzeiten zu, die Jungen ihre, der Erzähler seine. Das Licht schwindet rasch, das Feuer wird deutlicher sichtbar, und dann senkt sich unvermittelt die Nacht herab. Der Wald beginnt zu singen. Bald ist das Geräusch wie etwas, das nur im Kopf existiert.

Lucas schnitzt an seinem Spielzeugpaddel. Er fragt den Erzähler: »Wo kommst du her?«

»England.«

Mateo fragt: »Warum bist du gekommen?«

Der Erzähler gibt ihnen die Antwort, die man ihm eingeschärft hat: »Das werde ich Alfred sagen. Er wird es euch sagen.« Alfred ist der Häuptling des Dorfes, zu dem sie marschieren.

Lucas sagt: »Du willst Häuser bauen?«

»Alfred wird es euch sagen.« Und um weiteren Fragen zuvorzukommen, fragt der Erzähler: »Wie hat der Kanaima deinen Vater getötet, Mateo?«

Die dunklen, schimmernden Gesichter der beiden Jungen, auf denen der Widerschein des Feuers spielt, werden sehr ernst, resigniert.

Lucas spricht als erster. »Kanaima hat nach ihm gesucht. Er hatte ein Zeichen.«

»Aber dann vergißt er«, sagt Mateo. »Einen Tag kommt ein Händler für Stoff. Mein Vater *will* den Stoff ansehen. Er weiß nicht, daß Kanaima mit dem Händler kommt. Mein Vater sieht sich Stoff an, und Kanaima versteckt sich in seinem Zimmer. Mein Vater kommt zurück mit dem neuen Stoff, und Kanaima tötet ihn. Das ist alles. Danach verbrennen wir den Stoff.«

Alle sehen ins Feuer.

Lucas sagt: »Du lebst in einem *Haus* in England?«

Er betont das Wort so stark, daß der Erzähler schon sagen will, nein, in einer Wohnung; doch das würde sie nur verwirren. Darum sagt er ja.

Langsam, als würde er etwas Gelerntes wiederholen, sagt Lucas: »Ich will in einem Haus leben.«

Ein so schlichter Wunsch, aber seine Erfüllung ist so weit entfernt und im Augenblick so unwahrscheinlich; und der Erzähler merkt, daß diese Jungen ihn auf eine Art rühren, die über die Sache, für die er kämpft, hinausgeht.

Mateo sagt: »Du weißt, daß Kanaima Lucas haben will, Sir?«

Der Erzähler sagt: »Lucas?«

Lucas schnitzt mit seinem scharfen Messer an dem Paddel herum und wirft die Späne ins Feuer. »Ich gehe. Von sehr weit sehe ich etwas auf dem Pfad, das nicht dasein soll. Aber ich denke nicht nach. Ich gehe weiter und sehe das Ding, das falsch ist. Eine kleine weiße Blume. Ganz allein. Ich drehe um und renne. Aber zu spät.«

Es ist Lucas' Körper, der neben ihm liegt und auf den der Erzähler später am Abend, in der Hütte, seine Hand legt. Er wird jetzt von etwas getrieben, das größer ist als die Gelüste, die Erregung früher am Abend: Die Passivität des Jungen verstärkt die Stimmung des Erzählers und weckt in ihm eine Zärtlichkeit, die durch das Gefühl, ihm nicht helfen zu können, nur größer wird, eine Zärtlichkeit, die sich in eine Melancholie verwandelt, welche wie die Melancholie ist, die er vorher in Lucas' vom Feuerschein erleuchtetem Gesicht gesehen hat.

Etwas später setzt Mateo sich unvermittelt auf. Er sagt: »Sir, du mußt Lucas mit nach England nehmen.«

Das ist etwas, denkt der Erzähler, das Mateo gerade eben eingefallen ist: Es ist eine Möglichkeit, Lucas zu retten. Der Erzähler gibt keine Antwort.

Viel später sagt Mateo: »Sir?«

Der Erzähler sagt: »Ja.«

Das Wort hat keinerlei Bedeutung. Es ist nur ein Klang, eine Bestätigung. Doch Mateo seufzt zufrieden und legt sich schlafen.

Am nächsten Tag sind die Jungen sehr freundlich. Sie unterhalten sich nicht laut über den Kopf des Erzählers hinweg wie am Tag zuvor; sie lassen den Erzähler nicht abrupt allein und gehen vom Weg ab; sie versuchen, den Erzähler in alles, was sie tun, einzubeziehen. Ihre Gesichter sehen heiterer und weniger resigniert aus. Der Erzähler ist unter anderem hier, um das Vertrauen von Menschen wie Lucas und Mateo zu gewinnen. Doch dieses Vertrauen jetzt ist anderer Natur. Er fühlt sich davon unterhöhlt; gleichzeitig weiß er nicht, wie er es zurückweisen könnte. Und etwas von der Bedrückung, welche die Jungen verlassen hat, lastet nun, als hätte es eine Art Tausch gegeben, auf den Schultern des Erzählers.

Und ihm wird auch die Reise zu lang. Sie begegnen auf dem Pfad jetzt weniger Menschen, und in deren Tragegestellen sind weniger Konservendosen und bedruckte Pappkartons. Doch die Jungen beruhigen den Erzähler. Es ist alles in Ordnung; er soll sich keine Sorgen machen; sie passen auf ihn auf.

So marschieren und lagern sie zwei weitere Tage: abends Selbsttäuschung (die Laubhütte im Wald, das kleine Feuer, Geborgenheit in der Nacht), tagsüber Verwirrung und Zweifel. Tag und Nacht sind wie zwei Seiten des Geistes des Erzählers, und jede entsteht aus der anderen: Nachts wünscht er sich, die Selbsttäuschung möge alles sein, die ganze Wirklichkeit, und bei Tageslicht überlegt er, wie er sich dem Vertrauen, das die Jungen in ihn setzen, entziehen könnte. Und mehr noch: Fast ohne daß es ihm bewußt wird, wachsen die Zweifel im Tageslicht. Er beginnt sich zu fragen – zunächst auf eine leichtherzige Art, als wäre dieser Gedanke vollkommen absurd –, was geschähe, wenn er sich von dem, was er begonnen hat, zurückzöge.

Endlich, gegen Mittag eines Tages, nach vier oder fünf Stunden Marsch, kommen sie an. Sie biegen vom Pfad ab, gehen durch den Wald und steigen auf ein kleines Plateau, wo ein Dorf aus alten, graubraunen Grashütten steht, manche davon offen, mit Dachpfosten aus Astgabeln, andere konisch und geschlossen.

Lucas und Mateo sind daheim. Man begrüßt sie mit Rufen, sie rufen zurück: Es ist eine Lebhaftigkeit, wie sie der Erzähler vor vielen Tagen, zu Beginn seiner Reise in das tiefe Landesinnere, an den Anlegeplätzen der Dörfer am Fluß gesehen hat.

Der Erzähler wird zu der Hütte geführt, in der er wohnen soll. Ein überwältigender Geruch nach Erde und altem Tabak schlägt ihm entgegen. Die früheren Bewohner haben Stoffetzen und Holzspäne zwischen die gekappten Enden des Rahmens und das alte Gras gesteckt, mit dem das Dach gedeckt ist. Der Erzähler wird sehr müde. Kaum daß er sich hingelegt hat, schläft er ein, erleichtert, endlich allein zu sein.

Als er aufwacht, stellt er fest, daß das Licht ein Nachmittagslicht ist und die Sonne dabei ist unterzugehen. Um diese Zeit hätten sie in den Tagen zuvor haltgemacht, und Lucas und Mateo hätten begonnen, ihre Hütte zu bauen: eine Spielzeugversion der Hütten hier, wie der Erzähler bemerkt.

Nach Tagen des Waldes und des Zwielichts kommt dem Erzähler der Rauch der Feuer vor der offenen Küchenhütte bemerkenswert blau vor, von einer eigenen Farbe, die nichts mit Grau oder Braun zu tun hat. Der Erzähler merkt auch, daß der Boden unter seinen Füßen hohl zu sein scheint: Selbst aus der Entfernung machen Schritte ein dumpf trommelndes Geräusch. Der Boden ist umgewühlt oder irgendwie aufgeschüttet worden. Der Erzähler betrachtet das Plateau, die Plattform, auf dem das Dorf steht, und hat das Gefühl, daß es ein alter Platz ist und daß die Erde bis zu einer bestimmten Tiefe den Abfall und die Überreste von jahrhundertelang wiederholten Szenarien wie diesem enthält.

Einige der Frauen machen Maniokbrot. Auf dem Grasdach liegen fertige Fladen. An der Seitenwand der Küchenhütte hängt der lange, geflochtene Schlauch, der mittels eines quer angebrachten Stocks gedreht oder ausgewrungen werden kann, um das Gift aus dem zermahlenen Maniok zu pressen; das Gift wird in einer Holzschüssel aufgefangen, die auf dem Boden steht. Denn dieses Gift ist wertvoll: Es kann Fleisch bis zu einem Jahr lang haltbar machen.

Auf dem Boden steht eine Maniokreibe. Es ist ein schöner Gegenstand: In einem rechteckigen, flachen Stück Holz ist eine Mulde ausgehoben, und darin sind mit gehärtetem Pech scharfkantige Granitsplitter befestigt. Das Pech muß von weit her stammen; man hat einen kostbaren Klumpen davon herbeigeschafft, ebenso wie die Granitsplitter. Das Pech ist durch Kochen flüssig gemacht und in die Mulde gegossen worden; während es abkühlte, hat man einen Granitsplitter nach dem anderen hineingesteckt.

Der Erzähler blickt auf. Die Frauen und Mädchen sehen mit großem Vergnügen, wie er sich der Betrachtung dieses Küchengerätes hingibt. Der Erzähler denkt: »Ich liebe diese Menschen.« Dann fragt er sich: »Was meine ich damit?« Er sieht die Frauen in dem blauen Rauch an und denkt: »Ich will nicht, daß ihnen etwas Schlimmes zustößt.«

Lucas und Mateo erscheinen. Ohne ihre Tragegestelle und Reisehüte, in sauberer Kleidung, sehen sie wie junge Männer aus, die im Dorf einiges Ansehen genießen. Sie nehmen den Erzähler mit zum Fluß. Dort gibt es eine tiefe Stelle, wo er tauchen kann, sagen sie. Wenn er will, werden sie mit ihm hinabtauchen. Sie werden ihn nicht allein lassen; jetzt, wo der Kanaima umherschleicht, werden sie das nicht tun; sie werden ihn beschützen.

Die Sonne geht unter. Das Wasser ist von Blättern rötlich gefärbt und wird dunkler, je weniger Licht da ist. Das Wasser ist kühl, zu kühl für die menschenfressenden kleinen Fische, sagen die Jungen oder jungen Männer.

Der Erzähler läßt sich in das rötliche Wasser sinken. Die tiefe Stelle ist so tief, wie die jungen Männer gesagt haben. Bald zieht sich das Licht vom Wasser zurück. Bald ist es vollkommen schwarz. Bald ist es von einem so tiefen Schwarz, daß es gar keine Farbe mehr hat: Es ist nichts, ganz gleich, wie stark man sich darauf konzentriert. In diesem Nichts hat der Erzähler das Gefühl, den Kontakt zu seinem Körper verloren zu haben; Wasser blockiert das Empfinden. Der Erzähler ist nur noch in seinen Augen, die nichts sehen; er ist nur noch Geist, die Wahrnehmung des Nichts. Er hat große Angst. Er findet irgendwie seinen Willen wieder und zieht sich hinauf ins gelbliche Licht.

Er freut sich, die Jungen zu sehen. Sie warten, während er sich anzieht, und dann führen sie ihn zurück ins Dorf. Der beste Schutz gegen den Kanaima ist Gesellschaft: Sobald der Kanaima von einem Dritten gesehen wird, hat er seine Macht verloren. Dennoch macht die Notwendigkeit, immer in Gesellschaft zu sein, den Kanaima stärker. Und der Erzähler hat das Gefühl, daß er, wie Lucas mit der Blume mitten auf dem Pfad, ebenfalls eine Begegnung mit seinem Kanaima gehabt hat: Es ist ein Gefühl, ein Augenblick, der in Träumen und wenn sein Kopf nicht ganz klar ist zurückkehren wird, etwas, zu dem er den Kontakt jetzt nicht verlieren wird und das, wenn es zurückkehrt, die Atmosphäre und die extremen Gefühle der letzten Tage in sich tragen wird, auch das Gefühl dieses Augenblicks: die Liebe zu diesen Menschen, die den Wunsch enthält, ihnen möge nichts Schlimmes zustoßen, und die deswegen bereits mehr Schmerz als Liebe ist.

Nicht Liebe, sondern Schmerz ist jetzt im Blick des Erzählers und verdirbt alles, was er sieht. Alles ist wie etwas, das er bereits verloren hat: das Licht des Spätnachmittags, die freundlichen Frauen und Kinder, der sehr blaue Rauch. Und jetzt verhärten sich all die halb formulierten Zweifel der vergangenen Tage, diese bloßen Impulse, zu dem Entschluß, diesen Menschen den Rücken zu kehren und sie aus seinen Gedanken zu verbannen.

Das ist schwer zu formulieren und noch schwerer auszuführen. Der Erzähler kann nicht einfach gehen. Er weiß nicht, wo er ist. Er wird für den Rückweg Führer brauchen, Menschen, die ihn sicher durch den Wald bringen. Alfred, der Anführer oder

Häuptling, wird ihn nicht einfach so weglassen. Alfred würde sich Sorgen über die Folgen machen, über die Berichte, die an die Küste geschickt werden würden. Und dann wäre da noch der Tscheche in der Missionsstation. Auch er würde den Erzähler nicht so ohne weiteres gehen lassen.

Darum wird der Erzähler bleiben müssen. Er wird bleiben und mit der Organisation und den anderen Dingen, die man ihm aufgetragen hat, beginnen müssen. Vielleicht wird es später, wenn die Aktionen begonnen haben, leichter sein, das Dorf zu verlassen. Den Wald, das Land, die Bewegung zu verlassen.

Doch jetzt wird er bleiben müssen, ein paar Wochen, ein paar Monate lang. Die Leute in diesem Dorf und in der Umgebung werden ihn sehr gut kennenlernen. Er ist bereits ein Fremder, ein außergewöhnliches Wesen. Und sie, diese Menschen ohne Schrift, ohne Bücher, sind vollkommen abhängig von Bildern und Erinnerung; in dieser Hinsicht sind sie begabter. Sie werden sich in unendlich vielen Details an ihn erinnern: an seine Stimme, an seine Art zu gehen, an seine Gesten. Er wird in den Köpfen dieser Menschen existieren, wie er nirgendwo sonst existieren wird. Und wenn er gegangen ist, werden sie sich an ihn als den Mann erinnern, der lange blieb und nicht ehrlich zu ihnen war, der viele Dinge versprach und dann fortging.

Es ist noch ungefähr eine Stunde bis Sonnenuntergang. Lucas und Mateo holen den Erzähler, um ihn zum Dorfhäuptling zu führen. Sie sagen, daß sie dolmetschen werden.

Der Erzähler sagt: »Aber man hat mir gesagt, daß Alfred Englisch spricht.«

Mateo sagt: »Das ist nicht Alfred.«

»Mein Onkel«, sagt Lucas. »Mein Vaterbruder.«

Der Onkel ist nicht sehr alt. Er sitzt in einer offenen Hütte, die eher ein Empfangsraum als ein Schlafraum ist: In einer Ecke ist eine Hängematte für ihn selbst aufgespannt, und für die Besucher gibt es niedrige, aus einem massiven Block geschnitzte Hocker aus Hartholz. Lucas' Vaterbruder hat eine wunderschöne Hautfarbe, und die Poren seiner glatten Haut sind sauber und stehen einzeln für sich. Er trägt neue Jeans und ein geblümtes Hemd;

offenbar stattet der Stoffhändler von der anderen Seite dem Dorf regelmäßig Besuche ab.

Was er in seiner Sprache sagt, die Lucas und Mateo in ihr Englisch übersetzen, ist in etwa dies: »Ich habe von Alfred gehört, daß Lucas und Mateo gegangen sind, um dich zu holen. Aber ich habe nie daran geglaubt, daß du kommen würdest. Das geht nun schon so lange so. Es wird so viel geredet und so wenig getan. Aber jetzt bist du hier. Ich hoffe, daß du vorsichtig vorgehen wirst. Du bist auf dem schwierigen Weg gekommen. Es gibt einen anderen Weg, einen leichteren. Er führt durch die Savanne. Der Vater meiner Frau hat mir gesagt, daß sein Vater ihm erzählt hat, daß früher einmal Leute von dort gekommen sind, die Gold gesucht haben.«

»Djukas?« fragt der Erzähler. Das ist das hier gebräuchliche Wort für die Nachkommen der geflohenen Afrikaner, die sich in einigen Teilen des Waldes niedergelassen hatten.

»Djukas, Leute aus dem Süden – ich weiß nicht mehr, was der Großvater meiner Frau gesagt hat. Diese Leute kamen, um nach Gold zu suchen. Und ich brauche dir nicht zu sagen, was das für uns bedeutet hätte. Weißt du, was die Leute aus den Dörfern gemacht haben? Es war in der Trockenzeit. Sie haben die Savanne in Brand gesteckt. Es brannte über Meilen. Der Großvater meiner Frau sagt, dicht vor dem Feuer waren immer Vögel und pickten Schlangen und andere kleine Tiere auf, die vor den Flammen flohen. Das Feuer verbrannte jeden einzelnen der Männer, die gekommen waren, um nach Gold zu suchen. Danach mußten alle ihre Dörfer verlassen und sich zwei Jahre lang im Wald verstecken. Meinst du, daß es diesmal auch so sein wird? Bist du sicher, daß du weißt, was du tust? Wir sind tapfere Leute. Aber ...« Er spricht nicht weiter. Dann sagt er: »Woher kommst du?«

»England.«

»Das hat Lucas mir erzählt. Mein Großvater war in England. Hat Lucas dir das erzählt?«

Lucas fährt sich mit der Zunge über die Oberlippe und sieht zu Boden.

»Er ging mit einem Engländer, der ihn mochte und wollte, daß er Englisch lernte. Er war drei Jahre in England. Sie wollten, daß er eine Engländerin heiratete. Das war der ursprüngliche Plan. Sie fanden sogar eine Frau für ihn, aber im letzten Augenblick, bevor sie zurückkehrten, bekam sie Angst. Der Plan war, zurückzukommen und *Häuser* zu bauen.« Er gebraucht für »Häuser« das englische Wort, aber aus seinem Mund klingt es wie ein Wort aus seiner eigenen Sprache. »Eines der Dinge, die mein Großvater über England erzählte, war, daß der Häuptling des Landes eine Frau war. Stimmte das?«

»Das stimmte.«

»Das freut mich. Manche Leute haben gesagt, daß er sich das ausgedacht hat. Manche haben nicht einmal geglaubt, daß er in England gewesen war, obwohl er gedruckte Bücher mitgebracht hat, um es zu beweisen. Er kam zurück und wartete auf die Engländer, die kommen und *Häuser* bauen wollten. Jedes Jahr oder so kam einer. Nicht so, wie du gekommen bist, sondern auf dem anderen Weg, von dem ich dir erzählt habe, durch die Savanne. Sie brachten meinem Großvater immer die gleiche Nachricht: ›Nächstes Jahr, nächstes Jahr.‹ Ist das die Art von Nachricht, die du uns bringst?«

»Nein«, sagt der Erzähler. »Diesmal wird es anders sein. Wir sind anders.«

»Die Leute fingen an, meinen Großvater zu verspotten. Sie sagten, daß er uns Ärger mit der Regierung einbringen würde, für nichts und wieder nichts. Einmal, als ein Engländer hier war, gab es eine Mondfinsternis. Weißt du, was die Leute tun, wenn das passiert? Sie schießen mit Feuerpfeilen auf den Mond, damit er wieder anfängt zu leuchten. Mein Großvater schämte sich. Das hat er mir gesagt. Er bat den Engländer, ihnen zu verzeihen, daß sie sich so kindisch benahmen. Aber der Engländer lachte nur und sagte, es werde keinen Ärger mit der Regierung geben. Genau wie du gerade. Er sagte, daß der Ort sich gut für Häuser eigne. Ich habe gehört, daß sie Alfred jetzt das gleiche sagen. Und dann geschah etwas. Ich glaube, es war Krieg oder so, und die Engländer kamen nicht mehr. Niemand kam, nicht einmal, um zu sagen: ›Nächstes Jahr.‹ Aber mein Großvater hat nie aufgehört zu glauben, daß sie wiederkommen würden. Dieser Glaube hat ihn ein bißchen wirr gemacht, aber es gibt Leute, die noch immer daran glauben. Und ich werde dir noch etwas sagen: Der Kanaima ist gekommen, um Lucas zu holen. Das weißt du. Er muß es dir erzählt haben. Er hat mir gesagt, daß er es dir erzählt hat. Und als der Kanaima kam, um Lucas zu holen, hat Lucas gesagt: ›Ich werde weggehen. Ich weiß es. Ich werde nach England gehen. Der Freund meines Großvaters wird mich holen lassen.‹ Und jetzt bist du gekommen. Hat Lucas es dir erzählt? Sie haben Kleider für meinen Großvater geschickt. Nicht wie unsere Kleider, sondern moderne Kleider, für die *Häuser*, die sie bauen wollten. Ein paar habe ich noch. Ich zeige sie dir.«

Er öffnete das Bündel, das neben ihm lag. Das Kleidungsstück war in ein Bananenblatt eingeschlagen, das irgendwie gebeizt war und dessen bräunliche Adern ihm das Aussehen eines Papyrus gaben. Er hob das Kleidungsstück heraus. Es war farngrün und brüchig, aber erkennbar ein Wams aus der Tudorzeit, etwas, das vor dreihundertfünfzig Jahren neu gewesen war – das Relikt eines alten Verrats.

4. Passagier

Eine Gestalt aus den dreißiger Jahren

Ich fand, bevor ich mich ernsthaft dem Schreiben dieses Buches widmete, sollte ich mir alte Szenerien ansehen. Und als ich in Trinidad war, machte ich eines Tages eine eher lange Fahrt zum nordöstlichsten Punkt der Insel: Point Galera, Galley Point. Der Name geht auf Kolumbus zurück.

Eine Asphaltstraße zweigte von der Hauptstraße ab und führte zur Landspitze. Die letzten Meilen war ich durch Wald gefahren, und auf dieser Straße nun fühlte ich mich emporgehoben und schutzlos. Das Licht war härter; der Asphalt sah sehr schwarz aus; man konnte den Wind und das Meer hören. Zu einer Seite der Straße standen halb kahle alte Kokospalmen, auf der anderen Seite war ungerodeter Busch mit vielen jungen Guavenbäumen (die zweifellos von den unablässig umherfliegenden Vögeln ausgesät worden waren), und der Wind trieb bräunlich verfärbtes Zeitungspapier und plattgedrückte Pappkartons vor sich her.

Am Ende der Straße stand ein Leuchtturm, der nicht mehr in Betrieb war. Ein Stück über Kopfhöhe war in den rissigen weißen Putz eine Tafel mit einem Gips- oder Betonrelief eingelassen, auf der ein Datum – 1897 –, der stilisierte Umriß eines Diamanten und die Buchstaben VDJ standen. Die Buchstaben bedeuteten »Victoria Diamond Jubilee«. Es hatte einen doppelten Grund zum Feiern gegeben: 1897 war nicht nur das sechzigste Jahr von Königin Victorias Herrschaft gewesen, auch die Eroberung Trinidads durch die Engländer hatte sich zum hundertsten Mal gejährt.

An der zerklüfteten Steilküste führte ein Pfad hinunter zu den Felsen, vor denen der Leuchtturm einst gewarnt hatte. Auf den oberen Felsen standen oder saßen schwarze junge Männer und Jungen (legale und illegale Einwanderer von den kleinen Inseln im Norden) und sahen hinunter zu einem Mann, der mit einem Helfer knapp über der Brandung stand und nach Babyhaien fischte.

Der Helfer stand in sicherer Entfernung, seitlich von dem anderen und ein wenig höher, und fing den Zug der Leine auf, als ein Hai anbiß. In dem weißen Wasser zwischen den Felsen wirkte der gefangene Hai klein und verspielt, eigentlich wie ein Baby, nicht stark oder schlau, nicht so, als würde es sich lohnen, ihn zu fangen. Doch nachdem er an Land gezogen und getötet war, sah er groß und schwer aus, besonders als der Helfer – der ebenso ernst war wie sein Herr und die stummen Zuschauer (sie hatten sich auf den Felsen verteilt, als wollten sie ihre Privatsphäre wahren, und jeder warf seinen eigenen schmalen Mittagsschatten) – den Hai auf seine Schulter hob, um ihn hinauf zum Rest der Beute zu tragen.

Der Wind und das brandende Meer hatten die Steilküste an dieser Landzunge im Lauf der Jahrhunderte zerklüftet. Dennoch klammerten sich Pflanzen fest, wo immer sie konnten. In den Vertiefungen der oberen Felsen hatte eine Art Gras seine Halme miteinander verwoben. Auf Felsformationen draußen im Meer, die schon seit langem von der Landzunge abgeschnitten waren, standen eigenartig aussehende Bäume fest verwurzelt, naß von der Gischt, gebeugt und gebogen vom Wind, und schützten wohl die jungen Bäume, die sie eines Tages ersetzen würden.

Ich hätte die Bäume nicht benennen können. Sie gehörten nicht zu den importierten Pflanzen, die uns sehr vertraut waren, wie Kokosnuß, Mango, Brotfrucht und Bambus. Die Bäume auf den Felsen gediehen, weil sie zu diesen Felsen, der Landzunge, der Insel, dem Kontinent gehörten. Und ich dachte, daß das Bild, das sich mir bot, trotz allem, was hier geschehen war, trotz allem, was hinter uns lag, wunderbarerweise eine Version dessen war, was Kolumbus auf seiner dritten Reise, nach der Überquerung des Atlantiks, als allererstes erblickt hatte: Ich sah zwar nicht dieselben Felsen, aber Überreste derer, die er gesehen hatte, und die windgebeugten Bäume waren die Nachkommen derer, die vor zehn oder zwölf oder fünfzehn Baumgenerationen hier gestanden hatten.

Es hieß, er habe diese Landzunge »Galeere« – *Galera* – genannt, weil sie »wie eine Galeere unter Segeln« ausgesehen habe. In diesem nordöstlichen Teil der Insel gibt es nichts, was eine solche Gestalt hat; und im neunzehnten Jahrhundert, nachdem die Insel eine britische Kolonie geworden war, hatte man das Gefühl, daß die alten Karten in diesem Punkt falsch waren und daß in den zweihundertfünfzig Jahren der Entvölkerung und Verwilderung, die auf die Entdeckung folgten – die Küste wurde verwüstet und die Insel von den Spaniern nie richtig besiedelt oder erforscht oder verwaltet –, das Wissen darum, was Kolumbus als erstes gesichtet hatte, verlorenging. Die »Galeere«, die Kolumbus gesehen hatte, war, so nahm man an, eine Formation auf einer langen Sandbank an der südöstlichen Spitze der Insel gewesen.

Doch nun, da ich mit den anderen zusah, wie die Haifische aus dem blutigen weißen Wasser zwischen den Felsen gezogen wurden, und die Felsen und die verformten Bäume draußen im Meer betrachtete, dachte ich, daß ich sah, was Kolumbus gesehen hatte. Er wird die Steilküste und die Felsen und die brandenden Wellen von weit draußen gesehen und einen sicheren Abstand zur Landzunge gehalten haben. Nach ein paar Stunden dann wird er die leichter zugängliche Südostspitze der Insel erreicht haben; nachdem er sie umfahren hatte und dicht genug an der Küste war, um die Gemüsegärten der Bewohner erkennen zu können, wird er die drei niedrigen Hügel gesehen haben, die ihm den Gedanken eingaben, die Insel nach der Heiligen Dreieinigkeit zu benennen. Einige Stunden später wird zum erstenmal der südamerikanische Kontinent in Sicht gekommen sein. Er wird ihn für eine weitere Insel gehalten haben, der er den Namen »Gracia« – Gnade – gab.

Die Dinge waren schlecht für ihn gelaufen. Auf seinen beiden früheren Reisen hatte er nicht viel Gold gefunden, und seine auf Haiti gegründete Kolonie war gescheitert. Jetzt, als er zum dritten Mal das Glück hatte, neues Land zu entdecken, waren seine Gedanken auf die Religion und die Erlösung gerichtet und darauf, daß für ihn endlich alles gut werden würde. Bis vor ein paar Stunden war er allerdings noch in erster Linie Seemann gewesen, und die schwarzen Felsen und gebeugten Bäume auf der Landzunge der Insel müssen für die Augen eines Mittelmeermenschen des fünfzehnten Jahrhunderts wie eine Galeere unter Segeln ausgesehen haben: Die Felsen waren der Schiffskörper, die Bäume waren die Segel.

Ich nehme an, man hat die Galeerenform auf der Insel selbst gesucht: man hat nach etwas gesucht, das groß war und ins Auge fiel. Den verwitterten Felsen im Meer, die der Admiral von der anderen Seite gesichtet haben muß, schenkte man keine Beachtung. Die Karavellen waren klein; Galeeren hätten noch tiefer im Wasser gelegen.

Mir kam der Gedanke, daß der Anblick, der sich einem Mittelmeermenschen des fünfzehnten Jahrhunderts von der anderen Seite, der Ozeanseite, geboten haben muß, vielleicht noch immer existierte, während ich von meiner Position auf den Uferfelsen nur ein Überbleibsel der ursprünglichen Insel sah.

Es war schwer, diese romantische Betrachtungsweise zu bewahren. Als Kind hatte ich nie versucht, so zu tun, als betrachtete ich die ursprüngliche Insel. Weder die Lehrer noch sonst jemand hatte das als Übung für die Phantasie vorgeschlagen. Es war etwas, das ich erst bei späteren Besuchen versuchte, viele Jahre, nachdem ich weggegangen war. Und jetzt, als ich Galley Point den Rücken kehrte und auf Landstraßen zurückfuhr, vorbei an den überwucherten Kakaoplantagen mit ihren verwitterten grauschwarzen Trockenschuppen und den Dörfern mit ihren kleinen Häusern aus Holz oder Beton in Höfen aus gestampfter Erde, zurück zu den dichtbevölkerten Siedlungen neben der Straße, wurde ich in eine Version der Kolonie, die ich als Kind gekannt hatte, zurückversetzt. Ich wurde zurückversetzt in eine alte Art zu fühlen, wo kein Anfang, keine Vergangenheit möglich schien und die Eingeborenen vielleicht nie existiert hatten.

Ich hatte damals das Gefühl – wie ein Kind, das Gefühle nicht benennt –, daß Licht und Hitze die Geschichte dieses Ortes verbrannt hatten. Ich mißtraute dem Flair, das uns auf Postkarten und Briefmarken präsentiert wurde (ein Flair, das auch die einheimischen Künstler wiedergaben): bestimmte Buchten und Strände, der Asphaltsee, bestimmte blühende Bäume, bestimmte Gebäude, unsere gemischte Bevölkerung.

Viele Jahre später dachte ich, dieses Gefühl der Leere hätte mit meinem Temperament zu tun gehabt, mit dem Temperament eines Kindes, das in einer Gemeinschaft erst jüngst eingewanderter indischer Immigranten inmitten einer gemischten Bevölkerung aufgewachsen war: Das Kind sah zurück und fand keine Familienvergangenheit, fand Leere. Heute dagegen habe ich das Gefühl, daß ich auf etwas reagierte, das uns allen fehlte, das ausgerissen worden war.

Wie den Menschen in kleinen oder abgelegenen Gemeinschaften gefiel uns die Vorstellung, besucht zu werden. Und obwohl ich der vom Fremdenverkehrsbüro propagierten Vorstellung von Flair mißtraute, glaube ich, ohne diese Vorstellung (und sei sie auch nur etwas, das man ablehnen oder bekämpfen konnte), ohne diese Besucher, die zugleich Zeugen waren, hätten wir in der Schwebe gehangen wie die Eingeborenen, die man unterhalb von Point Galera gesehen hatte und die dort ein von Instinkten geleitetes, unbeachtetes Leben führten.

Ich glaube, daß Besucher, Touristen, in größerer Zahl kamen, als die Segelschiffe durch Dampfer ersetzt wurden. Um die Jahrhundertwende kamen die Touristen nicht wegen der Sonne. Sie kamen wegen der Sehenswürdigkeiten; sie schützten sich vor der Sonne. Eingehüllt in edwardianische Lagen von Kleidungsstücken, mit Hüten und Regen- und Sonnenschirmen, kamen sie, um sich den Bau des Panamakanals anzusehen; sie unternahmen Spaziergänge auf der harten Oberfläche des

Asphaltsees; sie sahen Kakaoschoten und Kokosnüsse, die an den Bäumen hingen (Früchte, für deren Ernte und Verarbeitung man zahlreiche Arbeitskräfte brauchte).

Sie kamen auch wegen der Geschichte. Sie wollten das Meer befahren, auf dem die großen Seeschlachten des achtzehnten Jahrhunderts geschlagen worden waren, als die europäischen Mächte um die kleinen, reichen Zuckerinseln in der Karibik kämpften. Nach dem Ersten Weltkrieg verblaßte diese Vorstellung von Glanz und Herrlichkeit. Man vergaß die Seeschlachten und die einst berühmten Namen der Admirale des achtzehnten Jahrhunderts. Die Touristen kamen wegen der Sonne und um dem Winter und der Weltwirtschaftskrise zu entfliehen; sie suchten Orte, die unverdorben waren, an denen die Zeit vorübergegangen war, Orte, könnte man sagen, die nie entdeckt worden waren. Also wurde die Geschichte auf den Kopf gestellt; die Inseln wurden umgestaltet.

Jedes Jahr brachten die Kreuzfahrtschiffe einen oder zwei Schriftsteller mit, die Tagebuch führten und Fotografien für ihre »Reisebücher« machten. Obgleich diese Bücher der Form nach aus viktorianischen Reisetagebüchern entstanden waren, hatten sie keine Ähnlichkeit mit den Büchern, die Trollope oder Charles Kingsley oder Froude fünfzig oder sechzig Jahre zuvor geschrieben hatten. Es gab keine imperialen »Probleme« zwischen den Inseln und dem spanischen Festland mehr: kein viktorianisches trübsinniges Brüten über den Mangel an Arbeitskräften nach der Aufhebung der Sklaverei, über die vernachlässigten oder unzufriedenen Kolonien oder die Rivalität anderer Mächte, keine Sorgen über das schrumpfende Empire.

Diese Kreuzfahrtbücher behandelten, obgleich sie ausdrücklich Reisen durch die Kolonien schilderten, einen Teil der Welt, dessen Vergangenheit gleichsam getilgt worden war. Die grobkörnigen Fotos der Befestigungen von Cartagena in Kolumbien beispielsweise waren Fotos einer altertümlichen Anlage, von etwas, das irgendwie mit Gold und Galeonen und den Spaniern zu tun hatte. Die Ruinen der Zitadelle des schwarzen Kaisers

Christophe in Haiti waren wie eines der Geheimnisse Ägyptens. Diese Welt war tot und sicher.

Diese Kreuzfahrtbücher ähnelten sich. Sie haben wahrscheinlich niemandem viel Geld eingebracht, und ich nehme an, daß sie ein Produkt der Wirtschaftskrise waren und von finanziell schlecht gestellten Leuten für Benutzer öffentlicher Bibliotheken geschrieben wurden, die davon träumten, eines Tages selbst eine Kreuzfahrt in warme Gewässer zu machen. Obwohl die Autoren bei dieser besonderen Form des Reisens immer präsent und wissend und umtriebig sein mußten, waren die Bücher, die sie schrieben, eigenartig unpersönlich. Ein Grund dafür könnte sein, daß diese Autoren alles darin unterbringen mußten, was frühere Autoren in ihren Büchern untergebracht hatten; und ich glaube, ein weiterer Grund ist, daß die Autoren dieser Reisebücher in Wirklichkeit nur so taten, als wären sie Autoren, als wären sie Reisende, und vor allem, als wären sie Reisende durch die Kolonien.

In einem solchen Buch begann das Kapitel über Trinidad für gewöhnlich mit einer Beschreibung des morgendlichen Anlegemanövers. Es berichtete von der gemischten Bevölkerung auf den Straßen. Ein Autor mochte Schwarze beschreiben, die umherliefen und Bananen aßen; einem anderen fielen indische Frauen mit ihrem Schmuck und ihren indischen Kleidern auf. Vielleicht besuchte man die Angostura-Destillerie oder den Asphaltsee und die Ölfelder oder eine Bucht oder ein Calypso-Zelt oder, wenn gerade keine Calypso-Saison war, einen Hof, wo die Zusammenkunft einer ekstatischen afrikanischen Sekte, der Shango etwa oder der Shouters, stattfand.

Im Hintergrund gab es immer einen örtlichen Führer mit guten Verbindungen. Er hatte schon für andere Autoren als Führer gearbeitet und kannte die für Trinidad vorgeschriebene Prozedur. Abgesehen von ihm – und er war weiß oder ein Mulatte und hielt ein wenig auf Abstand zum einfachen Volk –, waren die Einheimischen weit entrückt, bloße Hintergrundfiguren. Von diesen Menschen konnte man alles behaupten. Die Afrikaner, die der eine Autor hatte Bananen essen sehen, wurden von einem anderen in zweifarbige Schuhe gesteckt. Vielleicht waren es neue, quietschende zweifarbige Schuhe; und dann fuhr der Autor womöglich fort, die Afrikaner seien so versessen auf dieses Quietschen, daß sie ihre nagelneuen Schuhe zum Schuhmacher brächten, damit er »ein Quietschen einbaute«. Was die Inder auf dem Land betraf, so waren sie ein ganz eigenes Volk; man wußte nur sehr wenig über ihre Sprache und ihren Glauben, und der Autor und sein Führer fanden, daß diese Art von Wissen auch nicht sonderlich wichtig war.

Diese Bücher traten niemandem zu nahe. Nur sehr wenige Einheimische lasen sie. Einige der ausgefalleneren Dinge – wie das Quietschen der zweifarbigen Schuhe – paßten gut zu dem Sinn für Humor, den die Schwarzen hatten, zur Calypso-Phantasie. Und damals – man kann es sich heute nur noch schwer vorstellen –, damals lebten diese Menschen mit der Mißachtung. Mit ein wenig Übung konnte man in den Büchern über die Mißachtung hinweglesen und Dinge finden, die brauchbar waren.

Ein Buch über Trinidad aus den frühen dreißiger Jahren trug den kreolischen oder Pidgin-Titel *If Crab No Walk*. Es war von Owen Rutter, ein Name, mit dem ich sonst nichts verbinde. In seinem Buch stand der Satz: »Die Züge sind in Ordnung, aber die Busse sind ein Witz.« Mein Vater hängte einen ganzen Artikel für eine örtliche Zeitschrift an diesem Satz von Owen Rutter auf. Das muß kurz nach meiner Geburt gewesen sein. Ein paar Jahre später – ich war noch ein Kind – stieß ich im Schreibtisch meines Vaters auf das Heft. Ich war wie verzaubert von dem Artikel mit seinen komischen Zeichnungen und den Beschreibungen der Witze und unsinnigen Fahrtzielreime der Busschaffner. Ich las den Artikel viele Male; ich glaube, er gehörte zu den Dingen, die mir halfen, eine Vorstellung davon zu bekommen, wo ich war. Ohne das Buch von Rutter hätte mein Vater vielleicht nicht bemerkt, daß die Busse in Trinidad etwas waren, über das er schreiben konnte. Hier gibt es also eine Art Verkettung.

Ich bin nicht sicher, aber ich glaube, die Worte, die ein örtliches Literaturmagazin unter das Foto eines der Strände von

Trinidad setzte, stammten ebenfalls von Owen Rutter: »Die einsame Herrlichkeit eines palmenbesetzten Strandes bei Sonnenuntergang«. Daneben war ein Foto von einem Abendhimmel, und darunter standen die Worte von Keats: »Wo über dem sacht sterbenden Tag streifig gewebte Wolken erblühen.« Strände und Sonnenuntergänge waren natürlich etwas Schönes, doch diese Worte von Keats (auch wenn sie nicht zu dem Foto paßten und geheimnisvoll waren) und das Zeugnis des fremden Reisenden Rutter waren wie ein zusätzlicher Segen.

Mit dem Bedürfnis nach dem Zeugnis von Fremden standen wir nicht allein. Selbst ein so selbstbewußter Bostoner wie Francis Parkman, der in den vierziger Jahren des achtzehnten Jahrhunderts den Oregon Trail erkundete, fand angesichts der Herrlichkeit der amerikanischen Wildnis gelegentlich, daß er, um einer bestimmten Szenerie gerecht zu werden, einen Vergleich zu italienischen Gemälden ziehen mußte, die er zu jener Zeit nur in Form unvollkommener Kopien kennen konnte.

Vielleicht gibt es die Gabe der reinen, ursprünglichen Betrachtungsweise gar nicht. Vielleicht entsteht eine Betrachtungsweise immer nur unter Anleitung und hängt von der Fähigkeit ab, ein Ding mit einem anderen zu vergleichen. Kolumbus sah eine Galeere aus dem fünfzehnten Jahrhundert, wo ich vom Ufer aus nur ein paar schwarze Felsen mit Bäumen sah, die ich in anderer Umgebung nicht erkannt hätte. Wenige Stunden nachdem er die Galeere gesichtet hatte, segelte er dicht an der Südküste der Insel entlang und sah Gärten, so schön wie die Gärten von Valencia im Frühling. Das war ein Vergleich, den er schon mehr als einmal angestellt hatte, und zwar im Zusammenhang mit Inseln weit im Norden, deren Beschaffenheit vollkommen anders ist. Doch für ihn war es die einzige Möglichkeit, eine Vegetation zu beschreiben, die er noch nie zuvor gesehen hatte, und es ist alles, was über diese erste Begegnung mit der unberührten, ursprünglichen Insel erhalten blieb.

Jahrhunderte später brauchten wir Besucher, die uns eine Vorstellung davon gaben, wo und was wir waren. Wir hätten es allein nicht geschafft. Wir brauchten das Zeugnis von Fremden.

Und das war, als wäre die Geschichte zum zweitenmal auf den Kopf gestellt worden. Denn in den Augen dieser Reisenden - in ihrer distanzierten Betrachtung von Menschen, die Bananen aßen und quietschende Schuhe trugen, in ihrer Betrachtung einer kleinen Welt, die ein Kreuzfahrtpassagier an einem Tag oder Vormittag besichtigen konnte - mußten wir, die wir auf mancherlei Wegen aus vielen Kontinenten hierhergekommen waren, die Stelle der Eingeborenen einnehmen und wurden für die Bedeutungslosigkeit verantwortlich gemacht, die in Wirklichkeit schon lange, bevor man uns in sie hineingesetzt hatte, geschaffen worden war.

Und dann kam 1937 ein junger englischer Schriftsteller namens Foster Morris und schrieb *The Shadowed Livery,* und das war eine andere Art von Buch. In jenem Jahr gab es einen großen Streik auf den Ölfeldern von Trinidad. Ich weiß nicht, ob Foster Morris vor seiner Ankunft mit den Verhältnissen vertraut gewesen war. Dennoch waren der Streik und die Persönlichkeiten, die damit zu tun hatten, das Hauptthema seines Buches.

Man hatte Anfang des Jahrhunderts Öl gefunden; und ein großer Teil des Südens der Insel (wo Kolumbus einst die schönen, an Valencia erinnernden Gärten der Eingeborenen gesehen hatte) war zum Ölfördergebiet erklärt worden. Die meisten der Arbeiter auf den Ölfeldern waren Afrikaner von der kleinen, nördlich von Trinidad gelegenen Insel Grenada. Man hätte auch Einheimische, Afrikaner oder Inder, einstellen können, doch die Radikalen sagten (und ich nehme an, sie hatten recht), daß die Behörden den örtlichen Arbeitsmarkt nicht durcheinanderbringen wollten und es vorzogen, auf den Ölfeldern Arbeiter zu beschäftigen, die vom Rest der Bevölkerung isoliert waren.

Die Leute erzählten sich Geschichten über die Armut und die Dummheit der Grenader. In einer Geschichte, die ich als Kind hörte (und nicht ganz verstand, da ich damals nicht wußte, wer oder was Grenader waren), hieß es, daß sie von gemahlenen Grundnahrungsmitteln lebten, die sie in »Kochbenzin«-Kanistern kochten. Gemahlene Grundnahrungsmittel waren Knollengewächse – Yamswurzeln, Taroknollen, Maniok und Süßkartoffeln. »Kochbenzin«-Kanister waren die verschließbaren Dosen, in denen pflanzliches Öl importiert wurde. Wenn das Öl verbraucht war, wurden die Kanister normalerweise dazu verwendet, »Kochbenzin« – das war unser Wort für Kerosin – aufzubewahren. Darum war die Geschichte über die Grenader, die ganze Kanister voll gemahlener Grundnahrungsmittel kochten, nicht nur eine Geschichte über die Kraßheit ihres Geschmacks und die schieren Mengen minderwertiger Nahrung, die sie essen konnten, sondern auch eine Geschichte über ihre Armut. Sie waren zu arm, um sich die ordentlichen Emailletöpfe oder die schwarzen, in Birmingham hergestellten Gußeisentöpfe zu kaufen, die wir hatten; sie kochten in Kanistern, in denen wir unser Kochbenzin aufbewahrten.

(Ich hörte diese Geschichte über die Grenader von einer zänkischen Tante, und in meiner Erinnerung benutzte die Tante, als sie mir, mit ihrer üblichen schrillen Stimme, die Geschichte erzählte, einen gewebten Fächer aus Kokosblattfasern, um auf der Beton-Hintertreppe eines kleinen Hauses in Woodbrook in Port of Spain die Glut in einem schwarzen, gußeisernen Birmingham-Holzkohlebrenner anzufachen. Zwei oder drei Jahre lang lebten etliche Mitglieder unserer weitverzweigten Familie, Flüchtlinge vom Land, eng zusammengedrängt in jenem Haus in Woodbrook, wo es noch keine richtige Kanalisation gab. Einige Jahre später wanderte die Tante nach Kanada aus. Befreit von der Beengtheit, der Armut und dem allgemeinen Elend, wurde sie dort zu einer wachen, großzügigen, eleganten Frau – doch von diesen Möglichkeiten des menschlichen Lebens ist in meiner Erinnerung an die Frau mit der schrillen Stimme, die auf der Hintertreppe ihren Holzkohlebrenner anfachte, nichts zu finden.)

Diese Geschichte über die Grenader und die Kochbenzin-Kanister hörte ich im Krieg, ein paar Jahre, nachdem sie sich durch den Streik von 1937 einen Namen gemacht hatten. Also müssen sie es in den Jahren vor 1937, als man noch mehr auf sie herabsah, sehr schwer gehabt haben. Und dann tauchte in all ihrer Isolation und Rückständigkeit ein Anführer auf, ein Mann aus den eigenen Reihen.

Der Anführer war ein kleiner bärtiger Mann mit einem langen Namen: Tubal Uriah Buzz Butler. Er war Prediger, und in seiner Leidenschaft oder Verwirrtheit war etwas, das die Ölarbeiter in einen Begeisterungstaumel versetzte. Er zog auch andere an. Viele Radikale, die sich als Sozialisten oder Kommunisten verstanden, schlossen sich ihm an. Der Streik, den er und die Gewerkschaften ausriefen, weitete sich fast zu einem Aufstand aus. Auf den Ölfeldern wurde ein Polizist bei lebendigem Leibe verbrannt. Die Regierung begann Freiwillige zu rekrutieren und zu bewaffnen. Die Atmosphäre muß gewesen sein wie 1805 oder 1831, als es Gerüchte über einen Aufstand der Sklaven gab. Und dann erlosch, wie in den Tagen der Sklaverei, die Leidenschaft, und die Leute wurden wieder sie selbst.

Das war das Thema von Foster Morris' Buch. Er schrieb über Tubal Uriah Butler und die Menschen in seiner Umgebung. Er schrieb mit äußerster Ernsthaftigkeit über sie. Er gab ihnen Familien, einen Hintergrund; er behandelte, was sie sagten, ohne Ironie. Noch nie war über Einheimische so geschrieben worden. Er schrieb über sie, als wären sie Engländer – als besäßen sie jene Art von gesellschaftlicher Tiefe und Stabilität und Verwurzeltheit.

Es war gut gemeint, aber es war falsch. Manchen Leuten, über die er bewundernd schrieb, wie zum Beispiel bestimmten Rechtsanwälten oder Lehrern, waren Foster Morris' fehlgeleitete Hochachtungsbekundungen sogar peinlich. Was in seiner Betrachtungsweise fehlte, war etwas, mit dem wir alle lebten: der Sinn für das Absurde, der Geist der Komödie, der es uns unmöglich machte, unsere wirkliche Lage zu erkennen. Die gesellschaftliche Tiefe, die er ganz gewöhnlichen Menschen verlieh, ergab keinen Sinn. Die Vorstellung eines Hintergrunds – und dessen, was er enthielt: Ordnung und Werte und die Möglichkeit, nach Höherem zu streben, die Fähigkeit zur Vervollkommnung – hätte nur dann einen Sinn ergeben, wenn die Menschen mehr wirkliche Verantwortung für sich selbst übernommen hätten. In dieser Hinsicht waren wir nicht verantwortungsbewußt. Vieles war uns aus der Hand genommen worden. Wir besaßen keinen Hintergrund. Wir hatten keine Vergangenheit. Für die meisten von uns hörte die Vergangenheit bei den Großeltern auf; jenseits davon war Leere. Wenn man vom Himmel auf uns hätte herabblicken können, hätte man gesehen, wie wir in unseren kleinen Häusern zwischen Meer und Busch lebten; und das war eine Art Wahrheit über uns, die wir an diesen Ort gebracht worden waren: Wir waren einfach da, wir schwebten.

Trotz seines Wunsches, uns Beifall zu spenden, begriff Foster Morris das Wesen unseres Mangels nicht. Er sah in uns eine Version von Engländern und vereinfachte uns. Er konnte zum Beispiel nicht begreifen, daß Tubal Uriah Buzz Butler zwar eine Art Messias war und daß ihm auf dem Höhepunkt des Streiks gebildete Leute, beispielsweise Rechtsanwälte, geradezu Wunderkräfte zuschrieben und das Gefühl hatten, wo er sie hinführe, könne ihnen kein Leid geschehen, daß aber gleichzeitig dieselben Leute tief in ihrem Inneren wußten, daß er ein verrückter, ungebildeter schwarzer Prediger war, ein Grenader, einer, der von einer kleinen Insel kam, der gemahlene, in einem Kochbenzin-Kanister gekochte Grundnahrungsmittel aß.

Der Sinn für das Absurde war stets schnell zur Stelle, und er war es, der uns rettete. Er war die andere Seite der Wut und der Leidenschaft, welche die Menge dazu getrieben hatte, den schwarzen Polizisten Charlie King bei lebendigem Leibe zu verbrennen. Foster Morris schien nicht zu verstehen, daß man Charlie King in Trinidad nicht gehaßt hatte; daß er sogar in Calypsos und Geschichten zu einer besonderen Opfergestalt werden sollte, so berühmt und fast so verehrt wie Uriah Butler, und daß die Stelle auf der Straße, wo er verbrannt war, nur noch Charlie King Corner genannt wurde: ein kleiner Scherz über einen geheiligten Ort.

1937 war ich fünf Jahre alt. Darum erfuhr ich all das, was ich über den Streik auf den Ölfeldern weiß, erst später, als man sich Sorgen über den Krieg machte und die Amerikaner nach Trinidad kamen und viel Geld da war; und damals versank diese ganze Butler-Geschichte (jedenfalls im Kopf eines Kindes) sehr schnell in der Vergangenheit.

Während des ganzen Krieges war Butler interniert. Es gab ein wenig Aufregung, als er freigelassen wurde, aber nur ein wenig. Der Mann, der als Revolutionär eingesperrt worden war, wurde als Clown entlassen, als Prediger mit einem grauen Bart, einem Fliegenwedel und einer Schwäche für Anzüge. Den Rechtsanwälten und anderen, die 1937, in der großen Zeit, Kraft aus seinen Worten geschöpft hatten, war er peinlich. Er hatte eine neue Politik ins Rollen gebracht, doch er selbst war zu einem Anachronismus geworden. Es gab eine neue Verfassung, es gab Wahlen. Butler belebte seine Partei neu – sie trug den absurden Namen »Unabhängigkeitspartei der Arbeiter und Bürger des Empire« – und errang einen Sitz im neuen Parlament, doch inzwischen gab es bedeutendere Parteien. Als Mitglied des Parlaments tat er nichts. Er verbrachte viel Zeit in England, »wegen der Kälte«, wie es hieß, und wurde von seinen alten grenadischen Anhängern mit Spenden unterstützt. Einmal bestand er bei seiner Rückkehr darauf, der Besatzung des Flugzeugs persönlich zu danken.

Das Buch von Foster Morris, das diesen Mann als einen Revolutionär gezeichnet hatte, als eine Gestalt wie Gandhi, als einen Mann, der seine Position durch scharfsinnige Analyse gefunden und seinen Beitrag zur Ablösung der alten Ordnung geleistet hatte, erschien nun noch falscher. Als ich Trinidad 1950 verließ, war dieses Buch verblaßt, ebenso wie *If Crab No Walk* von Owen Rutter und all die anderen Kreuzfahrtbücher der Vorkriegszeit mit Titeln wie *Those Wild West Indies.*

Später in England, und besonders nach 1954, als ich die Universität verließ, nach London zog und zu schreiben versuchte, erfuhr ich etwas mehr über Foster Morris. In Trinidad hatten wir ihn als eine Art englischen Renegaten betrachtet, als jemanden, der gegen alle Spielregeln anging, die das Verhältnis zwischen den Rassen in unserer Kolonie regelten. In England sah es anders aus. Er hatte ein Buch über das Heranwachsen geschrieben, im Stil von Alec Waughs *Loom of Youth*, sowie ein paar Romane im Stil des frühen Graham Greene. Er genoß eine gewisse Reputation. Er war ein Mensch der dreißiger Jahre, tief eingebettet in die intellektuelle Strömung jener Zeit, war einer jener Radikalen, die, jeder auf seine Art, den Krieg erwarteten und in der Zwischenzeit auf Reisen gingen, nicht auf Kreuzfahrten oder die Reisen viktorianischer Zeit, sondern auf Reisen, die dazu beitrugen, die Kolonialreiche des neunzehnten Jahrhunderts zu unterminieren. Auden und Isherwood reisten nach China; Orwell und andere gingen nach Spanien. Graham Greene fuhr nach Westafrika und anschließend nach Mexiko. Geoffrey Gorer fuhr nach Westafrika und schrieb eine neue Art von Buch über Afrika: *Africa Dances*. Und Foster Morris fuhr nach Trinidad und schrieb *The Shadowed Livery*.

Er hatte auf diesem guten Anfang aus der Zeit vor dem Krieg nicht aufgebaut und sich seither ein wenig zurückgezogen. Mitte der fünfziger Jahre kannte man seinen Namen noch, aber nur im Zusammenhang mit Rezensionen und Radiobeiträgen; es war nicht mehr der Name eines Schriftstellers. Dennoch kam er in Zeitungen und im Radio vor. Und darüber hinaus – so ruhig es um ihn in England auch geworden war, so selten er in Artikeln oder Büchern über die dreißiger Jahre auch genannt wurde – existierte er für mich auf eine ganz besondere Art, denn er war eine wichtige Figur aus der Vergangenheit, jemand aus meiner Kindheit, jemand, der aus der Leere, die uns umgab, zu uns nach Trinidad gekommen war.

1955 hatte ich einen kleinen Teilzeitjob bei der BBC und arbeitete für eine halbstündige Literatursendung für die Karibik, die einmal pro Woche ausgestrahlt wurde. Es sollte irgendein Buch über die englische Romanliteratur der Nachkriegszeit rezensiert werden, und der Produzent sagte: »Ich glaube, das wäre etwas für Foster Morris.«

Ich konnte es kaum glauben, konnte kaum glauben, daß mein Produzent diesen Namen so beiläufig aussprach und daß dieser Mann so leicht zugänglich war.

Der Produzent sagte: »Das ist die Art von Rezension, die Foster im Kopfstand schreiben könnte.«

Ich wohnte in einem alten Haus in Kilburn, gleich hinter dem »Gaumont State«-Kino. In der Nähe gab es eine öffentliche Bibliothek; sie war in ein paar Häusern einer Seitenstraße jenseits der Hauptstraße untergebracht. Es war ein guter Ort. Die besseren Bücher waren kaum gelesen, und die Kunstbände waren so gut wie neu. Und als ich in diese Bibliothek ging, stellte ich fest, daß *The Shadowed Livery* trotz Krieg und allem anderen nach siebzehn oder achtzehn Jahren noch immer im Regal stand. Vor dem Krieg und während des Krieges war es einige Male entliehen worden, aber seitdem hatte es niemand mehr haben wollen.

Es war seltsam, dieses Buch mit dem verblichenen Leineneinband wieder in Händen zu halten, das Buch, das ich einst, in einem anderen Klima, mit anderen Gedanken und ehrgeizigen Wünschen, gelesen hatte. Es war seltsam, den Namen auf dem Buchrücken zu sehen, das gute Vorkriegspapier, das Vorkriegs-Erscheinungsjahr, die Aufzählung anderer Bücher des Autors. Und es war peinlich und zugleich bewegend, beim Durchblättern die Verweise auf Namen oder Ereignisse im Zusammenhang mit dem großen Butler-Streik zu lesen. Der Titel des Buches stammte – das hatte ich vergessen – aus dem *Kaufmann von Venedig*, aus der Rede des Prinzen von Marokko, eines Freiers von Porzia:

»Verschmähet mich ob meiner Farbe nicht,
Die schattige Livrei der lichten Sonne,
Die mich als nahen Nachbarn hat gepflegt.«

Ich hatte eine Idee. Foster Morris wußte, woher ich kam. An ihn würde ich mich um Hilfe wenden. Ich hatte Hilfe zu jener Zeit sehr nötig.

Ich hielt mich in London nur so gerade eben über Wasser. In dem Haus in Kilburn hatte ich eine Zwei-Zimmer-Wohnung im zweiten Stock und mußte mir Bad und Toilette mit allen anderen Bewohnern teilen. Nicht, daß das schlecht gewesen wäre; eigentlich fand ich, daß ich Glück gehabt hatte: Damals vermieteten nicht viele an Nicht-Europäer, und was ich in Kilburn hatte, war besser als das, was ich in meinen letzten beiden Jahren in Oxford gehabt hatte. Doch ich sah keine Zukunft. Mein Job bei der BBC war sehr unbedeutend und unsicher. Alles hing für mich von meiner Schriftstellerei ab – das war ja der Grund, warum ich in London war und dieses Leben lebte –, und was das Schreiben betraf, so hatte ich seit vielen Monaten das Gefühl, in die Irre zu gehen. Vom Beginn einer Karriere war ich so weit entfernt wie eh und je.

In Trinidad, in jener Zeit des Optimismus, zwischen dem Schulabgang und dem Warten auf die Abreise nach England und Oxford, hatte ich leichtherzig, wie ein Mann, der alle Zeit der Welt hat, mit einem Roman, einer Farce begonnen, zu der Trinidad den Hintergrund abgab. Ich hatte mir – als ich im Roten Haus saß, inmitten von schwarzen Schreibern, die bedeutungsvollen Klatsch über dieses und jenes austauschten – einen Schwarzen ausgedacht, der aus politischen Gründen den Namen eines afrikanischen Königs annimmt. 1949 war das etwas, über das es sich lohnte nachzudenken, aber ich war siebzehn und wußte eigentlich nicht, was ich mit dem Material anfangen sollte. Dennoch schrieb ich weiter und nahm, was ich geschrieben hatte, mit nach Oxford. Zwei Jahre später, in der schrecklichen Einsamkeit der langen Sommerferien, brachte ich das Werk zu einem Ende. Es besaß keinen Wert (auch wenn sicher gewisse Dinge darin verborgen waren), doch schon allein die Tatsache, daß ich das Buch zu Ende geschrieben hatte – es waren etwa zweihundert Manuskriptseiten –, war für mich von Bedeutung.

Als ich Oxford verließ und nach London zog, fing ich mit einem neuen Buch an. Diesmal sollte es keine Farce sein, sondern etwas sehr Ernsthaftes. Der Protagonist, auf den ich mich konzentrierte, war jemand wie ich selbst und arbeitete als Hilfsschreiber im Registraturamt von Port of Spain. Ich wußte nicht, welche Haltung ich dieser Figur oder ihrer Umgebung gegenüber einnehmen sollte. Ich konnte es nicht klar erkennen; ich muß viel gelogen und geprahlt haben, muß mir große Mühe gegeben haben, die Figur nach Kolonistenart von ihrer Umgebung zu trennen und ein wenig zu erhöhen. Und alles, was mir als Geschichte einfiel, war ein Tag im Leben dieser Figur. Die Manuskriptseiten stapelten sich.

Mit zweiundzwanzig, ohne Protektion und das auch fühlend, ohne eine Vision der Zukunft und lediglich mit Ehrgeiz ausgestattet, hatte ich keine Ahnung, was für eine Art von Mensch ich eigentlich war. Das Schreiben hätte mir helfen sollen, mich zu erkennen und mir über mich klar zu werden, doch mit jedem Tag, den ich an meinem Roman schrieb (sofern ich nicht kleinere Arbeiten für die BBC erledigte, um Geld zu verdienen), drückten mich meine Fälschungen, meine uneingestandene Abkehr von Wahrheiten, tiefer in das kleine Loch, das ich mir gegraben hatte.

Nur sechs Jahre zuvor, an der Tür zum Gewölbe des Registraturamtes in Port of Spain, hatte ich – mit viel Freude und einer klaren Vision der Zukunft – in meinen Arbeitspausen so getan, als wäre ich Schriftsteller, und hatte geschrieben, korrigiert und mich bemüht, die Seiten wie Manuskriptseiten aussehen zu lassen. Jetzt war daraus eine Sache von verzweifelter Dringlichkeit geworden.

Das war meine Stimmung, als ich in der öffentlichen Bibliothek von Kilburn *The Shadowed Livery* betrachtete, das Werk eines publizierten Schriftstellers, und beschloß, mich an Foster Morris um Hilfe zu wenden.

Am Tag der Aufnahme ging ich ins Studio und setzte mich zu dem Aufnahmeleiter und dem Produzenten hinter die Glasscheibe.

Foster Morris war ein eher untersetzter, grauhaariger Mann mit einem breiten Gesicht. Er hatte trübe Augen und wirkte in sich gekehrt. Ich schätze, er war etwa fünfzig. Die trüben Augen, die In-sich-Gekehrtheit, die Weltabgewandtheit – das alles beeindruckte mich, ebenso wie die Geschichte, die er erzählte, als er für die Aussteuerung des Aufnahmepegels ein paar Worte ins Mikrophon sprechen sollte.

Er sagte: »Neulich war ich mit Victor Gollancz essen. Dabei hat er mir folgenden Witz erzählt: Ein Bauer steht wegen Sex mit einer Minderjährigen vor Gericht. Er sagt dem Richter, daß er unschuldig ist, denn die Mädchen aus dem Dorf haben ihm immer wieder Äpfel gestohlen, und darum hat er ihnen gedroht, daß er jede, die er dabei erwischt, ins Heu zerren würde. Daraufhin wird der Bauer freigesprochen. Nach der Verhandlung sagt der Richter zu ihm: ›Sie sollten sich vorsehen, Mr. Roberts, sonst haben sie bald gar keine Äpfel mehr.‹«

Es war kein besonders guter Witz, aber der Name des Verlegers war beeindruckend. Foster Morris war also mehr als ein Mann, der seine beste Zeit hinter sich hatte; er pflegte noch immer einen zwanglosen Umgang mit großen Namen.

In der schäbigen Kantine, die sich die provisorische Atmosphäre der Kriegszeit bewahrt hatte, sagte ich zu ihm: »Ich habe *The Shadowed Livery* gelesen. Und erst vor ein paar Tagen habe ich noch einmal darin geblättert.«

Seine trüben Augen hellten sich auf. Er schien sogar verlegen zu werden. Eine Art altmodische Höflichkeit überkam ihn. Er sagte: »Ach, das gibt es noch?«

Das war ebenfalls beeindruckend: Er tat ein ganzes Buch ab, ein Buch, für das er zweimal zwei Wochen mit dem Dampfer gefahren war und an dem er wochenlang gearbeitet hatte. Und ich weiß noch, daß ich dachte: »Wenn ich einmal so weit bin, werde ich es auch so machen.«

Ich begleitete ihn aus der Kantine in die Eingangshalle, durch die man auf die Oxford Street trat.

Ich sagte: »Ich arbeite schon seit fast einem Jahr an einem Buch. Ich weiß nicht, wie es weitergehen soll. Würden Sie es sich einmal ansehen?«

Er war einverstanden. Erst sagte er, ich solle es an einen Verlag schicken, bei dem er ein- bis zweimal pro Woche hereinschaute, doch dann sagte er, ich solle es ihm nach Hause schicken. Während er mir seine Adresse aufschrieb, sagte er: »Was ist eigentlich aus diesem weißen Nigger geworden?«

Ich war verblüfft. Ich wußte nicht, wen er meinte, und ich hatte diese Wortkombination in Trinidad nie gehört. Wahrscheinlich stammte der Ausdruck von einer anderen Insel; oder wahrscheinlich hatte Foster Morris es einfach vergessen. Doch ich begriff, daß er sich – auch wenn er sich in seinem Buch sehr um einen gegenteiligen Eindruck bemüht hatte, indem er die Rassenzugehörigkeit eines Menschen nicht zu beachten schien und kaum einer Erwähnung wert fand – einen ziemlich üblen Witz aus meiner Heimat mit mir erlaubte. Ich wußte, er mußte einen hellhäutigen Mulatten meinen – in Trinidad wurden solche Leute als »rot« bezeichnet, ohne daß man das beleidigend fand –, und dann begriff ich, daß er von einem bekannten Radikalen sprach, der sich am großen Butler-Streik beteiligt hatte. Foster Morris hatte auf seine bewundernde Art über diesen Mann geschrieben, und ich hatte das Gefühl, bei etwas ertappt worden zu sein, weil ich eine der wichtigeren Figuren aus *The Shadowed Livery* nicht erkannt hatte.

Das war ein peinlicher Augenblick, doch er ging vorüber. Ich schickte Foster Morris mein Manuskript. Er ließ mich nicht lange auf Antwort warten. Nach wenigen Tagen schickte er es mir zurück, zusammen mit einem langen, maschinengeschriebenen Brief – eineinhalb Seiten mit einzeiligem Zeilenabstand. Der erste Satz lautete: *»Ich habe Ihr Buch gelesen und rate Ihnen, es sofort aufzugeben.«*

Er hatte recht. Ich wußte es. Doch ich hatte – nur ein kleines bißchen – auf eine Art Zauber gehofft. Und ich war voller Wut und Gekränktheit. Ich erinnerte mich an jenen peinlichen Augenblick in der Eingangshalle; ich erinnerte mich an die Parteilichkeit und die subtile Falschheit von *The Shadowed Livery*. Ich dachte an Morris' Bedeutungslosigkeit. Aber es half nichts. Ich wußte, daß er recht hatte.

Mein ganzes Leben lang hatte ich das Gefühl gehabt, daß ich ausersehen war, etwas zu erreichen. Ich hatte Zweifel gehabt und lange Zeiten der Depression erlebt, aber damals war ich Student gewesen, kein Mann, der auf eigenen Beinen stand. Nun endlich war ich draußen in der Welt, einer, der etwas tat: Eigentlich hätte meine Zeit gekommen sein müssen.

Die folgenden zwei oder drei Wochen waren schlimm. Ich fühlte mich schrecklich erniedrigt. Aus irgendeinem Grund waren die Busfahrten zwischen Kilburn und der BBC in der Oxford Street am schlimmsten. Und doch fühlte ich mich gleichzeitig auch erleichtert. Ich brauchte dieses Buch nicht zu schreiben. Ich brauchte mich nicht mehr mit diesem Manuskript zu befassen.

Ich las Foster Morris' Brief viele Male. Er war wirklich sehr dicht geschrieben, und schon beim ersten Durchlesen hatte ich erkannt, daß Foster Morris nach der brutalen Offenheit seines ersten Satzes bemüht war, mir zu helfen. Sein Brief war voller Anweisungen, wie ich sie noch nie erhalten hatte. Er wollte, daß ich bestimmte Schriftsteller las – Tschechow, Hemingway und seinen geliebten Graham Greene –, und er wollte, daß ich darauf achtete, wie sie schrieben. Er wollte, daß ich mehr über das Schreiben nachdachte. Und er hatte recht. Ich hatte Bücher bisher nur wahllos verschlungen. Was das Schreiben betraf, so hatte ich geglaubt, es sei etwas, das von selbst in mir wachsen würde. Ich hatte nicht geglaubt, daß es etwas war, das ich erlernen und begreifen mußte. Ich hatte von den Schwierigkeiten, die ich mit meinem Material und dem Zweifel an meiner Identität als Schriftsteller hatte, nichts geahnt.

Aber ich war in einem Alter, in dem jeder Tag lang ist. Und wenn die Tage so lang sind, ist es schwer, in Niedergeschlagenheit zu verharren. Ich glaube, nach Foster Morris' Brief vergingen nur drei oder vier Wochen, bis ich aus der Trübsal der Busfahrten die Edgware Road entlang heraus beschloß, einen neuen Anfang als Schriftsteller zu wagen. Ich wollte mich abwenden von dem, was ich bisher getan hatte, und zu den Anfängen zurückkehren: Ich wollte sehen, ob ich etwas zustande bringen konnte, indem ich schlichte, konkrete Feststellungen niederschrieb und in einfachen Schritten eine Bedeutung an die andere fügte.

Zu dieser Zeit etwa geschah noch etwas anderes. Eines Tages sprachen wir beim Tee in der BBC-Kantine über George Lammings Autobiographie *In the Castle of My Skin*. Der Produzent, der Foster Morris in das Programm geholt hatte, wollte nur über eine kleine, komische Passage des Buches sprechen, in der es um einen Jungen geht, der auf einen Baum klettert. Mir fielen das Lachen und die Bewunderung des Produzenten auf, und ich erkannte, als wäre es eine neue Wahrheit, was ich eigentlich schon immer gewußt und beim Schreiben (wo ich zwischen Farce und Introversion schwankte) bisher unterdrückt hatte: daß mir die Komödie, diese in Trinidad stets gegenwärtige Retterin, lag und daß sie ein Erbe von zwei Seiten war: von meiner hinduistischen Familie, in der viele Geschichten erzählt wurden, und vom kreolischen Straßenleben in Port of Spain.

Nach wenigen Tagen begann ich, über dieses Straßenleben in Port of Spain zu schreiben, und ließ meinen Erzähler auf einer Straße gehen, die wie jene war, in der meine Tante einst (in meiner Erinnerung oder in meiner Phantasie) ihren Holzkohlebrenner angefacht und über die Grenader gesprochen hatte. Mein Erzähler hatte das gleiche Niveau wie die Leute auf der Straße. In dieser Art des Erzählens lag eine enorme Freiheit. Das Material sprudelte nur so, die Geschichten sprudelten, die Witze kamen von ganz allein, zwei oder drei pro Seite. Mit jedem Tag wuchs mein Buch; ich spürte, daß ich ein Schriftsteller wurde, jemand, der etwas im Griff hatte, jemand, der gelöst war. Nach kaum sechs Wochen war das Buch fertig. Mein Leben in London hatte endlich einen Sinn bekommen. Und ich dachte in Dankbarkeit an Foster Morris, diese ganz unvermutete Gestalt aus der Vergangenheit, die mich befreit hatte.

Es vergingen vier Jahre, bis das Buch erschien. Der Verleger wollte erst etwas haben, das in der Form weniger unkonventionell und von der Branche leichter als Roman zu erkennen war. Als das Straßenbuch erschienen war, schickte ich, zusammen mit einem Brief, ein Exemplar an Foster Morris. Ich stellte mich noch einmal vor und schrieb ihm von seinem Brief, von dem Schmerz, den er verursacht, und der Befreiung, die er mir gebracht hatte. Dieses Buch, schrieb ich, sei ein Geschenk an ihn. Und ein Aspekt war von besonderem Interesse: Das Buch griff Erinnerungen auf, meine eigenen Erinnerungen, die etwa bis zu der Zeit zurückreichten, in der er Trinidad besucht hatte, um *The Shadowed Livery* zu schreiben. Obwohl er fast dreißig Jahre älter war als ich, konnte man also sagen, daß unsere Pfade als Schriftsteller sich schon vor langer Zeit gekreuzt hatten. Er hatte als Erwachsener bestimmte Dinge gesehen – die Straßen von Port of Spain, Häuser, Höfe –, die ich mit dem unverstellten Blick und der Verwunderung eines Kindes betrachtet hatte, eines indischen Kindes, das vom Land in die Stadt gezogen war.

Er schrieb einen wunderbaren Antwortbrief. Er freue sich, mir behilflich gewesen zu sein. Er habe mich im Auge behalten, habe Rezensionen der Bücher gelesen, die ich veröffentlicht hätte; er habe einige meiner eigenen Rezensionen für den *New Statesman* gelesen (und finde manchmal, ich sei päpstlicher als der Papst); und das Buch, das ich ihm geschickt hätte, habe ihm sehr gefallen. Er lud mich zum Lunch ein. Er schrieb, er sei Mitglied bei etwas, das kein Gentleman als Klub bezeichnen würde, aber er sei dort eingetreten, weil er in eine der Kellnerinnen »verknallt« sei, die »vor dem Großen Krieg eine der Hauptattraktionen im Alhambra gewesen sein muß«. Mir fiel seine schwerfällige Art von Humor auf, und ich hatte das Gefühl, daß er ihn von einem älteren Familienmitglied übernommen hatte.

Von der Kellnerin war nichts zu sehen, doch die Räumlichkeiten (der Klub befand sich in South Kensington, und als ich einige Jahre später das nächste Mal dort vorbeikam, war das Haus in ein billiges Hotel umgewandelt worden) wirkten so heruntergekommen, wie er gesagt hatte, und waren zuletzt lange vor dem Krieg gestrichen oder tapeziert worden.

Dort bemerkte ich, was mir vier Jahre zuvor entgangen war: die langen, dünnen Strähnen, die ihm ins Gesicht fielen und seine trüben Augen fast wie hinter einem Spinngewebe verschwinden ließen. Ich wollte mich die ganze Zeit vorbeugen und ihm die Haare aus der Stirn streichen.

Wir sprachen über Schriftsteller und über das Schreiben. Wir hatten jetzt die Gemeinsamkeit unseres Berufes. Wir konnten mehr von Mann zu Mann miteinander sprechen als vor vier Jahren – oder vielmehr: Ich konnte zuhören. Er verachtete C. P.

Snow. Über Angus Wilson sagte er: »Wenn man sich aus dem British Museum herauswagt und als Schriftsteller auf dem Land niederläßt, sollte man vorher wenigstens lernen, einen vernünftigen Satz zu schreiben.«

Beide Schriftsteller waren damals sehr berühmt. Ich hatte vier Bücher von Angus Wilson und eines von Snow gelesen. In Snows komplizierter Handlung hatte ich mich verirrt, doch die Bücher von Wilson hatte ich mit so etwas wie Ehrfurcht gelesen. Diese Ehrfurcht galt im Grunde seinem Erfolg. Ich fühlte mich von seiner englischen Welt so weit entfernt, wie ich von London und der englischen Lebensart entfernt war, wenn ich zwischen der BBC und meiner Wohnung hin- und herfuhr oder an dem Material aus einer ganz anderen Welt arbeitete, das ich im Kopf hatte.

Literatur war allerdings kein unverfängliches Thema, denn unser Hintergrund kam dabei ins Spiel. Daher war unser Lunchgespräch einseitig. Er hatte eine immense Menge Bücher zeitgenössischer englischer Autoren gelesen und hielt sich weiterhin auf der Höhe. Danach verspürte ich kein Bedürfnis. Ich war zu sehr damit beschäftigt, selbst zu schreiben und Möglichkeiten zu finden, wie ich das – noch ungeschriebene – Material bearbeiten konnte, das ich vor vier Jahren zum erstenmal flüchtig erblickt hatte.

Die Kehrseite davon war, daß mir, im Gegensatz zu Foster Morris, der Ruhm von Angus Wilson und C. P. Snow keine Sorgen bereitete. Und ich weiß noch, wie klar der Gedanke war – es war der erste Augenblick der Unsicherheit bei unserem Lunch, in Wirklichkeit aber vielleicht meine zweite oder dritte oder vierte Unsicherheit in bezug auf Foster Morris –, daß die Karrieren von Angus Wilson und C. P. Snow wohl kaum von etwas beeinflußt werden konnten, das in diesem heruntergekommenen Speisesaal über sie gesagt wurde.

Foster Morris verbreitete Trübsal. Sie begann bei meinen eigenen, leicht heraufzubeschwörenden Ängsten Resonanz zu finden; sie dämpfte die gute Laune, mit der ich zu unserer Verabredung erschienen war. Ich nahm ihn so, wie ich ihn sah.

Damals wußte ich nicht genug über England, um in dem, was er mir von seinem Leben offenbart hatte, ein Muster zu erkennen: in der Vorort-Adresse, den schwerfälligen, altmodischen Witzen, den Verlagsbesuchen, die er zwei- oder dreimal pro Woche machte, den gelegentlichen Rezensionen oder BBC-Gesprächen über die dreißiger Jahre. Und ich besaß damals nicht die Gabe, Fragen zu stellen. Vielleicht ist es nötig, eine gewisse Menge Wissen gesammelt zu haben, bevor man anfangen kann, Fragen zu stellen.

Ich fragte ihn nach *The Shadowed Livery*.

Er sagte: »Es war Grahams Idee.« Graham Greene. »Er war im Jahr davor in Liberia gewesen. Er sagte, ich sollte auf die andere Seite des Atlantiks gehen, um zu sehen, wo die ehemaligen Sklaven hergekommen waren. Er sagte, ich würde dort vielleicht ein Buch finden. Ich war damals festgefahren.« Er hielt inne. »Es war ein Haufen Rassenfanatiker.«

»Wer?«

»Butler und eine Menge von seinen Anhängern.«

Das hatte er aber nicht geschrieben.

»Wie konnte man das schreiben? Sie haben ja keine Ahnung, wie es 1937 da draußen zuging. Diese Ölfelder waren wie eine Kolonie in der Kolonie. Nur wenige Außenstehende haben das verstanden. Eine Menge Leute in Port of Spain wußte es nicht. Fast der ganze Süden der Insel war ein einziges großes Ölfördergebiet. Es waren eine Menge Südafrikaner da. Ich weiß nicht, warum. Einige von denen fanden den Streik überhaupt nicht schlimm. Sie waren immer ganz begeistert, wenn die Regierung Freiwillige suchte. Sie konnten es kaum erwarten, auf Nigger zu schießen.«

Das rief eine Erinnerung wach. 1945 – was in der Schule geschah, kann ich leicht mit Jahreszahlen verbinden – begann unser Lehrer für englische Geschichte, ein weißer Mulatte, eines Tages ohne ersichtlichen Grund, über den Streik von 1937 zu sprechen. Ich kann mich nicht an alles erinnern, was er gesagt hat, nur an die Wut in seinem Schlußsatz: »Und ich weigerte mich, in den Süden zu fahren und auf Nigger zu schießen.« Einen solchen Ausdruck hatte ich in unserem Klassenzimmer noch nie gehört. Der Lehrer war Ende vierzig. Er liebte die Schule und war ein großer Freund von guten Formen und Manieren. Seine Familie war bekannt; einige seiner Verwandten hatten gute Posten in der Verwaltung und im Rathaus – Posten, wie sie Einheimischen zugänglich waren. Irgend etwas mußte diesen ruhigen Menschen, unmittelbar bevor er unsere Klasse betreten hatte, außer sich gebracht haben.

Als ich jetzt an ihn und seine Worte dachte, hatte ich das Gefühl, daß Foster Morris sich die Bemerkung über »Nigger schießen« nicht einfach ausgedacht hatte, sondern daß sie 1937 unter Weißen auf Trinidad vermutlich gang und gäbe gewesen war. Und ich begriff wieder einmal, wieviel von meiner Umgebung mir als Kind verborgen gewesen war.

Ich erzählte Foster Morris von dem Lehrer.

Er sagte: »Sie haben die Leute nicht gut behandelt.« Dann kehrte er zu seinen eigenen Gedanken zurück: »Man konnte nicht nach Hause fahren und schreiben, daß Butler ein verrückter schwarzer Prediger war. Das war jedenfalls das, was die Leute auf den Ölfeldern sagten. Heute könnte man so was vielleicht schreiben. Ich weiß es nicht.

Ich will Ihnen von etwas erzählen, das passierte, kurz nachdem Charlie King verbrannt worden war. Butler war verhaftet worden, und die Leute waren verwirrt. Aber Sie müssen wissen, daß einige von ihnen sich nach der Geschichte mit Charlie King gewisse Hoffnungen machten, denn sie wollten, daß die Sache voranging, auch wenn sie nicht wußten, in welche Richtung es gehen würde. Zugleich hatten alle Angst. Tatsächlich ging es ziemlich rapide bergab. Man spürte, daß die Leute ruhiger wurden.

Eines Abends gab es eine kleine Versammlung, lauter Anhänger von Butler. Diesmal hatte es nichts mit dem Streik zu tun. Eher im Gegenteil: Die Leute wollten bloß zusammensitzen und ein bißchen Rum trinken und die Schwierigkeiten vergessen, in denen sie steckten.

Wir waren in einem kleinen Holzhaus irgendwo auf dem

Land. Altes, schwarzes Holz, Wellblech, Risse im Holzboden. Öllampen. Trotz allem war die Stimmung gut. Ich machte mir Notizen. Dann entspannte ich mich einfach. Ich hatte Geschmack am einheimischen Rum gefunden. Er war leicht und weich. Und dann – es war, als hätte die Zeit einen Sprung gemacht – wurde mir bewußt, daß all die weißen Mischlinge und die braunen Mischlinge und die ein oder zwei Inder gegangen waren und daß außer mir alle anderen im Raum schwarz waren.

Warum wurde mir das bewußt? Ganz einfach: Sie machten es mir bewußt. Ich kannte eine Menge von diesen Leuten sehr gut. Sie wußten, auf welcher Seite ich stand, und ein- oder zweimal hatte ich ihnen in schwierigen Situationen mit englischen Beamten helfen können. Aber jetzt machten diese Leute rassistische Witze über mich, und sie hörten einfach nicht auf damit. Es ging immer weiter. Sie waren wie Schuljungen. Sie schlossen sich gegen mich zusammen. Mit der Zeit fiel mir das Lächeln immer schwerer. Die Öllampen warfen große, sich überkreuzende Schatten in den Raum. Mir kam der Gedanke, einer dieser großen schwarzen Männer könnte den Arm ausstrecken und mich auf diese neue, aggressive Art berühren, und dann konnte alles mögliche passieren. Vielleicht würde ich ein weißer Charlie King sein.

Einer der Männer hieß Lebrun. Seine Eltern stammten aus Trinidad, aber er war in Panama aufgewachsen. Die Familie war dorthin gegangen, als der Kanal gebaut wurde, so wie die Grenader nach Trinidad gekommen waren, um auf den Ölfeldern zu arbeiten. Lebrun war ein Kommunist von der Sorte, wie es sie in den dreißiger Jahren gab. Tatsächlich fand ich, daß er der gefährlichste Mann in Butlers Umgebung war. Er sprach fließend Spanisch, und seine Aufgabe war es, in Mittelamerika, auf den westindischen Inseln und in Westafrika herumzureisen und die Revolution zu predigen. Er wußte, wie mit den Leuten zu reden war, und gleichzeitig war alles, was er tat oder sagte, im Einklang mit dem, was seine sehr bedeutenden Gönner in Moskau oder wo auch immer vertraten. Er war ein sehr gutaussehender Mann, sehr höflich und gebildet.

In diesem kleinen, dunklen Haus fing Lebrun nun an, mich mit sexuellen Anspielungen zu verspotten. Darauf war ich überhaupt nicht vorbereitet. Ich war weiß, und die Frauen flogen mir nur so zu: das war es, worauf er hinauswollte. Können Sie sich die Situation vorstellen?«

Nach über zwanzig Jahren nagte Lebruns Bemerkung – sein Spott, wie Foster Morris es empfand – noch immer an ihm, und ich sah die trüben Augen hinter dem Spinngewebe der dünnen, trockenen Haarsträhnen, die ihm in die Stirn fielen, sein eher flaches, faltiges, bleiches Gesicht, seine Reserviertheit, und glaubte, auch jetzt die emotionale Unvollkommenheit erkennen zu können, auf die Lebrun angespielt hatte.

»Der Spott wurde immer schlimmer. Ich kam zu dem Schluß, daß ich gehen mußte. Lebrun sagte, schwarze Männer lebten mit einem ständigen erzwungenen Verzicht auf Sex. 1937 war das für einen Schwarzen eine ziemlich originelle Feststellung, obwohl es seltsam war, sie aus Lebruns Mund zu hören. Er sah sehr gut aus, und ich bin sicher, daß er in dieser Hinsicht nicht zu kurz kam. Der Rum und die Überraschung und die körperliche Nähe all dieser Männer gaben mir einen eigenartigen Gedanken ein: daß Lebrun in Wirklichkeit ein in einem schwarzen Körper gefangener Weißer war. Kaum hatte ich das gedacht, begann ich diesen Gedanken zu formulieren. Und kaum hatte ich angefangen, die Worte auszusprechen, merkte ich, daß ich im Begriff war, einen großen Fehler zu machen. Zehn Jahre zuvor, im Debattierklub in Oxford, hätten diese Worte Eindruck gemacht, aber jetzt würde die Wirkung schrecklich sein. Ich sagte: ›Tut mir leid, Lebrun – ich kann Sie nicht küssen und in einen Prinzen verwandeln.‹

Zu meiner Überraschung brachen alle in Gelächter aus. Es war ein Witz mit Zeitzünder, könnte man sagen, denn das Schlüsselwort fehlte. Manche verstanden ihn später als die anderen, und das Gelächter ging weiter. Der Spott hörte auf, und sie ließen von mir ab. Ich bekam wieder Luft, und alles war in Ordnung. Es war, als wäre nichts geschehen, und wir gingen wieder miteinander um wie immer. Aber ich wußte, daß etwas geschehen war.

Ich wußte, daß ich nur knapp einer bösen Sache entgangen war. Und ich wußte, daß Lebrun mir nie verzeihen würde.

Das war auch etwas, über das man nicht schreiben konnte. Vielleicht gibt es Dinge, über die man nicht schreiben kann. Später habe ich versucht, aus der Episode eine Geschichte zu machen. Einmal verlegte ich den Schauplatz ins Berlin der Vorkriegszeit, aber da klang es zu sehr nach Isherwood; dann nach Frankreich, und Lehmann hat es während des Krieges herausgebracht. Aber diese Verpflanzung war schwierig. Ich war nie glücklich damit. Die Dreißiger waren für einen Schriftsteller eine schwierige Zeit, und eines der großen Probleme bei einem Schauplatz wie Trinidad war, daß Schwarze einfach kein Thema waren. Kein Mensch interessierte sich für die Feinheiten. Ich finde, Graham ist es in seinem Buch über Liberia auch nicht gelungen – er wußte nicht, ob er Somerset Maugham war oder Sanders of the River. Vielleicht ist es heute leichter. Vielleicht wird es in zwanzig Jahren leichter sein. Ich weiß es nicht.

Als sie unten im Süden davon redeten, ›Nigger zu schießen‹, gab es in Port of Spain einen portugiesischen Gewerkschaftler, einen *Potogee,* der einen Schnurrbart hatte und Pfeife rauchte und versuchte, wie Stalin auszusehen. So etwas könnte man in einer Farce bringen. Aber dann kann man nicht mehr umkehren und etwas Ernsthaftes daraus machen. Dann wird man gefühlsselig. Wie Evelyn. In *The Shadowed Livery* mußte ich das abschwächen. Ich mußte den Stalin-Mann ernsthafter machen, als er war.«

Ich war aus einem Pflichtgefühl zu diesem Lunch gegangen, aus einer sentimentalen Hochachtung für einen Mann, der in einem so kritischen Augenblick meines Lebens aufgetaucht war und mich auf den richtigen Kurs gebracht hatte. Ich hatte ein eher steifes Treffen mit einem weit älteren Mann erwartet, doch dank Foster Morris verlief es sehr erfreulich. Ich war überwältigt von seiner Gewandtheit und seinem Wissen, von den Feinheiten einiger Dinge, die er sagte, und, zu meiner Überraschung, von der Schönheit und dem Rhythmus seiner altmodischen Stimme.

Doch als ich »den Film zurückspulte« – eine Metapher, die ich damals für das Gedächtnistraining gebrauchte, das ich seit meiner Kindheit instinktiv nach jedem Zusammentreffen praktizierte: immer bemüht, mich in der richtigen Reihenfolge an Worte, Gesten und Mienenspiel zu erinnern und so zu einem Verständnis der Menschen zu kommen, mit denen ich zusammengewesen war, und die wahre Bedeutung des Gesagten zu erkennen –, als ich den Film also zurückspulte, beschlich mich das Gefühl, daß er nicht so spontan gesprochen hatte, wie ich es empfunden hatte.

Er war gekommen, um die Unvollständigkeit (oder die Einfältigkeit) seines Buches über Trinidad zu rechtfertigen, das er bei unserer ersten Begegnung – so großartig, wie es mir damals schien – abgetan hatte. Vielleicht lag darin auch eine Rechtfertigung seines übrigen Werkes aus den dreißiger und vierziger Jahren, über das ich nichts wußte.

Später (ich spulte den Film noch immer zurück) sah ich – und es wirkte fast wie ein Aspekt dieser Rechtfertigung, dieser Abwehr jener Dinge, die er beschlossen hatte, nicht zu tun –, daß Foster Morris letztlich sogar die Schriftsteller mißbilligte, die er angeblich bewunderte: zum Beispiel Graham Greene.

Und dann – wie war mir das nur entgangen? – sah ich, daß unser ganzes Gespräch, obgleich Foster Morris mir geschrieben hatte, mein Buch habe ihm sehr gefallen, und obgleich es keinen höflicheren Gastgeber als ihn hätte geben können, von einer dauernden, indirekten Kritik an dem, was ich geschrieben hatte, durchdrungen gewesen war.

Das Buch selbst erwähnte er erst, als wir den Klub verließen. Er sagte: »Sie haben ein sehr witziges Buch geschrieben. Was mir daran gefällt, ist, daß ich durch die Oberfläche hindurchsehen kann, daß ich einige der Dinge sehen kann, die ich vor all den Jahren gesehen habe. Sie wissen schon: So wie man üben kann, durch die Oberfläche eines Forellenbachs zu sehen, durch Himmel, Wolken, Reflektionen.«

Der Vergleich eines Schriftstellers; vielleicht hatte er ihn vorbereitet, vielleicht hatte er ihn schon einmal verwendet. Er klang falsch. In jenem Augenblick glaubte ich allerdings, daß er sich auf etwas bezog, das ich in meinem Brief geschrieben hatte. Erst einige Tage später erkannte ich den Zusammenhang mit den anderen Dingen, die er gesagt hatte, über Farce und Gefühlsseligkeit und die Notwendigkeit, bei allem, was schlimm und ernst ist, ernsthaft zu bleiben, und ich sah, daß er mich im Grunde die ganze Zeit auf meinen Platz verwiesen hatte.

Und es machte mir im Grunde nichts aus. Nach vier Jahren hatte ich ausgeschöpft, was ich mir aufgrund des Briefes von Foster Morris angeeignet hatte: sprachliche Disziplin (die ich immer hinderlicher fand) und Witz. Gemeinsam hatten sie mir Selbstvertrauen gegeben, doch sie hatten auch eine Erzählerpersönlichkeit geschaffen, aus der ich begonnen hatte herauszuwachsen. Mit zunehmendem Selbstvertrauen hatte ich erkannt, daß der komödienhafte Ton, in dem ich schrieb, daß die Fähigkeit, zwei oder drei Witze pro Seite zu machen, und die Lust am Spaßen, die das doppelte Erbe meiner Herkunft war, zwar gut und erhellend waren, im Grunde aber nur als Mittel dienten, um Frieden mit einer unbarmherzigen Welt zu schließen; sie waren die Kehrseite der Hysterie. Das galt für die Kolonialgesellschaft, die ich beschrieb; es galt aber auch für meine eigene Position in London, die voller Ungewißheit war.

Ohne daß ich es gewollt hatte, war diese Angst oder Hysterie, die Hauptquelle der Komödie, mein Thema geworden. Infolgedessen hatten sich sowohl meine Sprache als auch meine Erzählerpersönlichkeit verändert. Das war im Verlauf eines Buches geschehen, an dem ich etwa ein Jahr lang gearbeitet hatte (die Zeit der Sechs-Wochen-Bücher war vorüber), als ich mich zum Lunch mit Foster Morris traf.

Ich fühlte mich mit diesem neuen Buch absolut sicher, und zum erstenmal, seit ich begonnen hatte, wirklich zu schreiben, verspürte ich kein Bedürfnis nach Anerkennung. Bis zum Ende der ersten Fassung waren es noch Wochen, und ich war voll von dem, was ich im Geist mit mir herumtrug. Während Foster Morris (wie ich glaubte) über die Schwierigkeiten mit Ton und Takt beim Schreiben sprach, wollte ich immer wieder sagen: »Ja, ja, ich weiß genau, was Sie meinen.« Ein- oder zweimal hätte ich ihm beinah von dem neuen Buch erzählt, das ich bald abschließen würde und das so anders war als das Straßenbuch, welches ich ihm geschickt hatte, und so viel mehr der Vorstellung entsprach, die er von einem gelungenen Buch zu haben schien. Was mich zurückhielt, war ein Aberglaube, der mich in eben jenem Augenblick überkam: daß man, wenn man über ein noch unfertiges Buch sprach, dieses Buch vielleicht nie zu einem Ende bringen würde.

Es war ein richtiger Instinkt. Etwas mehr als zwei Jahre später – die Druckfahnen waren korrigiert und abgegeben, und ich war im Ausland gewesen und steckte tief in der Arbeit an einem Buch über diese Reisen – schickte ich ihm ein Vorausexemplar des Buches, das mir bei unserem Lunch ständig durch den Kopf gegangen war. In einem Brief erinnerte ich ihn an das, was er über Farce, Gefühlsseligkeit und Ernsthaftigkeit gesagt hatte. Und wie ich ihm mein Straßenbuch wie eine Gabe dargeboten hatte, so bot ich ihm jetzt dieses größere Buch dar.

Seine Antwort kam rasch. Der Brief begann: »Ich habe mir Ihr neues Buch angesehen. Da haben Sie ja ein schönes Ei gelegt. Viel netter als das von Alan Sillitoe und die von den anderen neuen jungen Kometen ...«

Ich hörte auf zu lesen, obwohl sein maschinengeschriebener Brief lang war, so lang wie der, den er mir vor sechs Jahren geschrieben hatte. Ich hörte auf zu lesen, weil ich nicht wollte, daß sich auch nur ein einziges weiteres Wort in meinem Kopf festsetzte. Ebenso hätte ich aufgehört, den Brief eines Denunzianten zu lesen, einen von denen, die in kleinen braunen Umschlägen steckten und in einer engen, verkrampften Handschrift auf liniertem Papier geschrieben waren.

Ich kam mir vor wie ein Dummkopf, weil ich ihm das Buch geschickt hatte. Das war alles. Ich verspürte keine Enttäuschung, keine Zweifel, keine Wut; nur etwas wie Erleichterung darüber, daß ich die Guru-Schüler-Beziehung als beendet betrachten konnte.

Auf den Brief mußte ich jedoch reagieren. Ich schrieb ihm an seine Vorort-Adresse, es tue mir leid, daß ihm mein Buch nicht besser gefallen habe, doch sei es immer noch neu genug, um es Gaston zu verkaufen. Gaston war ein Buchhändler in der Chancery Lane. Er verkaufte hauptsächlich an öffentliche Bibliotheken und war eine Art Gönner der Rezensenten. Dieser Ruf, den er in den späten fünfziger Jahren hatte, gründete sich darauf, daß er bekannten Rezensenten jedes neue Buch, unabhängig von Autor, Verlag und Thema, zum halben Ladenpreis abkaufte.

Der Hinweis auf Gaston schien mir eine angemessen leichte Antwort, aber Foster Morris gefiel er nicht. Wie Lebrun 1937 in Trinidad hatte ich einen Nerv getroffen. Er schrieb mir, er komme ganz gut zurecht und habe es nicht nötig, Bücher an Gaston zu verkaufen. Ich dachte, damit wären wir am Ende unserer Kontakte angelangt, doch zwei Wochen darauf schrieb er mir erneut. Er habe eine Eintrittskarte für ein Dinner gekauft, das irgendein literarischer Zirkel veranstaltete. Nun sei er aber überraschend verhindert und wolle die Karte nicht verfallen lassen. Ob ich nicht interessiert sei? Wenn ja, solle ich ihn zu einer bestimmten Zeit unter einer bestimmten Nummer anrufen.

Ich rief ihn an. Ich sagte, ich ginge gern zu dem Dinner. Ich tat es, um ihm zu zeigen, daß mich sein abfälliges Urteil kalt ließ. Am Telefon sprachen wir nur über diesen literarischen Zirkel. Er sagte mit seiner schönen, altmodischen Stimme, es werde eine sehr langweilige Veranstaltung mit vielen Vorort-Großwildjägern werden, für mich aber vielleicht durchaus amüsant. Es war, als wäre sein Brief eine Verirrung gewesen und unser Verhältnis noch so wie damals, als wir uns zum Lunch getroffen hatten. Ganz am Ende unseres Gesprächs, kurz bevor er auflegte, sagte er: »Ich möchte nicht, daß Sie das aus der eigenen Tasche bezahlen.«

Als ich die Karte bekam, war sie verknickt und abgegriffen, als hätte sie einige Zeit in einer Jackentasche gesteckt.

Drei oder vier Tage vor dem Dinner erkannte ich Foster Morris' Stil in einer nicht gezeichneten Rezension meines Buches. Er bemühte sich sehr, mir Signale zu geben und sein Wissen über den Hintergrund des Buches und seine Haltung zu diesem Hintergrund zu demonstrieren. Die Rezension war voller Beleidigungen jener Leute, über die ich geschrieben hatte. Der Rezensent fand, es sei absurd zu versuchen, diese Menschen mit den Mitteln der Komödie, mit Sachkenntnis oder dem Anspruch der Allgemeingültigkeit zu beschreiben; es seien Menschen, die auf den großen Besitzungen in Baracken lebten, sich vom Geruch eines ölverschmierten Lappens ernährten, in Aberglauben verhaftet seien, kein intellektuelles Leben besäßen und weder über innere Größe noch ein inneres Potential verfügten. Das waren Beleidigungen aus Kolonialzeiten, das Gegenteil der Einstellung (und der Originalität), die *The Shadowed Livery* ausgezeichnet hatte. Ich fühlte mich zurückversetzt in jenen unangenehmen Augenblick in der Eingangshalle des BBC-Gebäudes, als er mich nach dem weißen Nigger gefragt hatte.

Ich behandelte diese Rezension so, wie ich seinen Brief behandelt hatte. Ich las sie nicht zu Ende. Aber ich ging zu dem Dinner. Ich ging, weil ich zugesagt hatte, und zu einem kleinen Teil, weil mich die Erfahrung reizte. Doch hauptsächlich ging ich, weil ich nicht wollte, daß er dachte, ich sei niedergedrückt durch das, was er über mein Buch geschrieben hatte.

Ich ging mit seiner Eintrittskarte und setzte mich auf den Platz, der mit seinem Namen versehen war. Der Abend war so langweilig, wie er es mir prophezeit hatte. Ich saß neben einer Frau in mittleren Jahren, die eingeladen worden war, weil sie irgendein Schulbuch geschrieben hatte. Sie war von mir ebenfalls enttäuscht. Diese Frau war geradezu besessen von ihrer Familie; dort, und nicht bei dem Dinner, waren ihr Herz und ihre Gedanken. Wir machten keine sehr flüssige Konversation. Als ich aufstand, bemerkte ich, daß der Reißverschluß meiner Hose den ganzen Abend offengestanden hatte.

So endete mein flüchtiger Kontakt mit Foster Morris. Mir wurde klar, daß ich es mir hätte sparen können, zu dem Dinner zu gehen.

Eine (für den Gebrauch an Schulen und Universitäten bestimmte) Anthologie zeitgenössischer Kritiken der großen europäischen Romane des neunzehnten Jahrhunderts, ein im Stil Patrick Hamiltons geschriebener Roman über Gerard's Cross, der es nicht zu einer Taschenbuchausgabe brachte und sang- und klanglos unterging, eine Reihe kleiner Rezensionen – das war alles, was ich in den folgenden fünf oder sechs Jahren von Foster Morris zu sehen bekam. Er war nun über sechzig; die Lebenszeichen, mit denen er sich in Erinnerung brachte, nahmen ab. Er wurde für mich zu einem Teil der Vergangenheit.

Ende 1967 fuhr ich nach Antibes, um im Auftrag einer Londoner Zeitung ein Interview mit Graham Greene zu machen. Die Gespräche mit dem Autor waren auf zwei Tage verteilt. An einem Punkt kam Greene auf Schriftsteller zu sprechen, deren Werdegang er verfolgt hatte, die dann jedoch aufgehört hatten zu schreiben und aus dem Blickfeld der Öffentlichkeit verschwunden waren. Es gab drei solche Schriftsteller. Zwei von ihnen waren jung; ich hatte ihre Bücher rezensiert; sie hatten versucht, Romane im Stil Graham Greenes zu schreiben.

Der dritte war Foster Morris. Kurz nach dem Krieg hatte er einen Roman veröffentlicht, den Greene für weit besser hielt als seinen eigenen Roman *England Made Me*, der ein paar Jahre vor dem Krieg erschienen war. Das Buch von Foster Morris gehörte zu Greenes großer Sammlung und stand in einem der Regale in seiner Wohnung.

Er nahm es heraus und las schweigend ein oder zwei Minuten darin, mit dem Gesichtsausdruck eines Mannes, der feststellt, daß sein Gedächtnis ihm einen Streich gespielt hat. Er sagte: »Na, bitte. Na, bitte«, als spräche er nicht mit mir, sondern mit Foster Morris. Und er las einen Satz aus Morris' Buch vor: »Der österliche Nieselregen war beharrlich wie Reue.«

»Eigentlich«, sagte er später, »war er so etwas wie ein Wunderkind. In Oxford hielten wir ihn für einen der Besten. Er war in Oxford, als er *Seedtime* schrieb.«

Das berühmte Buch stand im Regal. Greene zog es heraus und

zeigte es mir. Der bernsteinfarbene Leineneinband war zu einem sehr fahlen Gelb verblaßt.

»Heute klingt der Titel zahm, aber damals hat er mir sehr gefallen. Er war so bedeutungsvoll, so ironisch. Er ist einer Zeile in Wordsworths *The Prelude* entnommen: ›*Fair seed-time had my soul.*‹

Es war ein Buch über das Ausreißen. Ich kann Ihnen gar nicht sagen, wie originell und gut wir es damals fanden. Foster war mit sechzehn für fast ein ganzes Quartal aus seinem Internat ausgerissen. Er hatte von seinem Schulgeld gelebt und war ganz gut zurechtgekommen. Er war ausgerissen, um gegen die Schule und seine Eltern zu protestieren. Seine Familie hatte eine kleine Maschinenbaufirma in den Midlands. *Seedtime* handelte vom Ausreißen, von den Menschen, denen er dabei begegnet war, von der Armut, die er gesehen hatte, von seinem sexuellen Erwachen.

Während der zwei Monate machte Foster sich Notizen, aber das Buch schrieb er erst in Oxford. Er war erwachsen, als er es schrieb, aber immer noch sehr jung, und ich glaube, das war einer der Gründe, warum es so gut war. Es gab sich frühreif und erfahren, war technisch sehr geschliffen, und trotzdem muß man sagen, daß es auch ein unschuldiges Buch war. Es war voller Anklänge, von denen Foster nichts ahnte. Es kam uns sehr originell vor, obwohl das Ausreißen eines der großen Themen der Literatur ist. Huckleberry Finn. David Copperfield reißt zu Betsey Trotwood aus. Smike reißt vor Squeers aus. De Quincey. Foster sagte, der einzige Name, der ihm eingefallen sei, als das Buch halb fertig war, sei W. H. Davies, der Super-Tramp, gewesen. Sein Buch hat in mancherlei Hinsicht Orwell und dieses amerikanische Buch, *Der Fänger im Roggen*, vorweggenommen.

Achttausend Exemplare wurden verkauft, das war damals eine gewaltige Zahl. Es war etwa zehn Jahre lang berühmt – das ist, wie Sie wissen, Conollys Obergrenze. Alle paar Jahre versuchen sie, es wieder zum Leben zu erwecken, aber das funktioniert heute nicht mehr. Die Passagen über das sexuelle Erwachen wirken albern, und der Protest ist sehr altmodisch, ein bißchen wie in *The Way of All Flesh*. Das ist das Problem mit frühreifen Dingen. Sie gehören wirklich zur früheren Generation.

Man könnte sagen, daß Foster sich von diesem Erfolg nie erholt hat. Er verhaspelte sich. Wenn die Einkünfte aus dem Familienunternehmen nicht gewesen wären, hätte er sich, wie wir anderen, eine Arbeit suchen müssen. Aber er hatte eben diese kleinen Einkünfte. Es waren keine großen Summen, aber immerhin etwas. Also schrieb er weiter. Er suchte immer nach einem zweiten Glück, nach der glücklichen Begegnung mit einem Thema. Er hat sich mit vielen anderen Dingen versucht. Mit der Schilderung von persönlichen Beziehungen à la Forster, obwohl niemand weiß, was das eigentlich sein soll. Er schrieb ein marxistisches Buch. Er versuchte, ein katholisches Buch zu schreiben. Er versuchte, ein Reisebuch im Stil von Auden und Isherwood zu schreiben, aber ich fand immer, daß er bei seinem Trinidad-Buch zu faul war. Dann schrieb er nach dem Krieg diesen Roman, und ich dachte, er hätte endlich Boden unter den Füßen. Aber ich hatte mich getäuscht.«

Er war frühreif gewesen, wie Greene es ausgedrückt hatte. Ein frühreifer Schriftsteller besitzt nicht viele Erfahrungen, auf die er zurückgreifen kann; sein Talent wird nicht gefordert. Die Schärfe der Beobachtung, über die ein solcher Schriftsteller verfügt, dient ihm nur dazu, sich den Stil und die Empfindungen seiner älteren Vorbilder anzueignen. Foster Morris' Erfahrungen als jugendlicher Ausreißer und der »rebellische« Stil des Buches, das er als junger Student geschrieben hatte, verbargen die Tatsache, daß er sich eigentlich verstellte, und das machte es ihm später schwer, sich selbst zu finden. Die Zeitgenossen, die ihn bewundert hatten, ließen ihn bald hinter sich. Für den Rest seines Lebens als Schriftsteller war er ein Mann, der sich ständig von anderen Menschen verabschiedete. Das kann nicht leicht gewesen sein.

Es war seltsam, daß ein Mann, der so sehr nach seiner eigenen Stimme suchte, derjenige gewesen war, der mir geholfen hatte, meine Stimme zu finden. Aber vielleicht war es doch nicht so seltsam. Bei der Lektüre meines Manuskripts hatte er gewiß gleich erkannt, wo meine Schwierigkeiten lagen und daß ich zwischen verschiedenen Stilen hin und her gewechselt hatte. Als er jenen ersten langen Brief schrieb, muß er wie jemand gewesen sein, der halb zu sich selbst sprach.

Als alter Mann, mehr als zwanzig Jahre nach jenem eigenartigen literarischen Dinner, versuchte er, einen Teil wiedergutzumachen. Eines meiner Bücher war erschienen, während ich fern von England auf Reisen war. Als ich einige Monate später zurückkehrte, sah ich, daß der Verlag in seiner Werbung einen lobenden Satz aus einer Rezension von Foster Morris zitierte. Es ließ mich kalt. Ich machte mir nie die Mühe, nach der Rezension zu suchen; und erst heute frage ich mich, ob ich auf die Geste des alten Mannes nicht hätte reagieren sollen. Allerdings glaube ich, daß mein Instinkt richtig war. Wäre ich noch einmal mit Foster Morris zusammengetroffen, hätte sich die Begegnung, die ich beim Lunch mit ihm gehabt hatte, wiederholt: Ich hätte mich seiner Höflichkeit und seiner schönen, altmodischen Stimme (die ähnlich war wie die von Greene) ausgesetzt und festgestellt, daß er dahinter, dessen bin ich mir sicher, selbst im hohen Alter noch die intellektuelle Unsicherheit des unerfüllten Schriftstellers verbarg, der all die Menschen, von denen er sich verabschiedet hatte, mißbilligte.

In den späten dreißiger Jahren (dort beginnt meine Erinnerung an sie) machten die Kreuzfahrtschiffe aus Europa und den USA (die amerikanischen Kreuzfahrtschiffe kamen auch nach dem Krieg noch eine Zeitlang) morgens in Port of Spain fest. Mein Vater oder ein anderer Journalist des *Trinidad Guardian* ging mit einem Fotografen an Bord, um etwas über die berühmteren Passagiere zu schreiben. Manchmal waren sie sehr berühmt: Lily Pons, Oliver Hardy, Annabella, die Frau von Tyrone Power. Die Fotos und der Artikel kamen dann in der Ausgabe vom nächsten Tag. Das Schiff war inzwischen jedoch weitergefahren, so daß die Besuche dieser großen Menschen aus der großen Welt wie etwas waren, das man versäumt hatte, ein nächtlicher Segen.

Damals kam ich nie auf den Gedanken, daß wir an einem historischen Wendepunkt angelangt waren und daß ich diese Besuche eines Tages gewissermaßen von der anderen Seite würde betrachten können. Ich kam nie auf den Gedanken, daß ich eines Tages imstande sein würde, zu verstehen, aus was für einer Welt Foster Morris gekommen war und daß ich ihm und seiner Unsicherheit als Schriftsteller nach Trinidad folgen würde.

Sein Buch war unvollständig, aber nicht schlecht. In seiner direkten Darstellung abhängiger Menschen als vollwertige, eigenständige Personen war es sogar originell und fügt sich in die große Kette der Bücher ein, welche die Vorstellung der Außenwelt von diesem Teil der Erde verändert hatten. Diese Kette könnte 1564 mit John Hawkins' erfrischender und genauer Schilderung des Lebens der Eingeborenen (bis hin zum Geschmack von Kartoffeln: irgendwo zwischen Pastinake und Karotte) beginnen; daran anschließen könnte sich Sir Walter Raleighs wunderbare Errettung und Benennung der gefolterten und halbtoten, von den Spaniern beraubten Indianerhäuptlinge von Cumucurapo im Jahr 1595; sie könnte dann über die Begeisterung und die Grausamkeit von Captain Marryats Marineromanen des frühen neunzehnten Jahrhunderts zu den Viktorianern führen, zu Trollope, Kingsley, Froude. Ganz eindeutig gebührt *The Shadowed Livery* ein Platz zwischen den dekadenten imperialistischen Kreuzfahrtbüchern und denen von postkolonialistischen Autoren wie James Pope-Hennessy und Patrick Leigh Fermor. Über vier Jahrhunderte verändert sich die Vorstellung ständig; sie ist ein brauchbarer Beleg für eine Seite einer Kultur.

5. Auf der Flucht

I

1959 hatte Foster Morris mir beim Lunch in seinem Klub in South Kensington erzählt, Lebrun, der aus Trinidad stammende panamaische Kommunist aus den dreißiger Jahren, sei einer der gefährlichsten Männer in der Umgebung des Streikführers Butler gewesen.

Das war mir neu. Lebruns Name gehörte nicht zu denen, von denen ich gehört hatte. Andererseits wußte ich über den Streik überhaupt recht wenig. Ich war fünf, als er stattfand, und es dauerte noch einige Jahre, bevor ich ihn auch nur ansatzweise zu verstehen vermochte.

Erst 1947, zehn Jahre nach dem Streik, als ich in der sechsten Klasse des Queen's Royal College war, hörte ich Lebruns Namen zum erstenmal. Und da war es ein Name, der mit einem Buch, das er geschrieben hatte, verbunden war. Ein Name – wie Owen Rutter oder Foster Morris – mit einer Verbindung zu meiner Umgebung und dem Nimbus des gedruckten Wortes.

Das Buch von Lebrun stand auf dem untersten Brett unserer Klassenbücherei: zwei oder drei verglasten Regalen über einem niedrigen Schrank. Das linke Regal enthielt den kleinen Ausleihbestand der Schule: beliebte Bücher (Sabatini, Sapper, John Buchan, die Bücher von Williams), die aufwendig neu eingebunden und in goldener Prägung mit dem Wappen und dem Motto der Schule versehen worden waren (und zwar in England, wie man uns sagte: dort standen die Prägestöcke). Harte, schimmernde Buchrücken aus Leder kaschierten billiges Papier, das vom Umblättern weich und an den Rändern ausgefranst war und von dem die Druckerschwärze schon zu einem Viertel abgerieben war.

Lebruns Buch stand auf dem Regal daneben, unterhalb der Lehrbücher und Lexika. Der rotbraune Einband war so nachgedunkelt, daß man den Namen auf dem Buchrücken fast nicht entziffern konnte.

Das Buch handelte von lateinamerikanischen Revolutionären vor Bolívar. Ich hatte es nie gelesen und kannte niemanden, der es gelesen hatte. Dreißig Jahre später schrieb man in Zeitschriften der radikalen Linken, es sei eines der ersten Bücher über die Revolution in der Karibik gewesen; doch Leute, die in Universitätsbibliotheken forschen, wo alles zugänglich ist, sehen bisweilen im nachhinein Entwicklungen, die tatsächlich gar nicht stattgefunden haben. Es wird in Trinidad nur sehr wenige Exemplare von Lebruns Buch gegeben haben. In den Buchhandlungen oder der öffentlichen Leihbücherei gab es keines. Das einzige Exemplar, von dem ich wußte, stand in der Schulbibliothek, und dort stand es nur herum, ungelesen, kaum bekannt, mit einem dunklen, nicht entzifferbaren Buchrücken.

Aber es war ein Buch, verlegt in London. Es verlieh diesem Mann eine Aura. Es deutete auf ein ungewöhnliches Leben hin. Ich fragte einen Jungen eine Klasse über mir – er hatte ein Stipendium bekommen und sollte nach Cambridge gehen – nach Lebrun.

Er sagte: »Ach, der ist ein Revolutionär. Er ist auf der Flucht irgendwo in den Vereinigten Staaten.«

Das klang dramatisch: der exotische Schwarze aus Trinidad, aufgewachsen in Panama, auf der Flucht. Aber ich glaubte es nicht. Ich hatte Filme gesehen und konnte mir eine John-Garfield-Figur auf der Flucht vorstellen. Von Lebrun konnte ich es mir nicht vorstellen. Ich war damals sechzehn, und ich nehme an, ich glaubte nicht, daß er das Wesen eines Revolutionärs besaß; ich glaubte nicht, daß ein Schwarzer aus Trinidad und Panama ein Revolutionär war und so gefährlich, daß man ihn jagen mußte.

Acht Jahre später sah ich ihn zum erstenmal. Er war unter den

Rednern auf der Bühne des Musikpavillons auf dem Woodford Square vor dem Roten Haus, Teil der neuen Politik, die, während ich in England gewesen war, auf die Insel gekommen war. Seit dem Butler-Streik waren fast zwanzig Jahre vergangen, und Lebrun – schlank und mit feinen Gesichtszügen – war jetzt über fünfzig. Die Worte sprudelten aus ihm hervor. Er sprach in vollständigen Sätzen.

Die arbeitende Bevölkerung der westindischen Inseln, sagte er, werde seit Jahrhunderten zur Massenproduktion von Zucker eingesetzt. Das bedeute, daß diese Menschen zu den ersten Industriearbeitern der Welt gehört hätten; die Tatsache, daß sie Sklaven gewesen seien, könne diese Wahrheit nicht verbergen. Darum sei die Bevölkerung der westindischen Inseln reifer für die Revolution als andere. Er habe nie die Hoffnung aufgegeben, daß der Augenblick kommen werde, in dem die Menschen zu einer politischen Bewegung formiert werden könnten.

In den wenigen Wochen, die ich damals in Trinidad verbrachte, hörte ich ihn mehr als einmal. Er sprach, als wäre die ganze Bewegung ein Ausdruck seines Willens und seiner Ideen, als hätte er sie ins Leben gerufen.

Dennoch gehörte er nicht zu den Leuten, die in die neue Politik einsteigen wollten. Er verfügte über keine Hausmacht. Er war keiner der Männer, denen die Macht zufiel. Nach den Wahlen verschwand er, wie er nach dem Butler-Streik verschwunden war.

Das war alles, was ich von Lebrun wußte, als Foster Morris ihn drei Jahre später erwähnte. Für uns beide war er ein Mann aus der Vergangenheit. Wir wußten nicht, daß Lebrun – der Mann, der 1937 in jenem kleinen Haus in Trinidad im Schatten der Öllampe gesessen und Foster Morris mit sexuellen Anspielungen verspottet hatte, der Mann, den Foster Morris, der Schriftsteller aus London, hätte protegieren können – einer der Menschen sein sollte, von denen Foster Morris sich verabschieden würde.

In hohem Alter landete Lebrun in England, und in einer stark veränderten Welt, in der Schwarze ein wichtiges Thema waren, wurde er als einer der Propheten der schwarzen Revolution »entdeckt«, als ein Mann, dessen Name nicht in den Geschichtsbüchern verzeichnet war, der aber jahrelang geduldig für die afrikanischen und karibischen Befreiungsbewegungen gearbeitet hatte. So erlebte er eine Art Erfüllung. Sie entsprach weitgehend der Vorstellung, die er für den größten Teil seines Lebens von sich selbst gehabt und verbreitet hatte. Sie hatte ihm Halt gegeben und eine Art Lebensunterhalt gesichert. Aber sie hatte ihm auch Schwierigkeiten mit eben jenen Menschen eingebracht, deren Sache er zu dienen glaubte.

Einmal wurde er vom Premierminister einer der kleineren westindischen Inseln zur unerwünschten Person erklärt. Das tat Lebruns Reputation letztlich keinen Abbruch, doch damals – die Entkolonialisierung hatte gerade begonnen, und dieser Premierminister war einer der weniger bedeutenden Männer der Region – war das eine Demütigung: Der alte schwarze Revolutionär wurde von der Revolution ausgeschlossen, die er als sein Werk betrachtete.

Kurz darauf reiste ich zu dieser Insel. Ich schrieb an das Büro des Premierministers – aus Höflichkeit und um Schwierigkeiten zu vermeiden. Zu meiner Überraschung bat mich der Premierminister zum Lunch in seine Residenz. Er wollte sich mit mir über Lebrun unterhalten.

Er sagte: »Er soll nur kommen und versuchen, sein Maul aufzureißen.«

Die Sprache der Straße in der Residenz des Premierministers. Lebrun war keineswegs ein Mann, der auf der Straße agitierte, aber als Revolutionär hatte er – selbst in den Tagen des Butler-Streiks – die Kraft und die Kompromißlosigkeit der Masse als etwas betrachtet, dessen er sich bedienen konnte. Nun wurden sie gegen ihn eingesetzt.

Die neue Politik hatte in fast jeder ehemaligen Kolonie Leute wie den Premierminister an die Macht gebracht. Die meisten hatten als Gewerkschaftsfunktionäre angefangen, und viele von ihnen hatten, wie Butler auf Trinidad, etwas Religiöses an sich.

Dieser Mann lebte jetzt in der Residenz des Regierungschefs. Es war ein bescheidenes Haus, aber das beste auf der kleinen Insel. Wie in den anderen ehemaligen Kolonien war alles da: die uniformierte Wache, die abstrakten Gemälde einheimischer Künstler, das schwere, auf der Insel hergestellte Mobiliar, der ganze ererbte Pomp. Doch der Premierminister langweilte sich. Er hatte die Grenzen seiner Macht bereits erreicht. Die Macht hatte bereits begonnen, ihn zu Boden zu drücken, und er führte jetzt ein sehr einfaches Leben, als wäre ein aufwendigerer Lebensstil eine sinnlose Mühsal. Er hielt nicht mehr viele Reden. Er verließ das Haus nur noch selten.

Der Mensch, der ihm am nächsten stand, war eine schwarze Frau in mittleren Jahren namens Miss Dith, eine Frau aus dem Volk, jemand, den man auf der Straße nicht wahrnehmen würde. Angeblich war sie seine spirituelle Beraterin, seine Haushälterin, seine Köchin, seine Beschützerin vor Giftanschlägen.

Zum Lunch hatte Miss Dith geschnetzelten Pökelfisch vorbereitet, in Scheiben geschnittene und gebratene Kochbananen und Reis. Auf der ganzen Insel hätte man keine einfachere Mahlzeit finden können. Sie trug das Essen selbst auf. Die Speisen waren kalt. Das Tischtuch war fleckig.

Einst hätte Lebruns Aufmerksamkeit dem Mann, der jetzt Premierminister war, geschmeichelt. Die großen, technisch klingenden Worte, mit denen Lebrun die von ihm ins Leben gerufene, einfach strukturierte Bewegung beschrieben hätte, hätten ihm gefallen. Es hätte ihm gefallen, von Lebrun prominenteren Führern anderer Inseln vorgestellt zu werden. Doch Lebrun hatte andere Vorstellungen davon, zu welchen Zielen Macht einzusetzen war, und damit wollte der Premierminister nichts zu tun haben. Der Premierminister wollte die Welt, mit der er vertraut war, nicht zerstören; er wollte die Macht, die er erlangt hatte, nicht aus der Hand geben.

Er sagte über Lebrun: »Dieser Mann will einen einsacken.«

Lebrun war ein Impresario der Revolution. Das war die Rolle, die ihm zugefallen war; ihr verdankte er seinen Lebensunterhalt. Er hatte keine eigene Basis, keine breite Gefolgschaft. Er mußte sich immer anderen Führern anschließen, schlichteren Menschen, die in direkterem Kontakt mit den schlichten Menschen standen, durch welche sie an die Macht gekommen waren, und die von dieser Macht eine schlichtere Vorstellung hatten.

So war es immer gewesen. Selbst zu Butlers Zeiten war es für Lebrun so gewesen. Butler hatte die Macht nicht erlangt – er war in der Kolonialzeit auf der politischen Bühne erschienen, und damals war die Macht unerreichbar gewesen. Aber in seinen eigenen Augen hatte Butler etwas erlangt, das von der Macht nicht weit entfernt war: Er war der Anführer, der Häuptling seiner Leute gewesen. Und dann, nach der Aufregung um den Streik und die Demonstrationen und die Charlie-King-Affäre, hatte er begonnen, sich zu langweilen. Während des Krieges war er interniert worden. Das hatte ihm vielleicht ganz gut gepaßt. Später waren seine politischen Aktivitäten nicht mehr der Rede wert. Er wurde Mitglied der gesetzgebenden Versammlung, zog es jedoch vor, seine Zeit weit entfernt von seinen Anhängern in England zu verbringen; niemand wußte, was er dort tat – vielleicht tat er nichts, vielleicht ließ er nur die Tage vergehen. Führerschaft und politische Aktionen waren für ihn bedeutungslos geworden. Alles, was für ihn – wie auch für den Premierminister, der Lebrun so beleidigt hatte – noch zählte, war seine Führungsrolle, seine Position; das war es, was er bewahren wollte.

Der Widerspruch zwischen Lebruns komplizierten Vorstellungen und der einfachen Politik, die er unterstützte, war also immer vorhanden und mußte Lebrun bewußt sein. Foster Morris hatte gesagt, er sei der gefährlichste Mann in Butlers Umgebung gewesen. Und ich nehme an, damit meinte er, in einer anderen Situation hätte Butler oder jemand, der ähnlich war wie er, sich nicht mit der Position des Anführers, des Häuptlings zufriedengegeben, sondern das Verlangen gehabt, die Welt auf den Kopf zu stellen, und Lebrun hätte ihm gezeigt, wie sich das bewerkstelligen ließ.

In der Zwischenzeit war Lebrun ein Mann, der noch immer auf der Flucht war, auch wenn er jetzt oft vor den Genossen aus alten Zeiten floh; er erlebte nie die Konsequenzen dessen, was er als Revolutionär gepredigt hatte. Das mußten andere erdulden: wie gewisse dunkelhäutige Angehörige des Mittelstandes der Insel, auf der Miss Dith Karten legte und Kontakt zu den Geistern hielt und dem Premierminister sein Essen kochte. Es gab Dutzende Methoden, diese dunkelhäutigen Menschen zu quälen. Und gequält wurden sie, nicht weil das ein Bestandteil eines Aktionsprogramms des Premierministers gewesen wäre, sondern einfach, weil das Quälen von Menschen ein Aspekt der Führerschaft war.

»Dieser Mann will einen einsacken«, hatte der Premierminister an dem Tisch mit dem fleckigen Tischtuch in seiner Residenz gesagt. Und ich wußte, was er meinte, denn Lebrun hatte etwas in dieser Art auch mit mir versucht. Das war zu der Zeit gewesen, als ich mich von Foster Morris' Einfluß gelöst hatte.

Lebrun hatte einen Artikel über meine Bücher in einer russischen Zeitschrift – einem der *thick magazines* – geschrieben. Er hatte mir die Zeitschrift zusammen mit einer Übersetzung (oder dem Original) des Artikels und einer Visitenkarte geschickt. Auf der Karte stand eine Londoner Adresse; daraus schloß ich, daß er noch immer »auf der Flucht« war.

Der Artikel füllte viele Seiten der Zeitschrift. Niemand hatte je so ausführlich über meine Bücher geschrieben. Um die Wahrheit zu sagen: Ich fand, daß die Bücher, die ich bis dahin veröffentlicht hatte, diese Behandlung gar nicht verdienten. Ich betrachtete mich als Anfänger, der seine großen Bücher noch vor sich hatte. Ich wußte, daß es Leute gab, die meine komödienhafte Darstellungsweise mißbilligten – manche, weil sie der Meinung waren, daß ich damit die Sache meiner Landsleute verriet –, und ich nahm an, daß Lebrun in dieser russischen Zeitschrift ein strenges Urteil über mich fällen würde.

Das tat er nicht. Seine Methode war originell. Er ignorierte das Komödienhafte, das mich so viel Mühe gekostet hatte – ich hatte viele Szenen sehr sorgfältig konstruiert, hatte an Sprache und Ton sehr strenge Maßstäbe angelegt. Er ließ das außer acht, konzentrierte sich auf das Material – auf die Menschen, auf den Hintergrund – und betrachtete es mit großer Ernsthaftigkeit. Mein Thema, schrieb er, seien Menschen, die in jeder Hinsicht verarmt seien und denen die Geschichte einen üblen Streich gespielt habe. Meine Figuren glaubten, freie Menschen und Herren über ihr Schicksal zu sein, doch das seien sie nicht; die koloniale Szenerie sei eine Verspottung ihrer Illusionen, ihres Ehrgeizes, ihres Glaubens an eine Vervollkommnung, ihres Neides. So leicht meine Bücher auch wirkten – sie seien subversiv und daher bemerkenswert.

Es war, in abgewandelter Form, das, was Foster Morris in blumigen Metaphern über mein erstes Buch gesagt hatte, als wir seinen Klub in South Kensington verließen. Wie bei einem Forellenbach, hatte er gesagt, müsse man sich angewöhnen, durch die Reflexionen auf der Oberfläche auf das zu sehen, was darunter lag.

Ich hatte darauf nichts erwidert, obgleich ich fand, daß seine Bemerkung deplaziert und für mich wertlos war, weil sie mir die Begabung, witzig zu schreiben, absprach – eine Begabung, auf die ich mir viel einbildete (und deren Entdeckung für mich immer noch mit dem Beginn meiner Karriere als Schriftsteller verbunden war).

Andererseits war Lebruns Artikel, obgleich er sich von Foster Morris' Bemerkung nur durch Perspektive und Gewichtung unterschied, für mich wie eine Offenbarung. Ich wußte sofort, was er meinte, wenn er über die Hilflosigkeit meiner Figuren schrieb; ich begriff, daß ich diese Hilflosigkeit immer schon gekannt hatte; ich war mit dem Wissen darum aufgewachsen.

Es war, als wäre ich vom Boden, wo so viel verborgen blieb, ein Stück in die Luft gehoben worden; nicht nur, damit ich ein belangloses Muster aus Feldern und Straßen und kleinen Siedlungen sah, sondern auch, damit mir, als ein Aspekt dieser Vogelschau, eine Vision der Geschichte im Zeitraffer zuteil wurde: Wie das Aufblühen und Sterben einer Blume verfolgte ich die Wanderungen und die Zerstörung von Völkern, sah, welche Elemente bei der Schaffung dieser landwirtschaftlich orientierten Kolonie zusammengewirkt hatten, und begriff, welchen einfachen Interessen diese Kolonie nach all diesen Aktivitäten gedient hatte.

Der Artikel erschien mir wie ein wunderbares Stück Literatur. Er hielt sich eng an das, was ich geschrieben hatte, und ging dennoch weit darüber hinaus. Ich las ihn und glaubte zu verstehen, warum ich als Kind das Gefühl gehabt hatte, die Geschichte sei aus dem Ort, wo ich geboren war, herausgebrannt worden. Ich dachte die ganze Zeit: »Ja, ja. Das stimmt. Genauso war es.«

Die Erkenntnis, die sich mir durch Lebruns Artikel offenbarte, wurde zu einem dauerhaften Bestandteil meiner Sichtweise. Ich glaube, ich war nicht nur deshalb so bewegt, weil es der erste Artikel über meine Bücher war, sondern auch, weil ich noch nie diese Art von politischer Literaturkritik gelesen hatte. Und darüber war ich froh, denn hätte ich so etwas schon früher zu sehen bekommen, wäre ich nicht imstande gewesen zu schreiben, was ich geschrieben hatte. Wie Foster Morris und andere hätte ich schon vorher zuviel gewußt und durch das eigentliche Schreiben nicht so viel zu entdecken gehabt. Die Probleme mit Stimme und Ton und Natürlichkeit wären um so größer gewesen, und es wäre mir schwerer gefallen anzufangen.

Ich schrieb an Lebrun, um mich für seinen wunderbaren Artikel zu bedanken, und erhielt wenig später von einem gemeinsamen westindischen Bekannten eine Einladung zu einem Abendessen, bei dem ich Lebrun kennenlernen sollte.

Der Bekannte arbeitete bei einer großen Versicherungsgesellschaft. Er war Anfang dreißig, ein paar Jahre älter als ich, und schrieb gelegentlich Texte für das Magazinprogramm der BBC für die Karibik; so hatten wir uns kennengelernt. Er stammte von einer der kleineren Inseln, und ich hätte ihn als Mulatten bezeichnet. Er sagte, er sei Libanese. Seine Frau hatte dieselbe Hautfarbe, aber ihr Akzent verriet stärker als bei ihm ihre Herkunft von den Inseln.

Sie lebten in einer bedrückend engen Mietwohnung in Maida

Vale. Sicher hatten sie die Wohnung möbliert gemietet. Es standen eine Menge wuchtiger Polstermöbel aus den dreißiger Jahren darin, und man hatte das Gefühl, von altem Schmutz umgeben zu sein, von Gerüchen und Staub, die bereit waren aufzusteigen. Das dämmrige Deckenlicht im Wohnzimmer wurde noch dämmriger durch den untertassenförmigen Lampenschirm aus Milchglas, der an dünnen Ketten hing und voller Motten und anderer toter Insekten war.

Als ich eintrat, fand ich, daß die Atmosphäre der Heruntergekommenheit gut paßte. Lebrun hatte den Kontakt auch zu anderen Premierministern verloren und war über die Vorgänge in der Karibik nicht mehr auf dem laufenden; es gab viele kleine Städte, in denen er das Maul nicht mehr aufreißen durfte, und ich dachte, es würde ein melancholisches kleines Abendessen für sentimentale Leute werden, die dem alten Mann gegenüber ihre Solidarität ausdrücken wollten.

Wenn ich besser nachgedacht hätte, wäre mir aufgegangen, daß Lebrun, obgleich er alt und fern der Heimat war, im Begriff stand, in die beste Phase seiner Reputation einzutreten, einer Reputation, die bis zu seinem Tod wachsen und wachsen würde. In den meisten ehemaligen Kolonien hatten die Menschen das Vertrauen in die erste Welle populistischer Politiker verloren. Dabei fiel gar nicht so sehr ins Gewicht, daß die Politiker korrupt waren – die Macht hatte auch ihre Dummheit und unerwartete Faulheit ans Licht gebracht. Lebrun war von diesen Männern zurückgewiesen worden. Er war rein, prinzipientreu und gebildet geblieben; er vermochte nach wie vor die Sprache der Befreiung und Revolution zu sprechen. Das war es, was viele – zum Beispiel diejenigen, die in die Wohnung in Maida Vale gekommen waren – noch immer hören wollten. Und darum hatte die Atmosphäre bei diesem Abendessen nichts Melancholisches, sondern etwas Verschwörerisches.

Die Befreiung der Schwarzen war das Hauptthema. Dennoch waren wir eine gemischte Gesellschaft; das war Teil der Kultiviertheit, welche die Stimmung des Abends beherrschte. Und Lebrun war, als er kam, in Begleitung einer weißen Amerikanerin tschechischer oder polnischer Abstammung, die gut zwanzig Jahre jünger war als er. Lebrun hatte schon immer in dem Ruf gestanden, ein Frauenheld zu sein, oder jedenfalls ein Mann, der Erfolg bei Frauen hatte.

Er war jetzt über sechzig. Er war zierlich und hatte feine Gesichtszüge; er achtete auf sein Äußeres. Aus der Nähe wirkte er zart; seine Haut war glatt, und in ihrer dunklen Farbe war ein Hauch von Kupferrot, der eine ungewöhnliche – vielleicht indianische – Herkunft verriet.

Es verstand sich von selbst, daß wir gekommen waren, um seine Ansichten zu hören. Und alles, was sich zwischen seiner Ankunft und dem Beginn seiner Rede ereignete – die allgemeine Begrüßung, seine lebhafte und familiäre Unterhaltung mit den libanesischen Gastgebern, durch die er zeigte, daß er auf vertrautem Fuß mit ihnen stand, seine demonstrativ bescheidene Reaktion auf meinen Dank für seinen Artikel in der russischen Zeitschrift –, das alles war wie ein Orchester, das sich vor dem Hintergrund allgemeiner Unterhaltung auf das große Ereignis des Abends einstimmte.

Unsere Gastgeber machten sich in ihrer kleinen Küche zu schaffen. Essensgerüche durchzogen die Wohnung, um sich in den Vorhängen und den wuchtigen Polstermöbeln festzusetzen, und bald schon war Lebrun in voller Fahrt.

Er war ein geborener Redner. Es war, als würde alles, was er sah und dachte und las, automatisch zu etwas verarbeitet, über das er reden konnte. Und alles, was er sagte, war überaus intelligent und fesselnd. Er sprach über Musik und den Einfluß der Komponisten auf die Instrumente ihrer Zeit. Er sprach über militärische Fragen.

Ich hatte noch nie jemanden aus meiner Heimat kennengelernt, der so viel gelesen und nachgedacht hatte und der so viele Informationen auf so interessante Weise zu präsentieren wußte. Ich fand, daß sein Ruf als Politiker diesem Mann nicht gerecht wurde. Und seine Sprache war außergewöhnlich. Was mir schon auf dem Woodford Square aufgefallen war, zeigte sich wieder: Seine Sätze, und waren sie noch so verschachtelt, waren vollständig: Man hätte sie mitschreiben und umgehend drucken lassen können. Ich fand, daß seine gesprochenen Sätze in ihrer Flüssigkeit und sorgfältigen Ausarbeitung wie Ruskins geschriebene waren; die Worte waren hervorragend und oft unerwartet gewählt und sprudelten aus einer nie versiegenden Quelle des Sprachgefühls. Die Gedankenverbindungen waren – auch dies wie bei Ruskin – nicht immer klar, und doch dachte man, sie seien es. Wie bei den Gedichten von Blake (oder – in einem bescheideneren Rahmen – von Auden) folgte man den Gedankengängen, weil man annahm, sie seien Teil einer sorgsam konstruierten Argumentationskette.

Das alles war natürlich Rhetorik. Und natürlich war sie auf ihn zugeschnitten. Man konnte ihn nicht unterbrechen; wie ein König war er es, der die Themen bestimmte. Aber selbst mit diesen Einschränkungen glaube ich nicht, daß ich mit meinen Vergleichen zu hoch greife. Für mich war er ein Phänomen. Daß ein solcher Mensch einem ähnlichen Hintergrund wie ich entstammte, bewegte mich. Ich begann zu begreifen, warum er unter den Angehörigen des Mittelstandes einen so gewaltigen Ruf hatte. Wie war er, angesichts der Zeit, in die hinein er geboren wurde, zu dem geworden, was er war? Wie hatte er all die Entmutigungen der Kolonialzeit überstanden, ohne Schaden an seiner Seele zu nehmen?

Er besaß ein Gespür für sein Publikum. Er schien die Fragen, die mir und zweifellos auch den anderen durch den Kopf gingen, zu verstehen. Spät an diesem Abend sprach er über sich selbst.

Er sagte: »Meine Mutter hatte einen Onkel, der Kutscher einer englischen Familie auf Barbados war. Das ist schon lange her. Es ist hundert Jahre her. Als Schwarzer in der Karibik oder in Mittelamerika hat man, sofern man auf so etwas Wert legt, eine lange Reihe von Vorfahren. Irgendwann fuhr die englische Familie nach London. Ich weiß nicht, ob für immer oder nur für kurze Zeit. Ihren schwarzen Kutscher nahm sie mit.

In London freundete der Kutscher sich mit einem Schwarzen an, der als Diener im Haus der Tichbornes arbeitete. Eine berühmte Familie, deren Namen man mit einem berühmten Gerichtsverfahren verband. Ein ungebildeter Australier war eines Tages aufgetaucht und hatte behauptet, er sei der Erbe der Familie. Lady Tichborne hatte, aus irgendeinem seltsamen Grund, der ihr Geheimnis blieb, gesagt, dieser Mann, der kaum lesen und schreiben konnte, sei ihr lange verschollener Sohn. Ein großer Skandal der viktorianischen Zeit. Die beste Schilderung dieser Angelegenheit stammt von Lord Maugham, der damals Lordkanzler und, wie sein Buch beweist, ein weit besserer Schriftsteller als sein romanschreibender Bruder war.

Der schwarze Diener der Tichbornes war mit einem der weißen Dienstmädchen des Hauses verheiratet. Das beeindruckte den Onkel meiner Mutter sehr. Er ging in diesem Haus ein und aus. Sie müssen sich vorstellen, wie er die Stufen zum Souterrain hinunterging. Immer wenn er dort hinkam, sagte er, gaben ihm die Dienstboten Tee und Kuchen. Die Frauen verwöhnten ihn. Nach seiner Rückkehr nach Barbados sehnte er sich danach zurück. Noch als sehr alter Mann sprach er über den Schwarzen in dem großen Haus in London, der eine Weiße geheiratet hatte, ohne daß irgend jemand Anstoß daran genommen hätte, und über die weißen Diener, die ihn immer so freundlich begrüßt und ihm Tee und Kuchen vorgesetzt hatten. ›Sie haben mich immer groß bestückt‹, sagte er über die Dienstboten. Damit meinte er, daß sie große Stücke auf ihn gehalten hatten.

Als Kind hörte ich diese Geschichten so oft, daß ich die Vorstellung von einem großen Haus in England entwickelte, in dem mir weiße Leute Tee und Kuchen vorsetzten. Das Haus in meiner Vorstellung war ein großer Herrensitz. Es sah nicht aus wie die großen Häuser in Belgravia oder South Kensington. Und Jahre später, als ich begann, englische Romane zu lesen, hatte ich immer dieses Phantasiehaus im Kopf. Das passiert mir auch heute manchmal noch.

Der Onkel meiner Mutter, dieser alte Kutscher, war ein sehr stolzer Mann, und er pflegte zu sagen: ›Damals hatte ich nie irgendwelchen Ärger. Zwischen schwarzen und weißen Leuten gab es keinen Unterschied.‹ Und so wuchs ich in dem Glauben auf, daß es früher besser gewesen sei. Als ich alt genug war, um zu verstehen, was der alte Kutscher mir beigebracht hatte, schämte ich mich. Ich versuchte, es zu vergessen. Aus verschiedenen Umständen schließe ich, daß der alte Mann 1840 geboren wurde. Das war sechs Jahre nach der Aufhebung der Sklaverei. Das bedeutet, daß seine Mutter und alle älteren Menschen in seiner Umgebung Sklaven gewesen waren. Und es bedeutet noch etwas. Der Sklavenhandel war 1807 abgeschafft worden. Als der Onkel meiner Mutter zehn oder zwölf Jahre alt war, muß es also fünfundsechzig- oder siebzigjährige Leute auf Barbados gegeben haben, die von Afrika dorthin gebracht worden waren. Und trotzdem glaubte dieser alte Mann, daß es früher besser gewesen war, und redete mir das auch ein.

Diese Erinnerung quälte mich, bis ich zu meiner eigenen politischen Einsicht gelangte und die Dinge so sah, wie sie waren.«

»Politische Einsicht« – das war sein indirekter Verweis auf den Marxismus; es war, als wäre dieses Wort zu grobschlächtig.

»Aber selbst, nachdem ich meine politische Einsicht erlangt hatte, brachte ich es nicht über mich, über diese Erinnerung zu sprechen. Und dann tat ich es doch, in Trinidad, während des Butler-Streiks. Es war bei einer Kundgebung vor dem großen Marsch auf Port of Spain, der der Kolonialregierung einen so großen Schreck einjagte. Ich sagte etwas ganz Einfaches. Etwas in der Art wie: Es ist an der Zeit, daß die Schwarzen ihr Schicksal in die eigene Hand nehmen. In diesem Augenblick kam mir die Erinnerung an den alten Kutscher, und ich begann den Leuten von den weißen Dienern und dem Tee und dem Kuchen zu erzählen. Ich konnte spüren, daß sie mir auf eine ganz neue Art zuhörten. So etwas hatten sie von einem Schwarzen auf einer Rednertribüne noch nicht gehört. Aber die stärkste Wirkung hatte es auf mich selbst. Sobald ich anfing zu erzählen, was der Onkel meiner Mutter mir als Kind eingeredet hatte – daß es früher zwischen schwarzen und weißen Leuten keinen Unterschied gegeben hätte –, sobald ich das tat, fiel die Scham, die ich zwanzig Jahre lang mit mir herumgetragen hatte, innerhalb von Sekunden von mir ab.«

Er hielt inne. Es herrschte Schweigen. Als sollte jeder Gelegenheit haben, sich selbst zu prüfen.

Dann sagte Lebrun: »Und jeder Schwarze hat eine solche Erinnerung. An jedem gebildeten Schwarzen nagt heimlich eine solche Erinnerung.«

Das Essen wurde in das trübe erleuchtete Wohnzimmer gebracht. Unsere Gastgeber waren Libanesen, doch zu Ehren der Gäste war das Essen westindisch. Es gab keine asiatisch-mediterranen oder französisch-kreolischen Gerichte, die man in kosmopolitischen Orten wie Trinidad essen konnte, sondern das derbere afrikanische Essen, das man auf den kleineren Inseln fand. Der Hauptgang war ein öliger, gelblicher Berg, der aussah, als bestehe er aus gekochten und zerstampften grünen Bananen.

Lebrun machte viel Aufhebens um dieses Gericht.

»Ah«, sagte er. »Coo-coo. Das ist das letzte, womit ich in London gerechnet hätte. Wir wollen ihm unsere ganze Aufmerksamkeit widmen.«

Jemand sagte: »Bei uns zu Hause heißt das Foo-foo.«

Lebrun sagte: »Coo-coo oder Foo-foo, das hier ist die Hauptattraktion des Abends.«

Ein schwerer, glänzender Berg wurde auf meinen Teller geladen. Ich probierte davon: gekochte Yamswurzeln und grüne Bananen und vielleicht noch andere Knollengewächse, vermischt mit zerstampften Pfefferschoten. Die Mischung hatte durch die Yamswurzeln und das Olivenöl – die libanesische Komponente – etwas Schleimiges. Abgesehen vom Pfeffer schmeckte man eigentlich nur eine säuerliche Schärfe (die von den grünen Bananen stammte), und ich fand die schleimige Konsistenz grauenhaft. Ich fürchtete, ich würde es nicht bei mir behalten können, und rührte es nicht an. Niemand nahm Notiz davon.

Während Lebrun aß und seine pflichtbewußte Freundin aß und der Geruch nach Fleisch und Öl durch das Wohnzimmer mit seinen alten, wuchtigen Polstermöbeln zog, auf denen wir dichtgedrängt saßen, und die anderen den Libanesen fragten, wo er die Yamswurzeln und die grünen Bananen gekauft habe, dachte ich (der ich das Gefühl hatte, diesen Leuten gegenüber unaufrichtig zu sein und mich von der guten Stimmung des Abends auszuschließen) an meine Tante, die vor zwanzig Jahren auf den Betonstufen der Hintertreppe unseres Hauses in Port of Spain ihren Holzkohlebrenner entfacht und mir von den Grenadern erzählt hatte, die einmal die Woche gemahlene Grundnahrungsmittel in »Kochbenzin«-Kanistern kochten.

Bald fuhr Lebrun zwischen Coo-coo- oder Foo-foo-Bissen mit seiner Rede fort.

Er sagte: »Die vielleicht außerordentlichste Diskussion dieses Jahrhunderts war die zwischen Lenin und dem indischen Delegierten Roy auf dem Zweiten Kongreß der Komintern im Jahr 1920.«

Ich hatte das Gefühl, daß diese Bemerkung speziell an mich gerichtet war.

»Es war eine Neuinterpretation von Marx, unter besonderer Berücksichtigung des Freiheitskampfes der nichteuropäischen Völker im zwanzigsten Jahrhundert. Wie wir alle wissen, läßt Marx' Lehre gewisse rassistische Betrachtungsweisen zu. Sie werden durch die journalistischen Arbeiten gestützt, die er für amerikanische Zeitungen über die Meuterei in Indien verfaßte. Es waren Auftragsarbeiten, teilweise nicht gründlich durchdacht, und offensichtlich enthielten sie nicht die ganze Wahrheit. Eine Neuinterpretation war erforderlich, und die wurde vor vierzig Jahren vorgenommen. Manche Leute leisten es sich, das zu vergessen. Wenn Gandhi und Nehru, Mountbatten und andere längst zu Fußnoten der asiatischen Geschichte geworden sind, wird man zurückblicken und feststellen, daß die Begegnung zwischen Lenin und Roy, die nur drei Jahre nach der Revolution stattfand, einer der entscheidenden Augenblicke dieses Jahrhunderts war.«

Wie bei Foster Morris gab es auch bei Lebrun keinen Augenblick des Verharrens. Für mich blieb der Glanz seines Artikels in jener russischen Zeitschrift bestehen; wir mußten jedoch bald erkennen – und ich bin sicher, wir beide wußten es schon die ganze Zeit –, daß unser Verhältnis gezwungen war. Was uns verband, waren unsere Herkunft und allerlei Möglichkeiten, einander ohne Worte zu verstehen, aber wir fuhren auf verschiedenen Gleisen.

Nur ein paar Wochen nach diesem Abendessen kam es zu einer sehr peinlichen Situation.

Lebruns Freundin – intelligent, unkompliziert, von rascher Auffassung und eigenartig ruhig – lebte in New York. Ich kannte die Stadt kaum und hatte bis dahin nur sehr wenige Amerikaner kennengelernt. Und ich konnte diese Frau nicht einordnen, konnte Herkunft und erlerntes Verhalten nicht von der Person trennen. Doch was ich sah, gefiel mir. Mir gefiel an ihr – sie mochte zehn oder zwölf Jahre älter sein als ich – besonders die Ruhe, die ihr etwas Anziehendes gab.

Zufällig sollte ich bald nach New York reisen. Ich hatte eine Art Auftrag: Ich sollte eine Idee für eine Geschichte entwickeln, für einen möglichen Film (der in Wirklichkeit ein unmöglicher Film war). Es war jene Art Sinnlosigkeit und Selbstbetrug, zu der ein junger Mann leicht zu verführen ist. Gegen Ende des Abends in Maida Vale, als die Unterhaltung ungezwungener wurde, erwähnte ich die Reise gegenüber Lebrun und seiner Freundin. Sie zeigten Interesse. Sie nannten Namen. Dann sagte Lebrun, er werde mir eine Liste von Leuten schicken, die ich in New York kennenlernen sollte.

Das tat er auch. (In dieser Hinsicht fand ich ihn immer äußerst zuverlässig.) Und so geschah es einige Wochen später, daß man mich, nachdem ich mein teures Hotel – die Filmarbeit glich einer Folter – wie ein Strafgefangener auf Bewährung verlassen hatte, durch Manhattan chauffierte und mir die berühmten Sehenswürdigkeiten gezeigt wurden, und zwar von einem Ehepaar, das mir große Freundlichkeit, ja mehr als Freundlichkeit, erwies: Ich wurde als Landsmann von Lebrun, als Lebruns Londoner Freund, geradezu mit Liebe überschüttet.

Nach der Stadtrundfahrt gab es ein Abendessen. Sie hatten ein paar Leute eingeladen, die ich kennenlernen sollte; Lebrun, sagten sie, habe einigen von mir geschrieben. Es werde ein sehr nettes Abendessen werden, sagte meine Gastgeberin. Sie hatten verschiedene besondere Gerichte gekocht; sie hatten *gefilte fish* gekocht.

Sie drehte sich auf dem Beifahrersitz zu mir um und fragte: »Haben Sie schon mal *gefilte fish* gegessen?« (Mit dieser Bewegung verbindet sich eine Erinnerung, daß sie einen Pelz trug.)

Sie schien sich zu freuen, daß ich *gefilte fish* noch nicht kannte.

Ich wußte fast nichts über New York und konnte diese Leute nicht einordnen, ebensowenig wie ihre Vorort-Adresse und das Haus, zu dem wir nach unserer Rundfahrt durch Manhattan fuhren. Ich konnte die Leute nicht einordnen, die – recht früh, wie ich fand – zu dem Abendessen und dem besonderen Gericht eintrafen; die Dame des Hauses war gleich nach unserer Ankunft in die Küche gegangen, um sich darum zu kümmern.

Sie bleiben verschwommen, doch ich weiß, daß sie nette, intelligente, freundliche Menschen waren. Einige wohnten in der Nachbarschaft. Andere hatten für die Einladung einen weiten Weg auf sich genommen. Sie waren sehr bemüht, mir ihre freundschaftliche Gesinnung zu zeigen, doch ich wußte, daß sie Lebrun galt.

Ich hatte Lebruns Empfehlung akzeptiert, aber nie wirklich an seine internationalen Kontakte geglaubt. Obgleich ich ihn nach und nach schätzen gelernt hatte, war er für mich in erster Linie jemand, der viel redete. Ich sah ihn als einen begabten Schwarzen, der durch die Umstände schon in recht jungen Jahren gezwungen worden war, mit Hilfe seines Verstandes zu überleben. Seine Kontakte nach Rußland, sein Artikel in der russischen Zeitschrift, sein Auftritt an jenem Abend in Maida Vale, bei dem er mit dieser attraktiven polnischen oder tschechischen Frau erschienen war – das alles war zwar ganz wirklich, doch ich betrachtete es lediglich als Attribut eines inzwischen alten Schwarzen, dem es in Fleisch und Blut übergegangen war, mit Hilfe seines Verstandes zu überleben.

Er gehörte zur ersten Generation gebildeter Schwarzer in der Region. Für einige von ihnen – Männer, die so alt waren wie das Jahrhundert – gab es keinen ehrenhaften Platz in den Kolonien oder den Mutterländern. Sie waren Menschen zwischen den Zeiten, sie waren zu früh gekommen und besaßen keinen Status; sie versuchten, sich irgendwie durchzubringen. Sie kamen und gingen; an dem einen Ort – in den USA, in England, in Westindien, in Panama oder Belize – schwangen sie große Reden über die Dinge, die sie an einem anderen Ort taten. Einige von ihnen wurden exzentrisch oder geistig gestört, einige schlossen sich der »Zurück nach Afrika«-Bewegung an (obwohl Afrika zu dieser Zeit ebenfalls noch kolonisiert war), einige wurden Betrüger.

Als ich in den fünfziger Jahren nach England kam, konnte man auf den Straßen Londons noch immer extravagante Vertreter dieser Generation sehen: Männer in Nadelstreifenanzügen, mit Bowler-Hüten und absurden Akzenten. Manchmal grüßten sie mich; das geschah aus Einsamkeit, aber auch, weil sie jemanden brauchten, vor dem sie sich brüsten konnten. Eines feuchten Winterabends zog ein solcher Mann, den ich in der Warteschlange einer Bushaltestelle in der Regent Street kennengelernt hatte, gleich seine Brieftasche hervor und zeigte mir Fotos von seinem Haus und seiner englischen Frau. Es waren Schiffbrüchige. Sie hatten den Kontakt zu sich selbst verloren, und nun, gegen Ende ihres Lebens, sahen sie, wie die Phantasien, von denen sie sich genährt hatten, durch die Wellen von Einwanderern aus Jamaika und den anderen Inseln davongespült wurden, von Arbeitern, die breitkrempige Filzhüte und taillierte Anzüge mit breiten Aufschlägen trugen, wie sie in Harlem Mode waren.

Trotz all seiner Begabungen war Lebrun für mich ein Vertreter jener älteren Generation. Auch er kam und ging, und man sprach von ihm (wie von vielen anderen) als von einem Menschen, den ein Geheimnis umgab. Angesichts meiner eigenen Situation hatte ich jedoch immer das Gefühl, daß die geheimen Bereiche von Lebruns Leben recht konventionell und voller kleiner finanzieller Schwierigkeiten waren. In dieser Hinsicht, dachte ich, hatte er sicher Ähnlichkeit mit Butler, dem Anführer des Streiks von 1937, der nach dem Krieg und seiner Entlassung aus der Internierung ein sehr zurückgezogenes Leben in London geführt und sich von den Ansprüchen (wenn auch nicht von der finanziellen Unterstützung) seiner Anhänger und seiner Partei, der »Unabhängigkeitspartei der Arbeiter und Bürger des Empire«, gelöst hatte. Ich glaubte, daß Lebruns Auslandsaufenthalte ebenfalls von diesem Element der Ruhe und Entspannung gekennzeichnet waren.

Doch genau wie ich von Lebruns Artikel in der russischen Zeitschrift überwältigt gewesen war, weil ich eine solche Scharfsicht bei ihm nicht vermutet hatte, wurde ich in diesem Haus in einem Vorort New Yorks durch den Beweis dafür in Verwirrung gestürzt, daß Lebruns internationales Leben weit eleganter war, als ich erwartet hatte. Es war weit eleganter als alles, was mir bis dahin begegnet war.

Sie wußten eine Menge über Politik und maßgebliche Persönlichkeiten auf den Inseln; sie kannten das alles sozusagen aus Lebruns Blickwinkel. Sie machten sich über die Politiker lustig, die Lebruns Feinde waren; sie beschrieben einen als Gangster, einen anderen als Medizinmann.

Eine Frau war auf den Inseln herumgereist und hatte Orte besucht, die ich nicht kannte. Es sei unmöglich, sagte sie, diese Inseln zu besuchen, ohne eine Vorstellung von ihrer Vergangenheit und ein gewisses Gefühl für ihre Zukunft zu bekommen. Was hatte sie gesehen? Sie konnte es mir nicht wirklich sagen. Sie weigerte sich, wie eine Touristin zu sprechen, und diese Weigerung schien ein Teil ihrer Selbstachtung zu sein. Und wie auf der Insel, von der sie gesprochen hatte (der Insel mit dem Medizinmann), der Wald, den ihre Entdecker vorgefunden hatten, gerodet worden war, damit man Zuckerrohrplantagen anlegen konnte, so schien diese Frau die Menschen dort von allen ins Auge springenden Eigenschaften befreit zu haben, um zu einem Idealbild zu gelangen, das nur in ihrem Kopf existierte.

Mir fiel ein, welche Wirkung Lebruns Artikel in der russischen Zeitschrift auf mich gehabt hatte: Er hatte mich emporgehoben und das Muster der Dinge aus der Vogelschau sehen lassen. Ich hatte das Gefühl, daß Lebrun das gleiche für diese Menschen hier getan hatte und daß die Sichtweise der Frau ihrer Interpretation seiner Worte entsprungen war.

Mir fiel ein, wie sehr sich Lebrun 1956 bei den großen, leidenschaftlichen Kundgebungen auf dem Woodford Square in Port of Spain von den anderen Rednern abgehoben hatte. Die Versammlungen hatten aufklärerisch sein sollen; der Platz war als Universität bezeichnet worden. Die Leute waren natürlich nicht dorthin gegangen, um etwas zu lernen, sondern um ein rassisch definiertes Sakrament zu empfangen. Lebrun hatte den Eindruck erweckt, ein Teil dieses Ganzen zu sein, als er davon sprach, wie er all die Jahre dieses Jahrhunderts auf diese Gelegenheit gewartet und nie daran gezweifelt habe, daß der Augenblick kommen werde. Doch dann war er auf seinen eigenen Kurs eingeschwenkt. Er hatte begonnen, über Geschichte und Zuckerproduktion zu sprechen.

Windmühlen und hohe Fabrikschornsteine seien ein fester Bestandteil der Landschaft dieser Inseln, hatte er gesagt, und das seit über zwei Jahrhunderten. Die großangelegte Produktion von Zucker sei immer ein industrieller Prozeß gewesen. Zuckerrohr sei ein verderbliches Gut. Es müsse zu einem bestimmten Zeitpunkt geerntet und innerhalb einer bestimmten Zeitspanne verarbeitet werden; bei der Herstellung von Zucker könne vieles falsch gemacht werden. Darum gehörten die Schwarzen dieser Inseln zu den ersten Industriearbeitern der Welt, denn sie hätten sich der Disziplin eines komplexen Herstellungsprozesses unterworfen. Aus diesem Grund gälten für sie nicht die gewöhnlichen rassischen Kategorien; sie seien nicht wie die Bauern Asiens und Afrikas und großer Teile Europas. Sie seien ein sehr altes Industrieproletariat, und die Geschichte der Sklaverei zeige, daß sie schon immer revolutionär gewesen seien. Nun seien sie dazu bestimmt, die Speerspitze der Revolution in der Neuen Welt zu sein.

Die Leute hatten ihn nicht verstanden, doch er hatte leidenschaftlich und flüssig gesprochen und dadurch den Eindruck erweckt, ein Teil dieser großen Bewegung zu sein, die sich auf dem Platz manifestierte; und er hatte Beifall bekommen. (Das Foto, auf dem er von der Bühne des viktorianischen Musikpavillons zur Menschenmenge unter den Bäumen sprach, war für den Umschlag der zwei oder drei Bücher mit seinen Reden verwendet worden, die in der Tschechoslowakei oder Ost-Berlin erschienen waren.)

Das war seine Sicht der Dinge in der Region gewesen. Das – die Verkündung der Revolution und seines Anteils daran – war die Währung gewesen, mit der er sich, wie sich zeigte, den Zutritt zu revolutionären Kreisen im Ausland erkauft hatte.

Als ich ihn 1956 auf dem Platz hörte, kannte ich seine Sympathien für Rußland nicht genau und wußte über ihn nur Ungefähres: daß er ein schwarzer Revolutionär aus der Region war, der eigentlich weit entfernt lebte. Seine Betonung der industriellen Ausrichtung der Sklaverei in der Karibik hatte mich ebenso verwirrt wie alle anderen. Später hielt ich es für eine Ideologie um der Ideologie willen und ihn für eine Randfigur, für jemanden, der den Bogen überspannt hatte.

Jetzt, in diesem Haus in New York, wo ich in dem, was man mir sagte, Nachklänge seiner Ansichten und Theorien und sogar seiner Stimme erkannte, merkte ich, daß diese Betonung zu der »politischen Einsicht« gehörte, von der er bei dem Abendessen in Maida Vale gesprochen hatte. Er hatte gesagt, seine Einsicht habe es ihm ermöglicht, die wachsende Scham zu überwinden, die er über den Onkel seiner Mutter empfunden habe; den alten Kutscher, der an die Zeit kurz nach der Abschaffung der Sklaverei als die *gute Zeit* zurückdachte, als es zwischen Schwarzen und Weißen keinen Unterschied gab.

Die Beichte war beeindruckend gewesen: Jeder Schwarze, hatte er gesagt, trage ein quälendes Geheimnis wie dieses in sich. Dennoch hatte ich den Eindruck gehabt, als verberge sich etwas hinter den Worten »politische Einsicht«; und nun spürte ich – und erkannte voller Scham, Kummer, Sympathie und Bewunderung in Lebruns Bemühen etwas von mir selbst wieder –, daß er wie der ungebildete alte Kutscher neunzig Jahre zuvor, wie der Schwarze in mittleren Jahren mit Bowler und Nadelstreifenanzug, der mir an der Bushaltestelle in der Regent Street die Fotos seines Hauses und seiner englischen Frau gezeigt hatte, immer das Bedürfnis verspürt hatte, mit der Vergangenheit ins reine zu kommen. Mit seiner scharfen Intelligenz und seinem Wissensdurst mochte dieses Bedürfnis sogar noch größer gewesen sein.

Die Ideologie, die er gefunden hatte (und seine Interpretation dieser Ideologie), hatte es ihm ermöglicht, mehr zu erreichen als die meisten anderen. Es gab eine Art von revolutionärer (oder auch lediglich aufbegehrender) Literatur, die es einem leichtmachte, sich mit Hilfe der Phantasie in die Zeiten der Sklaverei mit ihren starren Strukturen, ihrem klaren Feindbild, ihrer eindeutigen Moral zurückzuversetzen. Diese Art der Literatur betrachtete die Zeit der Sklaverei als eine Epoche fast unablässigen Guerillakriegs; sie kostete dieses Drama aus, war jedoch unfähig, sich mit der Zeit nach der Aufhebung der Sklaverei auseinanderzusetzen, die im Vergleich schal, orientierungslos und ohne strittige moralische Fragen war. Lebruns politische Einsicht war von dieser Art von Sensationshascherei sehr weit entfernt. Sie ermöglichte es ihm, in der Zeit der Sklaverei nicht zu schwelgen, sondern sie ohne innere Pein als Tatsache zu akzeptieren und, indem er sie auf seine eigenwillige Art darstellte, für sie eine Universalität, ja, einen besonderen Rang in Anspruch zu nehmen.

»Dieser Mann will einen einsacken«, hatte der Premierminister an dem Tisch mit dem fleckigen Tischtuch in seiner Residenz gesagt. Und in jenem Haus in New York begann ich etwas davon zu spüren. Lebrun hatte mir die Türen geöffnet, und es war wohl nicht verwunderlich, daß diese Leute dachten, ich sei ebenfalls ein Revolutionär. Nach einer Weile jedoch mußte ich feststellen, daß man mich für einen Teil von Lebruns Revolution hielt. Alle kannten den Artikel in der russischen Zeitschrift. Und irgendwie gehörte mein Werk mit einemmal nicht mehr mir allein; es war, als wäre es ein Teil von Lebruns Vision der Region. Mich beschlich das Gefühl, daß meine Person in der Vorstellung dieser Leute von nebensächlicher Bedeutung für mein Werk war: Ich war ein Ausdruck von Lebruns Willen. Die Annahme behagte mir nicht, aber ich wußte nicht, wie ich dagegen angehen sollte.

Ich hatte sie reden lassen und nicht widersprochen; ich hatte ihnen erlaubt, zu weit zu gehen.

Ich sah, daß sie bereit waren, mich in ihrer Mitte aufzunehmen, wie sie einst Lebrun aufgenommen hatten. Es wurde nicht ausgesprochen, aber ich spürte, daß ich aufgefordert wurde, die Last meiner Rasse und meines kulturellen Hintergrundes abzuwerfen und Mitglied ihrer Gemeinschaft zu werden. Und sie waren so freundlich und sympathisch, das Haus war so einladend und der Gedanke an die Filmarbeit im Hotel so unangenehm, daß es herrlich und viel bequemer gewesen wäre, hätte ich tun können, als wäre ich bekehrt. Ich hatte das Gefühl, daß sich Lebrun vor Jahren, in weit schwereren Zeiten, auf ein solches Arrangement eingelassen hatte, daß er eine unbequeme Haut abgestreift und sich in einer anderen wie neugeboren gefühlt hatte.

Nur wenige von uns kennen nicht das Gefühl, unvollkommen zu sein. Doch mein Gefühl der Unvollkommenheit war anders als das Lebruns. Mit den Dingen, die mir fehlten, war Lebrun – so glaubte ich wenigstens – verschwenderisch ausgestattet: mit attraktivem Aussehen, mit Liebe, mit sexueller Erfüllung. Doch es gab andere Sehnsüchte, die kein bloßes Abstreifen einer alten Haut hätte stillen können: die Sehnsucht nach einer selbsterarbeiteten Sicherheit, den Wunsch, meine schriftstellerische Begabung möge mir erhalten bleiben und wachsen, den Traum von der Arbeit an noch ungeschriebenen Büchern, von fruchtbaren Tagen, die sich aneinanderreihten, von Erfüllung. Nur das Ich, das ich kannte, konnte diese Sehnsüchte stillen.

Keine andere Gruppe würde mir je wieder ein so aufrichtiges und verführerisches Angebot machen. Doch hätte ich es angenommen, hätte ich aufgehört, ich selbst zu sein und auf das Unbekannte zu vertrauen. Und so bekam ich, wie der Premierminister, große Angst.

Zum Essen gingen wir in einen anderen, kleineren Raum. Die Wände waren aus unverputzten Ziegeln, blaß rosafarben und wie gepudert, sehr hübsch. Schließlich wurde der seit dem Nachmittag angekündigte *gefilte fish* aufgetragen. Ich fand seinen Anblick nicht erfreulich und kann mich nicht an seinen Geschmack erinnern. Die Vorstellung, daß etwas zu Brei zerstampft, mit Öl und Gewürzen vermischt und mit den Händen bearbeitet worden war, beschwor Assoziationen zu Handcremes und anderen Dingen herauf. Der Geruch erzeugte Angst in mir. Ich konnte den Fisch nicht essen. Bei dem Coo-coo oder Foo-foo in der Wohnung in Maida Vale hatte ich verbergen können, was ich mit dem Essen auf meinem Teller tat, aber hier war das nicht möglich: Jeder wußte, der *gefilte fish* war eigens für Lebruns Freund aus London zubereitet worden.

Das gute Benehmen siegte. Die Gespräche wurden wieder aufgenommen. Doch das peinliche Gefühl, das im Eßzimmer begonnen hatte, dauerte an, bis man mich zurückfuhr in mein Hotel in Manhattan.

Die Kunstsammler, die wir kennen und beneiden, sind die erfolgreichen, zum Beispiel jene, die vor hundert Jahren für sehr wenig Geld Van Goghs und Cezannes gekauft haben. Die Menschen jener Zeit, die wir nicht kennen, sind die, welche – mit vielleicht ebenso großer Leidenschaft – Werke von Zeitgenossen gesammelt haben, deren Ruhm inzwischen verblaßt ist. Ich habe einmal einen Londoner Kunsthändler nach solchen Sammlern gefragt. Merkten sie in einem bestimmten Augenblick, daß sie sich geirrt hatten? Die Antwort des Kunsthändlers war überraschend heftig. Es gebe, sagte er, den Typus des schlechten Sammlers: Diese Menschen glaubten mehr an sich selbst als an die Kunst, die sie kauften.

Ich frage mich, ob das gleiche vielleicht auch für Lebruns New Yorker Gönner galt oder ob sie sich im Lauf der nächsten Jahre auf eine andere Weise damit würden abfinden müssen, daß die Nachricht, die er ihnen gebracht hatte, falsch war und die besondere Revolution, die er verheißen hatte, nicht stattfinden würde.

Die Politik auf den Inseln änderte sich nie wirklich. Die Anführer, die nach dem Ende der Kolonialherrschaft an die Macht gelangt waren – zum Beispiel der Premierminister, der Lebrun von seiner kleinen Insel gewiesen hatte –, blieben an der Macht. Daß sich viele von ihnen langweilten und wenig taten, spielte keine Rolle. Sie waren, jeder auf seine Art, die ersten erfolgreichen Anführer einer rassisch definierten Bewegung. Sie befriedigten örtliche Bedürfnisse, und darum waren sie etwas Besonderes: Jeder von ihnen verkörperte auf seinem Territorium die Vorstellung von der Erlösung der Schwarzen. In der fast mystischen Beziehung zwischen diesen örtlich bedeutsamen Männern und ihren Anhängern war kein Platz für Lebrun.

Er war mittlerweile alt und sehr arm, ein Revolutionär ohne Revolution, der (wie seine Gegner berichteten) gelegentlich aufblühte, wenn er die Zuneigung weiblicher Bewunderer aus der Vergangenheit genoß, zu anderen Zeiten jedoch das Leben eines Bohemiens führte, sich in Häuser und Wohnungen in der Karibik und in Mittelamerika, in England und Europa einladen ließ und ständig von einem Ort zum anderen zog. Nach und nach bekam ich das Gefühl, daß er irgendwann aufgegeben hatte und nicht mehr an seine Sache glaubte – auch wenn darüber nie gesprochen wurde und er, um seinen Lebensunterhalt zu verdienen, fortfuhr, kommunistisch angehauchte Artikel für kleine, politisch links orientierte Zeitschriften zu schreiben.

Nach jenem Abend in Maida Vale sind Lebrun und ich uns nie mehr begegnet; ich sah ihn ein paarmal im Fernsehen, als er sehr alt war, und so habe ich das Gefühl, Zeuge seines Alterns und seines körperlichen Verfalls geworden zu sein. Nach jener Peinlichkeit in New York hielten wir höflich Kontakt. Wir wechselten Briefe, und manchmal schickte er mir Zeitschriften mit Artikeln, in denen er Bücher von mir erwähnt hatte. Diese Erwähnungen wurden seltener und hörten schließlich ganz auf.

1973 schickte er mir sein letztes Buch, *The Second Struggle: Speeches and Writings 1962–1972*. Es war in der DDR erschienen, und auf dem Umschlag war das Foto aus dem Jahr 1956: Er steht auf dem Woodford Square in Port of Spain, auf der Bühne, an einem Mikrophon, vor sich die Menge. Er hatte das Buch mit einer handschriftlichen Widmung versehen, in der er mich als »Bruder im Geist des Humanismus« bezeichnete. Und er hatte hinzugefügt: »Diese Einsicht ist zumindest ein Anfang.« Sein sprachliches Geschick ließ den alten Charme anklingen. Es hatte nichts zu bedeuten, aber seine zittrige Handschrift rührte mich.

Es war ein schreckliches Buch. Es besaß nichts von der Brillanz und den unterschwelligen Gefühlen des Artikel in der russischen Zeitschrift. Trotz des Fotos auf dem Umschlag bezweifelte ich, daß viele der Beiträge ursprünglich Reden gewesen waren. Sie wurden von einer untergründigen Strömung aus Erbitterung und dem Gefühl, gescheitert zu sein, durchzogen. Es fand sich darin wenig Scharfsinnigkeit und kein sarkastischer Humor. In einigen Beiträgen gebrauchte Lebrun kommunistische Schlagworte – »Opportunisten«, »kleinbürgerliche Nationalisten«, »Reformer«, »Blanquisten« – fast wie Beinamen, um seine Gegner in der Karibik, die erfolgreichen Politiker, die Männer an den Schaltstellen der Macht, anzuprangern.

Der Verfall (der zum Teil eine Folge des Alters sein mochte) fiel bei den Auftragsarbeiten, die er in die Sammlung aufgenommen hatte, am deutlichsten ins Auge. Es waren Artikel, in denen er als jemand, der einer Kolonie entstammte, nichteuropäische kommunistische Länder mit imperialistischen Vasallenstaaten verglich – beispielsweise Kasachstan mit den Philippinen oder Pakistan, Kuba mit Brasilien oder Venezuela. Er gab die offiziellen Zahlen für das kommunistische Land an, Zahlen steigender industrieller Produktion, einer steigenden Anzahl von Schulen und Universitäten, und stellte dem eine einfache statistische Schilderung (die ebensogut aus einem einfachen Konversationslexikon hätte stammen können) der Rückständigkeit der Philippinen, Brasiliens oder des Irans gegenüber. Bevölkerungszahl und Größe in Quadratkilometern wurden jeweils angegeben, von Ländern, die zum großen Teil Großgrundbesitzern gehörten und in denen fast niemand eine Schule besuchte. Der ganze Essay wurde von ein paar akademisch wirkenden Teilen und einem (sorgfältig belegten) Zitat eines unbekannten »Professors« oder »Doktors« zusammengehalten. Glaubte Lebrun tatsächlich an diese Artikel? Oder waren sie von einem Mann geschrieben worden, der genau wußte, daß sie nur dazu dienten, die Spalten offizieller Zeitschriften zu füllen?

Ich dachte an den Verfall, in den ihn sein Anliegen geführt hatte, eben jenes Anliegen, das ihn vor Jahren scheinbar aus seiner rassisch bedingten Nichtexistenz errettet hatte. Ich dachte an diesen Verfall und an Lebruns Armut, an seine Abhängigkeit von denen, die ihm Obdach und Geld gaben, und ich dachte, wie seltsam es war, daß er wie jene geworden war, über die er in seinem ersten Buch geschrieben hatte, dem Buch, das ungelesen im untersten Fach des Bücherschrankes in der sechsten Klasse des Queen's Royal College in Port of Spain gestanden hatte.

In diesem Buch hatte er über einige der spanisch-amerikanischen oder venezolanischen Revolutionäre vor Bolívar geschrieben und sich dabei auf die konzentriert, die Verbindungen zu Trinidad besaßen.

Nachdem Trinidad von Venezuela getrennt, aus dem spanischen Kolonialreich herausgelöst und eine britische Kolonie geworden war, diente es einige Jahre lang als Basis für Revolutionäre, die auf dem Festland, jenseits des Golfs von Paria, agierten.

So plante ein verbitterter spanischer Beamter, der nach Trinidad geflohen war, zusammen mit einem Komplizen auf dem Festland einen Sklavenaufstand in Venezuela. Der war zum Scheitern verurteilt: Trinidad war noch immer voller Venezolaner, und einige von ihnen waren spanische Agenten. Und dann wurde der Plan, wie so viele Pläne zur Sklavenbefreiung in der Karibik, von einem Sklaven an die Behörden verraten. Die Rädelsführer wurden gehängt und gevierteilt, und die Teile der Gehängten wurden an der Landstraße zur Schau gestellt, die von der Küstenstadt La Guaira über die Berge in das Tal von Caracas führte. Dieser Versuch einer Revolution erlangte nie besondere Berühmtheit: Alles geschah viel zu schnell.

Miranda war bekannter. Er hatte Venezuela früh verlassen und war durch Europa und die USA gereist. Er verlieh sich selbst den Titel Graf und lernte wichtige Leute kennen; das revolutionäre

Frankreich machte ihn sogar zum General. Im Exil begann er, das Land, aus dem er gekommen war, zu verbessern. Die Schwarzen und Mulatten auf den mit Sklaven bewirtschafteten Plantagen traten in den Hintergrund. Die Einwohner Venezuelas wurden zu Inkas, den ursprünglichen Herrschern über den Kontinent, die mit dem Adel der Natur ausgestattet waren, so edel, wie es sich die Philosophen des achtzehnten Jahrhunderts erträumten. Das waren die Menschen, die Miranda vertrat; alles, was ihnen fehlte, war die Freiheit. In mittleren Jahren kam er schließlich nach Trinidad, der Basis für seine Revolution jenseits des Golfs. Er hatte Geld, ein Schiff, Waffen, er hatte alles, um was er gebeten hatte. Er hatte sogar die Flugblätter der Londoner Kaufleute, die ihn jahrelang unterstützt hatten; diese Flugblätter, so hatte er versprochen, wollte er in Venezuela verteilen, sobald er das Land befreit hatte. Er befreite Venezuela nicht. Er löste eine Art Anarchie aus und wurde von der kolonialen Kleinkrämerei zerstört, vor der er vor einem halben Leben geflohen war. Sie hatte auf ihn gewartet.

Um sein Buch schreiben zu können, hatte Lebrun in venezolanischen Archiven nachforschen müssen. Mit diesem Buch, das er in den dreißiger Jahren schrieb, wollte er seine alte These über den revolutionären Charakter der Inseln beweisen. Er wollte sich und seinen Ideen eine große Vergangenheit geben und eine Verbindung zwischen den revolutionären Umtrieben der dreißiger Jahre und den Aufständen herstellen, die im Gefolge der französischen Revolution ausgebrochen waren; er wollte die Inseln aus ihrer Bedeutungslosigkeit am äußersten Ende des Empires herausheben, in der sie seit der Aufhebung der Sklaverei versunken waren, und sie wieder an die großen historischen Prozesse des Kontinents ankoppeln. Vor allem aber wollte er beweisen, daß Revolutionen nicht einfach ausbrechen: Sie müssen vorbereitet werden, die Menschen müssen geschult werden, es muß eine revolutionäre Partei geben.

So viel Arbeit, und dabei bezweifle ich, daß dieses Buch in Venezuela und Trinidad auch nur ein Dutzend Leser gefunden hat. Niemand in der Schule hatte es gelesen. Ich hatte es ebenfalls nicht gelesen, sondern es nur als Buch, als ein schönes Objekt, in die Hand genommen und betrachtet.

Ich las es dann eines Nachmittags in der London Library, kurz nachdem ich in *The Second Struggle* geblättert hatte. Wahrscheinlich war ich seit zehn Jahren der erste, der es aus dem Regal nahm.

Was für einen Geist traf ich auf diesen Seiten! Er war immer dagewesen, hatte darauf gewartet, zu mir zu sprechen. Ich frage mich, wieviel ich davon 1948 in Trinidad verstanden hätte. Wohl nicht sehr viel. Ich wäre damals schon zu sehr Teil jener Bedeutungslosigkeit am äußersten Ende des Empires gewesen, von der Lebrun sprach. Ich wäre über dieses Buch so verblüfft gewesen wie über die Information, daß sein Autor ein Revolutionär war, auf der Flucht in den Vereinigten Staaten. Ich hatte einen Abstand aus Zeit, Raum und Erfahrung gebraucht, um zu verstehen, was er geschrieben hatte.

Ich war mir des Raumes bewußt, in dem ich saß und las – eines Raumes in einem vollkommen anderen London als dem, in dem Lebruns Buch erschienen und, wie aus einem bedruckten Aufkleber ersichtlich, der Bibliothek von »dem Verlag« geschenkt worden war. Nicht nur ich hatte mich verändert, seit ich dieses Buch in der Schule gesehen hatte. Die ganze Welt hatte sich verändert, und meine Anwesenheit in der London Library war ein Aspekt dieser Veränderung.

Ich dachte an die Ironie, die darin lag, daß Lebrun am Ende seines Lebens wie die Menschen war, über die er in seinem ersten Buch geschrieben hatte, und da ich das beinah abergläubische Gefühl hatte, daß das menschliche Leben einen Kreis beschreibt, fragte ich mich, wo ich in meinen eigenen Schriften Regionen des Geistes geschildert hatte, zu denen ich einst würde zurückkehren müssen; wie Lebrun, der die durch seine Rasse bedingten Gefühle unter der Universalität seiner politischen Überzeugung hatte begraben wollen und erleben mußte, wie ihm dieser Traum genommen und er selbst im Alter zu weiß der Himmel was für privaten Ängsten zurückkehren mußte, denen er nun schutzlos ausgeliefert war.

Ich dachte an seine Redegewandtheit. Diese Begabung hatte ihm zeit seines Lebens Türen geöffnet. Aber in ihr lag auch eine Hysterie, die Hysterie der Inseln, die gewöhnlich in Selbstironie, Witzeleien, Phantastereien, religiösen Exzessen und plötzlichen Anfällen von Grausamkeit ihren Ausdruck findet. Ich dachte an die Verbrennung von Charlie King zur Zeit des Streiks in Trinidad und die hingebungsvolle, fast religiöse Verehrung, die das Opfer danach genoß. Ich dachte an den Spott, den Foster Morris in dem alten Holzhaus hatte ertragen müssen, in dem die Öllampen verzerrte Schatten geworfen hatten. Ich dachte an den Schwarzen mit dem Bowler, der aus der Busschlange in der Regent Street getreten war, um mir die Fotos von seiner Frau und seinem Haus zu zeigen. Wie konnte man einen Zugang zur Gefühlswelt eines Schwarzen finden, der so alt war wie das Jahrhundert?

Private Ängste – vielleicht. Aber die Welt hatte sich verändert. Lebrun mußte nicht zu den Anfängen seines Lebens zurückkehren. Die karibischen Inseln waren unabhängig. Afrika war unabhängig. Er selbst hatte sich lange genug umgetan; er war bekannt. Und jetzt, gegen Ende seines Lebens, veränderte sich der Ruf, den er im Untergrund genoß. Einst war er der Mann der echten Revolution gewesen, ein Mann von Prinzipien, und es waren die verschiedenen Politiker in der Karibik, die sich verkauften. Jetzt war eine Kleinigkeit hinzugekommen, und er war der Mann der echten afrikanischen oder schwarzen Erlösung, der sich seine Prinzipien bewahrt und – im Gegensatz zu den falschen schwarzen Führern – allen Verführungen zum Trotz geweigert hatte, die Sache zu verraten.

Und so wechselte er nun hin und her zwischen diesen beiden Rollen: Er konnte ebenso die Revolution verheißen wie die rassische Erlösung, und war immer ein Mann mit Prinzipien. Mit dieser neuen Persönlichkeit schien er sich abzukehren von dem Leben für die Revolution, das er bislang geführt hatte, von der vor Jahren erlangten »politischen Einsicht« und der Universalität, mit deren Hilfe er die Last der Rasse und der Scham abgeworfen hatte, schien sich abzukehren von der Bewunderung seiner Gönner in New York, ja sogar von der Widmung in *The Second Struggle,* in der er mich als »Bruder im Geist des Humanismus« bezeichnet hatte.

In Büchern über Afrika oder die Karibik wurde sein Name nicht genannt; Autoren und Verlage wollten die dortigen Herrscher nicht verärgern. Das vergrößerte sein Prestige, denn so konnte er im Radio oder Fernsehen, wo man ihn nach seiner Meinung zu diesem oder jenem Thema fragte, als verborgener schwarzer Prophet des Jahrhunderts vorgestellt werden. Er paßte gut in diese Rolle: Er war sehr alt, fast wie ein Heiliger – der Mann ohne persönlichen Besitz.

Er griff nie ein schwarzes Regime an. Die Enteignung von Asiaten durch Idi Amin in Uganda oder Nyerere in Tansania stellte er als einen Aspekt des Klassenkampfes dar. Die Vorgänge in Guayana verteidigte er auf eigenwillige Art: Seit den Tagen der Sklaverei, sagte er in einer Radiosendung, könne man die Karibik als Territorium der Schwarzen betrachten. In einer Fernsehsendung formulierte er diese rassistische Behauptung ausgreifend und kategorisch – ganz so, wie es der junge Lebrun getan hätte. Er sagte: »Seit dem Tag, an dem der erste Sklave aus Afrika an Land gebracht wurde, ist diese Region schwarzes Territorium. Wenn sie gewußt hätten, was daraus werden würde, hätten sie es sich vielleicht noch einmal überlegt.«

Es war, als habe er am Ende seines Lebens die Rolle gefunden, auf die er von Anfang an hingearbeitet hatte. Er war die schwarze Stimme des Jahrhunderts, und im Gegensatz zu den Politikern der Inseln bot er keine grobschlächtige pseudomystische Erlösung an, sondern etwas Höheres und Universelleres, etwas, das Elemente historischer Unvermeidlichkeit enthielt: Es hatte ein wenig Ähnlichkeit mit der Sicht, die er mir 1960 in seinem Artikel über meine Bücher gewährt hatte.

In seiner neuen Rolle begann er, Pilgerfahrten nach Afrika zu unternehmen. In den zwanziger und dreißiger Jahren hatten sich viele gebildete Leute aus Lebruns Generation der »Zurück nach Afrika«-Bewegung angeschlossen. Als Revolutionär hatte er das verurteilt; in seinen Augen war diese Bewegung sentimental und eskapistisch gewesen. Das gab er zu, sagte aber, die Welt habe sich verändert.

Er ging als berühmter Schwarzer nach Afrika. Die Herrschenden hießen ihn willkommen; sein Ruf begann, aus sich selbst heraus zu wachsen. Man sagte, er sei Berater. Er besuchte alle Arten von Diktaturen, Länder, in denen blutige Stammeskriege tobten und die Wirtschaft zusammengebrochen war. Aber wenn er zurückgekehrt war, sprach er im Radio und im Fernsehen, als wäre ihm eine Vision von etwas Idealerem zuteil geworden, von einem Afrika, das von allen willkürlichen, vorübergehenden Einflüssen befreit war: Es war wie die Vision von der latenten reinen Revolution in der Karibik, die er Jahre zuvor seinen New Yorker Gönnern präsentiert hatte.

Er versuchte nie, sich an den Orten, die er besuchte, niederzulassen. Er kehrte stets zu seiner Basis zurück, nach England, Europa, Kanada. Er hatte seine Lektion in den fünfziger und sechziger Jahren auf den westindischen Inseln gelernt und wollte niemanden bedrohen.

Es war eine Art Erfüllung. Ich gönnte sie ihm. Ich fand, daß seine Vision von Afrika eine harmlose Phantasie war. Dann bekam ich einen Brief von einem befreundeten Schriftsteller, der in einer ehemals französischen Kolonie in Afrika lebte.

Paul schrieb: »Eine komische Sache. Ein schwarzer amerikanischer Dichter kam hier vorbei. Ein großer alter Mann, ein echter GAM. Der United States Information Service bat mich, die Veranstaltung zu leiten. Aber ich wollte dem alten Säufer nicht beim Trinken zusehen. Und dann kam Dein Freund Lebrun, ganz allein, und sah sehr weise und beeindruckend aus. Die Engländer haben eine kleine Show um ihn aufgezogen. Er begann uns Vorhaltungen zu machen, weil Afrika politisiert worden sei, und stellte sich damit gegen die Lehren von Marx. Das überraschte mich. Ich dachte, der Mann sei Kommunist. Und dann passierte etwas. Er sagte, er könne den Anblick dieser jungen französischen *coopérants* nicht ertragen, die, wie er fand, in Afrika herumwieselten, und sehe es nicht gern, wenn afrikanische Studentinnen weiße Freunde hätten. Er bedrohte jeden einzelnen, auf eine leise Art. Er wurde wütend, und dann beruhigte er sich wieder.«

Der Mann, der früher Freunde in New York gehabt und sich wie ein New Yorker benommen hatte. Der Mann, der sich seinen politischen Einfluß hart erkämpft hatte. Der alte Mann, der im befreiten Afrika wütend einen alten Schmerz hinausschrie.

II

Wenig später fuhr ich, ohne einen Gedanken an Lebrun und lediglich, um mir einen alten Wunsch zu erfüllen, zum erstenmal in den französischsprachigen Teil Westafrikas.

Und dort entwickelte ich eine Reihe vollkommen neuer Assoziationen zur französischen Sprache.

Die allererste Assoziation, die ich – als Kind in Trinidad, nicht lange nachdem ich nach Port of Spain gekommen war – mit dieser Sprache verband, war die französischer Sträflinge, die in offenen Booten von der Teufelsinsel vor der Küste von Französisch-Guayana flohen. Manchmal wurden die Boote nach Trinidad getrieben. Die geflohenen Sträflinge durften, glaube ich, drei Tage bleiben. Sie wurden für den *Trinidad Guardian* und die *Evening News* fotografiert und interviewt; die Leute gaben ihnen zu essen und zu trinken und kleine Geschenke; und dann schickte man sie weiter.

Etwa zur selben Zeit hatte ich mein erstes Jahr Französisch am Queen's Royal College. Das Queen's Royal war eine berühmte Schule auf der Insel. Wer von einer der Mittelschulen auf dieses College wechselte, machte nicht nur einen großen Ausbildungssprung, sondern wurde damit auch ein Stück erwachsener. Daß man dort Französisch lernte, machte einen Teil des Flairs und der Eleganz der Schule aus.

Vieles von dem, was ich für die französische Sprache empfand, verdankte ich meinem Lehrer. Er war ein junger Mann mit der Akkuratesse und dem formellen Wesen eines älteren Menschen. Bevor er sich an das Lehrerpult setzte, begrüßte er uns mit den Worten: »Guten Morgen, Jungs!« Das Taschentuch, mit dem er sich an heißen Tagen Stirn, Mund und Hals abtupfte, blieb immer gefaltet. Er stammte aus einer bekannten schwarzen Familie. Es waren gebildete, kultivierte Leute. In unserer Kolonialwelt erforderte das beträchtliche Anstrengungen; es gab nicht viele wie sie.

Dieser Lehrer liebte die französische Sprache und Lebensart, und ich erfuhr, daß er und andere Mitglieder seiner Familie regelmäßig nach Martinique reisten, der französisch-westindischen Insel im Norden. (Das mußte vor dem Krieg gewesen sein, denn während des Krieges unterstand Martinique der Vichy-Regierung und war gesperrt.) Sie fuhren wegen der Sprache, der Fremdartigkeit, der modischen Eleganz und wegen der Cafés, wo man den Ober um Papier und Stift bitten und am Tisch einen Brief schreiben konnte. In Trinidad (wo die Café-Restaurants chinesisch waren, mit einer ungepflegten, anrüchigen Atmosphäre und Tischen, die in Nischen standen) fehlte dieses großstädtische Flair. Sie fuhren auch wegen der Toleranz gegenüber anderen Rassen. Ich hörte oft, daß ein kultivierter Schwarzer in Martinique und Guadeloupe nicht anders behandelt wurde als ein Weißer.

All dies assoziierte ich mit dieser Sprache. Ich übertrug es sogar auf die Vorkriegsausgabe von *Siepmann's French Reader*, die wir als Lehrbuch gebrauchten. Auf der linken Seite stand der französische Text, und auf der rechten waren wunderschöne ganzseitige Zeichnungen von H. M. Brook, die französische Szenerien – Straßen, Gärten, Felder – darstellten.

Das waren die Vorstellungen und Assoziationen, die ich – fast zwanzig Jahre nach *Siepmann* – nach Martinique mitnahm, wo ich für mein erstes Reisebuch recherchierte. Und in weniger als einer Woche waren all die mit der französischen Sprache verbundenen Vorstellungen, die ich seit jener Zeit mit mir herumgetragen hatte, zerbrochen. Was ich vorfand, war eine kleine Insel, deren ursprüngliche Vegetation restlos beseitigt zu sein schien (in Trinidad gab es unberührte Sümpfe und, in den Hügeln im

Norden, große Urwaldgebiete) – restlos beseitigt und beschnitten und abermals beschnitten. Von der schmalen, kurvigen Straße hatte man hier und da kleine Ausblicke, aber was man sah, war nicht idyllisch: eine Insel, die ihre domestikenhafte Vergangenheit zeigte, die überkultiviert war und wo die Vorgänge in der Gesellschaft und die Beziehungen zwischen den Rassen bis ins kleinste und geradezu zwanghaft geregelt waren, eine Insel, auf der ein Klima von Kleinlichkeit und Beengtheit drückend auf allen lastete und in jedem Satz eine unbewußte Grausamkeit enthalten war. Es war ein Ort, dem man entkommen wollte.

Daß mein Französischlehrer vor dem Krieg so oft Urlaub auf Martinique gemacht hatte, sprach weniger für die Attraktivität der Insel, sondern machte vielmehr deutlich, wie schwer es für Schwarze anderswo gewesen war.

In dem Land im ehemaligen französischen Westafrika waren die Leute, die ich kennenlernte, dort ansässige Ausländer. Die Afrikaner hatten ihr eigenes Land und lebten ihr eigenes Leben. Die Reklametafeln der reichen Stadt waren auf französisch abgefaßt, und auch die Schilder auf den Schnellstraßen erinnerten an Frankreich; aber die Afrikaner hatten außerdem ihre eigene Sprache, ihre eigenen Familien, Klans, *ethnies*, ihre eigenen religiösen Riten, Totems und Hausgötter, ihre eigenen instinktiven Ehrerbietungen. Man konnte mit Afrikanern zusammentreffen und sich mit ihnen über die Wirtschaft und den Nachfolger des Präsidenten unterhalten, doch danach zogen sie sich in Regionen des Geistes zurück, in die man ihnen nicht zu folgen vermochte.

Der Gedanke an dieses eigenständige und sehr alte andere Leben dort draußen war eigenartig aufregend. Doch was Freundschaften anging, Einladungen zum Abendessen und Sonntagsausflüge an den Strand, war man auf die im Land lebenden Ausländer angewiesen. Es waren hauptsächlich Franzosen und Amerikaner. Es gab auch einige Frauen zwischen dreißig und fünfzig, die von den französisch-westindischen Inseln Martinique und Guadeloupe stammten. Sie waren von ihren Inseln nach Paris gegangen. Dort hatten sie die Kontakte geknüpft, die sie hergebracht hatten. Aus den verschiedensten Gründen waren sie unverheiratet.

Ich wäre nie auf den Gedanken gekommen, daß Frauen von den französisch-westindischen Inseln zu einem besonderen Typ oder einer besonderen Gruppe gehören könnten. Jetzt sah ich, daß sie sich von den schwarzen oder dunkelhäutigen westindischen Frauen, die ich kannte, unterschieden: Ihr Weltbild war anders. Diese Frauen von den französisch-westindischen Inseln hoben sich von den anderen durch eben die Sprache ab, die meinen Französischlehrer in den dreißiger und vierziger Jahren nach Martinique und Guadeloupe hatte fahren lassen. Damals hatte er weniger der englischen Sprache als vielmehr ihrer harten rassischen Assoziationen entkommen wollen. In dem Französisch, das auf Martinique gesprochen wurde, konnte er ein völlig neues Selbstbild finden.

Nun funktionierte die Sprache umgekehrt. Sie beschränkte die Menschen aus Martinique und Guadeloupe auf eine französischsprachige Welt. Sie sperrte sie von den anderen Inseln und dem Rest des Kontinents aus. Ihre Gedanken richteten sich auf Paris: Juristisch waren sie gleichberechtigte französische Staatsbürger. Aber das Paris, in das sie kamen, war nicht die Stadt des Lichts. Sie fuhren in die Welt der schwarzen Immigranten dieser Stadt, und die war wie eine noch engere Version ihrer Heimat. Einige der Frauen gingen aufgrund der Verbindungen, die sie in ihrer Version von Paris geknüpft hatten, nach Afrika. Es war ein eigenartiger Zickzackweg, in Teilen eine Zurückverfolgung der Reisen, die die Sklavenhändler vor hundertfünfzig Jahren gemacht hatten; doch diese Frauen wurden nicht in ihre Heimat zurückgebracht, sondern schutzlos von der Neuen Welt in eine andere verpflanzt, die sehr weit entfernt und seltsam war.

In Westafrika lernte ich Phyllis kennen. Sie war Ende dreißig oder Anfang vierzig, stammte aus Guadeloupe, war eher braun als schwarz und sprach ein klares, zart klingendes Französisch. Sie hatte in Paris einen Afrikaner geheiratet. Die Ehe war, wie so viele Ehen zwischen *antillaises* und Afrikanern, in die Brüche gegangen, kaum daß sie mit ihrem Mann nach Afrika gekommen war. Sie war ursprünglich ins Nachbarland gekommen. Als die Ehe geschieden war, hatte sie es verlassen und war in dieses Land übergesiedelt – wenigstens diesen Spielraum boten ihr die französische Sprache und die Struktur des französischsprachigen Afrika. Sie hatte in einer der Botschaften eine Stelle als Bibliothekssekretärin gefunden und war durchaus in der Lage, allein zurechtzukommen.

Sie gehörte zu der Gruppe von Ausländern, in der ich mich bewegte. Ich traf sie überall, bei jeder Dinnerparty, bei jedem Sonntagsausflug an den Strand (ihr Haar wurde vom Meer glattgezogen, und wenn es trocknete, ließ es Salz auf ihrer frisch von der Sonne verbrannten Haut zurück), bei sämtlichen kulturellen Veranstaltungen, die, von den Botschaften organisiert, offiziell für das örtliche afrikanische Publikum stattfanden, in Wirklichkeit aber für die Kolonie von Ausländern bestimmt waren. Sie kannte viele Leute, war elegant und selbstbeherrscht, aufgeschlossen und großzügig. Dennoch schien sie keinen Partner oder besonderen Freund zu haben.

Sie steckte so viel Energie ins Ausgehen! Nach einer Weile fand ich das beunruhigend. Ich hatte das Gefühl, daß sie nicht gern in ihre Wohnung zurückkehrte, und daraus schloß ich, daß sie sich in dem Afrika, in dem sie gelandet war, nicht wohl fühlte. Ich fragte mich, ob sie noch nicht mit dem Gedanken gespielt hatte, nach Guadeloupe zurückzukehren. Eines Tages fragte ich sie. Sie sagte, sie hasse die Insel; sie sei so klein; die Leute seien so engstirnig und gäben sich mit so wenig zufrieden. Der einzige Ort, der ihr einfiel – und zugleich der einzige, den sie kannte –, war die Version von Paris, in der sie gelebt hatte. Und nach Paris wollte sie nicht zurück. Also blieb sie, wo sie war, und ging viel aus.

Ich entdeckte, daß ihr Charakter von einer gewissen Geschmeidigkeit war. Sie vermochte ihr Verhalten der jeweiligen Gesellschaft anzupassen, in der sie sich befand. So mochte sie zuzustimmen scheinen, wenn man sich über das Benehmen der Afrikaner beklagte (die Einladungen zu offiziellen Diners zwar annahmen, dann aber nicht erschienen und nie zu den kulturellen Veranstaltungen der Botschaften gingen). Doch an einem anderen Tag, als wir unter uns waren, sagte sie: »Warum sollte ein Afrikaner sein Haus verlassen, sich in einen Raum mit all diesen Ausländern setzen und jemandem zuhören, der Violine spielt? Wenn die nur ein bißchen nachdächten, sähen sie, wie dumm diese Einladungen sind. Das Gemeinschaftsleben der Afrikaner ist so schön – sie sollten versuchen, etwas darüber herauszufinden, aber es interessiert sie ja gar nicht.«

Eines Tages erzählte sie von Lebruns Reise durch das französischsprachige Westafrika. Das war etwas, das wir gemeinsam hatten. Für sie war er ein Landsmann von den Antillen. Sie war kritisch, und sie offenbarte ihre Gedanken erst, als sie das Gefühl hatte, mich zu kennen. Ich hatte von verschiedenen Leuten viel über Lebruns Auftritte gehört, allerdings nichts Genaues. Ich hatte von seiner Wut gehört.

Phyllis sagte: »Als er herkam, in die Hauptstadt, ist irgend etwas passiert. Irgend etwas ist mit ihm passiert. Er war unglücklich hier. Er kam mit seiner Tochter. Sie war fast weiß. Wußtest du das? Sie sah ihm überhaupt nicht ähnlich. Sie war sehr groß. Wie eine Wand, wie die Tür dort. Ich glaube, das war einer der Gründe, warum er unglücklich war. Sie lebte bei ihrer Mutter. Diese Reise mit Lebrun war für sie wie Ferien.«

»Wie alt war seine Tochter?«

»Vierundzwanzig, fünfundzwanzig.«

Vielleicht war die Mutter also jene ruhige, attraktive Polin oder Tschechin gewesen, die ich in der Wohnung in Maida Vale an Lebruns Seite gesehen hatte, die Frau, zu deren Freunden in New York ich später geschickt worden war.

»Ich glaube, ich habe ihre Mutter einmal kennengelernt.«

»Sie hat ihn verlassen. Jedenfalls erzählt man sich das hier. Sein Kommunismus fing an, sie zu langweilen, und sie war diejenige, die das Geld hatte. Die Leute in der Bewegung haben sie bekniet, zu ihm zurückzukehren. Sie sollte es für die Bewegung tun.«

»Hatte sie einen anderen?«

»Natürlich hatte sie einen anderen. Sie ist eine Frau. Lebrun drehte durch.«

»War der andere schwarz oder weiß?«

»Das wußte Lebrun lange Zeit nicht.«

»Was hätte ihn mehr verletzt?«

»Das war der springende Punkt. Ich glaube, Lebrun wußte selbst nicht, was ihn mehr verletzt hätte. Er wurde sehr rassistisch, als er hier war. Ohne jeden Grund hat er eine Menge Weiße beleidigt. Irgend etwas hier hat ihm nicht gefallen. Was das war? Das hat er nie genau gesagt. Wir leben hier in einer reichen Stadt, das sieht man ja. Sie ist nicht so, wie man sich eine Stadt in Afrika vorstellt. Und sie ist nicht nur reich, sondern auch elegant. Ich glaube, das hat ihm nicht gefallen. All die Autos, die Geschäfte, die Schnellstraßen. Ich nehme an, es hat ihm das Gefühl gegeben, arm und unerwünscht zu sein. Er hat seine Argumente politisch formuliert oder es jedenfalls versucht. Er hat davon gesprochen, daß die Schwarzen sich verkaufen. Er hat über Kapitalismus und Imperialismus gesprochen. Aber weißt du, was ich glaube? Ich glaube, er hat erwartet, daß die Leute von seiner weißen Tochter genauso hingerissen sein würden wie er selbst. Er kannte die Afrikaner nicht. Es sind starke Menschen. Und sie sind grausam. Nach diesem berühmten, peinlichen Wutausbruch über französische Männer und ihre schwarzen Freundinnen war in der Studentenzeitung eine Karikatur. Die weiße Tochter sagt auf englisch zu dem alten schwarzen Mann: ›Daddy, warum lassen wir diese Neger nicht, wo sie sind, und fahren nach Hause?‹«

Das war grausam und unfair. Die Studenten an der Universität – es war eine neue Universität inmitten eines parkartigen Geländes, mit geteerten Straßen und Wohnheimen aus roten Ziegelsteinen, und die meisten Studenten waren die ersten in ihren Familien, die eine akademische Ausbildung genossen, und bekamen staatliche Stipendien –, diese Studenten konnten unmöglich ahnen, welche Rückschläge Lebrun in der Welt dort draußen hatte einstecken müssen.

Und es war eigenartig, daß Phyllis angesichts ihrer persönlichen Geschichte – ihrer gescheiterten Ehe mit einem Afrikaner, ihres unausgefüllten Lebens in Afrika, ihrer Abhängigkeit von der Gesellschaft der Ausländer, die hier lebten – in ihrem Urteil über Lebrun die Partei der Afrikaner ergriff. Aber so war sie eben. Es gefiel ihr nicht, wenn Besucher herablassend über Afrika sprachen; es gefiel ihr noch viel weniger, wenn diese Besucher Schwarze waren und aus den USA oder von den westindischen Inseln kamen. Es war, als wollte sie deutlich machen, daß sie ihre Entscheidung, nach Afrika zu gehen, nicht bereute.

Eines Tages fragte ich sie nach ihrer Ehe.

Sie sagte: »In Paris ging ich immer in einen bestimmten Klub. Eigentlich war es ein Keller. Und da war so ein häßlicher kleiner Afrikaner. Ich meine: wirklich klein. Er war klein und schwarz und weich, und er hatte eine Menge Gold. Eine goldene Uhr, goldene Ringe, einen goldenen Füllfederhalter. Das Gold schimmerte auf seiner Haut. Er umwarb mich sehr. Er sagte, daß er meinen Namen liebte: Phyllis. Und meine Stimme. Und dann fragte er mich immer wieder, ob ich seine Frau werden wollte. Er sagte, seine Familie sei sehr reich. Er sagte, daß sie wie Häuptlinge wären. Daß sie viel Land, viele Diener, viele Sklaven hätten.«

Ich sagte: »Er hat von Sklaven gesprochen?«

»Ich glaubte, daß er log. Aber das war mir egal. Eigentlich gefiel es mir sogar. Ich glaubte, daß er sich bloß sehr anstrengte, mich zu beeindrucken, und das gefiel mir. So ging das eine Zeitlang. Und dann sagte ich, daß ich seine Frau werden wollte. Willst du wissen, warum? Wirst du es mir glauben? Weil ich ihn nicht mochte, weil ich ihn eigentlich sogar abstoßend fand. Dieses häßliche Gesicht und dieser weiche Körper und diese ganz glatte Haut, auf der das Gold schimmerte. Ich dachte, es wäre das beste für mich, einen Mann zu heiraten, den ich unmöglich lieben konnte. Ich hatte das Gefühl, daß ich ein Geschäft mit Gott machte, indem ich Lust und Liebe aufgab. Ich hatte das Gefühl, daß ich so nichts falsch machen konnte. Ich führte Selbstgespräche in meinem Zimmer. Ich sagte zu mir: ›Schönheit und Liebe mußt du dir aus dem Kopf schlagen, Phyllis.

Vergiß, woran du früher geglaubt hast. Das hat dich nirgendwohin gebracht, Mädchen. Bloß in dieses Zimmer in Paris. Du mußt an dein Leben und deine Zukunft denken. Da liegt das wahre Glück.‹

Und so ging ich zu meinem kleinen Häuptling und sagte ja und versuchte, mein Glück in seinem Glück zu finden. Die Tage danach, in Paris, waren die besten. Ich hatte das Gefühl, das Richtige getan zu haben, indem ich ein Geschäft mit Gott gemacht hatte. Und ich wurde mehr denn je umworben. Nach ein paar Monaten, als mein kleiner Häuptling sein Studium beendet hatte, gingen wir nach Afrika. Da ging alles in Scherben. Er hatte seinen Angehörigen nichts von seiner Heirat gesagt. Sie ignorierten mich. Buchstäblich. Sie sprachen nicht mit mir. Sie sagten sogar in meiner Anwesenheit zu ihm, daß er bald heiraten müsse.«

Ich sagte zu Phyllis: »Aber wie konntest du so ruhig in dieses Land gehen? Du mußt doch gewußt haben, daß es eine Diktatur war.«

»Ich hab nicht geglaubt, was in den Zeitungen stand. Ich hatte das Gefühl, daß das alles erlogen war. Ich dachte, es gäbe eine andere Wahrheit. Du weißt doch, was man sich vormachen kann. Und ich dachte in erster Linie an mein eigenes Abenteuer. Ich war nervös. Ich hatte mehr Angst vor Afrika als jede europäische Frau gehabt hätte. Ich habe Europäerinnen kennengelernt, die Afrikaner geheiratet haben. Für sie ist das anders. Bei ihnen spielt das Vergnügen mit, die Aufregung, ja sogar Eitelkeit. Wenn es nicht klappt, dann klappt es eben nicht, damit ist der Fall erledigt. Für mich war das anders. Ich hatte zuviel auf diese Karte gesetzt. Ich hatte zuviel mit mir selbst gesprochen.«

»Hast du dich von deinem kleinen Häuptling beschützt gefühlt?«

»Anfangs schon. Er nahm mich überallhin mit. Und er hatte nicht übertrieben. Sie besaßen tatsächlich viel Land, und sie hatten viele Diener und Sklaven. Diese Sklaven kaufte man nicht. Die waren einfach da, in den Dörfern: bestimmte Gruppen, bestimmte Familien. Sie waren dazu da, sich um andere zu kümmern. Jeder kannte sie, und darum konnten sie nicht davonlaufen.

Kurz nachdem wir angekommen waren, geschah etwas. Wir fuhren zum Dorf meines kleinen Häuptlings. Es gab eine Begrüßungszeremonie, und zum Schluß wurden die Füße meines kleinen Häuptlings mit Blut gewaschen. Ich will dir meine Gefühle beschreiben: Ich war stolz und aufgeregt. Mir gefiel das Ritual. Ich hatte das Gefühl, daß es sehr alt war. Ich hatte das Gefühl, als sei es am Anbeginn der Zeit entstanden. Es war nicht so, wie ich mir damals in Guadeloupe Afrika vorgestellt hatte. Ich hatte das Gefühl, diese Rituale würden mir einen Platz in der Welt geben.

Später erfuhr ich, daß wenige Tage vor diesem Ritual ein Kind aus einem der Sklavendörfer entführt worden war. Ich zählte zwei und zwei zusammen. Für das Ritual der Fußwaschung nimmt man normalerweise Tierblut, aber die höchste Ehre, die allen Beteiligten am meisten Gutes bringt, ist es, wenn man Menschenblut nimmt. Sieh es dir an. Sieh dir an, wie weit ich gegangen bin, und das so schnell. Ich war natürlich wie vor den Kopf geschlagen. Aber das änderte nichts daran, daß ich das Ritual schön fand. Mein kleiner Häuptling hatte versucht, mir mit seinem Geld zu imponieren. Dabei war es die rituelle Seite seines Lebens als Häuptling, die mir immer wichtiger wurde.

Meinem kleinen Häuptling war sie ebenfalls wichtig. Er verfiel immer mehr in alte Gewohnheiten und dachte immer seltener an die Schönheit meines Namens und meines Guadeloupe-Akzents. Es kam der Augenblick, wo er mich loswerden wollte. Er wollte tun, was seine Familie von ihm erwartete, und eine standesgemäße Frau seines Stammes heiraten. Er wurde gewalttätig, der kleine Häuptling. Er begann mich zu schlagen, der weiche kleine Mann mit dem vielen Gold. Ich dachte an das Ritual der Fußwaschung. Und man brauchte mir nicht zu sagen, daß ich in einem Land lebte, in dem kein Gesetz galt. Und dann kam der Tag – es war, als hätte jemand einen Zauber über mich gesprochen –, an dem ich fühlte, daß ich verrückt werden würde, wenn ich auch nur einen einzigen Tag länger dort blieb. Ich fuhr zum

Flughafen und nahm eine Maschine hierher. Und dabei dachte ich, ich hätte ein Geschäft mit Gott gemacht, als ich gegen all meine Instinkte handelte und ihn heiratete.

Wenn du es genau wissen willst: Ich denke in letzter Zeit sehr oft an ihn. Und ich will dir etwas erzählen, das ungefähr einen Monat vor deiner Ankunft passiert ist. Eines sehr frühen Morgens klingelte das Telefon. Als ich aufwachte, dachte ich, es sei mitten in der Nacht. Es war ein Mann, und er sprach französisch. Die Verbindung war schlecht. Ich dachte, es sei ein obszöner Anruf. Das gibt es hier auch. Die Männer sprechen meist französisch. Ich habe dann das Gefühl, sehr weit von zu Hause entfernt und ganz allein zu sein.

Ich hätte natürlich gleich wieder auflegen sollen, aber glücklicherweise tat ich es nicht. Der Anruf war von der Polizei in Santos Dumont und nicht von einem Mann mit einem falschen Namen. Santos Dumont war ein Flugpionier, und die Franzosen haben einem ihrer Grenzposten im Norden diesen Namen gegeben. Es gibt bei der Polizei eine Anzahl französischer Offiziere, die französischen Armeekasernen vor der Stadt hast du ja selbst gesehen.

Der Offizier sprach mit mir, als wäre ich nicht eine angestellte Sekretärin, sondern ein Mitglied des Diplomatischen Dienstes. Ich ließ ihn in dem Glauben. Er war sehr höflich, das wollte ich nicht verderben. Er sagte, er habe auf der Wache jemanden von der anderen Seite der Grenze. Er nannte den Namen meines kleinen Häuptlings. Er gab ihm den Hörer. Es war tatsächlich der kleine Häuptling. Seine Stimme war schrill vor Angst. Er sagte, die Dinge auf der anderen Seite der Grenze hätten sich sehr ungünstig entwickelt. Der Präsident habe sich plötzlich gegen ihn und den Rest der *cheferie* gewandt. Gestern dann habe ihm jemand verraten, daß er am Morgen verhaftet werden sollte. Da habe er beschlossen zu fliehen. Er sei seit dem vorigen Nachmittag gefahren.

›Gott sei Dank haben wir den Mercedes noch‹, sagte er, als wären wir nach wie vor zusammen und als benutzte auch ich den Mercedes noch. Er sei stundenlang auf schlechten Straßen und staubigen Wegen gefahren, und der Wagen habe durchgehalten. Mitten in all diesen Schwierigkeiten war er stolz auf seinen Wagen.

Er war nicht ganz außer Gefahr. Man hätte ihn abschieben können. Du weißt, daß sie auf der anderen Seite der Grenze sehr maoistisch und antifranzösisch sind und keine Gelegenheit auslassen, in anderen afrikanischen Staaten Propaganda gegen die hiesige Regierung zu machen. Aber ich sprach mit dem Botschafter, und der führte ein paar Telefongespräche. Er kannte meine Geschichte. Die Botschaft nahm den kleinen Häuptling mehr oder weniger unter ihre Fittiche. Am Nachmittag dieses Tages fuhr ich mit jemandem von der Botschaft nach Santos Dumont, um den kleinen Häuptling abzuholen.

Er war in der Polizeiwache, in einem verschlossenen Raum mit einer Klimaanlage. Es war sehr kalt in dem Raum. Er trug schmutzige Bauernkleider und keinen Goldschmuck. Das war das, was er sich unter einer Verkleidung vorstellte. Die Angst stand ihm noch in den Augen.

›Mich, mich‹, sagte er. ›Ein Mitglied der *cheferie* – die wollten mich auf *diète noire* setzen.‹ Du kennst die berühmte Schwarze Diät, oder? Sie sperren dich in eine Zelle ohne Essen und Trinken und lassen dich verhungern. Das ist das, was der Präsident mit seinen Feinden macht. Als ich dort war, habe ich davon gehört. Aber das war auch etwas, das ich hörte und nicht glaubte. Und jetzt sah ich zum erstenmal, daß mein kleiner Häuptling die ganze Zeit davon gewußt hatte. Und das schockierte mich.

Durch das verschlossene Fenster sah man die flache, heiße Landschaft. Sehr seltsam. Selbst die weit entfernten Bäume standen nicht nahe beieinander. Sie standen ganz allein, wie Pfähle. Der Staub war wie Nebel. Das war das berühmte Vorrücken der Wüste, das die Leute immer sehen wollten, damit sie Berichte darüber schreiben konnten. Durch eine solche Landschaft war er die ganze Nacht gefahren, und der Wagen hatte durchgehalten.

Er fragte mich kein einziges Mal, wie es mir ging. Er fragte mich nicht, wie ich in dieses seltsame Land gekommen war, wie ich eine Stelle gefunden hatte oder wie ich in all den Jahren zurechtgekommen war. Er bedankte sich nicht dafür, daß ich seinen Anruf angenommen, mich um sein Asyl gekümmert und den weiten Weg nach Santos Dumont auf mich genommen hatte. Er erwartete von mir, daß ich ihn gut behandelte. Immerhin war er ja ein Häuptling. Er dachte nur an seine Strapazen und den Verrat, den man an ihm geübt hatte, und an seinen Mut, die ganze Nacht durchzufahren. Den ganzen Weg bis zur Hauptstadt beklagte er sich wie ein Kind. Er sagte, seine Familie habe den Präsidenten immer unterstützt. Sie habe ihn zur Schule geschickt und sich um ihn und seine Familie gekümmert. Sie habe zu ihm gehalten, als die Franzosen ihn hinausgeworfen hätten und all diese Schwierigkeiten aufgetaucht seien. Und dann habe jemand dem Präsidenten etwas über die *cheferie* eingeflüstert. Jedermann wisse, wer das gewesen sei. Lebrun sei es gewesen, der *antillais*. Lebrun habe den Präsidenten verhext. Er habe ihm geschmeichelt und ihm den Kopf verdreht. Lebrun sei es gewesen, Lebrun – der kleine Häuptling war ganz besessen davon.«

Ich hatte viel über Lebruns Reise nach Französisch-Westafrika gehört. Doch niemand hatte behauptet, daß er irgendeinen politischen Einfluß gehabt hätte.

Phyllis sagte: »Das sagen die Leute aber. Er war sehr wütend, als er von hier wegfuhr, und ich denke, er ist über die Grenze, wo man ihn mit offenen Armen empfangen hat. Sie haben viel antifranzösische Propaganda mit ihm gemacht.«

Ich sagte zu Phyllis: »Du hast gesagt, daß du sehr oft an den kleinen Häuptling denkst.«

»Mit Hilfe der Botschaft hat er einiges von seinem Geld aus seinem Heimatland herausschaffen können. Wir haben seine Papiere in Ordnung gebracht, und jetzt wird er unruhig. Er hat einiges von seiner Angst vergessen. Er redet davon, daß er nach Paris gehen will. Er hat dort eine Menge Geld. Und in den letzten Tagen habe ich gedacht: Ja, er wird nach Paris gehen und sich eine andere Frau suchen und sie mit seinem Häuptlingsgerede beeindrucken, und alles wird wieder von vorn anfangen.«

Für mich wurde es Zeit weiterzureisen. Die nächste Station war die Diktatur im Nachbarland. Es war das Land, in das Phyllis von Frankreich gekommen war, das Land, das die Franzosen mit ihrer Entwicklungshilfe und ihren *coopérants* hinausgeworfen und sich, wie man behauptete, wieder in eine Buschgesellschaft verwandelt hatte.

Ohne es geplant zuhaben, trat ich also in Lebruns Fußstapfen. Phyllis hatte mir Namen von Leuten in dem anderen Land genannt. Besonders mit einem bestimmten Mann sollte ich unbedingt sprechen. Dieser Mann, sagte sie, werde mir eine Vorstellung vom wahren Afrika vermitteln, von dem Afrika, über das die Zeitungen nicht schrieben.

Am Tag vor meiner Abfahrt kam sie in mein Hotel, um sich von mir zu verabschieden. Wir setzten uns auf die Terrasse. Aus der Lagune, die früher für ihre Moskitos und Krankheiten berühmt war, hatte man eine Touristenattraktion gemacht.

Sie sagte Dinge, die sie schon oft gesagt hatte: über Afrika, über die falschen Vorstellungen, die Schwarze aus den USA oder von den westindischen Inseln mitbrachten. Ich merkte, daß sie um etwas herumredete. Kurz bevor sie ging, tat sie schließlich, weswegen sie gekommen war: Sie öffnete ihre Handtasche und gab mir einen Briefumschlag voller Geld. Es war für den Mann, mit dem ich mich treffen sollte. Für die Menschen dort drüben sei das Leben hart, sagte sie.

Es war eine Reise mit Umwegen. Die politischen Spannungen hatten Direktflüge zwischen den beiden Ländern unmöglich gemacht. Ein Flug in ein neutrales Land im Norden; eine Panne, eine lange Wartezeit in einem offenen Schuppen am Rand eines Rollfeldes, Polizisten, die sich zu den Passagieren setzten; Händler in fadenscheinigen Gewändern, die auf Säcken mit billigen Gummischuhen und anderen Handelswaren saßen; und dann schließlich der unsichere Flug in die Diktatur.

Es waren viele Polizisten am Fluhafen. Viel Betrieb herrschte nicht. Die Ankunft des kleinen Flugzeugs war das große Ereignis des Morgens, und die Augen der trägen Beamten glitzerten bei dem Gedanken an das Geld, das sie den wenigen angekommenen Passagieren würden abnehmen können. Die Flughafenhalle war ein Schuppen mit alten, stark vergrößerten Fotos, die wohl landestypische Szenerien zeigten und Überbleibsel aus vergangenen Zeiten waren, in denen man den Tourismus gefördert hatte. Ich würde Schwierigkeiten haben, das Geld, das Phyllis ihrem Freund schickte, durch die Kontrollen zu bekommen: Alles mußte angegeben werden, und manche Passagiere wurden von Zollbeamten durchsucht, die vor Vorfreude zitterten. Doch sie befaßten sich so lange mit dem Mann vor mir – irgendwann wurde er sogar in eine Kabine geführt –, daß ein höherer Beamter, der die Kontrollstelle für den Rest des Morgens schließen und nach Hause gehen wollte, mich einfach durchwinkte.

Das Klima war ähnlich wie das in dem anderen Land. Aber seltsamerweise erweckten das Licht und die Hitze, die in dem anderen Land zum Leben, zur Aufregung und zum allgemeinen Gedränge gehört hatten, hier sofort den Eindruck tropischer oder afrikanischer Schlaffheit. Die einigermaßen neue Schnellstraße zum Flughafen war nicht gewartet, an vielen Stellen rissig und führte durch eine kahle rote Landschaft. Es waren keine Dörfer zu sehen, nur große Tafeln mit Aussprüchen des Präsidenten und riesige Schilder, die der Schnellstraße zugewandt waren, als wären sie nur für die Besucher des Landes bestimmt: »DIE PRODUKTION STEIGERN«.

Die Vorstellung war seltsam, daß Lebrun mit seiner Tochter hergekommen war; daß er in seinem hohen Alter, nachdem er so viele seiner früheren Ansichten revidiert hatte, mit Ehrungen empfangen worden war und eine Art revolutionäre Erfüllung gefunden hatte. »DIE PRODUKTION STEIGERN« – das war, als wäre man auf ein Stück des Rohmaterials, auf eine Spur zu den Zahlen und Statistiken und Tabellen gestoßen, die Lebrun für seine früheren kommunistischen Artikel verwendet hatte; Artikel, in denen diese Art von »Produktion« besser gewesen war als die andere Art von Reichtum.

Das Hotel gehörte zu einer internationalen Kette und war nicht sehr voll. Die Klimaanlage lief mit voller Kraft, und mein

Zimmer war feucht und muffig. Auf einigen ungeschützten Metallteilen war Flugrost. Ich hatte das Gefühl, daß das Zimmer seit einiger Zeit nicht benutzt worden war. Alles war sehr teuer, und die Devisenkurse waren absurd. Die Bar und die Hotelhalle und andere für die Öffentlichkeit zugängliche Räume waren voller Polizeibeamter in Zivil mit Sonnenbrillen, als wäre es, an diesem ohnehin trostlosen Ort, ihre wichtigste Aufgabe, einheimische Besucher zu schnappen.

Schließlich gelang es mir, Phyllis' Freund telefonisch zu erreichen. Er stieß einen Schrei der Überraschung aus, als ich ihren Namen nannte. Doch dann wurde er nervös, und noch nervöser, als er hörte, wo ich abgestiegen war. Er sagte, er werde mich zurückrufen.

Es war still im Hotel. Niemand erhob die Stimme. Etwas von dieser Stille begegnete mir einige Tage später wieder, als ich zu einem Lunch in einer Botschaft eingeladen war. Das Botschaftsgebäude war ein Verwaltungsgebäude aus der Kolonialzeit, und der Lunch, zu dem man mich – in letzter Minute – eingeladen hatte, eine Art gesellschaftliches Ereignis.

In der Kolonialzeit war der Direktor der christlichen Missionen im Landesinneren einmal im Jahr zu einem offiziellen Besuch in die Hauptstadt gekommen und vom Gouverneur mit einigem Pomp empfangen worden. Dieser Lunch war eine Abwandlung oder ein Überbleibsel dieser Zeremonie aus kolonialen Zeiten. Es gab keinen Gouverneur mehr, nur noch den Botschafter der früheren Kolonialmacht. Und das damalige Regierungsgebäude war nun die Residenz des Botschafters. Was die Missionsstationen betraf – diese Bezeichnung stammte aus der Zeit der Jahrhundertwende –, so hatten sie schon zu Kolonialzeiten zahlreiche Veränderungen durchlaufen. Die Hauptstation war nacheinander medizinische Versorgungsstation, Krankenhaus, Ausbildungsstätte für medizinisches Personal und Polytechnikum geworden. Ihre missionarische Arbeit – die inzwischen ökumenischer orientiert war – wurde heruntergespielt, und der Repräsentant, der für die Zeremonie in die Hauptstadt kam, war offiziell der Rektor des Polytechnikums. Dieses Jahr war es zum erstenmal ein Schwarzer; angeblich war er Baptist. Das war der besondere kleine Skandal bei diesem Lunch.

Die früh Angekommenen saßen zwischen Bougainvilleen in der Loggia im Erdgeschoß. Am Morgen war noch überall gefegt und abgestaubt worden, aber infolge der Ausbreitung der Wüste war alles, einschließlich Bougainvilleen, bereits wieder staubbedeckt. Die Luft war voller Sand. Er rieselte unablässig zu Boden; man spürte ihn unter den Schuhsohlen.

Wir warteten auf den Rektor. Er war bereits im Haus, doch spät, erst vor etwa einer Stunde, gekommen und zog sich oben in seinem Zimmer um. Es hatte morgens, viele Meilen entfernt, Schwierigkeiten mit der Fähre gegeben, die an Seilen über den langsam versiegenden Fluß gezogen wurde, und das hatte den Rektor aufgehalten.

Als er etwa eine halbe Stunde später aus seinem Zimmer – dem Zimmer, das man auch den Rektoren vor ihm (und davor den Direktoren der Missionsstationen) stets gegeben hatte – nach unten in den Patio kam, wehte ihm der Duft von Talkumpuder voraus. Der Rektor war groß, mehr braun als schwarz, mit einem großen, scharf geschnittenen Gesicht, aus dem die Bakkenknochen wie mächtige Grate hervorstanden, einem großen, starken Körper und großen Füßen in großen Schuhen. Er trug einen alten, dünnen schwarzen Anzug, der von Sonnenlicht, Verschleiß und chemischer Reinigung stellenweise sepiabraun war. Er hatte sich rasiert; ein stumpfer, weißlicher Schimmer lag ihm – wie der Wüstenstaub auf den Bougainvilleen – auf Kinn und Wangen, die er sehr scharf rasiert hatte.

Er erzählte von der Fähre und der schlechten Straße und der Verspätung. Seine Worte schufen in mir ein Bild: der flache Kahn mit dem alten Peugeot, der seichte Fluß, der aus einem Sumpfgebiet kam, der Fährmann, der an dem durchhängenden, über den Fluß gespannten Tau oder Drahtseil zog, der Rektor, der groß und hochaufgerichtet dastand, und dann lief der Kahn auf Grund.

Der Rektor sagte: »Schlechte Straßen, primitive Fähren. Aber das sind die Opfer, die wir für die nächste Generation bringen müssen.«

Einer der Gäste, der nicht wollte, daß man schlecht über Afrika sprach, sagte: »Jenseits der Grenzen gibt es hervorragende Straßen.«

Doch es war, als hätte er sich danebenbenommen. Der Rektor sah gekränkt aus. Mir fiel an seiner Stimme, seiner Art und seinem Akzent etwas auf.

Ich sagte: »Hat Ihnen schon einmal jemand gesagt, daß Sie einen westindischen Akzent haben?«

Er machte eine eigenartige Gebärde, in der ich sogleich die Gebärden etlicher Menschen wiedererkannte, denen ich in meiner Kindheit begegnet war, und sagte: »Ich bin westindischer Abstammung.«

Sein Vater hatte in den zwanziger Jahren in London studiert. Er hatte sich der von Marcus Garvey und anderen ins Leben gerufenen »Zurück nach Afrika«-Bewegung angeschlossen; und er hatte etwas getan, über das andere immer nur redeten. Er ging nach Westafrika und lebte dort bis zu seinem Tod. All diese Jahre, dieses Leben in Afrika!

Unsere Gastgeberin fragte: »Würden Sie sagen, daß das einer der Gründe war, warum Sie eine seelsorgerische Berufung verspürt haben?«

Der Rektor sagte: »Ich weiß es nicht. Wir waren Baptisten, aber eigentlich wollte ich für die Kirche arbeiten, weil ich in der Schule das Gefühl hatte, als wäre es das einzige, was ich tun konnte. Ich wollte so werden wie die Männer, die mich unterrichtet hatten. Genauso war es bei einigen schwarzen Katholiken, die ich kenne. Leuten, die einen ähnlichen Hintergrund haben wie ich. Ich kenne hier einen alten Mann aus Westindien, der katholischer Priester geworden ist. Ich habe ihm genau die Frage gestellt, die Sie mir gestellt haben. Vor ein paar Monaten erst. Dieser alte Mann sagte zu mir: ›Was hätte ich denn sonst tun können? Das Kloster war der einzige sichere Platz, den ich entdecken konnte. Und ich dachte, es würde schön sein. Ich dachte, sie würden mich nach Irland schicken.‹ Das gilt auch für mich. Es kann sein, daß es eine Berufung ist. Ich weiß es nicht. Ich bin Baptist und glaube an Gott. Aber ohne den Kolonialismus hätte ich die Berufung nicht gespürt. Ich würde an eine andere Art von Gott glauben. Das muß ich auch sagen.«

Jemand sagte: »Sie hören sich an wie Ihr Präsident.«

Der Rektor nahm seine breiten Schultern zurück und machte mit offenen Händen eine Geste. Da war klar, daß er zum Angriff bereit war, bereit, für das Regime zu sprechen und jeder Kritik aus der Tischrunde zu begegnen.

Damit hatten wir nicht gerechnet. Wir hatten etwas Ruhigeres, Indirekteres erwartet, etwas, das besser zu der herrschenden Atmosphäre der Höflichkeit paßte, etwas, das uns nicht das Schweigen des Hotels und der Straßen aufdrückte.

Jemand fragte: »Wird in Ihrer Gegend immer noch über die Häuptlinge gesprochen?«

Der Rektor sagte: »Mir ist nichts davon zu Ohren gekommen. Lebrun hat recht gehabt. Der Präsident war ein Gefangener der *cheferie*. Sie haben sich allen Reformvorhaben widersetzt. Aber der Präsident wußte nicht, was geschehen würde, wenn er sie bekämpfte. Lebrun hat ganz einfach gesagt: ›Setzen Sie die Axt an der Wurzel an.‹ Ein einziger entschlossener Schlag, und sie werden alle davonrennen. Keine Sklaverei mehr, keine Ritualmorde, keine Tötung von Ehefrauen und Dienern, wenn ein großer Häuptling gestorben ist. Aller Aberglaube aus der Feudalzeit mit einem Schlag ausgelöscht. All die Dinge, denen Afrika seinen schlechten Ruf verdankt. ›Setzen Sie die Axt an der Wurzel an.‹ Ich weiß noch, daß die Frauen und Sklaven davonrannten, wenn ein großer Häuptling im Sterben lag. Jeder wußte davon, aber niemand hat darüber gesprochen. Und ganz genauso sind die großen Häuptlinge davongerannt, als der Präsident die Volksgerichte ernannte.« Er machte eine westindische Geste, um ihre Flucht zu verdeutlichen: Die eine Handfläche wischte blitzschnell über die andere. »Sie haben mir von den guten Straßen und den Lacoste-Geschäften, den hübschen Häusern und den Strandrestaurants mit Cabarets und *bananes flambées* erzählt, die es auf der anderen Seite der Grenze gibt. Aber dort herrschen noch immer die Häuptlinge. Die Franzosen nehmen ihnen die Arbeit ab, aber es ist alles für die Häuptlinge. Wenn irgend etwas geschieht und die Franzosen gehen, wird das ganze Feudalsystem immer noch einfach dasein und nur darauf warten, die Menschen zu terrorisieren. Hier nicht. Hier gibt es schlechte Fähren, aber keine Häuptlinge. Die Häuptlinge haben immer behauptet, im Namen des Volkes zu sprechen. Also gut. Dann stellt man sie eben vor ein Volksgericht. Das war die Idee des Präsidenten.«

Ich wollte mehr über diese Volksgerichte erfahren.

Der Rektor sagte: »Die vollkommenste Form der Demokratie.« Und dazu machte er eine westindische Geste: Er hob die nach oben gekehrten Handflächen knapp über die Tischplatte und warf die Schultern weit zurück – als wollte er Platz schaffen für die Bedeutung seiner Worte. Es war wie eine choreographierte Bewegung: ein rückwärts gerichteter Schwung, der unvermittelt erstarb. Es war die eleganteste Bewegung, die er bis dahin bei Tisch gemacht hatte.

Die Redegewandtheit, die schönen, gemessenen Bewegungen der Hände und des Oberkörpers, die Leichtigkeit, mit der er das Tischgespräch dominierte: Das alles versetzte mich zurück. Es versetzte mich zurück zu dem Abend, als Lebrun in der beengten libanesischen Wohnung in Maida Vale gesprochen hatte. Ich fragte mich, ob Lebruns Besuch vor einigen Monaten bei dem Rektor nicht gewisse Sprechrhythmen wiedererweckt hatte.

Aber vielleicht auch nicht. Vielleicht lagen die Ursprünge dieser Begabung zu Rede und Gestik weiter zurück, vielleicht stellten sie ein anderes Erbe dar. Ich ließ meine Gedanken zu den Rechtsanwaltsgehilfen im Roten Haus von Port of Spain zurückschweifen, die im Registraturamt in großen, gebundenen Büchern nach Grundbucheintragungen suchten. Sie saßen in den hohen, mit Jalousien versehenen Räumen dieses italianisierten Gebäudes an langen Mahagonitischen und tratschten und gestikulierten verschwörerisch, wie Leute, die ein Geheimnis kannten. Das war bloß Schein, aber nur wenige Jahre später gab es auf dem viktorianisch-kolonialistischen Platz auf der anderen Seite der Straße Versammlungen, bei denen die Vorstellung einer rassischen Erlösung wie eine Art Sakrament dargeboten wurde. Die Leidenschaften, die mit diesem Sakrament verbunden waren, hatten sich als unerfüllbar erwiesen und waren inzwischen außer Kontrolle geraten.

Das Kolonialgebäude in Französisch-Westafrika, in dem ich mich jetzt befand und dem Rektor zuhörte – ein langer Tisch in der von Säulen eingefaßten Loggia, Tischtücher, Gläser, Blumen, feiner Sand und Staub, der sich langsam auf die Wände und die Pflanzen und den gefliesten Boden legte –, war wie das auf der anderen Seite des Atlantiks, wo die Gehilfen in ihrem großen Nachforschungsraum gesessen und getratscht hatten: Auch dieses Gebäude war im italianisierten Stil gebaut, mit dicken Mauern und hohen Fenstern und Jalousien, die oben an Scharnieren hingen und unten ein wenig geöffnet waren, um Licht und Luft einzulassen und einen Blick auf den Garten zu gewähren, die heiße Morgensonne aber draußen zu halten. Beide Gebäude waren etwa zur gleichen Zeit errichtet worden, kurz nach der Jahrhundertwende, auf dem Höhepunkt des Empire.

Der Rektor war in Afrika aufgewachsen. Doch er war mit der Geschichte seines Vaters aufgewachsen, mit all den auf der anderen Seite des Ozeans entstandenen Leidenschaften der »Zurück nach Afrika«-Bewegung. Auf den westindischen Inseln hätte man seine Bewegungen und seinen Sprechrhythmus als afrikanisch oder schwarz bezeichnet. Hier jedoch hoben sie ihn deutlich von seiner Umgebung ab.

Am Lunchtisch fuhr er fort zu sprechen, schlug alle Anwesenden in Bann und ließ sie schweigen: Er wirkte wie eine Bühnengestalt, mit seiner Größe und dem dunklen, verschossenen Anzug, mit dem weißlichen Schimmer, den das Rasiermesser auf Kinn und Wangen hinterlassen hatte, mit den Talkumpuderspuren an seinem Kragen. Er wiegte seinen massigen Oberkörper und gestikulierte, bisweilen wie ein Tänzer, mit nach oben gekehrten Handflächen.

»Ganz gleich, was die Demagogen auf der anderen Seite der Grenze sagen, der Präsident hat niemanden ins Gefängnis geworfen. Das haben die Volksgerichte getan. Sie wachen über das Land. In jeder Straße, jedem Block, jedem Dorf gibt es ein eigenes Volksgericht, und vor die wurden die Häuptlinge gestellt. Die über sie zu Gericht saßen, waren die eigenen Leute, die Leute, die sie angeblich so geliebt hatten. Es gibt keine vollkommenere Form von Demokratie.«

Und dann begann der Rektor, vor sich auf den Tisch zu sehen, begann, schweigsam zu werden, hörte auf, tanzende Bewegungen zu machen; und mit seinem Gesicht geschah etwas. Es veränderte sich. Manche Schauspieler, die nach ihrem Auftritt noch für eine Weile den Gesichtsausdruck der verkörperten Figur beibehalten, werden nach einiger Zeit fast wahrnehmbar wieder sie selbst, und so verwandelte sich auch der Rektor. Er wirkte wie ein Mann, der langsam die Funktion dieses Lunchs in der Botschaft begriff, der langsam die Würde des Amtes, das er innehatte, begriff; der langsam begriff, daß ein alter Überlebenswille ihn verleitet hatte, sich von dieser Würde zu entfernen.

Er verstummte. Er betrachtete das Tischtuch vor sich und schien nichts zu sehen. Er machte keine tänzerischen Bewegungen mehr, keine Gesten mit den Handflächen.

Wie seine Vorgänger sollte er einige Tage Gast der Botschaft sein. Doch der Rektor blieb nicht. Kurz nach dem Lunch fuhr er in seinem Peugeot davon, und später hörte ich von den Gastgebern, er sei nie wiedergekommen. So erlosch mit dem Erscheinen des ersten schwarzen Rektors eine kleine koloniale Tradition.

Ich traf mich mit Phyllis' Freund in einem Café am größten Platz der Stadt. Dieses Treffen zu arrangieren war nicht leicht gewesen. Zweimal hatte er abgesagt, und er wollte auf keinen Fall ins Hotel kommen. »Die Leute dort mögen mich nicht«, sagte er. Also trafen wir uns schließlich auf dem alten Platz aus der französischen Kolonialzeit. Der Platz war heruntergekommen, gespenstisch, umgeben von Gebäuden, die nicht mehr dem Zweck dienten, für den sie einst errichtet worden waren. Das in Rot gehaltene Café mit seinen rot gestrichenen Metallklappstühlen und Metalltischen lag zwischen schäbigen Geschäften, die Waren aus kommunistischen Ländern anboten, zum Beispiel Obstkonserven aus Vietnam.

Trotz der überall geparkten Polizeiwagen machten aggressive Bettler und Invalide und junge Männer, die als Kinder absichtlich verkrüppelt worden waren, die Gegend unsicher. Als ich das erste Mal auf dem Platz gewesen war, hatte man mich bestohlen, neben dem Zeitungsstand mit alten Zeitungen aus kommunistischen Ländern. Es war am Vormittag gewesen, Kaffeezeit, Zeit, um müßig im Café herumzusitzen. Der Platz aus der französischen Kolonialzeit förderte diese Vorstellung, und doch war es ein gespenstischer Platz: wenig Verkehr, keine Müßiggänger. Die Diebe waren eine Bande von Kindern und Jugendlichen, offensichtlich Bettlern, die aus dem Nichts auftauchten. Die Kinder umringten mich plötzlich, warfen sich mir zu Füßen und blickten – wie in einem Filmbeitrag über eine Hungersnot – mit flehenden, hungrigen, ausgemergelten afrikanischen Gesichtern zu mir auf, wobei sie an meinen Schnürsenkeln, an meiner Hose zupften und Gesten des Hungers und des Essens machten, wie es ihnen ihr Bettlermeister eingeschärft hatte, und all das taten sie sehr schnell, um ihr ausländisches Opfer zu verwirren und von den größeren und geschickteren Taschendieben abzulenken.

Doch von allen Einheimischen, die ich gesehen hatte, waren diese Kriminellen auf dem Platz die einzigen, die sich wie freie Menschen benahmen. Sie bewegten sich viel, und sie bewegten sich schnell, ob sie nun gesund oder verkrüppelt waren. Die Krüppel hatten mit Rädern versehene Bretter, wie breite Skateboards, oder kleine Wagen, die wie selbstgebastelte Spielzeuge wirkten. Sie schrien und unterhielten sich laut, als bräuchten sie nicht so leise zu sein wie alle anderen.

Ihr Anführer war offenbar ein junger Mann, dessen Beine in der Mitte der Oberschenkel amputiert worden waren. An den Stümpfen waren flache, etwa sieben Zentimeter dicke Holzplatten festgeschnallt, und diese, die ungefähr den gleichen Durchmesser hatten wie die Stümpfe, waren zusätzlich mit schwarzen

Leder- oder Gummischeiben gepolstert oder beschlagen. Wenn er ging, waren seine dicken Stümpfe alles, was sich bewegte; aber jeder Schritt war klein wie der eines Kindes, und der Rumpf über den geschäftigen Beinstümpfen bewegte sich nur langsam. Die Bösartigkeit im Gesicht dieses halb zerstörten Menschen, seine Verachtung für die Welt, war beunruhigend, und ich fragte mich, ob hinter dieser behördlich geduldeten Zurschaustellung auf dem Platz nicht vielleicht eine religiöse oder zaubergläubige Vorstellung des Diktators von der Macht der Verstümmelten stand.

Phyllis' Freund erwartete mich, wie versprochen, im Café mit den rot gestrichenen Metalltischen und -stühlen. Er saß an einem Ecktisch und las die Lokalzeitung. Er war ein gutaussehender, sehniger Mann in den Vierzigern und wirkte durch seinen Gesichtsschnitt, seine Statur und seine Hautfarbe eher wie ein Westinder als wie ein Afrikaner.

Kaum hatten wir begonnen uns zu unterhalten, hatte ich das Gefühl, daß Phyllis bei der Geschichte ihrer Ehe mit dem kleinen Häuptling etwas unterschlagen hatte. Ich hatte das Gefühl, daß sie diesen Mann sehr gern gehabt hatte und daß sie selbst auf diese große Entfernung und nach all der Zeit, die vergangen war, vor mir mit ihm prahlen wollte. Und auch bei ihm entdeckte ich eine Spur Selbstgefälligkeit darüber, als der Mann erkannt zu werden, den Phyllis gern gehabt hatte.

Als er hörte, daß Phyllis mir Geld für ihn mitgegeben hatte, verlor sich sein Lächeln. Es verwandelte sich in eine Grimasse, und er gab eine Reihe eigenartiger, geringschätziger Laute von sich. Ich hatte das Gefühl, daß er auch von anderen Frauen diese Art von Unterstützung bekommen hatte und daß es eine ihm vertraute Lebensweise war. Und dieser Gesichtsausdruck – angespannt, unzuverlässig, ohne ein Lächeln – änderte sich auch nicht, als ich ihm erzählte, Phyllis habe mir gesagt, er könne mir einen Eindruck vom wahren Afrika vermitteln.

Er erzählte von weisen Männern, die er kannte, sowohl in der Stadt als auch in den Dörfern, und von den Zaubertricks, die sie mir vorführen würden, wenn er sie darum bäte. Diese Männer würden vor meinen Augen verschwinden. Sie würden durch Wände gehen. Sie würden sich in die Hände schneiden, so daß Blut aus den Wunden lief, und dann würden sie die Wunden heilen, ohne daß eine Narbe zurückblieb. Sie würden erstaunliche telepathische Kunststücke vollbringen und in Häuser und Gedanken auf anderen Kontinenten eindringen.

Das war ganz und gar nicht das, was ich erwartet hatte. Aus Phyllis' Worten hatte ich geschlossen, daß sie ein Gefühl für die Ehrwürdigkeit von Stammesritualen entwickelt hatte; und eine Vorstellung davon – stärker als alles, was sie als *antillaise* beseelt hatte –, wie sie die Welt in den Griff bekommen konnte. Vielleicht hatte ich zuviel in ihre Worte hineininterpretiert. Dieser Mann war wie der Trickbetrüger, der in afrikanischen Hotelhallen herumlungert und Touristen eine Art Hippie-Magie anbietet. Vielleicht hatte Phyllis nur sehr wenig von Afrika gekannt, als sie sich mit ihm eingelassen hatte. Vielleicht war er in ihrer Erinnerung größer geworden. Vielleicht hatte sie erst in dem anderen Land ein tieferes Verständnis erlangt. Oder vielleicht hatte dieser Mann auch so viele ihrer Bedürfnisse gestillt – als Tröster, Liebhaber, Astrologe, Zauberer –, daß sie deshalb nicht wirklich imstande gewesen war, ihn einzuschätzen.

Ich wollte ihn loswerden. Aber nachdem er mir diese Geschichten von Zauberei erzählt hatte, hängte er sich an mich. Er trat mit mir hinaus auf den Platz – stark, elegant, mit lässigen Bewegungen, sehr attraktiv – und ging mit mir zurück zum Hotel. Die Bettler sahen uns und schrien uns nach; einige von ihnen verfolgten uns auf ihren Wagen; der Mann mit den gepolsterten Beinstümpfen vertrieb sie.

Im Gehen sagte Phyllis' Freund, als wollte er ihrer Beschreibung gerecht werden: »In den europäischen Zeitungen liest man nur die schlechten Nachrichten über Afrika. Über Kriege und Hungersnöte. Aber ich will Ihnen etwas sagen: Es gibt sieben heilige Orte in Afrika. Alle Kräfte des Kontinents sind an diesen sieben Orten konzentriert. In jedem von ihnen lebt ein heiliger Mann. Und jeden Monat treffen sich diese heiligen Männer und bestimmen über das Schicksal Afrikas.«

Was wollte er damit sagen? Daß wir uns an einem dieser sieben Orte befanden und er einer der heiligen Männer war?

Ich fragte: »Wie treffen sich diese sieben Männer?«

Er beschrieb mit dem Zeigefinger einen Kreis über seinem Kopf. »Telepathisch.«

War dies das magische Afrika? Oder war es Teil einer Phantasie über Afrika, die von jenseits des Meeres gekommen war, einer Hippie-Phantasie über die Kräfte alter Kulturen, ein Teil von etwas, das irgendwie hergefunden hatte und nun als etwas ursprünglich Afrikanisches an Touristen verkauft wurde, an Einsame und Fremde, die diese Art von Magie brauchten.

Ich wußte, daß dieser Mann mir schon bald von den Außerirdischen erzählen würde, die in einem bestimmten Teil Westafrikas gelandet waren. Tatsächlich wollte er gerade davon anfangen, als wir zum Hotel kamen. Er fürchtete sich vor den Polizisten dort. Er ging nicht mit mir hinein.

Wir alle bewohnen »Konstrukte« einer Welt. Frühere Völker hatten ihre eigenen. Unsere Großeltern hatten ihre eigenen; wir haben zu ihnen letztlich keinen Zugang. Jede Kultur schafft sich ihre eigenen Konstrukte; der Mensch ist unendlich anpassungsfähig. Und vielleicht hatte Phyllis mit Hilfe der Geschmeidigkeit ihres Charakters, die ihr das Leben in Afrika verliehen hatte, so daß sie für viele Menschen vieles sein konnte (Kritikerin der Afrikaner, Kritikerin der Europäer, Kritikerin der Westinder und schwarzen Amerikaner, Kritikerin der einen Gruppe durch Verweis auf eine andere), vielleicht hatte sie mit Hilfe ihrer ursprünglichen Beschränkung auf Orte, wo man Französisch sprach (Guadeloupe, Paris, Westafrika), ihr eigenes Unterkonstrukt der Welt geschaffen. Vielleicht hatte sie in dieser Geschmeidigkeit, in dieser Unstetigkeit ihre Freiheit gefunden. Vielleicht würde sie sich im Lauf der Jahre mehr und mehr von ihrem eigenen Hintergrund entfernen, vielleicht würde die Logik sie verlassen. So wie der Vater des Rektors durch seine Flucht (oder sein mühevolles Streben) zurück nach Afrika die Doppelnatur des Rektors bedingt hatte, so war Phyllis' Konstrukt bedingt durch ihre Ehe mit ihrem kleinen Häuptling und davor durch ihre Flucht von den westindischen Inseln (die für den Schwarzen, der mir die ersten französischen Worte beigebracht hatte, so befreiend gewesen waren). Sie konnte nicht zurückkehren zu dem, was sie hinter sich gelassen hatte; sie konnte nicht ungeschehen machen, was sie getan hatte; das gehörte zu ihrer weiblichen Natur.

Für Lebrun war es anders. Er war immer auf der Flucht gewesen, ein Revolutionär ohne Basis, der immer einerseits ein Versager, andererseits ein Glückspilz war und nie gezwungen, mit den Konsequenzen seiner Taten zu leben, sondern ungehindert weiterzog.

Vielleicht erfuhr er nie, welche Konsequenzen seine Worte in dieser westafrikanischen Diktatur gehabt hatten, wo er zum erstenmal einen Staatschef fand, der sein Schüler sein wollte, und zwar weil der Rat, den Lebrun gab, so gut zu dem paßte, was der Staatschef hören wollte.

Als die Diktatur zusammenbrach und das trostlose Land seine Grenzen öffnete, dachte man nicht daran, Lebrun zur Rechenschaft zu ziehen. Man verband ihn nicht mit der Trostlosigkeit. Vielmehr war er der Mann, der standhaft an den Idealen der Revolution und der afrikanischen Erlösung festgehalten hatte und dem das nicht gelohnt worden war. In dem Durcheinander, das in Afrika und in der Karibik herrschte, stand er eigenartig rein da.

Er war jetzt sehr alt und für Leute, die sich für koloniale und postkoloniale Geschichte interessierten, eine Berühmtheit. Doch die, die hin und wieder eine biografische Skizze über ihn schrieben, konnten ihn nicht wirklich verstehen. Sie waren in einer anderen Welt aufgewachsen und schlichter als er. Die Fernsehreporter und Biographen, die ihn mit schüchterner Rechtschaffenheit unterstützten, kämpften einen Kampf, der längst gewonnen war. Sie riskierten nichts. Es war ihnen unmöglich, einen Mann zu verstehen oder einzuschätzen, der Anfang des Jahrhunderts in eine äußerst harte Welt hineingeboren worden war, dessen intellektuelle Entwicklung in jedem Stadium von einer wachsenden Empfindlichkeit begleitet gewesen war und dessen politische Entschlüsse, entstanden aus dem Wunsch, nicht verrückt zu werden, das Ergebnis eines eigentlich spirituellen Ringens waren, welches in den Tiefen seiner Seele stattgefunden hatte.

Sie kamen mit ihren Interview-Unterlagen und stellten all die Fragen, die schon früher gestellt worden waren. Sie fragten besonders nach dem Onkel seiner Mutter, dem Kutscher der englischen Familie, der von Barbados nach London gekommen war und unter den Dienstboten im Haus der Tichbornes, die ihn mit Kuchen und Tee bewirteten, Freunde fand. Lebrun erzählte diese Geschichte immer wieder. Gegen Ende seines Lebens vergaß er manchmal, was sie illustrieren sollte. Er ließ den alten Kutscher sagen, daß Schwarze und Weiße früher gleich gewesen seien, und dann suchte er, Lebrun, nach dem, was daraus folgte, und konnte es nicht finden. Für den Interviewer oder Produzenten war das genug: der Text des Tages. Sie verstanden nicht, daß Lebruns Seelenqual hier ihren Ursprung hatte, bei dem alten Kutscher, der ihn weit zurück in die Vergangenheit führte, fast bis in die Zeit der Sklaverei, und so tat, als wären das die guten Zeiten gewesen. Aber vielleicht war auch er im hohen Alter wieder wie ein Kind geworden und hatte sich nur nach Frieden gesehnt.

6. Ein Stoss Papier, eine Schildkröte und eine Rolle Kautabak

Eine ungeschriebene Geschichte

Vielleicht als Bühnenstück oder als Drehbuch oder als eine Mischung aus beidem – so hatte ich es mir damals, vor langer Zeit, vorgestellt; es war ein Einfall, der sich nicht verwirklichen ließ. Die erste Szene zeigt einen Schnitt durch die Oberdecks der *Destiny*, eines Schiffs aus der Zeit Jakobs I. Es ist das Jahr 1618. Das Schiff liegt auf einem südamerikanischen Fluß, der an den unbewegten Stellen grau, an den bewegten schlammig aussieht. Es ist kurz vor Tagesanbruch. Der Himmel ist silbrig. Das zweistöckige Set liegt im Halbdunkel, doch das tropische Licht nimmt schnell zu. Die frühmorgendliche Stille wird von einem lauten Klatschen durchbrochen. Ein Mann ist über Bord gesprungen. Nach einer Weile hört man Rufe von den anderen Decks und rennende Schritte.

Gleichzeitig erkennt man im stärker werdenden Licht allmählich einen dünnen und sehr alten, im Stil der Zeit gekleideten Mann, der sich in der Kapitänskajüte auszieht. Es ist Sir Walter Raleigh. Er ist vierundsechzig und seit vielen Monaten krank; er hat nur noch etwa acht Monate zu leben.

Er ist erst seit fast zwei Jahren ein freier Mann. Die dreizehn Jahre davor hat er als Gefangener im Tower von London verbracht, wegen einer Meinungsverschiedenheit mit dem König. Man hat ihn freigelassen, damit er die Goldminen von El Dorado in Guayana in Südamerika findet. Er hat immer gesagt, daß diese Minen irgendwo an den Ufern des Orinoko liegen, und auch, daß er genau weiß, wo. Vor zweiundzwanzig Jahren hat er die spanische Insel Trinidad überfallen, die den Zugang zum

Orinoko und nach El Dorado bewacht, und den Conquistador Berrio, den sogenannten Gouverneur der Provinz El Dorado, gefangengenommen. Er hat behauptet, daß er sich alles Wissen, das der alte Conquistador über das Land des Goldes besaß, angeeignet hat. Und er hat auch behauptet, sämtliche Indianer der Region auf seine Seite gebracht zu haben. Man hat ihn freigelassen, damit er Gelegenheit hat, seine Behauptungen zu beweisen, und er hat sich auf Bedingungen eingelassen, die wie die eines Glücksspiels sind. Wenn er Gold findet, wird ihm alles verziehen. Doch wenn er kein Gold findet oder die Spanier aufschreckt, wird er hingerichtet. Guayana ist spanisches Territorium.

Und nun – in diesem Land, das in seinen Gedanken und Schriften eine Art Arkadien war und in dem er König der Indianer, Herrscher über das Reich des Goldes sein konnte –, nun wird er belagert. Die Indianer gehen ihm aus dem Weg. Er kann die Nahrungsmittel, von denen er damals geschrieben hat, nicht bekommen: die wohlschmeckenden Süßwasserfische aus den Tümpeln im Asphaltsee. Die Spanier auf Trinidad beobachten ihn. Sie sind nur wenige, aber im Vorteil. Sie haben ihre Musketen. Sie feuern nicht einfach drauflos. Sie warten, sie zielen sorgfältig, aus vierzig Schritt Entfernung. Mehr nicht. Er verliert regelmäßig ein, zwei Männer, wenn kleine Trupps an Land geschickt werden, um Asphalt zu holen, der sich gut zum Kalfatern eignet, oder Austern, Nahrungsmittel, Wasser. Die Vorräte gehen zur Neige.

Während die Wochen verstreichen und keine Nachricht aus dem Süden eintrifft, von jenem Nebenfluß des Orinoko, zu dem er die Hälfte seiner Goldexpedition geschickt hat, fühlt er sich beraubt. Das Skiff, das er – mit einem gefangenen Indianer als Lotsen – hinterhergeschickt hat, um Nachricht zu bekommen, ist nicht zurückgekehrt. Er ist immer mehr davon überzeugt, daß sich das, was flußaufwärts geschehen ist, in den Indianerdörfern der Umgebung herumgesprochen hat. Die Indianer sprechen jetzt allesamt Spanisch. Sie haben keine Veranlassung, die Anweisungen der Spanier Raleigh zuliebe nicht zu befolgen. Immerhin ist Raleigh zweiundzwanzig Jahre fort gewesen. Und nur, um Nachricht und frische Nahrungsmittel zu bekommen – Fisch aus den Teichen im harten Asphalt des Asphaltsees La Brea und das delikate, »gehaltvolle« Fleisch der einheimischen »Fasanen« –, hat er dem zweiten der drei gefangenen Indianer (die heimlich spanisch sprechen und vielleicht mit den Spaniern auf Trinidad und dem Festland unter einer Decke stecken) erlaubt, an Land zu gehen. Seinen Freund hat er als Geisel behalten.

Ein Soldat klopft an die Kajütentür, tritt ein und sagt, daß Martin, der dritte Indianer, entflohen ist.

»Tja«, sagt der alte Mann. »Wer hatte Wache?«

»Piggott.«

»Vielleicht sollte ich Piggott allein in ein Beiboot setzen und den Orinoko hinaufschicken.«

»Wir könnten ein Boot zu Wasser lassen und versuchen, ihn einzufangen. Den Indianer.«

»Ich glaube nicht, daß das etwas nützen würde.«

»Es wird nicht leicht sein, aber wir könnten es versuchen.«

»Natürlich wird es nicht leicht sein. Bis ihr das Beiboot zu Wasser gelassen und eure Rüstungen angelegt habt, ist er im Wald. Sobald zwischen ihm und euch auch nur ein einziger Baum ist, habt ihr keine Chance mehr. Im Wald fangt ihr ihn nie.«

»Wir wollten ihn heute hängen, weil sein Freund nicht aus dem Dorf zurückgekommen ist. Den Männern hat das nicht gefallen. Sie haben das Gefühl, daß jetzt alles, was sie tun, auf sie zurückfallen wird. Sie haben schon zuviel Pech gehabt.«

»Das erinnert mich an etwas. Sag dem Arzt, er soll kommen. Ich brauche meinen Trank. Warum trägst du keinen Brustpanzer? Wir müssen allzeit bereit sein. Metall ist heiß, aber ein vergifteter Pfeil ist noch viel heißer.«

»Ich wollte ihn gerade anlegen, als der Indianer über Bord sprang.«

»Diese Nichtsnutze.«

»Ich werde dem Arzt Bescheid geben.«

»Diese Matrosen und Soldaten. Ihre Familien und Freunde schicken sie mit Absicht zur See. Sie wollen nur, daß sie ertrinken oder verschwinden. Manchmal glaube ich, die Leute, die man mir gegeben hat, sind nur geboren worden, um ihre Rationen zu verzehren. Sie haben mir meine letzten Äpfel gestohlen. Ich hatte noch ein paar im Sandfaß. Sie haben es herausgefunden und sie gestohlen. Es hat viel Mühe gemacht, sie vor der Abreise aus England in guten, sauberen, weißen Sand zu legen.«

Der Himmel wird heller. Es ist schon jetzt ein heißer Tag. Der Arzt tritt ein und gibt dem alten Mann seinen Trank. Sie sprechen über Martin, den Indianer, der entflohen ist. Es ist gut, daß er nicht gehängt worden ist, darüber sind sie sich einig. Die Drohung sollte auch nur dazu dienen, den anderen Indianer zum Zurückkommen zu bewegen, bevor man ihn – wie man glaubte – in sein Dorf schickte, um englische Waren gegen Nahrungsmittel und möglicherweise Nachrichten einzutauschen. Offenbar war der Mann jedoch bereit, seinen auf dem Schiff zurückbleibenden Freund oder Stammesgenossen zu opfern.

»Euer Trank«, sagt der Arzt.

»In diesem Wald gibt es einen Balsam«, sagt der alte Mann. »1595 habe ich von Wannawanares Leuten eine ganze Menge davon bekommen. Diesmal habe ich nur ein kleines bißchen gefunden, als ich an Land ging. Der süßeste Duft, den Ihr je gerochen habt. Wie Engelwurz. Zwanzig Jahre hindurch hat mich die Erinnerung an diesen Duft begleitet. Aber dann haben sie auf uns gefeuert.«

»An so etwas dürft Ihr jetzt nicht denken. Man wird uns nicht an Land lassen.«

»Und die Austern. Sie sind klein und wachsen unter Wasser an den Wurzeln der Mangroven. Man konnte ein Stück Mangrovenwurzel abhacken, und es hingen sechs lebende Austern daran. Wohlschmeckende Austern, wohlschmeckender als alles, was Ihr je gekostet habt. Und das Regenwasser in den Teichen im Asphaltsee. Man schmeckt den Teer, aber der Geschmack gehört zur Süße des Wassers.«

»Ihr quält Euch und andere, wenn Ihr von diesen Dingen sprecht. Von diesen angenehmen Dingen. Als wir in See stachen, habt Ihr so viel versprochen! Ihr habt auch viel von einem Maniokschnaps erzählt.«

»Ich kann mich noch von 1595 daran erinnern. Das war genau hier. An der Küste von Guayana. Die Indianerfrauen haben Maniok gekaut und in eine Schüssel gespuckt. In England ist Brauen Frauenarbeit, und hier ist es genauso. Jedenfalls war es früher so. Ich weiß nicht, wie es jetzt ist. Ich bin noch nicht wieder in den Dörfern gewesen. Maniok kauen war Frauenarbeit, weil man vor langer Zeit herausgefunden hat, daß der Speichel von Frauen den Brei schneller gären läßt. Ich konnte mir nicht vorstellen, was sie taten, als ich die Frauen auf dem Boden sitzen und kauen und den Brei in einen ausgehöhlten Baumstamm spucken sah. Sie kicherten, als sie bemerkten, daß ich ihnen zusah. Als ich Moriquitos Frauen zum erstenmal dabei zusah, kam mir das so eigenartig vor, daß ich stehenblieb und fragte, und alle brachen in schallendes Gelächter aus, und ich dachte, daß sie sich über mich lustig machten. Aber als er fertig war, war es der klarste und wohlschmeckendste Schnaps, den man sich vorstellen kann. Süßer als jede Nuß, besser als Ale. Wenn getrunken wurde, lagen die Häuptlinge gemütlich in der Hängematte und schwangen im Schatten der Bäume ihres Dorfes hin und her. Denn es ist kühl dort im Wald, nicht so heiß und schweißtreibend wie hier, auf dem Schiff im Golf. Und die Frauen reichten ihren Häuptlingen diesen Nektar und füllten die winzigen Tassen mit kleinen Schöpflöffeln. Was für Frauen! Sie waren untersetzt und so edel wie nur irgendeine englische Frau aus guter Familie. Weiße Haut, regelmäßige Gesichtszüge, schwarzes Haar.«

»Das habt Ihr uns erzählt, kaum daß wir die Kanarischen Inseln hinter uns gelassen hatten, um uns Mut zu machen für die Überfahrt, nach den Schwierigkeiten mit den Spaniern, die wir dort hatten, und nachdem dieser Kapitän mit seinem Schiff desertiert war.«

»Diese Nichtsnutze. All die Kämpfe auf den Schiffen, noch bevor wir aus England wegkamen. Diese Nichtsnutze. Als dieser Mann desertiert ist, hatte ich, um ehrlich zu sein, gute Lust, ihn zu begleiten. Aber es gab keinen Ort, wohin ich hätte gehen können. Ich mußte bei der Expedition bleiben. Ich hatte so lange darum gebeten, und als sie dann zustande kam, war sie wie etwas, das ein Eigenleben besaß und unabhängig von mir war. Etwas, an das ich mich einfach anhängte. Und dann die Krankheiten – all diese kranken und sterbenden Männer auf unserem neuen Schiff. Meine Freunde. Ich habe noch nicht einmal wirklich angefangen, um sie zu trauern. Ich fürchte mich, mit dem Schmerz allein zu sein. Ich habe das Gefühl, daß er mich überwältigen würde. Francis, mein Koch – tot. Fowler, der Goldexperte, den ich hatte, der beste Goldverfeinerer in London – ebenfalls tot. Alle sind sie gestorben. Das Schiff fing an zu stinken vor lauter Kranken, die sich nicht mehr bewegen konnten, und vor Leichen, die ich bestatten mußte.«

»Und Ihr machtet allen Mut, indem Ihr ihnen von diesem Paradies auf der anderen Seite des Ozeans erzählt habt. Nicht nur von Gold, sondern auch von frischem Wasser und frischen Nahrungsmitteln und den freundlichen, schönen Menschen, die nur darauf warteten, Euch zu ihrem König zu machen.«

»Auch ich war krank. Fieber. Drei Hemden am Tag, drei Hemden in der Nacht. Alle tropfnaß. Und es gab Flauten, bei denen wir nur zwanzig Meilen pro Tag vorankamen, und die Sonne stand über uns am Himmel, und am Nachmittag schien das Meer unter dem gleißenden Licht zu brennen. Es ging mir nicht gut. Die Expedition besaß ein Eigenleben. Ich fügte mich und schleppte mich von einem Tag zum nächsten. Ich unterwarf nichts meinem Willen. Dazu war ich gar nicht in der Lage.«

»Zehn Schiffe voller kranker und toter Männer. Und als wir ankamen, sahen wir ein holländisches Schiff, auf dem friedlich gehandelt wurde. Äxte, Messer, Metallstücke gegen Tabak, Salz und Felle. Und unsere Schiffe voller kranker und toter Männer, die Gold suchen sollten. Staunt Ihr nicht selbst darüber, daß die Männer, die noch bei Kräften waren, nicht meuterten und Euch fragten, wohin Ihr sie geführt hattet? Angeblich in einen geheimnisvollen Teil der Welt, von dem niemand in England, Spanien oder den indischen Inseln etwas wußte. Und als wir hier ankamen, trieb Kapitän Janson Handel mit den Indianern, und Ihr mußtet im Hemd an Land getragen werden, damit Ihr reine Luft atmen und Euch erholen und anschließend die Toten begraben konntet. Und die ganze Zeit fuhren die Indianer in ihren Kanus hinaus zu dem holländischen Schiff. Sie sprechen Spanisch und Holländisch. Sie sprechen kein Englisch. Sie sind nicht zu Euch gekommen.

Warum habt Ihr so vielen Leuten erzählt, daß Ihr König der indischen Inseln werden könntet? Ihr habt in den Leuten zu große Erwartungen geweckt. Sie haben auf der Reise so sehr gelitten. Wir alle haben so sehr gelitten. Ich dachte, die Häuptlinge würden kommen und Euch huldigen. Das frische, süße Wasser, die kleinen Tassen mit Schnaps, die Frauen, die frischen Nahrungsmittel. Das Wildbret und die Fische und die Austern. Aber nichts geschah. Wir lebten von dem, was wir hatten. Euer Leutnant Keymis hat einen Dolmetscher ins nächste Dorf geschickt, um nach Euren beiden indianischen Dienern zu fragen. Nach Dienern. Nicht nach Häuptlingen. Sondern nach den Leuten, die Ihr 1595 nach England mitgenommen hattet, um sie dort vorzuführen.«

»Auch, um ihre Sprache zu erlernen.«

»Wir warteten zwei Wochen. Der Mann, den Ihr Leonard nanntet, ist nie gekommen.«

»Er war immer kränklich. Er wird gestorben sein. Ich habe ihn vor zehn, zwölf Jahren zurückgeschickt. Er wollte in seiner Heimat sterben.«

»Und nach zwei Wochen kam ein Kanu mit einem kranken alten Mann, herausgeputzt mit englischen Kleidern. Eine alte, barfüßige indianische Vogelscheuche in englischen Lumpen. Die wenigen Zähne, die er noch hatte, waren schwarz vom Tabak, den sie hier kauen, um den Hunger zu unterdrücken, wenn sie auf Reisen gehen. Ein paar zerbrochene Stücke Maniokbrot und Kautabak lagen im Boot, und den Rest seiner Vorräte hatte er sorgfältig in ein Blatt gewickelt. Wir dachten, wir würden Zeugen der Begegnung zwischen zwei Häuptlingen werden. Schöne Kleider, Federn, eine indianische Standarte. Statt dessen wurden wir Zeugen einer Begegnung zwischen zwei alten Männern. Und Ihr konntet mit Harry nicht sprechen, weil er alles Englisch vergessen hatte.«

»Das hat mich überrascht. Er war vierzehn Jahre bei mir. Ich hatte gehofft, daß er in England heiraten würde. Aber er bekam Heimweh. Er hatte ein indianisches Stirnband aus Baumwolle, blau und weiß. Wenn ihn das Heimweh richtig packte, band er es sich um die Stirn und setzte sich mit dem Gesicht zur Wand. Im Tower hat er das oft getan. Er sprach nicht mehr mit mir, er rührte sich nicht und schloß die Augen nicht. Das konnte er einen ganzen Tag lang durchhalten, bis das Heimweh vergangen war. Er war schrecklich anzusehen. Ich habe ihn mit William Harcourt hierher zurückgeschickt. Das war vor neun Jahren. Er wollte viele englische Kleider mitnehmen. Er mochte Kleider.«

»An jenem Tag waren die Männer kurz davor zu meutern. Ich glaube, Ihr wißt gar nicht, wie kurz davor sie waren. Und Ihr habt in Eurer Kajüte gesessen, auch am nächsten Tag noch, und Eurer Frau geschrieben, Euer Name sei bei den Indianern in aller Munde und Ihr könntet ihr König werden. Das stand in einem der Briefe, mit denen ein Schiff nach Hause fuhr.«

»Ich wußte gar nicht, daß meine Briefe gelesen werden.«

»Es wäre nachlässig, das nicht zu tun. Diese große Expedition, all diese Toten. All diese Möglichkeiten für Unfrieden, wo wir doch Frieden wollen. Wir müssen wissen, was Ihr vorhabt. Und Ihr wißt ja, daß Eure Briefe in England abgeschrieben und unter Euren Förderern verteilt werden.«

»Ich wußte, daß ein Spion in meiner Nähe ist. Ich wußte nur nicht genau, wer es ist. In den Wochen vor der Krankheit habe ich es herauszufinden versucht. Ich hätte nicht gedacht, daß Ihr es seid. Ich dachte, es sei John Talbot, mein Freund aus dem Tower. Dann starb er an der Krankheit, und ich dachte, nun gebe es keinen Spion mehr. Er war einer derjenigen, die wir hier begraben mußten. Ein guter Mann, fand ich immer. Obendrein Gelehrter. Elf Jahre mit mir im Tower. Er wollte raus. Ich konnte es ihm nicht verdenken. Ich konnte verstehen, daß er Spion geworden war.«

»Er ist für uns tatsächlich nützlich gewesen.«

»Dann hat die Untersuchung also begonnen?«

»Es war höchste Zeit. Wir sind seit zwei Monaten hier. Wir

haben so viele Männer verloren. Bei allen Expeditionen verliert man Männer, aber wir haben zu viele verloren. Die Vorräte werden knapp. Ihr habt fünf Schiffe mit vierhundert Männern den Fluß hinaufgeschickt, und wir haben keine Möglichkeit zu erfahren, was geschehen ist. Der Indianer, den Ihr gefangengenommen und hinterhergeschickt habt, ist nicht zurückgekehrt, und ich glaube nicht, daß er noch kommen wird. Die anderen Indianer, die wir zu Gesicht bekommen, halten sich von uns fern. Auf der anderen Seite des Golfs, in Trinidad, beobachten uns die Spanier mit geladenen Musketen, um uns an der Landung zu hindern. Wir haben keine Möglichkeit zu erfahren, was dort drüben geschehen ist, am Fluß, in der Siedlung San Thomé. Wir wissen, daß der spanische Gouverneur von Trinidad dorthin gefahren ist, zweifellos um die Siedlung zu befestigen. Dieser Gouverneur ist neu. Er ist eigens aus Spanien geschickt worden. Er ist keiner von den alten Kolonialsoldaten. Er ist ein Edelmann, ein Verwandter des spanischen Botschafters in London. Wir haben keine Möglichkeit zu erfahren, was mit Leutnant Keymis oder Eurem Sohn geschehen ist. Oder mit den fünf Schiffen und den vierhundert Männern, die Ihr losgeschickt habt. Offenbar ist etwas geschehen. Man spürt es. Es liegt in der Luft. Wir werden es demnächst sicher herausfinden, aber dann werden wir womöglich keine Gelegenheit mehr haben, hier zu sitzen und zu reden.«

»Braucht Ihr kein Papier, keine Feder? Wollt Ihr nichts aufschreiben?«

»In diesem Stadium noch nicht. Obgleich ich es immer vorziehe, mit schriftlichen Aussagen zu arbeiten. Wenn man nichts aufschreibt, übersieht man vieles. Bestimmte Dinge, die die Leute einem sagen, enthüllen ihren Sinn erst, wenn man sie immer wieder liest. Die Worte müssen einem physisch vor Augen stehen. Es ist die einzige Möglichkeit, etwas zu entdekken. Zunächst ganz einfache Dinge. Wie zum Beispiel: ›Diesen Satz verstehe ich nicht.‹ Oder: ›Wie sind wir von dort hierhergekommen?‹ Besonders bei jemandem wie Euch, der mit Worten so geschickt umzugehen versteht. Aber in Wirklichkeit habt sowohl Ihr als auch Leutnant Keymis schon vor Jahren sehr detaillierte Angaben gemacht. Sowohl er als auch Ihr selbst habt Bücher über Guayana, El Dorado und Eure Entdeckungen geschrieben. Richard Hakluyt hat sie in seinem Sammelband nachgedruckt. John Talbot hat uns auf diese Spur gebracht, Euer Freund aus dem Tower. Er sagte: ›Darin steht alles. Studiert diese zweiundzwanzig Jahre alten Bücher. Seziert sie.‹

Ich habe versucht, sie in England, vor der Reise, zu lesen, aber es fiel mir schwer. Ich konnte mir all diese seltsamen indianischen und spanischen Namen nicht merken, all diese Völker und Orte und Stämme. Ihr habt zu viele Namen angegeben, und ich muß Euch sagen: Das hat mich mißtrauisch gemacht.

Während der Reise, und besonders nach der Krankheit, war an Lesen nicht zu denken. Erst seit wir im Golf sind und eigentlich erst, seit Keymis und Euer Sohn sich auf die Suche nach der Goldmine von El Dorado begeben haben, habe ich wieder angefangen zu lesen. Wir haben seither viel Zeit gehabt. Es waren viele ereignislose Tage. Tageslicht von sechs bis sechs. Und dennoch muß ich Euer Buch immer wieder studieren. Es ist, wenn ich so sagen darf, ein schlüpfriges Werk. Man gleitet aus, man verliert den Boden unter den Füßen. Ein paar Seiten lang ist alles gut und schön und klar und brillant, und dann hat man mit einemmal das Gefühl, nicht achtgegeben zu haben. Als hätte man etwas überlesen. Also blättert man zurück. Man hat nichts überlesen. Mit dem Geschriebenen stimmt einfach etwas nicht. Es gibt viele solcher Stellen. Selbst ein sorgfältiger Leser verliert den Faden. Es ist nicht leicht zu bemerken, daß sich mit einemmal etwas verändert hat, und dann herauszufinden, wo die Veränderung beginnt. Aber das sind genau die Stellen, die man finden muß. Denn dort hat der Autor beschlossen, etwas zu verbergen oder hinzuzufügen.

Eines der außergewöhnlicheren Dinge in Eurem Buch findet sich in der ›Erklärung‹, einer Art Vorwort, das zwischen der Widmung und dem eigentlichen Buch abgedruckt ist. Es ist sehr kühn, sehr wirkungsvoll, etwas so Bedeutsames an einer so unbedeutenden Stelle zu plazieren, wo die Leute nicht so genau lesen. Ihr sagt, Ihr hättet diese Erklärung als Antwort auf die Leute geschrieben, die vor all den Jahren, als Ihr nach England zurückgekehrt seid, behauptet hätten, Ihr hättet, was El Dorado anging, gelogen und in Wirklichkeit nichts gefunden: Das sogenannte Erz, das Ihr mitgebracht hättet, sei in Wirklichkeit bloß Sand, und der Brocken Gold aus Guayana, den Ihr herumzeigtet, sei von Euch vor Antritt der Reise in Nordafrika gekauft worden. Der Ton der Erklärung ist aufrecht und aufrichtig. Ihr legt deutlich dar, was Euch Eure Kritiker vorgeworfen haben. Und dann gebt Ihr – wieder sehr freimütig – eine scheinbare Erklärung: Ihr schreibt, Ihr hättet vierzig Männer auf die Suche nach Golderz geschickt. Sie hätten Sand zurückgebracht. Nicht alle den gleichen Sand. Die Männer hätten sich für verschiedene Farben entschieden. Ihr hättet ihnen gesagt, daß es bloß Sand sei, doch die Männer hätten aus den verschiedensten Gründen darauf bestanden, ihn zu behalten und nach England mitzunehmen, und das hättet Ihr ihnen nicht verwehrt.

Im Buch selbst aber wird diese Episode nicht erwähnt. Ich könnte nicht sagen, wann Ihr Euren Männern befohlen habt, loszuziehen und Erz zu sammeln. Es scheint also, daß wir, wenn nicht Eure Feinde und andere behauptet hätten, Ihr hättet gelogen und nichts weiter als gewöhnlichen Sand aus Trinidad und Guayana mitgebracht, nie von diesen vierzig Männern erfahren hätten, die auf Euren Befehl loszogen und goldfarbenen Sand suchten und zum Schiff brachten.

Und so habt Ihr in London, als man Eure Worte bezweifelte und sich über Euch lustig machte, das nordafrikanische Stück Gold vorgelegt und gesagt, es stamme aus Guayana, von einem Berg aus Gold und Diamanten, der an einem reißenden Fluß liege. Ihr wolltet nicht wie ein Narr dastehen. Lieber ein Verräter, ein Pirat, ein heimlicher Verbündeter des spanischen Königs als ein Narr, ein Hanswurst. Nach Drake und Hawkins ein hanswurstiger Freibeuter und Entdecker zu sein – das wäre schlimmer als der Tod gewesen.

Wir handeln aus allen möglichen Motiven. Manche dieser Motive können recht banal erscheinen. Und es mag sein, daß eines, vielleicht nur ein einziges der Motive, die hinter diesem Unternehmen stehen – das hier, am Ende der Welt, so ritterlich, so heroisch, so aussichtslos wirkt, so sehr Ausdruck der edlen Gesinnung eines alten Mannes –, diesem Unternehmen, das uns so viele Menschenleben gekostet hat, es mag also sein, daß eines der ursprünglichen Motive für all dies der vor Jahren gefaßte Entschluß war zu beweisen, daß Ihr kein Narr wart, daß Ihr keine Ladung Sand statt einer Ladung Gold nach Hause gebracht habt.

Als Ihr das nordafrikanische Gold vorlegtet, fragten die Leute, warum Ihr nicht mehr aus diesem sagenhaften Land El Dorado mitgebracht hättet. Natürlich hattet Ihr nicht genug Geld, um mehr zu kaufen. Doch in Eurer Erklärung sagt Ihr in recht scharfem Ton, daß niemand das Recht habe, mehr zu verlangen. Ihr fahrt fort, Ihr hättet nicht genug Zeit, Werkzeuge und Männer gehabt, als Ihr auf dem Fluß durch El Dorado fuhrt. Das Gold habe aus sehr hartem Fels herausgehauen werden müssen. Man akzeptierte diese Begründung, obgleich Ihr die Expedition jahrelang vorbereitet hattet und über so viele Schiffe und Männer verfügtet. Ihr hattet den spanischen Conquistador, der nach El Dorado suchte, gefangengenommen und gründlich verhört, und dann hattet Ihr Euch auf die Suche nach den Minen gemacht. Da ist es doch eigenartig, daß Euch weder genug Zeit noch genug Werkzeug zur Verfügung stand. Ihr sagt, der Tidenhub auf dem Fluß sei so groß gewesen, daß Ihr nicht allzu lange am Ufer hättet bleiben können, und außerdem hättet Ihr Euch weit von den Schiffen entfernt, die unbewacht gewesen seien.

Also brachtet Ihr nur eine Menge Markasitsand nach England. Ich will Euch noch einen Grund sagen, warum diese Sache mit dem Sand so schmählich war. Einige Franzosen hatten das gleiche getan und waren ausgelacht worden. Und nur ein paar Wochen vor Euch hatte ein junger englischer Edelmann, Sir Robert Dudley, der Sohn des Earl of Leicester, es ebenfalls getan. Er war nach Trinidad gefahren. Er hatte die Indianer an der Küste des Golfs nach einer Goldmine gefragt. Einfach so. Er war gerade erst angekommen; kannte weder die Sprache noch die Gebräuche. Und er dachte, die Indianer hätten ihm durch Zeichen zu verstehen gegeben, ja, es gebe Gold, ein Stück weit den Strand hinunter. Dudleys Männer machten sich in voller Rüstung auf den Weg und sahen den glitzernden Markasit im Sand. Drei Tage lang luden sie Sand in die Schiffe. Die Spanier sahen es, ließen sie aber in Ruhe. Und dann segelte der junge Dudley davon, denn Ihr wart bereits unterwegs, und er wollte von Euch nicht in Eurem El Dorado ertappt werden.

Das alles geschah nur wenige Wochen, bevor Ihr in den Golf kamt und alle Spanier tötetet. Während Ihr die Flußmündungen an der Küste von Guayana erkundetet, brachte Dudley seinen Markasit nach England. Captain Wyatt hat dieses Abenteuer in sehr exaltierter, romantischer Sprache beschrieben. Die Beschreibung ist in Manuskriptform verbreitet worden. Hakluyt wollte sie nicht drucken. Als man Dudley sagte, er habe lediglich Sand mitgebracht, tat er, als hätte er das von Beginn an gewußt und den Sand nur aus einer Grille heraus mitgenommen.

Das war mehr oder weniger genau das, was Ihr sagtet, als Ihr mit Eurer eigenen Ladung Sand aus Trinidad zurück wart. Ihr wußtet nichts vom Abenteuer des jungen Dudley, und etwas anderes hattet Ihr nicht gefunden. In Eurem Buch steht nichts davon. Ihr hattet mit ein oder zwei Häuptlingen gesprochen, aber das war auch alles. Gefunden hattet Ihr nichts. Trotz des Titels Eures Buches: *Die Entdeckung des großen, reichen und schönen Reiches Guayana*. Ein schwieriges Buch, nicht leicht zu lesen.

Ich glaube, es ist absichtlich schwierig. Und erst jetzt verstehe ich, warum das Buch so schwierig ist. Es ist eine absichtliche Mischung aus altmodischen Fabelgeschichten und moderner Wahrheit. Über alles auf dieser Seite des Golfs, auf der Ostseite, wo Trinidad liegt, schreibt Ihr korrekt und sehr verständlich – jeder Name, jeder Stamm, jeder kleine Indianerhafen wird genannt. Echte Kenntnisse, die Ergebnisse echter Erkundungen. Auf der anderen Seite, wo der Fluß mündet, sieht es ganz anders aus. Sobald Ihr die Fahrt auf dem Hauptarm des Orinoko schildert, beschreibt Ihr ein seltsames Land mit Bergen aus Diamant und Wiesen und Hirschen und Vögeln. Es ist wunderschön, aber es wirkt wie ein Gemälde. Es ist, als wäre das Buch von zwei verschiedenen Männern geschrieben worden.

Als Ihr in Guayana den Fluß hinauffuhrt, als Ihr erkanntet, was für ein närrischer alter Mann der alte spanische Conquistador gewesen war, als Ihr die Armut der Indianerstämme saht, da erkanntet Ihr, wie ich glaube, daß es kein El Dorado gab. Und die Fahrt auf dem Fluß war Euch verhaßt. Aus Eurem Buch kann ich ersehen, wie anstrengend diese Art von Reise ist. Die Sonne, die stickige Luft, das ständige Auflaufen, in der Kombüse mischt sich der Gestank von Exkrementen mit dem Geruch von rohen und gekochten Lebensmitteln, die Männer werden naß und trocken und werden wieder naß, der Geruch vieler verschwitzter Körper, die auf engem Raum zusammengedrängt sind.

Ihr bekamt eine andere Kost, schreibt Ihr. Sosehr Ihr auch wie Hawkins oder Drake sein wolltet, Ihr wart nicht imstande zu tun, was sie getan hatten. Ihr wolltet Euch nie zu weit vom Schiff und Eurer Kajüte entfernen. Aber zu viele Menschen waren durch Euch gestorben, und Ihr hattet zu lange von El Dorado gesprochen, und als Ihr mit dem Sand nach England zurückkehrtet, wolltet Ihr nicht wie ein Narr erscheinen. Also mußtet Ihr bei Eurer Geschichte von El Dorado bleiben. Was Ihr getan habt, ergibt nur dann einen Sinn, wenn man annimmt, daß Ihr die Hoffnung, El Dorado zu finden, bei Eurer Fahrt auf dem Fluß aufgegeben habt. Ihr ließt einen Mann bei den Indianern zurück; er sollte zu der goldenen Stadt gehen. Einen Mann, mitten im Urwald. Der Indianerhäuptling bat Euch um fünfzig Männer, zum Schutz vor den Spaniern. Ihr sagtet nein. Ihr ließt nur einen Mann zurück. Nach all den Vorbereitungen, nach dieser langen Reise, nach all den jahrelangen Erkundungen. Der Mann war ein Diener, Captain Giffords Diener Francis Sparrow. Francis Sparrow, einer jener unredlichen Männer, über die Ihr Euch immer beklagt, war der Mann, der El Dorado für Euch entdecken sollte.

Und um den Engländern zu zeigen, wo Ihr gewesen wart, nahmt Ihr den Sohn des Häuptlings Topiawari mit. Zum Tausch ließt Ihr noch einen Jungen zurück. Einen sechzehnjährigen Jungen, Hugh Goodwin. Ich verstehe nicht, wie Ihr das tun konntet. Hätte man Euer Buch genauer gelesen, so hätte man Euch deswegen Vorwürfe gemacht. Im Jahr darauf fand Keymis heraus, was aus dem armen Jungen geworden war. Keymis schrieb es nieder, und wir fanden es auch in spanischen Berichten. Der Junge war tot, bevor Ihr auch nur den Golf erreicht hattet. Die Indianer erzählten den Spaniern, der Junge sei in seinen englischen Kleidern in den Urwald gegangen und ein Tiger sei über die Kleider so in Raserei geraten, daß er ihn angefallen und getötet habe. Manchmal finde ich, daß diese Geschichte gut klingt, manchmal klingt sie nach spanischer Häme und manchmal wie dumm ausgedacht. Wer weiß die Wahrheit? Vielleicht haben ihn die Spanier umgebracht, vielleicht waren es auch die Indianer. Stellt Euch diesen Jungen vor, wie er, den Tränen nahe, in den Urwald geht, in seinen besten Kleidern, mit den Dingen, die er vom Schiff mitgenommen hat. Wie er sich ganz allein vom Dorf entfernt, als die Schiffe flußabwärts treiben, hundert Meilen am Tag.

Francis Sparrow ereilte ein härteres Schicksal. Er machte sich nie auf die Suche nach El Dorado oder der Stadt Manoa. Die Spanier nahmen ihn gefangen, wenige Tage nachdem Ihr ihn zurückgelassen hattet. Die Indianer müssen ihn verraten haben. Aus spanischen Berichten haben wir erfahren, daß er sieben Jahre in spanischen Gefängnissen verbrachte, und Ihr wißt selbst, was für schreckliche Dinge Protestanten in spanischen Gefängnissen erdulden müssen, auch hier, auf den indischen Inseln, wo es ebenfalls eine Inquisition gibt.

Ihr hattet El Dorado aufgegeben, und nach all den anderen schrecklichen Todesfällen kommt es mir so vor, als hättet Ihr mit den beiden jungen Männern, die Ihr im Urwald, vierhundert Meilen flußaufwärts, zurückgelassen habt, ein besonderes Opfer dargebracht. Ihre Namen sind alles, was wir von ihnen wissen. Menschen wie ihnen, den Arbeitern oder Ruderern, habt Ihr nie besondere Aufmerksamkeit geschenkt.

Und nun seht Euch an, wohin Euch das alles zurückgebracht hat. Seht Euch an, wohin es uns gebracht hat. Wir warten in diesem schlammigen Golf auf Nachricht von Eurem Sohn und

Eurem Leutnant Keymis. Tagsüber feuern die Spanier in Trinidad von Zeit zu Zeit einen Schuß ab, damit wir wissen, daß sie uns beobachten. Kurz vor Sonnenuntergang zünden die Indianer am Ufer Feuer an. Sie paddeln in ihren Kanus vorbei, und keiner von ihnen kommt zu uns.

Und doch habt Ihr am Tag nach unserer Ankunft an Eure Frau geschrieben, Ihr könntet noch immer König der indischen Inseln werden. Wir werden uns später darüber unterhalten. Ich werde, wenn es kühler ist, wiederkommen und Euch eine zweite Dosis des Tranks bringen. Jetzt muß ich weiterlesen und nachdenken und mir einen Weg durch Eure schlüpfrigen Worte suchen. Seht, wie die Sonne durch Eure Vorhänge aus grüner Seide scheint. Sie beginnen bereits zu verbleichen.«

Als die Sonne unterging – auf dem Wasser im Süden des Golfs, fast schon in der Flußmündung, kühlte es nie wirklich ab –, sagte der alte Mann zu dem Arzt: »Ihr habt mich gefragt, warum ich meiner Frau diesen Brief geschrieben habe. Sie wird ihn erst in einigen Monaten erhalten. Bis dahin ist längst alles vorbei. Was ich ihr schrieb, war gleichgültig. Und irgendwann einmal hat es ja gestimmt: Ich hätte König dieser Indianer sein können.«

»Das ist lange her. Das war 1595. Vor dreiundzwanzig Jahren.«

»Ich habe all die kleinen indianischen Könige oder Häuptlinge auf Trinidad von den Spaniern befreit. Ich war hier der erste Mann, der die Spanier für das, was sie angerichtet hatten, bestraft hat. Ich habe die Spanier in Port of Spain getötet und das Gefängnis in ihrer landeinwärts gelegenen Stadt gestürmt und die Könige freigelassen, deren Männer dann die spanische Stadt niedergebrannt haben. Doch als ich mein Buch schrieb und die Namen der Könige nannte, gab es Leute in England, die sagten, ich hätte mir diese Namen ausgedacht. Wannawanare, Carroari, Maquarima, Tarrupanama, Aterima. Ich weiß die Namen immer noch. Und dann – zum Glück, nicht so sehr für mich als für die Könige – wurde ein spanisches Schiff gekapert, das mit Abschriften von offiziellen Berichten nach Spanien unterwegs war, und darin kamen einige dieser Namen vor. Die Spanier hatten

Port of Spain auf Wannawanares Land gegründet. In den Berichten, die sie nach Spanien schickten, hieß es, er habe sich einverstanden erklärt, sein Land und sein Volk Spanien zu übergeben. Diesen Mann hatte ich nackt und gefoltert und halbtot in einer kleinen Zelle gefunden. Ich sehe noch vor mir, wie sie da saßen, die fünf geschundenen Könige, ihr Gesicht halb zur Wand gedreht, alle mit einer einzigen Kette gefesselt, die Haut stellenweise mit heißem Bratfett verbrannt. Wenn wir sie nicht befreit hätten, wären sie dort geblieben und gestorben. Und wenn die Abschriften der spanischen Berichte aus Trinidad nicht abgefangen worden wären, der Berichte, in denen die Namen einiger dieser Könige genannt wurden, weil sie gesagt hatten, sie seien einverstanden, daß die Spanier die Herrschaft über ihr Land und ihre Völker übernähmen – wenn das nicht geschehen wäre, hätte niemand geglaubt, daß diese Könige wirklich existierten und in ihrer fensterlosen Zelle gefoltert wurden.«

Der Arzt sagte: »So sind sie, die Spanier. Sie schreiben alles auf, lassen es von Notaren bestätigen und schicken es in doppelter und dreifacher Ausfertigung und auf verschiedenen Schiffen nach Spanien. Da geht nur sehr wenig verloren. Das ist uns eine große Hilfe. So erfahren wir oft beide Seiten einer Geschichte.«

Der alte Mann sagte: »Der Gedanke ist schrecklich, daß man vielleicht nie etwas über diese Männer erfahren oder das, was ich über sie geschrieben habe, nicht geglaubt hätte.«

»Alles, was Ihr über Trinidad berichtet habt, stimmt. Es ist bemerkenswert. Jeder Stamm, jedes Dorf, jeder Fluß ist dort, wo Ihr sagt. Und Ihr habt tatsächlich Wannawanare und die anderen gerettet. Doch Ihr seid wieder fortgesegelt, und wie Ihr wißt, kamen die Spanier zurück. Sie schickten einige Monate später eine sehr große Expedition in den Golf. Ich glaube nicht, daß jemand weiß, was mit Wannawanare und seinem Volk und all den anderen geschehen ist, nachdem Ihr nach Hause gefahren wart. Die Spanier hatten viele Rechnungen zu begleichen. Die Indianer, denen Ihr geholfen hattet, hatten keine Chance. Die beiden jungen Männer, die Ihr am Fluß zurückgelassen hattet, hatten keine Chance. Als Ihr im nächsten Jahr Keymis auf Erkundung schicktet, mußte er sehr vorsichtig vorgehen. Er konnte nicht einmal auf Trinidad landen. Später hörte er, daß die Spanier die Indianer auf beiden Seiten des Golfs umsiedelten. Ihr wißt, was das bedeutet. Keymis hat Wannawanare nicht erwähnt. Das ist eigenartig – von Keymis, meine ich.

1595, als Ihr über all diese Schiffe und Männer verfügtet, hättet Ihr vielleicht ein paar Wochen lang König der Indianer sein können. Aber Ihr habt diese Menschen betrogen. Als Keymis im nächsten Jahr hinfuhr, kam ihm an der Flußmündung ein Indianerhäuptling mit zwölf oder zwanzig Kriegskanus entgegen. Der Häuptling fragte Keymis, wo der Rest Eurer Flotte sei. Keymis erzählte ihm die Lüge, die er sich ausgedacht hatte. Er sagte, er sei nicht gekommen, um gegen die Spanier zu kämpfen. Ihr hättet im Jahr zuvor alle Spanier getötet, und wenn er nun mit einer stärkeren Flotte gekommen wäre, hätten die Indianer denken können, er wollte ihr Land erobern. Nachdem Keymis das zweimal erklärt hatte, sprach es sich unter den Stämmen herum, und niemand kam, um mit ihm zu reden. Den Indianern am Fluß war nur noch daran gelegen, sich vor den Spaniern zu verbergen und zu versuchen, Frieden mit ihnen zu schließen.

Ihr habt die Menschen hier an diesem Golf aufgestört, und dann seid Ihr nach Hause gefahren. Ihr seid dreiundzwanzig Jahre fortgeblieben und habt die Menschen hier ihrem Schicksal überlassen. Die Spanier hatten viele Rechnungen zu begleichen. Und man kann es ihnen nicht verdenken. Diese Spanier, die Ihr in Port of Spain getötet habt – es gibt Leute, die sagen würden, daß Euer Verhalten unehrenhaft war. Die Männer lebten schon seit einigen Jahren auf der Insel und waren fast verwahrlost. Sie kamen an Bord Eurer Schiffe und wollten von Euren Männern Leinen kaufen. Ihr habt sie dazu ermuntert und ihnen von Virginia erzählt. Ihr habt ihnen gesagt, das sei Euer Ziel. Ihr habt ihnen Wein gegeben, etwas, das sie schon seit Jahren nicht mehr gekostet hatten. Ihr habt sie tagelang bewirtet. Und sobald der Rest Eurer Flotte in den Golf gesegelt kam und Ihr Euch sicher fühlen konntet, seid Ihr über sie hergefallen und habt sie getötet.«

Der alte Mann sagte: »Das war das, was sie einigen der Männer angetan hatten, die ich ein Jahr zuvor geschickt hatte. Sie luden sie ein, ihre Schiffe zu verlassen und in den Wäldern zu jagen. Sie hatten Indianer und Hunde. Als unsere Männer sich dem Strand näherten, feuerten sie auf sie und töteten sie.«

»Nun gut. Ihr habt sie gerächt, aber die anderen habt Ihr der Rache der Spanier überlassen. Und die hatten nichts vergessen. So sind sie, die Spanier. Vierzehn Jahre später schickte der Londoner Kaufmann Hall, ein Freund von Euch, zwei Schiffe zum Golf, um Handel zu treiben. Hauptsächlich, um Tabak zu kaufen. In spanischen Kolonien sind Geschäfte mit anderen Ausländern illegal, aber der spanische Gouverneur hatte nichts dagegen, die Gesetze seines Landes zu brechen. Er brachte die Männer auf den Schiffen aus London zum Reden. Er fand heraus, daß Hall, der Besitzer, ein Freund von Euch war. Eines Tages, als sechsunddreißig Männer an Land, in Port of Spain, waren, wurden sie gefangengenommen und gefesselt. Sie wurden Rücken an Rücken gebunden, und dann wurde allen sechsunddreißig die Kehle durchgeschnitten. Ohne große Umstände. Auf dem schwarzen Sand des Strandes von Port of Spain. Der Mann, der das angeordnet hatte, war der Sohn des alten spanischen Gouverneurs, des alten Conquistadors, den Ihr 1595 gefangengenommen und verschleppt hattet. Das war Pech für die sechsunddreißig Männer, doch der Sohn des alten Conquistadors schuldete es Euch.

Es war Teil Eurer Hinterlassenschaft. Blutvergießen und Rache, Vertreibung und Wiederansiedlung indianischer Stämme hatte es am Golf schon immer gegeben. Auch bevor die Spanier kamen. Die menschenfressenden Kariben machten Überfälle. Es gab schreckliche Kriege. Ihr habt Euren Teil dazu beigetragen. Doch dann seid Ihr nach Hause gefahren und habt ein Buch über das unberührte Paradies am Fluß geschrieben, einen Ort, zu dem Ihr allein Zutritt hattet, wo die Indianer auf lieblichen Wiesen lebten und vom Wert des Goldes und der Diamanten, die es ringsumher gab, nichts wußten; und Ihr allein kanntet den geheimen Zugang zum Herzen der Indianer.

Ich versuche nun herauszufinden, wie es kam, daß Ihr dieses Buch, diese Version Eures Abenteuers, geschrieben habt.

Wie der Rest der zivilisierten Welt, hattet Ihr von El Dorado gehört. Ihr habt von dem alten Conquistador gewußt, der zum Gouverneur der Provinzen Trinidad, Guayana und El Dorado gemacht worden war und sein Vermögen für die Suche nach der goldenen Stadt ausgegeben hatte. Ihr habt eine Streitmacht zusammengestellt. Ihr seid gekommen und habt den alten Gouverneur gefangengenommen. Ihr habt – nur zur Sicherheit – vierzig Männer Sand in die Schiffe laden lassen und seid mit dem alten Gouverneur auf Erkundungsfahrt gegangen. Ihr habt gedacht, er sei nicht ganz richtig im Kopf. Ihr habt nichts gefunden. Ihr seid ein intelligenter Mann und habt das meiste Eures Glaubens an El Dorado verloren. Ihr habt nur noch so wenig an El Dorado geglaubt, daß Ihr nur einen Mann, einen Diener, zurückgelassen habt, um nach dieser Stadt zu suchen. Nur zur Sicherheit.

Ihr habt versucht, ein Lösegeld für den alten Conquistador, den Gouverneur von Trinidad, zu erpressen. In Eurem Buch steht das nicht, wohl aber in den spanischen Berichten. Kein Vertreter der spanischen Krone in den angrenzenden Gebieten wollte bezahlen. Nein, eigentlich wollten sie den alten Mann tot sehen, damit sie seine Provinz beanspruchen und etwaiges Gold in ihre eigenen Taschen stecken konnten.

Zu diesem Zeitpunkt hatten Euch alle Mühsale und alle Toten nichts als Sand eingebracht. Und jetzt kann uns der Neger Aufschluß geben.«

Der alte Mann sagte: »Ich hatte 1595 keine Neger dabei.«

»Ich weiß. Ihr kamt mit Eurer Streitmacht geradewegs aus England. Ich denke auch an den Neger, der plötzlich in Eurem Buch auftaucht, als Ihr den Guayana hinauffahrt und die Wiesen, Felder und Blumen in der Nähe der Wasserfälle seht. Der Fluß ist voller Krokodile – es sind, wie Ihr sagt, Tausende. Und der Neger, der sich mit Krokodilen eigentlich auskennen sollte, springt aus der Kombüse ins Wasser – um, wie Ihr sagt, ein wenig zu schwimmen – und wird auf der Stelle von den Krokodilen gefressen. Das ist alles. Im Rest des Buches kommen weder Krokodile noch Neger vor. Ich habe viel nachgedacht über diesen verschwundenen Neger, und ich bin sicher, daß Ihr ihn aus John Hawkins' Bericht über seine Reise ins westafrikanische Guinea und zu den westindischen Inseln im Jahr 1564 entlehnt habt. In Guinea hat Hawkins gesehen, wie ein Neger von einem Krokodil gepackt und in den Fluß gezogen wurde, als er am Ufer Trinkwasser in ein Faß schöpfte. Das ist eine bessere Geschichte.

So wie Ihr Topiawaris Sohn nach England brachtet, um zu beweisen, daß Ihr wirklich in Guayana gewesen wart, so wolltet Ihr, als Ihr über Eure Abenteuer in der Ferne schriebt, zeigen, daß Ihr die gleichen Dinge gesehen hattet wie andere berühmte Abenteurer. Im Zusammenhang mit dem Neger gibt es noch etwas hinzuzufügen. Hawkins war Sklavenhändler und Freibeuter, der spanische Städte verwüstete. Ich habe das Gefühl, daß Euch, als Ihr mit nichts als Sand zum Lohn für Eure Mühsal vom Golf aufgebrochen seid, der Gedanke kam, Ihr könntet eine Stadt in Schutt und Asche legen. Hawkins geisterte Euch durch den Kopf. Ihr wolltet tun, was er getan hatte.

Außerhalb des Golfs, ein Stück weiter westlich und unterhalb der Salzpfannen auf der Halbinsel Araya, liegt die Stadt Cumaná. Es ist die älteste spanische Stadt in diesem Teil der Welt. Ihr wolltet sie einnehmen, wie Ihr Port of Spain eingenommen hattet. Aber der dortige spanische Gouverneur hatte von Euch gehört und erwartete Euch mit seinen Musketieren und indianischen Bogenschützen, die Giftpfeile verschossen. Vom Meer zur Stadt stieg das Land an. Es war ein sandiges, offenes Gelände, voller niedriger, stachliger Kakteen. Als Eure Männer an Land stürmten, wurden sie massakriert. In Eurem Buch kommt das nicht vor, aber in den spanischen Berichten steht, daß vierzig Eurer Männer dort sterben mußten. Es waren wichtige Männer. Ihre Namen stehen in den spanischen Berichten. Die Spanier können sie nicht erfunden haben. Die Männer, die am Strand von Cumaná durch Musketenkugeln und Säbelhiebe starben, hatten Glück. Schrecklich war das Schicksal derer, die von den vergifteten Pfeilen der Indianer getroffen wurden. Sie wurden vor Durst verrückt. Ihre Gedärme platzten, ihre Körper verfärbten sich schwarz. Auf den Schiffen stank es entsetzlich. Ihr fragtet den alten spanischen Conquistador, den Ihr verschleppt hattet, nach einem Gegenmittel. Er sagte, er kenne keines. So hatte er schließlich seine Rache. Es half nichts, daß Ihr ihn als ungebildet und beschränkt beschimpftet: Er sagte, er kenne kein Gegenmittel.

In Eurem Buch verliert Ihr natürlich kein Wort über den Angriff auf Cumaná. Doch Ihr beschreibt sehr anschaulich und konkret die Wirkung des Pfeilgiftes; Ihr schiebt es als unerläßliche Abschweifung – um Eure Worte zu gebrauchen – in die Passage über Guayana ein. Ihr erwähnt ein Gegenmittel, von dem Euch jemand erzählt habe, der, wie Ihr behauptet, Guayaner war; was diese Person jedoch zu sagen hatte, legt die Annahme nahe, daß er Spanier war, ein Abtrünniger, den Ihr auch in anderem Zusammenhang erwähnt, jemand, der an der Küste unterhalb von Cumaná lebte und immer bereit war, mit Ausländern Handel zu treiben. Einige Spanier, sagte dieser Mann, seien mit Knoblauchsaft geheilt worden; die goldene Regel laute, dem Verletzten keine Flüssigkeit zu geben, bevor die Wunde versorgt sei. Siebenundzwanzig Männer starben auf den Schiffen am Pfeilgift – das ist die Zahl, die der alte Conquistador bei der Befragung durch die spanischen Behörden genannt hat. Zu diesem Zeitpunkt wurde er an Land gesetzt, der alte Conquistador, vielleicht im Austausch gegen zwei englische Gefangene.

Siebenundzwanzig Menschen starben auf den Schiffen, doch Ihr tatet, was Ihr konntet, um Euch den Gestank und den Anblick der Leidenden zu ersparen. Vor der Halbinsel Araya lagen zwei holländische Schiffe vor Anker, zweifellos, um mit Hilfe des Mannes, der Euch von dem Gegenmittel erzählte, Salz zu laden, dessen Ausfuhr verboten war. Tagsüber, wenn es hell und heiß war und der Gestank der sterbenden Männer auf Eurem Schiff sehr stark gewesen sein muß, wart Ihr auf diesen holländischen Schiffen. Abends kehrtet Ihr in Eure Kajüte mit den grünen Vorhängen zurück. Sie war genau wie die hier. Später begrubt Ihr die Toten – genau wie dieses Mal, als Ihr den Golf erreicht hattet.

Jene Reise im Jahr 1595 hatte mit Mord begonnen; sie endete mit einem Massaker unter Euren Leuten und dem Gestank des Todes auf den Schiffen. Und alles, was Ihr vorzuweisen hattet, war Sand. Was all die Toten betraf, so brauchtet Ihr Euch dafür nicht zu rechtfertigen – auf Expeditionen wird immer gestorben.

Wenn Ihr den Sand nicht mitgenommen hättet und somit auch nicht ausgelacht worden wärt, hättet Ihr vielleicht nichts geschrieben. Oder Ihr hättet nur einen kurzen Bericht über Eure Erkundung des Golfs und des Flusses verfaßt. Doch Ihr mußtet beweisen, daß Ihr kein Narr wart und daß Ihr etwas Bedeutsameres als Gold oder Reichtümer gefunden hattet. Ihr hattet für England ein neues Reich entdeckt, ein Reich voller williger indianischer Untertanen. Und so habt Ihr Euer so schwieriges Buch geschrieben, in dem sich Phantasie, Geschichte und Eure eigenen wirklichen Entdeckungen vermischen. Alles auf dieser Seite des Golfs war wirklich, alles auf der anderen Seite erfunden. Das machte Euch das Schreiben leicht, aber auf diese Weise schuft Ihr auch ein Buch, in dem Wahrheit und Lüge unentwirrbar miteinander verbunden sind und das nur sehr wenige lesen werden. Die ganze Geschichte ist im Titel enthalten, und weiter sind die meisten Leser wohl auch nicht gekommen: *Die Entdekkung des großen, reichen und schönen Reiches von Guayana, nebst einer Schilderung der großen und goldenen Stadt Manoa (welche die Spanier El Dorado nennen) und anderer Länder sowie ihrer Flüsse. Unternommen im Jahre 1595 von Sir Walter Raleigh, Knight.*

Das Buch, sofern es jemand sorgfältig lesen wollte, sollte ein Beweis sein. Doch der wichtigere Beweis war Euer Verhalten. Ihr beharrtet darauf, daß El Dorado existierte. Ihr hattet Eure indianischen Diener. Ein Jahr darauf schicktet Ihr Keymis nach Guayana. Ihr schicktet andere Männer, um die Verbindung aufrechtzuerhalten. Das einzige, was Euch verraten hat, war die Tatsache, daß Ihr selbst nicht hierher zurückkehren wolltet. Ihr schicktet Keymis. Später schicktet Ihr andere. Doch Ihr selbst wolltet nicht hierher zurück. Und sogar jetzt, am Ende Eures Lebens, wolltet Ihr nicht den Fluß hinauffahren. Ihr seid hier angekommen, wie Ihr vor dreiundzwanzig Jahren weggefahren seid: mit dem Gestank des Todes auf Eurem Schiff. Ihr habt Eure Toten begraben. Doch Ihr habt es vorgezogen, hier draußen auf dem Golf zu bleiben. Ihr wollt die Wahrheit nicht wirklich wissen. Ihr hofft auf Glück. Vielleicht hofft Ihr auch auf nichts. Es hat nie ein El Dorado in Guayana gegeben. Die Spanier haben vor vielen Jahren aufgehört, danach zu suchen. Die Franzosen ebenfalls. Die Holländer haben gar nicht erst damit angefangen. Sie kamen immer nur, um Handel zu treiben, um Tabak und Salz zu kaufen. Weder Ihr noch Keymis habt auf dem Fluß irgend etwas gesehen. Ihr dachtet beide, wo so viele nach El Dorado gesucht hatten, müsse es El Dorado geben. In seinem Buch schreibt Keymis, El Dorado müsse existieren, und sei es auch nur als Zeichen göttlicher Vorsehung: um England ein Reich zu geben, wie es Spanien gegeben worden war. Und nun warten wir auf Nachricht von Keymis und Eurem Sohn und den anderen.«

Die Schiffe und Kanus, die vom Golf in den Fluß einfuhren, nahmen einen bestimmten Mündungsarm, während die, welche vom Fluß in den Golf fuhren, einen anderen, weiter östlich gelegenen benutzten, dessen Strömung nicht so stark war. Noch fünfzig Jahre zuvor hatten es nur die Indianer verstanden, diese Wasser zu befahren, aber inzwischen waren die Eigenheiten der Mündungsarme allgemein bekannt. Normalerweise ignorierten die Insassen der Kanus jetzt die *Destiny* und ihr Begleitschiff. Doch eines Tages kam ein Kanu oder eine Barkasse geradewegs auf sie zu.

Man stelle sich den Anblick des weiten südlichen Golfs bei Sonnenaufgang vor: im Westen und Süden das flache, von vielen Flußarmen durchzogene Mündungsgebiet, im Osten der lange, barrierenartige Ausläufer der flachen, sandigen Halbinsel im Südwesten von Trinidad, der Morgenhimmel ist hoch, das Meer einigermaßen ruhig, das Flußwasser vom Kontinent vermischt sich in von Schaum gesäumten farbigen Bändern mit dem Atlantik: verschiedene Schattierungen oliv, schlammfarben, grau. Fast genau auf halbem Weg zwischen der Flußmündung und der Halbinsel erhebt sich eine hohe, kantige Felsnadel, die jetzt einen spanischen Namen hat: *Soldado*, der Soldat. Nur Pelikane und die Vögel, die man heute Fregattvögel nennt, leben hier. Sie tun das schon seit Jahrhunderten, vielleicht Jahrtausenden. Sie brüten hier, und wenn die Zeit gekommen ist, lassen sie sich hier nieder, um zu sterben. Nicht weit von der Stelle, wo sie gebrütet haben, betten sie ihre Beine mit der gleichen umständlichen Bedachtsamkeit unter sich. Guano und Knochen füllen alle Höhlungen und polstern die Simse auf diesem schroffen grauen Felsen; sie bilden eine Art Humus, in dem Pflanzen wachsen.

Nachts ist das Meer unruhiger als bei Sonnenaufgang, und die schwachen Lichter der schwankenden *Destiny* im Golf und ihres Begleitschiffs, das südlich von *El Soldado* vor Anker liegt, sind von weitem zu sehen.

Gegen die Mitte des Tages ist der Himmel blau, die Vögel kreisen über *El Soldado*, und schieres Gleißen ersetzt die Farben im kabbeligen Wasser, läßt alles, was weit entfernt ist, verschwimmen.

Das kleine Boot, das eines Nachmittags auf und ab schwankend aus dem östlichen Mündungsarm auftaucht, wird aus dem Gleißen herausgehoben und verschwindet wieder in ihm. Ein Kanu? Indianische Kanus halten sich inzwischen von der *Destiny* fern. Dieses Boot steuert gerade auf sie zu. Das Begleitschiff gibt Signal: Das Boot gehört zur Expedition. Der Kapitän der *Destiny* richtet das Fernrohr auf den sich nähernden Schatten, dessen Konturen sich im grellen Gleißen auflösen und wieder fest werden. Das Schiffsdeck unter den dünnen Ledersohlen der Soldaten ist heiß: Sie sind jetzt wachsam und schwitzen unter ihren heißen Brustpanzern.

Durch das Fernrohr des Kapitäns ist das Boot schließlich zu erkennen. Kein Indianerkanu. Eine englische Barkasse. Man kann die Segel sehen; die Ruder sind eingezogen. Einige bewaffnete Soldaten sind an Bord. Und ein Edelmann, ein Mann in prächtigen Kleidern, sitzt auf einer der Bänke. Keine englischen Kleider. Spanische Kleider.

Das kann nur der spanische Gouverneur sein. Ist er ein Gefangener? Ist es deswegen zu einem kriegerischen Akt gekommen? Oder kommt er, um zu verhandeln, um ein Geschäft vorzuschlagen, von Edelmann zu Edelmann?

In der Kajüte des Generals steht die Nachmittagshitze, und der Geruch des Meeres und der Flußmündung vermischt sich mit dem Geruch von Krankheit. Die kleinen, ausgebleichten Vorhänge glühen im Licht. Der alte Mann rafft sich auf und beginnt sich anzukleiden, um den Gouverneur zu empfangen. Der Arzt hilft ihm. Ein sauberes Hemd für den General: Es riecht nach dem Brackwasser, in dem es gewaschen worden ist. Dann treten die beiden Männer gemeinsam hinaus auf Deck, in das Licht.

Die Barkasse kommt näher.

»Ist es Palomeque?« fragt der alte Mann.

»Es ist ein Indianer«, sagt der Arzt. »Sie haben ihn mit spanischen Kleidern herausgeputzt. Mit denen des Gouverneurs oder eines anderen Edelmannes. Sie sind ihm viel zu groß.«

Der alte Mann schweigt. Die Segel werden schlaff, die Barkasse geht längsseits. Der Indianer sieht hoch, sein Kopf scheint in den zu großen Kleidern nur aus Gesicht zu bestehen. Ein Soldat klettert die Strickleiter zum Schiff halb hinauf. Ein zweiter Soldat reicht ihm Gegenstände aus der Barkasse.

Der Mann auf der Strickleiter sagt: »Für den Admiral. Captain Keymis schickt seine Empfehlungen. Einen Korb mit Orangen und Zitronen.« Er reicht die bereits geschrumpften Früchte einem Muskctier an Deck. »Eine Rolle Kautabak. Einen Stoß Papier.«

Der Arzt nimmt die Papiere entgegen und wirft einen Blick darauf. »Spanisch«, sagt er.

»Eine Schildkröte«, sagt der Mann auf der Strickleiter, als das Tier, den Rücken von der Sonne aufgewärmt, die Bauchseite jedoch kühl vom Bilgewasser, hinaufgereicht wird. »Und Don José persönlich.«

Das ist der Indianer. Er wird die Leiter hinaufgeschoben. Die Kleider gehören einem Mann, der dreißig Zentimeter größer ist als er, und sie sind nicht so prächtig, wie es von weitem den

Anschein hatte. Sie sind schlammbespritzt, und vereinzelt sind Flecken von altem Blut oder Bilgewasser zu sehen; der Schweiß unter den Armen färbt die blaue Seide violett. Der Indianer ist unsicher. Mit verängstigten Augen starrt er den alten Mann mit dem weißen Bart an.

Wir bleiben bei diesen indianischen Augen. Wenn wir sie noch einmal betrachten, blicken sie ruhiger, ja geradezu beherrscht. Wir treten ein, zwei Schritte zurück und sehen, daß der Besitzer dieser Augen mit einemmal englische Kleider aus der Zeit Jakobs I. trägt, Kleider, die ihm passen. Er sitzt in einem hohen, kahlen Raum an einem schweren, dunklen Tisch. Obgleich draußen die Sonne scheint, ist es kühl in dem Raum. Der Putz auf den dicken Mauern ist wellig, und hier und da hat sich auf den sanften Wölbungen Staub angesammelt.

Ein Jahr ist vergangen. Trotz Don Josés englischen Kleidern befinden wir uns in Neugranada, wieder in der Neuen Welt, in Südamerika, und Don José berichtet Fray Simón, einem Priester, der eine Geschichte der spanischen Neuen Welt schreibt.

Fray Simón liest aus seinen Notizen vor.

»›Und der Augenzeuge sagt, daß der Arzt, als diese Geschenke überreicht waren, nach Nachrichten fragte. Dem General wurde ein Brief übergeben. Und als der Brief halb gelesen war, sah der General, von dem der Augenzeuge damals glaubte, er heiße Milor Guateral, auf das Deck und das Meer und den Himmel und dann auf die Vögel, die über dem Felsen kreisten, welcher *El Soldado* genannt wird, und dann sah er wieder auf das Deck und begann vor aller Augen zu weinen, weil sein Sohn tot war.‹ Und dann?«

Don José sagt: »Der Arzt trat vor, um den alten Mann zu stützen, und der alte Mann ließ zu, daß er ihn stützte.«

Nun werden wir, ganz Auge, den schnell dahinströmenden Mündungsarm vom Golf zum Hauptarm des Flusses hinauffahren. Das Wasser und das Ufer sind alles, was wir sehen. Wir fahren nicht schneller, als ein Schiff fährt, und wir sehen (ohne

Verzerrungen, mit Hilfe dieses Kameraauges) den einst unberührten Fluß, den Keymis' vier Schiffe vor einem ganzen Jahr befahren haben, an Bord vierhundert schwerbewaffnete Soldaten, darunter auch eine Abteilung Lanzenträger, die der Sohn des alten Mannes kommandiert. Große Urwaldvögel fliegen uns voraus. Der weiße Himmel wird gelb und erglüht dann rot; im schwindenden Licht färbt sich das schlammige Wasser violett. Nacht senkt sich über Fluß und Ufer; der Urwald beginnt zu singen. Wir verlangsamen die Fahrt. Die Expedition hat sich der spanischen Siedlung genähert.

Hier beginnen wir, Don Josés Worte mit Bildern zu unterlegen. Dies ist nun seine Geschichte.

»Als die Leute in San Thomé hörten, daß sich Engländer näherten, bekamen sie Angst. Als sie hörten, daß all die Schiffe draußen auf dem Fluß vor Anker gegangen waren, schafften sie ihre Habseligkeiten aus den *rancherías* auf die Insel in der Mitte des Flusses.«

»*Rancherías?*« fragte Fray Simón. »Baracken? Hütten? Meint Ihr das? Lebten sie in Hütten?«

»Nur der Gouverneur lebte in einem Haus, und in dem Haus war alles untergebracht. Das Gefängnis, die Schatzkammer, alles. Die Schatzkammer war voller Waren, die er den Leuten weggenommen hatte. Don Palmita war ein sehr strenger Mann.«

»Er hieß Palomeque. Pa-lo-me-que.«

»Der Gouverneur nahm den Leuten Waren weg, wenn sie ein Gesetz gebrochen hatten. Die Leute hatten ja kein Geld, um die Strafen zu bezahlen. Don Palomeque wollte nicht, daß die Leute mit den Fremden Handel trieben.«

»Don Diego. Don Diego Palomeque.«

»Don Diego sagte, diese Art von Handel verstoße gegen die Gesetze des Königs und er sei entschlossen, dem ein Ende zu machen. Also nahm er den Leuten ihre Waren ab. Er tat das ohne Ansehen der Person. In der Schatzkammer seines Hauses in San Thomé lagen eine Menge Silberplatten, die der Frau des letzten Gouverneurs gehört hatten. Ich erwähne das, weil ich für die Familie gearbeitet habe. Der letzte Gouverneur war mein Vater.

Don Fernando Berrio. Ihr könnt an meinem Gesicht sehen, daß ich Spanier bin.«

Fray Simón sagte: »Eigentlich nicht.«

»Ich sage nur, was die Leute sagen. Meine Mutter war natürlich Indianerin. Die Leute mochten diesen neuen Gouverneur, Don Diego, nicht, und ohne die Soldaten aus Puerto Rico hätten sie ihn in Trinidad oder San Thomé getötet. Er reiste ständig zwischen den beiden Orten hin und her, und trotz der Soldaten hätte er an vielen Stellen auf dem Fluß einen Unfall haben können. Ich verrate kein Geheimnis, wenn ich sage, daß manche Leute froh waren zu hören, daß die Engländer kamen. Ein indianischer Diener sprach das sogar offen vor Don Diego aus. Der Gouverneur ließ den Dummkopf auf dem freien Stück Grund, den wir die Plaza nannten, auspeitschen und anschließend im Gefängnis seiner Residenz in Ketten legen. Das war ungefähr vier Tage, bevor die Engländer kamen.

Am nächsten Tag gab es Nachrichten über die Stärke der Engländer. Man sagte, es seien vierhundert, fünfhundert, siebenhundert Männer. Bei Einbruch der Dunkelheit verließen die *vecinos*, die Bewohner des Dorfes, ihre *rancherías*, nahmen sämtliche Vorräte mit und fuhren zu der Insel im Fluß. Meine Familie fuhr ebenfalls. Ich wurde zurückgelassen, für den Fall, daß etwas passierte, wenn die Engländer kamen, und ich dadurch in die Lage kam, das Silber aus der Residenz des Gouverneurs zu holen. Am nächsten oder übernächsten Abend desertierten die Soldaten aus Puerto Rico. Es waren etwa fünfzig. Mehr als genug, um den *vecinos* Angst einzujagen, aber nicht genug, um es mit den Engländern aufnehmen zu können. Sie gingen auf die Insel, wo auch die Leute aus dem Dorf waren.

Am nächsten Morgen waren im Dorf nur noch zwölf Leute. Ich habe sie gezählt. Der in Ketten gelegte Indianer im Regierungsgebäude. Ich. Drei indianische Dienerinnen. Zwei Neger, die ihr Besitzer zurückgelassen hatte und die nun auf sich selbst gestellt waren. Ein verkrüppelter Priester und ein portugiesischer Junge. Und der Gouverneur und zwei Hauptleute, Hauptmann Monje und Hauptmann Erenetta.«

Fray Simón sagte: »Arias Nieto. Das ist der Name, der bei der amtlichen Untersuchung genannt wurde.«

»Der Gouverneur, Don Diego, benahm sich wie ein Mann, das muß ich sagen. Sie waren nur drei Soldaten, aber er tat, als wären es dreihundert. Er war ein großer, stämmiger Mann, der größte Spanier, den ich je gesehen habe. Ich hatte ihn noch nie körperlich arbeiten sehen. Jetzt zeigte er, wozu er fähig war. Beim ersten Tageslicht machten er und die beiden Hauptleute sich an die Befestigung der Schanze, welche die Soldaten aus Puerto Rico rings um ein paar Felsen vor der Plaza anzulegen begonnen hatten. Er und die Hauptleute gruben. Sie befahlen den beiden Negern, ebenfalls zu graben, und mir befahlen sie es auch. So gruben wir also zu sechst. Sechs Männer können an einem Tag viel graben. Sie hatten etwa ein Dutzend Musketen und legten drei Verteidigungslinien an. Wir schnitten Äste ab und bauten damit Barrikaden vor jeder Musketenstellung. In der vordersten Verteidigungslinie lagen die Musketenstellungen weit auseinander, etwa vierzig Meter. In der zweiten Linie lagen sie näher beieinander und in der letzten sehr dicht zusammen, knapp innerhalb der Plaza. Sie stellten Stützen für die Musketen auf, und auf einige davon legten sie geladene Musketen.

Sie hatten keine Chance, aber sie waren entschlossen zu tun, was sie konnten. Und sie arbeiteten mit solcher Entschlossenheit, daß mir erst am Nachmittag, als es sehr heiß und still war, der Gedanke kam, daß sie eigentlich schon tot waren und dies der letzte Tag ihres Lebens war. Ich muß sagen: Da bewunderte ich sie, und ich begann mit ebensolcher Entschlossenheit wie sie zu arbeiten. Die Indianerinnen kochten uns etwas und brachten uns Wasser, und der Gouverneur vergaß auch den verkrüppelten Priester nicht. Wir arbeiteten den ganzen Tag hindurch. Ein stiller Tag, eine verlassene Plaza, und wir waren so geschäftig. Der portugiesische Junge stand Wache und beobachtete den Fluß.

Zwei Stunden vor Sonnenuntergang sagte der Gouverneur, wir hätten nun getan, was wir konnten. Ungefähr eine Stunde lang übten er und die beiden Hauptleute, von Musketenstellung zu Musketenstellung zu rennen und sich dabei von einer Verteidigungslinie zur anderen zurückzuziehen. Dann aßen sie ihre letzte Mahlzeit. Die Feuer wurden gelöscht. Die Sonne ging unter, und nach der Stille des Tages begann der Urwald zu brüllen. Wir warteten. Ich weiß nicht, wie lange. Ich glaube nicht, daß man bei all dem Urwaldlärm die Pfiffe oder Signale des portugiesischen Jungen hätte hören können. Und dann hörten wir vier Musketenschüsse. Nur vier, sehr schnell hintereinander. Danach war nichts mehr. Nur der Urwald. Am Morgen, als alles wieder still war, kamen die englischen Soldaten auf den Platz. Sie trugen sehr lange Lanzen.

Ich war in Berrios Haus. Die Soldaten hatten keine Mühe, mich zu finden. Sie fanden auch die Indianerinnen, die sich in einer der *rancherías* versteckt hatten. Und den portugiesischen Jungen und die beiden Neger. Sie trieben uns sehr grob zur Residenz und schrien uns auf englisch und in einer Sprache an, die sie wohl für Spanisch hielten.

›Du‹, sagten sie zu mir. ›*Castellano?*‹ Ich wollte ihnen sagen, daß mein Vater der vorige Gouverneur gewesen sei, wußte aber nicht, wie. Also machte ich bestätigende Zeichen. Das brachte sie ungeheuer auf. Einer der Soldaten schnallte ein Seil von seinem Gürtel, und ich glaube, sie hätten mich an Ort und Stelle aufgehängt, wenn die Neger nicht gesagt hätten: ›Kein *castellano*, kein *castellano*. Indio, Indio. Indianer, Indianer.‹

In der Gouverneursresidenz waren viele Soldaten. In einem Raum, der Amtsstube, sahen wir einen Mann mit einem Verband und zerrissenen, blutverschmierten Kleidern. Er war durch einen Musketenschuß verwundet worden. In einem anderen Raum – dem, in dem die Geldtruhe verwahrt wurde – waren zwei Tote aufgebahrt. Wir wurden in das große Schlafzimmer gebracht. Dort fanden wir den englischen Kommandeur. Er war ein alter Mann, sehr groß, so groß wie der spanische Gouverneur, aber sehr dünn. Er schielte auf einem Auge. Als Kommandeur hielt er einen glattpolierten Stock in der Hand, der etwa einen Meter lang war. Er sprach durch einen Dolmetscher mit den Frauen: ›Einige Spanier sind in der Nacht gestorben. Ihr sollt uns sagen, wer sie sind.‹

Sie führten uns zur Schanze, wo wir am Tag zuvor so viel in der roten Erde gegraben hatten. Der Boden war aufgewühlt von den Schuhen der englischen Soldaten, aber man konnte noch immer die Äste sehen, die wir abgeschnitten hatten, und die Spuren, wo wir sie zur Schanze geschleift hatten. Don Palmita, Erenetta und Hauptmann Monje waren in den Musketenstellungen der ersten Verteidigungslinie gestorben. All die Arbeit, und dann hatte der Kampf nur eine Minute gedauert. Vier Musketenschüsse. Einer hatte zweimal gefeuert. Mit diesen vier Schüssen hatten sie zwei Engländer getötet und einen verwundet. Nur ein Schuß war vorbeigegangen. Und dann waren alle drei getötet worden. Man konnte sehen, wo die langen englischen Lanzen die Äste beiseitegeschoben hatten. Ich glaube, sie hatten nicht damit gerechnet, daß die Engländer mit diesen Lanzen so weit den Fluß hinauffahren würden. Erenetta und Hauptmann Monje waren noch bekleidet, aber Don Palmita hatten sie bereits die Kleider ausgezogen. Er war nackt und schmutzig, und das getrocknete Blut war schwarz, und er hatte eine klaffende Wunde von der Schädeldecke bis zu den Zähnen.

Ich sagte dem Kommandeur, wer die Toten waren. Als er hörte, daß der nackte Mann der Gouverneur gewesen war, wurde er blaß. Die Frauen weinten beim Anblick der Toten, und als der englische Kommandeur sie bat, die Toten zu begraben, sagten sie, sie wüßten nicht, wie man das macht. Ich weiß nicht, an welche Regeln sich der Kommandeur hielt. Ich weiß nicht, warum er wollte, daß die Frauen die Toten begruben. Er bat nicht mich und auch nicht die Neger. Als die Frauen sagten, sie wüßten nicht, wie man jemanden begräbt, sah er aus, als wüßte er nicht, was er nun tun sollte. Dann sagte er ihnen durch einen Dolmetscher: ›Also gut. Dann kocht für uns. Wenn ihr für uns kocht, wird euch nichts geschehen. Was könnt ihr für uns kochen?‹ Die Frauen sagten, sie hätten nur Mais, und davon auch nur wenig, weil die *vecinos* die Felder abgeerntet und fast allen Mais mit auf die Insel genommen hätten.

Sie kochten den Mais zusammen mit einigen Kräutern, und der Kommandeur bat mich und den anderen Indianer, der im

Haus in Ketten gelegt worden war, im Regierungsgebäude mit ihnen zu essen. Sie behandelten uns sehr höflich. Damit hatte ich nicht gerechnet. Den Mann, der in Ketten gelegt worden war, nannten sie Señor Don Pedro. Er hieß gar nicht so. Es war nur ein Witz von ihnen.

Die ganze Zeit lagen diese beiden Toten in der Geldkammer. Der eine von ihnen war der Sohn des englischen Generals. Und draußen lagen die drei anderen Toten. Wenn Menschen sterben, sollten sie verschwinden. Ein Leichnam ist eine Last für die Erde, für die Seele. Später an jenem Tag, als die Männer nicht mehr so erschöpft waren, gingen einige englische Soldaten hinaus zu den Toten, versuchten sie herzurichten, banden sie zusammen und begruben sie in einem der Löcher, die wir am Tag zuvor gegraben hatten. Das war besser. Der verkrüppelte Priester sprach in seinem Haus einige Gebete.

Tags darauf begruben sie die beiden Männer, die in der Gouverneursresidenz aufgebahrt gewesen waren. Sie holten Leichentücher von den Schiffen und wickelten die Leichname darin ein. Sie legten sie auf Bretter, und einige Männer trugen die Bretter um die kahle Plaza, an den Hütten und der strohgedeckten Kirche aus Lehmziegeln vorbei. Dicht hinter den Brettern, ganz allein, ging der Kommandeur. Es sah seltsam aus, aber auch jetzt wußte ich nicht, an welche Regeln sie sich hielten. Einige der Soldaten marschierten in Formation, die Wimpel zu Boden geneigt. Andere hielten ihre langen Lanzen in der rechten Hand; die Spitzen zeigten schräg nach oben, und die Holzschäfte schleiften hinter ihnen im Staub. Zweimal gingen sie um die Plaza. Dann begruben sie die Toten in einem anderen Loch, das wir am Tag zuvor gegraben hatten, nicht weit vom ersten entfernt.

Danach begann der Kommandeur, nach Gold zu suchen. Er ließ den Boden in jeder *rancheria* aufgraben. Einmal ließ er den portugiesischen Jungen den ganzen Morgen lang mit Peitschen durch die Siedlung treiben. Er dachte, der portugiesische Junge wüßte, wo das Gold versteckt war. Vielleicht war der Akzent des Jungen daran schuld. Schließlich ließ er von dem armen Kerl ab.

Tag für Tag ließ er die Soldaten graben. Eines Nachts verließ er die Siedlung. Am Morgen kehrte er mit etwas Sand zurück. Er zeigte ihn mir. ›Ist das Gold, Don José?‹ Er wurde ganz verrückt. Sein schielendes Auge rollte immer weiter herum. Er fuhr den Fluß hinauf und hinunter. Einmal kam er der Insel zu nahe, und die Soldaten aus Puerto Rico eröffneten das Feuer und töteten sechs englische Soldaten.

In kleinen Scharmützeln wie diesem verlor er nun jeden Tag Männer. Jeden Tag gab es Beerdigungen, und nicht immer hielten sie sich dabei an ihre Regeln. Einmal fuhr er in einer Barkasse viele Tage flußaufwärts. Er legte zweihundert Meilen zurück. Er nahm mich mit. Bevor wir losfuhren, sagte er, er kenne diesen Teil des Flusses gut, doch bald schon wurde mir klar, daß er ihm völlig neu war. Er hatte furchtbare Angst, daß die Indianer sie vom Ufer mit vergifteten Pfeilen beschießen könnten. Jedesmal, wenn er einen Felsen oder auffällig gefärbte Erde oder Sand sah, wollte er wissen, ob darin Gold enthalten sei. Aus Angst vor den Pfeilen wollte er nie lange am Ufer bleiben. Als wir zur Siedlung zurückkehrten, stellten wir fest, daß eines der Schiffe verschwunden war.

Es war eigenartig. Ich hatte Don Diego, den Gouverneur, gehaßt. Dann hatte ich um ihn getrauert. Jetzt begann ich um den Mann zu trauern, der Don Diego getötet hatte. Er war unglücklich und verängstigt. Er hielt den Stock aus poliertem Holz in der Hand, aber er wußte nicht mehr, was er tun sollte. Die Soldaten waren krank und starben. Es gab nichts mehr zu essen. Die Männer hatten keinen Respekt vor ihm. Er fürchtete, es könnten ihn noch mehr Schiffe verlassen. Da beschloß er, mich in der Barkasse zur Flußmündung, zum General, zu schicken.

Er setzte sich ins Schlafzimmer der Gouverneursresidenz und schrieb einen Brief. Er sagte, ich dürfe dem General nichts vom Tod seines Sohnes sagen. Der General solle es aus dem Brief erfahren. Dann ließ er verschiedene Sachen in die Barkasse laden. Viele Papiere aus der Geldkammer, wo der Sohn des Generals zwei Tage und Nächte lang aufgebahrt gewesen war. Die Orangen und Zitronen. Die einzigen Dinge in San Thomé, die wie Gold aussahen. Es gab ein paar Bäume in der Siedlung. Die Rolle Kautabak. Tabak gab es überall. Die Leute bauten ihn an, um mit ausländischen Schiffen Handel zu treiben. Wenn man ihn hätte essen können, hätte niemand Hunger leiden müssen. Dann fiel ihm die Schildkröte ein. Er hätte dem General lieber ein Gürteltier geschickt, sagte er. Als sie 1595 den Fluß hinaufgefahren waren, hatten er und der General und alle anderen Gürteltiere gegessen. Die Schildkröte konnte man nicht essen, aber der General interessierte sich für diese merkwürdigen Tiere. Ich sollte die Schildkröte kühl halten.

Kurz bevor wir losfuhren, kam ihm der Gedanke, mich in die Kleider zu stecken, die sie dem toten Gouverneur ausgezogen hatten. Es waren schöne Kleider, nur viel zu groß für mich. Das brachte ihn zum Lachen. Ich fand, es war keine gute Zeit, um Witze zu machen. Aber er hielt sich wahrscheinlich an irgendwelche eigenen Regeln. Es war wie an dem Tag, an dem er und seine Offiziere den Indianer im Regierungsgebäude von seinen Ketten befreit und herausgeputzt und Señor Don Pedro genannt hatten, an dem er ihn und mich eingeladen hatte, mit ihnen in der Residenz des Gouverneurs gekochten Mais zu essen, während draußen drei unbeerdigte Tote lagen und zwei weitere in dem anderen Raum aufgebahrt waren.«

Abermals ganz Auge, fahren wir den Fluß hinunter. Doch jetzt sehen wir, was die Barkasse hinter sich läßt. Wir halten uns an das Nordufer und fahren schnell, etwa vier oder fünf Meilen pro Stunde. An einem bestimmten Punkt verlassen wir den Hauptarm und biegen in einen Nebenarm ein, der nach Norden fließt. Wir werden langsamer. Wir werden nicht mehr von der Strömung getragen. Wir nutzen den Wind und kreuzen von einem Ufer zum anderen, bis die Ufer verschwinden. Wir sind wieder im weiten Golf, und bald sehen wir die schwerfälligen Pelikane und schlanken Fregattvögel, die über *El Soldado* kreisen.

Auf halbem Weg durch diese Bilder, mitten in unserer Betrachtung des Wassers und des flachen Landes – grün und braun und gelb –, hören wir die Stimme von Fray Simón, dem Geschichtsschreiber.

»Ihr seid inzwischen ein weitgereister Mann. Ihr seid weiter herumgekommen als die meisten Menschen auf dieser Welt. Ihr seid in England gewesen und habt dort einige der großen Städte und großen Bauwerke gesehen. Ihr habt Dinge gesehen, die ich nicht gesehen habe. Den Turm der Kathedrale von Salisbury, die großen Kathedralen von Winchester und Southwark, den Tower von London, von dem es heißt, Julius Cäsar habe ihn erbaut. Ihr habt bedeutende Männer kennengelernt. Ihr seid auch in Spanien gewesen. Ihr seid in Toledo und Salamanca gewesen. Ihr seid in Sevilla gewesen. Ihr habt auf dem Fluß dort die Galeonen gesehen, die aus Amerika zurückgekehrt waren. Und nun seid Ihr wieder hier, in Neugranada, dem Ort Eurer Geburt. Ihr werdet nicht nur Don José genannt, Ihr seid es in der Tat.«

»Das habe ich nur Sir Guateral, dem englischen General, zu verdanken. Ein einziges Wort von ihm hätte mich vernichten können.«

»Warum hat er Gefallen an Euch gefunden?«

»Das hat er nie gesagt.«

»Hat er in Euch den Sohn gesehen, den er verloren hatte? Oder lag es daran, daß Ihr unter den letzten wart, die seinen Sohn gesehen haben?«

»Wir haben nie darüber gesprochen. Er hat mich nie nach seinem Sohn gefragt.«

»Wußtet Ihr, daß der General einige Monate später sterben würde?«

»Nein, ich wußte es nicht, und ich bin froh, daß ich es nicht wußte. Nach all dem, was geschehen war, wäre das zuviel für mich gewesen. Und ich war so erfüllt von eigenem Schmerz.«

»Über all die Toten? Oder darüber, daß Ihr von dort weggebracht wurdet?«

»Der Schmerz hatte mich schon seit einigen Wochen begleitet. Doch erst auf der Barkasse begriff ich, was ich wirklich fühlte. Ich stammte nicht aus Guayana. Ich stammte aus Neugranada und hatte mit den Berrios die lange Reise auf dem Fluß gemacht. Ich hatte immer gehofft, daß es mir eines Tages gelingen würde, von Guayana nach Hause zurückzukehren. Als die *vecinos* die Siedlung verließen und sich auf die Insel zurückzogen, spürte ich, daß sich meine Welt verändert hatte. Ich spürte, daß ich den Kontakt zu ihr verloren hatte. Auf der Barkasse wurde der Schmerz darüber immer größer. Manchmal erschrickt ein Kind, das nach dem Regen in einer Pfütze spielt, über das Spiegelbild des Himmels. So war es auch bei mir. Ich hatte das Gefühl, als würde ich in den Himmel, in das Meer fallen. Ich verhärtete mein Herz. Und aus Angst vor der Vorstellung, in den Himmel zu fallen, begann ich, mich an diese Vorstellung zu klammern. Der Gedanke an mein Schicksal hob mich über die anderen Menschen hinaus. Ich beschloß, auf nichts und niemand zu reagieren. Selbst wenn man mich wegen meiner Kleider auslachen oder anlächeln sollte, würde ich nicht zurücklächeln.«

»War das das Gesicht, das Ihr dem General zeigtet, als Ihr an Bord seines Schiffes kamt?«

»Ja.«

»Ihr habt Glück gehabt. Er hatte seine Zuneigung zu den Indianern verloren. Er fand, sie hätten ihn im Stich gelassen.«

»Wie ich schon sagte: Ein einziges Wort von ihm hätte mich vernichten können.«

»Vielleicht hat ihn Euer Verhalten beeindruckt. Vielleicht sah er in Eurem Geschick sein eigenes Schicksal.«

»Anfangs hat er mich gar nicht angesehen. Und ich dachte an die Vögel über dem Felsen, den sie *El Soldado* nennen. Dann las er den Brief und weinte um seinen Sohn, und der Arzt stützte ihn. Erst danach fühlte ich seinen Blick auf mir ruhen.«

»Natürlich wart Ihr auch das einzige, was er aus Guayana nach England zurückbrachte.«

»So hieß es später. Aber damals spürte ich nur, wie sein Blick auf meinem Gesicht ruhte, und ich war unbesorgt.«

»Ich muß gestehen, daß ich gehofft hatte, etwas anderes von Euch zu erfahren. Nun habe ich das Gefühl, daß ich als Geschichtsschreiber diesen Augenblick der Überbringung der

Nachricht so schlicht wie möglich schildern sollte. Daß ich nur die Tatsachen wiedergeben sollte.«

Wieder betrachten wir die Fregattvögel, die hoch über *El Soldado* schweben, und die unförmigen Pelikane, die mit ihren plumpen Körpern und plumpen Schnäbeln und ohne einen langen Schwanz, mit dem sie besser steuern könnten, tiefer über dem Gleißen des Meeres hin und her ziehen, auf wohlabgegrenzten Bahnen, wie fliegende Miniaturkaravellen.

Und diese Bilder werden jetzt mit der Stimme von Fray Simón unterlegt, der vorliest, was er niederschreibt.

»Und so wurde ihre Freude darüber, daß der tapfere Don Diego Palomeque de Acuña im Kampf gefallen war, sehr verwässert durch die Tränen, welche die Männer auf den Schiffen über den Tod des Sohnes ihres Generals vergossen.«

Konzentrieren wir uns wieder auf Don José: auf sein zuversichtliches Gesicht, seine Kleidung nach der Mode aus der Zeit Jakobs I. Er setzt seine Erzählung fort.

»Als der General sich wieder etwas gefaßt hatte, gab er den Befehl, mich in seine Kajüte zu bringen und mir einige seiner Kleider zu geben. Sogleich veränderte sich meine Stellung auf dem Schiff. Die Leute, die mir spöttische Blicke zugeworfen hatten, hörten damit auf. Sie sprachen sogar meinen Namen anders aus. Die Kajüte des Generals war klein, aber die Wandbehänge waren das Prächtigste, was ich je gesehen hatte. Der Adjutant, der mich in die Kajüte geführt hatte, öffnete eine am Boden befestigte Truhe, nahm einige Kleider heraus und bat mich auszuwählen. Der General hatte schon eher meine Größe. Ich war erleichtert, die Kleider des Gouverneurs ausziehen zu können. Es waren die schönen Kleider, die er für die Schlacht angelegt hatte. Das geronnene Blut war schwarz und der rote Schlamm von San Thomé, mit dem sie in der Nacht des Kampfes verschmiert worden waren, zu Puder getrocknet. Sie rochen nach Tod und Urwald, Flußwasser und vermodernden Blättern und ganz schwach, wie aus lange vergangenen Zeiten, nach der süß duftenden Wurzel, die der Gouverneur in seine Kommode gelegt hatte, um seine Kleider zu parfümieren und Insekten fernzuhalten. Ich faltete die Kleider so ordentlich wie möglich zusammen und legte sie auf den Deckel der Truhe.

Mit Hilfe des Adjutanten zog ich meine neuen Kleider an, und gerade, als ich überlegte, ob ich hinausgehen sollte, traten der General und der Arzt ein. Sie gaben mir zu verstehen, daß ich in der Kajüte schlafen solle. Man werde eine Hängematte für mich aufspannen. Ich solle der Leibdiener des Generals sein. Der General fragte mich, ob ich die Fertigkeiten eines Dieners beherrschte, und ich sagte ihm, ich sei im Haushalt des vorigen Gouverneurs von Trinidad und Guayana tätig gewesen. Daß der Gouverneur mein Vater gewesen war, sagte ich ihm nicht.

Meine erste Aufgabe bestand darin, ihn beim Abendessen zu bedienen. Sein Koch war während der Reise gestorben, und so aß er, was in der Kombüse für alle anderen zubereitet wurde. An jenem Tag war es Maisbrei. Er rührte das Essen kaum an. Später machten er und der Arzt einen Spaziergang an Deck, und er spielte mit der Schildkröte. Abends in der Kajüte sprachen wir nicht miteinander. Er wollte nicht allein sein. Er wollte meine Gesellschaft, aber ich sollte ein Fremder bleiben. Irgendwann in der Nacht stieg er aus seiner baumwollenen Hängematte. Er wollte etwas essen. Er aß eine gekochte Birne aus einem Faß, das er aus England mitgebracht hatte. Ich fand, daß die Birne und das Faß, nachdem er den Deckel abgenommen hatte, unappetitlich aussahen, und der Geruch war sehr unangenehm. Er sagte, das sei das einzige, was er nach seiner Krankheit während der Reise noch problemlos essen könne, und er habe nur noch sehr wenige übrig. Er sagte, die letzten Äpfel, die er aus England mitgebracht habe, seien ihm von der Mannschaft gestohlen worden. Er sah sehr dünn aus in seinem Hemd. Er bot einen erbärmlichen Anblick.

Er war alt und krank und dürr, aber er konnte sehr grob zu den Leuten sein, besonders zu denen, die ihn bedienten. Sie sollten wissen, daß er nicht sehr viel von ihnen hielt; er konnte sie anschreien. Aus irgendeinem Grund war er mir gegenüber nicht so, und bei den Engländern auf dem Schiff verhalf mir das zu einem gewissen Ansehen. Ich muß sagen, daß ich nie zuvor so freundlich behandelt worden war, nicht in Neugranada und auch nicht, als ich mit den Berrios in San Thomé war. Gleichzeitig erkannte ich jedoch, daß mein Glück nicht von Dauer sein würde und daß die Situation des Generals hier im Golf nicht viel anders war als die des Kommandeurs am Fluß.

Er war dem Untergang geweiht. Jeder wußte es. Der Arzt, die Matrosen, die Soldaten, die Männer, die in der Kombüse sein Essen kochten. Er hatte viele Männer verloren, viele Freunde, viele Edelmänner. Er hatte seinen Sohn verloren. Und er hatte spanisches Blut an seinen Händen. Er hatte dem englischen König versprochen, es werde keine Kämpfe mit den Spaniern geben. Zu der Schlacht von San Thomé hätte es nie kommen dürfen. Das erfuhr ich erst später. Damals verstand ich nur, daß er kein Gold gefunden hatte und daß er, sobald er nach England zurückgekehrt war, auf Befehl des Königs verhaftet und anschließend hingerichtet werden würde.

Das war seine Zukunft, doch in der Zwischenzeit war er der General. Er verfügte über Schiffe und Männer. Er befehligte die Männer. Er konnte die Matrosen und seine Diener anschreien. Und natürlich bestand immer noch die Möglichkeit, daß sich all das umkehrte, falls er Gold fand. Dann würde er am Leben bleiben und geehrt werden. Falls er das Gold fand, das, wie er den Leuten weisgemacht hatte, nur er finden konnte. Doch dieses Gold existierte überhaupt nicht. Als die Leute in San Thomé hörten, daß die Engländer kamen, um unsere Goldminen in Besitz zu nehmen, hielten sie das für einen Witz.

Vermutlich glaubte niemand auf der *Destiny* oder den anderen Schiffen an das Gold. Und doch waren sie alle dort im Golf und unterstanden dem Befehl eines Generals, der sein Leben mehr oder weniger verwirkt hatte. Sie taten nichts, sie warteten. Wie der General. Manchen von ihnen fiel das schwer. Einige Tage, nachdem ich angekommen war, fuhren einige Schiffe heimlich nach Norden davon, in Richtung Drachenmaul und Karibisches Meer. Der General tat, als merkte er es nicht.

Der Arzt kam drei- oder viermal am Tag in die Kajüte. Der

General sprach viel mit ihm. Im Grunde war er der einzige, mit dem der General überhaupt sprach. Er sprach darüber, Trinidad anzugreifen und für Port of Spain ein Lösegeld zu erpressen. Das habe er vor dreiundzwanzig Jahren schon einmal getan, sagte er, und er könne es wieder tun. Diesmal würde er zwanzigtausend Pfund von Spanien fordern und täglich einen Straßenzug der Stadt niederbrennen, bis die Spanier bezahlten. Er sprach davon, Cumaná und Puerto Cabello anzugreifen und danach einen Stützpunkt in Florida einzurichten.

Anfangs nahm ich das, was er sagte, ernst, doch dann sah ich, daß er keine Chance hatte und sich nirgends verstecken konnte. Selbst wenn er beim ersten oder zweiten der Unternehmen, die er plante, Glück hatte – die Schiffe aus England würden ihn unablässig verfolgen. So wie die spanischen Schiffe immer wieder in unseren Teil der Welt gekommen waren. Da begriff ich, daß er all das nur sagte, um den Arzt – und ein wenig sogar auch mich – zu beeindrucken. Er sagte auf spanisch zu mir, was er zu dem Arzt gesagt hatte, und fragte mich, fast als wäre das Ganze ein Witz: ›Was meint Ihr, Don José?‹

Als der Arzt gegangen war und wir allein in der Kajüte waren, wurde der alte Mann schweigsam. Bei Tag und bei Nacht konnte ich spüren, daß er um seinen Sohn trauerte und auch an seinen eigenen Tod dachte. Ein- oder zweimal nahm er ein Buch und setzte sich, als wollte er etwas hineinschreiben. Doch er schrieb nichts. Später erfuhr ich, daß es ein Tagebuch war, das er führte, seit er mit seinen Schiffen und seinen Männern aus England aufgebrochen war. Selbst während seiner Krankheit hatte er in dieses Buch geschrieben. Erst seit die Barkasse mit den Nachrichten aus San Thomé gekommen war, hatte er nichts mehr hineingeschrieben.

Er wartete auf den Kommandeur aus San Thomé. Das war eigentlich alles, was wir da draußen auf dem Golf taten: Wir warteten auf den geschlagenen Mann mit dem schielenden Auge. Darüber sprach er oft, als sei es das einzige, das ihm noch klar war.

Eines Tages schließlich, etwa dreizehn oder vierzehn Tage

nach meiner Ankunft, erschien im Süden, in dem Mündungsarm zu unserer Linken, das Schiff des Kommandeurs. Unser Begleitschiff gab Signal, die Matrosen und Soldaten riefen sich die Nachricht zu, und alles rannte an Deck und wartete. Nur der General nicht. Ich hatte ihm geholfen, sich für einen Spaziergang an Deck fertig zu machen, doch als er die Nachricht hörte, sagte er, er fühle sich nicht wohl genug. Das war nicht gelogen. Sein Gesicht veränderte sich. Es schien zusammenzuschrumpfen. Es wurde älter, bekam viele Falten. Er sagte, er werde in seiner Kajüte bleiben, wollte aber, daß ich hinausging und zusah, was geschah.

Ich ging hinaus. Es war kurz vor Mittag, und das Deck unter den Sohlen meiner neuen Schuhe war heiß. Der Himmel war voller großer, dahintreibender Wolken, und das kabbelige Meer glitzerte. Das Schiff kam langsam auf uns zu, umtanzt vom Licht aus Meer und Himmel, und die Konturen und Farben der Masten und Segel veränderten sich ständig. Hoch oben schwebten die Vögel, die auf *El Soldado* lebten. Als das Schiff näher kam, sah ich, daß zwei weiße Flaggen gehißt waren. Ich wußte nicht, was das zu bedeuten hatte.

Das Schiff ging ein kleines Stück entfernt vor Anker. Ein Boot wurde zu Wasser gelassen. Ruderer kletterten über eine Strickleiter in das Boot. Der Kommandeur erschien auf dem Deck seines Schiffes. Er war groß, trug die Kleider, die ich bei meiner Abfahrt an ihm gesehen hatte, und hielt seinen polierten Kommandeursstab in der Hand. Mit diesem Stock in der rechten Hand kletterte er die Strickleiter hinunter. Dann wurde er zu uns herübergerudert. Zu diesem Zeitpunkt war er immer noch der Kommandeur der Flußflotte, doch als er die Strickleiter packte und zu uns heraufkletterte, begann ihn seine Befehlsgewalt zu verlassen. Und ich dachte, wie eigenartig es war, daß vor ein paar Wochen noch, in San Thomé, englische Lanzenträger kurz davor gewesen waren, mich aufzuhängen. Damals hatten mich die Neger gerettet, und danach hatte mein Leben viele Wochen lang in der Hand des Kommandeurs gelegen. Jetzt befand ich mich auf dem Schiff des Generals und beobachtete wie alle anderen jede Bewegung dieses geschlagenen Mannes, der mit seinem jetzt nutzlosen Kommandeursstab die Strickleiter heraufkletterte.

Er war sehr dünn geworden. An Bord des Schiffes gab es nicht viel zu essen. Auf dem Fluß wird es noch weniger gewesen sein. Seine Kleider waren schmutzig. Seine Hände ebenso. Sie waren mit altem Dreck verschmutzt und voller Schrammen, von denen einige frisch waren, andere aber bereits verheilten. Ich nehme an, daß im Krieg die Hände aller Soldaten schmutzig und verschrammt sind, aber bis zu diesem Augenblick hatte ich mir nie Gedanken darüber gemacht. Eines seiner Augen wirkte sehr ruhig, fast tot, während das andere wie verrückt rollte. Er sah mich nicht an. Nichts in seinem Gesicht verriet, daß er in mir den Mann wiedererkannte, den er in die Kleider des spanischen Gouverneurs gesteckt und als Gefangenen zum General geschickt hatte.

Er ging zur Kajüte des Generals. Er kannte den Weg. Alle sahen ihn an. Der Arzt folgte ihm, und ich folgte dem Arzt. Die Tür des Generals stand offen. Es ertönte keine Antwort, als der Kommandeur klopfte, doch er trat ein. Er hielt noch immer den Stock in der Hand und bückte sich – er war ein sehr großer Mann, und die Tür war niedrig –, um sich nicht den Kopf zu stoßen. Der General lag in seiner Hängematte. Seit ich ihn allein gelassen hatte, war er sehr krank geworden. Sein Hemd war schweißnaß. Über den tiefen Höhlen seiner Augen und den eingefallenen Wangen war die Haut weiß. Er sagte nichts. Und doch waren diese beiden alten Männer, wie ich gehört hatte, sehr alte Freunde.

Der Kommandeur begann zu sprechen. Der alte Mann gab keine Antwort. Der Kommandeur sprach weiter. Ich spürte, daß seine Worte nichtssagend waren. Ich spürte, daß er nicht einmal selbst auf das achtete, was er sagte. Ich glaube, alle Anwesenden warteten darauf, daß der Kranke in der Hängematte explodierte. Und er explodierte tatsächlich und hörte gar nicht wieder auf. Es war, als hätte sich das Warten und die Enttäuschungen und der Schmerz all der Wochen und der vielen Jahren davor bis zu diesem einen Augenblick aufgestaut, als sei dies der Augenblick, auf den der General gewartet hatte, die eine eindeutige Sache, die er glaubte, erledigen zu müssen, nachdem er begriffen hatte, daß er dem Untergang geweiht war.

Der alte Kommandeur, der sich unter der niedrigen Decke ohnehin beugen mußte, beugte sich noch tiefer, als er die Worte des Generals hörte. Er habe alles zunichte gemacht, sagte der General. Er sei vor vielen Jahren auf Kosten des Generals hergefahren, um nach den Goldminen zu suchen, und er habe behauptet, die Minen gefunden zu haben. Es gebe drei Männer in San Thomé, die eine Goldmine besäßen, sagte der General. Er kenne sogar ihre Namen. Don José kenne ihre Namen. Francisco Fashardo besitze eine Mine. Hermano Fruntino besitze eine Mine. Pedro Paraná besitze eine Mine.

Als ich meinen Namen hörte, blickte ich auf und sah den Arzt an. Er übersetzte die Worte des Generals ins Spanische. Ich wollte sagen, daß das nicht stimmte und daß es keine Goldminen in San Thomé gab und daß all die Namen, die der General genannt hatte, erfunden waren und daß der Paraná ein Fluß war und *hermano* ›Bruder‹ bedeutete. Doch der Arzt sah mich bedeutungsvoll an und machte eine kleine Kopfbewegung, und da wußte ich, daß ich nichts sagen sollte und daß wir den Wahnsinn des Generals ertragen mußten, daß dieser Wahnsinn alles war, was von seinem Leben noch übrig war, und daß diese Wut dem kranken Mann, der seinen Sohn verloren hatte, eine Art Leben gab.

An diesem Nachmittag wütete und wütete der alte Mann gegen den Kommandeur. Die Sonne schien durch die grünen Vorhänge. Die Hitze und die Wut des alten Mannes und der Schmerz des großen, halbverhungerten Mannes mit dem schielenden Auge und den schmutzstarrenden Kleidern und Händen waren zuviel für mich. Ich ging hinaus und fand alle still und stumm und bedrückt. Alle auf der *Destiny* und den anderen Schiffen wußten, was geschehen war.

Schließlich erschien der Kommandeur ohne seinen Stock und ging in seine Kajüte. Sie lag über der des Generals. Der

General rief mich. Er lag zitternd in seiner Hängematte; sein Gesicht war weiß und abgezehrt, sein Hemd war sehr naß, und er klagte, ihm sei kalt. Er sagte: ›Ich bin krank, Don José, sehr krank.‹ Der polierte Stock des Kommandeurs lag auf dem Deckel der Kleidertruhe. Wir hörten ihn über uns, in seiner Kajüte, hin und her gehen, und der General benahm sich, als sei jedes Geräusch, jedes Lebenszeichen seines Kommandeurs eine Beleidigung.

Später, kurz vor Sonnenuntergang, befahl der General den Kommandeur noch einmal zu sich und ging erneut auf ihn los.

Der Kommandeur hatte einige seiner Kleider ausgezogen. Sein Hemd war aufgeknöpft. Diesmal hörte er nicht sehr lange zu. Er sagte etwas, das ich nicht verstand, und machte danach keinen Versuch mehr, etwas zu erwidern. Wenig später stand er auf und ging hinauf in seine Kajüte.

Der General war wie ein Besessener. Er erhob sich aus seiner Hängematte, nahm sein Buch, riß einige Seiten heraus und begann bei Kerzenlicht zu schreiben. Es war das erste Mal, seit ich auf dem Schiff war, daß ich ihn eine Kerze anzünden sah. Von oben ertönte ein Schuß. Der General verzog das Gesicht. Trotz der Kerze war es dunkel in der Kajüte. Wenn es nicht dunkel gewesen wäre, hätte ich gesagt, daß der General lächelte, als er den Schuß hörte. Nach dem Schuß schrieb und schrieb er, dieser Mann, der, seit ich bei ihm war, nichts mehr in sein Tagebuch geschrieben hatte.

Der Arzt trat ein, und er und der General sprachen miteinander. Wir gingen zu der oberen Kajüte, der Kajüte des Kommandeurs. Da lag er auf dem Boden, wieder ganz angekleidet, in den Kleidern, die er bei seiner Rückkehr getragen hatte. Es waren die Kleider, in denen ich ihn gesehen hatte, als er mich in San Thomé in die Barkasse gesetzt und zum General geschickt hatte, zusammen mit den Geschenken: der Schildkröte, dem Papier und der Rolle Kautabak. Der Kommandeur lag mit dem Gesicht auf dem Boden. Der General drehte ihn um, wie einer, der darauf erpicht ist, etwas zu sehen, was andere lieber nicht sehen würden. Wir sahen, wo die Kugel das Hemd zerrissen und die Rippen in der sehr mageren Brust zertrümmert hatte. Aber da war auch noch ein Messer, ein langes, schmales Messer. Es war zwischen die Rippen gestoßen worden. Was war zuerst gekommen? Das Messer oder die Kugel? Ich glaube, die Kugel.

Bald war die Kajüte voller Menschen. Der General wollte, daß es alle sahen, und keinem gefiel, was er da sah. Später hörte ich, daß sie die Vorstellung, daß ein Mensch seinem Leben ein Ende setzt, nicht mochten. Es war, als hätte der Tote damit ein Urteil über sich gesprochen. Bei uns Indianern oder Halbindianern allerdings hält man es für besser, ein Ende zu machen, als mit der Schande weiterzuleben.

In dieser Nacht schrieb der General wie ein Inspirierter, wie ein Mann, der Kraft aus einer geheimen Quelle oder Seele schöpft. Tags darauf wurde der Kommandeur ohne Zeremoniell bestattet. Sein Leichnam wurde, mehr aus Schicklichkeit als aus religiösen Gründen, in ein Leichentuch gewickelt und in den Golf geworfen – der Leichnam des Mannes, der in San Thomé gemäß der Regeln hinter dem verhüllten Leichnam des Sohnes seines Generals und der anderen toten englischen Edelmänner gegangen war.

Das war das Ende. Es gab nichts mehr zu tun. Die Kapitäne der anderen Schiffe kamen zum General und fragten ihn, was sie tun sollten. Er sagte ihnen, er sei ein dem Untergang geweihter, sehr kranker und sehr alter Mann, ein Mann, der seinen Sohn verloren habe, ein Mann, der von allen, selbst von seinem ältesten Freund, verraten worden sei. Er sagte, sie sollten ihn verlassen, denn er bringe denen, die ihm folgten, nur Unglück. Als die Kapitäne gehorchten und uns verließen und dort, wo wir ihre Schiffe gesehen hatten, nichts mehr war, beklagte sich der General über ihre Undankbarkeit. Er beklagte sich bei mir und dem Arzt und anderen Leuten. Allerdings nicht mit besonderer Leidenschaft. Er glaubte nicht an das, was er sagte. Er war ein zermürbter Mann, der keine Gefühle mehr besaß und versuchte, mit Gefühlen zu spielen.

Es war das Ende. Und trotz all der Dinge, von denen der General behauptet hatte, er könne sie tun, beschloß er, als es an der Zeit war, ganz einfach nach Hause zu segeln, dem Untergang durch den Spruch des Königs entgegen.

Als der arme Kommandeur – heute begreife ich, daß er ein sehr verängstigter Mann war – mich in San Thomé zum Scherz in Don Palmitas sehr große Kleider gesteckt und auf der Barkasse flußabwärts geschickt hatte, war in meinem Kopf ein Bild meines eigenen Untergangs erschienen: Ich hatte das Gefühl gehabt, in das Meer, in den Himmel zu fallen. Ich hatte mich auf das Bild konzentriert und Trost darin gefunden, denn der Untergang war so vollständig, daß er dem Schmerz und dem Leben anderer und der Welt insgesamt die Bedeutung nahm.

Jetzt, ein paar Tage, nachdem wir aufgebrochen waren und Leere zurückgelassen hatten, wo vorher unser Schiff gewesen war, stellte ich fest, daß die Welt wie das Bild in meinem Kopf geworden war. Nur wenige Tage, nachdem wir so vieles hinter uns gelassen hatten, das mir vertraut war, nicht nur durch die Reisen, die ich mit den Berrios gemacht hatte, sondern auch durch das, was ich von so vielen gehört hatte: den Felsen, den man *El Soldado* nannte, wo sich die Pelikane mit ihren starken Flügeln niederließen, um zu sterben; den Asphaltsee auf der Insel Iere, welche die Spanier Trinidad genannt hatten; den hoch aufragenden Hügel Anaparima, der ein Orientierungspunkt für alle war, die den Golf befuhren; Guanaganares Land Conquerabo oder Cumucurapo, wo der Vater meines Vaters die Stadt der Spanier gegründet hatte; die hohe Insel Chacachacare und die anderen größeren und kleineren Inseln im Drachenmaul. Vertraute Orte, wo Wolken und Himmel und Wind und Meer waren, wie sie immer gewesen waren, doch das alles jetzt in einer Welt, die sich für mich und alle anderen für alle Zeit verändert hatte.

Nachdem ich das alles einige Tage hinter mir gelassen hatte, befand ich mich in der Welt meines Traums von damals, in einer Unendlichkeit aus Himmel und Meer. Dennoch fand ich es nicht schrecklich. Das Schiff war eine eigene kleine Welt. Die Tage an Bord hatten ihren eigenen Rhythmus. Der alte Mann in seiner Kajüte war ruhig. Er verbrachte einige Zeit mit Schreiben; er sprach mit dem Arzt; er verbrachte einige Zeit damit, mir Englisch beizubringen. Was seine Gefühle betraf: Er trauerte sehr um die Schildkröte, die gestorben war. Es war zu heiß auf dem Schiff, und es hatte kein grünes Futter für das Tier gegeben. Mit dieser Art von Aktivitäten und Gefühlen – Englischunterricht für mich und Trauer um die Schildkröte – kam der alte Mann zurecht. Doch die meiste Zeit war er wie einer, der aufgehört hatte zu fühlen, der, wie ich glaubte, wenn ich mich in ihn hineinversetzte, von uns anderen getrennt war durch die Vorstellung seines Untergangs.

Seine Wertschätzung für mich ließ nie nach. Mehr als einmal sagte der Arzt zu mir, was andere mir ebenfalls sagen würden: Ich sei ein Indianer aus Guayana und sein Diener – ein ganz gewöhnlicher Mensch auf der anderen Seite des Ozeans, doch nun mit jedem Tag wertvoller. Wenn wir in England ankämen, würden die Leute besser über den alten Mann denken, sobald sie mich sähen. Ich würde wie ein Rest oder ein Beweis des Goldreiches in seinem Kopf sein. Ich war also ein Teil der Eitelkeit, die er noch immer besaß, ein Teil seiner Vorstellung von der Welt, die jenseits der leeren Weite des Meeres lag.

Schließlich kam der Tag, an dem wir anlegten und diese leere Weite hinter uns ließen. Jeder war erleichtert. Jeder wollte festen Boden unter die Füße bekommen, sauberes Wasser trinken und frisches Essen essen. Doch die Befehlsgewalt, die der alte Mann als General besaß, endete in dem Augenblick, da wir Land berührten. Sobald wir Land berührten, war er der Gefangene des Königs. Er wurde nicht in Ketten gelegt. Niemand erwartete ihn, um ihn fortzubringen. Wir fuhren zu seinem Haus, und dort, mit all seinen Sorgen, war er noch der Herr. Doch jedermann wußte, daß er sein Leben verwirkt hatte. Jedermann wartete darauf, daß der König etwas befehlen würde, und der König ließ sich Zeit.

Noch Tage, nachdem wir gelandet waren, hatte ich das Gefühl, als bewegte sich der Boden unter mir, als wären wir noch immer an Bord. Und obwohl ich wieder an Land war und den festen Boden unter den Füßen spürte, nach dem ich mich gesehnt hatte, und obwohl der Himmel tief über mir hing und die Perspektiven eng und die Entfernungen klein waren, war es doch seltsam, daß mich wieder so etwas wie die Stimmung überkam, in der ich den Fluß von San Thomé zur *Destiny* hinuntergefahren war. Diese Stimmung hatte einige Tage vor unserer Ankunft begonnen. Sie hatte begonnen, als ich die anderen von der Ankunft reden hörte. Mir gefiel die Vorstellung anzukommen nicht. Ich war nervös.

Als wir angelegt hatten und zum Haus des Generals reisten, überkam mich eine tiefe Melancholie. Sie überwältigte mich. Sie durchströmte mich wie eine kalte Flüssigkeit. Sie lag hinter allem, was ich tat. Sie war wie ein Geist auf meiner Schulter. Wie mich der Traum, ins Meer und in den Himmel zu fallen, über die anderen Menschen hinausgehoben hatte, als ich auf der Barkasse den Fluß hinuntergefahren war, so schnitt mich dieser Schmerz von allen und allem ab. Ich wollte sterben. In dem Zimmer, das die Diener des Generals mir in seinem Haus zuwiesen, band ich mir ein Stück Stoff um die Stirn, um den Druck über den Augen zu spüren, als wäre ich wieder ein Kind, und wandte mich der Wand zu. Ich wollte mich abwenden von dem, was mich umgab. Ich sah die Wand an und schloß die Augen nicht. Es war, als betrachtete ich den Himmel, den ich als Kind gesehen hatte. Ich starrte die Wand an und sehnte mich danach, nicht mehr denken und fühlen zu müssen.

Manchmal, und wie aus weiter Entfernung, hörte ich, wie der General und der Arzt mich riefen: »Don José, Don José.« Wenn ich sie deutlich genug hörte, erinnerte mich das an den General und sein Verhängnis, und manchmal verließ mich dann nach einer Weile das Gefühl der Leere. Wenn das geschah, spürte ich, daß meine Zunge pelzig und mein Atem sehr schlecht wurde. Es war, als hätte sich die Unglücklichkeit in meinem Kopf und Herzen und Bauch in diesen schlechten Geruch verwandelt.

Schließlich kamen die Boten des Königs. Wir verließen das Haus und stiegen in eine große, schwere Kutsche. Der Arzt und ich begleiteten den alten Mann. Eine zweite Kutsche fuhr vorweg, und berittene Soldaten folgten uns. Es war warm. Die Sonne ging viel früher auf und später unter, als ich es gewohnt war. In allen Dörfern, durch die wir kamen, warteten Menschen, um einen Blick auf den General zu erhaschen. Auch mich wollten sie sehen. Die berittenen Soldaten ließen sie nicht zu nahe kommen. Manchmal unterhielten sich der General und der Arzt angeregt.

Die ganze Zeit näherten wir uns der Hauptstadt und seinem Verhängnis. Eines Nachmittags kamen wir in eine kleine Stadt, wo die Häuser um einen großen Platz oder eine Plaza gebaut waren. Eine ganze Seite des Platzes nahm eine sehr große Kirche mit einem sehr hohen Turm ein. Der alte Mann war sehr gut gelaunt. ›Seht, Don José. Etwas so Hohes werdet Ihr nie wieder sehen. Hättet Ihr Lust, hinaufzusteigen?‹ Ich dachte, er mache einen Scherz, aber er sagte, im Turm gebe es einen Weg bis hinauf zur Spitze. Der Gedanke, so weit hinaufzusteigen, ließ mich schwindeln und linderte meinen Schmerz ein wenig. Das freute den alten Mann; ich glaube, es heiterte ihn auf.

Wir sollten zum Abendessen bleiben. Doch als wir ausstiegen, klagte der alte Mann über Kopfschmerzen. Als die Soldaten ihn hinauf in das Zimmer bringen wollten, in dem wir essen sollten, lief er gegen einen Pfeiler. Er schrie vor Schmerzen und mußte gestützt werden. In dem Zimmer legte er sich in allen seinen Kleidern hin. Man brachte ihm etwas zu essen, doch er ließ es wieder zurückgehen. Er sagte, seine Kopfschmerzen seien sehr stark, und er habe das Gefühl, blind zu werden. Der Arzt bereitete ihm einen Trank und gleich darauf eine Salbe für die Prellungen. Die ganze Zeit stöhnte der General. Schließlich sagte er, er wolle schlafen. Man brachte ihn in einen anderen Raum. Ein Soldat wurde vor der Tür postiert.

Ich half dem alten Mann beim Auskleiden, als er begann, sich zu übergeben. Ich ging hinaus, um eine Schüssel zu holen. Das dauerte einige Zeit. Als ich zurückkam, kroch er halb nackt auf dem Boden herum und kaute auf dem Stroh, das dort verstreut war. Die Prellungen hatten sich durch die Salbe, die der Arzt aufgetragen hatte, wie ein Ausschlag verfärbt, der mich an die Wirkungen der Giftpfeile erinnerte. Ich rief den Soldaten, der vor der Tür stand, und als er den Zustand des Generals sah, holte er Hilfe herbei.

Der Arzt machte ein sehr ernstes Gesicht. Er sagte, der alte Mann brauche Ruhe, sonst könne sein Gesundheitszustand sehr kritisch werden. Darum beschlossen die Offiziere des Königs, über Nacht in der Stadt zu bleiben. Sie ließen die Truhe des alten Mannes auf sein Zimmer bringen. Als wir allein waren, begann ich auszupacken, was wir für die Nacht brauchten. Der alte Mann sagte: ›Papier, Don José, Papier.‹ Er stand im Hemd im Zimmer und lächelte mich an. Ich gab ihm das Papier, und er setzte sich an den Tisch und begann, sehr schnell zu schreiben, wie in der Kajüte an Bord der *Destiny* am Tag nach dem Tod des Kommandeurs in der Kajüte über uns. Von Zeit zu Zeit sah er auf und lächelte. Ich fragte ihn, über was er da schreibe. Er sagte: ›Über die Goldminen von San Thomé. Über was sonst?‹

Er schrieb, bis es dunkel wurde. Er schrieb viele Seiten. Er sagte: ›Mein Handgelenk tut weh, Don José. Ich muß aufhören.‹ Als es dunkel war, kam der Arzt. Er trug seinen Reisemantel. Die beiden Männer lächelten sich an. Unter seinem Mantel hatte der Arzt den in ein Tuch gewickelten Rest des Abendessens, das der alte Mann hatte zurückgehen lassen. Der alte Mann gab dem Arzt den Brief oder Bericht, den er zuvor geschrieben hatte. Der Arzt faltete die Seiten zusammen und steckte sie in eine Tasche.

Der alte Mann sagte: ›Don José muß mit uns essen.‹ Er zündete ein Binsenlicht an, und wir aßen von den hölzernen Tellern, die in dem Zimmer waren. Der alte Mann war guter Laune. Ich hatte ihn noch nie so guter Laune erlebt. Es war wie damals in San Thomé, als der Kommandeur darauf bestanden hatte, daß der im Regierungsgebäude in Ketten gelegte Indianer und ich ihnen Gesellschaft leisteten und gekochten Mais mit ihnen aßen – mit zwei toten Männern nebenan und drei toten Männern draußen, in der Sonne, in den Gräben, die sie am Tag zuvor ausgehoben hatten.

Die gute Laune des alten Mannes hob auch meine Stimmung. Doch zugleich spürte ich, daß der Tod uns dreien nahe war.

Sein Tod ereilte ihn sehr bald, als wir in der Hauptstadt angelangt waren. Das Gefängnis lag am Fluß. Er wollte, daß ich meine besten Kleider anlegte, wenn ich kam und sah, was sie mit ihm machten. Das tat ich. Danach schaffte ich es kaum, wieder in mein Zimmer zu gehen. Ich setzte mich mit dem Gesicht zur Wand und starrte in den Himmel darin.

Ein englischer Edelmann wollte mich in seinen Haushalt aufnehmen. Der alte Mann hatte davon gewußt und dem Vorschlag zugestimmt. Doch mein Schmerz war zu groß. Nachdem ich Gefühle für die Berrios entwickelt hatte und danach, an jenem Nachmittag, für Don Palmita und danach für den englischen Kommandeur und danach für den alten Mann, nachdem ich, wie in einer Kette des Todes, von einem Mann an seinen Feind weitergereicht worden war und die Reise über den großen Ozean gemacht hatte, fühlte ich, daß ich sterben würde, wenn ich nicht an den Anfang, in die erste Welt, die ich kannte, zurückkehren könnte.

Die Engländer waren anständig. Sie hätten mich behalten und zwingen können, Federn zu tragen. Doch sie sprachen mit dem spanischen Botschafter. Er war ein Verwandter von Don Palmita. Der Botschafter ließ mich nach Spanien bringen. Bevor ich fuhr, gab er mir englische Kleider, darunter auch einige des alten Mannes, die ich schon einmal getragen hatte. In Spanien fuhr ich zu der großen Stadt Sevilla, wo der Fluß voller Galeonen war, und von dort aus reiste ich auf einer dieser Galeonen nach Cartagena. Und hier bin ich jetzt.«

Fray Simón sagte: »Ihr habt den Ozean zweimal überquert. Ihr seid zurück in Neugranada, Eurer Geburtsstadt. Ihr seid nicht verschollen. Die Schiffe wußten immer, wohin sie fuhren. Was sagt Ihr nun, wenn Ihr Eure frühere große Furcht vor dem Meer betrachtet?«

»Darüber habe ich viel nachgedacht. Ich glaube, Vater, der Unterschied zwischen uns Indianern oder Halbindianern und Völkern wie den Spaniern und den Engländern, den Holländern und den Franzosen ist dieser: Sie sind Menschen, die wissen, wie sie dorthin gelangen können, wohin sie gelangen wollen, und ich glaube, für sie ist die Welt sicherer.«

7. Ein neuer Mensch

Als ich begann, darüber zu schreiben, war die Landschaft von Trinidad, die ich in Gedanken vor mir sah, jene Landschaft, die ich als Kind gekannt und in der ich mich zu Hause gefühlt hatte: der westliche Teil von Port of Spain; die bewaldeten Hügel im Nordwesten; die Ebene mit den Zuckerrohrplantagen im Süden, wo die ordentlichen Felder bis zu den Häusern und Hütten und kahlen Höfen der Dörfer reichten, die an den schmalen und sehr schwarzen Asphaltstraßen standen; die Kokosplantagen an der schlammigen Atlantikküste, wo die hohen, grauen Palmen im Vorbeifahren ein Muster aus sich ständig kreuzenden Strichen bildeten – die simple Geographie einer kleinen Insel.

Später, in London, als ich ein Geschichtsbuch schrieb, studierte ich viele Monate lang historische Dokumente über diese Region. Die Dokumente (viele davon waren Abschriften spanischer Originale, die in Sevilla aufbewahrt wurden) trugen mich zurück in die Zeit der Entdeckung. Sie beschworen in mir das Bild einer unberührten, von Indianern dicht bevölkerten Insel herauf, auf der man sich nicht um die Welt dort draußen kümmerte und die praktisch keinerlei Ähnlichkeit mit dem hatte, was ich kannte. Es war eher ein Gefühl als ein Bild – in den alten Dokumenten waren nur wenige Eindrücke überzeugend beschrieben, und konkrete Einzelheiten wurden selten geschildert. In Gedanken erschuf ich eine imaginäre Landschaft für jene Ureinwohner, die in der Gegend lebten, welche später meine Heimat wurde, und Vorstellungen hatten, zu denen ich keinen

Zugang besaß – Vorstellungen von Zeit, Entfernung, von der Vergangenheit, der natürlichen Welt, der menschlichen Existenz. Ein anderes Wetter, ein anderer Himmel (nicht unähnlich dem künstlichen Himmel in einem beleuchteten, gemalten Schaukasten in einer Museumsvitrine) schienen zu dieser untergegangenen Landschaft zu gehören.

Aus der Landschaft, in der ich aufgewachsen war und der ich mich verbunden fühlte, war diese andere Vergangenheit restlos getilgt worden. Das hatte ich schon immer gewußt, doch ich war nicht imstande gewesen, es als etwas zu fühlen, das tatsächlich geschehen war. Im ersten Band unseres Geschichtsbuches in der Grundschule von Port of Spain (*Nelson's West Indian History* von Captain Daniel, einem Mitarbeiter im Trinidad Education Department) wurden in einem der ersten kurzen Kapitel die Kariben und die Arawaks behandelt. Vielleicht wußte man nur sehr wenig über diese Menschen, vielleicht stand Captain Daniel nur wenig verwertbares Material zur Verfügung. Ich kann mich an nichts von dem erinnern, was er darin geschrieben hatte – außer, daß die Kariben wilde und die Arawaks sanftmütige Menschen waren –, und weiß nicht einmal mehr, wie die Illustrationen aussahen, die er verwendet hatte. Weil sie aufgehört hatten zu existieren und nicht wirklich waren, hatten die Ureinwohner unserer eigenen Insel der Phantasie weniger zu bieten als die noch lebenden Völker, über die wir während des Geographieunterrichts in *Homes Far Away* lasen: Kirgisen in schattigen, schwarzen Zelten auf der endlosen, leeren Weite der Steppe, Eskimos, die aus ihren warmen Iglus aus Eis krochen, Afrikaner in ihren Kralen, wo sie vor räubernden Löwen und anderen wilden Tieren sicher waren.

Die Vorstellung einer erst kürzlich ausgelöschten Vergangenheit ist zu gewaltig, als daß ein Grundschüler sie fassen könnte. Später waren die Schwierigkeiten anderer Natur. Sobald man versuchte, in diese Vorstellung einzutreten, verzweigte sie sich. Und je mehr man begriff, desto mehr verzweigte sie sich: Andere Menschen hatten jahrhundertelang gelebt, wo wir jetzt lebten und unsere eigenen drückenden Sorgen hatten, andere Menschen, die ihre eigene Zeitrechnung, ihre eigenen Götter, ihre eigenen Vorstellungen vom menschlichen Zusammenleben gehabt hatten, andere Häuser oder Hütten, andere Straßen oder Wege, andere Felder und Pflanzen (und Jahreszeiten), andere Ansichten, Geschwindigkeiten, Reisegründe, eine andere Kosmologie, andere Vorstellungen von Feindschaft und Freundschaft und Heiligkeit und davon, was man sich schuldig war.

So wurde, wenn man den anfänglichen Gedanken an die Grausamkeit beiseite ließ, die Vorstellung, daß es dort, wo man stand, eine ausgelöschte, vollständige Vergangenheit gab, rasch zu etwas, das beinahe metaphysisch war. Die Welt schien etwas von ihrer Festigkeit zu verlieren, die Wirklichkeit wurde fließend. Es war natürlicher, einfach loszulassen und die Gedanken rückwärts zu einer bodenständigen Vision des Alltäglichen springen zu lassen, die nur das enthielt, was man sehen konnte.

In London, wo ich im British Museum und im Staatsarchiv Berichte und amtliche Dokumente studierte und zwischen mir und dieser bodenständigen Vision viele Jahre und ein paar tausend Meilen lagen, war es leichter, die Wahrheit dieser anderen, ursprünglichen Insel zu erspüren. Aus der Entfernung, von der anderen Seite sozusagen, wurde die Landschaft jener ursprünglichen Insel zu etwas Sagenhaftem. Und es war diese Landschaft – über die ich schrieb, ohne sie tatsächlich gesehen zu haben –, nach der ich von da an jedesmal, wenn ich nach Trinidad fuhr, unterschwellig suchte.

Ich fand sie hauptsächlich an der Küste und manchmal in kurzen Ausblicken auf den Golf und die Nordküste, die sich von bestimmten Hügeln bei Port of Spain boten. Ich fand sie einmal im Inneren der Insel, nachdem eine Schnellstraße durch die niedrigeren Hügel der Central Range fertiggestellt worden war. Dieses Land war zu wild für Felder und Straßen und sicher immer mit Wald oder Unterholz bewachsen gewesen, doch jetzt war es gerodet, die Vegetation auf eine Art struppiges Gras reduziert, und Hügel und Senken kamen zum Vorschein. Es sah unbenutzt aus. Es war wie eine ganz andere Landschaft; es war wie ein eben erst enthülltes, noch frisches Stück Vergangenheit.

Auf der Suche nach dem Gold der Indianer war ein elisabethanischer Edelmann eines Nachts mit dreißig gerüsteten Soldaten seines Schiffes durch ein Land wie dieses, vielleicht sogar über eben diese Stelle, marschiert. Die Hügel und Schluchten und die wuchernden Pflanzen des tropischen Waldes (nicht weit von hier, auf einem Land, das man bis auf das Gras rasiert hat) machten das Marschieren sehr anstrengend. Um die Indianer zu erschrecken, bliesen die Eindringlinge auf Trompeten und feuerten ihre Musketen ab. Die Indianer rannten aus ihren Häusern; in einem Dorf ließen sie sogar das Essen zurück, das auf den Feuern kochte (»schmorte«). Die Soldaten aßen das Essen. Sie fanden kein Gold, obgleich der Edelmann glaubte, am Boden eines indianischen Gefäßes etwas Goldschlacke entdeckt zu haben. Es rundet diese Neue-Welt-Romanze ab, daß die Soldaten später meinten, im Wald indianische Kriegspfeifen zu hören. Sie blieben jedoch von Unbill verschont, und am nächsten Morgen marschierten sie zurück zur Küste und zu ihrem Schiff.

Woraus das Essen in dem Indianerdorf bestanden hatte (aus Mais, Maniok, Kartoffeln, Fleisch oder Fisch), womit es gewürzt war, wie die Gefäße, in denen es schmorte, beschaffen waren, wie die Feuerstellen und die Häuser aussahen, ist nicht überliefert. Captain Wyatt, der einen Bericht über diese Expedition schrieb, hatte kein Auge für derlei Details. Er besaß einen ausgeprägten literarischen Geschmack und hatte eigene Vorstellungen davon, über was man schreiben sollte. Er kannte Teile von *The Spanish Tragedy*, einem neuen Stück, das in London aufgeführt wurde, auswendig; in der Neuen Welt, an der Küste des Golfs von Trinidad oder im Urwald waren sein General, er selbst und die Soldaten (sowie die spanischen Feinde und die Indianer im Urwald) für ihn Figuren aus einem Ritterroman.

Die Expedition – die große Mengen Markasitsand als »Golderz« nach England brachte – war eine einzige Absurdität, und Wyatts Bericht war zu bombastisch. Er wurde nicht veröffentlicht. Er wurde vergessen, und damit auch Wyatts Schilderung des Nachtmarschs, bemerkenswerterweise der einzige Augenzeugenbericht des damals noch ursprünglichen Lebens der Ureinwohner der Insel mit ihren Häusern, Feuern, Kochgefäßen und Kriegspfeifen in der Nacht. Als Wyatts Bericht schließlich 1899, dreihundertvier Jahre später, in London in einer Fachbuchreihe erschien, gab es auf Trinidad seit fast hundert Jahren keine eingeborenen Indianer mehr; ihre Heimat war die Heimat anderer Menschen geworden.

Es hatte drei Jahrhunderte gedauert, bis Wyatts Bericht ausgegraben worden war, und weitere siebzig Jahre, bis man das Land, das unter dem Busch verborgen gewesen war, freigelegt hatte.

Sobald es einmal freigelegt worden war, veränderte sich das Land rasch. Leute aus nahen oder weiter entfernten Bauerndörfern ließen sich ohne behördliche Genehmigung darauf nieder. Viele dieser Siedler waren Inder, Hindus und Moslems, die Nachkommen der indischen Einwanderer, die im neunzehnten Jahrhundert nach Trinidad gekommen waren. Die Hütten und Baracken, die sie sich bauten, standen auf niedrigen Pfählen. Die schrägen Dächer waren aus Wellblech, die Wände aus Hohlziegeln oder Holz, manchmal aus neuem, manchmal aus altem Holz, an dem in unregelmäßigen Flecken noch alte Farbe haftete. Neben diesen Hütten wuchsen Bananenstauden. Vor den Häusern der Hindus hingen an langen Bambusstangen Gebetsfahnen oder -wimpel. Sie wurden nach bestimmten religiösen Zeremonien aufgehängt – Zeichen der Frömmigkeit (hier gab es manchmal Konkurrenzkämpfe zwischen zwei Hütten), ein Flehen um Glück.

Im Inneren der Insel war es schwer, an der Vorstellung von etwas Ursprünglichem und Sagenhaftem festzuhalten. Das, was vertraut war – die koloniale Geographie einer kleinen Insel, mit der man aufgewachsen war –, erwies sich als stärker.

Als ich den Golf überquerte und nach Venezuela fuhr, war das anders. Geographisch betrachtet war Trinidad ein Fortsatz von Venezuela; dreihundert Jahre lang hatten beide Länder zur selben Provinz des spanischen Reiches gehört. Das Buch über die

Geschichte Trinidads, das ich geschrieben hatte, galt in gewisser Hinsicht auch für Venezuela. Als ich das Buch schrieb, war ich noch nicht in Venezuela gewesen. Ich holte das wenig später nach, und das Land, das ich vorfand, hatte sich einen Hauch des Sagenhaften bewahrt; keine persönlichen Erinnerungen oder Assoziationen schoben sich störend ins Bild.

Der Orinoko blieb der Fluß, den ich in meiner Geschichte beschrieben hatte. Selbst auf der Halbinsel Araya an der karibischen Küste – einer Wüste aus erodierter roter Erde und Gestrüpp, wo die neue Straße an einem bestimmten Punkt einfach im Nichts endete (niemand hatte mir das gesagt, und der venezolanische Fahrer war ebenfalls überrascht) – fand ich etwas von dieser besonderen Atmosphäre, die ich zu finden gehofft hatte.

Im späten sechzehnten Jahrhundert waren die Salzpfannen von Araya berühmt, und holländische, französische und englische Schiffe liefen die Halbinsel immer wieder an. Das war zwar verboten, geschah jedoch mit der stillschweigenden Duldung der örtlichen spanischen Behörden. Die Spanier versuchten alles mögliche, um den Handel mit Araya-Salz zu unterbinden. Ein Gouverneur wollte die Salzpfannen vergiften und schrieb, mit der Bitte um Gift, an den spanischen König. 1604 erschien ein spanischer Edelmann, um die flachen Gewässer zu vermessen und herauszufinden, was man in der Sache unternehmen konnte. Er trug einen sehr berühmten Namen: Herzog von Medina Sidonia, und war (unter anderem) mit dieser untergeordneten Aufgabe betraut worden. Das war sechzehn Jahre nach der Vernichtung der spanischen Armada, deren Befehlshaber er gewesen war.

Pelikane – das einzige, was in dieser Ödnis auf Leben, auf eine Gemeinschaft hindeutete – flogen in fischenden Gruppen dicht über dem Meer. Auch vor vierhundert oder tausend Jahren waren sie in solchen Formationen geflogen. Ihre plumpen, prähistorischen Körper, ihre Kraft, ihre graubraune Farbe, die auch die Farbe des strandlosen Meeres war, das Licht, die um diese Mittagszeit changierenden Farben von Wasser, Himmel und nackter Erde – das alles schien mich an den Anbeginn der Zeit zurückzuversetzen.

In anderen Gegenden von Venezuela fand ich tropische Wälder wie die, die ich als Kind gekannt und als etwas ganz Besonderes betrachtet hatte.

Während des Krieges, etwa zwei Jahre nach meinem achten Geburtstag, zogen wir aus der Stadt in die bewaldeten Hügel nordwestlich von Port of Spain. In dieser Gegend gab es alte Kakao- und Zitrusfruchtplantagen, die nach verschiedenen Pflanzenkrankheiten und der langen Wirtschaftskrise halb verfallen waren. Damals hielt ich mich für einen Stadtjungen – die Vorstellung, aufs Land zu ziehen, gefiel mir nicht. Es war jedoch nicht die Art von Land, die ich kannte, und es gefiel mir, sobald ich es sah: die kühlen grünen Hügel, die schmalen Täler, die Leere, die allgemeine Atmosphäre von Wald und Busch.

Der Busch war voller Überraschungen, gefundener Gegenstände, der Überreste einer alten Plantage: Avocado- und Zitrusbäume, Kaffeebüsche und Tonkabohnenbäume (die Tonkabohne dient zur geschmacklichen Verfeinerung von Kakao), Kakaobäume, die trotz der Krankheiten und der wuchernden Buschpflanzen noch immer Früchte trugen. Irgendwo in diesem Kakaowald stand die alte Betonzisterne des Haupthauses. Sie war mit festgetrocknetem Schmutz und toten Blättern verstopft und nicht mehr zu gebrauchen, doch die Quelle, welche die Zisterne gespeist hatte, sprudelte noch, auch wenn das gekräuselte Wasser nun in seinen eigenen Kanälen floß, über sauberen braunen Sand, zwischen toten Blättern hindurch. Die *Samaan*-Bäume, die man vor Jahren als Schattenspender für die Kakaobäume gepflanzt hatte, waren jetzt alte, ausladende Riesen, die ihrerseits von bemoosten Parasiten überwuchert waren: von Waldföhren, Lianen, Farnen, Rankengewächsen. Wenn man unter diesen Bäumen ging, konnte man spüren, wie Staub aus vertrocknetem Moos und anderen toten Pflanzen niederrieselte.

Wir fristeten ein unorganisiertes, karges, unbequemes Leben; es war, als hätten wir unser Lager auf dem Ruin anderer Menschen aufgeschlagen, und wir waren froh, als wir wieder in die Stadt ziehen konnten. Ich begriff jedoch nach und nach, daß ich diesen Monaten in der Kakaowildnis meine intensivsten Erfahrungen der Schönheit der Natur verdankte. Sie hatten mir eine Vorstellung der perfekten tropischen Landschaft verschafft.

Die Gegend veränderte sich bald. Wir hatten in einer Zeit der Veränderung dort gelebt. Wir waren ein Teil der Veränderung gewesen, und sie beschleunigte sich noch, als wir wieder in die Stadt gezogen waren. In dieser Gegend, die bis dahin von *'pagnols* – spanischen Mulatten, die Patois sprachen und von den alten Plantagen stammten – besiedelt gewesen war, ließen sich nun arme Schweine nieder, viele von ihnen illegale Einwanderer von den kleinen Inseln im Norden. Es war ein enges, lautes Durcheinander wie in den Slums in den Hügeln östlich von Port of Spain.

Damit wurde ich – plötzlich und ganz und gar – konfrontiert, als ich nach meinen ersten sechs Jahren im Ausland dorthin zurückkehrte. Die Spitzen der grünen Hügel, zu steil, um gerodet zu werden, waren noch immer, wie ich sie in Erinnerung hatte, der Busch noch immer auf der einen Seite der Straße; doch auf der anderen Seite, wo es keinen Busch oder Wald mehr gab, sondern nur noch besiedeltes Land, konnte ich die Konturen des Landes nicht mehr erkennen und hätte nicht sagen können, wo die alten Orientierungspunkte gewesen waren, nicht einmal das alte Haupthaus oder der französische Garten oder die Zisterne im Wald waren noch auszumachen. Die eine Hälfte der Landschaft, die ich so geliebt hatte, war wunderbarerweise noch immer da, auf der einen Seite der Straße, doch beschwor sie in mir nur Erinnerungen an das herauf, was ausgelöscht worden war. Von da an hielt ich mich von dieser Gegend fern. Ich mochte nicht einmal mehr in die Nähe der Straße kommen, die in das Tal führte und sich ebenfalls sehr verändert hatte.

Und nun, in Venezuela, fand ich an vielen Orten die Pflanzen und Farben jenes Tals auf Trinidad wieder. Damals erlebte Venezuela gerade einen Ölboom; die Grundstückspreise in den Städten schossen in die Höhe, und die Plantagen und ländlichen

Güter wurden vernachlässigt. So konnte ich die Atmosphäre der Kakaowälder wiederentdecken, die ich von früher her kannte. Einmal fuhr ich viele Meilen an einer Kakaoplantage entlang. So große Plantagen hatte es in Trinidad nicht gegeben, ebensowenig wie den Geruch nach Vanille – von den Vanillelianen –, der sich mit dem feuchten Kakaowaldgeruch nach Erde, Blättern und Moder mischte.

Trinidad war ein Fortsatz des südamerikanischen Kontinents. Venezuela gehörte zu diesem Kontinent, und dementsprechend waren die Dimensionen. Die Geographie von Trinidad, die mir früher logisch und vollständig erschienen war – und die dann, wegen des Bevölkerungswachstums, etwas Beengtes bekommen hatte –, war hier unendlich vergrößert: Hier gab es die mächtigen Anden anstelle unserer niedrigen Northern Range, deren Ausläufer meilenweit bebaut und in der Gegend von Port of Spain mit Einwandererhütten geradezu überzogen waren; es gab die weiten venezolanischen *llanos*, ein Land für sich, anstelle unserer Zuckerrohrebene, die man von manchen Erhebungen mit einem einzigen Blick übersehen konnte; und es gab das Wunder der zahlreichen Mündungsarme des Orinoko anstelle der einfachen Mündung unseres schmalen Caroni.

Weil ich darüber geschrieben hatte, weil Venezuela für mich viele Monate lang als ein imaginäres Land existiert hatte, im Geist erschaffen aus den Dokumenten, die ich in London studiert hatte, war ich der Meinung, daß ich ein Anrecht auf dieses Land besaß. Im Verlauf einiger Reisen begann ich, Venezuela als eine Art wiederhergestellter Heimat zu empfinden.

Ich unternahm wochenlange Autofahrten entlang der Küste und durch die *llanos*. Auf meiner zweiten oder dritten Reise fuhr ich in einem offenen Boot auf dem Orinoko, in der Nähe des Mündungsdeltas. Diese Landschaft hatte schon so lange in meiner Phantasie existiert, daß sie sogar jetzt, da ich sie zum erstenmal sah, etwas Unwirkliches, Scheinbares hatte. Der Fluß war breit, voll, unbewegt. Die Ufer waren geschunden und entblößt: kein Wald. Es war Regenzeit. Der Himmel war grau und dunkelgrau, mit vielen Wolkenschichten, doch wegen der offenen Weite lag ein fast blendender Glanz auf dem Wasser. Die Oberfläche des Flusses war (auch wenn er bei genauerer Betrachtung schlammig war und in Ufernähe einen Ölfilm hatte) so glatt und grau wie der Himmel.

Es war schwül; es würde noch mehr regnen. Der Regen kam schneller, als ich gedacht hatte – mit einem Brausen und einem deutlichen Anschwellen des Flusses. Dicke Tropfen klatschten auf das Wasser, als wäre es Beton, und der Bootsführer steuerte ans Ufer.

Es muß wie das Wetter gewesen sein, das Raleigh quälte, als er 1595 den Fluß hinauffuhr: ständige heftige Wolkenbrüche im Wechsel mit schwüler Hitze. Unter den Dokumenten über die Region sind Raleighs Berichte die ersten, die auf eine moderne Weise – oder auf eine Weise, die uns diesen Mann näherbringt – die zahlreichen kleinen Unannehmlichkeiten einer solchen Expedition schildern. Vor Raleigh hatten Spanier auf diesem Fluß Reisen unternommen, die zwanzigmal beschwerlicher gewesen waren, doch ihre Berichte sind so schmucklos, so nüchtern, daß sie geradezu abstrakt wirken, und es findet sich keine Beschreibung sinnlicher Erfahrungen, keine Beschreibung der Landschaft. Die Zähigkeit dieser früheren Entdecker war mit einer Beschränkung des Sehens und Empfindens gepaart.

Nicht weit von hier lag ein aufgegebenes Ölcamp. Es war wie eine kleine Geisterstadt. Der Urwald, der vor einigen Jahren gerodet und zurückgedrängt worden war, kehrte rasch wieder (in der Siedlung erhob sich hier und da ein leuchtend blühender Busch) und überwucherte halb demontierte Bohrtürme, Ölleitungen, dachlose Holzbaracken und dachlose Bungalows mit Pfeilern aus Beton. Fundamente aus Beton und Metall und eine starke Verschmutzung durch altes Öl, das eine stumpfe, sepiabraune Farbe angenommen hatte, verrieten, wo die Pumpen gestanden hatten. Solange man hier Öl hatte fördern können, hatten die großen Arme oder Schultern dieser Pumpen jahrelang gemessen und quietschend auf und ab gewippt, Tag und Nacht, mit einem stampfenden, seufzenden Geräusch am Endpunkt einer jeden Bewegung.

Das Öl hatte sich als das wahre Gold der Region erwiesen. Anfangs, in den zwanziger und dreißiger Jahren, wurden viele Männer aus Trinidad als Arbeiter, Handwerker und Buchhalter auf den venezolanischen Ölfeldern angeworben. Ich weiß nicht, ob das daran lag, daß Venezolaner einfach nicht in Barackenlagern im Busch arbeiten wollten, oder ob es ihnen nach einem ganzen Jahrhundert zerstörerischer Bürgerkriege an qualifizierten Männern mangelte oder ob die Ölgesellschaften es vorzogen – wie schon auf den Ölfeldern von Trinidad oder früher, Anfang des Jahrhunderts, beim Bau des Panamakanals –, Arbeiter aus dem Ausland anzuwerben, weil diese leichter zu lenken waren. Jedenfalls wurden Männer aus Trinidad angeworben, und viele von ihnen bekamen auf den Ölfeldern von Venezuela (trotz der dort herrschenden kolonialen Atmosphäre) den ersten Geschmack von Freiheit und Geld und sahen zum erstenmal die Möglichkeit, ihr Leben zu verbessern.

Bis dahin hatte Venezuela in Trinidad einen schlechten Ruf gehabt, und zwar den eines südamerikanischen Landes, in dem Krieg und Armut, Gesetzlosigkeit und Unsicherheit, Diktatur und Sadismus herrschten und jederzeit eine Revolution stattfinden konnte. Ständig kamen Flüchtlinge; das britische Recht der Kolonie gewährte ihnen politisches Asyl. Jetzt, mit dem Ölboom, wurde Venezuela zu einem Land, in dem man sein Glück machen konnte. Das fand man jedenfalls in den vierziger Jahren, als ich Junge war. Doch zu diesem Zeitpunkt wurden keine Leute aus Trinidad mehr angeworben, um in Venezuela zu arbeiten. Venezuela wollte Einwanderer aus Europa; es gab Einwanderungsgesetze, die den Menschen aus Trinidad die Einreise verwehrten.

Dennoch gingen sie nach Venezuela. Sie reisten illegal ein. Als Junge hörte ich von Leuten, die diesen Weg gewählt hatten. Mit meinen in Port of Spain gewachsenen Vorstellungen unserer klein dimensionierten kolonialen Geographie – in der der Golf von Paria wenig größer war als das, was ich von der Stadt aus sehen konnte – dachte ich, daß die Leute, die illegal nach Venezuela gingen, gleich westlich von Port of Spain die paar Meilen über den Norden des Golfs fuhren. Ich stellte mir vor, wie sie bei Einbruch der Dunkelheit oder nachts in ihre Ruderboote stiegen und sich von der starken Strömung zur venezolanischen Küste treiben ließen.

Das war Phantasie. Ich fragte nie, auf welcher Route die Überfahrten erfolgten, und erst ein halbes Lebensalter später, lange nachdem ich mein Buch geschrieben hatte und nach einer Reise durch Venezuela, begriff ich, daß die illegalen Einwanderer die alte Route der Indianer genommen haben mußten, die im sechzehnten Jahrhundert zur Route der Entdecker und Kaufleute geworden war: über den südlichsten Teil des Golfs und dann einen der verästelten Mündungsarme des riesigen Orinokodeltas hinauf in ein Gebiet, das noch nie leicht zu überwachen war.

Nicht lange nach meinem kurzen Abenteuer in einem offenen Boot auf dem Orinoko kam ich eines Nachmittags in eine kleine Stadt im Delta. Es hatte geregnet; die Hauptstraße war aufgeweicht, und das Wasser stand in Pfützen, als wäre der Fluß durch die Erde aufgestiegen; die Luft war mit Feuchtigkeit gesättigt. Die Worte aus einem alten Dokument fielen mir ein: »das überflutete Land des Orinoko«. Um die geduckten Häuser hinter den feuchten Betonzäunen bildeten blühende Pflanzen, Büsche und niedrige Bäume, die ich aus meiner Jugend in Trinidad kannte, kleine Dschungel.

Entlang dieser Straße drang hier und da ganz unerwartet der aromatische Geruch eines Fleischcurrys durch die Feuchtigkeit. Inder aus Trinidad lebten hier; sie waren ein wichtiger Teil der Bevölkerung.

Die Herrscher über die örtlichen Gewässer waren einst die Indianer gewesen. Sie waren verschwunden, und ihr Wissen um Strömungen und den Einfluß der Gezeiten war auf ihre Nachfolger übergegangen. Am südwestlichen Zipfel von Trinidad, auf der langen Halbinsel, die fast in die Orinokomündung hineinragt, hatte es früher einen Hafen oder Ankerplatz der Eingeborenen gegeben, der Curiapan hieß. Die ersten Spanier hatten Curiapan gekannt, ebenso wie Raleigh und andere. Es gab dort noch immer ein Fischerdorf. Doch der Name Curiapan existierte nicht mehr; das Dorf hatte einen spanischen Namen: Cedros, die Zedern. Viele Fischer in Cedros waren Inder, Nachkommen von Bauern aus der Gangesebene. In nicht einmal hundert Jahren hatte die Geographie ihrer neuen Heimat die Inder von Cedros zu anderen Menschen gemacht, hatte sie mit den alten Fertigkeiten der Ureinwohner ausgestattet und ihnen ein seefahrerisches Können verliehen, das ihre auf dem Land lebenden Vorfahren nie besessen hatten.

Aus der Luft hatte ich das Gewirr der Wasserarme, die große Ausdehnung des Deltas und das überschwemmte Land gesehen, und ich hatte die Männer bewundert, die früher ohne Karten in dieses Gebiet gefahren waren. Weil ich mich der Mündung – als Reisender, auf dem Boden – von der anderen Seite genähert hatte, vom Inneren eines Landes, das für mich sehr lange nur ein imaginärer Ort gewesen war, hatte ich mir eine Sehweise angewöhnt, in der sowohl die sagenhafte Vergangenheit als auch die kleinere Dimension dessen enthalten war, mit dem ich aufgewachsen war.

Ich war mit der Geographie einer kleinen Insel in meinem Kopf aufgewachsen. Doch der Golf, auf den ich als Kind hinausgesehen hatte, war weit größer als die Insel. Der Golf mit seinen verwirrenden Strömungen, eingezwängt zwischen einer Insel und der Mündung eines kontinentalen Flusses, war immer Teil der sagenhaften Neuen Welt gewesen. Kolumbus hatte hier Süß- und Salzwasser vorgefunden und, da er geglaubt hatte, sich zwischen zwei Inseln zu befinden, sich das nicht erklären können. Der Golf hatte andere Namen gehabt, die mittlerweile geheimnisvoll klangen: Golfo de las Ballenas, der Golf der Wale, und – wie ein Name, der bis zu den Anfängen zurückreicht – Golfo Triste, der Traurige Golf.

Nun konnte ich ungestört Raleighs Karte des Golfs aus dem Jahre 1595 mit dem vergleichen, was ich sah. Seine Karte stand auf dem Kopf. Süden war am oberen Rand. Jemandem, der einen Weg zum Orinoko sucht, wird das sinnvoll erscheinen. Auf der Karte schon kann man erkennen, was wirklich vorhanden war und was Raleigh erfunden hat: Man sieht es an der Regelmäßigkeit der Umrisse – es ist schwierig, Karten ganz und gar zu erlügen oder zu erfinden.

Wenn ich diese Reisen nach Venezuela unternahm, fuhr ich gewöhnlich zuerst nach Trinidad. Von dort flog ich einige Tage später in einem Flugzeug mit weniger internationaler Atmosphäre in einer Stunde über den Golf und die venezolanische Karibikküste nach Maiquetía, dem Flughafen von Caracas.

Auf einem solchen Flug mit einem venezolanischen Flugzeug lernte ich Manuel Sorzano kennen. Das war vor etwa fünfzehn Jahren.

Er hatte einen Fensterplatz. Ich saß neben ihm, am Gang. Obwohl er nur wenige Minuten vor mir an Bord gegangen war, hatte er es sich schon bequem gemacht, als ich zu meinem Platz kam. Zu seinen Füßen hatte er, trotz des Verbotes, einige Pakete abgelegt, und im Handgepäckfach über uns befanden sich weitere. Ungewöhnlich, daß er, wie es schien, in Trinidad eingekauft hatte. Damals, zur Zeit des Ölbooms, als auf beiden Seiten des Golfs gutes Geld verdient wurde, gingen die Einkaufsreisen gewöhnlich in die andere Richtung, nach Caracas mit seinen Wolkenkratzern und hell erleuchteten Einkaufsvierteln.

Er war ein kleiner, älterer Mann mit brauner Hautfarbe, vielleicht Ende fünfzig. Sein sorgfältig rasiertes Gesicht war breit und faltig und hatte einen verschlossenen Ausdruck, in dem eine Andeutung von Aggressivität lag. Während ich mein eigenes Gepäck verstaute, war mein erster Eindruck von ihm, daß er durch und durch Venezolaner war, ein Mestize von der Küste, das Ergebnis einer Vermischung der Rassen, die mit der spanischen Besiedlung begonnen hatte; jemand, der nur seine Region, seinen begrenzten Wortschatz, seinen eigenen Lebensstil kannte und von allem anderen abgeschottet war.

Später entdeckte ich einen unerwarteten Hauch von Lebensart bei dem alten Mann: Sein lockiges Haar war geflochten und zu einem etwa drei Zentimeter langen Pferdeschwänzchen zusammengebunden. Das ließ ihn wie einen Piraten aus dem achtzehnten Jahrhundert aussehen. Und ich dachte, daß dieser Pferdeschwanz – obgleich er mir anfangs entgangen war – vielleicht meinen ersten Eindruck von seinem Gesicht beeinflußt hatte, so daß ich glaubte, eine Aggressivität wahrzunehmen, die vielleicht gar nicht vorhanden war. Doch nein: Der Pferdeschwanz war Teil der etwas zu großen Selbstsicherheit dieses Mannes. Unter den zugeknöpften Manschetten seines Hemdes entdeckte ich jetzt schwere goldene oder vergoldete Armbänder aus großen Münzen.

Was nahm er mit nach Venezuela? Ich sah einige Langspielplatten in einer Plastiktüte und in einer Basttasche unbeschriftete Flaschen und Gläser mit indischen Pickles aus Trinidad. Die Pickles sahen selbstgemacht aus. Hatte ich ihn vielleicht doch falsch eingeschätzt? War er am Ende ein Inder aus Trinidad, mit Vorstellungen und Ansichten, die ich intuitiv erfassen konnte, und nicht der fremde Venezolaner, für den ich ihn gehalten hatte? Ich bedachte noch einmal seine Erscheinung. Er war ungewöhnlich. Er konnte das eine oder das andere sein, je nachdem, was man in ihm sehen wollte.

Ich fragte ihn: »Sind Sie aus Trinidad?«

»Nein. Aus Venezuela.« Er sprach bestimmt. Aber sein Akzent war der von Trinidad.

Wir hatten inzwischen abgehoben, und wenige Minuten später flogen wir tief über den Golf, der so viel größer war, als ich vor dreißig oder vierzig Jahren gedacht hatte – ein kleines Meer, dessen Küsten eine Zeitlang weder rechts noch links zu sehen waren. Das Wasser hatte verschiedene Schattierungen von Olivgrün, in breiten, deutlich erkennbaren, unregelmäßigen Streifen, an deren Rändern es hier und da weiß oder gelblich schäumte: Orinoko und Atlantik in ewigem Kampf, gewaltige Wassermengen, die drückten und schoben.

Ich fragte: »Wo in Venezuela leben Sie?«

»Überall. Mein Arbeit bringt mich überallhin. Im Moment arbeite ich in Ciudad Guayana. Aber ich kenne alles. Barquisimeto, Tucupita, Maracaibo, Ciudad Bolívar. Eine Zeitlang sogar Margarita.«

Er schien den Klang dieser Ortsnamen zu lieben: Es war, als würde er, indem er die Namen aussprach, einen Anspruch auf die Orte erheben.

Ich sagte: »Ciudad Bolívar hieß früher Angostura. Dort wurde der erste Bitterlikör hergestellt.«

Ich fand das romantisch und dachte, es würde ihm gefallen. Er reagierte nicht. Ich ließ es dabei bewenden und versuchte auch nicht, ein neues Thema anzuschneiden.

Dann mußten wir Einreiseformulare ausfüllen.

Er sagte: »Sie müssen mir ein bißchen helfen damit. Ich habe meine Brille nicht dabei.«

Er zog seinen Paß hervor. Es war ein venezolanischer Paß, rotbraun, und er ging sehr achtsam damit um (so wie ich mit meinem britischen Paß umging; wenn ich auf Reisen war, fürchtete ich immer, ich könnte ihn verlieren, und bezweifelte, daß ich den zuständigen Behörden den Verlust befriedigend würde erklären können). Er reichte mir seinen Paß, und ich sah das Foto und las seinen Namen: Manuel Sorzano. Ich kannte den Namen Sorzano aus venezolanischen Dokumenten aus dem späten achtzehnten Jahrhundert. Damals war es ein guter, angesehener venezolanischer Name gewesen; aber vielleicht war Venezuela inzwischen voller Sorzanos. Der Beruf dieses Sorzano war mit *carpintero*, Zimmermann, angegeben.

Er nahm den Paß wieder an sich und steckte ihn ein. Er sagte, er müsse ihn jedes Jahr verlängern lassen. Er reise viel umher. Im vergangenen Jahr habe ein Paß fünfunddreißig Bolívares gekostet, fünfunddreißig B's; dieses Jahr werde er fünfundsiebzig kosten. Zwei B's entsprächen einem Dollar. Da irrte er sich: Ein Dollar war weniger als die Hälfte wert. Ich fand es eigenartig, daß ein Mann, der so viel herumkam und schwere goldene Armbänder trug, etwas so Grundlegendes wie den Wechselkurs der venezolanischen Währung nicht kannte.

Als wollte er mich dafür belohnen, daß ich ihm beim Ausfüllen des Einreiseformulars geholfen und keine schwierigen Fragen gestellt hatte, zeigte er mir die Platten in der Plastiktüte. Es waren hinduistische religiöse Lieder. Einige wurden von einer

Gruppe aus Trinidad gesungen, andere von Dropati, einer Sängerin aus Surinam, dem ehemaligen Niederländisch-Guayana.

Das war seine Art zu sagen, daß er Inder aus Trinidad war – und mich gleichzeitig wissen zu lassen, daß ich ihn nicht weiter danach fragen sollte. So veränderte sich seine Erscheinung abermals auf subtile Weise: Er wurde das, was er behauptete zu sein. Doch obwohl er nicht der Fremde war, für den ich ihn gehalten hatte, war er mir in mancherlei Hinsicht noch immer fremd und weit entrückt – wegen seiner religiösen Bedürfnisse, die ich nicht hatte, und wegen seiner verdrehten (und schwer nachvollziehbaren) Vorstellungen von den alten indischen Göttern und den ihnen zustehenden Riten.

Als der Steward uns Tabletts mit Snacks anbot, lehnte Manuel Sorzano ab. Er esse kein Fleisch, sagte er mir, und er trinke nicht. Ich war überrascht. Als diese Art von Hindu hatte ich ihn nicht eingeschätzt. Aber eigentlich glaubte ich ihm nicht. Ich fand, daß er das typische Gesicht eines trinkenden Trinidad-Inders hatte: weiche, zusammengedrückte Lippen, schlaffe Wangen, aggressive, wäßrige Augen. Doch dann kam mir der Gedanke, daß er vielleicht eine Art Buße tat; vielleicht hatte er ein Gelübde abgelegt. Vielleicht stand die Enthaltsamkeit, um die er soviel Aufhebens machte, in einem Zusammenhang mit den Bestattungsriten für einen verstorbenen Verwandten. Vielleicht war er wegen eines Todesfalls nach Trinidad zurückgekehrt.

Mit Rum aus Trinidad kannte er sich jedenfalls aus. Er sagte, er habe weißen Rum nach Venezuela mitnehmen wollen, doch sei sein Kopf in den vergangenen Tagen »so heiß« gewesen, daß er es vergessen habe. Weißer Rum aus Trinidad sei das beste Mittel bei Erkältung.

Er sagte: »Man gießt sich ein bißchen auf den Kopf« – er deutete eine Geste des Gießens an, und ich sah das Armband aus Goldmünzen deutlicher – »und tupft sich ein bißchen auf die Stirn, und am nächsten Morgen ist die Erkältung weg.«

Wir ließen den Golf hinter uns. Eine Zeitlang zog die venezolanische Karibikküste unter uns dahin. Sie sah aus wie eine große Landkarte: stumpfgrünes Land, Streifen weißer, roter und brauner Strände, dunkles Meer mit kleinen Schlammschlieren an den Mündungen kleiner Flüsse. Satellitenfotos zeigen uns eine scheinbar unversehrte Welt, in der große Städte nicht mehr als ein kleiner Schmutzfleck sind, und die südamerikanische Küste wirkte auch aus der Höhe dieses kleinen Flugzeugs wie ein unberührtes Stück Erde.

Früher, auf Trinidad (den Namen, den er dort getragen hatte, sagte er mir nicht, aber ich nahm an, daß es ein indischer gewesen war), hatte er vier Kinder gehabt. In Venezuela, als Manuel Sorzano, hatte er neun Kinder, allesamt mit venezolanischen Namen.

»Es war, als würde man Namen aus ein Hut ziehen. Einer heißt Antonio, einer Pedro. Das erste Mädchen Dolores. Die Mutter liebt diesen Namen.«

Wer war die Mutter dieser neun Kinder? Er sagte, sie sei Inderin. »Sie sprecht nur indisch.«

Auf Trinidad oder in Guayana war Hindi keine lebende Sprache mehr, und das bedeutete, daß die Mutter von Manuel Sorzanos venezolanischen Kindern aus Surinam stammte, der Heimat der Sängerin Dropati.

Manuel Sorzano sagte: »Zu Hause spreche ich nur spanisch, und die Kinder sprechen auch nur spanisch.«

Ein neues Land, ein neuer Name, eine neue Identität, eine neue Art Familienleben, sogar eine neue Sprache (das Hindi, das in Surinam gesprochen wurde, unterschied sich sicher sehr von dem, was er in Trinidad gehört hatte) – sein Leben mußte voller Beschwernisse sein, und doch machte er den Eindruck eines Mannes, der so intuitiv wie eh und je lebte, der seinen Weg ging, überlebte und nicht das Gefühl hatte, verloren zu sein oder keinen Boden unter den Füßen zu haben.

Ebenso eigenartig wie die Tatsache, daß er trotz all der Reisen, die er angeblich unternahm, den Wechselkurs der venezolanischen Währung nicht kannte, war jedoch, daß er trotz aller bäuerlichen Sehnsucht, die auch ein Jahrhundert nach der Auswanderung noch in ihm lebte – einer Sehnsucht nach der Religion Indiens und ihrem schwierigen Götterbild, nach indischem

Essen und indischer Musik und indischen Zeichen der Verehrung –, nicht wußte, daß die Mutter seiner neun Kinder nicht »indisch« sprach, sondern hindi. Doch vielleicht war das auch gar nicht so eigenartig: Er lebte intuitiv, und darum wurde er von dem geleitet, was ihm von der Kultur seiner Vorfahren geblieben war. Er konnte nicht auf Distanz dazu gehen und es begutachten, er konnte sich nicht das Wissen aneignen, das Außenstehende darüber besaßen, und es würde mit ihm sterben. Er hatte keine Möglichkeit, es an seine Kinder weiterzugeben. Sie trugen spanische Namen und sprachen nur venezolanisch. Diese Sorzanos würden ganz anders sein. Sie würden nichts Gebrochenes haben. Sie würden die Art von venezolanischer Fremder sein, für den ich ihren Vater gehalten hatte.

Ich wollte mir sein Armband aus Goldmünzen ansehen. Er nahm es ab und zeigte es mir. Die Münzen waren viktorianische Sovereigns. Er knöpfte sein Hemd auf und zeigte mir noch mehr davon: Er trug eine goldene Halskette mit einer großen Goldmünze als Anhänger.

Er hatte in Venezuela Gold gefunden: einen Goldschatz. Er hatte ihn vor Jahren gefunden, kurz nachdem er ins Land gekommen war und als eine Mischung aus Zimmermann und Tagelöhner arbeitete, in einer Kolonne von fünfundzwanzig Männern, die ein altes Haus im Zentrum von Caracas abrissen. Das war in der Zeit nach den Erdölfunden, als das alte Caracas abgerissen und – mit Schnellstraßen – wiederaufgebaut wurde. In einem Zimmer fanden er und zwei andere in einem Hohlraum hinter den Lehmziegeln den Schatz: viele Sovereigns wie die an seinem Armband und viele Münzen wie die, die er um den Hals trug. Diese Münze war 1824 geprägt worden. Sie war groß und sollte an ein historisches Ereignis erinnern. Sie drückte eine Gewißheit aus und war geprägt worden zu Ehren des 1818 abgehaltenen ersten Kongresses des unabhängigen südamerikanischen Staates, den Simon Bolívar zu gründen versucht hatte. Es war kein Datum, das ich im Kopf hatte. Die Münze war für mich der erste Hinweis auf die ehrgeizige Pracht dieses Unternehmens.

Die Jahreszahl auf den englischen Sovereigns deutete darauf hin, daß der Schatz irgendwann in den sechziger Jahren des neunzehnten Jahrhunderts versteckt worden war. Nur etwa dreißig Jahre, nachdem die Münze geprägt worden war, um das Ende eines alten Reiches, einer alten Ordnung anzuzeigen und den Beginn einer neuen zu feiern, hatte sie also versteckt werden müssen. In Venezuela und anderen südamerikanischen Ländern war auf den Zerfall des spanischen Weltreiches ein Jahrhundert der Unordnung gefolgt. 1869 berichtete der englische Schriftsteller Charles Kingsley, ein hervorragender Naturforscher, der den Winter auf Trinidad verbrachte, es verkehrten keine Schiffe den Orinoko hinauf; nur ein einziges ungezieferverseuchtes Schiff fahre von Port of Spain nach La Guaira, dem Hafen von Caracas, und nach all den Jahren der gewalttätigen Auseinandersetzungen seien in Caracas weder Leib und Leben noch Hab und Gut sicher.

Die Menschen, die im zerfallenden römischen Reich ihre Schätze vergruben, konnten keine Ahnung von den Wechselfällen der Geschichte und den späteren großen Wanderungsbewegungen haben, die eines Tages dazu führen sollten, daß Unbekannte aus einer Welt jenseits des Vorstellungsvermögens dieser Menschen ihre für bessere Zeiten zurückgelegten Schätze ausgraben würden. Ebenso konnten die Menschen im alten Caracas, die in unruhigen Zeiten einen (höchstwahrscheinlich zusammengestohlenen) geheimen Schatz aus Sovereigns und Goldmünzen aufgehäuft hatten, nichts von den Wechselfällen der Geschichte ahnen, die dazu führen sollten, daß Manuel Sorzano, dessen Vorfahren in den sechziger Jahren des achtzehnten Jahrhunderts noch in Indien gelebt hatten, ihr Gold entdeckte.

Er sagte: »So hab ich eigenes Haus gebaut. Ich brauche mir nicht gefallen zu lassen, herumgeschubst zu werden.«

Ich begann mich zu fragen, ob dieses Glück – und sein Wunsch, es zu behalten oder zu erneuern oder nicht zu verlieren – im Zusammenhang mit seiner gegenwärtigen Enthaltsamkeit stand, welche die Folge eines Gelübdes sein mochte (von dem, auf Trinidad oder in Venezuela, Gebetsfahnen in einem Garten kündeten).

Ich rieb nochmals mit dem Daumen über die Münze zum Gedenken an den Kongreß in Angostura. Sie wirkte wie neu; die erhabenen Lettern der pompösen Inschrift ließen sich deutlich ertasten.

Es war ein eigenartiger Zufall, daß Dr. Siegert 1824, im Prägejahr der Münze, in Angostura, jener Stadt am Orinoko, mit der Produktion seines Bitterlikörs begann. Wenige Jahre später fegte das Chaos in Venezuela die Verheißung des Kongresses hinweg und zwang Siegert, mit seinem geheimen Rezept über den Golf nach Trinidad zu fliehen. Da Trinidad britische Kolonie war, bot es Frieden und die Möglichkeit, das Geschäft auszubauen, und da es ein geographischer Fortsatz Venezuelas war, brachte es auch alle in Siegerts Rezeptur enthaltenen tropischen Kräuter, Pflanzen und Früchte hervor. Angostura wurde nach Bolívar umbenannt, und nun lebte der Name nicht durch den Kongreß weiter, an den die Münze erinnern sollte, sondern durch einen Likör, der an einem anderen Ort hergestellt wurde.

Ich wog die Halskette noch einmal in der Hand, um ihr Gewicht zu spüren, und gab sie zurück.

Ich sagte: »Ich hätte Angst, so etwas mit mir herumzutragen.«

Er machte eine kleine Verbeugung und legte sich die Kette mit der raschen, routinierten Bewegung eines Priesters um, der in ein rituelles Gewand schlüpft. Er strich zwei- oder dreimal über die schütteren, gekräuselten, grauschwarzen Haare auf seiner schlaffen Altmännerbrust, um die Münze unter seinem Unterhemd zurechtzuschieben, und knöpfte sein Hemd wieder zu.

»Das ist für mich nur wie ein Souvenir. Und hier sicherer als auf der Bank. Wenn ich das auf die Bank bringe, würden sie mich ins Gefängnis stecken. Das ist mit den anderen beiden passiert, die dabei waren. Schwarze, nicht von den Inseln, sondern von einer Stadt. Von Barlovento. Da sind viele alte Plantagen und viele Schwarze von Venezuela.«

Es war eine der Gegenden von Venezuela, in denen ich die Vegetation des kleinen Tals voller Kakaobäume aus meiner Kindheit wiedergefunden hatte. Die alten Plantagenbaracken und die Gemeinschaft sehr dunkelhäutiger Menschen (von denen jetzt viele in der Stadt arbeiteten) hatten mich überrascht. Doch Barlovento – das Wort bedeutete »windwärts gelegen« und war meiner Meinung nach karibischen Ursprungs – war auch der Ort, wo ich eines Tages viele Meilen an einer verwildernden Kakaoplantage mit hohen Schattenbäumen entlanggefahren war, eingehüllt in einen Duft von Vanille.

Manuel Sorzano sagte: »Sobald die Schwarzen die Münzen sehen, wollen sie das Gold nur in die Tasche stecken und wegrennen. Ich sage ihnen nein, man wird sie einsperren. Zuerst hören sie auf mich, aber dann glauben sie, daß ich sie betrügen will. Stecken also die Münzen in die Tasche und verschwinden. Ich bleibe und lasse mir Zeit. Ich nehme noch ein paar Steine heraus und suche nach mehr Münzen und finde wirklich noch welche. Ganz leise lege ich die Münzen in meinen Essensbehälter. Drei Emailleschüsseln übereinander in einem Halter aus Metall mit oben einem Griff. Da lege ich sie rein, und der Reis und das Brot und das andere Essen machen die Münzen ganz still, und ich behalte das Ding im Auge und arbeite weiter im anderen Zimmer mit anderen Kollegen, bis Feierabend ist. Als ich die Baustelle verlasse, gehe ich wie auf Glas. Ich habe Angst hinzufallen. Am Abend verstecke ich die Münzen woanders. Am Morgen gehe ich wieder zur Arbeit, ganz ruhig, und sage nichts, und an diesem Tag reißen wir das Zimmer ab, wo wir die Münzen gefunden haben. Ich arbeite einfach weiter, und am Nachmittag kommen fünf oder sechs Männer von der Guardia Nacional. Sie fangen an, auf der Baustelle zu suchen wie verrückt gewordene Ameisen. Sie sagen nicht, warum sie gekommen sind, aber ich weiß, sie suchen das Zimmer, das schon abgerissen ist. Das war wegen den Schwarzen. Man sollte nicht glauben, was sie gemacht haben: Sie meinen, mit all dem Gold sind sie wichtige Leute, und darum bringen sie die Münzen zu einer der größten Banken in Caracas, wo alle Anzüge tragen. Stellen Sie sich vor: Schwarze aus Barlovento, wie sie angezogen sind, wie sie reden, ihr Kauderwelsch, gehen in die große, stille, klimatisierte Bank und sagen, sie haben Goldmünzen. Natürlich rufen die Leute in der Bank die Guardia, und die Burschen werden eingesperrt und verprügelt und verlieren alles.«

Ich sagte: »Ich habe gehört, daß die Guardia ziemlich brutal sein kann.«

»Ja, ja.« Doch Manuel Sorzano schien mit einemmal die Seiten zu wechseln. »Aber sie haben oft mit brutalen Leuten zu tun. Und wenn man ihnen starke Worte gibt, muß man einstecken können.«

Etwas später sagte er: »Mein Sohn Antonio ist in der Guardia. Schon als er ein kleiner Junge war, wollte er in die Guardia.«

Ich sagte: »Die Uniform, der Revolver, der Jeep.«

»Und die Wohnungen. Das dürfen Sie nicht vergessen. Sie haben manchmal sehr schöne Wohnung. Antonio hat schon immer viel Wert gelegt auf so was. Ich weiß noch, vor ein paar Jahren. Das war in Puerto La Cruz. Damals habe ich an ein Hotel gearbeitet. Einen Samstag nachmittag habe ich mit den Kindern und ihre Mutter ein Ausflug gemacht, mit dem Auto. An der Straße am Meer gab's irgendeinen Jahrmarkt. Plötzlich höre ich eine Sirene, und dann drängt mich ein Jeep von der Guardia Nacional von der Straße. Ich halte an, und einer von den Guardia-Männern springt in mein Auto, mit einem Revolver in der Hand. Aber sobald er die Mutter und die Kinder sieht, ist dieser Mann – der mich gerade mit dem Revolver auf den Kopf schlagen wollte – ganz verwirrt und verlegen. Er sagt: ›*Disculpe, disculpe, señora* – Entschuldigung, Entschuldigung, Señora.‹ Und dann springt er wieder raus. Antonio hat das ein paar Wochen lang immer nachgespielt. Ist im Hof und im Haus rumgerannt und hat getan, als ob er einen Revolver hat, und hat gerufen ›*Disculpe, disculpe, señora.*‹«

Wir flogen jetzt tiefer über der Küste.

Manuel Sorzano sah aus dem Fenster und präsentierte mir sein Profil mit dem Pferdeschwanz. Er schwieg eine Weile und sagte dann: »Ich denke in letzter Zeit viel an den Jungen. Er hat ein bißchen Schwierigkeiten.«

»Der Junge in der Guardia?«

»Ja. Antonio. Ich meine nicht Schwierigkeiten, in die junge Burschen eben manchmal geraten. Aber es ist ernst. Und es ist nichts, bei dem ich ihm helfen kann. Vor zwei Jahren oder so fängt er an, mit einem Mädchen zusammenzuleben. Das erste Mädchen, von dem ich weiß. Zuerst war er sehr verlegen, aber nach eine Weile wollte er, daß ich es weiß, und darum fahre ich hin. Sie leben in einer Stadt am Orinoko. Das Mädchen ist sehr jung und klein, der hellhäutige venezolanische Typ. Fünfzehn oder sechzehn, dachte ich. Sie war sehr respektvoll, als ich da war, und sagte nicht viel, und um die Wahrheit zu sagen: Ich war zu schamhaft, um sie genau zu sehen. Als es soweit ist, daß ich wieder fahren muße, kommt sie und gibt mir einen Kuß auf die Wange, und ich lege meine Hand auf ihre Schulter. Nein, nicht die Schulter. Auf den oberen Teil von ihrem Arm. Da war ich überrascht. Sie war gar nicht weich. Sie war hart wie ein Mann, und so klein. Das ist das, woran ich mich am meisten erinnere, und den ganzen Weg zurück dachte ich: ›Was für ein hartes Leben hat das arme Mädchen hinter sich? Was für eine schwere Arbeit haben sie das kleine Kind machen lassen?‹ Als ich nach Hause komme, fragt mich die Mutter: ›Was hältst du von der Kleinen? Ist sie in Ordnung?‹ Sie meint das Mädchen. Ich sage ja. Sie sagt: ›Was für ein Typ?‹ Ich sage: ›*'pagnol*‹. Mehr hab ich ihr nicht gesagt.

Und dann passiert das Übliche. Ich sage üblich, aber es ist nicht üblich, wenn es einem selbst passiert. Eines Tages ist Antonio an einem Mordfall. Muß zu einer Ranch weit vor der Stadt fahren. Eine Viehranch. Von Fremden. Antonio mag den Ort nicht. Sie bauen große Schuppen aus Beton und halten die Tiere den ganzen Tag eingesperrt, bei all dem Land, das sie haben, und bei der Hitze, und dann geben sie ihnen Hühnerscheiße und Molasse zu fressen. Das muß enden mit Mord. Antonio sollte den ganzen Tag da draußen bleiben, aber irgendwas passiert, und er kommt früh am Nachmittag zurück.

Sie müssen wissen, da war ein syrischer Kaufmann in der Stadt. Der Syrer wohnt über dem Laden, aber hat auch eine kleine *quinta* mit ein bißchen Land, draußen vor der Stadt. Als er in die Stadt zurückfährt, sieht Antonio das Mädchen mit dem Syrer aus der *quinta* kommen. Er wird ganz *'basourdi*, als er das sieht. Als ob einer ein Sack Mehl auf seinen Kopf geworfen hat.

Er kann nicht nach Hause gehen. Er fährt zur Wache und bleibt ein paar Stunden da. Dann geht er nach Hause. Das Mädchen ist da. Sie sitzt in einem kleinen, offenen Schuppen mit Betonboden, mit Farnen, in Körben aufgehängt, und mit Blumentöpfen. Ein schöner, kühler Platz, wo sie Wäsche wäscht, und manchmal setzt sie sich dahin. Sie macht irgendwas an den Pflanzen. Er sagt nichts zu ihr. Er bleibt einfach im Hof stehen und sieht sie an, nur ihr Gesicht und nicht das, was sie macht. Und als sie ihn sieht, weiß sie, daß sie in Schwierigkeiten ist.

Sie läßt die Pflanzen und geht in das Haus. Er geht auch rein und setzt sich an den Küchentisch, und jetzt sieht er nur den Tisch an. Sie geht aus der Küche. Er steht auf und zieht seinen Revolver und geht ihr nach. Er geht ihr nach von einem Zimmer zum anderen, von der Küche zum Wohnzimmer zum Schlafzimmer zur Galerie, und wartet darauf, daß sein Finger sich krumm macht am Abzug. Sie versucht nicht, aus dem Haus zu rennen. Gott sei Dank. Sonst hätte der Finger sich krumm gemacht. Dann hört sie auf zu gehen. Er geht zu ihr, und sie schreit ihn an: ›Weißt du nicht, wie diese Syrer kleine Mädchen überlisten? Warum gehst du nicht und bringst ihn um?‹

Die Worte gehen ihm durch und durch. ›Überlisten‹, ›kleine Mädchen‹ – die Worte schneiden wie ein Messer. Er wird traurig und hat ganz dumme Gedanken. Er weiß, er bringt es nicht über sich, sie zu erschießen. Er geht in das kleine Schlafzimmer und legt sich in seiner Uniform auf das Bett. Das Fenster ist offen, die kurzen Vorhänge bewegen sich fast nicht. Es ist immer noch heiß. Er fühlt sich ganz friedlich und schläft gleich ein. Es ist fast dunkel, als er aufwacht, und er hat das Gefühl, daß er weit weg war. Er bleibt liegen und riecht die Nachbarin einen Fisch braten, und er fühlt sich ganz friedlich und riecht den Geruch und hört die leisen Geräusche von den anderen Häusern. Die Geräusche hören sich an wie von ganz weit weg. Er wacht ein bißchen mehr auf und weiß, daß er sich friedlich fühlt, weil er nicht sein eigenes Leben zerstören muß, und auch nicht das von einem anderen.

Als er aufsteht, ist es sehr dunkel. Das Haus ist dunkel. Er sieht nur ein paar Lichter von den Nachbarn. Es ist dunkel auf dem Hof und dunkel in dem Schuppen mit den Farnen in Körben und Blumen in Töpfen und den Stühlen auf dem Betonboden. Keiner kocht in der Küche, und draußen ist auch keiner. Das Mädchen ist nicht da. Sie ist weg. Er geht durch das Haus, immer im Kreis. Er macht kein Licht an. Er geht im Dunkeln.

Er geht aufs Klo. Dann geht er raus auf den dunklen Hof. Er geht ein bißchen herum. Dann richtet er sich auf, zieht seine Uniform glatt und klopft auf den Revolver im Halfter. Er setzt sich in sein Auto und fährt zur Stadtmitte, zum großen Park am Fluß.

Der Fluß fließt an einer Seite von dem Park. Der syrische Laden ist an einer Straße auf der anderen Seite. Die Straße hat einen überdachten Bürgersteig, mit Säulen aus Beton, und an den Säulen kleben viele Plakate übereinander. Es ist ein langer Laden, mit zwei breiten Türen, aber an diesem Abend ist eine der Türen geschlossen. Als Antonio reingeht, sieht er den Syrer am Ende der Theke stehen. Steht da wie ein Polizist vor den Regalen mit Ballen von billigem Stoff. Steht unter einer sehr schwachen Glühbirne und redet und lacht mit den Leuten, die er betrügt.

Antonio sieht sich den lachenden Mann genau an und sagt zu sich selbst: ›Lach nur. Bald wirst du nicht mehr lachen.‹ Er faßt nach seinem Revolver, um zu sehen, ob er an der Hüfte hängt. Er nimmt ihn nicht heraus, denn dieses Mal wird er nicht darauf warten, daß er losgeht. Dieses Mal, wenn er ihn herausnimmt, benutzt er ihn. Er geht durch die offene Tür in den Laden. Der Syrer dreht sich um, und als er die Uniform sieht, sieht er ein bißchen respektvoll aus.

In Gedanken redet Antonio mit dem Syrer: ›Gut. Du hast Respekt. Aber das ist nicht genug. Ich will Angst in deinen Augen sehen. Ich will deine Augen sehen, wenn du anfängst zu betteln. Und dann schicke ich dich nach Hause.‹

Der Syrer erkennt Antonio. Er sieht nicht erschreckt aus. Er sieht nicht ängstlich aus. Er sieht ärgerlich aus. Dann sieht er Antonio mit Haß an. Das erstaunt Antonio. Es ist, als würde der Syrer nicht verstehen, wie ernst es ist. Aber die Leute in dem Laden verstehen es. Sie hören auf zu reden und gehen zur Seite, damit Antonio zwischen ihnen hindurchgehen kann. Er geht zur Theke, und der Syrer sieht ihn jetzt mit Verachtung an. Die ganze Zeit rührt sich der Syrer nicht vom Fleck.

Und dann passiert was Komisches. In Gedanken hört Antonio auf, mit dem Syrer zu reden, und fängt an, mit sich selbst zu reden: ›Warum verachtet dieser Mann mich so? Jemand muß ihm was gesagt haben. Ich kann diesen Mann nicht nach Hause schicken, wenn sein Herz so voll Verachtung für mich ist. Das Mädchen hat ihm was erzählt, damit er Macht über mich hat. Was hat sie ihm erzählt?‹ Alle möglichen privaten Sachen gehen ihm durch den Kopf. Die Kraft fließt aus seinem Körper, und er fängt an zu frieren, wie er da in dem Laden steht. Er spürt, daß er am liebsten weinen würde. Der Syrer sagt: ›Und, Pepe?‹ Er nennt ihn Pepe, um ihn vor den anderen Leuten zu beleidigen, obwohl Antonio eine Uniform trägt. Und Antonio kann nur umdrehen und gehen.

Irgendwie lebt er durch die nächsten Tage. Er schickt mir eine Botschaft und bittet mich zu kommen. Als ich komme, ist er ganz durcheinander, und das Haus ist auch ganz durcheinander. Es ist erst das zweite Mal, daß ich das Haus sehe. Das erste Mal hatten sie es so schön für mich gemacht. Das Mädchen hatte seine schönen Sachen an und war respektvoll. Jetzt ist sie nicht da, und alles, was ich sehe, macht, daß ich an sie denke. Der kleine Schuppen im Hof, mit den Pflanzen und den Farnen, macht, daß ich an sie denke. Da haben wir gesessen und Tee getrunken.

Darum fühle ich in meinem Herzen ein bißchen, was Antonio fühlt, als er mir die Geschichte erzählt. Er sagt, er glaubt, daß er die Guardia verlassen muß. Er ist in seinem Herzen zu zerstört, um diese Art von Arbeit zu machen. Er fängt an zu weinen. Ich weiß nicht, was ich ihm sagen soll. Das Mädchen fehlt mir, und ich fühle ein bißchen, was er fühlt, aber ich habe keine Erfahrung, um ihm irgendwas zu sagen. Ich kann ihm nicht sagen, was er tun muß, damit die Leute ihn mögen oder bei ihm bleiben.

Als ich jung war, war es anders. Die älteren Leute haben sich für einen darum gekümmert. Als ich zweiundzwanzig war – das war im Krieg, und ich hab auf dem amerikanischen Stützpunkt in Cumuto gearbeitet –, kam ich einmal an einem Freitag zum Wochenende nach Hause, und mein Vater sagt nur: ›Du wirst zu groß. Wird Zeit, daß du heiratest. Ich hab schon ein paar Mädchen ausgesucht. Ich werde gehen und mit den Eltern reden.‹ Und das war's. Auf dem Stützpunkt war ich wer und hab mit den Amerikanern gearbeitet und so, aber ich war nicht genug, um meinem Vater nein zu sagen. Bevor ich weiß, was los ist, habe ich eine Frau und fang an, Kinder zu kriegen. Es war wie was, das einfach passiert, das mir jemand in die Hand drückt. Ich hab nicht danach gesucht.

Und man kann sagen, daß was Ähnliches passiert ist, als ich mich da drüben aus dem Staub gemacht hab und hier gelandet bin. In Maturín hab ich gelebt wie ein Flüchtling, und gegessen hab ich immer bei einer indischen Familie. Mit der Tochter red ich nie besonders freundlich. Ich hab überhaupt kaum mit ihr geredet. Aber irgendwie ziehe ich auf einmal bei ihnen ein, und dann ist sie mit mir ausgezogen, und alle sind einverstanden, und keiner verliert viel Worte darüber. Und ich muß noch dazu sagen, daß ich die Frau vorher nicht angerührt habe.

Das komische ist: Als die Kinder größer wurden, hab ich mir um die Jungen nicht soviel Sorgen gemacht wie um die Mädchen. Wir können hier nichts für sie arrangieren, so was Altmodisches wollen sie nicht. Sie wollen es auf die moderne Art, sich selbst einen aussuchen, und Sie wissen ja, wie Mädchen dumm sein können. Ein bißchen Süßholz, und schon verdrehen sie den Kopf. Und wenn ein Mädchen ein Kind kriegt, kann sie's nicht zurückgeben. Gut oder schlecht, sie hat es eben, und jetzt geht ihr Leben in diese Richtung. Aber Dolores und das andere Mädchen machen das ganz gut. Sie haben das richtige Aussehen und kriegen eine Menge Angebote und können sich's aussuchen und sich Zeit lassen. Und ich weiß, daß die anderen

Mädchen das auch gut hinkriegen werden, weil das ein gutes Vorbild für sie ist.

Mit den Jungen war es anders. Die Mädchen konnten einfach dasitzen und warten. Aber die Jungen müssen losziehen und sich umtun. Sie müssen Männer sein, auf eine neue Art, und sie wissen nicht so recht, was sie tun sollen. Ich bin kein Vorbild für sie. Sie machen nach, was irgendwelche Leute machen, aber sie verstehen es nicht. Und für sie ist es besonders schwer, weil sie die ganze Zeit immer noch diese altmodische Schamhaftigkeit haben, die sie von mir geerbt haben.

Für Antonio war es leichter, in die Guardia zu kommen, als das Mädchen zu kriegen, und als er sie hatte, ist er lange Zeit zu schamhaft, um es mir zu sagen. Er war kein Heimlichtuer. Er hat sich keine Sorgen um das Mädchen gemacht. Er war bloß schamhaft. Er hatte das Gefühl, daß er mir nicht genug Respekt zeigte, daß es so aussehen würde, als wollte er mir Konkurrenz machen.

Und als er es mir endlich sagt und ich hinfahre, um sie mir anzusehen, bin ich so verdammt schamhaft, daß ich's nicht über mich bringe, dem Mädchen ins Gesicht zu sehen, und Antonio ist so schamhaft, daß er so tut, als kennt er sie kaum. Der einzige, der nicht schamhaft ist, ist das Mädchen. Und danach denke ich, daß ich von dem Mädchen nicht mehr weiß, als was ich gesehen habe, und daß sie eigentlich eine Fremde ist und daß Antonio auch nicht viel mehr von ihr weiß. Als wir in seinem Haus darüber reden, habe ich das Gefühl, daß das ein Stück von der Scheiße ist, in der er sitzt.

Wir reden den ganzen Tag und bis spät in die Nacht. Wir sagen zehn-, zwölfmal dasselbe, und dann fangen wir wieder von vorne an, er ist so durcheinander.

Ich sage ihm, daß Gott mit ihm gewesen ist, als sein Finger nicht den Abzug gezogen hat und als er aus dem Laden des Syrers rausgegangen ist. Ich sage ihm, daß er das Mädchen gar nicht richtig kennt, und darum kann er nicht von Ehre und Schande reden. Er soll nur daran denken, daß er mit ihr einen Fehler gemacht hat und daß er das nächste Mal keinen machen wird. Das Mädchen macht inzwischen wahrscheinlich seine eigenen Fehler, und der Syrer auch. Jeder, der unter Fremden nach einem Mann oder einer Frau sucht, muß Fehler machen. Und ich glaube, am Ende kriegt man das, was wirklich für einen bestimmt ist.

Ich sage: ›Ich hab in meinem Leben nie die Aufregung gehabt, wie du und deine Generation sie suchen. Ihr lebt modern, und ich bin ein bißchen neidisch darauf, auf die Freiheit, die ihr habt. Aber wenn du diese Art von Aufregung willst, mußt du auch dafür bezahlen. Andere Leute wollen auch ihre Aufregung und Freiheit haben. Du kannst sie nicht anbinden. Du kannst nicht anfangen, von fair und unfair zu reden. Wenn du mal angefangen hast, diese Aufregung zu suchen, mußt du dir abgewöhnen, an fair und unfair zu denken.‹

Wir sitzen im Dunkeln in dem Schuppen mit den Farnkörben und den Blumen und reden und reden, und ich suche in meinem Kopf nach Sachen, die ich ihm sagen kann. Manche sind wahr, manche sind halb wahr.

Auf der Straße gehen die ganze Zeit Leute vorbei. Vor den Lichtern der anderen Häuser sind sie wie Schatten. Ich nehme an, ein paar von ihnen haben inzwischen was über die traurige Sache gehört und wissen, daß der Guardia-Mann und sein Vater dasitzen und über das Mädchen und den Syrer reden. Ich hab immer das Gefühl, daß ich es merke, wenn die Leute Bescheid wissen. Sie sehen einen nicht gern an, und sie gehen, als ob sie kein Geräusch machen wollen. Sie tun so, als wäre in dem Haus jemand krank. Keiner macht sich lustig. Das ist eine Seite der Leute hier, von der ich bis dahin gar nichts wußte und nach der ich auch nicht gesucht habe, und ich mag das an ihnen und habe Respekt vor ihnen.

Wir reden, und ich spüre, daß er immer müder wird und sich langsam beruhigt. Aber ab und zu bricht er zusammen und sagt, daß er die Guardia verlassen muß. Ich glaube ihm jetzt nicht wirklich, aber zur gleichen Zeit hab ich das Gefühl, daß er vielleicht angeben und was Dramatisches tun will, weil er merkt, daß ich seinen Kummer sehr ernst nehme, und wegen der

Sympathie von den Nachbarn, die er bestimmt spürt. Ich habe das Gefühl, das ist die gefährlichste Zeit.

Ich sage zu ihm: ›Ich werde einige Gebete für dich sagen.‹

Die Idee ist mir gerade erst gekommen. Und als ich es gesagt habe, sehe ich, daß es richtig war. Er weiß, daß ich besondere Gebete meine. Er weiß nicht viel von diesen Gebeten, aber er weiß, daß sie für seine Mutter sehr wichtig sind, und ich nehme sie auch ernst.

Ich sage zu ihm: ›Du mußt mir versprechen, daß du nichts tust, bevor ich die Gebete für dich gesprochen habe.‹

Er sagt nichts, aber ich spüre, daß er einverstanden ist. Und dabei fällt mir ein Stein vom Herzen.«

Die besonderen Gebete, von denen Manuel Sorzano gesprochen hatte, waren Lesungen aus hinduistischen Schriften. Dafür brauchte man einen Pandit, der sie auf sanskrit (oder was man in dieser entlegenen Weltgegend Sanskrit nannte) sang und dabei vor einem niedrigen, geschmückten Altar aus Erde saß, in dem ein junger Bananenbaum steckte, während Zucker und geklärte Butter auf einem aromatisch duftenden Pechkieferfeuer brannten: alte Symbole des Opfers und der Fruchtbarkeit. Diese Gebete waren in Venezuela nicht zu haben: Manuel Sorzano mußte nach Trinidad zurückkehren, wo er in einem früheren Leben einen anderen, jetzt ungenannten Namen gehabt hatte. Von diesen Gebeten kehrte er nun zurück, mit einem geläuterten Geist. Er aß kein Fleisch und trank keinen Alkohol, und in seiner Souvenir-Basttasche hatte er Flaschen und Gläser mit Lime Pickles und Mango Pickles und Pfeffersauce, und außerdem hatte er Schallplatten mit hinduistischen religiösen Liedern.

Er sagte: »Ich hoffe, es warten keine großen Nachrichten auf mich.« Er schlug sich mit der rechten Hand, um deren Gelenk das goldene Armband hing, schwer an die Brust. »Ich kann Ihnen sagen: Ich merke, wieviel ich jetzt bezahlen muß für das Glück, das ich hier gehabt hab.«

Näher und näher rückten unter uns das vom Wind bewegte graue und weiße Meer, die Wohnblöcke, die langen Start- und Landebahnen des Flughafens auf dem schmalen Streifen Land zwischen dem Meer und den Bergen, die aufgewühlte rote Erde, die Scharen von gelben Raupenfahrzeugen, die kleinen weißen Flugzeuge der venezolanischen Inlandfluglinien Aeropostal und Avensa, die größeren Maschinen von einem halben Dutzend internationaler Fluglinien vor dem langen Terminal: Es war das Venezuela des Booms, wo in den teureren Geschäftsvierteln von Caracas (das man durch lange Tunnel erreichte, die unter den Bergen hindurchführten) ein Hemd hundert Dollar kostete, und das zu einer Zeit, als man in New York ein Hemd für fünfzig Dollar als Extravaganz betrachtete.

Am Einreiseschalter standen wir in verschiedenen Schlangen. Als Venezolaner wurde er rasch abgefertigt. Er wartete auf mich, eine auffällige Gestalt mit seinem Pferdeschwanz und seiner Souvenir-Basttasche.

Als ich an der Reihe war, wedelte der Beamte mit meinem Einreiseformular vor meinem Gesicht herum. Er wollte gerade etwas sagen, als ein Kollege ihm etwas zurief; er antwortete, schrieb geistesabwesend etwas auf das Formular, drückte einen Stempel darauf, drückte einen Stempel in meinen Paß, winkte mich durch und verließ den Schalter.

Manuel Sorzano hob das Kinn und fragte: »Was schreibt er?«

Ich sah nach. Ich hatte meinen Beruf nicht angegeben, und das war nur zum Teil eine Nachlässigkeit: Damals waren Schriftsteller suspekt, denn einige Guerillakämpfer hatten diese Berufsbezeichnung als Tarnung gebraucht. In die leere Zeile hatte der abgelenkte Beamte geschrieben: *ejecutivo*, Direktor.

Manuel Sorzano sagte: »Sehen Sie jetzt, warum das hier ein großartiges Land ist? Man behandelt Sie so, wie Sie sich geben. Man respektiert Sie, wie Sie sich respektieren. Nirgendwo sonst.«

Ein Guardia-Mann sah zu uns herüber. Manuel Sorzano hatte es bemerkt und änderte sein Verhalten ein kleines bißchen, um zu zeigen, daß er auf beiden Seiten der Staatsgewalt stand: eine freundliche, anerkennende Würdigung der Uniform und ein leichtes Runden der Schultern, um seine Ehrerbietung zum Ausdruck zu bringen.

An der Zollabfertigung sagte er: »Aber Sie sollten sich ein bißchen vorsehen. Wir haben hier ein paar Guerilleros. Antonio ist zwei- oder dreimal in eine kleine Schießerei mit ihnen geraten. Einer schreibt mal in seinen eigenen Personalausweis *director ejecutivo*, Generaldirektor. Zum Angeben, na ja. Das hat sich rumgesprochen, und eines schönen Morgens kommen die Guerilleros und schnappen ihn, gerade als er in den Bus steigen will, um zur Arbeit zu fahren. In einen *colectivo*, einen von diesen kleinen privaten Bussen, in denen man den Kopf einziehen muß. Alle waren so damit beschäftigt, einzusteigen und auf ihren Kopf zu achten, daß es keiner gemerkt hat. Als sie herausgefunden haben, daß er keine große Gesellschaft hinter sich hat, die Lösegeld zahlt, haben sie ihn erschossen. In diesem Land muß man wissen, was man tut.«

8. Im Golf der Trostlosigkeit

Eine ungeschriebene Geschichte

Irgendwann dachte ich, ich sollte einmal versuchen, ein Theaterstück oder Drehbuch – ein Drehbuch wäre besser gewesen – über den Golf zu schreiben. Ich stellte mir ein dreiteiliges Werk vor: Kolumbus im Jahr 1498, Raleigh im Jahr 1618 und Francisco Miranda, der venezolanische Revolutionär, im Jahr 1806: drei Besessene, längst jenseits ihrer besten Jahre, jeder mit seiner eigenen Vision von der Neuen Welt, jeder an einem Punkt seines Leben, wo er Erfüllung finden sollte, und doch in Wirklichkeit kurz vor dem Ende, im Golf der Trostlosigkeit. Verschiedene Geschichten, verschiedene Menschen, verschiedene Moden, doch die Episoden hätten sich wie in einer Fortsetzungsgeschichte auseinanderentwickelt.

1618 war Raleigh ein alter, kranker Mann, der im Golf auf Nachricht von den Goldminen wartete, die er nie gesehen hatte und an die er nicht mehr glaubte, wie Kolumbus im Jahr 1498, als er in seinem Tagebuch sein mangelndes Augenlicht, seine mangelnde Gesundheit und sein mangelndes Glück beklagte und im voraus an das Mitgefühl seiner Königin appellierte. Während er langsam an den Buchten dieses seltsamen Golfs entlangsegelte, in dem sich zum Teil Salzwasser, zum Teil Süßwasser befand, glaubte er sich zwischen zwei Inseln zu befinden, deren eine er »Dreieinigkeit« nannte, während er der anderen (die in Wirklichkeit der südamerikanische Kontinent war) den Namen »Land der Gnade« gab. Seine Ortsnamen waren wie Gebete, und die Wunder, die er sah, schmückte er aus. Seinen Traum von der Neuen Welt hatte er bereits verloren; er wußte, daß es in der kleinen Kolonie, die er auf der Insel Haiti zurückgelassen hatte, zum Debakel gekommen war. Und am Ende seiner dritten Reise sollte er in Ketten nach Spanien zurückgeschickt werden. So, wie Raleigh im Jahr 1618, als er nichts mehr zu erwarten hatte, zurück nach England fuhr, zum Tower und zu seiner Hinrichtung.

Die gleiche Art von Wahnsinn und Selbsttäuschung – gefolgt von Kapitulation – findet sich im Leben von Francisco Miranda, dem venezolanischen Revolutionär und Vorläufer Bolívars. Miranda ist zwar nicht so berühmt wie Kolumbus oder Raleigh. Sein Werdegang ist ebenso originell und bizarr, doch umgibt ihn (aus Gründen, von denen später die Rede sein wird) keine historische Legende, und darum muß an diesem Punkt seine Geschichte erzählt werden.

1806 ist Miranda sechsundfünfzig. Seit fünfunddreißig Jahren ist er nicht mehr in Venezuela gewesen. Und in mehr als zwanzig dieser Jahre, die er in den Vereinigten Staaten, England und Frankreich verbracht hat, ist er ein Propagandist der lateinamerikanischen Befreiung gewesen. Genaugenommen ist er von der spanischen Armee desertiert. Das bedeutet, daß er keinen Zugang zum Vermögen seiner Familie in Venezuela hat und sich so durchschlagen muß. Die südamerikanische Revolution – und seine potentielle Position als ihr Anführer – ist sein einziges Kapital. 1805 gerät er in Panik: Er glaubt, die Franzosen unter Napoleon könnten in Südamerika einfallen und dann gäbe es keine Revolution, die er anführen könnte. Er verläßt England und geht in die Vereinigten Staaten. Mit dem Geld eines Kaufmanns (der bereit ist, auf eine Revolution zu spekulieren) kauft Miranda ein kleines Schiff, rekrutiert zweihundert Söldner und beschließt, in Südamerika zu landen.

Es ist eine lange, langsame Reise nach Süden. Miranda streitet mit dem Kapitän, er streitet mit den Söldnern, und die Invasion ist eine Katastrophe. Mit einem einfachen Manöver, das nur vierzig Minuten dauert, bringt ein spanisches Schiff die beiden unbewaffneten Schoner auf, die dazu benutzt werden, achtundfünfzig Soldaten an Land abzusetzen. Miranda, der seit fünfundzwanzig Jahren nicht mehr gekämpft hat, wendet und flieht mit seinem eigenen Schiff.

Die britischen Behörden auf Barbados und Trinidad stehen ihm bei. Seine unbezahlten, meuternden amerikanischen Söldner werden zur Räson gebracht; unter den Franzosen auf Trinidad wirbt Miranda weitere Söldner an und versucht eine zweite Invasion. Wie Kolumbus, wie Raleigh besitzt er ein Gefühl für Geschichte. Er schreibt eine Proklamation: »Der Golf, den Kolumbus entdeckte und mit seiner Anwesenheit ehrte, wird nun Zeuge unserer glanzvollen Taten und heldenhaften Anstrengungen sein.«

Nachdem er, diesmal mit geheimer Unterstützung der britischen Marine und ohne auf Widerstand zu stoßen, in Venezuela gelandet ist, klingen seine Proklamationen anders: Man wird die örtlichen Beamten, die der spanischen Krone weiterhin Gefolgschaft leisten, als Feinde behandeln. So schlicht ist seine Vorstellung von einer Revolution. Die Leute laufen nicht zu ihm über; sie laufen davon.

Er unternimmt nichts, um die gefangenen achtundfünfzig Männer zu befreien, sie freizupressen oder freizukaufen. Zehn von ihnen werden öffentlich gehängt und gevierteilt; ihre Köpfe werden auf Lanzen gespießt und ihre Leichen feierlich verbrannt. Die anderen werden in schreckliche Gefängnisse gesperrt. Miranda spricht nie von ihnen, läßt nie Bedauern für sie erkennen. Es waren Söldner, Glücksritter. Wenn die Invasion gelungen wäre, hätten sie reiche Beute gemacht. Nun haben sie verloren, er schuldet ihnen nichts.

Er ist nicht stark genug – oder erfahren oder siegessicher –, um ins Landesinnere vorzudringen. Nach zehn Tagen schifft er sich wieder ein. Wochenlang wartet er unentschlossen vor der venezolanischen Küste. Schließlich entzieht ihm die britische Marine ihre, offiziell ohnehin nie gewährte, Unterstützung, und Miranda bleibt nichts anderes übrig, als nach Trinidad zurückzukehren.

Er bleibt ein ganzes Jahr auf Trinidad; es ist, als habe man ihn dort ausgesetzt.

Bis vor neun Jahren gehörte Trinidad zu Venezuela und dem spanischen Weltreich. Jetzt ist es britisches Territorium. Der größte Teil der Insel ist bewaldet, doch es ist ein leerer Wald: Die eingeborene Bevölkerung hat praktisch aufgehört zu existieren. Vor zwanzig Jahren haben die Spanier an der Küste, wo früher die indianische Siedlung Cumucurapo stand, eine kleine Stadt im spanischen Stil gegründet, deren Straßen sich in regelmäßigen Abständen rechtwinklig schneiden. Die meisten der Wohnparzellen, die in einiger Entfernung vom Hauptplatz liegen, sind unbebaut und überwuchert. Gleich am Ende der unfertigen Stadt beginnen die neuen, mit Sklaven betriebenen Plantagen. Sie sind jüngeren Datums als die Stadt und erstrecken sich an drei Seiten bis zum Wald und zu den Hügeln – auf Land, das nach dem Verschwinden der Ureinwohner zweihundert Jahre lang Busch war.

Die Plantagenbesitzer sind von Haiti und den anderen französischsprachigen Inseln im Norden hierher geflohen. Nicht alle sind weiß. Viele von ihnen sind Mulatten und Schwarze, und in der Kastensprache jener Zeit nennt man sie »freie Farbige« und nicht »Neger«. Ein ungewöhnlich hoher Prozentsatz der Sklaven auf Trinidad besteht aus »neuen Negern«, die man frisch aus Afrika importiert hat.

Die Insel lebt jetzt durch und für diese Plantagen, und außerhalb von ihnen gibt es kaum menschliches Leben. Reisen müssen bewilligt werden. Es gibt keine Vagabunden, keine freie, umherziehende Bevölkerung. Für einen Großstädter wie Miranda ist hier kein Platz. Während dieses Jahres, in dem er den britischen Behörden ausgeliefert ist und auf neue Entwicklungen hofft, muß es Zeiten geben, in denen er sich wie ein Gefangener vorkommt und sich fragt, ob er diese Insel, die einst zu seinem Heimatland gehört hat, wohl je verlassen und zu seinem Haus und seiner Familie in London wird zurückkehren können.

Nach einem langen, untätig verbrachten Jahr kehrt er tatsächlich zurück. An diesem Punkt, mit dieser Flucht von der Insel, die einst zu seinem Heimatland gehört hat, hätte die Geschichte eigentlich enden sollen. Das wäre ironisch genug gewesen. Doch er soll nicht sang- und klanglos sterben. Er ist zu berühmt, hat sich zu lange eingesetzt, hat zuviel geredet. Auf ihn wartet ein anderes Schicksal.

Drei Jahre später beginnen Bolívar und andere in Venezuela die wirkliche Revolution. Sie rufen Miranda aus London. Sie glauben ihn zu brauchen. Miranda ist der berühmteste Südamerikaner oder Lateinamerikaner seiner Zeit; er kennt wichtige Leute in England und den Vereinigten Staaten. Die Revolutionäre glauben, auch Mirandas militärische Fähigkeiten zu brauchen: In Südamerika erzählt man sich, in militärischen Dingen werde er nur von Napoleon übertroffen. (Er war elf Jahre lang Hauptmann der spanischen Armee in Spanien, Nordafrika und Westindien. Bevor er desertierte und in die Vereinigten Staaten ging, war er für kurze Zeit Oberst. In Frankreich jedoch ließ er die Leute glauben, er sei General im amerikanischen Unabhängigkeitskrieg gewesen, und in der Anfangsphase der französischen Revolution diente er sieben Monate lang als General der Revolutionsarmee, bevor er wegen Unfähigkeit entlassen wurde.)

Und so erlebt Miranda, trotz der Niederlage, der Schande und dreijähriger Untätigkeit, diesen vollständigen Triumph. Als er in Venezuela landet, ist die Revolution (die er seit zwanzig Jahren vorausgesagt hat) bereits auf dem besten Wege, und man heißt ihn als ihren Helden und Anführer willkommen. Eine Zeitlang läuft alles gut. Die venezolanische Revolution triumphiert, und Miranda als ihr General sichert ihren militärischen Sieg, doch seine Schlachten sind besonders blutig, und der Revolutionär, der immer die Bürgerrechte im Munde führte, erweist sich als ein Mensch, dessen Charakter eine brutale, anmaßende Seite hat. Diese Brutalität gehört zu den Dingen, die viele Menschen an der Revolution zweifeln lassen.

Miranda hatte Venezuela mit zweiundzwanzig Jahren verlassen, und 1810/1811 war er fast vierzig Jahre im Ausland gewesen. Und so, wie er sich in dieser Zeit immer wieder neu erfunden hatte – in den Vereinigten Staaten wurde er zum Verfechter der Freiheit, in Frankreich zum Revolutionär, unter den Adligen im

Rußland Katharinas der Großen zum mexikanischen Edelmann und Grafen, in England zu einem Herrscher im Exil, einem Mann, der einen ganzen Kontinent für britische Waren öffnen konnte –, hatte sich sein Bild von Venezuela und Südamerika stets an die Phantasien der europäischen Denker des ausgehenden achtzehnten Jahrhunderts angepaßt: Die Menschen auf diesem Kontinent hatten das Beste verdient; sowohl Weiße als auch Indianer waren der Republik Platos würdig. Und dann, in einer weiterentwickelten Version dieser Phantasie, verwandelten sich Weiße wie Indianer irgendwie in Inkas und waren so rein und edel, wie diese Menschen – das hatten die Philosophen festgestellt – es nun einmal waren.

Doch das Venezuela, in dem Miranda sich nun wiederfindet, ist ganz und gar nicht so. Venezuela ist eher wie das Trinidad, dem Miranda drei Jahre zuvor glücklich entkommen ist. Venezuela ist eine Kolonie in der Neuen Welt, mit Sklavenplantagen und den Klassenschranken, die man in solchen Ländern findet: Es gibt Spanier aus Spanien, die Obrigkeit; es gibt eine kreolisch-spanische Aristokratie; es gibt kreolische Spanier, die nicht zu dieser Aristokratie gehören; es gibt Mulatten; es gibt Neger auf den Plantagen und indianische Ureinwohner. Ein solches Land wird nur durch eine starke externe Macht zusammengehalten. Wenn diese Macht verschwindet, können die Menschen spüren, wie sie untergehen. Die Freiheit der einen Gruppe mag Sklaverei und Unterdrückung der anderen bedeuten.

Und so vertieft die venezolanische Revolution, während sie fortschreitet, sämtliche Gräben zwischen Rassen und Klassen und fördert alle Arten von Angst und Neid; und die Revolution beginnt zu scheitern. Die einfachen Leute laufen zur anderen Seite über, wo die alte Macht mit ihren vertrauten Werten, Gesetzen und religiösen Riten steht.

Miranda ruft die Sklaven auf, sich ihm anzuschließen. Sie hören nicht auf ihn; ja, als das von den Revolutionären beherrschte Gebiet zusammenschrumpft, rebellieren die Sklaven von Barlovento, und einen Augenblick lang sieht es so aus, als könnten sie die Hauptstadt Caracas einnehmen. Und nun, um sich Frieden oder wenigstens ein wenig Zeit zu erkaufen, beschließen einige der Männer, die Miranda eben noch als Anführer ihrer Revolution aus London herbeigerufen haben, ihn an die Spanier auszuliefern. Sie holen ihn eines Nachts aus dem Bett und werfen ihn in das Gefängnis eines Küstenforts.

Das ist Mirandas Ende, das Schicksal, das er gefürchtet hat, seit er vor fast dreißig Jahren desertiert ist. Die Angst davor ist in all den Jahren als Revolutionär nur gewachsen. Er fürchtet spanische Gefängnisse, wie nur ein ehemaliger spanischer Offizier sie fürchten kann, er fürchtet die gesetzlich-religiöse Grausamkeit und Bitterkeit spanischer Strafen, wie nur ein Mann sie fürchten kann, der selbst solche Strafen verhängt hat. Während der venezolanischen Feldzüge hat er Männer aufhängen und Köpfe auf Lanzen spießen lassen.

Er ist jetzt zweiundsechzig. Er hat noch vier Jahre zu leben. Diese Jahre wird er im Gefängnis verbringen; einen Teil der Zeit wird er angekettet sein. Er wird London und seine Familie nie wiedersehen. Er wird vom Gefängnis in Venezuela ins Gefängnis von Puerto Rico und von dort in den Kerker von Cádiz verlegt werden. Der Kerker von Cádiz ist berüchtigt. Doch als der Generalgouverneur von Puerto Rico, der ihn die ganze Zeit ehrenvoll behandelt hat, Miranda sagt, er habe den Befehl erhalten, ihn nach Cádiz bringen zu lassen, umarmt Miranda ihn und dankt ihm. Als sei er endlich bereit, die Phantasien, denen er dreißig Jahre lang nachgelaufen ist, abzulegen – die Phantasien von der riesigen lateinamerikanischen Republik Kolumbien, die sich von den Quellen des Mississippis (mit allem Land westlich des Flusses) bis hinunter nach Kap Hoorn erstreckte, Phantasien von Inkas, die der Republik Platos würdig waren, Phantasien, die (wie Kolumbus' und Raleighs Vorstellungen von der Neuen Welt) immer auch den Traum von unerhörter persönlicher Macht einschlossen.

Sein ganzes Leben als Erwachsener hindurch achtete Miranda peinlich auf Ordnung in seinen Papieren. Er hob alles auf, was er für wichtig hielt, manchmal sogar gedruckte Einladungen. Anfangs tat er das als Reisender, als einer der ersten südamerikanischen Reisenden außerhalb des Kontinents; später bewahrte er diese Dinge aus einem Gefühl für Geschichte und persönliches Schicksal heraus auf. Wenn er heute wenig bekannt ist, so nicht nur deshalb, weil er so wenig erreicht hat und weil die südamerikanische Revolution nicht den universalen Anspruch der drei vorhergehenden großen Revolutionen – der amerikanischen, der französischen und der haitianischen Revolution – erheben kann. Ein weiterer Grund ist, daß er an dem Tag, an dem er verraten wurde, von seinen Papieren – den dreiundsechzig ledergebundenen Foliobänden, die er zwei Jahre zuvor aus England mitgebracht hatte – getrennt wurde und daß diese Papiere über hundert Jahre lang verschollen blieben. Als man sie fand, war die südamerikanische Revolution Geschichte, und diese hatte sich verfestigt. Wie bei den Leichen in Pompeji war dort, wo Miranda hätte sein sollen, ein Nichts.

Für Venezolaner ist Miranda der Vorbote, der Mann, der vor Bolívar kam. Und als ich zum erstenmal von ihm las und begann, seinen schriftlichen Nachlaß zu erforschen, hielt ich ihn ebenfalls, wenn auch auf meine Art, für einen Vorboten. Ich sah in ihm einen sehr frühen Kolonisten, jemanden mit einem Gefühl der Unvollkommenheit, der sehr wenig im Rücken hatte, der einer Vorstellung von einer großen Welt dort draußen nachhing und der sich, als er in diese große Welt kam, neu erfinden mußte. Ich sah in ihm einige meiner eigenen früheren Impulse (und die einiger Menschen, die ich kannte).

Heute glaube ich, daß ich mich damals von meiner privaten Vorstellung einer Ahnenreihe hinreißen ließ und zu viel Offensichtliches übersah. Die Vorstellung von kolonialer Unvollkommenheit hat einiges für sich, und an seiner politischen Überzeugung ist nicht zu rütteln. Doch Miranda war auch von Anfang an, seit er sein Elternhaus verlassen hatte, eine Art Betrüger. Es war zu einfach: Er war der erste gebildete Südamerikaner (und oft der erste Südamerikaner überhaupt), mit dem die Leute Bekanntschaft machten, und er stellte fest, daß er ihnen über sich selbst und sein Land erzählen konnte, was er wollte. Beispielsweise konnte er dem Dekan der Yale-Universität während einer Diskussion über mexikanische Schriftsteller weismachen, er habe an der Universität von Mexiko Jura studiert.

Das ist der Mann, den wir 1806, gegen Ende seiner mittleren Jahre, fünfunddreißig Jahre nachdem er Südamerika verlassen hat, in den Golf einlaufen sehen. Und damit wir den Schwindler Miranda ein wenig besser verstehen, ist es an dieser Stelle nötig zurückzugehen.

Er wurde 1750 in Caracas geboren. Sein Vater stammte von den Kanarischen Inseln und war Leinenhändler. Das heißt, er war weder ein richtiger Spanier aus Spanien noch jemand, der von der kreolisch-spanischen Aristokratie als einer der ihren akzeptiert wurde. Doch er war ein reicher Mann, reich genug, um seinem Sohn für achttausend Pesos – eine große Summe – ein Offizierspatent als Hauptmann der spanischen Armee kaufen zu können; und reich genug, um einen Notar in Spanien beauftragen zu können, einen Stammbaum der Mirandas anzufertigen, aus dem hervorging, daß die Familie seit sieben Generationen von reinstem kastilischen Blut und Adel war.

1771 bricht Miranda nach Spanien auf, um sein Kommando als Hauptmann anzutreten. Er ist begeistert von den Sehenswürdigkeiten, dem Wein, den Prostituierten, und er schreibt alles auf. Um einen Teil seiner Ausgaben zu decken (und vielleicht auf Anraten seines Vaters, des Kaufmanns) hat er vierhundertfünfzig Pfund Kakaobohnen mitgebracht, die zweifellos von den Plantagen in den Tälern nördlich von Caracas stammen. Der Kakao bringt ihm hundertfünfzehn Pesos ein. Dies ist – um eine Vorstellung von der Extravaganz des großstädtischen Lebens zu vermitteln, an dem Miranda teilzunehmen hofft – die Summe, die er für ein seidenes Taschentuch und einen Seidenschirm bezahlt. Und das sind nur zwei Gegenstände auf der langen Liste teurer Garderobenstücke, die er nach seiner Ankunft kauft.

Ein Jahr später erhält er sein Kommando. Ständig gerät er in Streit. Das liegt an seinem Wesen. Er ist zu anmaßend und fühlt sich – zweifellos, weil er Venezolaner mit Vorfahren von den Kanarischen Inseln ist – zu schnell beleidigt. Doch die Jahre vergehen. Er dient eine Zeitlang in Nordafrika. Er fügt sich den Regeln des Armeelebens – mindestens zweimal muß er wegen Ungehorsams in Arrest –, und seine Anmaßung zeigt sich auf andere Weise. Auf dem Exerziergelände schlägt er einen Soldaten mit dem Säbel auf den Kopf, so daß der Mann einen Teil seines Gehörs einbüßt; anschließend läßt er ihn in den Kerker bringen, wo er sich nackt ausziehen muß und geschlagen wird. Er beginnt auch, aus der Regimentskasse zu stehlen. Das ist nicht unüblich unter jungen Offizieren, die ihr Kommando gekauft haben und auf verschiedene Art und Weise versuchen müssen, das Geld wieder hereinzuholen. Es gibt Beschwerden, schleppende Nachforschungen, weitschweifige schriftliche Entschuldigungen – der größte Teil von Mirandas restlicher Militärzeit sieht so aus.

Inzwischen ist der amerikanische Unabhängigkeitskrieg ausgebrochen. Miranda brennt darauf, daran teilzunehmen, und das tut er dann auch. Er ist bei der spanischen Belagerung von Pensacola dabei. Nach der Kapitulation der zahlenmäßig unterlegenen britischen Truppen macht Miranda ein paar Einkäufe. Er erwirbt drei Negersklaven und eine große Anzahl wertvoller Bücher. Die Sklaven kauft er nacheinander, im Lauf von zwei Wochen, und er verwahrt die drei Quittungen in seinen Papieren; sie beweisen, daß er der Besitzer ist. Er behauptet auch, ein britischer Gefangener habe ihm einen Neger namens Brown geschenkt. Die vier Sklaven werden als Konterbande (sicher mit einem spanischen Militärtransport) nach Kuba oder in einen anderen Teil des spanischen Kolonialreiches gebracht und mit Gewinn verkauft. Diese Art von Profit kann ein spanischer Offizier aus diesem Krieg schlagen.

Es geht noch weiter. Der Gouverneur von Kuba hat einen Plan. Im Staatsanzeiger wird Mirandas Beförderung zum Oberst bekanntgegeben. Anschließend wird er nach Jamaika geschickt, um über den Austausch von britischen und spanischen Gefangenen zu verhandeln. Die Mission ist dienstlich, doch Miranda wird (nachdem er die britischen Behörden geschmiert hat) zwei Schiffe kaufen, sie mit Negern, britischem Porzellan und Leinen beladen und zurück nach Kuba bringen. Dort wird alles verkauft werden (einschließlich der Schiffe; ein genialer Plan). Man wird Miranda mitsamt seinem harmlosen persönlichen Gepäck (darunter auch die vielen schönen Bücher, die er in Jamaika gekauft hat) im Hafen von Batanabó absetzen; die geschmuggelten Schiffe und ihre Ladung werden in einem weiten Bogen nach Havanna fahren. Miranda trägt das ganze Risiko. Der Gouverneur von Kuba, der sich den Plan ausgedacht hat, wird sich die Hände nicht schmutzig machen.

Es ist ein unglaublicher Betrug und schwer geheimzuhalten. Einige spanische Beamte sind empört. Kaum will Miranda Batanabó mit seinen auf drei Wagen geladenen sechs Truhen verlassen, wird er verhaftet und von den Zollbeamten verprügelt. Sie haben weder Respekt vor seiner Uniform noch vor seinem Diplomatenpaß. Seine Ausreden sind hervorragend wie immer, aber sie helfen ihm nichts. Die Beamten sind unnachsichtig; selbst der Gouverneur wird übergangen. Der Fall – der sich über zwölf Monate hinzieht – wird vor den spanischen König gebracht, und die Nachrichten, die man in Kuba hört, sind so schlecht, daß Miranda beschließt zu fliehen. Mit Hilfe des Gouverneurs bekommt er einen Platz an Bord einer amerikanischen Schaluppe und entkommt in die Vereinigten Staaten. Und das ist auch gut so. Das Urteil des Königs ergeht sechs Monate später: Miranda wird seines Kommandos enthoben und zu zehn Jahren Garnisonsdienst in Oran in Nordafrika verurteilt.

Inzwischen geht Miranda in den Vereinigten Staaten bei den Mächtigsten des Landes ein und aus. Der Gouverneur von Kuba hat sein Wort gehalten und ihm einen Brief an den spanischen Gesandten mitgegeben, und dieser führt Miranda pflichtschuldig bei einflußreichen Leuten ein. Zum erstenmal in seinem Leben stellt Miranda fest, daß man sich für ihn selbst als gebildeten Mann und Südamerikaner interessiert; was ein venezolanischer Kreole mit Vorfahren auf den Kanarischen Inseln ist, interessiert 1783 niemanden in den Vereinigten Staaten. Miranda offenbart ein Talent für geschickte Manöver auf gesellschaftlichem Parkett. Auf einer Veranstaltung sagt er, sein militärisches

Vorbild sei General Wolfe. Zufällig – und niemand ist erstaunter als Miranda selbst – kennt der Mann, zu dem er dies sagt, hochgestellte Freunde des Generals. Miranda wird diesen Freunden vorgestellt, und sie stellen ihn anderen vor. So geht es eineinhalb Jahre lang.

Irgendwann heißt es dann, Mirandas Traum, sein langfristiges Ziel, sei Freiheit für Lateinamerika, Freiheit nach amerikanischem Vorbild. Das vergrößert sein Ansehen, und er widerspricht nicht. Darum tut es seinem Ruhm keinen Abbruch, als bekannt wird, daß er in Wirklichkeit aus der spanischen Armee desertiert ist. Als er die Vereinigten Staaten in Richtung England verläßt, trägt er ein Empfehlungsschreiben an den Finanzminister in Whitehall bei sich. Sein Aufstieg ist kometenhaft. Noch vor achtzehn Monaten, in Havanna, war er ein Schmuggler und Deserteur, und jetzt, in London, ist er eine Art Vertreter der südamerikanischen Interessen. Und etwa zwanzig Jahre später werden die Venezolaner mit kolonialistischem Stolz und Pathos Mirandas Zeit in den Vereinigten Staaten weiter verklären: Sie werden ihn zum General im amerikanischen Unabhängigkeitskrieg machen, der Schulter an Schulter mit Washington und Lafayette gekämpft hat.

Miranda reist umher, jahrelang – es ist fast sein Beruf geworden. Es findet sich immer jemand, der bereit ist, den verhinderten Befreier mit Geldmitteln zu versehen. Was seine Leidenschaften betrifft, so kommt es ständig zu brutalen Intermezzos mit Zimmermädchen, Dienerinnen und Prostituierten. Und stets gibt es Streit mit Dienstboten. Sie scheinen seine Hochstapelei oder Abhängigkeit oft förmlich zu riechen, und er, mit seiner venezolanisch-kolonialistischen Vorstellung von Autorität, geht übel mit ihnen um. Auf höherer Ebene fährt man fort, ihn vorzustellen, einzuführen, weiterzureichen. Je weiter er sich von zu Hause entfernt, desto leichter wird es.

In Rußland wird er wieder Oberst, mexikanischer Edelmann, Graf. Sogar Katharina die Große sorgt sich, was die Inquisition mit ihm machen wird, sollte er den Spaniern in die Hände fallen. Als er ihr erzählt, daß der spanische Botschafter ihm das Recht abgesprochen hat, den Titel eines Obersten zu führen, ernennt sie ihn zum Oberst der zaristischen Armee. Sie gibt ihm Geld; sie sagt ihm, daß ihm die russischen Botschaften in Europa immer offenstehen werden.

Inzwischen nährt sich sein Ruf von sich selbst; seine Verfehlungen zählen nicht mehr. Er kehrt nach England zurück und beginnt ernsthafte Verhandlungen mit der britischen Regierung. Die Verhandlungen ziehen sich über Jahre hin, und nichts geschieht. Doch als er nach Frankreich geht, macht man ihn dort zum General der Revolutionsarmee. Das endet bei der Belagerung von Maastricht mit einem Desaster, er wird eingesperrt und vor Gericht gestellt. In England schadet ihm das nichts; ja, er kehrt sogar als offiziell ernannter General dorthin zurück. Jahrelang, bis er fünfundfünfzig ist, werden britische Pläne zur Eroberung oder Befreiung Südamerikas geschmiedet und verworfen und aufs neue geschmiedet, und im Mittelpunkt steht General Miranda. Ein Plan sieht sogar die Eroberung des südamerikanischen Kontinents durch zehntausend indische Soldaten vor.

In diesen Jahren des Wartens und der Enttäuschung verkümmert Miranda nicht. Er wächst, er wird gebildeter. Erfahrungen, Weltgewandtheit und die Bekanntschaft großer Männer trennen ihn von dem schmuggelnden Hauptmann, der er vor zwanzig Jahren war. Er tritt wie der Chef einer Exilregierung auf. Anfangs mag er moralistische Bemerkungen über die gebrochenen Versprechen verschiedener Minister gemacht haben, die ihn hingehalten haben. Inzwischen ist ihm jedoch aufgegangen, daß Menschen durch Interessen verbunden sind, und er weiß, was er ihnen bieten muß. Gegen eine britische Invasion ohne seine Mitwirkung würden die Menschen in Lateinamerika Widerstand leisten. Man braucht jemanden wie ihn. Und erst, als er fürchtet, seine Rolle aufgeben zu müssen, erst, als er sich in Gedanken schon alt und nutzlos in London leben sieht, läßt er sich auf diese absurde Invasion mit einem einzigen Schiff ein.

Das ist der Mann, der 1806, nach dem Fehlschlag seiner ersten Invasion, in den Golf einläuft. Er müßte eine lächerliche Gestalt sein, doch er ist es nicht. Bald wird es noch eine Invasion geben, diesmal mit Unterstützung der britischen Flotte in der Karibik. Die Generale und Admirale stehen auf Mirandas Seite. Sie wollen die großen Landgüter in Südamerika, die Mirandas Sieg ihnen einbringen wird.

Ein britisches Kriegsschiff bringt ihn von Barbados nach Port of Spain. Das geschieht zum Teil, um ihn vor den meuternden amerikanischen Söldnern auf seinem eigenen Schiff, der *Leander*, zu schützen. Sie haben schon das ganze Jahr keinen Sold mehr bekommen und kein Vertrauen in Mirandas Führung.

Auf dem Pier wird Miranda von General Hislop, dem Gouverneur von Trinidad, begrüßt. Hislop ist ein Mann mit angegriffenen Nerven. Er ist vierzig, und seine Kräfte schwinden. Sein letztes militärisches Kommando hatte er vor zwanzig Jahren, in Gibraltar. Seit zehn Jahren bekleidet er halboffizielle Posten in Westindien und trinkt zuviel. Er ist seit drei Jahren Gouverneur von Trinidad, und er haßt die Insel und ihre Bewohner.

Hislop hatte es vor kurzem mit etwas zu tun, das er für einen Sklavenaufstand hielt. Das hat ihm angst gemacht, und nun ist er nervös, weil er nicht weiß, ob das, was darauf folgte – Hinrichtungen und Verstümmelungen –, und das, was in seinem Namen geschehen ist, seit er zum Gouverneur ernannt wurde, rechtens war. Er hat das Gefühl, daß alles, was er angeordnet und zu verantworten hat, auf wackligen Beinen steht, denn seit der Eroberung durch die Briten gibt es keine anerkannten Gesetze. Niemand weiß, ob das spanische oder das englische Recht gilt, und es gibt auch keine Rechtskundigen, die ihn über das eine oder andere System beraten könnten.

Miranda besitzt keine Macht. Er lebt von der Unterstützung durch Londoner und inzwischen auch New Yorker Kaufleute und von unregelmäßigen Zuwendungen der britischen Regierung. Für seinen zweiten Invasionsversuch ist er auf britische Hilfe angewiesen. Hislop ist der örtliche Vertreter Großbritanniens. Doch bei ihrem Zusammentreffen ist Hislop der Bittsteller und Miranda derjenige, der das Erbetene gewähren kann. Miranda erkennt, daß Hislop ein Bittsteller ist, und er weiß, daß die Bitte, wenn sie erfolgt, etwa so lauten wird: »Sollten Sie in Südamerika irgendwann einmal Verwendung für einen Mann mit militärischer Erfahrung haben, General, dann zögern Sie nicht, es mich wissen zu lassen.«

Sie fahren durch die jämmerliche kleine Stadt. Viele der Parzellen am Pier, in einiger Entfernung vom Hauptplatz, sind leer und überwuchert. Die Straßen der spanisch angelegten Stadt tragen jetzt britische Namen und sind nach Mitgliedern der königlichen Familie oder Militärführern benannt: King, Queen, Prince, Duke, George, Charlotte, Frederick, St. Vincent, Abercromby. Es ist Regenzeit, die unbefestigten Wege sind aufgeweicht, und die Luft ist warm und feucht.

Die Residenz, wo Miranda als Gast des Gouverneurs wohnen soll, liegt im Norden, am Fuß der Hügel.

Die beiden Männer unterhalten sich über die Invasionstruppen.

Hislop sagt: »Wir können Ihnen natürlich nicht unsere eigenen Truppen geben. Aber die Amerikaner auf Ihrem Schiff werden mit Ihnen gehen müssen. Manche von ihnen wollen hierbleiben, aber ich werde ihnen mitteilen lassen, daß sie hier nur als Teil Ihrer Truppen geduldet sind. Ich habe herausgefunden, wer der Rädelsführer ist.«

»Biggs.«

»Sehr richtig. Wir werden ihn uns vornehmen. Die spanischen Behörden sind eine andere Sache. Sie haben das Gerücht ausgestreut, daß die Insel wieder an Spanien fällt, wenn der Frieden kommt. Das bedeutet, daß sich kein Spanier freiwillig melden wird. Sie verbreiten auch das Gerücht, daß Sie alle Sklaven freilassen wollen. Das soll die Franzosen davon abhalten, sich freiwillig zu melden. Rouvray hat etwa hundertneunzig französische Freiwillige. Die werden von Ihnen hören wollen, daß Sie die Besitzrechte an Sklaven garantieren werden. Darauf läuft es in diesem Teil der Welt ja immer hinaus, wie Sie wissen. Land und Sklaven. Es gibt Zeiten, da fühle ich mich als Gouverneur dieser Insel wie ein Kerkermeister im Dienst der Plantagenbesitzer.«

Miranda sagt: »Ich habe darum gebeten, meine Post hierherzuschicken.«

»Es sind eine Menge Briefe für Sie da. Einige kommen von Tortola, andere von der Handelsstation auf den Inseln unter dem Wind. Und Mr. Turnbull hat mir Kisten mit Handzetteln und Warenmustern für Sie geschickt. Sie sollen sie nach der Landung in Venezuela verteilen. Zusammen mit Ihren Empfehlungen. Manche Leute haben eine sehr schlichte Vorstellung von militärischen Operationen.«

Die Residenz des Gouverneurs ist reparaturbedürftig. Hislop bittet um Entschuldigung. Er sagt, die Kassen seien leer. Sein Vorgänger hatte sehr großartige Vorstellungen vom Stil, in dem er, seine Familie und seine Mitarbeiter residieren sollten. Er blieb nur sechs Monate, hinterließ aber ein Loch in der Kasse. Und dann kamen die Ausgaben für die Befestigungen, von denen jetzt einige unbemannt sind. Die wenigen regierungseigenen Neger, die auf dem Gelände der Residenz eingesetzt werden – sie stecken in schlammverschmierten, zerlumpten braunen Leinenkleidern: die übliche Sklavenkleidung; auf der Fahrt durch die Stadt hat Miranda die Neger darin gesehen –, hat man den Händlern auf Kredit abgekauft.

»Es gibt keine Zimmerleute oder Handwerker«, sagt Hislop. »Ein Zimmermann hätte uns hundert Pfund gekostet. Die hier kosten sechzig Pfund. Und es sind neue Neger. Aus Afrika. Sie taugen nur für die Landwirtschaft und sprechen weder Englisch noch Französisch. Man sagt, daß der Handel nächstes Jahr verboten werden soll, und darum bringen die Händler jetzt so viele neue Neger wie möglich. Das schafft Probleme ganz eigener Art. Wenn man lange genug hier ist, denkt man an nichts anderes mehr. Neger und Land.

Es wird Sie nicht überraschen, General, daß Sie hier sehr gefragt sind. Miss McLurie möchte Sie kennenlernen. Sie ist eine der Damen der Gesellschaft. Sie ist 1802 hergekommen und leidet unter dem Mangel an niveauvoller Unterhaltung. Sie trägt ein durchsichtiges Dekolleté. So nennt sie es jedenfalls. Man kann ihren Busen sehen. Anscheinend ist das die neueste Mode. Sie will aus Ihrem Mund von Ihren Begegnungen mit Lady Hester Stanhope und Katharina der Großen hören. Diese Geschichten sind Ihnen vorausgeeilt. So geht das bei berühmten Menschen, und Sie sind der berühmteste Mann, der je hierhergekommen ist. Vor Ihnen war Commodore Samuel Hood wohl der berühmteste, der hier war. Nelsons erster Offizier bei der Schlacht am Nil.«

Miranda sagt: »Ich habe Hood kennengelernt, bevor ich herfuhr.«

»Und Be'nard will mit Ihnen sprechen. Die ganze letzte Woche hat er sehr darauf gedrungen.« Hislop spricht den französischen Namen wie einen englischen aus, so daß er wie »Bennard« klingt. »Er ist Plantagenbesitzer, mit freundlicher Unterstützung durch de Gourville. Er ist mit de Gourvilles Tochter verheiratet. Dadurch ist er ein angeheirateter Verwandter von Baron de Montalembert, und das läßt er einen nicht vergessen. Dem Baron gehört eine unserer größten Plantagen. Sie tun gut daran, ihn auf Ihre Seite zu bringen. Er ist vor fünf oder sechs Jahren von Santo Domingo gekommen. Sein Besitz liegt gleich nebenan. Kurz nach seiner Ankunft hat er hundertzwanzig Neger durch Gift verloren. Es ist eine berühmte Geschichte, und ich bin sicher, daß Be'nard sie noch einmal erzählen wird. Er wird sehr bald hier sein.«

»Bernard. In Paris kannte ich einen Bernard. Später kam er nach London. Vor sieben Jahren habe ich einen Bernard von England aus hergeschickt. Er sollte für mich ein Auge auf die Dinge haben. Er fuhr, und ich habe nie wieder etwas von ihm gehört. Nicht ein Wort. Ist das derselbe Mann? Ist er besorgt, weil ich jetzt hier bin? Oder ist er zu dem Schluß gekommen, daß ich etwas für ihn tun kann? Was meinen Sie, General?«

»Sie haben sich vorhin nach Post erkundigt, General Miranda. Die Briefe liegen in Ihrem Zimmer. Aber es gibt noch einen. Er wurde gestern morgen ins Wachhäuschen geworfen. Er ist anonym. Er mag beleidigend für mich sein. Damit muß ich hier leben. Ich bin nicht sicher, ob man in diesem Fall von Ehre sprechen kann, aber ich sehe es als eine Ehrensache an, ihn an Sie weiterzuleiten. Meine Bitte ist, daß Sie ihn ebenfalls als Ehrensache behandeln. Sie selbst sind das Opfer von Verleumdung und Verfolgung gewesen, General. An einem Ort wie diesem ist es sehr leicht, jemanden zu verleumden.«

Die Männer verabschieden sich. Das Essen wird um drei Uhr serviert werden. Miranda zieht sich in den für ihn reservierten Teil des Hauses zurück, der von nun an sein Hauptquartier sein wird. Er sieht die Mappen mit den Briefen von Tortola und den Inseln unter dem Wind. Und auch den zusammengefalteten, schmutzigen anonymen Brief.

Der Raum liegt an der Rückseite des Hauses. Es hat kurz vorher geregnet, und das Gras und die Bäume draußen sind naß. Nicht weit entfernt erhebt sich ein Hügel. Die Luft ist feucht, und der Geruch nach Regen und Erde und toten Blättern beschwört für Miranda den Geruch der Täler voller Kakaoplantagen nördlich von Caracas herauf und erinnert ihn an die Säcke voller Kakaobohnen, die sein Vater ihm 1771 mit der *Prins Frederik* geschickt hat, damit er sie in Cádiz zu Geld machen konnte.

Es gibt viele kleine, gelbliche Eidechsen in diesem Raum; überall liegt ihr Kot. Über dem Bett ist ein Baldachin aus Musselin gespannt, um es vor Staub, dem Holzmehl der Termiten und Dingen wie Eidechsenkot zu schützen. Der Baldachin ist verschossen und in seinen Falten grau von Staub; in der feuchten Luft hängt er durch.

Draußen ist Bewegung, man hört Gespräche. Die Sklaven sprechen nicht spanisch oder französisch oder englisch, sondern eine afrikanische Sprache.

Er beginnt, in Gedanken einen Brief zu entwerfen: »Meine liebe Sally, nach fünfunddreißig Jahren ist dies für mich eine Art Heimkehr. Es ist sehr erstaunlich: Ich kenne den Geruch der Regenzeit. Wahrscheinlich werden Wind und Regen bald den Geruch von Vanillelianen mitbringen. Ich habe das Gefühl, diesen Ort sehr gut zu kennen. Er gehört mir. Er existiert in meinen Gedanken. Aber jetzt ist er voller Fremder. Ich mag dieses Gefühl nicht. In mir klafft eine große Lücke. Ohne die Gedanken an Dich würde ich mich gänzlich verloren fühlen.«

Er öffnet die Mappe mit den Briefen aus Tortola und stößt unter den offiziellen, von Sekretären geschriebenen Briefen bald auf den mit der breiten, unregelmäßigen, ungelenken Handschrift, den er gesucht hat.

»27 Grafton Street, Fitzroy Square, London. 15. April. Mein lieber werter General, ich ergreife die Gelegenheit Ihnen, lieber Herr zu schreiben denn jezt wo es Nacht ist und die beiden Kleinen schlafen scheint es mir als würde ich zu meinem lieben Freund selbst sprechen und seine Stimme hören. Leander hat seine Trommel, sein Schwert und Gewehr fortgelegt, und heute hatten wir auf der Strase einen Markt und er hat immer wieder gerufen Mammie ich ziehe in den Krieg um für den General zu kämpfen …«

Miranda denkt nach und entwirft einen Teil seiner Antwort. »*Querida.* Meine liebe Sally, ich liebe jedes falsch geschriebene Wort, jeden Fehler, den Sie machen. Diese Worte, die Sie vor vier Monaten geschrieben haben, höre ich jetzt, als würden Sie zu mir sprechen. Ich sehe mein Haus und die Bibliothek und die Bücher vor mir. Ich glaube, ohne Sie, meine liebe Sally, wäre ich hier ganz verwirrt, an diesem Ort, den ich nicht mehr kenne, den ich nicht zu genau zu sehen versuche und über den ich nicht zu viel in Erfahrung bringen will, wo die Neger eine afrikanische Sprache sprechen und ich noch immer die Kakaoplantagen ringsum riechen kann …«

»Wenn Leander schläft ist er meinem lieben Herrn wie aus dem Gesicht geschnitten. Mein Onkel aus Yorkshire ist hier um uns Gesellschaft zu leisten und in London einige Porträts zu malen. Er sezt Leander in die Bibliotek von meinem General, und ich muß Ihnen sagen daß ich im Sommer und im Winter einen Tag die Woche ein Feuer im Kamin mache, und mein Onkel malt ihn aber er sizt nicht einen Augenblik still. Und ich bin sehr geschmeichelt, weil alle sagen, daß er so klug ist wie ein Kind, das doppelt so alt ist. Mein lieber Herr, ich habe all Ihre Anweisungen befolgt und jezt werde ich Ihnen die Neuigkeiten schreiben, von denen Mr. Rutherfurd sagt daß ich sie Ihnen schreiben soll damit Sie in Ihrer schwierigen Situation den Mut nicht sinken lassen. In Gedanken spreche ich jeden Abend mit Ihnen mein lieber G., aber es gibt nicht jeden Tag Neuigkeiten.

Mein lieber Herr, Ihr und mein zweiter Sohn Francisco wurde am 27. Februar geboren. Den ganzen Tag habe ich an Sie und die Gefahr in der Sie auf Hoher See waren gedacht. Sie wollten daß dieser Sohn Ihren Namen bekommen soll und Francisco und Leander sind am 23. März getauft worden wie es besprochen war. Mr. Rutherfurd kam morgends mit Mr. Longchamp und sie brachten uns in einer Kutsche zu St. Patrick's am Soho Square. Mr. Longchamp antwortete für die beiden Kinder. Pater Gaffey schrieb Mr. Longchamps Namen falsch in das Kirchenbuch und mußte ihn beide Mahle wieder wegkratzen. Ich schicke Ihnen die Abschrift des Taufscheins für Francisco den Pater Gaffey mir für meinen lieben Herrn gegeben hat aber er ist in Lattein und der G. muß mir die Fehler verzeihen. *Die 23a Martii 1806 baptisatus fuit Franciscus filius Francisci Miranda et Sarae Andrews. Natus die 27a Februarii praecedentis. Patrinis fuit Joannes Michael Jean de Lonchamp. Per Daniel Gaffey.*

Als wir zur Grafton Street zurückkehrten, sagte Mr. Rutherfurd daß es einiges Stirnrunzeln gegeben hätte bei Leuten die wir gut kennen wegen der katholischen Taufe und daß sie sagen daß Sie das eine sagen aber in Wirklichkeit etwas ganz anderes denken. Aber ich habe nichts über die Absichten meines lieben Generals gesagt und ich habe an diesem und dem nächsten Tag stark an Sie und die Gefahren in die Sie sich begeben gedacht, weil ich wußte daß mein G. an diesem Tag wie es verabredet war seine Offiziere schwören lassen würde, dem Volk von Südamerika und seiner neuen Fahne treu zu dienen. Ich denke an die Fahne mein lieber Herr und die Stunden die ich hier in der Grafton Street damit verbracht habe sie zu nähen, wo ich sie manchmal auf dem Boden der Bibliotek ausgebreitet habe wenn ich Leander ans Tischbein gebunden habe damit er nicht zu nahe kommt ...«

»Sarah, ich finde kaum den Mut, es Ihnen zu sagen. Die Fahne, in der so viel von Ihnen steckte, ging fünf Wochen, nachdem Sie Ihren Brief geschrieben hatten, verloren, als die *Bee* und die *Bacchus* mit allen Landungstruppen aufgebracht wurden. Ich hatte bis zum 12. März damit gewartet, die Fahne aus meiner Truhe zu nehmen und sie den Männern auf der *Leander* zu zeigen. Ich nahm an, daß Francisco bis dahin geboren sein würde. Jetzt weiß ich, daß er damals schon zwei Wochen alt war. Die *Bee* und die *Bacchus* waren beide unbewaffnete Schaluppen. Die anderen Schiffe, die ich dort unten erwartet hatte, trafen nie ein. Nach der langen Reise mit den aufmüpfigen, spottlustigen Amerikanern, diesen Metzgerburschen, mußte ich einfach landen. Ich konnte nicht davonsegeln, ohne etwas getan zu haben. Die Spanier werden diese Fahne entehren. Sie werden Mittel finden …«

»Erster Mai 1806. Ich warte auf Nachrichten von meinem lieben Herrn und versuche herauszufinden was andere Leute wissen. Mr. Holland der Kupferstichhändler hat nach meinem Onkel um ein Bild des Generals geschickt und mein Onkel hat den ganzen Vormittag am kleinen Tisch in der Bibliotek gesessen und eine Zeichnung von meinem lieben Herrn gemacht, im Profil wo sein langer weißer Zopf über seinen Rücken hängt mit einer kleinen Schleife am Ende und einem seidenen Halstuch unter dem Kinn, alles im Profil sehr ernst und streng und mein Onkel sagt daß der Kupferstecher noch Wolken und eine Krone über dem Kopf des Generals dazuzeichnen wird. Ich fand das ist ein gutes Zeichen weil mein Onkel sagt daß Mr. Holland seine Stiche verkaufen will und weiß wann er mit guten Nachrichten rechnen kann. Aber dann kam Mr. Turnbull und ging durch das Haus wie er sich nie getraut hätte wenn mein General hiergewesen wäre. Er stand in der Bibliotek und rief wann werden diese Bücher bezahlt werden? Sie haben Tausende gekostet und die Buchhändler und Binder schicken ihre Rechnungen an Turnbull and Forbes und das habe ich ihnen nie gesagt. Er ging durch das Haus als ob ich gar nicht da wäre und hat sich nicht verbeugt und nennt mich auch nicht mehr liebe Lady. Leander und Francisco und ihre Mutter genießen nicht mehr viel Respeckt seit Sie nicht mehr hier sind. Lieber Herr, sie sind wie Schlangen im Gras und ich werde Leander und Francisco mein Leben lang anhalten sich vor ihrer Tücke zu hüten. Mir war sehr schlecht als er weg war und das Herz wäre mir fast zerbrochen. Entfernen Sie sich aus ihrer Gewalt lieber Herr. Ich bete jede Nacht wenn es still ist im Haus daß Sie bald bekommen was Ihnen zusteht und daß die Krone auf Ihren Kopf gesezt wird.«

Draußen wurde es unruhig. Mehrere Männer redeten gleichzeitig, man hörte ein dumpfes Stampfen, das Geräusch eines Zuggeschirrs, mehr Worte, Rufe und dann ein langsames, schweres Krachen.

Miranda wurde aufgeschreckt aus dem Klang von Sarahs Stimme und dem Fluß seiner eigenen, noch nicht formulierten Antwort, aus den Gedanken an seine Bibliothek, aus seinen inneren Bildern von ihr, von seinen schlafenden Söhnen, der Nacht über London, der Stille in seinem Haus.

Es war dunkler im Raum, als er gedacht hatte, als hätte sich mit seinen Gedanken die Zeit verschoben und als wäre es auch hier beinahe Nacht. Doch es war nur die Regenzeit an Golf und Orinokomündung: Ein Wolkenbruch war gerade vorüber, ein feines Nieseln lag noch in der Luft, und ein weiterer Wolkenbruch würde bald folgen.

Er trat ans Fenster. Es war ein Fenster, wie sie in der Region üblich waren: Die Läden hatten grobe Jalousieschlitze, waren an der Oberseite angeschlagen (das hielt den Regen besser ab) und wurden von einem eingeklemmten Stock offengehalten. Von der Schräge des Ladens tropfte Wasser. Die Farbe war schon lange abgeblättert, das Holz grau verwittert, das Fensterbrett hatte angefangen zu faulen.

Das Gelände hinter dem Haus war ein Durcheinander aus Schlamm, Steinen und Busch, wie eine Lichtung in einem Wald. An der einen Seite, nicht weit von dem kleinen, abseits errichteten Küchenhaus – der weiße Putz war in grauen Flecken abgeblättert, das Bretterdach tropfnaß, und aus geschwärzten Fensterlöchern quoll Rauch: das Dinner für den Gouverneur und seinen Gast wurde zubereitet – sah man alte, kompakte Haufen Küchenasche.

Im Schlamm direkt vor dem Fenster war ein Esel von einem Karren abgespannt worden. Die ungleichmäßig verteilte Ladung aus Steinen war nach vorn gerutscht, hatte die vordere Wand des Karrens zerbrochen und die Deichsel in den Schlamm gedrückt.

Die drei oder vier schlammverschmierten Schwarzen, die den Esel und den Karren umstanden, sprachen in einer Sprache, die Miranda noch nie gehört hatte. Er nahm an, daß es eine afrikanische Sprache war.

Hätten sie englisch, französisch oder spanisch gesprochen, so hätte Miranda nicht so auf sie geachtet, wie er es jetzt tat. Er hätte nur ein paar Neger gesehen und wäre später nicht imstande gewesen, sie wiederzuerkennen. Doch diese eigenartige private Sprache und die ganze innere, jenseits seiner Erkenntnis liegende Welt, die sie in sich einschloß, bewirkten, daß er die Gesichter der Männer genau betrachtete.

Fast gleichzeitig bemerkten sie ihn, den alten Mann mit dem langen, weißen Pferdeschwanz, der unter der schräggestellten Jalousie vor dem Dunkel des Zimmerhintergrunds erschienen war. Sie warteten (ohne zu wissen, worauf), sahen ihn an, standen eine Weile still, und in diesen Augenblicken war es, als sähe Miranda in der Verwirrung dieser Männer – die keine Ahnung zu haben schienen, was sie taten, warum sie es taten oder wo sie waren – etwas von seiner eigenen Beunruhigung. Er war aus London und seinem Haus, von Sarah und ihrer Panik fortgeholt worden, um sich diesem Stück Busch und diesen Männern gegenüberzusehen.

Ihm fiel auf, wie zart sie waren. Das war seltsam bei Menschen, die körperliche Arbeit verrichten sollten, aber (und das gehörte zu den Geschichten, die man sich hier und in Venezuela auf den Plantagen erzählte) die Robustheit der Plantagenarbeiter entwickelte sich bei diesem Menschenmaterial im Verlauf von Generationen durch Vermischung. Viele Afrikaner waren bei ihrer Ankunft so zart wie diese Männer. Eine gewisse Anzahl von ihnen starb gewöhnlich im ersten Jahr, wegen des Wassers, der Nahrung, der ungewohnten Insekten. Auf den älteren Plantagen kannte man Mittel, die Neuankömmlinge »abzuhärten« und durch das gefährliche erste Jahr zu bringen. Diese Afrikaner auf dem Gelände der Residenz wirkten verwahrlost. Die hohlen, roten Augen des einen Mannes ließen auf Regenzeitfieber schließen. Er und vielleicht noch ein weiterer der Männer waren zum Sterben verurteilt.

Der Gedanke an Untergang, an eine andere Art von Leben, der Miranda kam, während er in die Augen der Afrikaner sah, schuf wieder Distanz zwischen ihm und diesen Männern, und er kehrte zu sich selbst und seiner Umgebung zurück: zu den dunklen Regenwolken, die sich näherten, dem nassen, faulenden Fensterbrett mit dem ekelerregenden, verschmierten, schwarzweißen Eidechsenkot auf den angefressenen Stellen des Holzes. Die Eidechsen zeigten sich jetzt überall, blaßgelbe, fast durchsichtige Tiere, wie kleine Krokodile mit riesigen, lidlosen Augen.

In einer Ecke des Raumes bemerkte er jetzt die drei neuen Kisten aus Kiefernbrettern. Sie sahen aus wie Seekisten und enthielten die Warenmuster von Turnbull and Forbes, die Hislop erwähnt hatte. Die Kisten waren mit Buchstaben in einer Type beschriftet, die ihn mit ihren schmalen horizontalen und sehr breiten vertikalen Strichen an die Hinweis- und Straßenschilder in London erinnerte: *Brig.-Gen. Thos. Hislop, Headquarters, Trinidad. For General Miranda. From Turnbull and Forbes, London.*

Er las Sarahs Brief nicht weiter. Bis zum Dinner war es noch etwa eine Stunde, Zeit genug, um die anderen Briefe durchzusehen. Der laut brausende Regen, der bald darauf niederging und auf die Erde und die Bäume und das Dach schlug, half seiner Konzentration.

Nicht lange nachdem es aufgehört hatte zu regnen, kam ein Diener und sagte, es sei ein Besucher für ihn da.

Er trat auf die Veranda. Er erkannte den Mann als Bernard, den er zuletzt vor sieben Jahren in London gesehen hatte. In der Auffahrt stand eine schlammbespritzte Kalesche mit einem durchnäßten schwarzen Kutscher. Obwohl es aufgehört hatte zu regnen, rann gelbes Wasser, das aus den umliegenden Hügeln kam und die Luft mit einem gurgelnden Geräusch erfüllte, in Bächen die Auffahrt hinunter.

Auf den ersten Blick machte die Kalesche einen guten Eindruck, doch dann bemerkte Miranda, daß der Stoff des hochgeklappten Verdecks in den Falten verschlissen und gebrochen, die Karosserie verbeult und verkratzt und das Emblem ungelenk auf die niedrige Tür gemalt war. Der durchnäßte Kutscher trug Alpargatas, Bauernschuhwerk, eine Art von billigen Pantoffeln mit einer sehr dünnen Ledersohle und gewebten Baumwollstreifen, die Zehen und Ferse hielten. Die Fersenriemen an den Alpargatas des Kutschers waren schon vor langer Zeit plattgetreten worden.

Die Veranda war naß, und jeder Atemzug fühlte sich kühl an. Der Regen war von drei Seiten hereingeweht worden.

Miranda bat Bernard nicht herein. Beide blieben auf der Veranda stehen.

Bernard sagte: »General.«

Miranda sagte nichts.

»Ich weiß, ich habe Ihnen nie geschrieben.«

»Ich habe so viele Briefe bekommen«, sagte Miranda. »Sie haben also nie geschrieben? Sind Sie sicher?«

»Ich habe es immer wieder aufgeschoben. Ein Jahr nach dem anderen. Und dann war es zu spät. Gouverneur Hislop wird Ihnen erzählt haben, daß ich verheiratet bin. Meine Frau ist die Tochter des Chevalier de Gourville. Dupont Duvivier de Gourville. Er ist ein Verwandter des Baron de Montalembert. Bessere Beziehungen kann man in dieser Gegend der Welt nicht haben. Ich hätte nie geglaubt, daß ich das erreichen könnte. Ich mußte alle Gedanken an die Revolution zurückstellen. Sie sind ein Mann von Welt, und ich glaube, daß Sie diese Erklärung akzeptieren werden. Ich will sie nicht als Entschuldigung bezeichnen.«

Miranda sagte: »Ich habe von dem Baron gehört. Er ist 1801 mit hundertfünfzig Negern hierhergekommen und hat auf einen Schlag hundert davon verloren.«

»Hundertzwanzig. Im ersten Monat. Nachdem er in Santo

Domingo und Martinique alles hatte aufgeben müssen. Aber er ist nicht verbittert. Er hat einfach von vorn angefangen. Ich will Ihnen nicht noch mehr von Ihrer Zeit stehlen, General. Ich hielt es für meine Pflicht, diesen Besuch zu machen, Sie so bald wie möglich aufzusuchen und mein Verhalten zu erklären. Die Zeiten ändern sich, General. Und obwohl ich vor einiger Zeit gezwungen war, alle Gedanken an die Revolution zurückzustellen, habe ich Ihnen in den letzten Monaten auf eine Weise gedient, von der Sie nichts wissen können. Ich finde es wichtig, daß Sie davon erfahren. Die tonangebenden Franzosen hier wissen natürlich von unserer früheren Verbindung, und ich habe sie – und vor allem diejenigen, die sich freiwillig für Ihre neue Expedition gemeldet haben – davon überzeugen können, daß zwischen uns nie irgendwelche politischen Differenzen bestanden haben. Freunde und Feinde haben hier alle möglichen Geschichten über Sie verbreitet, General. Es sind nicht alles Geschichten über den Hof von Katharina der Großen. Manches sind Geschichten über die französische Revolution. Sie waren General im Revolutionsheer. Aber ich habe den Leuten immer gesagt, daß Sie die Besitzrechte an Land und Negern unangetastet lassen werden und daß die Leute nichts zu befürchten haben. Die Leute hier machen sich deswegen Sorgen, und nach dem, was in jüngster Zeit geschehen ist, kann man ihnen das nicht verdenken. Ich hoffe, Sie finden, daß ich meine Sache gut gemacht habe.«

»Sie haben Ihre Sache gut gemacht.«

»Ich muß jetzt gehen.«

»Ihre Kalesche?«

»Die meiner Frau. Das Wappen ist das der Gourvilles. Es ist grob ausgeführt, aber es wurde auch von einem Neger gemalt, der in Martinique geboren und aufgewachsen ist und – Sie werden es nicht glauben – Konditor gelernt hat.«

»Konditor! Unglaublich, zu was man diese Leute heutzutage bringen kann!«

Bernard begann, die Treppe hinunterzugehen. Miranda (der, mit einem Rest von Scham, nie vergaß, daß acht Fanegas, also vierhundertfünfzig Pfund, venezolanischer Kakao vor fünfunddreißig Jahren in Cádiz nicht mehr erbracht hatten als ein seidenes Taschentuch und einen seidenen Schirm) fiel auf, wie sorgfältig der Schwiegersohn des Chevaliers sich, trotz des Regens, für diesen Anlaß gekleidet hatte: blaßgelbe Pantalons, ein weißes Hemd mit Rüschen, ein Jackett aus blauer Seide. Bevor er den Fuß der breiten, halb verfaulten Treppe erreichte (der Kutscher machte sich bereit und schüttelte die Nässe von den Zügeln), drehte er sich um und sah zurück zu Miranda. Es war der Augenblick, von dem Miranda – der sich fragte, was der Zweck dieses Besuches gewesen war – gedacht hatte, er werde nie kommen.

Bernard sagte: »General. Der Urkundsbeamte des Kolonialrates ist letzte Woche gestorben. Hat Gouverneur Hislop es Ihnen erzählt? Das bedeutet, daß dieser Posten vakant ist. Die Bezüge sind klein. In London würde das Monatseinkommen nicht einmal für ein Dinner reichen. Aber es ist eine Position, die hier ein gewisses Ansehen genießt, und es ist mir wichtig, etwas aus eigener Kraft zu erreichen. Sie werden das verstehen. Ich hoffe, Sie werden sich imstande sehen, mich zu empfehlen.«

Beim Dinner sagte Hislop: »Ich weiß, was er will. Sie brauchen es mir nicht zu sagen. Wenn entsprechende Andeutungen gemacht wurden, habe ich bis jetzt immer so getan, als hätte ich sie nicht gehört. Dabei wollen wir es belassen. Trinken wir Wein, zur Feier Ihrer Heimkehr. Denn das ist es ja: eine Heimkehr nach fünfunddreißig Jahren. Und ich hoffe, es wird eine Heimkehr für immer sein.«

Miranda sagte: »Für mich keinen Wein, General. Nur Zucker und Wasser. Ich trinke seit Jahren nichts anderes. Das haben wir als Kinder in Caracas immer getrunken.«

»Das sind fast die einzigen Dinge, an denen wir hier keinen Mangel haben. Allerdings haben wir über Sie ganz anderes gehört als Wasser-und-Zucker-Geschichten.«

»Es ist seltsam mit diesen Geschichten. Manche davon habe ich selbst in die Welt gesetzt, oder ihnen jedenfalls nicht widersprochen. Inzwischen sind sie wie Geschichten über jemand anderen. Als ich 1771 nach Spanien fuhr, war einer der Gründe für diese Reise, daß ich etwas über Wein lernen wollte. Wein war etwas, über das die Dichter schrieben. Europäischer Wein, nicht der brackige Meßwein, den wir in Caracas hatten. Ich habe auf der *Prins Frederik* viel über Wein nachgedacht. Ich erwartete Nektar. Sobald ich in Cádiz angekommen war, begann ich mir Notizen über jeden Wein, den ich trank, zu machen, so wie ich mir Notizen über die Frauen, die Kirchen und Gemälde machte. Ich weiß nicht, wieviel davon nur dazu diente, mein Tagebuch zu füllen. Mich als Mann von Welt zu gebärden. Ich war einundzwanzig.«

»Der Schwiegersohn des Chevaliers ist also in seiner Kalesche vorgefahren. Eine berühmte Kalesche. Mit einem Wappen, das wie das Aushängeschild eines Ladens aussieht. Ich hoffe, er war freundlich.«

»Ich weiß nicht. Er hat mir gedroht. Er sagte, ich hätte eine revolutionäre Vergangenheit. Er sagte, er wisse mehr über diese Vergangenheit als irgend jemand sonst hier, und manche Leute könnten leicht davon überzeugt werden, daß ihr Eigentum in meinen Händen nicht sicher sei.«

Hislop sagte: »Leider hat er damit recht. Und das könnte Ihnen sehr schaden. Die Spanier haben ebenfalls Gerüchte in Umlauf gebracht. Die Spanier, die hier leben, halten sich bereits fern, und wenn diese Geschichten nicht entkräftet werden, könnten sich auch die französischen Freiwilligen wieder abwenden. Es sind Flüchtlinge von den Inseln, Aristokraten ohne Geld, und sie machen mit, weil sie sich davon Besitz versprechen. Land und Neger. Um ihre Vermögen wiederzuerlangen. Wir alle wissen das. Ich wollte, es wäre anders, aber in diesem Teil der Welt läuft es, wie ich schon sagte, immer auf Land und Neger hinaus. Wir müssen Be'nards Drohung ernst nehmen. Ich werde Mittel finden, ihn wissen zu lassen, daß Sie mit mir gesprochen haben und daß ich mit seiner Ernennung zum Urkundsbeamten einverstanden bin, sie aber erst in einem Monat aussprechen werde. Damit ist er ruhiggestellt, und Sie haben genug Zeit gewonnen. Ach, die Kalesche! Be'nard wird denken, daß sie mal wieder den Ausschlag gegeben hat.«

»Ich konnte es mir finanziell eigentlich gar nicht leisten, ihn 1799 herzuschicken. Und doch: Als ich ihn heute morgen sah, mußte ich mich überwinden, formell zu bleiben. Es war seltsam. Und zum Schluß, als er die Treppe hinunterging und sich umdrehte und ich sah, wie sorgfältig er seine Garderobe gewählt hatte, empfand ich großes Mitleid mit ihm. Er sah so verletzlich aus, es wäre so leicht gewesen, ihm weh zu tun, seinen Bluff platzen zu lassen und über die Kalesche und den barfüßigen Neger, der sie kutschierte, zu lachen. Aber gerade weil es so leicht gewesen wäre, wollte ich es nicht. Bei Leuten wie ihm schwingt immer ein Stück Pathos mit. Er war so entblößt. Ich hatte das Gefühl, mich selbst als jungen Mann zu sehen.

Auch ich hatte einmal ein Wappen. Man braucht eins, um ein Kommando in der spanischen Armee zu bekommen. In Spanien gibt es Leute, die so etwas können. Der Mann, an den mein Vater sich wandte, hieß Zazo y Ortega. Zazos Methode war einfach: Er verband die Mirandas von Caracas und den Kanarischen Inseln mit den kastilischen Mirandas aus dem zwölften Jahrhundert. Und obwohl ich genau wußte, wer ich war, und stolz auf meinen Vater und sehr stolz auf unseren Reichtum war, glaubte ich, als ich in La Guaira die *Prins Frederik* bestieg, fest daran, daß ich nach Spanien fuhr, um mein rechtmäßiges Erbe anzutreten, zu dem auch das Wappen gehörte. Die *Prins Frederik* war eine schwedische Fregatte. Sie war mir überaus fremd. Das half mir, das Gefühl zu entwickeln, eine vollkommene Veränderung erfahren zu haben. Jahrelang lebte ich so: Ich wußte zwar, wer ich war, aber zugleich glaubte ich, jemand anders zu sein. Ich hatte gleichzeitig zwei verschiedene Vorstellungen von mir und ließ das Wappen der Mirandas sogar auf die teuren Bücher drucken, die ich gekauft hatte.

Ich werde Ihnen etwas noch Absurderes erzählen. Als ich fünfundzwanzig war – gerade zwei Wochen nach meinem fünfundzwanzigsten Geburtstag –, schrieb ich an den spanischen König und bat ihn um die Verleihung des Roten Kreuzes des

Ordens von Santiago. Das ist ein sehr hoher Orden. Der König setzt in einem solchen Fall eine Kommission ein, welche die Adelslinie des Antragstellers überprüft. Der Maler Velázquez wurde erst mit sechzig, auf dem Höhepunkt seines Ruhmes, in den Orden aufgenommen. Ich wußte, wer wir waren, von wem wir in Caracas und auf den Kanarischen Inseln abstammten. Ich wußte genau, wie Zazo mir zu meiner Ahnenreihe verholfen hatte. Doch gleichzeitig glaubte ich ganz ernsthaft, daß Zazo die Wahrheit herausgefunden hatte und ich der Ernennung durch den König würdig war. Ich glaubte, etwas Wunderbares in mir zu haben, etwas, das der König entdecken würde. Ich war fünfundzwanzig und Hauptmann im Regiment der Prinzessin in Nordafrika.

Später schämte ich mich deswegen. Ich war froh, daß ich keine Antwort erhalten hatte. Ich vergaß es sogar, bis vor ein paar Tagen. Und jetzt kann ich mit Ruhe darauf zurückblicken. Aber ich verstehe noch immer die Logik des jungen Mannes, und ich verstehe auch, warum er so gehandelt hat. An etwas davon fühlte ich mich erinnert, als ich Bernard die Treppe hinuntergehen sah und er dabei war, seine feinen Schuhe mit Schlamm zu beschmutzen und sein sehr teures Seidenjackett mit dem Wasser zu verderben, das vom alten Verdeck der Kalesche tropfte.«

Hislop sagte: »Es ist leicht, auf die Vergangenheit zurückzusehen. Nicht so leicht ist es, die Gegenwart mit offenen Augen zu betrachten. Wir wissen nicht immer, was wir tun. Manchmal werden wir einfach mitgezerrt.«

»Sie machen mir angst, General. Natürlich weiß ich, wie merkwürdig es ist, mit diesen französischen Aristokraten, die nur auf Land und Neger aus sind, einen Befreiungskrieg zu beginnen. Aber so sieht es nur von außen aus. Ich kenne die Logik dessen, was ich tue. Ich weiß, wie ich hergekommen bin. Sie wissen es ebenfalls. Sie und ich wissen um all die Wechselfälle, die mich an diesen Ort geführt haben.«

»Ich habe nur für mich gesprochen. Ich wollte Sie nicht tadeln. Ich bin Soldat. Seit meiner Kindheit war das mein Ehrgeiz. Meinen letzten aktiven Dienst habe ich in Gibraltar geleistet. Das war vor zwanzig Jahren. Seit zehn Jahren sitze ich hier fest. Aber ich halte mich noch immer für einen Soldaten. Ich glaube noch immer, daß ich eine Zukunft habe. Dabei weiß ich eigentlich nicht mehr, was ich tue. Man wird Gouverneur genannt und in einem Haus untergebracht, das ›Residenz des Gouverneurs‹ heißt, aber in Wirklichkeit ist man bloß ein Kerkermeister im Dienst der Plantagenbesitzer. Ich würde Sie viel lieber begleiten. Sehen Sie, General: Nun habe ich ausgesprochen, was mich in den letzten Monaten beschäftigt hat. Ich habe mich nach dieser Begegnung gesehnt. Seit vier Monaten lerne ich Spanisch. Ich lerne eine Stunde am Tag, und während der letzten ein, zwei Jahre habe ich von einer eleganten Gesellschaft geträumt, mit gepflegten Häusern und polierten Fußböden und wunderschönen spanischen Damen, wo ich eines Tages vielleicht mein Spanisch anwenden könnte. Ich habe in letzter Zeit nicht an irgendwelchen Kampfhandlungen teilgenommen, aber ich könnte in Ihrem Stab sein. Ich könnte Ihnen den Kontakt zu Ihren Generälen und Admirälen erleichtern. Viele von ihnen kenne ich. Ich kenne ihren Charakter. Ich würde wissen, wie man bei ihnen seine Worte wählen muß. Bei Soldaten ist es wichtig, die richtigen Worte zu gebrauchen. Das alles könnte für Sie von Wert sein.«

Es wurde dunkel, und der Regen klatschte wieder auf den Boden und das Dach, und solange der erste Ansturm währte, war es schwierig, das Gespräch fortzusetzen.

Hislop sagte: »Diese Art von Wetter kann der Tod sein, kann einen zum Festbankett für die blauen Krabben machen, wie man hier sagt. Zieht man ein Jackett an, beginnt man zu schwitzen. Zieht man es aus, friert man. Nach zehn Jahren in diesem Klima ist meine Gesundheit ruiniert. Ich träume von einem Junitag in England. Aber um im Juni in England zu sein, ist eine Menge Planung erforderlich. Man muß bis zum März auf den Jungferninseln, auf Tortola sein, um die Konvois abzupassen. Ich will nicht im November in England landen.«

»Caracas wird besser für Sie sein. Dort spielen die Jahreszeiten keine Rolle.«

»General.«

»Das Tal von Caracas wird das Land des ewigen Frühlings genannt. Die Blüten dort haben einen tieferen Farbton, und die Früchte sind größer und süßer.«

Miranda zeigte Hislop den anonymen Brief, der, wie dieser gesagt hatte, ins Wachhäuschen geworfen worden war. Das Siegel war noch unversehrt. Er legte den Brief beiseite und sagte »Ich dachte, es wäre besser, den Brief in Ihrem Beisein zu lesen Aber nicht jetzt. Etwas später.«

Hislop war bewegt. Er sagte: »General.«

Die Diener begannen, das Dinner zu servieren. Sie stapfter barfuß über die dicken Dielen und brachten aus der Küchenhütte, die Miranda gesehen hatte, einen Geruch von Regen und faulenden Blättern, von Holz- und Holzkohlenrauch mit.

Hislop sagte: »Es ist kein Bankett, General. Wir leben hier wie auf einem Schiff. Wir haben zwanzigtausend Neger, die an sechs Tagen in der Woche von fünf Uhr früh bis sechs Uhr abends auf den Plantagen arbeiten. Dennoch sind Nahrungsmittel sehr knapp. Alles, was sie auf den Plantagen anbauen, ist Kakao und Baumwolle und Zuckerrohr und Kaffee. Die Neger ziehen in ihrer freien Zeit ein paar Grundnahrungsmittel: Maniok, Yams, Süßkartoffeln. Aber sie dürfen nichts davon verkaufen. Die Tagelöhner – die *'pagnols*, wie man sie hier nennt – bringen manchmal etwas Wildbret aus dem Wald mit, und ein paar von den freien Farbigen verkaufen hier und da mal ein Huhn, wenn sie eins haben. Aber wir stehen immer kurz vor einer Hungersnot. Fast alles, was wir essen, ist geräuchert oder eingesalzen und kommt in Kisten aus den Vereinigten Staaten oder Kanada. Rindfleisch, Makrelen, Lachs, Kabeljau, Hering. Selbst der Tabak kommt in Kisten. Die Butter ist vom vielen Salz orangefarben und kostet sechs Schillinge das Pfund. Niemand kommt hier auf den Gedanken zu buttern.«

»Sie brauchen sich nicht zu entschuldigen, General. Ich kenne das Essen. Sie wissen ja: Dies ist meine Heimat. Was geschieht auf dem Gelände hinter dem Haus? Wissen die Männer, was sie tun?«

»Ich bezweifle es. Wenn man nicht erkennen kann, was eine Gruppe von Männern eigentlich tut, dann liegt es daran, daß sie es selbst nicht wissen. Sie als Soldat kennen das sicher. Diese Männer tun einfach, was man ihnen gesagt hat. Wir versuchen, dem Gelände ein Gefälle zu geben, damit das Wasser besser abläuft. Zugleich lassen wir mit Kies gefüllte Drainagegräben anlegen. Das hätte schon vor Jahren geschehen sollen, als sie dieses Haus zur Gouverneursresidenz gemacht haben. Man zieht einen Graben, füllt Kies hinein und deckt ihn ab. Damit das Wasser nicht steht. Wenn irgendwo Wasser steht, kommen die Moskitos. Und wenn Moskitos da sind, kann man hier nicht leben. Ich sage also dem *commandeur* dieser Kolonne, was geschehen soll, und er tut, als hätte er mich verstanden, aber eigentlich weiß er nicht, warum ich will, daß sie Steine vergraben. Leute von einer Plantage würden es vielleicht begreifen, aber diese neuen Neger haben von nichts eine Ahnung. Ich glaube, sie wissen nicht einmal, daß sie arbeiten; daß sie etwas tun, das man Arbeit nennt. Wahrscheinlich denken sie, sie werden bestraft. Diese Neger glauben, daß sie tagsüber in der Hölle sind. Buchstäblich. Haben Sie das gewußt? Eine eigenartige Hölle, wo es gleichgültig ist, was sie tun oder was man mit ihnen tut. Wenn die Sonne untergeht, beginnt für sie die wirkliche Welt. Alles verändert sich. Sobald die Dunkelheit hereinbricht, und Sie wissen ja, daß es in diesen Breiten innerhalb von fünf Minuten dunkel ist, schlägt ihr Pendel zur anderen Seite aus. Wir werden zu Geistern. Sie werden zu Königen und Königinnen und Dauphins und Richtern. Sie tragen die Kronen und schwingen die Peitschen. Das sagen ihnen jedenfalls ihre Zauberer. Und sie glauben daran, ganz gleich, was man mit ihnen macht oder wie sehr man sich bemüht, ihren Geist zu brechen. Sie glauben, daß nachts sie diejenigen sind, die die Macht haben. Das war eines der Ergebnisse einer Ermittlung, die wir Anfang des Jahres angestellt haben. Man lebt zehn Jahre an einem Ort und denkt, man kennt ihn, und dann merkt man mit einemmal, daß man die ganze Zeit auf Treibsand gestanden hat.«

»In Venezuela wußten wir immer, daß die Neger sich gern verkleideten und Spiele spielten. Sie waren hervorragende Nachahmer. Aber ich kann mich nicht erinnern, daß jemand eine Untersuchung darüber angestellt hätte.«

»Wir mußten es tun. Ich weiß nicht, ob man es Ihnen auf Barbados gesagt hat, aber im vergangenen Dezember hatten wir hier Alarm. Wir standen sehr kurz vor einem ausgewachsenen Sklavenaufstand. Sie waren alle beteiligt.« Er wies mit dem Kinn auf die Diener. »Alle Neger waren daran beteiligt, ob sie nun Weißen oder freien Farbigen gehörten. Es hatte sich im Lauf der Jahre aufgestaut, vor unseren Augen, und wir hatten nichts gemerkt. An einem bestimmten Tag sollten alle Weißen getötet werden. Und dann, wenn es nur noch eine einzige Hautfarbe gab – so haben sie bei den Ermittlungen ausgesagt –, wollten sie zur Kommunion in die Kirche gehen, und danach wollten sie Schweinefleisch essen und tanzen. So weit hatten sie in drei Jahren gedacht. Sie wollten Schweinefleisch essen und tanzen und glücklich leben bis an ihr seliges Ende. Man könnte sagen, es war nur ein Spiel, aber sie wollten Menschen töten und Häuser und Felder niederbrennen. Vorher habe ich nie auf Neger geachtet. Sie wissen, was ich meine. Ich will auch jetzt nicht auf sie achten, und doch tue ich es die ganze Zeit. Und ich weiß nicht genau, was ich da sehe. Aber wie auch immer, in ein oder zwei Monaten wird sich das alles ändern. Die Leute, die auf dem Gelände arbeiten, werden auf den Galeeren und bei den eigentlichen öffentlichen Arbeiten eingesetzt werden, und andere werden herkommen. Das weiß hier noch niemand. Wir müssen es geheimhalten. Wir werden Chinesen bekommen.«

»Aus China?«

»Nicht direkt. Aus Indien, aus Kalkutta. Aber sie werden die ersten Chinesen in diesem Teil der Welt sein. Als ich vor drei Jahren herkam, sah das Gelände rings um die Residenz so trostlos aus, und ich fand, wir sollten einen botanischen Garten anlegen. Auf den anderen Inseln gibt es welche. Aber das ist etwas, von dem Neger nichts verstehen, und die Plantagenbesitzer würden es ohnehin nicht gerne sehen. Sie wollen nicht, daß Neger landwirtschaftliche Arbeiten außerhalb der Plantagen verrichten. Ich schrieb wegen der Chinesen nach London, und langsam begannen die Mühlen zu mahlen. Es hat fast zwei Jahre gedauert. Die East India Company hat die Chinesen in Kalkutta angeworben. Sie, General, werden nicht mehr hier sein, wenn sie eintreffen, und ich muß sagen, daß auch ich das Interesse daran verloren habe. *Mi cama aqui ...*«

»General!«

»Lassen Sie mich ein wenig Spanisch üben, General. *Mi cama aqui ...*«

»Mein Bett hier ... Ihre Aussprache ist sehr gut.«

»*... no ha sido ...*«

»... ist nicht gewesen ...«

»*... una de rosas.*«

»... ein Bett von Rosen. ›Mein Bett hier war kein Bett aus Rosen.‹ Sie waren nicht auf Rosen gebettet.«

»Absolut. Ich hatte die Hoffnung, daß die Chinesen auch Gemüse anbauen würden. Die Neger haben eigentlich keine Ahnung davon, und die Plantagenbesitzer erlauben ihnen nicht, irgend etwas von dem, was sie anbauen, zu verkaufen. Sie sagen, nach den Ereignissen in Haiti wollen sie nicht, daß ihre Neger auf dumme Ideen kommen. Aber ich glaube, sie wollen die Neger nur ausbeuten und wissen nicht, wo die Grenze ist. In meinen drei Jahren hier habe ich mehr Verworfenheit gesehen als vorher in meinem ganzen Leben.«

Miranda sagte: »Verworfenheit. Ich kenne das Wort, aber ich habe noch nie erlebt, daß es jemand in einer Unterhaltung gebraucht hat.«

»Ich nehme an, es liegt daran, daß ich diesen Satz schon seit drei Jahren im Kopf habe. Ich spreche ihn mir in Gedanken vor. Er tröstet mich. Französische Adlige haben sich hier niedergelassen, und sie haben alle anderen verdorben. Sie waren in Frankreich, Sie waren General in Ihrer Armee. Ich erzähle Ihnen nichts, was Sie nicht schon wissen. Die französische Aristokratie steht nicht gut da. Ich verstehe diese Leute nicht. Sie fühlen sich nur dann reich, wenn alle anderen in Lumpen gekleidet sind. Sie haben nur dann das Gefühl, sicher und von edler Abstammung zu sein, wenn alle anderen erniedrigt sind. Ich verstehe jetzt, warum es in Frankreich eine Revolution gegen diese Leute gegeben hat. Danach gab es dann die gleiche Revolution in Haiti, nur daß die noch viel schlimmer war. Und jetzt haben sie hier beinahe auch eine bekommen. Und sie haben mich mit hineingezogen.« Hislop schlug sich an die Brust und schlug auch beim Sprechen rhythmisch weiter. »Ich mußte die Soldaten um Mitternacht ausrücken und die Rädelsführer gefangennehmen lassen. Wenn es eine Untersuchung geben sollte, werde ich zur Verantwortung gezogen werden. Ich allein. Das denken jedenfalls Gourville und Montalembert und Luzette und all die anderen. Sie glauben, sie können einfach dabeistehen und zusehen wie bei Picton. Aber ich habe nicht vor, das zuzulassen. Ich bin Soldat. Ich bin verantwortlich für die Sicherheit und die öffentliche Ordnung dieser Kolonie. Ich weiß nichts über den Umgang mit Negern. Ich brauche das nicht zu wissen. Garrow, der Londoner Anwalt, hat das im Prozeß gegen Picton sehr deutlich gemacht. Ich habe eine Abschrift des gesamten Protokolls. Ein Vertreter der Obrigkeit, der seine Kompetenzen überschreitet, ist für seine Handlungen allein verantwortlich, hat Garrow festgestellt. Darum werden die Plantagenbesitzer im Kolonialrat und der Kerkermeister und alle anderen für ihre Handlungen einstehen müssen. Sie hören das nicht gerne, aber ich habe ihnen meinen Standpunkt klargemacht. Wenn Sie lange genug hierbleiben, General, werden Sie feststellen, daß ich nicht der beliebteste Mann auf dieser Insel bin.«

Miranda sagte: »Wird es denn eine Untersuchung geben?«

»Wer weiß? Es könnte sein. Die Nachrichten aus London sind sehr merkwürdig.«

»Gibt es viel zu untersuchen? War es sehr schlimm?«

»Drei wurden gehängt, ihre Köpfe auf Lanzen gespießt, die Leichen in Ketten auf dem Platz aufgehängt.«

»An beiden Ufern der Themse sieht man die Leichen von Piraten an Galgen hängen, den halben Weg bis hinauf nach London.«

»Viele wurden verstümmelt. Das macht man so auf diesen Inseln.«

»Wie verstümmelt?«

»Man schneidet ihnen die Ohren ab. Ich habe das anderswo auch schon gesehen. Auf manchen der ganz kleinen Inseln schlitzt man ihnen die Nasen auf, aber hier schneidet man ihnen nur die Ohren ab.«

»In Venezuela habe ich das nie gesehen. Allerdings kann ich mich nicht mehr ganz auf mein Gedächtnis verlassen. Aber wenn eine Bestrafung üblich ist, dann ist sie eben üblich. Sie machen sich zu viele Sorgen, General. Eine Rebellion ist eine Rebellion.«

»In besseren Augenblicken sage ich mir das auch. Und Lord Castlereagh, der Minister für koloniale Angelegenheiten, hat sein Einverständnis erklärt. Er schrieb, er wisse, daß man diese Klasse der Bevölkerung gut im Auge behalten müsse. Aber was ist dieses Einverständnis wert, wenn es zu einer Untersuchung kommt? Wenn man mich fragt, auf welches Gesetz ich mich gestützt habe, als man diesen Männern hundert Hiebe gab und ihnen die Ohren abschnitt, könnte ich es nicht sagen. Ich könnte lediglich sagen, daß ich den Forderungen des Kolonialrates und der Plantagenbesitzer nachgegeben habe und daß die Leute im Gefängnis zu wissen schienen, was sie zu tun hatten. Ich habe mich nie um Gesetze gekümmert. Ich weiß nicht mal, welche Gesetze hier gelten. Bis vor neun Jahren war diese Insel noch spanisch. Vielleicht fällt sie bei Kriegsende wieder an Spanien zurück, oder vielleicht bekommen sie die Franzosen im Tausch gegen etwas, das ganz woanders liegt. Wer weiß das schon? Und wenn Sie mir raten würden, ich solle die spanischen Gesetze anwenden, wüßte ich nicht, wer mir sagen könnte, wie diese Gesetze eigentlich lauten. Die Gesetzbücher und die Rechtskundigen sind alle auf der anderen Seite des Golfs. Ein Militärgouverneur kann nur dem Rat der verantwortungsbewußten Bürger folgen. Das hat Tom Picton getan, und nach ihm habe ich es ebenfalls getan. Und Sie kennen die Anklage gegen Picton. Siebenunddreißig Punkte: Hinrichtung ohne gerichtliches Urteil, Freiheitsberaubung, Folterung, Verbrennen bei lebendigem Leibe. Die Kaution wurde auf vierzigtausend Pfund festgesetzt.

Der Mann ist ruiniert, und in den letzten drei Jahren hat sich ein düsterer Schatten über sein Leben gelegt.«

»Sie sind schon zu lange hier, General. Sie sind zu nervös. Sie können sich doch nicht mit Picton vergleichen. Er war für diese Dinge berüchtigt. Und die meisten Anklagepunkte bezogen sich auf das Regiment. Die anderen wurden fallengelassen. Es gab einen Anklagepunkt wegen Folterung eines jungen Mulattenmädchens, es ging da um einen Taschendiebstahl. Aber auch den wird man fallenlassen.«

»Hat man es Ihnen auf Barbados nicht erzählt, General? Die Verhandlung war Ende Februar, unter Lord Ellenborough. General Picton wurde schuldig gesprochen.«

»Es gab eine Zeit, da hätte ich das gern gehört. Ich glaubte, Picton hätte mir großen Schaden zugefügt und ich hätte noch eine Rechnung mit ihm zu begleichen. Jetzt denke ich nicht mehr so. Man kann zuviel Zeit mit der Begleichung von Rechnungen vertun. Man kann vergessen, was man wirklich zu tun hat. Er wird natürlich in Berufung gehen.«

»Er wird in Berufung gehen. Aber er ist ruiniert. Und die Plantagenbesitzer, die vor Ort im Gefängnis waren und Gefangene foltern ließen und Mittel fanden, Menschen bei lebendigem Leibe zu verbrennen, sind freie Männer. Picton hat das Gefängnis nicht gebaut. Als er kam, war es schon da, mit Kerkermeister und Folterkeller und Heißen Kammern. Die Plantagenbesitzer hatten es gebaut. Sie haben den Kerkermeister dafür bezahlt, daß er die Neger folterte und auspeitschte. Für die Folterung des Mulattenmädchens hat ein Plantagenbesitzer, der damalige Ratsvorsitzende, dem Kerkermeister sechzig Reales, also etwa sechs Dollar sechzig, bezahlt. Für sie wurde keine Kaution von vierzigtausend Pfund festgesetzt. Diese französischen Aristokraten sind nur sich selbst treu. Wenn man lange genug hier ist, verwirrt sich der Verstand. Man verliert den Glauben. Man verirrt sich.

Ich will Ihnen etwas sagen: Im vergangenen Jahr hatten wir hier Sorgen wegen einer drohenden Invasion. Erst waren es die Franzosen. Dann waren es die Spanier. Der spanische Admiral

Gravina wurde mit einer beachtlichen Streitmacht in diesen Gewässern gesichtet. Ich brauche Ihnen nicht zu sagen, wie schwach wir in militärischer Hinsicht sind, wie wehrlos gegen einen entschlossenen Angriff. Klarerweise können wir nicht die ganze Insel verteidigen – die Küste ist zwei- oder dreihundert Meilen lang und an manchen Stellen unzugänglich, und der größte Teil der Insel ist ohnehin unbewohnt –, und darum dachte ich, wir sollten im Rat entscheiden, welche Teile wir verteidigen wollten. Ich hielt es für strategisch am sinnvollsten, den Hafen von Chaguaramas zu verteidigen. Das ist ein kleines Gebiet, das leicht zu halten ist. Wenn man die Schiffe sichert, kann man sie in einem späteren Kampf einsetzen. Aber die Plantagenbesitzer sagten nein, das Militär habe die Pflicht, ihren Besitz zu verteidigen.

Sie haben in England die Debatte über Sklaverei und Sklavenhandel verfolgt, General. Und ich brauche Ihnen nicht zu sagen, daß die Plantagenbesitzer, wenn sie von ›Besitz‹, ›freiem Warenverkehr‹ und ›ungehinderter Ergänzung der Bestände‹ sprechen, lediglich versuchen, die Worte ›Neger‹ oder ›Sklaven‹ zu vermeiden. Sie sprechen nicht einmal von Land. Das Land haben die meisten von ihnen umsonst bekommen, als sie kamen. Um die Insel zu erschließen, haben die Spanier jedem Siedler sechseinhalb Hektar für jeden Neger, den er mitbrachte, versprochen. Ein weißer Siedler bekam dreizehn Hektar für sich selbst, ein freier Farbiger sechseinhalb. Viele von denen, die kamen und sich unter den Schutz der spanischen Fahne stellten, waren auf der Flucht vor Schulden, die sie woanders, unter einer anderen Fahne, angehäuft hatten. Viele der Neger, die sie mitbrachten, waren verpfändet.

Während ein großer Krieg im Gange war, gaben mir diese geflohenen Aristokraten also zu verstehen, daß es meine Pflicht sei zu verhindern, daß sie ihre Neger verloren. Und sie haben mächtige Freunde in London. Nachdem ich fünfundsiebzigtausend Pfund für die Befestigung des Hafens von Chaguaramas ausgegeben hatte, mußte ich die Arbeiten einstellen lassen und mir Gedanken machen, wie ich die Stadt und die Plantagen ringsum schützen konnte. Darum ist meine Kasse leer, und darum laufen meine Diener und Soldaten in Lumpen herum. Ich wollte eine Kompanie Neger-Soldaten aufstellen, selbstverständlich ausschließlich aus treuen und zuverlässigen Männern. Die Plantagenbesitzer sagten, sie wollten ihre Sklaven nicht verlieren. Ich sagte: ›Wir werden ihren Wert fair schätzen, und Sie werden entschädigt, wenn sie sterben oder verletzt werden.‹ Sie sagten, nach dem, was in Haiti geschehen sei, wollten sie nicht, daß Neger Gewehre in die Hände bekämen. Ich sagte: ›Also gut. Dann leihen Sie mir wenigstens ein paar Neger für die Arbeiten am Fort auf dem Hügel westlich der Stadt.‹ Sie sagten, sie könnten keine entbehren. Was sollten wir also tun? Was für einen Sinn hatte es, überhaupt etwas zu tun?«

»Aber das Fort haben Sie doch gebaut?«

»Das mußte ich. Es war meine Pflicht als Gouverneur. Ich requirierte Neger, die freien Farbigen gehörten. Den freien Farbigen gefiel das gar nicht, und die Weißen machten sich darüber lustig. Seit wir die Nachrichten über Pictons Verurteilung gehört haben, sitzen mir natürlich ein paar dieser freien Farbigen im Genick. Ein Farbiger hat Picton wegen Freiheitsberaubung auf vierzigtausend Pfund verklagt. Ich warte darauf, daß mir etwas Ähnliches geschieht. Tag und Nacht denke ich an Dinge zurück, die in meiner Amtszeit geschehen sind. Ich klage mich an, ich verteidige mich. Es ist wie eine Krankheit. Diese Neger, denen im vergangenen Dezember und Januar die Ohren abgeschnitten worden sind, bekamen auch hundert Hiebe. Zu Zeiten der Spanier lag die Höchststrafe bei fünfundzwanzig Hieben. Picton erhöhte sie auf neununddreißig, und das geschah unter dem Einfluß der Franzosen. Warum habe ich mir von den Plantagenbesitzern einreden lassen, daß sie hundert bekommen sollten? Nach fünfzig Hieben ist ein Mann halb tot.«

»General, General. Eine häusliche Verfehlung ist etwas anderes als ein Aufstand gegen den Staat. Sie quälen sich unnötig.«

»Meinen Sie? Einer der Männer, denen man die Ohren abgeschnitten hat, war ein freier Farbiger. Auf diesen Mann hatten sie es besonders abgesehen. Sie sagten, ein freier Farbiger, der gemeinsame Sache mit den Negern machte, sei am gefährlichsten. Sie beschlossen, ihn wieder zu versklaven. Sie schnitten ihm die Ohren ab und verkauften ihn auf eine andere Insel. So macht man das hier. Als Strafe kommt das kurz vor dem Hängen, denn danach ist das Leben eines Mannes nicht mehr lebenswert. Wie konnten sie das einem freien Mann antun? Ich hätte sie fragen sollen, in welchem Gesetz das steht. Jetzt wird mir die Untersuchungskommission diese Frage stellen. Die englischen Gesetze halten nicht viel davon, einen freien Mann zum Sklaven zu machen, ihm die Ohren abzuschneiden und ihn billig an jemanden auf einer anderen Insel zu verkaufen, der ihn sich zu Tode schuften läßt. Das ist das einzige, was man mit einem Mann mit abgeschnittenen Ohren machen kann. Verkaufen kann man ihn nicht mehr.

Und ich hatte das Ganze tatsächlich vergessen, bis die Nachrichten über Picton kamen. Jetzt denke ich fünf-, sechs-, zehn-, zwölfmal am Tag daran. Wenn die Zeit gekommen ist und ich nach diesem Mann gefragt werde, kann ich nur antworten, die Plantagenbesitzer hätten mich bei den Ermittlungen im vergangenen Dezember in große Unruhe versetzt und mir gesagt, das müsse nun geschehen. Natürlich sage ich mir auch, daß der arme Mann nicht in der Lage ist, mit einem Rechtsanwalt in London in Verbindung zu treten. Er wird nicht mehr lange leben. Sie sehen, General, nachdem ich diesem Mann Unrecht getan, beziehungsweise zugelassen habe, daß man so mit ihm verfahren ist, wünsche ich mir jetzt seinen Tod. Ich will von diesem Ort befreit werden. Ich habe das Gefühl, daß ich hier untergehe, daß ich mich nicht mehr zurechtfinde. Vorhin habe ich Ihnen gesagt, es sei leicht, in die Vergangenheit zu sehen. Bis vor zehn Jahren lag mein Leben absolut klar vor mir. Doch jetzt bin ich umwölkt. Ich weiß nicht mehr, warum ich etwas tue. Die Vorstellung, daß ich meinen rechtmäßigen Vorgesetzten Gehorsam schulde, hat sich aufgelöst. Das war die Vorstellung, zu der ich als Soldat erzogen worden bin.«

»Es ist nicht der Fall Picton, der sie beunruhigt. Ich glaube, es ist das Klima. Es ist Ihre Untätigkeit. Sie sagen ja selbst, Sie seien zu lange ein Kerkermeister gewesen. Sie kämpfen mit Gespenstern.«

»General, ich habe es Ihnen noch nicht erzählt: Es gibt einen Vorfall, der absolut vergleichbar ist mit dem Anklagepunkt gegen Picton wegen Folter. Das war vor dreieinhalb Jahren, fast noch in der Woche, in der ich ankam. Der Ratsvorsitzende, ein Plantagenbesitzer, suchte mich eines Nachmittags hier auf. Meine Kisten wurden noch von den Wagen geladen. Er war furchtbar aufgeregt. Er sagte, man habe entdeckt, daß ein freier Mulatte einem Negerzauberer einen Auftrag gegeben habe. Der Mulatte hatte eine Negerin, eine Dienerin in irgendeinem Haushalt, überreden wollen, mit ihm zu schlafen. Die Frau hatte ihn abgewiesen. Darauf hatte er ihr die Hand in einfacher Freundschaft geboten. Sie nahm die Hand, und er kratzte ihr die Handfläche mit einem Fingernagel auf. Sogleich bekam sie Krämpfe, und Hand und Arm begannen anzuschwellen. Sie schrie auf, und die anderen Neger in der Straße bekamen große Angst. Die Neger hier haben immer Angst vor Gift. Einige rannten los und holten den Alguazil, und der steckte den Mulatten ins Gefängnis. In das alte Gefängnis aus Pictons Zeit, mit den Heißen Kammern. Wir haben es vor zwei Jahren abgerissen.

Der Ratsvorsitzende begab sich so schnell wie möglich ins Gefängnis, um den Fall zu untersuchen. Der Mulatte sagte, er habe die Frau keineswegs vergiftet. Er habe ihr nur ein Liebesmittel in die Hand gekratzt. Dieses Mittel aus Fett, Quecksilber und abgeschnittenen Fingernägeln habe bereits früher bewirkt, daß zwei Frauen ihm vollkommen verfallen seien. Diesmal, sagte er, sei die Dosis wahrscheinlich zu hoch gewesen. Der Neger, von dem das Mittel stamme, habe ihn vor dieser Gefahr gewarnt. Der Ratsvorsitzende fand die Geschichte nicht sehr komisch. Er befahl dem Kerkermeister, den Mulatten auf den Dachboden zu bringen und zu foltern. Das war seltsamerweise auch der Ort, wo sie die Weißen einsperrten. Es war ein italienischer Seemann dort. Er hat alles gesehen. Die Folter war die ›Pike‹, die alte Folter der Kavellerieregimenter. Man fesselt den linken Fuß und die rechte Hand eines Mannes auf dem Rücken zusammen, so daß er ganz hilflos ist, und hängt ihn am linken Handgelenk so auf, daß er mit dem Fußballen eben noch auf einer spitzen Pike stehen kann.

Unter der Folter verriet der Mulatte das Gegenmittel. Rum und Teufelsdreck, glaube ich. Natürlich wirkte es nicht – es ist erstaunlich, daß der Ratsvorsitzende glaubte, es könnte ein Gegenmittel geben. Der Arm der Frau blieb geschwollen, und sie hörte nicht auf zu schreien, so daß alle sehr verängstigt waren. Der alte Vallot, der französische Kerkermeister, hängte den Mulatten noch einmal über die Pike, und diesmal wurde der Mann ohnmächtig und lag eine Weile in einer Pfütze aus kaltem Schweiß da. Als er sich etwas erholt hatte, revidierte er seine Geschichte von dem Neger, der auf einer Plantage arbeitete, und sagte, er habe das Gift von einem Negerzauberer bekommen, der von der Insel verbannt worden sei. Heute weiß ich, daß die Pflanzer bei dem Wort ›Zauberei‹ in Panik geraten. Damals wußte ich das nicht. Es war meine erste Woche hier. Der Ratsvorsitzende bestand darauf, den Mulatten so schnell wie möglich von der Insel zu schaffen. Er wollte, daß der Mann auf der Stelle ausgewiesen wurde.

Und so geschah es, auf der Stelle. Keine Papiere, gar nichts. Ich hatte den Fall nicht eigentlich vergessen. Aber ich erinnerte mich weniger an den Zauberer als vielmehr an das Liebesmittel, den Rum und den Teufelsdreck. Und jetzt muß ich es aus dem Gedächtnis graben, all die Einzelheiten des Gesprächs, das ich an jenem Tag mit dem Ratsvorsitzenden geführt habe. Denn seit Pictons Verurteilung sind sie alle wieder aufgetaucht: der Mulatte, und sogar der italienische Seemann. Irgendwie haben sie es nach London geschafft und Leute gefunden, die sie unterbringen und ihre Auslagen übernehmen, und irgendwie haben sie alle Kontakt mit Rechtsanwälten aufgenommen. Und diejenigen, die die Anklage gegen Picton gutgeheißen haben, stehen jetzt auch hinter ihnen.

Die freien Farbigen sind sehr leidenschaftlich in dieser Sache. Es gibt hier sechstausend von ihnen. Sie können Geld aufbringen. Was mich daran so aufregt, ist die Tatsache, daß ich immer ein Freund der freien Farbigen gewesen bin, genau wie Tom Picton vor mir. Trotz allem, was man gegen ihn vorbringt, war er immer gegen jede legale Erniedrigung der freien Farbigen. Er hat in dieser Angelegenheit viele Briefe nach London geschrieben. Denn legale Erniedrigung ist es, was den Leuten vorschwebt, die von der Notwendigkeit britischer Gesetze, einer britischen Verfassung und einer örtlichen repräsentativen Regierung reden. Sie werden das noch zu hören bekommen. Wir gebrauchen hier Worte auf eine besondere Weise, und was diese Leute eigentlich meinen, ist dies: Sie wollen ihre eigene Verwaltung und gesetzgebende Versammlung, und sie wollen eigene Gesetze.

Ich will Ihnen sagen, wie einige dieser Gesetze aussehen werden. Sie wollen Farbigen verbieten, Neger zu haben. Das ist pure Bosheit. Wenn Sie einem Farbigen verbieten, Neger zu haben, machen Sie ihn mit einem Schlag zu einem armen Mann. Es gibt hier für ihn dann keine Möglichkeit mehr, eine Plantage zu betreiben oder auf andere Weise seinen Lebensunterhalt zu verdienen. Man läßt seine Sklaven für sich arbeiten. Es gibt bei uns keine freien Arbeiter. Wenn ein Farbiger keine Neger hat, besteht die einzige Möglichkeit, seinen Lebensunterhalt auf anständige Art zu verdienen, darin, ein vom Kolonialrat bezahlter Alguazil, eine Art Aufsichtsbeamter, zu werden. Wie in spanischen Zeiten. Ein Alguazil hat ein Auge auf die Lagerhallen am Hafen und die Negersiedlungen in der Stadt, und er achtet auf Neger, die sich nicht an die Ausgangssperre halten. Manchmal hilft er im Gefängnis aus. Er darf keine Neger haben, und das aus gutem Grund. Es würde sonst alle möglichen Arten von Verstößen geben – Entführungen, Diebstahl von neu eingetroffenen Negern, und so weiter. Außerdem haben wir hier nur sechs Alguazils. Mehr können wir uns nicht leisten. Und es gibt sechstausend freie Farbige. Wenn diese Leute keine Neger mehr haben dürfen, werden sie ihre zu jedem Preis verkaufen müssen, sonst werden sie konfisziert. So oder so wird es hier dann einige Leute geben, die einen großen Gewinn machen. Mindestens die Hälfte der Neger gehört freien Farbigen. Es geht also um eine Menge Geld. Und es geht um noch mehr Geld, wenn der Handel mit Afrika nächstes Jahr, das ist so gut wie sicher, unterbunden wird und die ›Ergänzung‹, wie unsere Freunde das nennen, ausschließlich aus hiesigen Beständen erfolgen muß.

Die Du Castellets und die Montignacs und die Montalemberts planen noch etwas anderes. Sie wollen es den freien Farbigen verbieten, Häuser zu kaufen. Das ist ein Relikt der alten französischen Gesetze auf den Inseln. Wo sollen die freien Farbigen denn leben? Und wie lautet die Definition für ›Haus‹? Meinen sie ein Herrenhaus oder ein Haus in der Stadt? Ich sage Ihnen: Das Wort ›Haus‹ wird bedeuten, was diese Leute wollen. Das Gesetz wird ein einfaches Mittel der Verfolgung sein. Man nimmt den Leuten ihren Lebensunterhalt. Man nimmt ihnen ihr kleines Kapital, und dann erniedrigt man sie.

Und noch etwas. Es ist so schrecklich, daß Sie nichts davon hören werden, solange Sie hier sind. Die Franzosen werden mit Ihnen nicht darüber sprechen, und die freien Farbigen sind zu verängstigt und schämen sich zu sehr, um davon anzufangen. Die weißen Plantagenbesitzer haben ihnen sehr diskret zu verstehen gegeben, daß man sie, die freien Farbigen, nach Einführung der britischen Rechtsprechung bei Gesetzesübertretungen auspeitschen wird. Im Augenblick werden nur Neger ausgepeitscht. Die Farbigen, die heute frei und Eigentümer von Plantagen sind, werden also von Negern nicht mehr zu unterscheiden sein. Sie werden über kein Geld und keine Mittel verfügen, und sicher wird man viele von ihnen wieder versklaven. Und all dies wird im Namen des Gesetzes und der Menschenrechte und der Weisheit und Güte einer britischen Verfassung geschehen.

Man weiß, daß ich dagegen bin. Also hat man meinen Namen in London und auf den Inseln hier in den Schmutz gezogen: Ich bin ein Säufer, den kulinarischen Genüssen am Tisch der Residenz zu sehr zugetan und nach dem Abendessen restlos betrunken. Ich besitze für einen Gouverneur zu wenig Würde. Die kulinarischen Genüsse! Rote, versalzene Butter, kein Gemüse und dieser Schiffsfraß!

Sie sehen, ich hätte nichts Schlimmeres tun können, als zuzulassen, daß diesem Mann die Ohren abgeschnitten wurden. Ein freier Mann wurde zum Sklaven gemacht und behandelt wie der schlimmste Neger. Das ist im Grunde das, was die Franzosen mit allen freien Farbigen tun wollen. Damals, bei den Ermittlungen, habe ich mich von ihnen beeinflussen lassen. Sie haben mir von Haiti und Martinique erzählt. Sie haben mir erzählt, es sei erforderlich, Neger zu verbrennen, wenn sie sich zu sehr mit Zauberei und Magie eingelassen hätten. Einer hat mir erzählt, einer seiner Freunde in Martinique habe vier seiner Neger verbrennen müssen. Sie haben mir erzählt, ein freier Farbiger, der sich zuviel mit Negern abgebe, sei gefährlich. Sie haben mich bewogen, diesen Mann sehr schlecht zu behandeln. Nach all den Beweisen, die die Ermittlungen zutage gefördert hatten, und nachdem ich diese einfältig wirkenden Menschen so ruhig über das Töten hatte sprechen hören, als wäre es eine Fortsetzung ihrer nächtlichen König-und-Königin-Spiele, sah ich vor meinem geistigen Auge die Stadt und die Insel in Flammen aufgehen. Ich habe nicht nach Gesetzen gefragt. Ich habe den Mann nicht im Gefängnis gesehen, und ich weiß nicht, was sie dort mit ihm gemacht haben. Ich habe auch nicht gefragt, wie sie ihn auf eine andere Insel verkauft haben. Ich frage mich jetzt, ob ich überhaupt darüber nachdenken würde, wenn Picton nicht verurteilt worden wäre. Die Verworfenheit, General. Die Verworfenheit, der ich in den vergangenen drei Jahren ausgesetzt war.«

Miranda sagte: »Diese Männer sind meine Freiwilligen. Ich habe jetzt keine anderen.«

»Ihre Freiwilligen. Nicht Ihre Herren. Als Soldat bin ich zum Gehorsam meinen rechtmäßigen Vorgesetzten gegenüber erzogen worden. Ich habe als Soldat nie wissentlich etwas Ungesetzliches, Verwerfliches oder Ungehorsames getan. Die meisten Soldaten können das von sich sagen. Es erbittert mich sehr, mit der Aussicht leben zu müssen, als Unterdrücker ins Licht der Öffentlichkeit gezerrt zu werden. Besonders als Unterdrücker von Menschen, die zu beschützen ich für meine Pflicht gehalten habe. Wenn es zu Ermittlungen, einer Untersuchung oder einem Gerichtsverfahren kommt, werde ich nicht wissen, wie ich mich verteidigen soll. Um mich zu verteidigen, werde ich mich auf die Seite von Leuten stellen müssen, die ich für schändlich halte. Die freien Farbigen haben nach Pictons Verurteilung gesagt, daß sie an mir ein Exempel statuieren wollen. So etwas hört man nicht gerne. Und ich habe Grund zu der Annahme, daß ausgerechnet die Franzosen sie dazu ermuntern, nur um mir zu schaden. Ich sehe nichts mehr klar, General. Ich bin umwölkt.«

»Sie waren gewiß nicht auf Rosen gebettet. *Claro que su cama no ha sido una de rosas, como ha dicho.*«

»Ich habe das Gefühl, daß ich einen neuen Anfang machen muß.«

»Das können Sie in Caracas ganz sicher.«

»General.«

»Aber dann werden Sie auf derselben Seite stehen wie die französischen Freiwilligen.«

»Ein purer Zufall. Dafür werden mir Ihr Ziel und Ihre Vision klar vor Augen stehen.«

Miranda sagte: »Lassen Sie mich den Brief lesen, den man im Wachhäuschen gefunden hat. Glauben Sie, er könnte von einem Ihrer mulattischen Freunde stammen? Bitte, General, gestatten Sie mir diesen Scherz. Der Brief ist nicht auf französisch. Er ist auf spanisch. Die Schrift eines Schreibers, also wenigstens formell. Ich werde ihn überfliegen. Vielleicht hat er ja gar nichts zu bedeuten. Vielleicht ist es nur die übliche Beschimpfung. Er beginnt höflich. Zu höflich – das ist ein schlechtes Zeichen. Er wird gewiß bald sehr heftig werden. Ich erkenne den manifestartigen Stil gewisser öffentlicher Bekanntmachungen der Spanier. Es ist ein Brief von Vertretern der spanischen Krone. Er ist sehr ernst. Er warnt mich vor dem Schicksal von Tupac Amaru. Tupac Amaru war der Inkaname des Anführers eines sehr großen Indianeraufstands, der 1780 in Peru stattfand. Nachdem man ihn gefangen hatte, wurde er schrecklich gefoltert. Die Zunge wurde ihm abgeschnitten, und dann wurde er bei lebendigem Leib mit vier Pferden, die in verschiedene Richtungen zogen, gevierteilt. Die vier Teile seines verstümmelten Leichnams wurden in vier eigens angefertigten Lederkoffern verpackt und in verschiedene Teile des Landes geschickt. Jeder spanische Offizier hat von Tupac Amarus Schicksal gehört. Ich war damals gerade erst zum Oberst befördert worden und hielt mich in Jamaika auf, um mit den Briten über einen Gefangenenaustausch zu verhandeln. Was mich besonders aus der Fassung brachte, war die Vorstellung, daß man vier Lederkoffer für die Leiche eines Mannes hatte anfertigen lassen, der noch am Leben war. Ich glaube, das hatte ich auch im Hinterkopf, als ich zwei Jahre später beschloß zu desertieren. Als ich in den Vereinigten Staaten war, gab es einen zweiten Aufstand. Ein anderer Mann nahm den Namen Tupac Amaru an und wurde auf die gleiche gräßliche Weise hingerichtet. Aber lassen Sie mich den Brief sorgfältiger lesen.

›Geehrter Herr, auf allen Kontinenten ist »Freiheit« die Losung unserer Zeit. Als Spanier in einem Land, das seit Menschengedenken uns gehört hat, hegen wir die gleiche Hoffnung wie Sie. Wir wollen Ihnen, immer mit dem Respekt, der einem hervorragenden Landsmann gebührt, schildern, wie es uns seit der Eroberung unserer Insel durch die Briten unter der Herrschaft Ihrer britischen Gönner ergangen ist. Picton, der erste britische Gouverneur, der zur Zeit in London für seine Untaten büßen muß, versuchte, einfach den spanischen Kopf abzutrennen. Er wies fast alle Spanier aus, die kultiviert, von edler Abstammung oder gelehrt waren. Ihr charmanter Gastgeber Hislop wird Ihnen nicht erzählen, wie er mit Ihren übrigen, einfacheren Landsleuten verfahren ist, mit den Inhabern von Schnapsläden, mit den Fischern und Jägern, den Köhlern, den Straßenhändlern, die Talg und getrocknetes Pferdefleisch anbieten, mit einfachen Menschen, wie Sie sie wahrscheinlich aus ihrer Kindheit kennen, mit Menschen, die sich nicht gewählt ausdrücken können und deren einziger Halt in der gegenwärtigen Erniedrigung ihr Glaube und ihr Stolz sind. Hislop – der es, feige, wie er ist, nicht gewagt hat, die Rechte der vornehmen Franzosen einzuschränken, und der sogar ihre Neger für unantastbar hält und sie nicht einmal für Frondienste heranzieht – hat alle Spanier zum Dienst in der Miliz verpflichtet. Das umfaßt auch eine Zahlung von hundert Dollar für Uniform und Ausrüstung. Hislop hat diese Summe selbst festgesetzt. Sehr wenige unserer einfachen Leute sind imstande, diesen Betrag aufzubringen, so daß die meisten gezwungen sein werden, entweder die Insel zu verlassen oder in den Wald zu fliehen, wodurch der kleine Besitz, zu dem sie es gebracht haben,

Hislops Kasse zufällt. In weniger als zehn Jahren britischer Herrschaft sind wir also in unserem eigenen Land zu entrechteten Flüchtlingen geworden, und unsere Sprache hält man für eine Sprache von Dienstboten.

Und nun kommen Sie zu uns. Zu beiden Seiten des Golfs haben wir die Prospekte Ihrer Londoner Gönner Turnbull and Forbes erhalten. Sie bieten viele erstrebenswerte moderne Erzeugnisse zu einem angemessenen Preis an, doch es wird Sie nicht überraschen, daß einige von uns in Ihnen weniger den Befreier und Verfechter der Freiheit als vielmehr einen Mann aus Caracas sehen, der seiner Herkunft und seinem Wesen treu geblieben und als Kommissionär eines britischen Handelsunternehmens zurückgekehrt ist, welches die Menschen dieses Kontinents zu Tagelöhnern machen will, wie es in großen Teilen Asiens und auch hier, in dieser Region, bereits geschehen ist.

Seit der britischen Eroberung haben Sie und Picton sich der Sprache der Freiheit und der Revolution bedient, um viele gute Männer zur Aufgabe ihrer Gottesfurcht, ihrer Menschlichkeit und den nicht weniger heiligen Pflichten gegenüber der Religion und der Gesellschaft zu verführen. Sie haben sie auf diese Insel, die Basis Ihrer subversiven Aktivitäten, gelockt und sie wie eingesperrte wilde Tiere gehalten, um sie nach Belieben auf eine unschuldige Bevölkerung loszulassen. Diese irregeleiteten Männer waren bereit, alles für Sie und Ihre Sache zu geben. Sie dagegen haben ihnen nichts gegeben. Die von Ihnen gewollte Revolution ist nicht gekommen, weil sie ohne Rückhalt ist und in den Herzen aufrechter Männer keinen Widerhall findet, weil sie zu einem persönlichen Ehrgeiz verkommen und ohne edle Gesinnung ist. Doch wenn diese stolzen spanischen Männer ihren Irrtum erkannten und gegen den Verrat durch Sie und Picton aufbegehrten, gab es Mittel und Wege, sie zum Schweigen zu bringen. Denken Sie nur an Juan Mansanares, der sich in den Schnapsläden dieser Stadt so laut brüstete, die Taschen voll mit englischem Geld, und der dann, mit sechsunddreißig Jahren, ganz plötzlich starb; an den alten Manuel Gual, der von Picton anfangs versteckt und dann mit Opiumpillen, die mit gemahlenem Glas versetzt waren, grausam vergiftet wurde; an seinen Freund José España, der in seiner Verzweiflung über den Golf floh und in seinem eigenen Haus verraten wurde, den man enthauptet hat, dessen wohlgestalten Körper man geviertelt und dessen Kopf man in einem eisernen Käfig am Caracas-Tor von La Guaira ausgestellt hat; an Andrés de España, der seit Jahren im berüchtigten Gefängnis dieser Stadt schmachtet; an Juan Caro und Antonio Valle-

cilla, die man in einem namenlosen Grab verscharrt hat. Denken Sie an diese Männer und all die anderen, von deren Herzblut Sie und Picton sich monatelang, jahrelang genährt haben, und wundern Sie sich, daß Sie so wenig Furcht verspürt haben, Ihren Fuß auf diese blutgetränkte Erde zu setzen. Wundern Sie sich, daß Sie nie daran gedacht haben, Sie könnten das gleiche Schicksal wie all diese Männer erleiden, und diese widerrechtlich angeeignete Insel könnte auch Ihr Gefängnis und Grab werden.

Ganz gleich, wie sehr Hislop Sie ermutigt, sein Wort ist nichts wert. Er ist Soldat, seine Ehre heißt Gehorsam. Er wird Sie heute hervorragend bewirten; er ist als guter Gastgeber bekannt. Aber er wird Ihnen morgen schon den Rücken kehren, wenn er muß. Vielleicht werden Sie, wie wir, feststellen, daß er scharfe Krallen hat. Für die achtundfünfzig Männer, die Sie vor der Küste zurückgelassen haben, naht der Tag des Gerichts. Und auch für Sie selbst naht dieser Tag. Hier, in Ihrer ehemaligen Heimat, sind Sie einsamer und ungeschützter als Sie es in London je waren. Von diesem Brief existieren sechs Ausfertigungen. Mindestens eine davon wird in Ihre Hände gelangen, und Sie werden an TUPAC AMARU denken.«

Hislop sagte: »General, General, ich hätte Ihnen diesen Brief nicht gleich am ersten Tag zeigen sollen. Er hat sie beunruhigt.«

»Das stimmt. Ich kenne spanischen Haß, aber es ist immer wieder ein Schock, mit ihm konfrontiert zu werden. Dies ist ein Brief, den der Haß diktiert hat. Wir haben vorhin über den Haß gesprochen, den die Leute für den freien Farbigen empfanden, dessen Ohren sie abschneiden wollten. Den freien Farbigen, der während der Sklavenverschwörung auf seiten der Neger stand. Sie haben Sie dazu gebracht, ihn sich anzusehen. Sie haben Ihnen gesagt, er glaube an seine Zauberkraft. Sie haben Ihnen den Teufel in seinen Augen gezeigt. Sie haben Sie dazu gebracht zu glauben, Sie müßten diesen Mann nicht nur bestrafen, sondern das, was in ihm war, vernichten. Das ist spanischer Haß. Er liegt immer auf der Lauer und ist mit Vorstellungen von Glauben und Wahrheit und Vergeltung vermischt. Als Strafender sind Sie im Recht. Sie sind Gottes Stellvertreter.

Ich kenne diesen Haß, weil er nach all den Jahren auch in mir selbst ist. Ich habe mich ihm hingegeben, und ich weiß, daß das, was ich getan habe, teilweise für diesen Brief verantwortlich ist.

Haß gegen Haß. Ich habe über Spanien und die Spanier Dinge gesagt, die ich besser nicht gesagt hätte. Ich habe törichte, verletzende Dinge gesagt. Ich weiß, wie ich sie verletzen kann. Als ich Caracas 1771 verließ, war Spanien für mich das Zentrum der Welt. Geschichte, Kultur, Lebensart. Die Vereinigten Staaten gab es noch nicht – die amerikanischen Siedler waren ärmer als wir –, und die französische Revolution kam erst zwanzig Jahre später. Ich schäme mich, Ihnen zu sagen, wieviel Geld ich in meinem ersten Monat in Cádiz für Kleidung ausgegeben habe. Es dauerte Jahre, bis ich erkannte, wie überzogen meine Vorstellungen von Spanien und seiner Stellung in der Welt waren. Als ich aus der spanischen Armee desertierte und 1783, am Ende des Unabhängigkeitskrieges, in die Vereinigten Staaten ging, stellte ich fest, daß ich zum erstenmal über Spanien sagen konnte, was ich empfand. Und es schadete mir nicht, das war deutlich zu sehen. Dann wurde der zweite Tupac Amaru hingerichtet. Darüber war ich empörter als die Amerikaner, mit denen ich umging. Ich begann, Dinge zu sagen, die ich besser nicht hätte sagen sollen. Der Rektor der Yale-University wies mich eines Abends zurecht. Er sagte, die Spanier hätten größeren Respekt vor dem Gesetz, als ich ihnen zugestände. Ich antwortete ihm, ich sei mit dem spanischen Legalismus bestens vertraut, denn ich hätte an der Universität von Mexiko Jura studiert. Das habe ich aus dem Stegreif erfunden. Es ging mir glatt von der Zunge und brachte ihn zum Schweigen.

Als ich nach Rußland ging, wurde es noch viel schlimmer. Ich hatte das Gefühl, so weit entfernt zu sein, daß es keine Rolle spielte, was ich über Spanien oder mich selbst sagte. Und glauben Sie mir: Ich nutzte diese Freiheit weidlich aus. Die Zarin und die Adligen waren so interessiert, so fürsorglich. Ich war ganz verwirrt. Ich fand, das sei es, wozu ich geboren war. Ich hatte mich noch nie so sicher gefühlt. Um ihnen eine Freude zu machen, sagte ich Dinge über Spanien, schreckliche Dinge über die Inquisition und den Aberglauben, die spanische Dummheit und Degeneriertheit, schreckliche Dinge über den spanischen König und seinen Sohn, den Prinzen von Asturias.

Ich war gefragt. Bei einer Abendgesellschaft in Sankt Petersburg trat ein eleganter Herr, dem ich noch nicht vorgestellt worden war, auf mich zu, kaum daß er mich vom anderen Ende des Raums erblickt hatte. Ich lächelte und verbeugte mich und machte mich auf sein russisches Französisch gefaßt. Ich erwartete, daß er von der Sprache behindert, aber freundlich und interessiert sein würde und ebenso erpicht darauf, mich in sein Haus einzuladen, wie die anderen russischen Adligen, die ich kennengelernt hatte. Doch aus dem Mund dieses eleganten Herrn kam kein Französisch, sondern Spanisch, wie man es in Spanien spricht, in einem Ton und mit Worten, wie man sie einem Dienstboten gegenüber gebrauchen würde. Es war Macanaz, der spanische Geschäftsträger. Er verlangte, daß ich – am besten auf der Stelle – die Papiere vorwies, die mich als Oberst und Graf auswiesen. Als solchen hatte ich mich in Rußland bezeichnet. Das gefiel den Russen, und es kam niemand dadurch zu Schaden. Die Verachtung des Geschäftsträgers verblüffte mich. Es war die Verachtung des Spaniers von edlem Geblüt für den Südamerikaner. Ich fühlte mich ertappt und schäbig. Es war, als würde ich zurückgestoßen in das Caracas, das ich vor zehn Jahren verlassen hatte. Ich wollte antworten, daß ich einige Jahre lang im Regiment der Prinzessin gedient hätte und als Oberst aus der Armee ausgeschieden sei. Doch im letzten Augenblick überlegte ich es mir anders, und aus meinem Mund quollen die beleidigendsten Obszönitäten, die man auf den Straßen von Caracas hören kann. In einer anderen Umgebung hätte er seinen Säbel ziehen müssen, doch hier, in dieser Abendgesellschaft, war er gezwungen, die Beleidigung hinunterzuschlucken. Aber natürlich vergaß er sie nicht. Er schrieb an den Botschafter, und der schrieb anderen Leuten. Erst kürzlich, als die *Bee* und die *Bacchus* aufgebracht wurden, mußte ich an den Vorfall denken. Es war sehr seltsam. Ich führte eine Invasionstruppe an – etwas, worüber ich jahrelang gesprochen hatte –, und dann fiel mir dieser längst vergangene Abend in Sankt Petersburg ein, und ich dachte: ›Und jetzt hast du dich in ihre Reichweite begeben.‹«

Hislop sagte: »Was wird mit diesen Männern geschehen?«

»Die Spanier werden die Sache zweifellos sehr ernst nehmen. Die Offiziere, Donahue und Powell und die anderen, wird man hinrichten. Die übrigen wird man allesamt einsperren. Das habe ich ihnen nie verschwiegen. Sagen Sie mir – das hat jetzt etwas mit dem Inhalt dieses Briefes zu tun: Warum, glauben Sie, haben mich alle Agenten, die ich hergeschickt habe, verraten oder die Seite gewechselt? Sie wissen von Bernard. Ich weiß von den anderen.«

»Sie waren es leid zu warten. Sie verloren den Glauben. Wie Picton. Trotz allem, was die Leute behaupten, kam er nicht her, um Ländereien zu kaufen. Er wollte nie Plantagenbesitzer sein. Er ist Soldat, und er kam her, weil er auf einen militärischen Einsatz hoffte. Sie hatten versprochen, große Dinge in Südamerika zu tun, aber in Europa wurden ständig neue Bündnisse geschlossen und in London ständig eine andere Politik gemacht. Die Invasion wurde immer wieder verschoben. Man kann einen Mann nicht endlos lange um Geduld bitten. Nicht jeder ist so standhaft wie Sie, General.«

»Standhaft. Ich weiß nicht. Vielleicht habe ich nie eine Alternative gehabt. Es gab nie eine andere Möglichkeit. Niemand hat mir je einen anderen Vorschlag gemacht.«

»Es würde niemandem je einfallen, etwas dergleichen zu tun, General.«

»Es gab eine Zeit, da habe ich in London gegen Picton gesprochen. Ich dachte, daß er meine Agenten und die Revolutionäre von der anderen Seite des Golfs verdarb. Ich hatte unrecht. Den alten Manuel Gual und die anderen, die getötet worden sind, hat ein Venezolaner auf dem Gewissen, dessen Namen ich inzwischen kenne; Caracas hat ihn angeworben und ihm die berüchtigten Glaspillen gegeben. Der einzige meiner Männer, der von Picton ausgewiesen und nach Europa zurückgeschickt wurde, entpuppte sich später als ein Betrüger. Wieder mal meine schlechte Menschenkenntnis. Der Mann konnte mir einen geistreichen Brief über die unzuverlässigen Revolutionäre in Frankreich schreiben und fast am selben Tag einen tränenreichen Brief an den spanischen König, in dem er um Vergebung bat. Picton wies ihn aus, kaum daß er ihn gesehen hatte. Ich war außer mir vor Wut, als ich das erfuhr, aber in Wirklichkeit hat Picton mir einen Dienst erwiesen.

Der eigentliche Grund, warum ich gegen Picton sprach, war ein anderer, doch das konnte ich niemandem sagen. 1798 schrieb er, ohne etwas über meine Vergangenheit oder meinen Einsatz für die Revolution zu wissen, nach London, ich könne vielleicht von Nutzen sein, doch dürfe man mir nicht zuviel verraten. Der tatsächliche Wortlaut war noch viel schlimmer. Ich werde ihn nie vergessen. Ich erfuhr ihn von meinem Freund Rutherfurd. Der Brief hat mir bei den Ministern sehr geschadet. Ich kenne ihn auswendig: ›Augenblicklich befindet sich in London ein Mann aus Caracas, der in dieser Angelegenheit von Nutzen sein könnte. Er besitzt zwar keine umfassenden Kenntnisse des Landes und auch keine nennenswerten Verbindungen, da er der Sohn eines Krämers aus Caracas ist ...‹ Das war fast dreißig Jahre, nachdem ich meine Heimat verlassen hatte. Ich hatte so viel getan, hatte mein Wesen und mein Ziel offenbart, war so viele Risiken eingegangen. Das alles hatte er ignoriert. Und er selbst hatte nichts getan.«

Hislop sagte: »Er hat nur wiederholt, was die Leute aus Caracas ihm eingeflüstert haben, um Ihnen zu schaden.«

»Ich weiß. Ich wußte es damals schon. Und über solche Dinge zerbreche ich mir heute auch nicht mehr den Kopf. Aber damals konnte ich ihm das nicht verzeihen. Ich sprach immer gegen ihn. Das ging so weit, daß mir die Nachricht, die Minister hätten beschlossen, ihn durch Kommissare zu ersetzen und eine Untersuchung gegen ihn einzuleiten, als Freudenbotschaft überbracht wurde und man mich bat, zusammen mit den Kommissaren einen meiner eigenen Männer zu entsenden. Ich fand, ich sollte, um meine Glaubwürdigkeit allgemein wiederherzustellen, den verläßlichsten Mann schicken, der mir zur Verfügung stand, doch ich hätte keine schlechtere Wahl treffen können. Bernard kam, wie Sie wissen, her und ließ nie mehr ein einziges Wort von sich hören. Der Mann, für den ich mich damals entschied, schrieb unablässig. Sein Name war Pedro Vargas. Alle zwei oder drei Wochen, wenn die Postschiffe von Barbados oder den Inseln unter dem Wind eintrafen, schickten mir die Leute in Whitehall bündelweise Briefe von meinem Agenten Pedro Vargas. Jedes Wort war gelogen. Ich hätte es merken sollen. Die Sprache war rhetorisch, im Stil spanischer Regierungsbekanntmachungen. Darin war Vargas ein Meister. Ich war ein Messias, ein Erlöser. Die Menschen in Venezuela und Neugranada erwarteten mich und waren bereit, ihr Leben und ihren Besitz für die Sache hinzugeben.

Ein Brief ließ mich die Nerven verlieren. Vargas schrieb, er sei sehr aufgeregt. Aus verschiedenen Gründen sei der Augenblick des Handelns eindeutig gekommen. Wir sollten nicht länger warten. Notfalls sollten wir beide allein die Revolution beginnen. Sobald wir irgendwo an der Küste landeten, würden die Menschen sich um unser Banner scharen. Ich ging mit diesem Brief zu den Ministern. Ich zeigte ihnen, was Kommissar Vargas – ich verlieh ihm diesen falschen Titel – geschrieben hatte. Ich stellte mir fast selbst ein Bein, indem ich Vargas' Vertrauenswürdigkeit maßlos übertrieb. Ich sagte, ich wolle auf die finanzielle Unterstützung der britischen Regierung verzichten, wenn man mir ein Schiff und Ausrüstung gebe, damit ich nach Trinidad fahren und eine Truppe aus schwarzen Soldaten zusammenstellen könne. Zum Glück lehnten sie ab. Ich weiß nicht, ob sie mehr Informationen über Vargas hatten als ich. Können Sie sich vorstellen, was geschehen wäre, wenn ich hier um schwarze Soldaten für eine Invasion des südamerikanischen Kontinents gebeten hätte? Sie haben kaum genug Soldaten, um diese kleine Stadt zu verteidigen. Und die Plantagenbesitzer hätten mir ebenfalls keine Neger gegeben. Ich hätte also nach London zurückkehren und wieder um finanzielle Unterstützung bitten müssen.

Später entdeckte ich, daß Vargas noch nicht einmal irgendeinen kleinen Zwischenfall oder ein Gerücht aufgebauscht hatte. Er hatte diesen Brief nur geschrieben, um ein wenig Abwechslung in seine Berichte zu bringen. Er war als eine Art Sekretär und Assessor für spanisches Recht beim Obersten Kommissar untergekommen, saß im Haus des Obersten Kommissars – in eben diesem Haus – und schrieb mir alle paar Tage eine Märchengeschichte. Für jeden Tag bezog er zehn Schillinge von mir. Vom Obersten Kommissar bekam er sehr viel mehr. Vargas war einst ein Revolutionär gewesen. In Neugranada hatte er an einer Verschwörung teilgenommen, sich in echte Gefahr begeben und gelitten. Aber nun war ihm nur noch an dem regelmäßigen Einkommen gelegen, das der Oberste Kommissar ihm zahlte.«

Hislop sagte: »Es war Vargas' Aussage, die Picton in seinem Prozeß im Februar zum Verhängnis wurde. Ich habe das Protokoll gelesen. Vargas wurde als Fachmann für spanisches Recht aufgerufen. Er war – das muß man sich vorstellen! – der einzige in ganz England, der über die entsprechenden spanischen Gesetzbücher verfügte. Er sagte, es gebe sehr alte spanische Gesetze, die Folter gestatteten, doch keine modernen. Und das war das entscheidende. Eigenartig, daß man alle schwereren Anklagepunkte wie Hängen und Verbrennen fallenließ und Picton dieser Fall von Taschendiebstahl zum Verhängnis wurde. Weil er den Befehl zur Folterung des Mulattenmädchens unterschrieb, den das sehr ehrenwerte Mitglied des Rates ihm vorgelegt hatte. Und Picton wurde verurteilt, während dieses Ratsmitglied unbehelligt geblieben ist. Und sehr eigenartig, daß Picton durch den Mann zu Fall gekommen ist, den Sie hergeschickt haben und der Sie im Stich gelassen hat. Jetzt hat dieser Mann es möglich gemacht, daß in all diesen Punkten Anklage gegen mich erhoben wird. Der Mulatte und der Liebeszauber in der ersten Woche nach meiner Ankunft. Jede Nacht entwerfe ich meine Verteidigung vor dem höchsten englischen Gericht. Ich frage mich, wen ich als Zeugen aufrufen und wie ich beweisen soll, daß die Spanier tatsächlich die Folter anwenden. Und dann wieder denke ich, daß ich mein Leben damit vergeude, mir Sorgen wegen etwas zu machen, mit dem ich so gut wie nichts zu schaffen hatte.«

Miranda sagte: »Selbst als ich auf Picton wütend war, habe ich ihm nicht gewünscht, auf diese Weise zu Fall zu kommen. Er hätte für eine Lüge und für uns, die wir sie gebraucht hätten, nur

Verachtung empfunden. Und ganz gewiß habe ich ihm nicht gewünscht, nach all den Jahren durch jemanden wie Pedro Vargas zu Fall zu kommen.«

»Meine liebe Sally, alles verläuft gut. Mit Hislops Hilfe haben wir die Amerikaner von der *Leander* zur Raison gebracht. Es gibt noch immer Tage, an denen sie sich betrinken und randalieren, aber die Disziplin wird immer besser. Jeden Tag drillen wir sie und die Franzosen in der hiesigen Kaserne. Graf Loppinot de Lafresillière hat sich kategorisch geweigert, unter einem Amerikaner zu dienen, so daß wir beschlossen haben, es sei besser, die beiden Gruppen getrennt zu halten. Diesmal werden wir eine kleine Armada aus zehn Schiffen zusammenstellen. Die Briten helfen uns insgeheim bei der Beschaffung der Schiffe, und ich kann das Ausmaß der Unterstützung aus London an der Art und Weise erkennen, wie Männer wie Admiral Cochrane, General Maitland und Hislop mir begegnen. Sie hofieren mich. Ich sehe die Hochachtung in ihren Gesichtern. Sie glauben immer noch, daß ich der Mann bin, der etwas für sie bewirken kann, und dafür danke ich Gott. Hislop denkt, daß ich ihm einen guten Posten verschaffen kann, und Maitland und Cochrane (dessen ungeheure Gier ihn leicht lenkbar macht) erwarten, daß ich ihnen in Südamerika zu gegebener Zeit weitläufige Ländereien schenke.

Sie tun ihnen Unrecht, *querida,* wenn Sie sie als Schlangen im Gras bezeichnen. Als ich jung war, führte ich die gleiche Klage. Ich hatte unrecht. Sie dürfen Leander und Francisco nicht dazu anhalten, mehr von den Menschen zu erwarten, als sie erwarten sollten. Sie dürfen ihnen nichts von Schlangen im Gras erzählen. Diese Männer – Cochrane, Maitland, Hislop – schulden mir keine Treue. Uns verbindet ein gemeinsames Interesse. Wenn dieses Interesse nicht mehr existiert, werden wir auseinandergehen. Eine solche Trennung hat nichts mit Untreue oder unmoralischem Verhalten zu tun. Wenn Sie sich nicht angewöhnen, so zu denken, *querida,* werden Sie verbittern. Sie werden in ständiger moralischer Erregung leben, in der Sie jeden außer sich selbst verurteilen, und die Leute werden sich fragen, was es ist, das sie an Ihnen nicht mögen. Ich habe schon einmal mit Ihnen darüber gesprochen. Ich glaube, dieser Charakterzug tritt am deutlichsten in Ihrer Haltung gegenüber bestimmten Mitgliedern Ihrer Familie hervor.

Was Turnbull betrifft, so ist er mein ältester Freund. Wir haben uns vor mehr als dreißig Jahren in Gibraltar kennengelernt, als ich Hauptmann und er ein junger Kommissionär war, und seither hat unsere Freundschaft Bestand. Was immer jetzt geschieht – er wird mich achten wie ich ihn. Menschen wie Turnbull oder Rutherfurd werde ich nicht noch einmal begegnen. Die Zeiten, in denen es solche Freundschaften geben konnte, sind vorbei. Wenn Turnbull die Geduld mit mir verliert, so darum, weil ich selbst die Geduld mit mir verliere. Ein Freund muß seine Worte nicht immer auf die Goldwaage legen. Seien Sie nicht mißtrauisch gegen ihn. Seien Sie nicht unglücklich über ihn. Ich schreibe Ihnen das nur, weil ich, wie Sie wissen, mich um Ihre Nerven sorge.

Mein Fortsetzungsbrief, mein Tagebuchbrief an Sie, findet kein Ende. In Gedanken spreche ich unablässig mit Ihnen. Ich berichte Ihnen alles, manchmal sogar winzige Kleinigkeiten, weil ich Ihre Liebe liebe. Sie sind beinahe mein zweites Ich geworden. Doch nicht alles, was ich sage, schreibe ich Ihnen auch.

Wir werden in Kürze aufbrechen. Die Schiffe sind bereit. Ich werde nicht auf der *Leander* sein, sondern auf *H.M.S. Lily*. Das war Cochranes Idee: Er glaubt, daß sich die Spanier, sollte es zu einer Schlacht kommen, auf die *Leander* konzentrieren werden, die unter amerikanischer Flagge segelt und von der man weiß, daß sie mein Schiff ist. Die Männer könnten nicht besser vorbereitet sein. Dennoch bin ich gedrückter Stimmung. (Dies ist etwas, das ich nicht schreibe – ich will nicht, daß es irgend jemand erfährt.)

Gestern wurde ein zweiter spanischer Brief ins Wachhäuschen geworfen (und Bernard schickte später eine Kopie dieses Briefes, die man im Ratssaal gefunden hatte). Es geht darin um den Dankgottesdienst, der in der Diözesankirche von Caracas für die

Kaperung der *Bee* und der *Bacchus* abgehalten wurde, und um die Strafen, die in Puerto Cabello über die achtundfünfzig Männer verhängt wurden. Vor sechzehn Tagen ließ man sie zur Verlesung des Urteils in Fußeisen auf dem Gefängnishof antreten und niederknien. Die zehn Offiziere wurden zum Tod durch Erhängen verurteilt. Alle anderen wurden zu acht bis zehn Jahren Gefängnis bei schwerer Zwangsarbeit verurteilt. Sie werden auf Steinen schlafen, mit Ziegeln als Kissen, und sie werden fünfundzwanzig Pfund schwere Ketten tragen. Die zehn Todesurteile wurden vor zehn Tagen vollstreckt. Ich wußte, daß sich die Spanier mit den juristischen Formalien beeilen würden, damit ich die Nachricht noch vor diesem zweiten Versuch erhalte.

Es wäre gut, wenn die Einzelheiten zu grell ausgemalt wären, doch ich weiß, daß es nicht so ist. Das Schafott war vor dem Gefängnistor aufgebaut. Die zehn Männer, in weißen Gewändern und Kappen und mit Fußeisen gefesselt, wurden hinaufgeführt. Nachdem sie gehängt waren, ließ sich der Henker, ein Neger, an den Seilen herab und setzte sich auf die Schultern der Gehängten. Dann wurden die Leichen enthauptet und gevierteilt. Sie wurden mit den Uniformen und den Waffen der Toten auf einen Haufen geworfen, mit den Fetzen meiner kolumbianischen Fahne bedeckt und angezündet. Ich wußte, daß sie die Fahne, die Sie, Sally, in der Grafton Street genäht haben, auf irgendeine Weise entehren würden. Aber ich werde es Ihnen nicht schreiben.

Die Atmosphäre ist die der Inquisition, und meine Revolution wird wie Ketzerei behandelt – und das ist demoralisierender, als ich für möglich gehalten hätte. Wenn ich einst wußte, wo ich sie am schmerzhaftesten treffen konnte, so wissen sie immer noch, wie sie mich beunruhigen können. Nachdem ich diesen Brief gelesen hatte, war einer meiner ersten Gedanken, daß ich recht daran getan habe, die Jungen taufen zu lassen. Als ich etwa fünfunddreißig war und erst fünfzehn Jahre im Ausland, als ich in den Vereinigten Staaten und dann in Rußland war, schien die ganze Welt meiner Kindheit und Jugend in Venezuela sehr weit entfernt zu sein und zu einem anderen Leben zu gehören. Ich hatte das Gefühl, sehr vieles vergessen zu haben. Jetzt ist es, als wäre ich nie fortgegangen und als wäre 1771 erst letztes Jahr gewesen.«

»Mein lieber Herr, wir sind so aufgeregt. Mein Onkel hat gerade sechs Stiche mit Ihrem Bild von Mr. Holland dem Kupferstichhändler mitgebracht. Mein Onkel sagt der Stecher hätte sich mehr Mühe geben sollen, aber diese Leute haben zuviel zu tun und arbeiten schlampig und versuchen nicht das Werk, das sie koppieren, zu verstehen und bevor sie mit der einen Arbeit fertig sind schielen sie schon nach der nächsten. Das Bild zeigt eine Krone in den Wolken über Ihrem Kopf und mein Onkel sagt, das die Krone schlecht gezeichnet ist, aber das ist den Leuten egal. Er sagt das Bild steht in Mr. Hollands Fenster und die Leute bleiben stehen und sehen sich die Krone an und wundern sich, so daß Mr. Holland vielleicht doch was vom Geschäft versteht. Aber die Heimtücke dieser Londoner Geschäftsleute, sie wollen meinem Onkel nichts für die Zeichnung geben die er an dem kleinen Tisch in der Vorderen Bibliotek gemacht hat. Sie sagen das es von einem ihrer Künstler gemacht ist der mit der Marine in Barbados ist und Sie gemalt hat, und mein Onkel sagt sowas sagen sie immer. Unter dem Bild stehen die Namen der Schiffe Ihrer kleinen Flotte. Was für eine Flotte! Mein lieber General, ich hatte ja keine Ahnung. Wir warten täglich auf gute Nachrichten. Was für hübsche Namen Ihre Schiffe haben. Lily Attentive Bulldog Trimmer Mastiff. Ich kann Ihnen nicht sagen wie aufgeregt Leander ist, weil eins der Schiffe seinen Namen trägt. Er zieht sein Spielzeugschiff durch das ganze Haus und sagt Mama ich werde mit meinem Schiff zum General fahren. Wenn ich ihm sage, daß das Meer sehr groß ist und sein Schiff nicht sehr weit kommen wird sagt er dann kaufe ich eben ein größeres Schiff und kämpfe mit dem General. Er liest schon gut und hat versprochen seinen kleinen Bruder nicht zu stören der jezt schläft und genauso schön wie Ihr Bild ist, mein lieber lieber General. Dies sind ihre glücklichsten Tage.«

»Ach, Sarah, was uns trennt, ist mehr als ein Ozean. Was uns trennt, ist die Zeit, sind drei bis vier Monate. Sie schreiben über Dinge, die vor vier Monaten geschehen sind, und was ich jetzt schreibe, werden Sie erst in zwei Monaten lesen. Ich weiß nicht, was bis dahin geschehen sein wird. Sie ist gescheitert, Sarah, die ganze Sache ist gescheitert. Sie hatten recht. London hat mich im letzten Augenblick im Stich gelassen. Man hat die Unterstützung zurückgezogen. Und ich bin wieder in Trinidad.

Ich bin nicht in der Residenz des Gouverneurs. Offiziell bekleide ich keinen Posten. Ich habe kein Hauptquartier. Ich bin Privatmann, und solange ich hier bin, darf ich keinen Versuch unternehmen, eine Revolution auf dem Kontinent zu beginnen. Am Morgen meiner Ankunft begab ich mich zu Hislop. Er konnte nicht so tun, als kenne er mich nicht, aber er benahm sich, als wüßte er nicht, was ich getan habe. Als ich ihn um die Erlaubnis bat zu bleiben, sagte er, darüber könne er nicht befinden. Er sagte, die Händler wollten nicht, daß ich das Schiff verließ. Sie hätten ihm eine Petition überreicht. Sie sagten, wegen mir seien sie nun schon seit sechs Monaten vom Handel mit dem Festland abgeschnitten und würden für nichts und wieder nichts ruiniert. Die Petition sollte am selben Morgen im Rat diskutiert werden. Hislop fand, ich sollte hingehen. Ich nehme an, das war ein freundlicher Rat. Wenn ich nicht gegangen wäre, hätte Bernard vielleicht nicht für mich Partei ergriffen, und wenn er das nicht getan hätte, wäre das Ergebnis gegen mich ausgefallen. Hislop hätte es selbstverständlich unendlich bedauert, aber ich hätte Trinidad verlassen müssen. Weiß der Himmel, wo ich jetzt wäre.

Und dabei schien anfangs alles so gut zu gehen, Sally. Ach, diese guten Anfänge! Ich habe so viele erlebt. Wie sie einen ermutigen und gleichzeitig beunruhigen! Wir segelten ohne Zwischenfall nach Coro. Wir feuerten auf das Fort. Das Feuer wurde mit ein paar Schüssen erwidert, und dann zogen sich die spanischen Soldaten zurück. Wir gingen an Land und betraten unbehelligt die kleine Stadt. Es waren nur drei Männer verwundet. Dann stellten wir fest, daß wir keinen Grund zum Feiern hatten. Wir betraten eine leere Stadt. Keine Menschenseele. Die venezolanischen Agenten in Trinidad hatten ihre Arbeit gut gemacht. Sie kannten unsere Stärke und wußten genau, wo wir landen würden, und sie wußten auch, daß die Briten uns nur von See unterstützen würden.

Jahrelang glaubte ich – und Männer wie Gual und Caro und Vargas bestärkten mich in diesem Glauben –, daß die Menschen sich nach meiner Landung um mein Banner scharen würden. Und nun kam niemand. Ich dachte, sie wären von der Obrigkeit gezwungen worden, und fand, daß ich die Situation auf spanische oder venezolanische Weise angehen sollte. Diese Seite meines Wesens gewann die Oberhand. Ich fand, nachdem ich mit einer solchen Streitmacht erschienen war, sollte ich mich sehr laut bemerkbar machen. Also ließ ich eine Proklamation bekanntgeben. Ich sagte, die Herrschaft der Spanier sei beendet, die Beamten hätten vor mir zu erscheinen und mir die Treue zu geloben oder die Konsequenzen ihrer Weigerung zu tragen, und alle gesunden Männer sollten sich mir anschließen. Das war falsch. Niemand kam, und bei meinen eigenen Männern verlor ich weiter an Autorität. Ich schickte kleine Trupps in die umliegenden Dörfer, um die Leute zu beruhigen, und mußte feststellen, daß die Spanier mir zuvorgekommen waren. Seit Wochen hatten die Priester gegen mich gepredigt. Jeder, der mir half, sollte exkommuniziert werden. Der Bischof von Mérida hatte mich zum Ketzer erklärt.

In den nächsten zehn Tagen folgten uns die Spanier, die sich aus Coro zurückgezogen hatten, wie Schatten. Es waren fünfzehnhundert, und wir nur vierhundert. Ein Kampf mit ihnen kam nicht in Frage, ebensowenig wie ein Marsch über die Hügel nach Caracas. Die Anspannung zehrte an unseren Freiwilligen. Die Disziplin ließ nach. Eines Tages kam es zu einer Auseinandersetzung zwischen den zwei Gruppen, den Franzosen und den Amerikanern. Drei weitere Männer verwundet, ein Koch getötet. Das machte mir große Sorgen. Ich hielt es für das beste, wieder zur Küste zu marschieren. Natürlich hatten wir für die Verwundeten und Kranken keine Wagen, Pferde oder Maultiere. Wir mußten sie auf Bahren transportieren und etwa alle halbe Stunde die Träger wechseln. Das verlangsamte unser Tempo. Ich hatte das Gefühl, daß wir in eine spanische Falle gegangen waren und die Spanier jeden Augenblick über uns herfallen würden. Ich trieb die Träger zur Eile an. Irgendwann habe ich gedroht, einige von ihnen eigenhändig zu erschießen. Das haben sie mir nicht verziehen. Ich wohne nicht in der Residenz des Gouverneurs, und auf den Straßen ruft man mir Beleidigungen nach.

Spät nachts gingen wir wieder an Bord. Ich wußte nicht, was ich tun sollte. So lange Jahre hatte ich auf diesen Augenblick gewartet. Ich schrieb einen Brief an den britischen Gouverneur von Jamaika und bat ihn um Hilfe. Das war dumm. Selbstverständlich konnte er mir keine Truppen schicken. Sechs Wochen wartete ich, um diesen Bescheid zu erhalten. Unsere Vorräte schwanden, der Proviant ging zur Neige, die Männer wurden krank und begannen zu meutern. Und dann kam eine Botschaft von Admiral Cochrane, der mir mitteilte, er könne mir nicht mehr helfen. London habe es untersagt. Seine Unterstützung habe sich darauf zu beschränken, uns vor einer etwaigen feindlichen Flotte zu beschützen, eine Landung feindlicher Entsatztruppen zu verhindern und unsere Ausschiffung zu sichern. Mit einem Wort: Ich war am Ende. Ich hatte Cochrane für einen habgierigen und daher leicht lenkbaren Menschen gehalten. Jetzt sprach der Stil seines Briefes, der so präzise und pointiert war wie ein Befehl auf dem Schlachtfeld, von den Fähigkeiten, die ihn zum Admiral gemacht hatten, und von einer Macht, wie ich sie nie besessen habe.

Das war die Gemütsverfassung, in der ich mit meiner zerlumpten Streitmacht nach Trinidad zurückkehrte, nachdem wir fünf Wochen gegen einen Wind angekämpft hatten, der wie der Wind meines Mißgeschicks war. Und noch am Tag meiner Rückkehr mußte ich bei Hislop ein freundliches Gesicht machen und dann, wie ein Mann, der nur einen Schritt von der Macht entfernt ist, der Ratsversammlung beiwohnen, wo die mit Schmuggelwaren handelnden Geschäftsleute über meine Zukunft debattierten.

Cochrane behandelt mich mit Zuvorkommenheit, jedenfalls

in gewisser Weise. Er hat dafür gesorgt, daß ich im Haus von Lieutenant Briarly von der Royal Navy wohnen kann. Briarly verhält sich soweit korrekt. Er lebt in größerem Stil als Hislop, aber als höchster Marineoffizier am Ort steht er auch an der Spitze einer Art zweiter Regierung. Er sorgt für die Durchsetzung der Navigationsakte. Seine Dienststelle ist eine Hulk im Hafen, und an Bord befindet er sich außerhalb von Hislops Jurisdiktion. Eine solche Macht hat diese Marine. Die Navigationsakte hat etwas mit Handel zu tun. Das bedeutet, daß Briarly eine Art Zollbeamter ist. Es bedeutet, daß er die Einnahmen mit den schmuggelnden Händlern und den Schiffskapitänen teilt und anderen seinen Schutz anbietet. Er verdient ein Vermögen. Er weiß auf den Schilling genau, was er wert ist, und mich hat man das ebenfalls bereits wissen lassen. Ich weiß, daß das Haus in Port of Spain, in dem ich wohne, zehntausend Dollar wert ist (und er sagt immer wieder, daß er es jederzeit verkaufen kann) und daß er außerdem ein großes Landgut im Wert von fünfzehntausend Pfund, mit elf Mauleseln und dreiunddreißig Negern, besitzt. Ständig schreibt er die Namen dieser dreiunddreißig auf kleine Papierfetzen und setzt Zahlen daneben, als wollte er seine Neger immer wieder zählen und ihren Wert zusammenrechnen.

Die Spanier und Venezolaner, die Händler und Tagelöhner, zischen mir auf der Straße nach. Das haben sie schon am Morgen meiner Ankunft getan, und ich dachte, sie würden mit der Zeit aufhören. Sie tun es auf eine Art, die mich immer wieder überrascht. Sie sehen mich nicht an, so daß ich, wenn dieses scharfe Zischen ertönt, nie weiß, woher es kommt. Es ist ein entsetzliches Geräusch. Es würde eine Marschkapelle übertönen.

Ein Verlierer muß mit Kritik rechnen, und anfangs glaubte ich, daß sie mich verspotteten, weil ich versagt hatte. Dann dachte ich, es hätte etwas mit den unzufriedenen Amerikanern von der *Leander* zu tun, die auf der Straße endlose Szenen veranstalten und mich um Geld angehen, das ich nicht habe. Es sind auch schreckliche Gerüchte über unseren Rückzug zur Küste und meine Drohungen gegen die Bahrenträger ausgestreut worden. Dann dachte ich, daß sie mir nachzischten, weil ich am Leben war, während so viele Männer getötet worden waren. Inzwischen weiß ich, daß fast am selben Tag, an dem wir nach Coro aufbrachen, venezolanische Agenten die Nachricht von den Hinrichtungen in Puerto Cabello verbreiteten: von den Männern in weißen Gewändern und weißen Kappen, die gehängt und verbrannt worden waren, von den fünfundzwanzig Pfund schweren Ketten, den Betten aus Stein und den Kissen aus Ziegeln. Und da erschien mir die Antwort dann ganz leicht. Ich hatte das Gefühl, sie durch mein Versagen im Stich gelassen zu haben. Ich dachte, daß ich sie als Südamerikaner durch mein Versagen der Lächerlichkeit preisgegeben hatte.

Das war falsch. Es war meine Eitelkeit, die mich das denken ließ. Ich nehme an, daß diese Menschen in mir ihren Befreier sehen, der ihre Würde wiederherstellt. Ich nehme an, daß sie mich sehen, wie ich mich selbst sehe und in den letzten zwanzig Jahren gesehen habe. Das Gegenteil ist wahr. Für die Tagelöhner hier bin ich ein Ketzer und Verräter. Sie sind froh, daß ich gescheitert bin und die Männer von der *Leander* in Lumpen gehen. Die venezolanischen Agenten haben dafür gesorgt, daß die Proklamation des Bischofs von Mérida verbreitet wurde. Ich bin ein Atheist, ein Ungeheuer, ein Feind der Religion, der eine Bande von Schuften aus den Vereinigten Staaten und von den Inseln gegen sein eigenes Land führt.

Weder in den Vereinigten Staaten noch in England und Europa habe ich mich in den vergangenen zwanzig Jahren gegen diesen Vorwurf verteidigen müssen, und ich weiß nicht, wie ich es hier tun soll. Ich weiß nicht, wie mein Leben so entstellt werden konnte, daß mir dieses abwegige Bild meines Charakters vorgehalten werden kann. Das bereitet mir viel Kummer, Sally, ebensoviel Kummer wie die Niederlage und die Demütigung und die Untätigkeit, zu der ich hier verurteilt bin. Ich habe das Gefühl, nicht nur sehr weit von allem entrückt zu sein, sondern auch den Kontakt zu den Dingen zu verlieren.

Ich weiß nicht, wie ich den Tagelöhnern hier sagen soll, was alle Welt weiß: daß ich seit meinem Austritt aus der spanischen Armee keine Stellung mehr gehabt habe und all meine Gedanken nur der südamerikanischen Unabhängigkeit gegolten haben. So habe ich mich in dem Testament charakterisiert, das ich vor meiner Abreise aus London aufgesetzt habe. Ich habe, wie Sie sich erinnern, darin geschrieben, kein Volk zu kennen, das einer weisen und gerechten Freiheit so würdig wäre wie dieses. Doch wie kann ich das den Leuten hier begreiflich machen? Die sechstausend Bücher, die Sie in der Grafton Street verwahren, habe ich in diesem Testament der Universität des befreiten Caracas vermacht, im Andenken an die literarischen und christlichen Werte, die sie mich gelehrt hat. Meine beiden Söhne wurden getauft, bevor ich einen Fuß in mein Heimatland setzen konnte, und als wir auf der *Leander* nach Süden segelten, blieb ich unter Deck, wenn Kapitän Lewis das Sonntagsgebet sprach. Die Spanier haben alle Zufälle in meinem Leben genommen – die ungestümen Dinge, die ich in den Vereinigten Staaten und Rußland gesagt habe, wo ich mich zum erstenmal als freier Mann fühlte, ebenso wie die Tatsache, daß ich jetzt an Freiwilligen nehmen muß, was ich bekommen kann –, sie haben all das genommen und ein Bild von mir geschaffen, das ich nicht wiedererkenne. Ich weiß, daß ich einen geraden Weg gegangen bin, und ich weiß genau, was ich will. Aber ich habe keine Möglichkeit, mich diesen Leuten zu erklären. Und was noch schlimmer ist: Alles, was ich tue, bestätigt jetzt nur ihr Bild von mir. Ich habe nach London geschrieben und um viertausend Mann gebeten. Rouvray wird die Bitte überbringen. Auch das wird in das Bild vom Verräter und Atheisten passen.

Briarly zählt regelmäßig seine Neger und rechnet sein Vermögen aus, und er hat begonnen zu spüren, daß ich einsam bin, daß ich keine Freunde habe, daß ich von meinem Weg abgekommen bin und im Ungewissen schwebe. Er hat sich mir gegenüber bisher korrekt verhalten und mich als Kollegen und Freund seines Admirals behandelt. Aber jetzt spüre ich eine leichte Veränderung, und das kann bedeuten, daß die Minister in London dringendere Aufgaben für Cochrane gefunden haben. Die brutalen Midshipmen in Briarlys Diensten machen mich nervös. Die Machtbefugnis, die sie als junge Offiziere, als Peiniger der Matrosen, als Wächter der Navigationsakte haben, hat sie verdorben, und sie machen sich einen Spaß daraus, nichtsahnende Leute zu verfolgen und zu verprügeln. Neger lassen sie in Ruhe, denn die stehen unter dem Schutz ihrer Besitzer, doch armen Weißen und freien Farbigen machen sie mitunter das Leben schwer. Kürzlich erst jagten sie am hellichten Tag einen Engländer durch die Höfe mehrerer Stadthäuser. Sie behaupteten, er sei ein Spitzel. Er rannte in einen Hof, und sie verfolgten ihn. Sie zogen den armen Kerl unter einem Bett in einer Negerhütte am hinteren Ende des Hofes hervor – daß er sich dort versteckt hatte, fanden sie ungeheuer komisch –, und um diesen Witz mit einer zweiten Pointe zu versehen, teerten und federten sie den Mann an Ort und Stelle, und Hislops Alguazils waren die Hände gebunden.

Ich habe meine Zweifel in bezug auf Briarly erwähnt. Seine Haltung mir gegenüber hat sich verändert. Das weiß ich jetzt.

Gestern abend sagte er beim Dinner: ›Ich habe Biggs, den Amerikaner von der *Leander*, getroffen. Seine Gefühle für Sie scheinen nicht die freundlichsten zu sein. Seit sechs Monaten haben Sie weder ihn noch einen anderen bezahlt. Und er hat mir noch eine Menge anderer Dinge erzählt. Er sagt, er will ein Buch über Ihr ganzes Unternehmen schreiben.‹

›Ich weiß. Ich werde es ihm nicht verbieten können.‹

›Lassen Sie mich eine unverblümte Frage stellen: Wie kommt es, daß Sie Ihre Männer jedesmal enttäuschen, wenn Ihre militärischen Fähigkeiten gefordert sind?‹

›In Nordafrika habe ich sie nicht enttäuscht. In Melilla. Aber das ist dreißig Jahre her.‹

›Sehr richtig. Ich dachte an die Belagerung von Maastricht, nachdem Sie durch einen Trick ein französisches Kommando bekommen hatten.‹

›Es gab eine Verhandlung in Paris. Ich wurde in allen Punkten freigesprochen. Das hätte Biggs Ihnen auch sagen sollen.‹

›Und im April in Puerto Cabello, und jetzt hier.‹

›Wahrscheinlich könnte man sagen, daß ich Pech gehabt habe.‹

›Ich habe Glück.‹

Gelegentlich, wenn ich mit einem Vertreter der Staatsgewalt, vor dem ich keine Achtung habe, nicht auf gleicher Ebene verkehren kann, streiche ich diejenigen meiner Charakterzüge heraus, die im Widerspruch zu seinen stehen. Manche mögen darin eine Ironie sehen, doch in Wirklichkeit ist es ein Ausdruck meiner Niedergedrücktheit. Ich wurde sanft und überkultiviert. Ich sagte: ›Cicero sagt, Glück sei eine der vier Eigenschaften eines erfolgreichen Feldherrn.‹

›Und wie heißen die anderen drei?‹

›Talent, militärisches Wissen und Prestige. Die Worte haben eine sehr weite Bedeutung.‹

›Glauben Sie nicht, daß es in Coro anders verlaufen wäre, wenn Sie einen Mann mit Glück an Ihrer Seite gehabt hätten? Ein Mann, der an sein Glück glaubt, wäre nicht so sehr in der Defensive geblieben. Er hätte Ihnen vielleicht eine Möglichkeit gezeigt, die spanischen Truppen, die Ihnen folgten, abzuschneiden und an die Küste zu drängen und dann nach Caracas zu marschieren.‹

›Ich hatte kein Vertrauen zu den Männern. Sie hatten begonnen, sich untereinander zu streiten.‹

›Wie wollen Sie sie auszahlen? Wie wollen Sie den Eigner der *Trimmer* zufriedenstellen? Er will Sie verklagen. Er sagt, Sie hätten sein Schiff auf Barbados gechartert. Warum verkaufen Sie nicht die *Leander*? Sie werden einen guten Preis dafür bekommen. Dann können Sie alle auszahlen.‹

›Wer würde sie kaufen?‹

›Ich würde sie kaufen. Und das ist nicht als milde Gabe gemeint. Es ist ein Geschäft. Ich würde das Schiff auf Antigua oder Barbados entsprechend der Anforderungen der Admiralität umrüsten lassen und an die Marine verkaufen. Die Marine braucht Schiffe. Ich weiß genau, was sie braucht.‹

Mehr sagte er nicht, und jetzt warte ich in gewisser Weise auf seine Entscheidung. Das weiß er, und seit einigen Tagen hat er die *Leander* nicht mehr erwähnt. Mir ist unbehaglich zumute, denn mir erscheint diese Lösung zu leicht, und ich weiß nicht, was ich von Lieutenant Briarly zu halten habe.

Heute habe ich es erfahren.

Beim Dinner sagte er unvermittelt: ›Ich finde, bevor Sie verkaufen, sollten Sie noch eine letzte Fahrt unter amerikanischer Flagge machen. Flußaufwärts nach Angostura. Dorthin hätten Sie schon beim ersten Mal fahren sollen. Der Fluß ist schmal, und die Stadt ist nicht gut befestigt. Ich kenne sie. Wenn ich eine Stadt vom Wasser aus betrachte, ist mein erster Gedanke als guter Marineoffizier immer: »Wie kann man diese Stadt am besten angreifen?« Es ist eine geistige Übung. Und die venezolanischen Kapitäne versorgen mich ständig mit Informationen. Ich weiß genau, was in Angostura zu tun wäre. Eine Stunde Beschuß durch gute Marinerichtschützen würde die Kasernen und die wenigen Befestigungen, die sie dort haben, zerstören. Danach könnten wir uns nach Belieben auf dem Fluß bewegen und Sie decken. Wir könnten die Stadt eine ganze Weile halten. Sie könnten landen und Ihre Republik ausrufen. Wenn es funktioniert, bleiben Sie. Wenn nicht, sind Sie in fünf Tagen wieder hier.‹

Ich weiß, daß sein Vorschlag ein Akt der Piraterie ist. Das entspricht dem Bild, das er sich von mir und meiner Sache macht. Es ist das Bild, das die Venezolaner verbreiten, und genau das, wovon einige der Männer auf der *Leander* anfangs sprachen. Und natürlich würde ich mich ihm vollkommen ausliefern. Er könnte seine Schiffe abziehen, er könnte mich den Spaniern übergeben, er könnte alles tun. Aber diese Beleidigung! Diese Beleidigung!

Zwei Tage später. In der Zwischenzeit ist über diese Angelegenheit nicht gesprochen worden. Und nun: ›Haben Sie es sich überlegt?‹

›Angostura ist besser befestigt, als Sie glauben. Eine Flotte, die den Fluß hinauffährt, wäre sehr verwundbar.‹

›Dann lautet Ihre Antwort also nein?‹

›Ich fürchte, so ist es.‹

Er war wütend, eisig. Er sagte: ›Der *commandeur* meiner Besitzung hat sich über Sie beklagt. Sie haben Maulesel und Neger weit über Gebühr in Anspruch genommen. Das hat die allgemeinen Vorurteile verstärkt. Der *commandeur* sagt, daß er die normalen Arbeiten nicht mehr erledigen kann.‹

Ich sagte: ›Aber Sie haben es mir doch angeboten. Ich habe Proviant von der *Leander* in ein Lagerhaus bringen lassen. Das wissen Sie doch.‹

›Ich hatte einen Tag genehmigt, nicht eine ganze Woche. Ich glaube, Sie sollten lieber gehen. Ich habe bereits einen Brief an Admiral Cochrane aufgesetzt und ihm geschrieben, daß ich mich in meinen Verhandlungen mit Spaniern und anderen durch Ihre fortgesetzte Anwesenheit kompromittiert fühle. Sie werden verstehen, daß ich Ihr Angebot in bezug auf die *Leander* unter diesen Umständen ablehnen muß. Ich glaube, Sie sollten so bald wie möglich gehen.‹

Das tat ich am nächsten Morgen. Ich war erleichtert, das Haus verlassen zu können. Was die *Leander* betraf, so tat es mir leid. Er hatte mich denken lassen, das Geschäft sei so gut wie perfekt.

Ich ging zu McKays Hotel. Es liegt neben der Kaserne, in der ich meine Männer vier Wochen lang gedrillt hatte. Im Erdgeschoß des Hotels ist eine mit einem Billardtisch ausgestattete Schankstube für Kaufmannsgehilfen, und im ersten Stock gibt es vier oder fünf Zimmer mit Blick auf den Exerzierplatz.

McKay kam gleich nach der britischen Eroberung hierher. Er hatte gehört, die Insel sei unbesiedelt und es werde Land verschenkt. Als er hier war, mußte er feststellen, daß tatsächlich Land verschenkt wurde, allerdings nur in großen Stücken und nur an Leute, die in der Lage waren, eine ausreichend große Zahl von Negern zur Bewirtschaftung zu importieren. Eines Tages fragte er den Vorsitzenden des Kolonialrates im Scherz: ›Was würde geschehen, wenn ich einfach hingehen und zwei Hektar Wald für mich roden würde?‹ Der Ratsvorsitzende antwortete ebenso heiter: ›Sie würden zu Vallot ins Gefängnis gesteckt und die Negerstrafe von neununddreißig Hieben bekommen.‹ Vallot war damals Kerkermeister – ein Franzose aus Martinique und für die Neger eine Schreckgestalt. So wie McKay sie erzählt, ist es eine typische Wirtsgeschichte, und natürlich ist er mit seinem

Billardtisch und den zweifelhaften Zimmern im ersten Stock nicht schlecht gefahren und besitzt inzwischen ein paar eigene Neger. Was den Billardtisch betrifft: McKay sagt, daß auf jeden Tisch eine Steuer erhoben wird, die direkt in Hislops Taschen fließt, als Teil der offiziellen Vergütung für seine Tätigkeit als Gouverneur.

Ich habe McKays Geschichte für Sie aufgeschrieben, Sally. Wovon ich nicht schreiben werde, ist meine Stimmung. Tatsache ist, daß ich nicht weiß, was ich tun soll – das gilt auch in Hinblick auf die Männer auf der *Leander* –, und ich weiß auch nicht, was ich tun könnte. Ich bin gezwungen zu warten, bis ich von Rouvray in London höre. Das wird mindestens drei Monate dauern. Ich kann warten; es ist das einzige, was ich in den letzten zwanzig Jahren gelernt habe. Aber ich weiß nicht, wie schwer mein Leben hier sein wird. Ich bin unter Menschen, die eigentlich nicht wissen, wer ich bin. Sie haben ihre eigenen Vorstellungen. Sie sind bereit, sich Hislops oder Cochranes Respekt zum Vorbild zu nehmen, doch wenn dieser Respekt fehlt, wissen sie nicht, welchen Wert sie mir beimessen sollen. Ich bin anders als alle anderen, die sie kennen.

Es ist seltsam, aber ich bin noch nie in einer solchen Situation gewesen. In Caracas war ich der Sohn eines reichen, bekannten Mannes. Ich wuchs auf mit dem Gefühl, berühmt zu sein. Später, in Spanien, war ich ein extravaganter Kolonist und dann Hauptmann im Regiment der Prinzessin. Als ich die spanische Armee verlassen hatte und in die Vereinigten Staaten gegangen war, verlor ich wohl für eine Weile den Boden unter den Füßen. Ich mußte mich vorsichtig vorantasten und ständig improvisieren. Aber am Ende meines Aufenthaltes dort hatte ich mir einen Charakter geformt, der hochgestellten Menschen beachtenswürdig schien. In England, Frankreich, Rußland haben mich meine politischen Ziele bekannt gemacht. Es sind sehr spezielle Ziele. Ich bin immer jemand gewesen. Aber hier, meiner Heimat so nahe, sehe ich kein Erkennen in den Augen der Menschen aufblitzen, und ich fühle mich, als wäre mir ein Teil meiner selbst verlorengegangen.

Doch nach all diesen Sorgen, Sally, mußte ich nicht im Hotel bleiben. Ich wurde gerettet. McKays Leute brachten meine Kisten nach oben, als Bernard in seinen schweren Stiefeln die rohgezimmerten Stufen hinaufgerannt kam. Er trug die Arbeitskleidung eines Plantagenbesitzers und sah ganz anders aus als bei unserer letzten Begegnung auf der Veranda der Gouverneursresidenz. Damals war er wie ein Londoner gekleidet gewesen.

Bernard sagte, er habe gerade von Briarlys Verhalten erfahren, und lud mich in sein Gutshaus ein. Er gab Anweisung, meine Kisten wieder hinunterzubringen. Überhaupt sprach er mit großer Bestimmtheit. Wir müßten sofort aufbrechen. Ich würde mich in seinem Haus wohl fühlen. Man werde sich um mich kümmern. Über Briarly solle ich mir keine Sorgen machen. Ich hätte durch meinen Streit mit ihm nichts verloren. Niemand gebe viel auf Briarly und seine Bande roher Schiffsoffiziere. Es sei ein Wunder, daß ich es so lange bei ihm ausgehalten hätte.

Er war in der Kalesche mit dem Wappen der Gourvilles gekommen. Diesmal wollte ich ihren Zustand nicht bemerken, wollte die Alpargatas des Kutschers nicht sehen. Ich wußte diese Lebensart zu schätzen. Mir wurde klar, daß ich den größten Teil der Zeit, die ich bei Briarly verbracht hatte, so niedergeschlagen gewesen war, daß ich die Wertschätzung, die ich in den Augen McKays und sogar den Augen der kränklichen, Billard spielenden Kaufmannsgehilfen sah, wie Balsam für meine Seele empfand.

Bernards Besitz liegt in einem der Täler im Norden. Daher mußten wir quer durch die Stadt fahren, von Süden nach Norden. Es war wie eine öffentliche Zurschaustellung meiner Verdienste, in Straßen, in denen die Amerikaner von der *Leander* immer noch randalierten und die Spanier und Venezolaner von Zeit zu Zeit immer noch daran dachten, mir nachzuzischen. Und ich wußte, daß andere (trotz allem, was Bernard sagte) ebenfalls begannen, an ihrem Urteil über mich zu zweifeln.

Von Bernards Seite war es ein Akt purer Freundschaft. Es gibt nichts, was ich für ihn tun kann. Einen Freundschaftsdienst dieser Art hätte ich von ihm nie erwartet, und ich hatte das Gefühl, einem richtigen Instinkt gefolgt zu sein, als ich ihn bei seinem Besuch in der Residenz nicht kränkend behandelte. Für mich hatte er etwas Klägliches gehabt: Er hatte sich so sorgfältig gekleidet. Ich hatte Mitleid mit ihm empfunden. Solche Gefühle sind oft gegenseitig, und nun dachte ich, während wir fuhren, daß Bernard in jenem Augenblick vor sechs Monaten, als meine Position hier unangefochten war, ich in der Residenz des Gouverneurs (nicht weit von hier) wohnte und meine Befehlsgewalt größer war als die Hislops, auch an mir etwas ähnlich Klägliches entdeckt haben mochte.

Wir ließen die Stadt hinter uns und bogen in die enge, kurvenreiche Straße in das Tal ein. Nach etwa einer Meile kamen wir durch eine neue Plantage. Sie gehörte Bernard, oder vielleicht den Gourvilles. Kakao und Kaffee wuchsen nebeneinander, und junge Schattenbäume – *Samaan* und *Immortelle*, kaum mehr als etwa fünfzehn Jahre alt und gerade in voller Blüte – überragten die niedrigen Kakaobäume. Die roten und gelben *Immortelle*-Blüten, die auf den Boden gefallen waren, sahen aus wie leuchtende Farbspritzer. Schwere Kakaofrüchte in allen Farben von Grün über Gelb bis zu Rot und Violett hingen an kurzen, dicken Stengeln, die direkt aus den jungen schwarzen Stämmen und Ästen wuchsen.

Ich roch den schweren Duft feuchter Erde und toter Blätter, den ich von den Kakaotälern nördlich von Caracas kannte, doch kein Vanille. Statt dessen den stechenden Geruch fermentierender Früchte, der um so stärker wurde, je mehr wir uns dem Gutshaus näherten – er war wie der Geruch von Fässern, in denen Wein reift.

Bernard sagte, er sei diesen Geruch so gewöhnt, daß er ihn gar nicht mehr wahrnehme. Er sagte, ich röche vermutlich die Tonkabohnen, eine säuerliche, fleischige Frucht, die dem Kakao Fülle und Aroma gebe. Dann sagte er, nein, nun wisse er, woher der Geruch komme: Im Kakaohaus sei man dabei, die Kakaobohnen zu fermentieren. Wir gingen hinein, und er zeigte es mir. Kakaobohnen sind in das weiche Fleisch der Frucht eingebettet.

Wenn sie aufgeschnitten ist, müssen Bohnen und Fruchtfleisch etwa eine Woche lang fermentieren, bis das Fleisch zu faulen beginnt. Die Fermentierung verleiht den Bohnen ihren Geschmack, und sie ist auch der Grund, warum manche der Schokolade eine leicht narkotisierende Wirkung nachsagen. Als Kind hörte ich, daß bestimmte Leute im Busch ihren Kakao am liebsten kalt und ungesüßt tranken.

Ich sagte: ›Ich dachte immer, ich wüßte alles über Kakaobohnen, und ich bin sicher, irgendwann war es tatsächlich so. Ich wußte, daß es viele Verarbeitungsgänge gibt, wie bei so vielen uralten Nahrungsmitteln. Aber das Fermentieren hatte ich ganz vergessen. Als ich 1771 von La Guaira aufbrach, gab mein Vater mir acht Fanegas Kakaobohnen mit.‹

Bernard sagte: ›Das ist eine ziemliche Menge. Der größte Teil der Frucht besteht aus Fruchtfleisch.‹

›Die Bohnen waren ein Notgroschen für alle Fälle. Ich brauchte mich nicht damit zu belasten. Die Bohnen wurden auf Karren von den Lagerhäusern meines Vaters nach La Guaira gebracht. Die Matrosen verstauten sie im Laderaum der *Prins Frederik*, und Aniño, unser Agent, übernahm die Ladung in Cádiz und wies mir später das Geld an. Ich glaube, ich habe die Bohnen weder gesehen noch gerochen.‹

Ein Stück weit vom Fermentierungsschuppen entfernt bot sich mir ein eigenartiger Anblick. Etwa zwölf Frauen oder Mädchen gingen ganz langsam, schweigend und fast ohne die Knie zu beugen auf vier erhöhten Plattformen umher. Auf jeder Plattform waren drei Mädchen, und daneben lehnte ein Dach aus Schindeln, das aussah, als sei es seitlich aus seiner Verankerung gerutscht. Die nun vollständig fermentierten Kakaobohnen wurden auf diesen Plattformen getrocknet. Das dauerte einige Tage. Beim leisesten Anzeichen von Regen wurden die scheinbar herabgerutschten Dächer über die Plattformen gehoben, denn wenn sie naß wurden, faulten die Bohnen. Von Zeit zu Zeit mußten die trocknenden Bohnen gewendet werden, und das war es, was die zwölf Mädchen taten. Sie ›tanzten‹ den Kakao, indem sie langsam, mit schlurfenden Füßen, durch die Bohnen gingen. ›Tanzen‹

sei der Ausdruck, den man hier dafür gebrauche, sagte Bernard. Wenn der Tanz nach einigen Tagen vorbei sei, hätten die Kakaobohnen einen leichten Schimmer. Die Mädchen bewegten sich nicht alle in dieselbe Richtung, und ihre Langsamkeit, ihre ständig wechselnden Positionen auf den erhöhten Plattformen und ihre scheinbare Versunkenheit erinnerten tatsächlich an einen eigenartigen, verhaltenen Tanz.

Ein Mädchen hinkte. Ich fragte Bernard nach dem Grund.

Er sagte: ›Das ist Marie Bonavita. Als sie letztes Jahr ihren Aufstand planten, war sie eine der Königinnen. Nachts war sie eine Königin. Sie nahm dann eines der Maultiere und ritt darauf zum Versammlungsplatz. Wenn sie dort ankam, durfte sie nicht laufen. Sie wurde überallhin getragen. Ihre Höflinge waren mit blau und gelb bemalten Holzschwertern bewaffnet. Ihr König hieß Samson und war Fuhrmann auf Luzettes Plantage. Er hatte eine eigene Uniform mit blauen Aufschlägen. Einmal ließ sie hier, in unserem Ofen, ein großes Brot backen und gab jedem ihrer Gefolgsleute ein Stück. Jeder bezahlte zwei Pennies dafür. Die Leuten waren sehr erregt, als sie von dieser Verhöhnung des heiligen Abendmahls erfuhren.‹

›Marie Bonavita. Marie vom guten Leben, die reine Marie.‹

›Meine Frau hat ihr diesen Namen gegeben und immer große Stücke auf sie gehalten. Nach der Ermordung aller Weißen sollte sie eine der Negerköniginnen sein. Das kam bei den Ermittlungen heraus. Eine ganze Reihe der Mädchen wußte von dem Plan. Die meisten kamen mit einer Tracht Prügel davon. Fünfundzwanzig Peitschenhiebe. Marie Bonavita bekam noch etwas dazu: Sie muß diesen zehn Pfund schweren Eisenring am rechten Knöchel tragen. Der Hufschmied hat ihn ihr angelegt. Jetzt ist sie wieder normal. Sie ist nicht mehr gefährlich. Sie hat sich beruhigt. Sie erkundigt sich immer nach meiner Frau.‹

›Wie lange wird sie diesen Ring tragen müssen?‹

›Für immer.‹«

»Mein über alles geliebter General, Ihren Tadel habe ich dankbar gelesen und ihre klugen Worte über die Freundschaft haben mich tief ins Herz getrofen. Mr. Turnbull ist ganz gebrochen wegen den Nachrichten über Sie nach all den großen Hoffnungen und kam, um sich, sagte er, für eine ruhige halbe Stunde in die Kleine Bibliotek zu setzen und an seinen lieben alten Freund der so weit weg ist zu denken. Er sagt er ist bekümmert und voll Reue über die unschönen Worte die er zu mir gesagt hat. Er sagte er hätte sich die Angelegenheit noch mal vorgenommen und nur bei drei Buchhändlern gesehen, daß die Rechnungen nicht bezahlt sind, nämlich Dulau White und Evans und daß er ihnen gesagt hat, wenn sie Gen. M. zu sehr zusetzen bekommen sie die Waren ohne einen Dank zurück. Er sagt es gibt noch Hoffnung und alle Manufackturstädte in England sind bereit, meinem lieben Gen. Nachschub für einen neuen Versuch zu schicken, aber diesmal mit einer gehörig großen Truppe aus zuverlässigen Männern.

Mr. Turnbull und Colonel Rutherfurd haben die Politik die die neuen Minister hier machen gut im Auge. Mein Gen. kann sich vorstellen was für ein Hin und Her das ist und Mr. Rutherfurd sagt, wenn jemand an Ort und Stelle und bereit zum Losschlagen ist wie Sie, lieber Herr, dann ist die Schlacht schon halb gewonnen. Mr. Turnbull schickt mir am jeden Monatsersten einen Boten mit fünfzig Pfund von dem Geld das Sie ihm dagelassen haben und ich brauche ihn nie darum zu bitten. Es war schmertzlich zu sehen, daß der alte grauhaarige Mann wütend auf meinen General war, als alles gut lief und er nun über das Mißgeschick meines lieben Herrn trauerte. Colonel Rutherfurd kam mit Colonel Williamson in einer Postkutsche und in der Grafton Street herrschte große Aufregung. Leander dachte es ist sein Vater der nach Hause kommt wie er es immer träumt und war ganz aus dem Häuschen. Er starrte Colonel Williamson die ganze Zeit an und der Colonel sagte es wärmt ihm das Herz, daß das Gesicht und die Bewegungen meines lieben Generals in allen Bewegungen des Jungen zu erkennen sind. Ich finde viel Trost in den Jungs solange mein lieber Herr weg ist, der sich wie wir in Geduld fassen muß.«

»Nach all den Wochen ist Bernard noch immer freundlich und fürsorglich. Sein Besitz ist wie ein privates Reich, zu dem weder die Männer der *Leander* noch andere Zutritt haben. Hier zischt mir niemand nach. Ich habe keine Nachricht von Rouvray in London. Ich weiß nicht, wie die dortige neue Politik aussieht. Ich bin bereit zu warten. Das ist etwas, das ich gelernt habe, aber es gibt hier für mich weniger zu tun als jemals zuvor, und es ist schwer, inmitten des sehr geschäftigen Tagesablaufs auf dieser Plantage untätig zu sein. Bernard ist von früh bis spät auf den Beinen.

Manchmal ißt Bernards Frau mit uns zu Abend. Sie hat irgendeine Knochenkrankheit – Bernard sagt nicht, was es ist, und vielleicht weiß es auch niemand. Bewegungen fallen ihr schwer, und es strengt sie an, einem Fremden Gesellschaft zu leisten und mit ihm Konversation zu machen. Sie hat das hübsche Gesicht einer jungen Frau auf einem alten, schwerfälligen Körper. Bernard liebt sie abgöttisch. Sie haben keine Kinder. Er liebt es, sie zu bedienen und sich um sie zu kümmern. Er liebt alles an ihr: ihren Namen, ihren Besitz, ihre Gebrechlichkeit, ihr altmodisches Französisch. Als ich Bernard in Paris kennenlernte, war er ein Hitzkopf. Darum erschien er mir für meine Zwecke gut geeignet. Ich hätte nie gedacht, daß er ein zärtlicher Mensch sein könnte. Die Zärtlichkeit, die ich hier an ihm sehe, ist vermutlich von dieser Dame geweckt worden.

Von der Familie der Dame habe ich im Haus niemanden zu sehen bekommen. Ebensowenig den Baron de Montalembert. Wie es heißt, hat Bernard sich vom Adelsprädikat dieser Leute blenden lassen und bei der Eheschließung nicht auf dem beharrt, was ihm zugestanden hätte. Man sagt, bei den Gourvilles sei er eine Art Subalterner, kaum mehr als der Verwalter der Plantage seiner Frau. Seine Stellung ist besser als das, aber trotzdem ist an der Geschichte etwas dran.

Die Leute, die mir das erzählen, sind Leute, denen Bernard mich vorgestellt hat. Bernard würde sie als seine Freunde bezeichnen. Ich glaube, sie merken gar nicht, welche Wirkung diese Geschichten auf mich haben. Ich kann vor mir selbst nicht verbergen – und ich wünschte, ich hätte diesen Gedanken nie gedacht –, daß ich durch meinen Umgang mit Bernard in eine zweitklassige Gesellschaftsschicht abgerutscht bin. Und das ist nicht nur mein eigener Eindruck. Auch sie selbst schätzen sich so ein. Sie stellen sich instinktiv ins zweite Glied. Für sie sind Hislop und Cochrane und sogar Briarly Vertreter der staatlichen Gewalt, die unerreichbar weit über ihnen stehen. Sie erzählen haarsträubende Geschichten über Briarly und Cochrane und absurde Geschichten über Hislops Gefräßigkeit und halten sich für sehr freimütig und kritisch. In Wirklichkeit stellen sie die Autorität dieser Männer jedoch nie in Frage.

Die Leute, denen sie schaden wollen, sind Leute wie sie selbst. Sobald man mit einem von ihnen allein ist, erzählen sie einem – auch wenn man sie gerade erst kennengelernt hat – bösartige Geschichten über ihre Freunde. Inzwischen macht es mich nervös, sie zu begrüßen. Sie sind so freundlich und warmherzig, doch dann sieht man sehr bald ihre andere Seite. Wenn sie mir ihre Freundschaft anbieten, habe ich das Gefühl, als wollten sie mich damit nicht nur mit Beschlag belegen, sondern mich auch hinunterziehen, und wenn sie ihr Bedauern über mein Mißgeschick äußern, sprechen sie wie gute, wohlanständige Leute, die sich nie über ihresgleichen hinausgehoben haben.

Ich glaube, daß sie bald auch Geschichten über mich erzählen werden. Wenn ich mit ihnen zusammen bin, fällt es mir manchmal schwer, mich daran zu erinnern, daß ich, als ich hierherkam und in der Gouverneursresidenz wohnte, Hislop als subalternen Beamten betrachtete.

Ich habe eine Fahrt durch das Hinterland gemacht und war in dieser Zeit nicht erreichbar, doch nun bin ich wieder da, und es sind noch immer keine Nachrichten aus London eingetroffen. Die Reise dauerte einen Monat und führte mich, zusammen mit Colonel Downie und Miss McLurie und einigen anderen, über die Plantagen, die sich in englischem Besitz befinden. Es tat gut, einmal aus der Stadt herauszukommen. Das Ganze war Downies Idee – er hofft, in meiner Armee dienen zu können, wenn die Zeit gekommen ist, und sein Interesse gibt mir das Gefühl, daß die Dinge in London vielleicht doch nicht so schlecht stehen, wie ich manchmal glaube. Die Engländer haben sich erst vor sehr kurzer Zeit hier niedergelassen, und auf einigen der neueren Plantagen, die wir besuchten, geht es äußerst primitiv zu. Auf einer Plantage traten eines Sonntags nachmittags sämtliche Sklaven in sauberen Kleidern aus braunem Leinen vor dem Gutshaus an und sangen englische Choräle. Natürlich konnte ich kein Interesse dafür zeigen, und das rief einigen Unwillen hervor.

Als ich auf der *Leander* von den Vereinigten Staaten nach Süden fuhr, achtete ich aus Gründen der Disziplin darauf, mich den Männern nicht allzuoft zu zeigen. Auf dieser kleinen Insel aber begegnet man ständig denselben Leuten. Es ist, als wäre man auf einem Schiff, und als wir die Hälfte der Reise hinter uns hatten, bekam ich das Gefühl, daß ich mich zuviel zeigte und ein wenig zu bekannt wurde. Ich fand, daß meine Reputation litt und daß die Leute mich bereits kritisierten, wie sie ihre Freunde kritisierten.

Nach unserer Rückkehr schenkte Colonel Downie mir bei einem Dinner bei Miss McLurie das Tagebuch, das er geführt hatte. Die Geste rührte mich – gegen Ende der Reise war ich sehr melancholisch geworden, hatte jedoch nichts davon zeigen können –, doch als ich das roh gebundene Buch aufschlug, sah ich, daß das Tagebuch das Werk eines ungebildeten Mannes war. Ich erkannte, daß ich mich von Downies Auftreten und Sprechweise hatte täuschen lassen, da es hier so wenige kultivierte Briten gibt, mit denen ich ihn hätte vergleichen können.

Ich sah auf. Miss McLurie (die ihr berühmtes Kleid mit dem durchsichtigen Dekolleté trug, welches ihre Brüste sehr gut zur Geltung brachte) fing meinen Blick auf. Sie sagte: ›Sie wissen natürlich, daß er kein Colonel ist.‹ Ich hatte es nicht gewußt – ich hatte ihn geschätzt, weil er meinen Hoffnungen Auftrieb gab. Und ich hatte immer gedacht, er und Miss McLurie seien enge Freunde. Er saß dabei, unter den anderen Gästen, am anderen Ende des Tisches.

Später fragte ich ihn. Er sagte, Miss McLurie habe recht: Er sei kein Colonel. Er habe sich diesen Rang selbst verliehen, nachdem er auf die Insel gekommen sei, denn er besitze militärischen Ehrgeiz und hoffe, sich irgendwo beweisen zu können. Ich sagte, er habe mich hinters Licht geführt und daß das schlimme Folgen hätte haben können. Ich sei hart genug geschlagen mit den Männern von der *Leander*, die gedacht hätten, in meinen Diensten bräuchten sie nur zu plündern und Rationen zu fassen. Daß es bei diesem Unternehmen Zeiten der Verzweiflung geben würde, sei zu erwarten gewesen. Nach meinen jüngsten Niederlagen hätte ich Männer gebraucht, die nicht nur über militärische Erfahrung, sondern erwiesenermaßen auch über Glück verfügten. Das hätte ich wissen müssen.

Er senkte den Kopf und sagte, es tue ihm leid. Er finde jedoch nicht, daß er sich schlechter verhalten habe als andere Leute, die ich kenne und die nicht getadelt würden. So wisse zum Beispiel jeder, daß Archibald Gloster, der hiesige Kronanwalt – einer der Männer, denen ich ständig in den verschiedensten Häusern begegne – kein Anwalt sei. Er habe die Zulassung zur Zeit Pictons, des ersten Gouverneurs, einfach vom Schreiber oder Sekretär des Kolonialrates gekauft.

Bernard bestätigte mir das später. Es sei kein Geheimnis, daß der Kronanwalt gar kein Anwalt sei. Und es gebe noch eine Geschichte dazu, sagte Bernard. Sie sei bei den Ermittlungen zu dem beinah ausgebrochenen Sklavenaufstand herausgekommen.

Gloster hatte einen Leibdiener namens Scipio. Die Leute hier geben ihren Sklaven gern einen der bekannteren klassischen Namen: Herkules, Hektor, Cupido, Caesar, Pompejus, Agrippa, Cato, Scipio. In den Monaten der Vorbereitung des Aufstandes verließ Glosters Scipio nachts seine Hütte am hinteren Ende des Hofs von Glosters Stadthaus und ging die fünf oder sechs Meilen zu einem Dorf am Meer namens Carenage. Der Neger, der unter dem Namen King Edward bekannt war, hielt bei Carenage hof, und Scipio gehörte bei Nacht dem *convoi* oder Regiment King Edwards an. King Edwards Höflinge hatten weiß und grün bemalte Holzschwerter.

Als Scipio in das Regiment eintrat, gab King Edward ihm ein Schwert und verlieh ihm den Titel ›My Lord St. John‹. Scipio sagte, er wolle nicht My Lord St. John sein. Der Titel bedeute nichts. Er wolle Kronanwalt sein, wie sein Herr. Edward sagte, das passe nicht zu einem Höfling in seinem Regiment. Schließlich wurde beschlossen, daß Scipio Schreiber und Sekretär sein solle – das war der Posten, den Bernard im wirklichen Leben innehatte –, und nachts, wenn King Edwards Dauphins und Dauphines und Prinzen und Prinzessinnen bei Carenage weißen Rum tranken und tanzten und die Speisen aßen, die tagsüber in den Küchen der Plantagen dafür zubereitet worden waren, saß Scipio im Licht einer Fackel da, blätterte in einem von Glosters Gesetzbüchern und tat dann zehn bis fünfzehn Minuten lang so, als schreibe er etwas. Als Sekretär hatte er jedoch auch eine durchaus wichtige Aufgabe: Er wurde einer der Organisatoren des Aufstandes. Er war einer derjenigen, denen man hundert Hiebe gab und die Ohren abschnitt.

Nachdem er mir diese Geschichte erzählt hatte, sagte Bernard: ›Irgend jemand da draußen studiert mich. Und ich bin sicher, irgend jemand studiert auch Sie. Früher hielt ich das für harmlos, doch nach dem, was beinahe geschehen wäre, finde ich dieses Schmierentheater gräßlich.‹

Und so warte ich, Sally, und die Welt rings um mich her schrumpft zusammen. Ich will nicht mehr ausgehen. Es gibt sehr wenig, für das es sich lohnt auszugehen. Ich habe alles gehört, was sie zu sagen haben. Ich habe das Gefühl, daß ich um so kleiner werde, je mehr die Welt zusammenschrumpft. Ich hoffe, daß ich nicht mehr lange hier warten muß und daß sich das Warten gelohnt hat. In dieser Umgebung kann ich nicht an großen Ideen festhalten. Mein Instinkt und meine Leidenschaft sagen mir, daß ich von hier fortmuß, genau wie 1770, vor siebenunddreißig Jahren, aus Caracas. Nach einem halben Leben bin ich auf einer Kreisbahn zu dem zurückgekehrt, was ich einmal war – obgleich ich mich nicht erinnern kann, daß Caracas so klein war wie das hier. Die Menschen trifft keine Schuld. Die Kaufleute bewegen sich in dieser sehr kleinen Stadt nur unter ihresgleichen, und Männer wie Bernard sind an ihre Plantage gefesselt. Und es ist jetzt Bernard, der nach den Ratsversammlungen in seiner Kalesche vorfährt und seiner Frau und mir Nachrichten aus der großen Welt bringt.

Am einen Ende der vorderen Veranda des Gutshauses gibt es einen vorgebauten Raum, der an drei Seiten mit Jalousien versehen ist. Weil die Luft dort frischer ist, geht Bernards Frau an heißen Tagen aus ihrem Zimmer im Inneren des Hauses in diesen Raum und nimmt ein Mädchen mit, das ihr Gesellschaft leistet. Wenn ich lesend oder schreibend auf der Veranda sitze, deren Längsseite mit einem einfachen Muster aus leuchtenden Blumen und sich kräuselnden Bändern bemalt ist – zweifellos das Werk des Konditors, der auch das Wappen auf die Kaleschentüren gemalt hat –, höre ich Bernards Frau manchmal mit dem Mädchen reden.

Ich höre nicht so sehr Worte als vielmehr einen Tonfall, den Tonfall eines Menschen, der auf dem Rücken liegt. Eigentlich versucht sie, sich in Schlaf zu reden, und das Mädchen, das bei ihr ist, sagt in regelmäßigen Abständen etwas, um zu zeigen, daß es noch da ist. Seine Worte sind deutlicher, weil es sitzt, und die Mädchen – es sind immer verschiedene – sind erstaunlich liebevoll. Nicht immer sprechen sie ihre Herrin mit *madame* an. Sie sagen auch *mamselle, mama, dou-dou, ma 'mie, mon enfant, ma petite.* Es ist sehr eigenartig und einschläfernd, und an einem heißen Tag, umhüllt vom Weinfaßgeruch fermentierender Kakaobohnen, kann ich dem Rhythmus der Unterhaltung lauschen und den langschwänzigen Webervögeln zusehen, die auf den *Samaan*- oder *Immortelle*-Bäumen ihre langen, sockenförmigen Nester bauen. Oft schläft das Mädchen vor seiner Herrin ein.

Einmal dachte ich: ›Das ist praktisch die einzige Gesellschaft, die Bernards Frau hat.‹

Jeden Tag schließt Bernard vor Einbruch der Dunkelheit, also um sechs oder kurz vor sechs, den Maultierstall ab. Er will nicht, daß die Neger nachts auf den Maultieren umherreiten, wie sie es früher getan haben. Und selbst dann hat er oft das Gefühl, daß etwas nicht stimmt. Es ist nur ein Gefühl, aber schließlich erhebt er sich und kontrolliert den Maultierstall und die Negerhütten.

Mehr als einmal hat er mir gesagt: ›Es sind so viele, und wir sind nur zu zweit.‹

Morgens steht er sehr früh auf und sieht auf dem Hof und in den Häusern, den Vorratsräumen und in der Küche nach dem Rechten und schließt den Maultierstall auf. Nach dem Morgentee – es gibt auf der Plantage drei Mahlzeiten: Tee, Frühstück und Dinner – teilt er die Neger zur Arbeit in den Kakaopflanzungen und den Fermentierungs- und Trockenschuppen ein, und nach dem Frühstück muß er gehen, um den Fortgang der Arbeiten zu kontrollieren. Oft muß er den Männern zeigen, wie etwas zu tun ist, denn manche, die eine Arbeit gestern noch recht gut erledigt haben, sagen heute, sie hätten alles vergessen. Die erst kürzlich eingetroffenen Afrikaner oder ›neuen Neger‹, wie sie hier genannt werden, sind in dieser Hinsicht besonders schwierig. Sie glauben, wenn sie die ihnen zugewiesenen Arbeiten nur oft genug schlecht ausführen, bräuchten sie sie bald nicht mehr zu tun und würden vielleicht sogar wieder zurückgeschickt.

So ist Bernard ebenso an seine Plantage gefesselt wie irgendeiner seiner Neger. Wäre er nicht Sekretär des Kolonialrates, wäre er hier so gut wie eingesperrt.

Nach den jüngsten Schwierigkeiten muß er auf alles gefaßt sein. Jeden Morgen, wenn er seine Runde macht, hofft er, nicht auf die Leiche eines Vergifteten oder eines Selbstmörders zu stoßen. Seit ich hier bin, sind mehrere Neger auf benachbarten Plantagen vergiftet worden oder haben Selbstmord begangen. Eine ganze Reihe von Selbstmorden hat es auf der Plantage La Chancellerie gegeben, die ebenfalls einer Frau gehört, nämlich Rose de Gannes de la Chancellerie, Marquise de Chaurras. Die Neger bringen sich um, indem sie viele Tage lang Erde essen. Die neuen Neger tun das häufiger als die Kreolen, und die Selbstmorde treten meist serienweise auf, weil andere sich durch das Beispiel ermuntert fühlen.

Wenn so etwas passiert oder wenn Bernard davon erfährt, kann ich es von seinem Gesicht ablesen. Er spricht nicht gerne darüber. Er würde es seiner Frau lieber verschweigen, doch er weiß, daß sie es ohnehin von den Mädchen erführe, wenn die sich zu ihr in den Raum mit den Jalousien an drei Seiten setzen. Vielleicht ist auch hier in den letzten Monaten etwas derartiges passiert. Wenn es so ist, würde Bernard nicht wollen, daß ich es erfahre. Wenn die Frauen sich unterhalten, höre ich nur *madame* oder *maman* oder eine andere Anrede und den Rhythmus ihres Patois. Vielleicht habe ich, ohne es zu wissen, zugehört, wie die Frauen über einen Toten in einer der Hütten gesprochen haben.

Ich kann mich nicht erinnern, daß es in Venezuela so gewesen wäre. Lag es daran, daß ich in der Stadt lebte? Wenn ich die Plantagen oder Güter von Freunden besuchte, erschien mir das Leben dort sorglos. Ich nahm es als selbstverständlich hin, daß sie ihre eigenen Regeln und Gebräuche hatten; das war überall so. Natürlich ist das lange her – es war vor den großen Revolutionen, und vielleicht gab es dort Dinge, über die ich heute anders dächte.

Als ich vor zwanzig Jahren in Rußland war, verbrachte ich einmal eine Stunde in einem öffentlichen Bad. Das war im Frühsommer des Jahres 1787 in Moskau. Ein russischer Bekannter hatte es mir empfohlen. Er sagte, es sei eine Sehenswürdigkeit. Ich stellte fest, daß man von der Männerabteilung aus die Frauen sehen konnte. Sie waren vollkommen nackt, und man sah die Blutergüsse und Striemen auf ihren Körpern. Der Bademeister gestattete mir, zwischen ihnen umherzugehen. Niemand nahm die geringste Notiz von mir. Es war keineswegs erregend. Ihre Gleichgültigkeit und ihre Verletzungen waren etwas, das ich nicht ignorieren konnte. Ich glaube, mein russischer Freund sah es völlig anders. Ich behielt meine Gedanken für mich und erlaubte mir bald, dieses Erlebnis zu vergessen.

Niemand kann in ihren Augen lesen, sagt Bernard. Man kann unmöglich sagen, wer begonnen hat, Erde zu essen, oder wer sich einen Vorrat an Gift angelegt hat. Vor einigen Jahren stellte sich ein Giftmörder auf Dominique Derts Plantage am westlichen Rand der Stadt als der *commandeur* selbst heraus. Er hatte eine starke Zuneigung zu seinem Herrn entwickelt. Der *commandeur* vergiftete andere Neger, wenn er fand, daß sie eine zu vertrauliche Beziehung zu Dert entwickelten. Als er schließlich entlarvt war, ließ er die Neger antreten, als wäre er immer noch *commandeur*, und es heißt, er habe ihnen eine beeindruckende Rede gehalten. Er redete sich regelrecht in Rage. Sie wüßten es nicht, sagte er, aber er habe es monatelang in der Hand gehabt, sie alle zu vergiften. Dann wandte er sich direkt an Dert. ›Ich hätte alle Ihre Neger auf einen Schlag vergiften können. In einer einzigen Nacht wären Sie ruiniert gewesen.‹ Diese Rede war der Höhepunkt seines Lebens. Sie war wie etwas, für das er gelebt hatte. Der Herr, die Sklaven, die Plantage – das war seine ganze Welt. Außerhalb davon existierte nichts. Ein paar Tage später nahm er sein eigenes Gift.

Der Giftmörder auf St. Hilaire Begorrats Plantage in einem der westlichen Täler war die Krankenpflegerin in der gutseigenen Krankenstation. Das sei ein berühmter Fall gewesen, sagt Bernard. Begorrat war einer der ersten Einwanderer aus Martinique, und er hat große Ähnlichkeit mit den alten venezolanischen Kakao- und Tabakbaronen, wie wir sie nannten, nur daß er sehr viel kultivierter ist, als sie es waren.

Damals, als Montalemberts hundertzwanzig Neger vergiftet wurden, starben auch einige von Begorrats Leuten an Gift. Dem alten Kakaobaron gefiel das gar nicht. Er fand, es zeuge von Respektlosigkeit. Montalembert war ein Neuling, wohingegen er, Begorrat, einer der ältesten Pflanzer in der Gegend war. Er hatte einen Stil und sogar einige feste Regeln begründet. In der Art und Weise, wie eine Plantage zu führen war, richtete man sich nach ihm.

Er tat, als sei er sehr wütend. Er ließ alle, die auf der Plantage lebten, antreten und befahl, eine der Leichen zu bringen. Dann sagte er, er werde jetzt feststellen, wer der Mörder sei. Der Arzt des Gutes schnitt den Leichnam auf, und Begorrat begann ihn sehr genau zu untersuchen.

Das war zuviel für die Krankenpflegerin. Sie hieß Thisbe. Sie rannte davon, durch die Kakaowälder zur benachbarten Plantage, wo sie um Asyl bat. Bernard sagt, in bestimmten Teilen Afrikas sei es Brauch, daß jemand aus einem Dorf in einem Nachbardorf um Asyl bitten dürfe. Die Krankenpflegerin wurde ausgeliefert. Begorrat ließ eine Schnur um ihre Daumen binden, und daran wurde sie aufgehängt, bis sie die Namen von etwa zwanzig Giftmördern und Zauberern auf anderen Plantagen preisgegeben hatte.

Daß es so viele waren, machte den Leuten angst. Noch am selben Tag wurden die Genannten abgeholt und in Vallots Gefängnis in der Stadt gebracht. Man hielt sie voneinander getrennt. Sie wurden angekettet oder in Eisen gelegt, und einige wurden in die Heißen Kammern unter dem Dach gesperrt. Einige wurden so angekettet, daß sie sich nicht bewegen konnten, und von denen in den Heißen Kammern wurden einige bald verrückt. Man gab ihnen Bananen und Wasser, und über drei Wochen lang wurden sie von Begorrat und einer Kommission aus Plantagenbesitzern immer wieder verhört. Thisbe wurde wiederholt gefoltert. Bei den Urteilen hielt man sich an den spanischen Brauch: Diejenigen, die als Giftmörder oder Zauberer entlarvt waren, wurden mit schweren Ketten gefesselt und mußten ihr Urteil im Knien hören. Einige wurden gehängt und geköpft. Die neuen Neger unter ihnen wurden zuvor noch getauft; für die Kirche sind Afrikaner wie Kinder und dürfen ohne vorherige Unterweisung getauft werden. Ein Mann wurde bei lebendigem Leibe verbrannt. Thisbe wurde gehängt und geköpft. Ihr Leichnam wurde verbrannt und ihr Kopf auf Begorrats Plantage auf eine Stange gespießt.

Begorrat erzählt die Geschichte von Thisbe wie jemand, der sie schon oft erzählt hat. Die Stange, auf die man Thisbes Kopf spießte, steht noch immer, vor den Hütten der Neger, fast genau an der Stelle, wo der Leichnam aufgeschnitten wurde.

Er sagte mit einem Lächeln: ›Im Moment steckt nichts auf der Stange, aber sie sehen sie die ganze Zeit, und sie wissen, was sie sehen. Es ist Zauber gegen Zauber. Ich habe es Bernard schon oft gesagt. Es ist die einzige Möglichkeit. Ich kämpfe mit meinem Zauber gegen ihren.‹

Das erzählte er in einer kleinen Grotte, die er in einen Hügel hat graben lassen, und sein gegenwärtiger Favorit – Bernard sagt, er habe schon mehrere gehabt – bog sich vor Lachen, wenn

Begorrat lächelte. Er lächelte oft. Er lächelte besonders, als er beschrieb, wie er so getan hatte, als untersuche er den Leichnam – gleich einem römischen Priester, der die Zukunft aus den Gedärmen liest –, und als er sagte, er kämpfe mit seinem Zauber gegen ihren.

Seine Lippen sind weich, aber was er sagt, ist präzise, bissig und geistreich. Dieser alte Kakaobaron ist weit kultivierter als die meisten anderen hier, und das weiß er. Die Leute, die sich vor ihm verneigen, erzählen einem hinter seinem Rücken, er sei bankrott gewesen, als er damals von Martinique herkam. Alle Neger, die er mitbrachte, seien in Martinique verpfändet gewesen, und darum habe er das große Stück Land im Tal, diese sechseinhalb Hektar pro Neger, die ihm die Spanier gegeben hätten – das Land ist heute sein kleines Königreich –, auf betrügerische Weise erworben. Ich bin sicher, er kennt diese Geschichten. Ich glaube nicht, daß er sich davon auch nur im mindesten irritieren läßt. Er hat muntere, berechnende Augen. Er ist wie ein Mann, der weiß, daß er es sich leisten kann zu lachen.

Nicht nur die Stange, auf die Thisbes Schädel gespießt war, steht immer noch auf Begorrats Plantage. Auch der alte Kerkermeister Vallot ist dort. Er war es, der Thisbe und viele andere gefoltert hat. Er würde gern in die Vereinigten Staaten, nach Louisiana, gehen. Er sagt, er hat Verwandte dort und könnte vielleicht eine Stellung finden. Hier gibt es für einen freien Mann nichts zu tun. Doch Hislop stellt ihm keinen Paß aus. Es war Vallot, der in der ersten Woche nach Hislops Ankunft den freien Farbigen gefoltert hat – den Farbigen, der mit Hilfe eines Liebeszaubers eine Negerin verführt hat, so daß wieder die Angst vor Giftmord und Zauberei umging. Dieser Fall quält Hislop seit Pictons Verurteilung im vergangenen Jahr. Die freien Farbigen haben Geld gesammelt und einen Rechtsanwalt mit einer Kanzlei am Red Lion Square in London beauftragt, und sie verfolgen die Sache mit Nachdruck. Sollte es zu einer Verhandlung kommen, so ist Hislop entschlossen, Vallot büßen zu lassen, weil dieser seine Kompetenzen überschritten hat.

Vallot ist ein älterer Franzose aus Martinique mit einem teigigen Gesicht. Er kam zur Zeit der Spanier hierher und ist dreizehn Jahre lang Kerkermeister gewesen. Seit einigen Jahren hat er keine Stellung mehr. Als Picton verhaftet wurde, beschlossen die Einheimischen, daß es an der Zeit sei, ihn loszuwerden. Er hat seine Ersparnisse aufgebraucht und ist auf Begorrats Unterstützung angewiesen. Er ißt das gleiche wie die Sklaven und lebt in einer Negerhütte, mitten unter denen, die er früher ausgepeitscht und verstümmelt hat. Offenbar akzeptieren sie ihn. Und eigenartigerweise fühlt er sich seinerseits weder gedemütigt noch gefährdet. Bernard sagt, daß niemand auf Begorrats Plantage Vallot vergiften würde. Gift ist eine Waffe, die sich ausschließlich gegen den Herrn richtet, und den Herrn schädigt man, indem man seine Neger vergiftet. Derjenige, der mit an Sicherheit grenzender Wahrscheinlichkeit durch Gift sterben wird, ist Begorrats Favorit, und jeder weiß es.

Vallot weiß nichts von mir – wie er überhaupt nicht viel über die Welt außerhalb der Insel weiß. Man hatte ihm gesagt, ich sei ein General, und er hatte recht gute Kleider angezogen (vielleicht hatte sie ein Gefangener verpfändet oder als Bezahlung für die Gefängniskosten zurückgelassen), als er kam und mir seine Geschichte erzählte und um Sympathie und Hilfe bat. Er sprach viel über die Krankheit seiner Frau. Sie hat einen sehr schönen Namen: Rose-Banier. Er sagt, sie habe den zahlenden Gefangenen eigenhändig das Essen gebracht und ihnen morgens sogar Kaffee gekocht. Sie sei den ganzen Tag über auf drei Stockwerken auf den Beinen gewesen, sagte er. Jetzt ist sie alt und krank, und sie kann sich kaum selbst versorgen und ihre Hütte, die nur aus einem Raum besteht, in Ordnung halten.

Und der alte Begorrat in seinen Pantalons und Schnallenschuhen, in diesem Kakaotal, das sein Königreich ist, lächelte die ganze Zeit mit weichen Lippen über Vallots schwere Lebensgeschichte, und sein Favorit lachte und wälzte sich auf dem Boden der Grotte.

Auf beiden Seiten des Atlantischen Ozeans hat es große Revolutionen gegeben. In Europa tobt ein Krieg, der für noch mehr Umwälzungen sorgen wird. Große Admiräle und Generäle und neue Erfindungen verändern die Art und das Ausmaß von Kriegen. Sogar Mr. Shrapnels neue Erfindung wird mit der Zeit zu dieser Veränderung beitragen: man wird, sollte sie aufgegriffen werden, neue Taktiken entwickeln müssen. Doch wir hier könnten ebensogut auf einem anderen Planeten oder in einem anderen Zeitalter leben. Die Menschen hier haben ihre eigenen Helden, geschichtlichen Entwicklungen und mythischen Ereignisse und Orte: die Heißen Kammern in Vallots Gefängnis, Pictons Amtsenthebung, die letzte Rede des *commandeurs* an die Sklaven, die Giftmorde auf Montalemberts Plantage, die Öffnung des Leichnams durch Begorrat, Thisbes Flucht durch den Kakaowald und ihre Bitte um Asyl, die Stange mit ihrem aufgespießten Kopf. Hier verbinden die Menschen mit den Jahren andere Ereignisse; es ist fast, als lebten sie, wie die Indianervölker auf dem Kontinent, nach einem anderen Kalender.

Ich schwinde dahin, Sally. Ich sitze auf Bernards Veranda und betrachte die langen Strohnester der Webervögel, die an den Zweigen der *Samaan-* und *Immortelle*-Bäumen hängen, und höre die Frauen in dem Raum mit den Jalousien, bringe, zur späteren Veröffentlichung, Essays über die Befreiung Südamerikas zu Papier und schreibe diesen Tagebuchbrief an Sie.

Gestern habe ich in diesem Brief Shrapnel erwähnt. Sein Name fiel mir beim Schreiben ein, einer der hundert Londoner Namen, die ich im Kopf habe. Sie werden sich erinnern, daß ich vor etwa vier Jahren in der Grafton Street einen Brief von ihm bekam, in dem er seine Erfindung beschrieb und mich zu einer Demonstration auf irgendein Übungsgelände einlud. Es ist seltsam, dort zu sein, wo ich jetzt bin, und daran zu denken, wie ich Shrapnels Brief in der Bibliothek in der Grafton Street gelesen und mich mit anderen verabredet habe, seine Demonstration zu verfolgen. Es ist, als hätte das alles kaum je geschehen können oder als wäre es einem anderen geschehen. Ich habe – wie Vallot – das Gefühl, daß es hier keinen Platz für mich gibt. Ich habe keine Funktion. Ich verliere mich selbst, ich verliere sogar mein Ziel aus den Augen.

Vor einer Woche erst habe ich Vallot getroffen. Und denken

Sie nur: Als Bernard heute von der Ratsversammlung nach Hause kam, brachte er mir einen Brief von einem schwedischen Seemann mit, der im neuen Gefängnis der Stadt sitzt. Nicht im alten Gefängnis – das wurde auf Anweisung des Rates vor vier Jahren abgerissen, damit niemand sah, über welche Einrichtungen Vallot damals verfügte. Man muß fragen und immer wieder fragen, bevor sie einem auch nur zeigen, wo das Gebäude gestanden hat. Der Schwede sitzt wegen Erregung öffentlichen Ärgernisses, das heißt: wegen Trunkenheit. Man findet hierorts, daß betrunkene – oder ›berauschte‹ – Seeleute schlecht für die Moral der Bewohner sind. ›Berauscht‹ ist das Wort, das sie gebrauchen. Die Alguazils erhalten eine kleine Prämie für jeden berauschten Seemann, den sie auflesen, und sie sind sehr eifrig.

Der Schwede schreibt, er könne die Gefängniskosten nicht bezahlen und sei auf Wasser und Brot gesetzt. Er appelliert an mich als einen Freund der Freiheit, ihn zu retten. Nichts leichter als das. Aber sein Brief erinnert mich auch an den Tag vor sechsundreißig Jahren, als ich in La Guaira an Bord der schwedischen Fregatte *Prins Frederik* ging und mich zum erstenmal in meinem Leben wie ein freier Mann fühlte. Bevor ich Venezuela verlassen durfte, mußte ich sehr viele Urkunden und Genehmigungen der Kirche und anderer Institutionen beibringen. Trotz der Beziehungen meines Vaters hatte es monatelang kleine Querelen und Rückschläge gegeben, und erst als ich auf dem Deck der *Prins Frederik* stand, hatte ich das Gefühl, Abschied zu nehmen. Ich kann diesen Augenblick leicht heraufbeschwören: Die Hügel rings um die kleine Stadt La Guaira waren wie die Hügel, die ich hier sehe, und den allgegenwärtigen Geruch von Weinfässern, der Bernards Haus durchzieht, übertrage ich auf die acht Fanegas Kakaobohnen im Laderaum der Fregatte.

Und nun, Sally, nach all diesen Monaten, erreichen mich Briefe von Ihnen und anderen, die offenkundig machen, was ich seit Monaten gespürt habe: daß ich hier meine Zeit verschwendet habe. Man hat mir immer wieder gesagt, durch meine Anwesenheit hier, an Ort und Stelle, sei die Schlacht schon halb gewonnen und ich müsse mich in Geduld üben. Nun schreiben

Sie und Rutherfurd und Turnbull und einige andere, ich solle so bald wie möglich nach London zurückkehren. Die Dinge hätten sich geändert, Ideen seien gewachsen. Ein gewaltiges Militärunternehmen mit einem bedeutenden Oberbefehlshaber an der Spitze werde geplant, um den südamerikanischen Kontinent zu erobern, bevor die Franzosen es tun. Das ist eben der Plan, den ich britischen Ministern schon vor Jahren vorgelegt habe. Nun ist er aufgegriffen worden, und ich bin so weit entfernt. Alle Briefe – sie sind mittlerweile zwei Monate alt – stimmen darin überein, daß ich, wenn ich in diesem Stadium nicht in London verfügbar bin, vielleicht keinen Platz in dem Unternehmen finde, wenn es denn schließlich beschlossen wird.

Ich drohe also zu verlieren, wofür ich mich ein Leben lang aufgeopfert habe. Ach, Sally, hier verblasse ich: Ich habe mich diesen Leuten zu oft gezeigt. In London verblasse ich ebenfalls: Ich habe mich den Leuten dort zu wenig gezeigt. Man sollte meinen, daß ein Mann seine Persönlichkeit, seine Seele, in sich trägt. Doch hier fühle ich mich – gleich einem Gefangenen, nehme ich an – der Welt und mir selbst entrückt. Ich muß mich neu finden. Es wird wohl eine Weile dauern, bis ich wieder bin, was ich war, und vielleicht werde ich dann feststellen, daß ich mich verändert habe.

Heute brachte Bernard in seiner Eigenschaft als Sekretär des Rates Nachrichten von Hislop an *Mister* Miranda. Hislop sagt, er sei nicht willens, Mr. Miranda einen Paß auszustellen. Er glaube, wenn er das tue, werde er sich Kritik und möglicherweise einer Klage aussetzen, und zwar von seiten der Männer von der *Leander*, die von Mr. Miranda ihren Sold forderten, und von seiten des Eigners der *Trimmer*, der von Mr. Miranda sein Chartergeld fordere. Er sagt außerdem, ihm liege eine Anweisung von Lord Castlereagh, dem Außenminister, vor, die besage, daß Mr. Miranda nichts erhalten solle, was als offizielle britische Unterstützung gedeutet werden könne.

Bernard sagte: ›Das muß er sagen. Das wird in den Akten vermerkt. Aber eigentlich will er mit Ihnen reden. Er hat das Gefühl, daß in London etwas ausgebrütet wird, und er will wissen, was Sie für ihn tun können. Ich finde, Sie sollten ihn aufsuchen. Er kann Sie hier nicht festhalten, aber er kann Sie monatelang aufhalten. Ein Brief nach London, in dem er um einen Rat bittet: sechs Wochen. Weitere sechs Wochen, bis die Antwort hier ist. Noch einmal sechs Wochen für einen Brief, in dem er um spezifische Weisungen ersucht, und so weiter. Zeit ist für Sie kostbar. Er kann Ihnen helfen, und vielleicht fällt Ihnen etwas ein, was sich ihm anbieten ließe.‹

Das war der letzte Dienst, den Bernard mir erwiesen hat: mir die Verhandlungen mit Hislop zu erleichtern. Ich bekam das Gefühl, als stünde meine Abreise bevor, als hätte ich glücklich eine Gelegenheit zu entkommen, ganz wie vor sechsunddreißig Jahren, als ich alle Urkunden und Genehmigungen beisammen hatte und in La Guaira an Bord der *Prins Frederik* gehen konnte.

Bernard, den ich vor Jahren, als er der Abhängige und ich sein Gönner war, hierhergeschickt habe, wird auf der Insel bleiben. Er wird nie fortgehen. Er hat nichts, wohin er gehen könnte. Ich spürte bei ihm all das, was ich bei unserer Begegnung auf der Veranda der Gouverneursresidenz gespürt hatte, als er in seiner Londoner Seide vor mir stand: Ich spürte erneut all sein Pathos, all seine Angst, und die Zerbrechlichkeit des Lebens, das er für sich und seine Frau geschaffen hat.

Wir standen nach dem Dinner auf der Veranda und blickten über das schmale Tal. Das würde Bernard immer sehen, und das war es, um was er trauern würde, sollten seine Lebensumstände sich ändern.

Seine Hand lag auf der Balustrade der Veranda. Ich legte meine Hand auf seine und sagte: ›Ich weiß nicht, was aus mir geworden wäre, wenn Sie mich nicht an jenem Tag vor einem Jahr in der Residenz des Gouverneurs aufgesucht hätten.‹

Er hob den Kopf und sah mich an. Tränen traten in seine Augen. Er sagte: ›Ich hoffe, es wird alles gut werden, General. Ich bin sicher, es wird alles gut werden.‹

Hislop wird das, was ich ihm anzubieten habe, nicht ausschlagen, Sally. Ich habe ihm etwas ziemlich Wichtiges anzubieten. Die Welt kommt mir wieder entgegen, und es könnte sein, daß

Leander seinen Vater wiedersieht, noch bevor Sie diesen Brief lesen.«

Zuvor hatten Afrikaner auf dem Gelände gearbeitet und eine afrikanische Sprache gesprochen, nun waren es Chinesen. Es waren kleine, eingeschrumpfte Männer mit knochigen Gesichtern. Sie trugen spitze, runde Strohhüte und lange, schwarze Zöpfe. Ihre von der Sonne gebräunten Arme waren sehnig und wirkten in den sehr weiten kurzen Ärmeln ihrer cremefarbenen Kittel sehr dünn. Die weiten, losen Hosen in derselben Farbe endeten knapp unterhalb der Knie. Die Männer sahen sehr alt aus; ihre Augen wirkten weich und verletzlich.

Einige Minuten nachdem Miranda dem Diener seinen Namen genannt hatte, erschien Hislop auf der Veranda. Und dort, im Stehen, sprachen sie miteinander. Der Regen und die Sonne eines Jahres hatte die Dielen aus Kiefernholz dunkeln lassen und ein wenig mehr von den weichen Fasern zwischen den Rippen aus härterem Holz weggefressen.

Hislop sagte: »Ich habe Ihren Brief erhalten, Mr. Miranda. Sie werden jedoch verstehen, daß meine Situation nicht einfach ist. Be'nard wird Ihnen von Lord Castlereaghs Anweisung erzählt haben.«

Miranda sagte: »Die Anweisungen von Ministern sind interpretierbar, da sie der tatsächlichen Situation nicht immer angemessen sind. Lord Castlereagh hat Sie dazu beglückwünscht, wie Sie mit dem Sklavenaufstand fertig geworden sind. Im vergangenen Jahr hat das die freien Farbigen allerdings nicht davon abgehalten, Wirbel um einen der ihren zu machen, dem die Ohren abgeschnitten wurden. Das kann sich zu einer ernsten Angelegenheit auswachsen, und ich glaube, wenn es so weitergeht, werden Sie feststellen, daß Lord Castlereagh sich von Ihrer Vorgehensweise distanzieren wird. Ich möchte mit Ihnen über juristische Fragen sprechen. Was ich Ihnen zu sagen habe, wird Sie interessieren.«

»Das haben Sie mir bereits geschrieben.«

»Als Picton noch Gouverneur war, arbeitete ich gegen ihn,

und in gewisser Weise bin ich für seine Amtsenthebung verantwortlich. Später schickte ich einen Agenten namens Pedro Vargas hierher. Er hat seine Pflichten mir gegenüber verletzt. Die Berichte, die er mir schickte, bestanden aus Unsinn und gefährlichen Lügen. Er setzte sich mit dem Kommissar in Verbindung, der Pictons Amtstätigkeit untersuchte. Man stellte ihn als Assessor für spanisches Recht vor, und so wurde er zu einem von Pictons Anklägern. Er behauptete, das spanische Recht verbiete es, einen freien Mann zu foltern. Wie wir wissen, ist das Humbug. Doch Vargas war der einzige in London, der über die einschlägigen spanischen Gesetzbücher verfügte, und in jener Zeit tobte ein großer Krieg, und es war schwierig, einen anderen Experten für spanisches Recht zu finden.«

Hislop sagte: »Ich habe mir viele Nächte den Kopf darüber zerbrochen, wie ich ein Londoner Gericht davon überzeugen könnte, daß die Spanier die Folter anwenden.«

»Vargas war einst ein mutiger Mann. Er war an einer gefährlichen Verschwörung in Neugranada beteiligt. Danach hat er sich nach England durchgeschlagen. Das war 1799. Als er dort ankam, wandte er sich um Hilfe an mich. Er schrieb mir einen langen Brief, in dem er die Folter, die er hatte erdulden müssen, in allen Einzelheiten schilderte. Vor Gericht würde dieser Brief die Zeugenaussage, die er in der Verhandlung gegen Picton gemacht hat, widerlegen. Die Anklage gegen Picton würde fallengelassen werden. Ebenso wie die, welche die freien Farbigen gegen Sie vorbereiten wegen des Mannes, der sich eines Liebeszaubers bediente und von Vallot gefoltert wurde.«

»Das haben Sie mir nie erzählt. Vor einem Jahr schon haben wir in diesem Haus gesessen und über die Angelegenheit gesprochen.«

»Ich hatte es vergessen. Es fiel mir erst vor ein paar Wochen wieder ein, als mir ein Seemann hier aus dem Gefängnis schrieb. Da dachte ich an all die Bittschriften, die ich in meinem Leben bekommen habe. Ich kann mich nicht einmal an die Namen der Leute erinnern. Den Namen dieses Schweden habe ich bereits vergessen. Und ich glaube, abgesehen von der Beschreibung der

Folter war an Vargas' Brief nicht viel Erinnernswertes. Wahrscheinlich war er voller Phrasen, genau wie dieser Unsinn, den er mir von hier schickte. Aber es gibt noch einen anderen Grund. Alle, die im Exil leben und mit der Regierung in Verbindung treten, haben Decknamen, die im schriftlichen Verkehr gebraucht werden. Vargas' Deckname war ›Oribe‹. Unter diesem Namen schrieb er mir, und unter diesem Namen ist er mir in Erinnerung geblieben. Mein eigener Deckname war, wie Sie wissen, Mr. George Martin.«

»Und dieser Brief befindet sich in London unter Ihren Papieren?«

»Unter den Papieren, die sich in fünfunddreißig Jahren angesammelt haben. Sie sind in dreißig Kartons und zwei ledernen Mappen aufbewahrt. Ich habe eine ungefähre Vorstellung, wo ich suchen müßte. Jemand anders könnte ihn unmöglich finden. Pictons Berufungsverhandlung wird bald stattfinden.«

»Es könnte nützlich sein, wenn Sie schon vorher dort wären.«

»Bedeutsame Dinge kündigen sich an, General. Eine große Streitmacht, mit General Wellesley an der Spitze. Ich glaube, Sie wissen, wovon ich spreche. Wenn ich nicht rechtzeitig nach London komme, wird in den Plänen, die jetzt geschmiedet werden, vielleicht kein Platz mehr für mich sein. Und möglicherweise werde ich dann auch keinen Stab mehr brauchen. Sollte ich einen Stab haben, so müßte darin ein Mann sein, der Spanisch kann und mit britischen Militärs auf höchster Ebene umzugehen weiß. Ich weiß sehr gut, daß Sie hier nicht auf Rosen gebettet sind.«

»General.«

»Was die spanische Regierung betrifft, so braucht sie lediglich zu wissen, daß ich von hier aufbreche, mein Unternehmen aufgebe, mein Schiff und meine Ausrüstung zurücklasse und zurück nach London fahre. Lord Castlereagh wird in keiner Weise kompromittiert werden. Und wie Sie wissen, General, löscht der Erfolg gewisse Dinge einfach aus. Da ich nach London zurückfahre, habe ich natürlich keine weitere Verwendung für mein Schiff. Es kann verkauft oder anderweitig veräußert werden. Es stellt einen ordentlichen Wert dar. Ich möchte Sie als meinen Agenten einsetzen. Diesen Dienst werden Sie mir nicht versagen. Ich bin sicher, daß zwischen Ihnen und Briarly und dem Eigner der *Trimmer* und den Männern von der *Leander* bestimmte Dinge zufriedenstellend arrangiert werden können.«

»Es wird sich finden. Ich glaube, ich sollte Ihnen sagen, daß Briarly auf meine Weisung für eine Weile im Gefängnis war.«

»Tatsächlich? Auf Ihre Weisung?«

»Er beklagte sich aus dem Gefängnis über den Schmutz und den Gestank. Ich habe seine Beschwerde mit äußerster Korrektheit behandelt und an den Kommandeur der Militärpolizei weitergeleitet. Das Gefängnis fällt in seine Zuständigkeit. Er kassiert einen Teil der Gefängniskosten. Er sagte, das Gefängnis sei so sauber, wie ein Gefängnis sein müsse. Es werde täglich feucht gewischt. Ich leitete die Notiz an Briarly weiter. Ich glaube nicht, daß ihm das Gefängnis geschadet hat. Er war wirklich ganz unerträglich geworden. Er hat das Schiff beschlagnahmt, das die Chinesen aus Kalkutta gebracht hat. Es gehört der East Indian Company, doch er behauptet, es habe da Unregelmäßigkeiten gegeben. Die Angelegenheit wird noch bearbeitet. Niemand weiß, wer das Schiff und die Überfahrt der Chinesen zu bezahlen hat. Unsere Kasse ist vollkommen leer. Wir wissen nicht, ob wir die Company bezahlen sollen oder ob London das übernehmen wird. Bis zur Klärung dieser Frage haben wir kein Schiff, mit dem wir die Chinesen zurückschicken können. Sie haben sich nicht bewährt. Mir scheint, als London die Leute von der East India Company in Kalkutta angewiesen hat, uns Chinesen zu schicken, sind sie hingegangen und haben die erstbesten Opiumhöhlen geleert. Ich kann mir nicht vorstellen, daß diese Leute in Kalkutta auch nur einen einzigen Baum gepflanzt, Gemüse angebaut oder Unkraut gejätet haben. Es sind Stadtmenschen. Und niemand in London oder Kalkutta hat an Frauen gedacht. Diese Chinesen sehen Negerfrauen nicht einmal an. Und keine freie Mulattin würde einen Chinesen ansehen. Und so sind sie in dem Jahr, seit sie hier sind, schier verrückt geworden. Sie sind so lange hier wie Sie, General. Sie hassen es, angestarrt zu werden, und dabei gibt es immer noch Leute, die extra herkommen, um sie sich anzusehen. Das einzige, was sie aufrecht hält, ist das Opium. Viele von ihnen sind gestorben. Den Rest will ich so bald wie möglich zurückschicken.«

»Das ist eine Reise von sechs oder sieben Monaten. Genauso lange hat es gedauert, herzukommen. Ein Jahr oder länger sind sie hier gewesen. Ich frage mich, welche Erinnerungen an diesen Teil ihres Lebens diese Menschen nach Kalkutta mitnehmen werden. Werden sie wissen, wo sie gewesen sind? Wie sie starren!«

»Sie stehen da, um Sie anzusehen! Ich glaube, es ist wegen Ihres langen weißen Zopfes. So etwas ist hier ungewöhnlich. Er ist länger als der Marinezopf, und Sie sind älter als die meisten Marineleute. Wahrscheinlich denken sie, daß Sie einer der Ihren sind, der gekommen ist, um sie zurückzubringen. Ich werde Ihnen einen Paß ausstellen lassen, General. In der dritten Oktoberwoche läuft die *British Queen* nach Tortola aus. Das läßt Ihnen genug Zeit, Ihre Angelegenheiten hier zu ordnen. In Tortola wird der Konvoi nach England zusammengestellt. Er wird Mitte November in See stechen. Das Flaggschiff ist die *Alexandra*. Ich denke, man wird Ihnen eine Kajüte geben. Noch vor Ende des Jahres werden Sie wieder in London sein.«

Die Chinesen musterten stumm die beiden Männer, die miteinander sprachen, und als Miranda die Verandatreppe hinunterging, traten sie näher und starrten ihn an.

Miranda sagte: »Wird ihnen irgend jemand glauben, wenn sie in Kalkutta diese Geschichte erzählen? Werden sie selbst es nach einer Weile noch glauben?«

»General, mir verbleiben nur noch wenige Jahre aktiver Dienstzeit. Diese Zeit wird durch ihre Kürze um so kostbarer. Selbstverständlich ist es mein vornehmstes Ziel, einen ehrenvollen Posten zu bekleiden, der natürlich nicht im Widerspruch zu meinen privaten Interessen stehen soll. Ich glaube, wir verstehen einander, General. Es wird mir eine Ehre sein, unter Ihnen zu dienen, doch würde es mir schwerfallen, einen Rang zu akzeptieren, der niedriger ist als der eines Generalmajors. Ich versichere Ihnen, daß dies keine leere Eitelkeit ist. Ich denke dabei mehr an andere. Ich habe gewisse Verpflichtungen, und in dieser Phase eines Lebens, das mehr als andere voller Strapazen und zunichte gemachter Hoffnungen war, werde ich etwas Geringeres nicht mit ganzem Herzen akzeptieren können.«

»Sie brauchen nichts weiter zu sagen, General.«

Wir überspringen sechs Jahre. Venezuela ist im Aufruhr, ein Land voll Blut und Rache nach drei Jahren Revolution, und Miranda sitzt in der Festung Morro in Puerto Rico, ein Gefangener der Spanier. Er wartet auf seine letzte Reise über den Atlantik nach Spanien, wo ihn der Kerker von La Carraca in Cádiz erwartet. 1771 hat ihn die *Prins Frederik* nach Cádiz gebracht. Es war die erste europäische Stadt, die er gesehen hat. Dort hat er das seidene Taschentuch und den seidenen Schirm gekauft, und dort wird er, zeitweise angekettet, die letzten drei Jahres seines Lebens verbringen.

Es hatte schließlich doch keine größere britische Invasion in Südamerika gegeben. Obwohl eine solche Invasion ernsthaft geplant wurde, als Miranda von Trinidad zurück nach London fuhr. General Wellesley (der zwei Jahre später Herzog von Wellington wurde) stellte in Irland eine große Invasionsstreitmacht zusammen. Miranda – ein Südamerikaner, der der britischen Aktion einen Anstrich von Legitimität gegeben hätte – sollte eine bedeutende Funktion in dieser Armee haben. Doch dann mußten, wie so oft bei Miranda, die Pläne geändert werden. Beinahe im letzten Augenblick marschierten die Franzosen in Spanien ein; mit einemmal war Spanien ein Verbündeter Englands im Kampf gegen Napoleon, und die britische Armee, die Spanisch-Südamerika hätte erobern sollen, wurde auf die iberische Halbinsel geschickt, um einen Befreiungskrieg zu führen.

Miranda war achtundfünfzig und hatte weißes Haar. Es mochte nun scheinen, als gebe es für ihn nach all diesen Jahren des

Wartens nichts mehr zu tun. Doch dann, zwei Jahre darauf, erklärte Venezuela seine Unabhängigkeit von Spanien. Der siebenundzwanzigjährige Simón Bolívar kam nach London, um Hilfe für sein Land zu erbitten, und Miranda kehrte mit ihm nach Venezuela zurück.

Er muß geglaubt haben, in ein Land zurückzukehren, in dem die Revolution gesiegt hatte. Das Land, das er vorfand, war in Rassen und Kasten zerfallen, und es tobte ein Bürgerkrieg, den niemand mehr im Griff hatte und für den Mirandas militärische Fähigkeiten nicht annähernd ausreichten. Nach zwanzig Monaten war die erste Phase dieses Krieges vorüber. Die Revolution war für den Augenblick geschlagen; in den Gefängnissen übte man Rache an den republikanischen Gefangenen, und auch Miranda war – wie ein Mann, der einem Schicksal entgegengeeilt war, dem er mehr als einmal hatte entrinnen können – ein Gefangener, verraten an seine alten Feinde, die Spanier, verraten von dem Mann, der ihn aus London geholt hatte und einmal in der Grafton Street zum Tee eingeladen gewesen war.

Fünf Monate lang war er im Gefängnis von La Guaira, von wo die *Prins Frederik* 1771 aufgebrochen war. Dann wurde er in die Festung San Felipe in Puerto Cabello verlegt, wo 1806 zehn Offiziere der *Bacchus* und der *Bee* in weißen Gewändern und Kappen gehängt, gevierteilt und mitsamt ihren Uniformen und Waffen und Mirandas südamerikanischer Fahne verbrannt worden waren. Fünf Monate später wurde er nach Puerto Rico, in die Festung Morro, gebracht, wo dreizehn Männer der *Bacchus* und der *Bee* eine Zeitlang eingekerkert gewesen waren, gefesselt mit fünfundzwanzig Pfund schweren Ketten, die Betten aus Stein, mit Ziegeln als Kissen.

Während er dort darauf wartet, nach Spanien gebracht zu werden, darf Miranda Besuche des Venezolaners Andrés Level de Goda empfangen. Level ist sechsunddreißig und Rechtsanwalt von Beruf. Achtunddreißig Jahre später, als die meisten dieser Leidenschaften zu Staub zerfallen sind und Mirandas Ruhm fast gänzlich ausgelöscht ist, werden Levels Erinnerungen (neben den offiziellen Eintragungen in den Gefängnisbüchern) das einzige Zeugnis von Mirandas Leben als Gefangener sein.

Level stammt aus einer kreolischen Familie von Grundbesitzern, die (zumindest bis zur Revolution) Kakao- und Zuckerplantagen auf der venezolanischen Seite des Golfs besaß. Er ist Royalist. Er will, daß Venezuela an seiner Bindung an Spanien festhält. Er glaubt, daß die Revolution, der Miranda dienen sollte, keinen Rückhalt im Volk hatte und von einigen Aristokraten – seines Erachtens zweitklassigen Männern – angezettelt wurde, die alte Rechnungen begleichen und ihre eigene Position sichern wollten. Ein Venezuela, dessen Verbindung zu Spanien gekappt ist, wird, so glaubt er, in einen endlosen Bürgerkrieg gestürzt werden: Es gibt in diesem Land zu viele Fraktionen, zu viele Kasten, zuviel Haß. Politisch haben Level und Miranda auf gegnerischen Seiten gestanden, doch in Puerto Rico begegnen sie sich mit einer Art von gegenseitigem Verständnis. Miranda ist von der Revolution verraten worden; er steht jetzt jenseits der Politik. Level ist durch die Unruhe in Venezuela und Spanien zu einem Wanderer geworden, der nur über wenig Mittel verfügt. Im Augenblick kann er nicht nach Venezuela zurück, denn die Revolution ist wieder aufgeflammt, und man hat ihn für vogelfrei erklärt. In Puerto Rico ist er von der Großzügigkeit seines Freundes, des Militärgouverneurs Meléndez, abhängig. Daher verbindet Miranda und Level bei dieser Begegnung auch eine gewisse Niedergeschlagenheit.

An vielen Nachmittagen geht Level zur Festung Morro und sitzt bei Miranda in der Zelle, und während dieser seine tägliche Tasse Tee trinkt, unterhalten sie sich. Der Kommandeur von Mirandas Sonderbewachung läßt die Zellentür offen, wenn die beiden Männer zusammen sind. Levels Bewunderung für Miranda wächst: die flüssige Sprache, die Autorität, die Stimme, die physische Präsenz des alten Mannes, sein Wissen über Menschen, Bücher und große Ereignisse.

Meléndez, der Militärgouverneur, erweist Miranda alle Ehren. Er läßt ihm Essen aus einer Taverne bringen. Er sorgt sogar dafür, daß Miranda Geld (von Konten in London) erhält, und zwar über einen Beamten auf der britischen Insel St. Martin, die zu Schiff in wenigen Stunden zu erreichen ist.

Miranda interessiert sich für Nachrichten aus Spanien, und Meléndez gibt ihm die Zeitungen aus Cádiz, sobald sie eingetroffen sind. In ihnen liest Miranda über den Krieg gegen die Franzosen in Spanien. Er liest von den Schlachten und dem wachsenden Ruhm des Herzogs von Wellington und General Pictons, des ehemaligen Gouverneurs von Trinidad. Sicher leidet der alte Mann, wenn er an seinen eigenen tiefen Sturz denkt, doch Level und Meléndez gegenüber zeigt er keine Emotionen.

Er trinkt seinen Tee auf besondere Weise. Er drückt den Saft einer halben Zitrone in die Tasse, und während er diese Mischung trinkt, knabbert er an der Zitronenschale, wobei er (fast als wäre das ein Wettlauf gegen sich selbst) darauf achtet, daß er gleichzeitig mit der Tasse Tee und der Zitronenschale fertig ist.

Eines Nachmittags sagt er zu Level: »Warum starren Sie mich so an? Sie erinnern mich an die Chinesen in Trinidad. Die dachten, ich sei gekommen, um sie in ihre Heimat zurückzubringen. Hat Hislop Ihnen davon erzählt?«

Level kennt den Mann, auf den Miranda sich bezieht. Er war eine Zeitlang in Trinidad und hat Gouverneur Hislop in Fragen des spanischen Rechts beraten.

Er sagt: »Ich starre Sie nicht an, General. Ich betrachte Sie, damit ich mich später besser erinnern kann. Ich dachte gerade, daß ich eines Tages sagen werde, General Miranda habe seinen Tee in Limonade verwandelt.«

»Das hat mein Vater an heißen Nachmittagen in Caracas gemacht. Ich habe damit angefangen, als ich zurückgekehrt war.«

»Wenn ich bei Ihnen bin, denke ich an all die Orte, die Sie gesehen haben, und an all die Menschen, denen Sie begegnet sind, und in mir wächst das Gefühl, daß auch ich einen bescheidenen Platz in der Geschichte habe. Es ist ein so kostbares Gefühl, daß ich es kaum festhalten kann. General, ich versuche seit einiger Zeit, mit Ihnen über etwas Bestimmtes zu sprechen. Es ist zwar etwas, über das ich eigentlich nicht mit Ihnen sprechen sollte, doch würde ich mir eine solche Unterlassung später nicht verzeihen können. Ich möchte, daß Sie mir von Katharina der Großen erzählen. Vergeben Sie mir, wenn Sie diese Bitte für ungebührlich halten. Wenn sie Ihnen zu aufdringlich erscheint, betrachten Sie sie als nicht ausgesprochen.«

»Das ist eine der Geschichten, die ich gefördert habe, ja, die ich anfangs, in meinen Dreißigern, nachdem ich die spanische Armee verlassen hatte, beinahe selbst in die Welt gesetzt habe. Wie so vieles, was ich damals gedankenlos getan habe, ist sie später zu mir zurückgekehrt und hat mir sehr geschadet. Ich erregte damit eine Menge Neid. Nicht auf die Art, an die Sie jetzt denken. Die Venezolaner liebten die Geschichte. Für sie war es keine Ruhmesgeschichte über mich, sondern über sie selbst. Manche taten, als hätte ich ihnen etwas weggenommen. Sie fanden, ich hätte etwas mißbraucht, das ihnen gehörte. Ich hatte mich zwischen sie und die Arme der Zarin gestellt. Und das übertrugen sie dann auf meinen ganzen Werdegang. Was immer ich in dieser Welt getan hatte, hatte ich in ihren Augen nur getan, weil ich wie sie, wie meine Kritiker, war. Ob in Rußland oder England oder Frankreich oder den Vereinigten Staaten – meinen Leistungen lagen keine persönlichen Verdienste zugrunde. Wenn sie dort gewesen wären, wo ich gewesen war, hätten sie das, was ich getan hatte, so gut wie ich getan. Ihrer Meinung nach hatte ich nichts aufs Spiel gesetzt, war kein Risiko eingegangen, hatte keinen persönlichen Willen zum Ausdruck gebracht. Und sie gingen sogar noch weiter: Sie selbst hatten es statt meiner getan. Ich hatte nichts getan. Ich war nichts.

Ich weiß nicht, ob Hislop es Ihnen gesagt hat, aber ich habe ihm in Trinidad erzählt, wie Picton mir 1798, fast dreißig Jahre, nachdem ich meine Heimat verlassen hatte, geschadet hat. Er hat an die Minister in London geschrieben, daß ich zwar wichtig, aber dennoch ein Niemand sei, der Sohn eines Krämers aus Caracas. Natürlich hatte er diese Information aus Caracas, und obwohl sie auf vielen Umwegen an mein Ohr drang, konnte ich die Stimme des Venezolaners hören, der glaubte, ich sei der Umarmung der Zarin nicht würdig gewesen und hätte etwas besudelt, das eigentlich ihm zustand.

Als ich zurückkehrte, geschah etwas Ähnliches. Wie Sie wissen, hatte Bolívar mich geholt, und ich sollte in seinem Haus in Caracas wohnen, da ich, nach vierzig Jahren, kein eigenes mehr besaß. Ich ging nicht direkt dorthin. Ich fand, ich sollte die korrekten Formen wahren und der Revolution meine Achtung erweisen. Also schrieb ich, nachdem ich in La Guaira an Land gegangen war, an Roscio, den Außenminister der Junta, und bat ihn um die Erlaubnis, nach Caracas zu fahren. Seine Antwort war bemerkenswert und beleidigend. Er schrieb, ich solle nie vergessen, daß ich dem Land mehr schulde als die meisten anderen, da ich ungewöhnlich privilegiert gewesen sei und viele Jahre im Ausland, an den Höfen Europas, verbracht hätte. Was er eigentlich sagte, war, daß ich während meiner vierzig Jahre im Ausland vom nationalen Erbe gezehrt und mein Heimatland ausgebeutet hatte und nun ein wenig von meinen Schulden zurückzahlen sollte. Und obwohl vordergründig von der Revolution die Rede war, wußte ich sofort, daß auch an Roscio der Neid über die Episode mit Katharina der Großen nagte. Die Geschichte hat mir sehr geschadet. Nach diesem Brief von Roscio hätte ich nie nach Caracas fahren dürfen. Ich hätte wissen sollen, daß man mir die dortige Situation falsch dargestellt hatte. Ich hätte in La Guaira bleiben und mit der *H.M.S. Avon* nach Curaçao zurückfahren sollen. Ich hätte sie warten lassen sollen, wenn nötig ein Jahr. So hätte ich es machen sollen.«

Level sagt: »Unser Haß, General, unser Haß. Er ist nicht wie der Haß anderswo.«

»In dieser Hinsicht hat uns das spanische Reich verdorben. Es hat uns rückständig gemacht und uns nur sehr wenig zu tun gegeben. Es ließ uns keine Möglichkeit, uns als Männer zu beweisen. Es ließ uns nie an eine Weiterentwicklung des Menschen glauben. Es ließ uns nur an Glück und Geburt und Einfluß und Diebstahl und die Patente des Königs glauben. Es ließ uns vor der Obrigkeit kriechen und sie gleichzeitig verspotten. Es ließ uns glauben, alle Menschen seien im Grunde wertlos. Viele der Dummheiten, die ich in jungen Jahren begangen habe, sind darauf zurückzuführen. Es dauerte zehn Jahre, bis ich begriff, daß es in anderen Ländern anders zuging.«

Level sagt: »Früher glaubte ich, der Neid, von dem Sie sprechen, sei harmlos wie die Mißgunst, die ein Krämer für den Mann empfindet, der nebenan einen Laden aufmacht. Nach der Revolution verwandelte dieser Neid sich in Haß. Wir haben uns diesem Haß unterworfen. Heutzutage hält man erst ein, wenn man die Knochen seines Feindes sieht. Ich hätte das nicht für möglich gehalten. Ich dachte, dafür wären die Leute zu ängstlich. Ich erinnere mich an die ersten Revolutionäre, Gual, España, in den späten neunziger Jahren. Sie schickten Leute auf unsere Besitzungen und auf die anderer und versuchten uns zu interessieren. Sie sagten, sie wollten eine Republik, und die Fahne solle vier Farben haben, als Sinnbild der verschiedenen Rassen: Weiß, Blau für die Neger, Gelb für die Mischlinge, Rot für die Indianer. Diese vier Farben sollten auch die vier Ziele der Republik symbolisieren: Freiheit, Gleichheit, Sicherheit, Eigentum. Eigentum für die Weißen, Freiheit für die Neger, Gleichheit für die Mulatten, Sicherheit für alle. Sie wollten allen alles geben. Wie wollten sie das tun? Wenn man sie das fragte, wußten sie keine Antwort. Darüber hatten sie sich noch keine Gedanken gemacht. Sie hatten nur über die Fahne und ihre Farben nachgedacht. Manchmal wurden sie wütend: ›Sie sind ein *americano*. Sie sollten stolz sein. Wie können Sie so niedrige Dinge sagen? Liegt Ihnen Ihr Land nicht am Herzen?‹ Ich antwortete dann: ›Sie stellen es falsch dar. Sie können mir nicht einreden, daß Ihre Fahne mein Land ist. Wenn Sie von Unabhängigkeit sprechen, sollten sie fragen: »Wer wird über uns herrschen?« Das ist die Frage, die Ihnen jeder stellen wird, und mit ihr beginnt der Krieg.‹ Und genau so ist es gekommen. Jetzt, da der Vier-Farben-Krieg begonnen hat, weiß ich nicht, wie er ein Ende finden soll. Es wird immer einen geben, der nach dem entscheidenden Sieg strebt, und einen, der nach Rache trachtet.«

Miranda sagt: »Ich glaube, es gibt niemanden, der eine Verfassung für ein Land wie Venezuela ausarbeiten könnte. Das ist unser spanisches Erbe. Diese Männer, die Sie erwähnt haben,

Gual, España und die anderen, hatten zuviel erlitten, um klarer denken zu können. Und ich kann Ihnen jetzt auch sagen, daß die venezolanische Verfassung, die ich selbst ausgearbeitet hatte, absurd war. Und dabei hatte ich so viel Zeit darauf verwendet. Sie war halb römisch, halb britisch. Ich hatte keine Konsuln vorgesehen, sondern Beamte, die ich ›Inkas‹ nannte. Sie verstehen: ein bißchen Lokalkolorit. Ich redete mir ein, daß ich an meine Verfassung glaubte, aber ich weiß auch, daß ich sie entworfen hatte, um die Leute im Ausland zu beeindrucken. Vielleicht gibt es irgendwo ein Genie, das uns eine Verfassung erarbeiten kann. Es kann jedoch kein Venezolaner sein, denn kein Venezolaner ist gelassen genug, um das Problem weise zu lösen, und es kann auch kein Außenstehender sein, weil der die Zwiste und Leidenschaften nicht einmal annähernd begreifen könnte.«

»In all den Jahren, in denen Sie über Venezuela und Südamerika geschrieben haben, General, haben Sie vereinfacht. Sie haben von Inkas und Weißen gesprochen. Sie haben von Menschen gesprochen, die Platos Republik würdig seien. Sie haben immer zwei Farben weggelassen. Sie haben die Schwarzen und die Mulatten ausgelassen. Haben Sie das getan, weil Sie so weit entfernt waren?«

»Nein. Ich habe es getan, weil es für mich intellektuell leichter war. Die meisten meiner Vorstellungen von Freiheit habe ich in meiner Zeit im Ausland aus Gesprächen und aus Büchern bezogen. So wurde das Land, das ich in Gedanken schuf, immer mehr wie die Länder, von denen ich las. Bei Tom Paine oder Rousseau kamen keine Neger vor. Und als ich versuchte, wie sie zu schreiben, fand ich es schwierig, die Neger in das Bild einzufügen. Natürlich wußte ich, daß es sie gab. Aber ich dachte, für die Wahrheit, auf die ich hinarbeitete, seien sie belanglos. Als ich begann, meinen Entwurf niederzuschreiben, hatte ich das Gefühl, daß ich sie auslassen mußte. Durch meine Art zu leben – immer im Ausland – war ich daran gewöhnt, gleichzeitig zwei oder mehr Vorstellungen von derselben Sache im Kopf zu haben. Zwei Vorstellungen von meinem Heimatland, zwei oder drei Vorstellungen von mir selbst. Dafür habe ich einen hohen Preis bezahlt. Sie dürfen mich jetzt nicht dafür tadeln.

Als ich von Trinidad nach England zurückkehrte, lernte ich William Wilberforce kennen. Ich bewunderte ihn sehr. Ich hielt ihn für einen Philanthropen, einen Beschützer der Unterdrückten. Ich wußte, daß er sich mit mir über die Sklaverei unterhalten wollte, doch als ich zum erstenmal bei ihm in Kensington dinierte, kamen wir sehr bald auf die Inquisition zu sprechen, und das führte zu einer langen Diskussion über die Freiheit in Südamerika. Ich glaubte, ihm die Demütigungen begreiflich machen zu müssen, mit denen ein Mann wie mein Vater hatte leben müssen. Oder jemand wie der arme Manuel Gual, über den wir gesprochen haben: Nach dreiunddreißig Jahren Armeedienst durfte er nur Hauptmann im Veteranenbataillon sein, der arme Gual, weil die höheren Ränge Spaniern vorbehalten waren. Ich wollte über den ständigen, demütigenden Gehorsam sprechen, der in allen Dingen von uns gefordert wurde. Gehorsam gegenüber der Kirche, Gehorsam gegenüber dem König und seinen Beamten; die Demütigungen, von denen wir unaufhörlich umgeben waren. Ich mußte Wilberforce diese Dinge begreiflich machen – sie sind nicht leicht zu erklären –, und ich hatte das Gefühl, eine Erörterung der Negerfrage wäre eine Verschwendung seines Interesses an uns gewesen. Außerdem hätte es ihn im Zusammenhang mit dem, was ich ihm über Südamerika erzählte, nur verwirrt. Ich wußte, wie wichtig Wilberforce die Befreiung der Neger war, und ich machte deutlich, daß ich seine Ansichten ohne Einschränkung teilte. Doch ich hatte das Gefühl, daß er über völlig andere Länder sprach. Ich hatte das Gefühl, daß ich mit einer vollkommen anderen Sache befaßt war als er. Ich war nicht der einzige, der so dachte. Sie wissen ja, wie sehr Hislop sich danach sehnte, Trinidad zu verlassen und der Sache Südamerikas zu dienen.

Und dann, viele Monate später, als mir dieses Gespräch wieder einfiel, fragte ich mich, was Wilberforce, dieser überragend gute Mensch, wohl von mir gedacht hätte, wenn er gewußt hätte, daß ich nach der Belagerung von Pensacola aus einer ganz nüchternen Überlegung heraus drei Neger als Spekulationsobjekte gekauft hatte und daß ich nur ein paar Jahre später die spanische Armee verlassen mußte, weil ich versucht hatte, zwei Schiffsladungen Neger von Jamaika nach Kuba zu schmuggeln.«

»Es gab da Gerüchte«, sagt Level.

»Sie entsprachen der Wahrheit. Aber das ist nicht annähernd die Wahrheit über mich. Das war ganz am Anfang, vor dreißig Jahren. Ich trat gerade erst in die Welt hinaus. Und so war die Welt, die ich vorfand. Danach lebte ich noch ein ganzes Leben, und für dieses Leben war ich verantwortlich. Ich hatte nicht das Gefühl, Wilberforce betrogen zu haben. Andererseits: Als ich ihm damals Bolívar und die anderen vorstellte und er so freundlich war und sagte, wie glücklich er sich schätze, gerade zu dieser Zeit in London zu sein – was hätte er wohl gedacht, wenn er gewußt hätte, daß meine Angst vor spanischen Gefängnissen und der Inquisition (und ein großer Teil der politischen Ansichten, die ich ihm vorgetragen hatte) auf jene Schmuggelei zurückging. Wenn ich nicht desertiert wäre, hätte ich zehn Jahre lang Strafdienst in Oran in Nordafrika leisten müssen.

Nach meiner Desertion habe ich jahrelang überall, wohin ich kam, Gefängnisse besucht. So etwas tut man als Reisender in Europa. Ich stellte mich damit auch selbst auf die Probe. Das Gefängnis von Kopenhagen war das schlimmste. Manche der Gefangenen waren angekettet. Einige von ihnen waren bloß säumige Schuldner. Die Latrinen mit ihren Exkrementen wurden monatelang nicht geleert. Das jagte mir eine solche Angst ein, daß ich an die Behörden schrieb. Und jetzt bin ich hier. Ich nehme an, diese Rechnung ist beglichen.«

Level sagt: »Hislop und ich haben viel über Ihre Zeit in Trinidad gesprochen. Als ich dort war, fühlte ich mich selbst wie in Venezuela. Hatten Sie in Trinidad nicht das Gefühl, einen flüchtigen Blick auf das zu erhaschen, was auf der anderen Seite des Golfs lag?«

»Auch hier: Ich wußte es und wußte es doch nicht. Es gab zwei Augenblicke, in denen ich es sehr klar erkannte. Der erste kam am Tag meiner Ankunft, nach Puerto Cabello und der *Bacchus* und der *Bee*. Am Tag meiner Heimkehr, könnte man sagen. Ich hörte draußen einige Neger, die sich in einer afrikanischen Sprache unterhielten, und trat ans Fenster. Wir waren allesamt überrascht und einen Augenblick lang vollkommen verwirrt. Es war Tag, aber es regnete, und der Himmel war dunkel. Die Neger sahen mich an, als wäre ich ein Geist – das lag wohl an meinem weißen Haar und dem langen Zopf. Ich konnte es deutlich in ihren Augen sehen. Ich fühlte mich der Welt sehr weit entrückt. Der zweite Augenblick kam etwa zwei oder drei Monate, nachdem ich von meinem Unternehmen in Coro zurück war. Ein Mann namens Downie und eine Miss McLurie und einige andere nahmen mich mit auf eine Fahrt über die Insel. Unter anderem fuhren wir auch in ein Indianerreservat. Es gab ein paar davon, die Spanier hatten dort die Überreste der indianischen Bevölkerung angesiedelt. Es waren kleine Missionsstationen, Lichtungen im Wald. Die Indianer lebten in Hütten aus Palmwedeln, der Priester in einem kleinen Holzhaus, und die Kirche war bisweilen aus Lehmziegeln gebaut. Alles sah sehr primitiv und deprimierend aus. Die Indianer waren Alkoholiker geworden. Miss McLurie und Downie und die anderen Engländer wurden stellvertretend für mich sehr zornig, als sie die Missionsstation sahen. Sie dachten, der spanische Priester sei ein Schuft, der die Indianer als spottbillige Arbeitskräfte gebrauchte, um Zedernholz zu schlagen und zu Brettern zu verarbeiten, und einen zusätzlichen Profit einstrich, indem er ihnen Rum verkaufte. Sie wollten, daß ich eine Szene machte. Ich fand ihre Aufregung sonderbar, bis mir klar wurde, daß sie die Indianer als meine Landsleute betrachteten. Ich sah den Ort mit einemmal wie aus großer Entfernung und fühlte mich, als wäre ich in eine Falle gegangen und könnte nie mehr von dort entkommen. Doch dann schob ich diesen Gedanken beiseite.«

»Ich weiß, es war schlimm für Sie in Trinidad. Ich habe mit verschiedenen Leuten gesprochen. Dort hätte für Sie alles zu Ende sein können. Die Menschen auf dieser kleinen Insel waren so voller Haß, daß sie kaum Zeit für Sie hatten. Wenn Sie noch ein Jahr geblieben wären, hätten Sie die wenigen Beschützer, die Sie hatten, vielleicht auch noch verloren. Das Erstaunliche ist, daß Sie so schnell den Entschluß faßten, noch einmal das Risiko einzugehen und zurückzukehren, nachdem Sie mit Glück von dort entkommen waren. Ich weiß nicht, was Bolívar Ihnen über die Situation im Land erzählt hat. Ich glaube, er hat Ihnen nicht gesagt, daß die Royalisten den Osten wie den Westen hielten.«

»Er schien meine eigenen Worte zu gebrauchen. Er gab mir das Gefühl, daß meine Prophezeiungen eingetroffen waren. Was für Schwierigkeiten ich hatte, eine Genehmigung zur Ausreise aus England zu bekommen! Es war fast so schwer wie damals, als ich Venezuela verließ. Es war viel schwerer, als Trinidad zu verlassen. Die Minister waren dagegen. Ihre spanischen Verbündeten in Cádiz sollten nicht denken, daß sie den Zerfall des spanischen Reiches förderten. Am Ende schlossen wir einen Kompromiß: Ich würde England auf einem Kriegsschiff verlassen, und sie würden es irgendwie übersehen. Um den Schein zu wahren, bestanden sie jedoch darauf, daß Bolívar und ich auf verschiedenen Schiffen reisten. Und so fuhr Bolívar mit meinen Papieren voraus. Ich erzähle Ihnen das, damit Sie sehen, daß ich zu ihm und seiner Familie vollkommenes Vertrauen hatte. Ein Jahr zuvor hatte ich meine Aufzeichnungen bei Dulau wunderschön binden lassen. Es waren dreiundsechzig Bände, die in drei neuen Kisten verpackt waren, jede versehen mit einer Messingtafel, auf der meine Initialen standen.«

»Wenn Sie gewußt hätten, daß am Ende das ganze Land gegen Sie sein würde, wären Sie dann gekommen?«

»Nach dreißig Jahren hätte ich nicht mehr fernbleiben können. Ich mußte es bis zum Schluß durchstehen. Sogar bis zu jenem Augenblick, von dem Sie gesprochen haben. Ich mußte sehen, wie meine Vorstellungen sozusagen umgekrempelt wurden. Am Ende war es eigentlich eine Erleichterung. Jahrelang hatte ich den Leuten erzählt, man könne mich mit zweihundert oder weniger Männern an der venezolanischen Küste absetzen, und das ganze Land werde sich um mich und meine Freiheitsfahne scharen. Aber das erlebte ich nicht. Der ungehobelte Marineoffizier, den die Royalisten mir entgegenschickten, erlebte es. Er war vom Glück gesegnet. Er landete mit hundertzwanzig Matrosen, und sofort liefen alle zu ihm über. Nach zwölf Wochen hatte er uns besiegt. Er konnte einfach nichts falsch machen. Die Indianer liefen zu ihm über. Die Mulatten, die *pardos*, die Dunkelhäutigen, liefen zu ihm über. Die Mulatten in Valencia kämpften wie Berserker. Sie kämpften weiter, als die Weißen sich schon ergeben hatten. Ich hatte fünftausend Männer. Die Mulatten kämpften weiter, obwohl sie nur fünfhundert waren. Wie Sie schon sagten: Für sie lautete die Frage der Revolution: ›Wer wird über uns herrschen?‹ Und sie wollten eben nicht, daß die Leute, die auf meiner Seite standen, über sie herrschten. Ich mußte zwei Angriffe auf Valencia machen. Bei dieser kleinen Belagerung wurden achthundert Männer getötet und fünfzehnhundert verwundet. Ich erinnerte mich zu spät an das, was Hislop über die freien Farbigen auf der anderen Seite des Golfs gesagt hatte – und ich hatte nie daran gedacht, daß das etwas mit mir zu tun haben könnte.

Später, als es schwierig wurde, überlegte ich, ob ich Neger in meine Armee aufnehmen sollte. Ich bot ihnen Freiheit, wenn sie sich für zehn Jahre verpflichteten. Ich weiß nicht, was Wilberforce davon gehalten hätte – das war knapp ein Jahr nach unseren Begegnungen in London. Aber in diesem Stadium ging alles, was ich tat, schief. Das Angebot, Neger aufzunehmen, trug mir keine guten Soldaten ein, und es brachte alle anderen gegen mich auf. Aus Rache setzten die Royalisten in Curiepe die Neger ihrer Plantagen gegen mich in Bewegung. Sie schickten sie nach Caracas, damit sie die Stadt plünderten und brandschatzten.

Das war das Ende. Ich war eingekesselt. Nachdem Bolívar Puerto Cabello verloren hatte, waren wir völlig ohne Nachschub. Täglich verlor ich Männer durch Desertion. Ich konnte mich auf keinen mehr verlassen. Ich konnte diesen Krieg nicht weiterführen. Anfangs hatten Leute wie Roscio mich nicht bei ihrer Revolution dabeihaben wollen, nun ließen sie mich mit ihr allein. Alle empfanden Verachtung, Angst oder Haß auf mich, und darauf konzentrierten sie sich – Republikaner, Royalisten, alle vier Farben. Da erkannte ich, was Sie soeben gesagt haben: daß dieser Krieg nicht zu gewinnen war. Und wenn die Revolution irgendwie hätte wiederhergestellt werden und wir an den Anfang hätten zurückkehren können, hätten sich die Ereignisse fast genauso wiederholt. In jenen letzten Tagen ging mir auf, daß ich in all den Jahren im Ausland immer nur für mich selbst gesprochen hatte und es zu der Revolution, für die ich gearbeitet hatte, nur hätte kommen können, wenn alle Venezolaner so gewesen wären wie ich, wenn sie aus einer Familie wie der meinen gestammt und einen Werdegang wie ich hinter sich gehabt hätten. Es war so, wie die Spanier gesagt hatten: Meine Revolution war ein persönliches Unternehmen.

Diese Erkenntnis war eine Erleichterung. Ich hätte sie nicht gehabt, wenn ich in London geblieben wäre oder dem Krieg auf halbem Weg den Rücken gekehrt hätte. Dann hätte das Gefühl an mir genagt, daß ich etwas hätte tun können und daß die Ideen, die ich entwickelt hatte, trotz der vier Farben und der Kakao- und Tabakbarone und allem, was ich über Venezuela wußte, vielleicht doch richtig waren. Vielleicht hatten die Philosophen recht. Vielleicht log unter den willkürlichen Faktoren, die das Leben eines Menschen bestimmen – Herkunft, Charakter, Geographie, Geschichte –, etwas, das wahrer war. Was mich betraf, so hatte ich immer dieses Gefühl gehabt. Vielleicht waren alle Menschen Platos Republik würdig, vorausgesetzt, man gewährte ihnen eine weise oder vernünftige Freiheit.

Ich hatte jetzt keine Ahnungen oder Zweifel mehr. Ich wußte, daß ich so weit durchgehalten hatte, wie es nur ging. Es kam der unvorstellbare Augenblick, da mir bewußt wurde, daß es keine Seite mehr gab, für die ich mich entscheiden konnte, und daß nur meine Angehörigen noch an mich glaubten. In Gedanken war ich nur noch in der Grafton Street. Das Gebiet, das ich kontrollierte, wurde mit jedem Tag kleiner. Bald beschränkte es sich auf Caracas und die Straße, die durch die Berge zur Küste, nach La Guaira, führte. Ein paar Quadratmeilen. Stellen Sie sich das vor! Zwei oder drei Jahre nach meiner Desertion pflegte ich mich ausländischen Regierungen als potentieller Herrscher über ein Gebiet vorzustellen, das von den Quellen des Mississippis alles Land westlich dieses Flusses und bis hinunter nach Kap Horn umfaßte.

In La Guaira wartete ein britisches Kriegsschiff auf mich, das mich zu der britischen Insel Curaçao bringen sollte. Ich schickte einen treuen Gefolgsmann mit meinen drei Kisten voller Aufzeichnungen voraus. Für den Fall, daß man die Kisten abfing, adressierte ich sie nicht an mich, sondern an eine britische Firma auf Curaçao. Das gleiche tat ich mit den zweiundzwanzigtausend Silberpesos und zwölfhundert Unzen Gold, die aus der Staatskasse in Caracas stammten. Ich empfand ein abartiges Vergnügen dabei, am Ende den Charakter anzunehmen, den meine Feinde mir nachsagten. Ich hatte das Gefühl, dieses Geld stehe mir zu – nach allem, was ich für das Land getan hatte, und nachdem ich vierzig Jahre lang von meinem Familienvermögen abgeschnitten gewesen war. Doch wie Sie wissen, gelang es mir nicht mehr, an Bord der *H.M.S. Sapphire* zu gehen. Sie fuhr mit meiner Habe nach Curaçao. Ich habe erfahren, daß die Firma, an die alles adressiert war, Anspruch auf das Geld erhob und überaus froh war, damit einen Bruchteil der Summe wiederzuerlangen, die sie durch mich der Revolutionsregierung in Caracas vorgestreckt hatte. Diese Rechnung ist also ebenfalls zufriedenstellend beglichen.«

Miranda gibt jemandem draußen ein Zeichen. Hauptmann Lara, der Kommandeur der Sonderbewachung, erscheint in der offenen Tür, und Level de Goda weiß, daß es an der Zeit ist zu gehen.

Später am Abend, als die Stadt fest schlief, wurde Level von Meléndez geweckt, dem Militärgouverneur, in dessen Haus er wohnte. Der Militärgouverneur war formell gekleidet und trug seine Uniformjacke und den polierten Stab, der das Zeichen seines Ranges war.

Er sagte: »Es ist sehr warm, Andrés. Zieh dir etwas an und mach mit mir einen Spaziergang am Meer.«

Sie gingen ein kleines Stück am Kai entlang und blieben an einem Pier stehen. Die Lichter von Schiffen spiegelten sich im Hafenwasser, und die Masten hoben sich dunkel vom Himmel ab. Ein Nachtwind wehte vom Meer. Eines der Schiffe war zur Abfahrt getakelt. Vor den Stufen, die zum Pier hinaufführten, schaukelte ein kleines Boot. Es saßen zwei Ruderer und zwei Soldaten darin. Die Soldaten stiegen aus und nahmen auf der Treppe Haltung an. Auf dem Kai erschienen Arm in Arm Hauptmann Lara und Miranda. Ihnen folgte ein Neger, der eine kleine Holzkiste auf dem Kopf trug. Level erkannte den Neger: Er arbeitete in der Taverne, aus der man Miranda fünf Monate lang das Essen gebracht hatte.

Meléndez sagte: »Das Schiff wartet, General. Es bleibt uns nur noch, Abschied zu nehmen. Leutnant Ibáñez hat mir sein Wort gegeben, daß er Ihre Freiheit während der Reise nach Cádiz auf keine Weise beschränken wird.«

Miranda sagte: »Keine Ketten?«

»Man wird Sie ehrenvoll behandeln.«

Miranda sagte: »Ich danke Gott, daß ich nach Europa fahren darf. Ich werde Ihnen die Freundlichkeit, die Sie mir erwiesen haben, nie vergessen.«

Er umarmte Meléndez, und bevor die Soldaten ihm in das Boot halfen, umarmte er auch Level. Dieser behielt die Umarmung in Erinnerung als die eines Freundes.

Level schrieb seine Erinnerungen – in denen er diese kleine, formelle Abschiedsszene wiedergibt – achtunddreißig Jahre später, als er vierundsiebzig war. Das war 1851, zu einer Zeit, da die venezolanische Revolution, der Bürgerkrieg, bereits einundvierzig Jahre im Gange war und entschlossen schien, noch weitere einundvierzig Jahre zu dauern. Die Erinnerungen wären beinahe dem Krieg zum Opfer gefallen. Sie wurden nie ganz abgeschlossen und (vielleicht wegen Levels politischer Einstellung) erst 1933 veröffentlicht, und dann auch nur in einer venezolanischen Fachzeitschrift.

Level wird gewußt haben, daß Miranda etwa dreißig Monate

nach dem Abschied in Puerto Rico in einem Gefängnis in Cádiz gestorben ist. Er wird nicht gewußt haben, daß Miranda unter Schmerzen gestorben ist, über vier Monate hinweg, gequält von einem Leiden nach dem anderen, von heftigen Anfällen, von Typhus und schließlich von einer Krankheit, die bewirkte, daß er aus dem Mund blutete. Er wurde ohne Zeremoniell beerdigt: Man hob seinen Leichnam mitsamt der Kleider, in denen er gestorben war, mitsamt der Matratze und der Laken vom Bett des Gefängniskrankenhauses und begrub alles miteinander. Die Männer, die ihn begruben, kamen noch einmal zurück, sammelten seine übrigen Kleider und Habseligkeiten ein und verbrannten sie. Bald wußte niemand mehr, wo er begraben war.

Als Miranda in Puerto Rico im Gefängnis saß, war Francisco, sein zweiter Sohn, sieben Jahre alt. Level wird nicht gewußt haben, daß dieser Francisco, der Namensvetter seines Vaters, als erwachsener Mann London verließ und nach Südamerika fuhr, um im Bürgerkrieg zu kämpfen. 1831 (ein Jahr nach Bolívars Tod) wurde er im Alter von fünfundzwanzig Jahren in einer der vielen Säuberungsaktionen des Krieges in Kolumbien exekutiert.

Sehr taktvoll beschrieb Level Mirandas Sorge um eine Dame in London, der er gerne Geld hätte zukommen lassen und an die er durch Meléndez einen Brief mit Anweisungen zur Führung des Haushaltes schickte. Level wird nicht gewußt haben, daß Sarah 1847 in dem Haus in der Grafton Street gestorben ist, vier Jahre, bevor er begann, seine Erinnerungen niederzuschreiben. Sie war dreiundsiebzig. Achtundvierzig Jahre lang hatte sie im selben Haus gelebt, die letzten siebenunddreißig Jahre ohne Miranda. Bei der Volkszählung von 1841 waren im Haus zwei weibliche Dienstboten registriert, und vielleicht war es letztlich Mirandas Bibliothek – 1807 war sie auf neuntausend Pfund geschätzt worden, wobei die Schulden bei den Buchhändlern fünftausend Pfund betrugen –, die seiner Frau ein leidliches Einkommen ermöglichte.

Für sie muß es ein langsames Verblühen gewesen sein. Als sie starb, kannte kaum noch jemand den Namen ihres Mannes, der in London einst so berühmt und so umtriebig gewesen war. Die drei Kisten mit seinen Papieren waren offenbar verloren, und wie bei den Leichnamen in Pompeji war in den historischen Aufzeichnungen dort, wo Miranda hätte sein sollen, ein leerer Raum. Sarah verschwand mit ihm. Das Datum ihres Todes sowie die Tatsache, daß sie weiterhin in der Grafton Street gelebt hatte, fand erst 1980 ein Angehöriger der venezolanischen Botschaft heraus.

Mirandas Aufzeichnungen wurden über hundert Jahre nach seinem Tod gefunden. In den zwanziger Jahren unseres Jahrhunderts kam der amerikanische Gelehrte William Robertson auf den Gedanken, Mirandas Papiere könnten (auch wenn das Geld und das Gold zurückbehalten worden waren) von Curaçao an den zuständigen britischen Minister in London geschickt und schließlich in das Archiv dieses Ministers aufgenommen worden sein. 1812 war der zuständige Minister Lord Bathurst gewesen, Minister für Krieg und koloniale Angelegenheiten. 1922 stieß Robertson in der Bathurst Library in Cirencester in Gloucestershire auf die dreiundsechzig Bände mit Mirandas Aufzeichnungen. Vielleicht hafteten daran noch einige venezolanische Staubkörner von den beiden dreistündigen Ochsenkarrenfahrten zwischen Caracas und La Guaira. Die venezolanische Regierung erwarb die Aufzeichnungen, die darauf ihre letzte Reise nach Caracas antraten.

Die ersten, stark bearbeiteten Bände – vieles war zensiert oder ausgelassen worden – erschienen 1924 in Caracas. Die letzten Bände wurden 1950, zu Mirandas zweihundertstem Geburtstag, in Havanna herausgegeben. Diese in Havanna veröffentlichten Bände, in denen die Aufzeichnungen so wiedergegeben sind, wie Miranda sie hinterlassen hat, und in denen sich das Nebensächliche ohne die Beschönigung oder Einmischung eines Herausgebers mit dem Grundsätzlichen vermischt, scheinen noch immer den lebendigen Atem dieses Mannes zu verströmen.

9. Wieder daheim

Das erste schwarzafrikanische Land, das ich besuchte, lag in Ostafrika. Ich war Anfang dreißig. Ich hatte an der örtlichen Universität zu tun, und ich wohnte in einem kleinen, flachen Bungalow in einem gepflegten Viertel für Regierungsangestellte am Rand der Stadt. Die meisten Leute dort waren Ausländer – hauptsächlich Briten, ein paar Amerikaner –, die auf verschiedene Weise für die Regierung arbeiteten. Manche waren direkt von der Regierung angestellt, andere (wie ich) von ausländischen Stiftungen oder Hilfsorganisationen geschickt worden.

Das Land war erst kürzlich unabhängig geworden und galt als revolutionär, doch in dem Viertel herrschte immer noch eine koloniale Atmosphäre. Es erinnerte mich an die Ausländerviertel bei den Ölfeldern von Trinidad, und wahrscheinlich war es etwa zur selben Zeit, zwischen den Weltkriegen, angelegt worden.

Hier wie dort waren die Bungalows und Wohnungen sehr bescheiden. Es war die Umgebung – die vielen Hektar gepflegter Landschaft –, die das Viertel zu etwas Besonderem machte und den Eindruck erweckte, man sei abgeschieden und bevorzugt. Der anderswo wuchernde Busch schien hier vollständig gerodet. Zwischen den Grundstücken gab es nirgends Zäune, es gab keine Abfallhaufen, keinen Schrott, keine ins Auge fallenden Flecken Ödland. Die offenen Flächen zwischen den Häusern waren rasenbewachsen. In dieser gereinigten Enklave schien jeder einheimische Baum oder Busch, jede Kassie und Kokospalme, jeder Flamboyant und Hibiskus, ganz gleich, wie gewöhnlich sie draußen waren, eine besondere, exotische Schönheit auszustrahlen.

Der Gedanke, bevorzugt zu sein – oder behütet, was fast auf dasselbe hinauslief –, war nicht ganz falsch. Dieses ostafrikanische Viertel war ein kleiner Wohlfahrtsstaat im Staate. Es gab eine ganze Seite des Lebens, um die wir uns nie Gedanken zu machen brauchten. Eine besondere Dienststelle war für die Wohnungen und Bungalows zuständig. Sie kümmerte sich um Reparaturen und Ersatz und ging Beschwerden nach. Und obwohl es nicht im offiziellen Vertrag stand, hatte fast jeder, der hier wohnte, binnen kurzem einen Diener oder Boy, der sich mit den Gebräuchen des Viertels auskannte.

Anfangs machten mich diese Dienstboten befangen. Die Vorstellung allein war mir peinlich: Afrikanische Diener in Ostafrika – einem Land, das teilweise noch Siedlungs- und Safariland war – waren mit zu vielen Assoziationen aus Büchern und Filmen verbunden. Doch dann bemerkte ich, daß die meisten Leute im Viertel, selbst die Dienstboten, ein unnatürliches Leben führten. Sie alle hatten einen Lebensstil vorgefunden – in mancher Hinsicht so formell wie der an einem Oxforder College –, den es außerhalb des Viertels nicht geben konnte. Nach einer Weile bekam ich den Eindruck, daß das Leben hier auch in der Kolonialzeit nicht anders gewesen war.

Weil das Viertel am Rand der Stadt lag und es keine Busse oder Taxis gab, brauchte ich einen Wagen. Und weil ich nicht fahren konnte oder es mir jedenfalls nicht zutraute, brauchte ich einen Fahrer. Es wäre praktisch gewesen, wenn ich einen Mann hätte haben können, der mich fuhr, für mich kochte und meinen Bungalow in Ordnung hielt, aber in diesem Viertel ging das nicht. Ich mußte einen Berufsfahrer haben.

Der Mann kam nach dem Frühstück. Er sah ordentlich und gepflegt aus – gebügelte Hosen, sauberes Hemd, geputzte Schuhe – und fragte mich nach meinen Plänen für den Tag. Meist hatte ich nicht vor auszugehen. Ich arbeitete in meinem Bungalow. Also setzte er sich in die Küche und wartete. Anfangs blickte er noch auf, wenn ich an der offenen Tür vorbeiging, und sah dann beflissen wieder zu Boden. Später brachte er Comics und richtige Bücher mit; er schrieb auch Briefe. Manchmal schickte ich ihn schon morgens für den Rest des Tages nach Hause und stellte nach ein paar Stunden fest, daß ich Lust hatte auszugehen. Das Leben in diesem Viertel hatte, trotz aller bevorzugten Behandlung, seine komplizierten Seiten.

Diener und Fahrer hatte Moses Lubero vermittelt, der als Hausdiener bei einem jungen englischen Ehepaar ein paar Häuser weiter arbeitete. Lubero war ein untersetzter, schwerfälliger Mann mit glänzenden, rollenden Augen. Manchmal sah ich ihn, mit Wäscheklammern im Mund, Babykleidung aufhängen. Babykleidung! Für so etwas war Lubero eigentlich zu bedeutend. Angeblich war er für alle Hausdiener im Viertel zuständig. Wenn er draußen zu tun hatte und meinen Wagen kommen hörte oder sah, wandte er langsam den Kopf und rollte ganz langsam mit den Augen, um den Wagen und mich und den Fahrer zu mustern. Es war, als wäre mit seinen Halsmuskeln etwas nicht in Ordnung, doch vielleicht war das nur seine Art, uns zu zeigen, daß er alles im Auge behielt.

Er trug die weiße Standardkleidung der Hausdiener: ein kurzärmliges Hemd und kurze Hosen. Aus der Entfernung sah er darin aus wie ein dicker Junge. Wenn man näher kam, änderte sich dieser Eindruck: Der dicke Junge war gar kein Junge. Er war ein Mann in mittleren Jahren, der schon viel gesehen hatte; von den Backenknochen zu den Mundwinkeln zogen sich tiefe Falten, und die Stirn war ständig gerunzelt. Der dicke Bauch, der den Bund der weißen Shorts umklappen ließ, hatte nichts Weiches, sondern strahlte Kraft, Autorität und Selbstachtung aus. Aus der Nähe wirkte Lubero nicht freundlich; er hatte etwas von einem Stammeshäuptling an sich. Sein Vorname ließ vermuten, daß er aus dem Inneren des Kontinents stammte; vielleicht war sein Großvater oder irgendein Urahne einem arabischen oder indischen Händler bis zur Küste gefolgt und dort gestrandet.

Es bedeutete Macht, für die Hausdiener im Viertel zuständig zu sein. Die Jobs waren besser bezahlt als vergleichbare Jobs in der Stadt, und zu jedem Bungalow und jeder Wohnung gehörte ein sauberes »Quartier«, ein Dienstbotenzimmer; viele in der Stadt hätten gern so ein Quartier gehabt. Da unter den Ausländern ein ständiges Kommen und Gehen herrschte, gab es auch einen schwunghaften Handel mit allem, was zurückgelassen wurde. Die Hausdiener wurden gesondert kontrolliert. Lubero kümmerte sich um alles. Als mein Diener einmal ein klappriges altes Fahrrad kaufte (das Geld dazu lieh er sich von Lubero und erstand außerdem noch eine schlechtsitzende Plastiksonnenbrille mit weißem Gestell, um seinen neuen Status als Fahrradfahrer zu unterstreichen), war es Lubero, der das Geschäft arrangierte.

Das Land war eine Diktatur, doch daran störten sich damals nicht viele. Afrika war gerade erst dabei, seine Unabhängigkeit zu erlangen, und der Präsident stand in dem Ruf, ein guter Mann zu sein, der seine Macht benutzte, um ein sozialistisches System aufzubauen.

Unter den Ausländern gab es einige, die sich in den Dienst seiner Sache stellten. Das war einer der Gründe gewesen, warum sie gekommen waren. Es gefiel ihnen, in der Nähe der Macht zu sein und ein einfaches, aber behütetes Leben in diesem Viertel zu führen, aber es machte ihnen Gewissensbisse, Hausdiener zu haben – darüber sprachen sie untereinander. Manche fanden es sogar gut, daß draußen Knappheit herrschte und die Leute Disziplin lernen mußten. Sie fanden, so müsse es sein, bevor die Dinge sich besserten. Sie fanden es auch richtig, daß den Menschen in den Dörfern verboten wurde, in die Stadt zu ziehen. Auf diese Weise wuchs die Stadt nicht, die Leute wurden nicht durch das Stadtleben verdorben, und es war leichter, die Kollektivierung der Dörfer voranzutreiben und zum Sozialismus des traditionellen afrikanischen Lebens zurückzukehren. Heute glaube ich, daß das Leben in diesem Viertel den Ausländern das gleiche bot wie anderswo ein Leben in einem Ashram oder einer religiösen Kommune: Befreiung, neue Regeln, ein neues Selbstbild und ein Stück Selbstliebe.

Moses Lubero herrschte über die Hausdiener, und Richard hatte ein Auge auf die Ausländer. Richard war Engländer, ein schlanker Mann in den Dreißigern, der eine Zigarettenspitze aus Elfenbein benutzte. Wenn er das Gefühl hatte, jemand sei vom rechten Pfad abgekommen, lud er ihn zum Dinner in seine Wohnung ein. Er arbeitete für die Planungsabteilung, doch im Viertel war er mehr für die Briefe bekannt, die er an ausländische Zeitungen und Zeitschriften schrieb, wenn sie einen kritischen Artikel über das Land und seinen Präsidenten gebracht hatten. Er schrieb diese Briefe nicht in seiner offiziellen Funktion, sondern als Privatmann. Er schrieb über den Sozialismus wie über einen asketischen Glauben, der seinen Lohn in sich selbst trug. Er schrieb zum Beispiel: »Warum soll ein armes afrikanisches Land nicht seine eigene Art von Sozialismus entwickeln dürfen?« Und über den Präsidenten: »Vielleicht wird er das Land nicht reicher zurücklassen, als er es vorgefunden hat. Aber das ist nur einer von vielen Maßstäben, an denen man Erfolg messen kann, und dieser neue Mann Afrikas wird die Genugtuung haben zu wissen, daß er nach seinen eigenen hohen Prinzipien gehandelt hat.«

Richard hatte eine unkomplizierte, selbstironische Art, die einem das Gefühl gab, daß er halb auf der Seite seines Gesprächspartners stand und man über das, was er geschrieben hatte, Witze machen konnte. Doch das stimmte nicht. Er war humorlos; er konnte keinen Standpunkt einnehmen, der nicht der seine war.

Eines Nachmittags – ich hatte meinen Fahrer für den Rest des Tages nach Hause geschickt – holte ich den Wagen heraus, um ein wenig zu üben. Ich fuhr auf die Straße zum Flughafen. Es war die am wenigsten befahrene Straße in der Umgebung der Hauptstadt. Sie führte durch keine Dörfer und war den größten Teil der Strecke schnurgerade. Auf diesem Stück kam mir nach ein paar Meilen ein schwarz uniformierter Motorradfahrer entgegen. Dann sah ich noch einen Uniformierten auf einem Motorrad. Die beiden Männer gestikulierten. Sie schienen sogar halb auf ihren Motorrädern zu stehen. Als sie näher kamen, sah ich, daß ihre Gesten mir galten. Die Männer waren eindeutig wütend auf mich und schienen entschlossen, mich von der Straße zu drängen. Es gelang mir, auf dem Seitenstreifen anzuhalten. Den Motorrädern folgte eine große schwarze Limousine, auf deren Rücksitz zwei Männer in weiten afrikanischen Kleidern saßen. Einer der beiden war der Präsident. Danach kam ein kleinerer Wagen und dann noch ein Motorrad.

Ein paar Tage später traf ich Richard, der mit seinen gewohnten schnellen Schritten durch das Viertel ging. Ich sagte: »Neulich hat mich der Präsident von der Straße gedrängt.«

Das starre, nichtssagende Lächeln verschwand von seinem Gesicht. Er wurde ernst. »Das haben Sie sich ausgedacht. Das müssen Sie sich ausgedacht haben. So etwas würde der Präsident nie tun.«

»Das habe ich auch geglaubt. Aber ich bin ihm ja auch noch nie auf der Straße begegnet.«

»Sie können natürlich schreiben, was Sie wollen. Sie haben die Freiheit, und das wissen Sie auch. Die Südafrikaner hier werden sich über ihre Satire sicher freuen.«

Das war seinerseits satirisch gemeint. Das Land gewährte Südafrikanern bereitwillig politisches Asyl, und einige davon lebten in unserem Viertel. Sie bildeten eine deutlich abgegrenzte, deprimierte Gruppe. Einige wenige waren schwarz, die Mehrheit waren Weiße. Diese Weißen waren unglückliche, zerstörte Menschen. Vielleicht hatte ihre Niederlage sie zerstört, doch vielleicht hatte das Exil auch nur die Melancholie oder die Unzulänglichkeit hervortreten lassen, die sie unter ihrer politischen Überzeugung immer schon in sich gehabt hatten. Ich hatte noch nie zuvor Revolutionäre kennengelernt, und meine Vorstellungen von ihnen waren sicher etwas theatralisch. Doch diese Leute – die ich nur aus der Entfernung sah und mit denen in Kontakt zu kommen mir nicht gelang – waren nicht trotzig oder grimmig oder von einem Glauben beseelt. Sie waren mehr wie Leute, die Pech gehabt oder eine falsche Abzweigung genommen hatten und die irgendwie immer unerreichbar bleiben und mit ihren privaten Dämonen kämpfen würden.

Das Land war erfüllt von einem ganz besonderen Haß. Er galt der kleinen Bevölkerungsgruppe aus Indern und Asiaten. Wie in anderen Ländern Ostafrikas handelte es sich bei ihnen hauptsächlich um Kaufleute; sie bildeten eine Gruppe, die eng zusammenhielt.

Die Verbindungen zwischen der Küste und Indien müssen uralt sein. Es war ein ostafrikanischer Steuermann, der Vasco da Gama den Weg nach Indien zeigte. Der viktorianische Entdecker Speke veröffentlichte sogar eine Landkarte, die auf alten Hindutexten basierte und den Flüssen, Seen und Bergen Ugandas Sanskrit-Namen gab. In der vermischten Suaheli-Kultur an der Küste mußte es indische Elemente geben. Doch diese Art, die Geschichte zu betrachten, waren die Menschen nicht gewohnt, und die asiatische Bevölkerungsgruppe, die so verhaßt war, hatte sich erst in den fünfzig Jahren britischer Kolonialherrschaft im Land niedergelassen.

Der Haß begegnete einem in den Zeitungen, im Parlament, in unserem Viertel, auf der Universität. Es war ein offener Haß; er war erlaubt; er zog keine Vergeltung nach sich. Die Ausländer legten ihn an den Tag, um zu zeigen, wie sehr sie sich diesem Land verbunden fühlten. Einige Politiker betrachteten ihn als einen Teil der Arbeit am Sozialismus und gaben ihm einen doktrinären Anstrich.

Durch all die Bestimmungen über Importe und Devisenaustausch hätten es die asiatischen Händler in der Hauptstadt schon schwer genug gehabt, doch man merkte schnell, daß sie darüber hinaus ständig ausgeplündert wurden, und zwar von Beamten, von wichtigen Funktionären der Präsidentenpartei, von Erpressern und von den Banken in England und anderswo, die eingeschaltet wurden, um Geld ins Ausland zu überweisen. Die Kaufleute – Hindus und Moslems – ertrugen es mit stoischer Ruhe; sie war das Geschenk dieser beiden Religionen. Sie beklagten sich nicht und hätten Außenstehenden gegenüber nicht darüber sprechen wollen. Doch in geistiger Hinsicht lagen Welten zwischen den Sorgen in diesen Läden, diesen dunklen Schachteln aus Holz oder Beton, die einen solchen Haß nährten, und den gepflegten Rasenflächen des Ausländerviertels oder dem noch schöneren Gelände der neuen Universität, die mit Entwicklungshilfegeldern gebaut worden war und die Zustimmung des Auslands zur Politik des Präsidenten zum Ausdruck zu bringen schien.

Es war wohlbekannt, daß der Präsident zu Beginn seiner politischen Karriere von einigen Mitgliedern der asiatischen Gemeinde finanziell unterstützt worden war. Er selbst erwähnte es manchmal, wenn er an einer asiatischen Festzeremonie teilnahm. Eines Tages lernte ich einen dieser Förderer kennen. Er war über sechzig, schwerfällig und sah krank aus – sein Arbeitsleben lag hinter ihm. Er stammte aus einer Kaufmannsfamilie, die um die Jahrhundertwende nach Ostafrika ausgewandert war, und hatte, ganz untypisch, das Familiengeschäft nicht übernommen. Er war Rechtsanwalt. Durch diese Abgrenzung gegen seine Familie, durch diese Isolation, war er vielleicht stärker von der rassistischen Grausamkeit im Ostafrika der Vorkriegszeit gezeichnet als die meisten Inder, die ich in Indien oder Ostafrika kennengelernt hatte. (Es war ein verzerrtes Echo jener Grausamkeit, die mich anfangs im Viertel der ausländischen Revolutionäre irritiert hatte, wo all diese Regeln über Hausdiener, ihre Uniformen und Quartiere galten.) Vor allem in der Vorkriegszeit hatte er es schwer gehabt, denn er war sowohl als Inder als auch als Ostafrikaner kolonialen Demütigungen ausgesetzt gewesen. Nach der Unabhängigkeit Indiens hatte er sich der Unabhängigkeit Ostafrikas verschrieben. Er hatte den späteren Präsidenten kennengelernt, als dieser noch ein Schuljunge und bereits berühmt war, bereits als der kommende Führer bezeichnet wurde. Er hatte den Präsidenten immer bewundert und bewunderte ihn auch heute noch.

Nachdem er über die Exzesse der Herrschaft des Präsidenten gesprochen hatte – die Grausamkeit in den Dörfern, die Schikanen, denen die Asiaten ausgesetzt waren, die Pressezensur, die Überwachung der Studenten –, kam er auf die Eigenschaften des Präsidenten zurück, die er bewunderte. Es war, als wäre dieser Rechtsanwalt trotz allem, was er gesagt hatte, an einen persönlichen Ruhepunkt gelangt, als hätte er Versöhnung gefunden und die Vision einer herrlichen Zukunft. Im Ausländerviertel gab es drei oder vier Briten, bei denen es ebenso war; sie waren nicht alt und hatten keinerlei familiäre Verbindungen nach Afrika. Sie liebten Afrika wegen der Landschaft, der Menschen, der Mysterien der Religionen, wegen der Tiere und wegen der Weite. Sie hätten nirgendwo anders leben können, und sie wollten, ganz gleich, wie die politische Lage war, so lange bleiben, wie man sie bleiben ließ.

Ich dachte, einen solchen Ruhepunkt wolle der Rechtsanwalt mir zeigen: eine Zukunft, die jenseits der augenblicklichen Willkürakte des Präsidenten lag.

Ich sagte: »Aber was werden Sie in den nächsten Jahren tun?«

Er dachte nach und antwortete: »Ich werde Tag für Tag alles tun, um jeden Schilling, den ich besitze, aus dem Land zu schaffen.«

Der Rechtsanwalt besaß durchaus den in seiner Familie und Kaste vorhandenen Sinn für Geld, doch war er inzwischen weit mehr als der Angehörige einer bestimmten Kaste. Das religiöse Gebot der Mildtätigkeit – durch die man sich Verdienste und ein langes Leben erwirbt – war von ihm in einen lebenslangen politischen Idealismus umgewandelt worden. Er wußte sehr gut, daß er, wenn er tat, was er angekündigt hatte, die kurze Lebensspanne, die ihm noch blieb, verschwendete. Dennoch meinte er es ernst. Die Situation im Land war so schlimm, wie es den Anschein hatte, und seine Worte entsprangen der Verzweiflung und dem in seinem Alter schwer erträglichen Wissen um die Sinnlosigkeit der eigenen Bemühungen.

Ein Schulgeld wurde nicht erhoben, und die meisten Studenten waren die ersten aus ihrer Familie oder ihrem Dorf, die eine gehobene Ausbildung erhielten. Sie brachten gewisse dörfliche Sitten mit auf die Universität. Sie konnten sich zwei oder drei Tage mit großer, mürrischer Ernsthaftigkeit betrinken, und viele taten das, sobald sie ihr monatliches Stipendium erhalten hatten. Sie ließen nachts das Licht brennen, weil sie nicht gern im

Dunkeln schliefen. Die ganze Nacht hindurch waren die Wohnheime in elektrisches Licht getaucht, und man hätte meinen können, daß die Studenten an dieser afrikanischen Universität Tag und Nacht arbeiteten, um ihren Rückstand aufzuholen.

Dabei waren einige der Studenten anfangs wache, intelligente Menschen. Erst an der Universität wurden sie abgestumpft, und zwar durch die politische Schulung, der man sie unterzog: Sie wurden mit den Gedanken des Präsidenten und den Prinzipien seines afrikanischen Sozialismus vertraut gemacht. Es war, als hätte man sie aus ihren Dörfern an die Universität geholt, um sie ein zweites Mal zu initiieren und einem Stamm einzugliedern, um sie neuen Tabus zu unterwerfen und wieder zu engstirnigem Gehorsam zu erziehen. Am Ende wurden die erfolgreichen unter ihnen für geeignet befunden, dem Präsidenten und dem Staat zu dienen; und das war auch gut so, denn sie hätten gar keine andere Möglichkeit gehabt, ihren Lebensunterhalt zu verdienen.

So sah die Zukunft aus, derer sie sich würdig erweisen sollten. Sie lernten, Vorlesungen von Gastdozenten geschlossen zu verlassen. Nur wenige von ihnen konnten sagen, warum; sie wußten nur, daß der Anführer ihrer Gruppe ein Zeichen gegeben hatte. Dieser Boykott der Vorlesungen ausländischer Dozenten war eine Art von Aggression, über die die Ausländer diskutierten, und schien zu bekräftigen, was die Regierung selbst verbreitete: Das Land entwickle sich rasch unter der Führung des Präsidenten, jedoch nicht rasch genug für die Studenten, die zornig und ungeduldig würden und den Präsidenten, fast gegen seinen Willen, zu immer revolutionäreren Maßnahmen trieben.

Die Studenten demonstrierten unaufhörlich. Sie demonstrierten gegen Südafrika und Rhodesien. Sie demonstrierten gegen jene afrikanischen Staaten, deren Führer sich kritisch über den Präsidenten äußerten. Und in letzter Zeit demonstrierten sie immer häufiger gegen die Einwohner asiatischer Abstammung, weil sie Geld ins Ausland überwiesen und das Land aussaugten. Die Regierungszeitung berichtete über die Demonstrationen und brachte Leitartikel, in denen die Studenten zu Zurückhaltung ermahnt wurden; manchmal hatte ich allerdings das Gefühl, daß die Regierungszeitung über Demonstrationen berichtete, die gar nicht stattgefunden hatten.

Vor zwei oder drei Jahren hatte der Präsident einen berühmten ungarischen Wirtschaftswissenschaftler aus London eingeladen, um seinen Rat zur sozialistischen Umstrukturierung und der Vereinheitlichung der halb kolonialen, halb afrikanisch-informellen Wirtschaft des Landes einzuholen. Jetzt kamen Gerüchte auf, denen zufolge ein weiterer ausländischer Berater nach Wegen suchen sollte, den Geldfluß ins Ausland zu unterbinden. Wann immer der Präsident radikale oder ungewöhnliche Schritte unternahm oder seine Machtbefugnisse überschritt, gab er sich den Anschein, als handelte er nicht aus eigenem Antrieb. Es sollte so aussehen, als folgte er lediglich guten sozialistischen Beispielen und den Ratschlägen angesehener Männer aus angesehenen Ländern.

Eines Tages hielt Richard mich im Ausländerviertel an. Er hatte sein scheinbares Lächeln aufgesetzt und sagte: »Kennen Sie einen Mann namens Blair? Er kommt her, um uns auf Vordermann zu bringen.«

Aus Richards Ton und dem Funkeln seiner Augen schloß ich, daß er vom neuen Berater des Präsidenten sprach.

Er biß auf seine leere Zigarettenspitze aus Elfenbein und ließ das Ende auf und ab wippen. »Er stammt aus Ihrem Teil der Welt. Man sagt, daß er mit Ihnen zur Schule gegangen ist. War mal Minister. Jetzt ist er eine Art umherreisender Botschafter. Bald werden Sie keine Geheimnisse mehr haben.«

Natürlich kannte ich den Namen. Blair und ich waren nicht zusammen zur Schule gegangen. Diesen Teil der Geschichte hatte sich jemand ausgedacht. Doch sein Name war für mich mit der Zeit verbunden, als ich gerade erwachsen wurde: 1949 hatten wir einige Monate lang in einer Regierungsbehörde im Roten Haus von Port of Spain gearbeitet. Während ich damals Verwaltungsbeamter gespielt hatte, war es ihm ernst gewesen.

In jenen Monaten war ich angestellter Hilfsschreiber und überbrückte die Zeit und verdiente mir etwas Geld, bevor ich mit einem Stipendium nach Oxford fuhr. Er war der neue Bürovorsteher der Abteilung, ein hochgewachsener, ernster Mann, der sich emporgearbeitet hatte. Manchmal setzte er sich gegen Ende des Morgens oder des Nachmittags an meinen Tisch, um die Urkunden, die ich kopiert hatte, zu prüfen und mit seinen Initialen zu versehen.

Er war mehr als zehn Jahre älter als ich, und in Trinidad war ein solcher Altersunterschied von Bedeutung. Er bedeutete, daß Blair in einer dunkleren Zeit geboren war als ich. Seine Ausbildung war nicht so geradlinig verlaufen wie meine. Er stammte aus einer armen Familie, die in einer entlegenen ländlichen Gegend lebte, und hatte einen späten Start gehabt, und das hatte sich in unserem Bildungssystem zu seinem Nachteil ausgewirkt. Er hatte auf eine schlechte Grundschule und später auf »private« weiterführende Schulen gehen müssen, die von Leuten geleitet wurden, welche kaum die allernötigsten Qualifikationen besaßen. Für die besseren Schulen war er wohl stets zu alt gewesen, und sicher hat er nie jene klare Vision des vor ihm liegenden Weges gehabt, die mir schon in jungen Jahren vermittelt worden war: Grundschule, Stipendium für eine höhere Schule, Stipendium für eine ausländische Universität. Gewiß hatte er sich immer vorantasten müssen. Und als er sich nach all dem, kurz vor dem Krieg, zum Eintritt in den Staatsdienst entschlossen hatte, waren seine Aussichten noch immer beschränkt; die höheren Posten waren Engländern vorbehalten.

Das hatte sich geändert. Er war noch keine dreißig und doch schon Bürovorsteher – ein höherer Posten, als er sich zu Beginn seiner Karriere hatte träumen lassen können. Er hatte vor, noch weiter aufzusteigen: Man wußte, daß er ein Fernstudium an einer Londoner Hochschule absolvierte. Dennoch war ich es, der im Büro als der Mann mit den besseren Zukunftsaussichten galt: Oxford und dann eine Karriere in der großen weiten Welt. Auch Blair selbst schien so zu denken. Vielleicht glaubte er, daß seine Chancen unter anderen Umständen mehr wie die meinen gewesen wären, doch er zeigte keinen Groll gegen mich. In den vierziger Jahren – vor der großen Öffnung der Nachkriegszeit, als die Gesellschaft noch immer vom Kolonialstatus geprägt war – brachte man in Trinidad Stipendiaten eine gewisse Bewunderung entgegen; sie wurden fast so sehr bewundert wie Kricketspieler. Blair bewunderte mich.

Doch im Lauf der Jahre hatten wir uns einander angenähert. Mein Leben im Ausland, das im Roten Haus von Port of Spain so glanzvoll erschienen war, hatte sich als hart und schwer erwiesen. Meine Karriere hatte etliche Jahre gebraucht, um in Gang zu kommen. Ich hatte das Schreiben von Grund auf neu lernen müssen, fast so, wie man das Gehen und den Umgang mit dem eigenen Körper nach einer schweren Operation aufs neue erlernen muß.Und selbst dann, nach zehn Jahren, konnte ich mir noch immer nicht sicher sein und machte mir ständig Sorgen, ob es mir gelingen würde, einen Stoff für mein nächstes Buch und für das danach zu finden.

Für Blair dagegen veränderte sich die Welt, die zu Beginn seiner Karriere so eng gewesen war, sehr bald dramatisch. Noch bevor ich mein erstes Buch veröffentlicht hatte, war in Trinidad, das wenig später aus der Kolonialherrschaft entlassen wurde, eine Unabhängigkeitsbewegung entstanden – mit allabendlichen Versammlungen auf dem alten, aus der britisch-spanischen Kolonialzeit stammenden Platz vor dem Roten Haus, die wie religiöse Veranstaltungen waren –, und Blair war bis an ihre Spitze getragen worden, hatte die Behörde, in der ich ihn kennengelernt hatte, hinter sich gelassen, dieser Art von Staatsdienst überhaupt den Rücken gekehrt und ein Ministeramt übernommen; es folgten Reisen, Botschafterposten, Posten im Auftrag der Vereinten Nationen und nun diese Berufung zum Berater des Präsidenten, für den er den Geldfluß ins Ausland unterbinden sollte. Endlich schien es, als wäre er doch zur rechten Zeit geboren worden.

»Bald werden Sie keine Geheimnisse mehr haben«, hatte Richard gesagt. Das hatte nichts zu bedeuten; er hatte diese Worte bloß gesagt, um vielsagend zu erscheinen. Sie waren wie sein starres Lächeln, das eigentlich gar kein Lächeln war. Doch diesmal hatte er einen wunden Punkt getroffen, und er mußte gemerkt haben, daß mir die Nachricht unangenehm war.

Ich hatte Blair seit 1950 nicht mehr gesehen und wollte ihm auch jetzt nicht begegnen. Die Art von Politik, die er vertrat, gefiel mir nicht. Die beinahe religiöse Begeisterung, die in der Anfangszeit der Schwarzenbewegung geherrscht hatte, war sehr bald einer äußerst schlichten, rassistischen Politik gewichen. In Trinidad bedeutete das eine anti-indische Politik sowie ständige anti-indische Agitation – so sicherte man sich die Stimmen der afrikanischen Mehrheit. Auch wenn ich nicht mehr in Trinidad lebte, war ich doch betroffen. Jedesmal wenn ich Menschen traf, die ich von dort kannte, ja, mit denen ich zur Schule gegangen war, stellte ich fest, daß sich die Rassenfrage in den Vordergrund drängte. Auf beiden Seiten gab es Befangenheit und eine neuartige Unaufrichtigkeit. Und ich merkte, daß ich mich mit jedem Besuch in Trinidad mehr von der Vergangenheit abgeschnitten fühlte.

Die Politik, der Blair seine Karriere verdankte, war für mich mehr als bloß Politik, und mir gefiel der Gedanke nicht, daß er in dieses sich revolutionär gebärdende afrikanische Land kam und noch mehr Unruhe stiftete. Ich hatte mich an das unnatürliche Leben im Ausländerviertel mit seinen halbkolonialistischen Gepflogenheiten gewöhnt. Die asiatische Gemeinschaft besaß ein Klan- und Kastenbewußtsein, das weit stärker war als in Trinidad, und sie betrachtete mich nie als einen der ihren; als ein Mann, der auf sich selbst gestellt war, hatte ich Wege gefunden, mich den rassistischen Unterströmungen zu entziehen. Ich hatte das Gefühl, daß sich all das mit Blairs Ankunft ändern würde.

Ich konnte nicht behaupten, daß ich Blair 1949 wirklich gut kennengelernt hätte. Ich war damals sehr jung gewesen, erst siebzehn. Ich traf ihn nie außerhalb des Büros, und dort öffnete er sich nur sehr wenig. Er war groß, bewegte sich aber leise und mit Bedacht, als wollte er nicht auf sich aufmerksam machen. Seine Schrift war sehr klein und sauber; sie verriet Selbstvertrauen, Methodik und Ehrgeiz. Er achtete auf Formen und war immer beherrscht. Oft schien er in Gedanken weit weg zu sein, und ich dachte, der Grund dafür sei das Fernstudium an der Londoner Hochschule, das er zu Hause absolvierte. Er trank nicht mit den anderen, wenn am Zahltag die Türen zum Gebäude geschlossen wurden. Er blieb nach Dienstschluß nicht noch auf einen Schwatz. Er hob sein Fahrrad aus dem Fahrradständer, trug es die Stufen vor dem Roten Haus hinunter und fuhr davon.

Er galt als vorbildlich, und jeder im Büro respektierte ihn. Seine Korrektheit schien Teil seines Wesens zu sein; sie war etwas, das er seiner Herkunft verdankte, einer ungewöhnlichen Herkunft. Er stammte aus einer ausschließlich aus Schwarzen bestehenden dörflichen Gemeinschaft im Nordosten der Insel. Aus verschiedenen Gründen – die Abgelegenheit, die schlechten Straßen, die Weltwirtschaftskrise, die »Hexenbesen«-Plage, welcher die dortigen Kakaoplantagen zum Opfer gefallen waren – hatte sich diese Gemeinschaft ihre Isoliertheit über Generationen bewahrt und auf den aufgegebenen Plantagen ein friedliches, pastorales Leben geführt. Die Menschen waren ruhig und zurückhaltend und nicht so sprunghaft wie andere Schwarze. Sie waren für ihre Ehrlichkeit und ihre unverschlossenen Haustüren bekannt und hatten gute Manieren. Sie wünschten Fremden einen guten Morgen oder einen guten Tag und erwarteten, ebenso gegrüßt zu werden. Sie sprachen nie von einem bestimmten Zeitpunkt in der Zukunft, ohne ein »so Gott will« hinzuzufügen: »Nächsten Monat, so Gott will«, »Nächsten Freitag, so Gott will«. Sie waren bedächtig, aber man fand, daß sie anständige Menschen waren, und darum waren sie beliebt.

Sicher war Blair einer der ersten dieser Gemeinschaft, der eine höhere Schulbildung erhielt, und das eigenartige war, daß er perfekt für eine Laufbahn im öffentlichen Dienst geeignet schien. Ich hatte gerade erst die Schule abgeschlossen und fand, wenn ich über Blairs Korrektheit im Büro nachdachte, daß die Höflichkeit und die Einstellung jener bedächtigen ländlichen Gemeinschaft ihm das Auftreten eines Schulpräfekten oder eines Klassenführers gegeben hatten: eines Menschen in untergeordneter Stellung, der auf seiten der Obrigkeit stand. Er war zur Kolonialzeit in den Staatsdienst eingetreten; damals muß er (wie einige der älteren Angestellten) bereit gewesen sein, das Leben eines Weisungsempfängers zu leben. Gewiß war er von Beginn an so korrekt wie zu der Zeit, als ich ihn kennenlernte und er gerade zum Bürovorsteher ernannt worden war und die Welt sich für ihn öffnete. Irgendwo unter oder hinter dem Mann, den ich 1949 kennenlernte, und dem späteren Politiker, den ich nie erlebt hatte, gab es diesen bedächtigeren Mann aus einer anderen Zeit, der nur mit der Welt im Frieden leben wollte und bereit war, sich mit dem, was er bekommen konnte, zufriedenzugeben.

Ich glaube, Blair wäre nicht gerne an seine frühere Existenz erinnert worden. Dennoch waren es wohl sein instinktives Gespür für Autorität, seine willige Unterordnung und seine Entdeckung rassischer Leidenschaft, die ihn in die Politik getrieben und – während andere kamen und gingen – immer in der Nähe der Macht gehalten hatten. Auch in dieser neuen Karriere blieb er korrekt. Seine Vorgesetzten vertrauten ihm, und andere sahen zu ihm auf. Die (vielleicht übertriebenen) Geschichten über seine angebliche Unlauterkeit standen im Einklang mit seiner Vergangenheit: Er arrangierte Dinge im Auftrag wichtigerer Leute, die sich die Hände nicht schmutzig machen wollten.

Richard hatte angedeutet, er wolle mich zu einem Dinner einladen, das er für Blair zu geben gedachte. Es kam jedoch keine Einladung, und erst durch Moses Lubero, den Aufseher über die Diener im Viertel, und meinen eigenen Hausdiener Andrew erfuhr ich von Blairs Ankunft. Der Hausdiener, dem Lubero eine Stelle bei Blair zuwies, kam aus Andrews Stamm und war wahrscheinlich ein enger Verwandter von Andrew. Er hatte noch nie zuvor im Ausländerviertel gearbeitet, und Lubero mußte ihm eine Genehmigung besorgen, damit er sein Dorf verlassen durfte. Es gab viele solcher Bestimmungen, und das bedeutete, daß es auf jeder Ebene Leute gab, die für ihre Hilfe ein wenig Geld erwarteten. Der neue Hausdiener sah wie Andrew aus, fand ich, war jedoch jünger und kleiner. Er trug nicht, wie Lubero, das übliche Weiß der Hausdiener, sondern, wie Andrew, unten ausgestellte Bluejeans. Sie waren ihm ein bißchen zu groß (vielleicht waren es Andrews), und er mußte die Beine ein paarmal aufkrempeln. Etwa eine Woche lang verbrachte er viel Zeit mit Andrew in der kleinen Küche des Bungalows (es wurde eng dort, denn auch mein Fahrer saß in der Küche), und ich nehme an, daß Andrew ihm beibrachte, wie man kochte und andere Arbeiten verrichtete. Eines Morgens sah ich den Neuen zu einem Hibiskusbusch vor dem Bungalow gehen und sehr sorgfältig einen Zweig abschneiden und entblättern. Sicher hatte Andrew ihn hinausgeschickt und beobachtete ihn von der Küche aus; zur Mittagszeit fand ich zwei zugespitzte Stücke dieses Zweiges auf meinem Teller, in die beiden Enden eines gekochten Maiskolbens gesteckt. So wußte ich, daß Blair eines Tages von einer Besprechung im Finanzministerium oder wo auch immer in seinen Bungalow oder seine Wohnung zurückkehren und als ersten Gang seines Mittagessens einen gekochten Maiskolben mit Stäbchen aus Hibiskusholz serviert bekommen würde.

Am Ende des ersten Monats verkaufte Andrew sein Fahrrad an den Neuen und kaufte sich (natürlich über Lubero als Mittelsmann) ein anderes, besseres, für das er sich wahrscheinlich noch etwas Geld hatte leihen müssen. Nun kam der neue Hausdiener also auf seinem Fahrrad zu meinem Bungalow, um Andrew zu besuchen. Manchmal tat er das gegen Mitte des Vormittags, und manchmal fuhr Andrew dann mit ihm weg, zweifellos, um die Spuren irgendeiner Katastrophe in Blairs Küche zu beseitigen.

Hausdiener hatten nachmittags frei, und zwei oder drei Wochen lang verbrachten Andrew und sein Verwandter einen Teil ihrer Freizeit damit, im Viertel umherzuradeln. Es war, als feierten sie etwas. Sie führten ihre neuen Fahrräder, ihr Glück und ihre Klasse vor. Der Neue trug Andrews Plastiksonnenbrille mit weißem Gestell. Auch sie war ihm zu groß, die Bügel endeten weit hinter seinen Ohren. Zwei oder drei Tage später hatte Andrew eine neue, schnittige Sonnenbrille, und dann gewann er noch ein wenig mehr Vorsprung vor dem Neuen (den dieser erst am nächsten Zahltag würde einholen können), indem er bei den nachmittäglichen Ausflügen eine Krawatte trug.

Sie taten das, um Aufmerksamkeit zu erregen, aber als sie eines Nachmittags an mir vorbeifuhren, zeigte mir Andrew ein Lächeln, fast ein Lachen, das ein Ausdruck von Freude war und zugleich zu verstehen gab, daß er wußte, wie lächerlich das alles war. Seinem Verwandten zu Gefallen schloß er jedoch den Mund, sah geradeaus und wurde wieder ernst, und die beiden, die sich so ähnlich sahen, entfernten sich wieder auf der schwarz asphaltierten Straße mit den weiß gekalkten Bordsteinen unter den leuchtendgelben und orangefarbenen Blüten der in Kolonialzeiten gepflanzten Tulpenbäume, und beide traten in gemessenem Rhythmus in die Pedale; der Sattel des Neuen war ein wenig zu hoch, so daß er Mühe hatte, die Pedale ganz durchzutreten. Blair und mein Hausdiener genossen ihre Freude, ihre Sicherheit und ihr Glück in dem gepflegten Viertel, das wie ein Nachhall des Viertels in Trinidad war, in dem die Techniker der Ölgesellschaft gelebt hatten und das Blair und ich 1949 nur von der anderen Seite des Zauns sahen – damals, als wir in einer hoffnungsvollen Phase unseres Lebens waren und spürten, daß die Welt sich zu verändern begann, auch wenn wir die Veränderungen nicht hätten vorhersagen können, die uns eines Tages hierherführen würden, in ein afrikanisches Land, das für uns seinerzeit nicht mehr war als ein Name.

Ich traf Blair schließlich in De Groots Bungalow. De Groot war Dozent für afrikanische Geschichte an der Universität. Er war etwa in meinem Alter. Er hatte einige Arbeiten über die Suahelikultur an der Küste publiziert, und seine Position an der Universität entsprach bei weitem nicht seinen Fähigkeiten. Ein- oder zweimal war er zugunsten von Afrikanern übergangen worden, aber er fand, in einem afrikanischen Land müsse das so sein, und es machte ihm nicht wirklich etwas aus. Er war in Ostafrika geboren und wollte nirgendwo anders leben. Das war eigentlich sein Hauptziel: für immer in Afrika zu bleiben und nie woanders hinzugehen.

Sein Vater war ein Neuseeländer gewesen, der vor dem Ersten Weltkrieg nach Ostafrika gekommen war. Als Bauunternehmer und Ingenieur hatte er kleinere Bauaufträge für die ostafrikanische Eisenbahn ausgeführt. In der Weltwirtschaftskrise war er in Konkurs gegangen und hatte im Alter auch noch den Rest seines Geldes verloren, als er mit seinen Nachbarn, die allesamt Siedler waren, Streit bekam und gegen sie prozessierte. Er war, um seinen Sohn zu zitieren, nie »einer von diesen ›Siedler‹-Siedlern« gewesen.

Für den Sohn galt dasselbe (obwohl er die Sprechweise der Siedler zu imitieren vermochte), und auch sonst konnte man ihn nicht festlegen. De Groot verstand alle Einstellungen, die man zu diesem Teil von Afrika haben konnte, und hing doch keiner von ihnen an. Er unterteilte die ausländischen Afrikaliebhaber in unserem Viertel in »Maispflücker« – das waren die Jäger, die sich auf einer ausgedehnten Safari zu befinden schienen – und »*Matoke*-Fresser«, also Leute, die Bananen aßen und für eine Weile taten, als wären sie Afrikaner. Er selbst gehörte keiner dieser Gruppen an (obgleich er wußte, daß er auf manche wie ein *Matoke*-Fresser wirkte). Er legte sich nie fest, aber ich glaube, seine Haltung war einfach die eines Menschen, der in seiner natürlichen Umgebung lebt und von allem darin fasziniert ist. Er diente in Afrika keiner Sache, und Leute, die nach einem Mann suchten, der das tat, fanden, ihm fehle etwas.

Er war Junggeselle. Er mochte Gesellschaft, Unterhaltung, Geschichten, Witze. Er bewohnte einen Standard-Bungalow, der in Grundriß, Größe und Ausstattung absolut mit meinem identisch war und doch viel freundlicher wirkte. Sein Haus stand am Rand des Viertels auf einem flachen Hang, und von der Rückseite sah man über ein Tal auf den nächsten, von Buschland bedeckten Hügel. Die meisten im Viertel dekorierten ihre Zimmer mit den üblichen afrikanischen Gegenständen – mit Trommeln, Speeren, Schilden, Sitzkissen aus Zebrafell und geschnitzten Figuren. (Die Händler klopften ständig an die Türen, und auch ich hatte ihnen kurz nach meiner Ankunft einigen Plunder abgekauft.) De Groot hatte ein afrikanisches Auge, und die scheinbar schlichten Gegenstände in seinem Wohnzimmer – beispielsweise ein Holzkamm von einem bestimmten Stamm mit einem lebhaften, das Licht einfangenden Muster, so liebevoll geschnitzt, daß man Lust bekam, es selbst einmal mit dem Schnitzen zu versuchen – waren Dinge, die man betrachten und immer wieder neu sehen konnte. Der Hauptgrund, warum De Groots Bungalow so einladend wirkte, war jedoch De Groot selbst. Er war intelligent und verfügte über eine rasche Auffassungsgabe, aber keinerlei Bosheit. Er war vollkommen offen. In seiner Gesellschaft hatte man das Gefühl, daß er Wesen, Eigentümlichkeiten und die Gegenwart seines Gegenübers als Vergnügen empfand.

(De Groot war einer der Menschen, die ich, bevor ich die Arbeit an diesem Buch begann, noch einmal besuchen wollte. Er hatte die Universität schon lange verlassen; zwar hatte er sich nie dazu geäußert, doch ich glaube, daß das Leben dort schließlich selbst für ihn zu schwer wurde. Danach übte er verschiedene halbakademische Halb-Tätigkeiten aus; seine Weihnachtskarten gaben mir eine vage Vorstellung, worum es dabei ging. Er veröffentlichte ein paar Arbeiten, schien sich dann aber ganz und gar aus der akademischen Welt zu verabschieden. Als ich ihm schrieb, hatte ich keine Ahnung, was er gerade tat.

Er mißverstand meinen Brief: Er dachte, ich würde ihn in wenigen Tagen schon besuchen. In seiner Antwort schrieb er, daß er mich leider nicht persönlich abholen könne; er werde mir aber seinen Fahrer – den er mir genau beschrieb – schicken. Er schrieb auch, ihm sei der Earl-Grey-Tee ausgegangen, und wollte, daß ich ihm welchen mitbrachte. Er habe jetzt eine kleine Farm. Es gehe zwar noch immer ein wenig chaotisch zu, aber er habe eine Menge Bücher und glaube, daß ich mich bei ihm wohl fühlen werde. Ich kannte das Gebiet, in dem die Farm lag. Es war staubiges, nicht sehr einladendes Buschland. Ich hatte das Gefühl, daß das Wort »Farm«, das an Felder und Fruchtbarkeit denken ließ, ein bißchen zu groß war für das, was er dort hatte. Ich stellte mir sein Haus als eine in der Wildnis gelegene, primitivere Version seines Bungalows im Ausländerviertel vor.

Er schrieb mir einen zweiten Brief, der eindeutig die Ausgeburt eines verwirrten Geistes war: Der Schreiber glaubte, ich könne jeden Augenblick durch die Tür treten. Der Brief war auf einem Luftpostformular geschrieben. Nach der Hälfte brach die Handschrift, die mir so viel von seinem Wesen verriet, einfach ab. Er hatte den Brief adressiert, aber nicht beendet – mitten im Schreiben hatte irgend etwas versagt, und er hatte seine verbleibende Energie auf die Adresse verwendet.

De Groot hatte beide Briefe in einem Krankenhaus geschrieben. Ich hatte ihm geschrieben, als er im Sterben lag. Solche Zufälle kann es geben, wenn man ein Buch plant und schreibt.

Noch Jahre nach meinem Aufenthalt in Ostafrika hatte ich daran gedacht, eines Tages dorthin zurückzukehren und lange Fahrten durch das Land zu unternehmen. Dabei hatte ich immer angenommen, daß De Groot dasein würde, um mich zu führen, für mich zu dolmetschen, mich weiterzureichen und mir die neuesten Nachrichten zu erzählen. Er wäre der Mann gewesen, dem ich meine Geschichten gegeben hätte. Ohne ihn hatte es keinen Sinn mehr zurückzukehren. Ich würde nicht wissen, wie ich mich im Land bewegen sollte; es würde ein völlig anderes Land sein.

Wahrscheinlich hätte man schon vor fünfundzwanzig Jahren voraussehen können, daß sein Leben einst zur Parodie eines Siedlerlebens zusammenschrumpfen würde. Ich weiß, welche Sorgen er sich in späteren Jahren um seine Zukunft machte, doch im Ausländerviertel – als er noch jung war, Freunde fand und edelmütige Dinge tat, wie zum Beispiel eine Begegnung zwischen Blair und mir zu arrangieren – war er ein heiterer Mensch. Das Land hatte begonnen, sich entscheidend zum Schlechten zu verändern, und das wußte er, doch er genoß das Leben in Afrika in vollen Zügen.)

Infolge seiner Herkunft hat De Groot die Spannungen zwischen Blair und mir sicher verstanden. Man mußte ihm nichts erklären. Und als er mir eines Tages sagte, daß er Blair kennengelernt habe und gut mit ihm zurechtgekommen sei und daß ich mich doch auch einmal mit ihm unterhalten solle, wußte ich sofort, daß De Groot bereits Vorarbeit geleistet hatte und daß die Begegnung befriedigend verlaufen würde. Blair ging es wohl nicht anders. Eine Art guter Wille war also schon da, bevor wir uns überhaupt gegenüberstanden.

Wir trafen uns eines Nachmittags auf De Groots schmaler Veranda an der Rückseite des Hauses. Sie hatte einen Betonboden, war nicht überdacht und nur wenige Zentimeter hoch, und auf ihr standen ein paar abgenutzte Korbsessel und ein niedriger, ausgebleichter Tisch mit vielen Glasabdrücken. In einer Ecke vor der Küche war einiges Gerümpel aufgetürmt. Jenseits des leicht abfallenden Rasens, den De Groot gerne sprengte, senkte sich das Land und ging scheinbar in Busch über, und aus den Siedlungen dort unten, die unseren Blicken entzogen waren und deren Bewohner vom Ausländerviertel lebten, hörte man afrikanische Stimmen.

1949 war ich siebzehn gewesen, und Blair war mir wie ein junger Mann erschienen. Jetzt kam er mir vor wie ein Mann in mittleren Jahren: Er war an die fünfzig, und ich war noch keine vierunddreißig. Seine wunderbare Statur war stämmiger geworden, und seine Bewegungen schienen weniger überlegt und selbstbewußter, raumgreifender als früher zu sein. Bevor ich allzu lange darüber nachdenken konnte, tat er das Richtige und machte den ersten Schritt.

Er sagte: »Ich erzähle den Leuten immer, daß ich dabei war, als Sie Ihren ersten Artikel geschrieben haben.« Er wandte sich an De Groot. »Das war in der Behörde, in der wir gearbeitet haben. Er hat einen Artikel über einen Schönheitswettbewerb für Schwarze geschrieben. Er hat ihn einer Sekretärin gezeigt, und der hat er nicht gefallen. Sie fand, daß er sich zu sehr über den schwarzen Conferencier lustig machte.« Er lachte mit tiefer Stimme. »Als ich das hörte, habe ich den Burschen durchschaut.«

Später, in England, als meine Karriere als Schriftsteller nicht in Gang zu kommen schien, dachte ich oft an die schöne Zeit im Büro zurück, als ich so getan hatte, als könnte ich schreiben. Ich brauchte sechs Jahre, um zu erkennen, was an diesem Artikel über den Schönheitswettbewerb falsch gewesen war. Der siebzehnjährige Verfasser hatte getan, als wüßte er sehr viel: Seine Urteile, seine Blickwinkel, seine Witze hatten den Eindruck erweckt, daß er eine andere, bessere Welt kannte. Diese Geisterwelt, die den ursprünglichen, unschuldigen Wunsch, Schriftsteller zu sein, begleitete, war schwer loszuwerden.

Als ich Blair auf De Groots Veranda sitzen sah, wo er sich ungezwungener bewegte und lauter lachte, als ich ihn in Erinnerung hatte, kam mir der Gedanke, er könnte damals vielleicht gleichzeitig erkannt haben, daß die Person, die er der Welt präsentierte – den stets strebenden Selfmademan, zu dem alle aufsahen, der korrekt war und das freundliche Wesen seiner besonderen dörflichen Gemeinschaft besaß –, ihm im Grunde nicht entsprach. Vielleicht war ihm daraufhin eine neue Vision jener abgelegenen Gemeinschaft, die in den Ruinen der alten Plantagen lebte, zuteil geworden; vielleicht hatte er ihre Geschichte bis in unnennbare Frühzeiten zurückverfolgt. Und vielleicht hatte er – wie ich als Schriftsteller – beschlossen, sich selbst neu zu erschaffen.

Es war etwa halb fünf, als wir uns begrüßten. Blair verließ uns gegen sechs Uhr, als der Abend hereinbrach und von den vielstimmigen Siedlungen unter uns der Rauch von Küchenfeuern durch den Busch heraufzog. Wir wollten uns wiedersehen. Er sprach von einem Dinner in seinem Bungalow. (Ich dachte an die Arbeit, die Andrews Verwandter, sein Hausdiener, haben würde.)

Es gab keine zweite Begegnung. Er lebte nicht lange genug. Ich hatte nur diese neunzig Minuten, und wie es nach einem unerwarteten oder brutalen Ereignis manchmal geschieht, erhielt nach seinem Tod jede Geste, jede Bemerkung von Blair, an die ich mich erinnern konnte, eine zweite, ironische Bedeutung. Nach einem solchen Vorfall ist es schwer zu glauben, daß jemand nicht tief innen, auf irgendeiner verborgenen Ebene, gespürt hat, daß der Kreis geschlossen und er dem Ende nah ist, und es ist schwer zu glauben, daß dieses Wissen sich nicht irgendwie verschlüsselt in den Worten und Taten dieses Menschen offenbart hat.

Und tatsächlich sprach Blair bei dieser letzten Begegnung, wenn auch nicht verschlüsselt, so doch in versteckten Hinweisen von Dingen, die ihm etwas bedeuteten. Schon zu Beginn der Unterhaltung unterbrach er De Groot und sagte betont und mit deutenden Gesten, die ihn auf der kleinen Veranda riesig erscheinen ließen: »Ich *weiß*, daß die Welt, die ich verlassen werde, besser sein wird als die, in die ich hineingeboren wurde.« Das war eine einfache, auf die Situation seiner Rasse bezogene Feststellung, die leicht zu verstehen war. Sie erklärte seine Leidenschaft, seine Politik; und sie war wahr: Die Revolution, an der er sich beteiligt hatte, war erfolgreich gewesen.

Wenig später jedoch dämpfte er die Aggressivität seiner ausladenden Gesten. Wir unterhielten uns über Versicherungsgesellschaften und medizinische Untersuchungen, und er erzählte, wie er in New York in ein Krankenhaus gegangen war, um eine solche Untersuchung vornehmen zu lasse. Nachdem seine persönlichen Daten aufgenommen waren, hatte man ihm einen Bademantel gegeben und gesagt, er solle sich in einer Kabine umziehen. Die Bademäntel gab es in vier verschiedenen Farben. Die Farben hatten nichts zu bedeuten, die Mäntel wurden willkürlich verteilt, und doch fanden sich die damit bekleideten Männer im Wartezimmer zu gleichfarbigen Gruppen zusammen. Vielleicht hatte er das als ernste Geschichte erzählen wollen, aber als De Groot und ich über dieses absurde Bild in Gelächter ausbrachen, lachte er ebenfalls.

Viel später, als De Groot über Stammespolitik in Ostafrika sprach, gab Blair dem Gespräch eine unerwartete Wendung. Wir alle dächten in Kategorien von Stamm und Rasse, sagte er; wenn wir keine Unannehmlichkeiten zu befürchten hätten, verfielen wir nur allzu leicht in diese Verhaltensmuster. Er erzählte uns eine weitere Geschichte: Er stand in New York an einem Fahrkartenschalter der Eisenbahn an. (Er hatte einen Posten bei den Vereinten Nationen, und viele seiner Geschichten hatten sich in New York ereignet.) Das Paar, das an der Reihe war, verursachte eine Verzögerung. Es waren Asiaten – ob Filipinos oder Malaien oder Indonesier oder Chinesen, konnte Blair nicht sagen. Sie sprachen kein Englisch. Der Schalterbeamte brauchte lange, um herauszufinden, wohin die beiden wollten, und erst als er die

Fahrscheine übergeben hatte, begann der Mann nach Geld zu kramen. Blair hatte gesagt: »Was ist denn mit diesem verdammten Schlitzauge?« Und der Weiße vor ihm hatte sich umgedreht und Blair sehr mißbilligend gemustert.

Es war eine einfache Geschichte; Blair und ich waren mit einem weit rauheren Umgangston zwischen den Rassen aufgewachsen und hatten weit schlimmere Dinge gehört. Aber dies war mehr als eine Geschichte, in der Blair sich uns in schlechtem Licht zeigte. Es war eine Geschichte, die verdeutlichte, was aus ihm geworden war – es war wie eine Opfergabe an uns, die wir mit ihm im Zwielicht der Dämmerung saßen. Zusammen mit dem, was er früher am Nachmittag gesagt hatte, war es gleichsam die unbeschönigte Feststellung, daß er nach dem Erlöschen seiner politischen Leidenschaft ein anderer Mensch geworden war, bereit für neue Beziehungen. De Groot, mit seinem Gespür für derlei Untertöne, hatte bei seiner ersten Begegnung mit Blair sicher etwas davon bemerkt; und ich selbst merkte, daß mich das, was er meines Erachtens damit sagen wollte, berührte. Er erwartete, daß man seine Leidenschaft in Rassendingen verstand; er glaubte, sie nicht erklären zu müssen. Das war beeindruckend und ließ mich wieder an seine verlorene Gemeinschaft in den zerstörten Kakaoplantagen denken. Mir gefiel auch die Großzügigkeit und die Unbeholfenheit dieser letzten Geschichte. Seine Feststellung hatte nur versteckt oder verschlüsselt und mit dieser Art von Unbeholfenheit gemacht werden können; das war an sich bereits anrührend. Deutliche Worte hätten wir alle drei vielleicht schwierig gefunden.

Den Rest der Zeit erzählte De Groot von der Suahelikultur an der Küste. Das muß Blair gefallen haben: die Vorstellung vom Alter Afrikas, von der langen Geschichte Afrikas, auch wenn er sicher nicht imstande war, De Groots Begeisterung zu teilen. Er hatte Prüfungen abgelegt und seine Ferndiplome erworben, aber er war kein belesener oder gebildeter Mann im landläufigen Sinn. Gewiß hatte er keine klare Vorstellung von den Kulturen, die De Groot beschrieb, und wußte nichts von Daten und Zeitaltern.

Doch auch hier wollte er sich in einem neuen Licht zeigen. Er spielte die Freude, die ihm diese Unterhaltung über afrikanische Geschichte machte, herunter und sagte: »Wenn man hier manchmal hört, wie die Leute über Gold und Elfenbein reden, könnte man meinen, in biblischen Zeiten zu leben. Man wartet fast darauf, daß sie anfangen, von Pfauenfedern zu reden.«

Das schien eine Anspielung auf seine Tätigkeit für die Regierung zu sein und die im Ausländerviertel kursierenden Gerüchte zu bestätigen, daß Blair sich mit einigen Politikern angelegt hatte. Sie hatten erwartet, daß er nur den Asiaten Schwierigkeiten machte. Er tat jedoch weit mehr: Er hatte begonnen, seine Aufmerksamkeit dem Schmuggel von Gold und Elfenbein zuzuwenden, der dem Land ebenso schadete wie die Geschäfte der drangsalierten Kaufleute in der Hauptstadt. Es war ein offenes Geheimnis, daß hinter diesen Schmuggeleien wichtige Leute in der Partei steckten, die (wegen der zahllosen Gesetze und Bestimmungen, welche die Bewegungsfreiheit der Menschen einschränkten) im Landesinneren so unumschränkt herrschten wie die Stammesfürsten vergangener Tage und (trotz der Parolen über die sozialistische Umstrukturierung der Gesellschaft) oft mit den alten Herrscherfamilien verwandt waren.

Nachdem Blair gegangen war, sagte De Groot: »Er sollte sich vorsehen. Die sind nicht alle wie der Präsident. Da draußen gibt es ein paar ganz schön wilde Burschen, und die können sehr unangenehm werden. Ihre neue Macht ist ihnen zu Kopf gestiegen. Die glauben, sie dürfen alles.«

Einige Tage später hörte ich von Richard eine andere Version der gleichen Warnung. Er hielt mich im Viertel an und sagte: »Ich habe mir die Unterlagen über Ihren Freund angesehen. Er hat ja nicht gerade eine blütenweiße Weste.« Da wußte ich, daß Blair begonnen hatte, wichtigen Leuten auf die Zehen zu treten, und daß Richard sich im Kopf bereits die Phrasen zur Verteidigung des Regimes gegen alles, was Blair publik machen konnte, zurechtlegte.

Es war so brutal und schmutzig, wie De Groot befürchtet hatte. Und – selbst für Richard – so schockierend, daß Blairs Tod einige Tage lang nicht offiziell bekanntgegeben wurde; wahrscheinlich wußte man nicht, wie man ihn darstellen sollte. Statt dessen gab es Gerüchte, einige davon in die Welt gesetzt von Leuten, denen Blair im Weg gestanden hatte. Das erste lautete, Blair sei in einem Bordell am Rand der Hauptstadt umgebracht worden. Ein anderes wollte wissen, irgendeine asiatische Verschwörung stecke hinter Blairs Tod. Noch ein anderes, das sehr kurz darauf die Runde machte, behauptete, jemand sei in seinen Bungalow im Ausländerviertel eingebrochen, und sein Hausdiener sei seitdem verschwunden. Der letzte Teil dieser Geschichte stimmte: Sein Hausdiener, Andrews Verwandter, wurde nie mehr gesehen.

Nach einigen Tagen kam heraus, daß Blairs Leiche in einer weit von der Hauptstadt entfernten Muster-Bananenplantage gefunden worden war. Diese Plantage war mit ausländischem Geld und der Hilfe ausländischer Berater angelegt worden und sollte ein Modell für kollektivierte Farmen der Zukunft sein. Dort herrschte eine ganz besondere Atmosphäre. Alte Bananenblätter, die schnell trockneten und zerfielen, bedeckten zentimeterhoch den Boden und dienten als Mulch. Man ging auf ihnen wie auf einem sehr dicken, weichen Teppich. Sie dämpften Schritte und alle anderen Geräusche, und binnen kurzem fühlte man sich nicht mehr sicher auf den Beinen. Die Leute, die Blair oder seine Leiche dorthin gebracht hatten, hatten ihn offenbar im Mulch verscharren wollen, waren aber gestört worden oder hatten es sich anders überlegt. Erst ein oder zwei Tage später wurde der Leichnam gefunden und in die Hauptstadt gebracht, und erst viele Tage später – nach der kurzen offiziellen Bekanntgabe seines Todes – wurde er zurück nach Trinidad geflogen.

In meiner Version seines Todes sah ich Blair in jener Bananenplantage, einen großen Mann, der in seinen großen Schuhen mit den blanken, glatten Ledersohlen zwischen seinen trittsicheren Angreifern lautlos über den weichen Mulch taumelt. Es muß in jener großen Stille einen Augenblick gegeben haben, in dem er erkannte, daß seine Angreifer ihn vernichten wollten, daß sie entschlossen waren, die Grenze zu überschreiten; und er muß gewußt haben, warum. Und ich habe das Gefühl, daß – wie in einer Geschichte von Edgar Allan Poe – im Augenblick des Todes, während ihm noch Gedanken durch das Gehirn zuckten, in diesem Gehirn eine Frage aufgetaucht sein könnte: »Ist dieser Verrat eine Verhöhnung deines Lebens?« Und die Antwort, unmittelbar nach dem Tod, hätte sicher gelautet: »Nein! Nein! Nein!«

Andrew trauerte um seinen Verwandten, wollte aber nicht über ihn sprechen. Auch weiterhin betrank er sich an den Wochenenden. Montags hatte er, wie zuvor, blutunterlaufene Augen und sehr schlimme Kopfschmerzen. Doch nun legte sich zusätzlich die Trauer wie ein Schatten über ihn; sein Gesicht sah aus wie geschnitzt, es wurde unbeweglich, die Lippen zusammengepreßt, die Unterlippe vorstehend. Einige Wochen lang schien er ständig den Tränen nahe.

Moses Lubero verdrehte nicht mehr langsam Hals und Augen, um mir nachzusehen, wenn ich vorbeifuhr. Er war jetzt bemüht, wegzusehen und sich mit seiner Arbeit zu beschäftigen. Ungefähr sechs Wochen später sah man einen anderen Hausdiener aus dem Viertel auf dem Fahrrad, das vorher Andrews Verwandtem (und davor Andrew) gehört hatte.

Und Richard. Vor zwei Jahren fuhr ich zur Präsentation eines meiner Bücher nach Paris. Gegen Ende eines Lunchs mit einem überarbeiteten Journalisten, der sich durch das Interview bluffen wollte, sagte jemand hinter mir auf englisch: »Eine Stimme aus ferner Vergangenheit.« Es war Richard, ohne Zigarette und Zigarettenspitze aus Elfenbein. In fünfundzwanzig Jahren waren ihm eine Menge Haare in Nasenlöchern und Ohren gewachsen. Er trug einen grauen Anzug und sagte, er arbeite in Paris für eine Stiftung und vergebe Stipendien an Studenten aus osteuropäischen Ländern. Er habe Afrika verlassen und noch einmal geheiratet. »Die männlichen Wechseljahre«, sagte er auf seine muntere, scheinbar joviale Art. »Was man so einen Frauenwechsel nennt.« Das sah Richard ähnlich: die erprobte Phrase. Ich sagte: »Es muß schlimm für Sie sein zu sehen, was in manchen Teilen Afrikas geschehen ist.« Er sagte: »Ich weiß nicht, wovon Sie reden. Ich habe Afrika nur aus den Gründen verlassen, die ich Ihnen gerade genannt habe. Ich wollte eine Veränderung, und mittlerweile ist meine Arbeit weit wichtiger. Osteuropa ist viel schlimmer dran als irgendein afrikanisches Land. Ungarn zum Beispiel hatte eine hervorragende kommunistische Regierung. Das haben sie aufgegeben, und jetzt stehen sie am Rand eines ethnischen Konflikts. Natürlich behauptet niemand, daß sie Wilde und Barbaren sind.« Auch das war ganz der alte Richard: immer noch ausschließlich besorgt um die Richtigkeit seiner Prinzipien; und irgendwie immer noch sicher.

Früher hatte ich ein wirklichkeitsfernes Bild der feierlichen Rückkehr von Blairs Leichnam nach Trinidad: Das Flugzeug stand auf dem Flughafen, und der große Sarg wurde auf den Schultern von vier oder vielleicht sechs ernsten Männern in dunklen Anzügen die Gangway hinuntergetragen. Ich wußte, daß das Bild wirklichkeitsfern war, doch die Würde darin schien dem Anlaß angemessen – bis ich es in Frage stellte. Es war unmöglich, daß vier oder sechs Männer einen Sarg von dieser Größe die Gangway hinuntertrugen. Wo im Flugzeug hätte der Sarg stehen sollen? Man hätte ihn am Boden verankern müssen. Dafür hätten einige Sitze entfernt werden müssen, und das wiederum hätte bedeutet, daß man das Flugzeug hätte chartern müssen. Das war nicht geschehen, und darum mußte ich das Bild von dem Sarg und der Gangway und den Männern in den dunklen Anzügen aufgeben. In Wirklichkeit wird es schlichter gewesen sein. Der Leichnam wird sich in einer Kiste befunden haben, die man in den gekühlten Teil des Frachtraums lud. Der Leichnam war gewiß in Afrika einbalsamiert worden; die inneren Organe waren entfernt worden. Auf dem Flughafen von Trinidad öffneten sich die Klappen des Frachtraums, und irgendwann wurde die Kiste auf einen niedrigen Lastwagen geladen, wo sie verborgen oder abgedeckt worden sein mag. Es wird irgendwelche Formalitäten gegeben haben. Wurde der einbalsamierte Leichnam in der Kiste dann in einen Leichenwagen geladen? Nein, ein

Leichenwagen erschien mir nicht richtig. Ich stellte Nachforschungen an. Man sagte mir, die Kiste sei wohl mit einem Krankenwagen nach Port of Spain gebracht worden und dann sei die sterbliche Hülle des Mannes vermutlich in Parry's Funeral Parlour aufgebahrt worden.

Dezember 1991–Oktober 1993